U0856608

本书为陕西省社会科学基金后期资助项目立项（编号：13HQ007）研究成果

获陕西省社会科学基金后期资助项目专项出版基金资助

获咸阳师范学院学术著作出版基金资助

获咸阳师范学院文学与传播学院重点建设学科中国语言文学专业建设项目资助

李世忠 著

# 北宋词政治抒情研究

中国社会科学出版社

**图书在版编目(CIP)数据**

北宋词政治抒情研究/李世忠著. —北京：中国社会科学出版社，2014.8

ISBN 978-7-5161-2944-9

Ⅰ.①北… Ⅱ.①李… Ⅲ.①宋词—诗词研究—北宋 Ⅳ.①I207.23

中国版本图书馆 CIP 数据核字(2013)第 154783 号

---

出 版 人 赵剑英
责任编辑 郭晓鸿
特约编辑 张 剑 刘 倩
责任校对 王兰馨
责任印制 戴 宽

---

出 版 中国社会科学出版社
社 址 北京鼓楼西大街甲 158 号 (邮编 100720)
网 址 http://www.csspw.cn
中文域名:中国社科网 010-64070619
发 行 部 010-84083685
门 市 部 010-84029450
经 销 新华书店及其他书店

---

印 刷 北京君升印刷有限公司
装 订 廊坊市广阳区广增装订厂
版 次 2014 年 8 月第 1 版
印 次 2014 年 8 月第 1 次印刷

---

开 本 710×1000 1/16
印 张 34.25
插 页 2
字 数 578 千字
定 价 78.00 元

---

凡购买中国社会科学出版社图书,如有质量问题请与本社联系调换
电话:010-64009791

# 目　录

# 序

世忠寄来新著《北宋词政治抒情研究》书稿，嘱我作序。面对煌煌五十万言，七章（外加绪论）二十节，体势宏伟，布局井然的书稿，深为作者的学术功力和严谨的治学精神所感动。此论著于词专论“政治抒情”篇什，又是词学研究百余年来相对薄弱的环节，这个论题立刻引起了我阅读的激情。

大致就文体特征而言，诗言志而词缘情，词多儿女情长，诗多载道言志。至北宋，诗词便自然形成了各恃所长的分工默契，诗词互为表里，前者外张后者内敛。就如主持“庆历新政”，“不以物喜，不以己悲”的范仲淹，于诗则言“雷霆日有犯，始可报君亲”（《出守桐庐道中》），于词则是“黯乡魂，追旅思，夜夜除非好梦留人睡。明月楼高休独倚。酒入愁肠，化作相思泪。”（《苏幕遮》）诗言志而词缘情，分工明显，两者综合方体现作者多面的人格情怀。又缘情在于情真，不受“理”的制约，词人的审美意识主流为非功利性，于艺术境界的追求是深幽，故于词，更能窥测词人的真性情。论者从词中探讨有宋一代文人的政治情怀，必然有更多且更深刻的发掘。

回顾自20世纪现代词学创立以来，断代的宋词研究就成为古代文学研究中的热点，海内外涉足者众，已经出版或发表的宋词研究著作及论文，数量相当可观。但是人们关于宋词研究的兴趣，多集中在柳永、苏轼、秦观、周邦彦、李清照、辛弃疾等几位大家身上，面世的成果，较多词人作品集的整理、笺注及赏析，而宋词创作、演进与社会政治之关系，过去的词学研究虽有涉及，但是系统性和深度都不够。世忠博览载籍，视野恢宏，思路开阔，凭借他扎实的文献功底和理论思辨能力，论从史出，对北宋词政治抒情问题进行了深入考察。他研究北宋词，不限于就词人创作本身来研究，而是把北宋词的创作放在北宋激烈严酷的“党争”背景下来考察；不是以政治图解文学，而是以词人为中介，通过他们的政治经历解读作品，进而探讨北宋词的政治抒情内涵问题。这一研究思路十分新颖，既避免了“断章取义”的过度阐释，又做到了“知人论世”、“以意逆志”。所以这部著作的出版，对突破人们长期以来关于宋词抒情性质的一般认识，引发人们关于宋词创作动力源泉问题的重新思考，都大有助益。

我以为以下几个方面都具有重大创新，体现了论者的学术睿智：

一、对传统的宋词繁荣说提出质疑，揭示了北宋文祸案例，词人政治沉浮对词人作词观念及其作品抒情的影响。宋词繁荣的原因，学界多认为和宋代繁华的都市生活，宋王朝“恩逮于百官者唯恐其不足”的优厚俸禄制度，以及整个社会重声色享受的风气等有关。本书则认为，时代政治变动、词人个体政治境遇等因素，在推动词体文学创作、繁荣过程中发挥的作用不可低估。北宋词繁荣并非完全建立在城市繁荣、社会娱乐需要、官员俸禄优厚及社会经济发展等因素之上，它的繁荣与衰落，与北宋王朝的政治起伏息息相关。如本书第一章，论述北宋词政治抒情的时代背景时，不仅总结了宋前词体文学政治抒情内容、规律，揭示了北宋词政治抒情与唐五代词的承继关系，系统考察北宋词人政治贬黜经历，探讨词人贬黜心态，而且还就词人政治沉浮对其作词观念的影响，作了深入论述。作者认为，党争政治造成的包括词人在内大批文人仕宦的沉浮，从根本上影响着北宋词作者关于词体文学抒情功能的重新认识。这些论断，很有新意。

二、研究北宋主要词人作品的政治抒情内容，分析其风格差异，探讨政治因素与作品抒情的内在关系。这是本书的主体内容，也是作者用力最勤之处。全书分从起步、兴盛、衰落三个阶段，勾勒北宋词政治抒情发展变化的历史过程，对几乎所有北宋代表性词人的创作情况，逐一作了分析论述。如作者认为：苏轼词的政治抒情，可分做三个时期来看：“乌台诗案”前，主要表现为对个人政治失意的慨叹；黄州贬谪及江淮流寓时期，他的词反映了向政治之外游离的情绪；入翰林后直至去世，苏词又表现出屡经政治浮沉后的旷达与安详态度；王安石词的政治抒情，主要表现为对国事的忧虑，及对君臣遇合的期望，同时他的词也反映了这位改革家的政治操守，及其罢相后远离朝廷政治上的失落情怀；黄庭坚词则表达了作者建功立业的信念，以及在政治贬谪后的抗争与悲凉情绪；陈师道词表现了词人规避政治风浪、远离政坛纠葛的思想，也有谀颂当代政治人物，咏歌王朝政治升平的创作意图在其中；周邦彦词既有悲叹仕途沉沦，反映政治上无有奥援的“孤苦”，又有表露作者政治悲观心理的内容，等等。这些论述，都言之有据持之有故，读来耳目一新，令人信服。

三、从艺术表现角度，对比、分析北宋词政治抒情作品与非政治抒情作品，探讨词体文学抒发政治情怀的艺术规律，并论析北宋以后，历代词人对北宋词政治抒情的接受情况。在这部分论述中，作者首先讨论了北宋词政治抒情题材的多样化问题，认为：咏物、咏史、颂政、隐逸、羁旅等题材类型，反映了北宋词实现政治抒情的选材趋向；其次，讨论了政治抒情意象的选用问题。认为北宋词政治抒情中，存在着抒情意象类型化的特色，如“长安”、春归意象等，多被词人用作政治抒情的重要手段；最后，作者又讨论了北宋词政治抒情的艺术表现形式问题，认为：比兴、次韵、铺叙、对比等，是北宋词人在政治抒情中最常用的表现手法。在分析北宋词政治抒情影响后代词人创作这一问题时，作者认为：北宋词影响后代，主要体现在抒情精神、抒情手法、题材选用等方面。虽然作者主要是从具有代表性的词人之创作入手分析，但是因为立足文本，举例典型，论证有力，故其论述多有发人未发之处。

四、以学界已有定评的苏轼、黄庭坚等14首作品为例，对其政治抒情内容进行深入剖析，这部分论述，也充分体现了作者的学术创新追求。如本书认为：苏轼词《江城子·密州出猎》的抒情实质，是作者希望朝廷抛弃前嫌重新重用自己；苏轼徐州任职时期所作五首《浣溪沙》组词，不过是作者长期落拓于地方任上政治不得志的产物；苏轼四首《渔父》词，既以政治悲悯为主题，更是作者贬谪黄州后生活状况与心态的实录；苏轼《蝶恋花·春景》一词，反映的是实际上是作者被隔于政治“墙外”的“行人”心态；而黄庭坚、黄大临兄弟所作三首《青玉案》词，既是当事人遭遇朝廷贬谪的产物，更有深刻的政治抒情背景与内容。仔细读来，这些论述确乎都给出了更贴近作品抒情实际的分析论断，既能帮助读者深入理解原作抒情精髓，又有学术纠偏的意义。

世忠不仅具有优秀的个人素质，更有勤奋严谨的治学精神，和我都曾师承著名诗词专家林家英先生攻读唐宋文学方向硕士，自兰州大学毕业以后，世忠又承著名古典文学研究专家霍松林先生的指导，攻读博士学位。名师出高徒，在学术研究上能取得今天的成绩自在情理之中。世忠《北宋词政治抒情研究》问世，诚为可喜可贺！继这部书稿的出版，我也祝愿他在今后的学术征途中，勇于拓展，不断有新论问世。

谨此为序。

高人雄

癸巳于兰州民族花苑

# 绪 论

## 第一节 研究对象的界定

### 一 “政治”的含义

亚里士多德说，“人类在本性上，也正是一个政治动物”。① 中国文人自古以来，很多人即以政治家或普通官员身份，处于政治旋涡之中，北宋文人也不例外。本书以北宋词政治抒情问题为研究对象，正是基于北宋政治于词人生活创作之影响极为深刻、复杂，而北宋词又极广泛地反映着北宋时代政治这样一个事实。然而明确界定“政治抒情”这个概念的内涵，却是一件颇为困难的事情。在词体文学范畴内，究竟什么样的抒情内容，抑或抒情方式，才算政治抒情？政治抒情有什么样的质的规定性？这是本书在展开论题研讨之前必得回答的问题。

政治一词的含义，古今中外，人们的理解并不相同。现代西方政治学家一般将政治定义为制定政策、权力斗争与分配、公共事务中个人利益表达、国家管理等行为。这一解释的代表人物是德国政治经济学家和社会学家马克斯·韦伯。马克斯·韦伯也被认为是现代社会学和公共行政学最重要的创始人之一，他说：“‘政治’就是指争取分享权利或影响权利分配的努力，这或是发生在国家之间，或是发生在一国之内的团体之间。”“几乎没有什么任务，不被某些政治团体列为自己的工作，但是，也没有什么任

① 亚里士多德：《政治学》，吴寿彭译，商务印书馆 1965 年版，第 7 页。按：本书所引用文献，于各章节首次出现时，详细注明朝代、作者、书名、页数、出版社、出版年，以便复核；再次引用时，仅注明作者、书名、页数，以省篇幅。为统一体例，出版年一律以公元纪年标记。注释号码，统一置于正文或引文标点符号之后。

务，能够说完全专属于以政治为目标组织起来的团体。"① 他还认为以政治为业有两种方式，一是"为"政治而生存，一是"靠"政治而生存。②

《中国大百科全书》对政治一词的解释是："上层建筑领域中各种权利主体维护自身利益的特定行为以及由此组成的特定关系。"该书同时指出，各时代的政治学家和政治家都从不同角度和不同侧重点对政治一词作过各种论述，"但至今还没有公认的确切定义"。③

中国古代典籍中，政治一词也并不少见，如《周礼·地官·遂人》中即有"掌其政治禁令"之言，伪古文《尚书·周书·毕命》亦云"道洽政治，泽润生民，四夷左衽，罔不咸赖"。④ 然多数情况下，古代典籍中的"政"与"治"是分开使用的，其意义所指与上述中外关于"政治"一词的解释亦不完全相同。

"政"在中国古代典籍中主要指国家权力、制度、秩序和法令。如《左传·襄公十七年》载宋公谴责华臣残害其兄子皋比之室时云："臣也不惟其宗室是暴，大乱宋国之政。"杨伯峻注云："言华臣不仅欺凌宗室，且大乱宋国之政令。"⑤ 又《昭公六年》："夏有乱政，而作禹刑；商有乱政，而作汤刑；周有乱政，而作九刑。"杨先生释"乱政"云："谓民有犯政令者。"⑥《礼记·乐记》亦有"礼以道其志，乐以和其声，政以一其行，刑以防其奸，礼乐刑政，其极一也"之语，清人朱彬释其意云："政，法律也。用礼教道其志，用乐谐和其声，用法律齐一其行，用刑辟防其凶奸，则民不复流僻也。"⑦ 该书同卷亦复有"礼乐刑政，四达而不悖，则王道备矣"⑧ 诸语，其所言"政"，均指政令、法令言。而"治"，在典籍中主要指对人的管理教化。如《礼记·经解》云："安上治民，莫善于礼"；《墨子·兼爱上》亦云："天下兼相爱则治，交相恶则乱。""治"在此均指实现安定的状态。

由"政"的国家权力、制度、秩序和法令意及"治"的实现安定状态

① 马克斯·韦伯：《学术与政治》，生活·读书·新知三联书店 1998 年版，第 55 页。

② 同上书，第 63 页。

③ 《中国大百科全书》（政治卷），中国大百科全书出版社 1992 年版，第 481 页。

④ 陈戍国点校：《四书五经》，岳麓书社 2002 年版，第 275 页。

⑤ 杨伯峻：《春秋左传注》，中华书局 1990 年版，第 1032 页。

⑥ 同上书，第 1275 页。

⑦ （清）朱彬：《礼记训纂》，中华书局 1996 年版，第 560 页。

⑧ 同上书，第 565 页。

意进一步引申，政治在古代中国，又是作为一种伦理观念，渗透于人际关系之中而成为德誉的象征。如《论语·颜渊》载齐景公问政于孔子，孔子对曰："君君，臣臣，父父，子子。"季康子问政于孔子，孔子对曰："政者，正也。子帅以正，孰敢不正？"[①]《论语·为政》载孔子论政云："为政以德，譬如北辰，居其所而众星共之。"[②]《艺文类聚》卷五二《治政部上》释"政"云："政者，正也，下所取正也。"《礼记·哀公问》载："公曰：'敢问何谓政？'孔子对曰：'政者，正也，君为正，则百姓从政矣。君之所为，百姓之所从也。君所不为，百姓何从？'公曰：'敢问为政如之何？'孔子对曰：'夫妇别，父子亲，君臣严，三者正，则庶物从之矣。'""孔子曰：'古之为政，爱人为大。不能爱人，不能有其身；不能有其身，不能安土；不能安土，不能乐天；不能乐天，不能成其身。'"朱彬注云："有，犹保也。不能保身者，言人将害之也。不能安土，动移失业也。不能乐天，不知己过而怨天也。"[③] 另，《礼记》亦载政治之要务云："圣人南面而听天下，所宜先者五：一曰治亲，二曰报功，三曰举贤，四曰使能，五曰存爱，五者一得于天下，民无不足不赡也。"[④]

这些都说明了中国古代的"政治"，其含义远比现代意义上的"政治"要丰富得多。政治在古人眼里，不仅是指国家权力、制度、秩序和法令的贯彻，社会安定状态的实现，而且它更富含道德评价意义。政治之"政"含有道德之"正"意，儒家典籍将政治范域的君臣关系列为"五伦"之首，也说明了在古代中国人观念中，政治与人伦之不可分割。所以，梁启超在《先秦政治思想史》中认为"中国古代政治思想有与政治和伦理结合的性质"。当代学者，如刘泽华也认为："儒家把修身、齐家、治国、平天下贯通为一，也就是把道德与政治合而为一。把道德政治化，以道德治国虽不是中国古代所独有，但由于儒家在封建社会占正统地位，因此伦理政治在历史上起过重大作用，有深远影响。"[⑤] 也就是说，在古代中国，"政治"不仅是统治的行为描述，亦为道德之极则。政治，在中国古代实具有极强烈的伦理色彩。这一点在学术界已被普遍接受。

---

① 陈戍国点校：《四书五经》，岳麓书社 2002 年版，第 40—41 页。

② 同上书，第 18 页。

③ （清）朱彬：《礼记训纂》，中华书局 1996 年版，第 741—743 页。

④ 杨天宇：《礼记译注》，上海古籍出版社 2004 年版，第 428 页。

⑤ 刘泽华、葛荃：《中国古代政治思想史·导言》，南开大学出版社 2001 年版，第 4 页。

由此看来，古人观念中的“政治”与今人有关政治的认识实有不小差距。本书既以北宋词为考察对象，那么“政治抒情”一词中之“政治”，其取义亦当和中国古代政治的伦理型特点相关，即“政治”不仅是指以国家权力、制度、法令等实现对国民统治的活动，它更是作为一个渗透在时代价值取向、人际关系、利益诉求及人格风范等道德与生活层面的范畴；“政治”不仅包括统治集团对国家、社会实现统治的手段、方式与结果，同时从参与这种统治活动的个人角度讲，它更是指人们对仕途上出处进退状态的选择与道德评价。

## 二　本书研究的对象

“政治”既然是一个渗透在时代价值取向、人际关系、利益诉求及人格风范等道德与生活层面的范畴，也包括了人们对仕途上出处进退状态的选择及道德评价在内，那么词体文学中的政治抒情，亦自当指对产生于国家政治生活或个人政治际遇中的复杂情绪的表现。换言之，词体文学中的政治抒情是指词人将自己（或抒情者）作为政治事件当事人或政治生活参与者的内心波澜、情绪状态予以反映，或将自己于政治人物、国家政治状况的态度、观点及由此产生的思想情绪，以词的语言激荡而出。

从文本角度看，政治抒情具体包括了哪些类型作品？笔者认为，因政治抒情重在展示作者（抒情者）于国家政治生活或因个人政治际遇而产生的复杂情绪，故抒发政治情怀作品所涉及题材类型，是相当广泛的。如，登临吊古可引发词人由古及今之感怀，那么讥议时政、感慨世事，就很容易成为这类词作的抒情内容；伤春念远，亦可借以抒写政治进退之意绪；闺情别离，更易渗入政治生活中的悲喜感受。而反映作者于前代政治评价的咏史词，于当代政治或政治人物有所褒饰的应制词、祝颂词，反映抒情者厌战情绪或意欲立功疆场的边塞词，反映靠拢权门、追求功名利禄思想的干谒词，表达向往乡村山林、厌弃政治之情的隐遁词、题赠词，及反映追求政治功名过程中之活动与心迹的科举词、羁旅行役词，等等，这些词题材侧重虽各有不同，然其抒情内容因或多或少涉及词人的政治追求、政治态度、政治生活感受等，故它们实际上都在政治抒情这一概念涵盖的范围之内。以羁旅行役词为例，蒋哲伦认为：“宋代是中小地主阶层参政相当活跃时期，科举制度将天下读书人吸引到州府、京师，又使大批考生名落孙山，侥幸得中的，也大多沉浮小吏，辗转于各地州县。于是背井离乡的痛楚，便同怀才不遇，仕途蹭蹬的苦闷相交织，构成当时知识分子的普遍心态。”[①] 事实亦如蒋先生所论，羁旅行役，实际上并非简单的状写词人旅途劳顿之叹，其中不少是打入了作者政治上不得意之怀抱的。又如，北宋社会自庆历新政以后，党祸频仍，反映政治变故中词人因政治命运沉浮发之于心、应物斯感，记录其思想、情绪、心迹的荣升词、贬谪词等，更是负载政治抒情内容的好题材。

北宋从公元960年宋太祖“陈桥兵变”后立国，至公元1126年“靖康之变”后灭亡，这段时间中问世的举凡与政治抒情相关的词作，都在本书研究的范围之内。部分词人在“靖康之变”后亦创作了不少反映社会政治生活、抒发其政治抱负的作品，但因其时已进入南宋时代，故本书不予论列。

## 第二节　课题研究的学术价值

文学与政治的关系历来是人们关注的热点，从文学系统本身看，考察文学与政治的相互影响，可加深对文学史的理解，“作家的政治观点，作品的政治内涵，接受者的政治观念不仅在文学史上打上了鲜明的烙印，留下了浓厚的投影，而且当这些观念内涵与审美情感结合为某种政治情结，并历史地积淀起来之后，它本身就构成了文学史的一个重要方面的内容”。[②] 同时，文学与政治关系的考察亦有助指导文学创作的实践，至其微者，甚或帮助读者解读作品的意义。

政治生活在封建士人的一生中几乎占有绝对支配性地位，其价值观、主体精神、个人理想等都与之联系。所以，没有什么更能比政治上的荣辱、出处、沉浮、进退影响士人的生活状态。以北宋词言，因大量作品并非产生于专职词人之手，词人的官员身份及其于坎坷政治际遇中激荡在词体文学之中的丰富抒情内容，使得我们探讨北宋词政治抒情问题不仅有坚实的文本基础，同时也有很重要的理论与现实意义。概言之，有以下方面：

① 蒋哲伦：《词别是一家》，上海社会科学院出版社2005年版，第135页。
② 覃召文、李晟：《中国文学的政治情结》，广东人民出版社2006年版，序言，第1页。

## 一　打开宋词研究新思路

以往关注古代作家创作、文学发展，谈政治经济与大文化背景者多，但这样的讨论常失之空泛。“文变染乎世情，兴废系乎时序”，就一个时代文学发展的总趋势而言，这是没有问题的。然从文学的具体创造看，创作主体多数情况下是以个体单位进行，即作为精神活动的作家之创作绝对是一种高度自主的个人行为，社会与文化的外部因素也只有通过作家个体这个内部环节才会发生作用。所以理解作家个体生存境遇，或者说属于他的个性化创作生态，对理解其创作状态与作品的精神实质来说，至关重要，也更有价值。如讨论宋词发展繁荣的原因，论者往往认为宋代政权之建立客观上促进了社会繁荣，当权者对文人待遇优厚，提倡享乐文化等，都是其基本因素。如有的论者指出：“就时代背景考察，两宋经济发达，城市繁荣，市民娱乐为之勃兴……极大地刺激了具有演唱功能的词的创作，也为词的普及和推广提供了最充分的社会条件。”① “（宋代）官员们既有丰厚的俸禄，以满足奢华生活的需要……他们的享乐方式通常是轻歌曼舞，浅斟低唱。”“歌台舞榭和歌儿舞女既然成为士大夫生活中的重要内容，滋生于这种土壤的词自然会异常兴盛”，“整体而言，宋词的兴盛是与宋代都市的繁荣和文化娱乐业的发展密切相关的”；“词是宋代尤其是北宋社会文化消费的热点。由于都市的繁荣……社会对词作的广泛需求，刺激了词人的创作热情，也促进了词的繁荣和发展”②，“享乐的风气，就是宋词滋生繁衍的温床”③ 等。另外也有论者指出，宋词兴盛“本身特定的历史背景和社会条件”，除宋代经济繁荣、都市兴盛，宋廷于文人待遇优厚之外，还有统治者的提倡因素等。④

但是考察宋词作品个案可见，绝大多数却都不是在歌舞酒宴背景下创作的，更多的作品似乎也并不是城市繁荣、市民娱乐的需要及文人待遇优厚所能催生的。如北宋第一位大词人柳永开启了宋词繁荣之门，但文人“待遇优厚”一说显然与其无缘。唐圭璋认为柳永“约生于太宗雍熙四年

① 郭预衡主编：《中国古代文学史》第三册，上海古籍出版社 1998 年版，第 18 页。

② 袁行霈：《中国文学史》第三册，高等教育出版社 2002 年版，第 12—13 页。

③ 陶尔夫、诸葛忆兵：《北宋词史》，黑龙江人民出版社 2005 年版，第 37 页。

④ 马兴荣等：《广选新注集评全宋词·序》，辽宁人民出版社 2006 年版。

(987)”[①]，《石林燕语》卷六、《能改斋漫录》卷十六都认为柳永登第时间在景祐六年（1034），如是，则正像宋翔凤《乐府余论》所云其“及第时已老”。《福建通志》卷一七五谓柳永登第后“调睦州团练推官，皇祐中（1049—1054）历任屯田员外郎”。团练推官与屯田员外郎在北宋的官僚体系中，地位低下，其年俸收入比之朝官，甚至多数京官差得很远。《镇江府志》卷三载柳永皇祐五年（1053）去世后，王安礼守润州，因其“藁葬久无归者”，王掏钱葬之。那么柳永一生到底能吃北宋政权多少财政饭是可以想见的。又如晏几道，“点点行行，总是凄凉意”，是其《小山词》反复咏叹的主旋律，而他的个人生活更是“仕宦连蹇”、“家人饥寒而面有孺子之色”[②] 的凄凉无限，他自云“我罄跚勃窣，犹获罪于诸公，愤而吐之，是唾人面也”。黄庭坚认为其词“士大夫传之，以为有临淄之风尔，罕能味其言也”。[③] 那么小晏的创作就既不是“待遇优厚”所推动，也似乎并不是“社会对词作的广泛需求，刺激了词人的创作热情”所能说明。东坡词质量数量雄居北宋鳌头，其确曾官高位显，如以演唱需要、“待遇优厚”论其词之成就得来，似乎没有问题。但事实却恰不是这样。薛瑞生将东坡平生所作小词可编年者分作三个创作时期，其“神宗元丰庚申（1080）至元丰八年乙丑（1085）”“黄州与流寓江淮之时”竟达 111 首[④]，六年时间的创作占到其四十二年创作生涯中作品的 35%多，而这六年时间里，却正是他黄州“躬耕东坡”及江淮流寓时期，何来优厚待遇？贬谪中的词人精神上苦不堪言，行动上没有自由，在给朋友的信中说“黄州真在井底，杳不闻乡国信息”[⑤]，那么，此期的苏轼，其作词又是怎样受城市娱乐业发展影响的？反过来说，当他入翰林，“赐银绯”，待遇优厚、仕途腾达之时，却正是其词创作之低谷期。

秦观三十七岁登进士第，四十六岁，就开始了他的贬谪之路。据徐培均所笺注《淮海词》，其大致可编年作品 50 余首，而作于登第前、贬谪后之作竟达 43 首之多。[⑥] 这两个阶段对秦观来说，当然也无文人“待遇”可

---

① 胡传志：《柳永集》，山西古籍出版社 2004 年版，第 1 页。

② 黄宝华：《黄庭坚选集》，上海古籍出版社 1991 年版，第 371 页。

③ 同上。

④ 薛瑞生：《东坡词编年笺注》，三秦出版社 1998 年版，目录页。

⑤ （宋）苏轼：《苏东坡全集·苏东坡文集》，珠海出版社 1996 年版，第 1276 页。

⑥ 参见徐培均《淮海居士长短句》卷上、中、下，上海古籍出版社 1985 年版。

言，尤其他以戴罪之身贬谪边远荒蛮之地期间，又何来市民娱乐需要“刺激”其创作一说。

黄庭坚词《全宋词》录190首，《全宋词补辑》辑补2首，马兴荣、祝振玉校注之《山谷词》对其作品编年者103首。然编年作品中，作于词人治平四年（1067）登进士第至绍圣元年（1094）开始贬谪这二十八年中的仅有17首。相反，从绍圣元年至词人去世的崇宁四年（1105）十一二年中，他却作词86首，占到其全部创作近一半。漫长的贬谪生涯中，他被安置、除名编管于穷乡僻壤，待遇优厚之无稽尚且不论，城市繁荣，市民娱乐之勃兴总体上于他又有何干系？贬谪中的词人生活之惨淡，心境之萧索，从他把自己流寓中之居室命名为“槁木寮”、“死灰庵”[①]、“任运堂”[②]、“喧寂斋”[③]等即可看出。他那些无法编年的艳词，马、祝二先生在《山谷词》笺注中指出“多为其年轻时作品”[④]，而黄庭坚自己在《小山词序》中又说：“余少时间作乐府，以使酒玩世。”[⑤]如果“使酒玩世”的乐府确作于其年轻“未第时”[⑥]，那么，官员待遇优厚之说，于山谷艳词创作怕也是靠不住的。

不仅“专业”文人的创作难以用论者指出的原因圆满解释，那些半道出家的非“专业”文人之走进宋词创作队伍，也是难以完全用上述观点说明，抗金大将韩世忠由将军变作词人就是一个典型例子。韩世忠与岳飞并肩作战，岳飞遇害，韩解职。这位“生长兵间，不解书”的军人离开部队以后不仅学起了书法，而且染指填词。宋费衮《梁溪漫志》载：

> 绍兴间，韩蕲王自枢密使就第，放浪湖山，匹马数童，飘然意行。一日，至湖上遥望，苏仲虎尚书宴客，蕲王径造其席，喜甚，醉归。翼日，折简谢，饷以羊羔，且作二词，手书以赠，苏公缄藏之，亲题其上云：“二阕三纸，勿乱动。”淳熙丁未，苏公之子寿父山丞太府携以示蕲王长子庄敏公，庄敏以示予，字画殊倾欹，然其词乃林下

① 马兴荣、祝振玉校注：《山谷词》，上海古籍出版社2001年版，第304页。

② 同上书，第305页。

③ 同上书，第308页。

④ 同上书，第1页。

⑤ 黄宝华：《黄庭坚选集》，上海古籍出版社1991年版，第371页。

⑥ 马兴荣、祝振玉校注：《山谷词》，上海古籍出版社2001年版，第2页。

道人语。庄敏云："先人生长兵间，不解书，晚年乃稍稍能之耳。"①

韩世忠之罢兵职在宋高宗绍兴十一年末（1141）。自此，他"杜门谢客，绝口不言兵，时跨驴携酒，从一二奚童，纵游西湖以自乐"②，而创作上述"林下道人语"之词也正在此时。但这样的作品不仅当时要被苏轼之孙苏符"缄藏之"，题"勿乱动"字样，而且要等四十七年之久才能由他们的后人拿出来面见天日。那么，如果以经济繁荣、社会声色享受"刺激"创作的理论观照，则这位将军词人的作品之不敢示人近乎半个世纪是难以解释的。

宋代最后的大词人姜夔、吴文英，其词名冠绝当世，遗韵风传后代，他们却始终都是未出仕的知识分子。姜夔存词80余首，精品不少，其一生全靠亲戚、朋友接济度日；吴文英存词340多首，如此高产却"潦倒终身，晚年困踬而死"。③ 他们又有哪一个在享受着宋王朝优厚的文人待遇？

也许对一代文学繁荣原因的探讨，不能做如此微观极端的个案考察，但是不从个体的特殊性出发，又如何可以得出能够涵盖所有个体情况的宏观、普遍的结论？既然上述词人的创作热情并不一定是待遇优厚、社会对词作广泛需求所"刺激"之产物，那么理解宋词繁荣发展的原因，研究宋词成就之得来，是否还可有其他思路怕还是要具体分析的。

钱穆云："宋朝的时代，在太平景况下，一天一天的严重，而一种自觉的精神，亦终于在士大夫社会中渐渐萌茁。所谓'自觉精神'者，正是那辈读书人渐渐自己从内心深处涌现出一种感觉，觉到他们应该起来担负著天下的重任。"④ 宋代自范仲淹放唱"燕然未勒归无计"表现其自任天下、献身国家的情怀以来，其中后期政治领域中，风起云涌的政治革新乃至争权夺利的政治斗争，莫不在词人笔下有或隐或显，或正或反的表现。为什么宋代自太祖开国至真宗时代，半个多世纪中仅有30余首词作问世，而熙丰、元祐以后北宋词坛却名篇层出、佳作如林？为什么一度唱响词坛、大有扭转宋词发展方向的苏轼词风至北宋后期接踵无人，而词坛却走出了专事技巧雕琢的周邦彦，及以大晟词人为主体的谀颂词人群？理解这

① （宋）费衮：《梁溪漫志》，三秦出版社2004年版，第247页。

② （元）脱脱等：《宋史》，中华书局1977年版，第11367页。

③ 朱德才：《宋词十八家·吴文英词》，文化艺术出版社1999年版，第1页。

④ 钱穆：《国史大纲》，商务印书馆1996年版，第558页。

些现象，如果脱离对时代政治的观照，忽略北宋中后期词人之创作生态受到政治挤压、影响情况，那我们至少对宋代词史的理解是不够完善的。

这也就涉及对宋词繁荣原因进一步审视的问题。既然词在宋代的一枝独秀，不仅是独特的文学景观，更是一个复杂的文化现象，那么“文变染乎世情”，风云变幻的宋代政治形势之影响宋词创作就是可以忽视的吗？以北宋词发展为例，在太祖、太宗、真宗等当政的宋初半个多世纪时间里，除朝廷对外用兵之外，一般官员的政治生活相对稳定，此时宋词的创作却可以说一片荒芜；仁宗庆历年间，当范仲淹等拉开政治革新序幕，三十余年后，影响整个北宋中后期政坛稳定的王安石变法继起，北宋词随之也进入其发展最为辉煌迅猛的时期。不仅许多大词人此时登上词坛，且北宋词题材之开拓，抒情内蕴之丰富，也都是在这个时期达到巅峰状态。至北宋末，政争引发的文禁、文祸尤为惨烈时，北宋词之创作随之也进入了它的晚秋时节。故，仅以北宋词的发展轨迹看，政治之影响词体文学发展变化的轨迹是相当明显的。如是，词体文学政治抒情问题的研究就显出了它的意义。

## 二　推动北宋文人创作心态研究

中国文化造极于赵宋之世，今人一般多唐宋并提，实则文化建树上唐不如宋远甚。为诗纵横捭阖如李白，千锤百炼如杜甫，掉颗牙、生根白发亦入诗之细腻琐碎如白乐天，居然都没有可值一提的文集单行传世，实非偶然。宋人则是有诗者几乎个个有文集，甚至很多我们如今称之为诗人、词人的宋人，其在当时文名盖过诗名，诗名盖过词名。不少人更是集文章家、诗人、经学家、史学家、词人于一身。宋人学识之渊深，创作力之旺盛，精神生活之宏富实非多数唐人敢望其项背。

然从纯文学角度考察宋人创作，则其无疑太多庙堂文学。宋人文集尽管超过唐人四至五倍，《全宋文》字数亦为《全唐文》十倍之多；宋人存诗千首以上者尽管估计在百人以上，宋诗总量亦近乎为唐诗之五倍。[①] 但诗、文这种形式的文字一定程度上并不真实展现宋代作家的心灵世界。如

① 按：1986年立项、北京大学故文献研究所孙钦善先生主持历数年完成的《全宋诗》编纂汇总，宋诗共计247183首，存目323首（句）；另据四川大学古籍研究所曾枣庄、刘玉林先生主持编纂之《全宋文》，收文20万篇，字数一亿左右，是《全唐文》的10倍。

有论者认为，“从某种意义上说，在宋人眼中，诗歌也主要是一种言说方式而不是情感思绪的自然呈现”①。宋人因高扬主体精神，故人人都想要表达个人见解，诗歌即成为其选择的最佳形式，宋诗一定程度上是宋人建构自身话语体系的言说形式，而非情绪意念的真诚流露。那么对宋人来说，其私人情感世界的风风雨雨又在哪一种文体中存身呢？论者多认为就在词中。

这就大致可以解释为什么宋人认为不值一提的“诗余”，何以又成为人见人爱之文体，以致“文章豪放之士，鲜不寄意于此”。词于宋人之可爱，完全在于词人无论怎样抒写内心隐秘难言之事，至少是不用太在乎主流话语、通行话语之说三道四，不会太在乎会招惹谁、得罪谁。作诗稍有不慎会贻人口实，酿成大狱，但在宋代历史上，还没有发生过谁因为写词而陷身牢狱大灾。

诗歌因其体式之古老，传统之久远，故说它已经不是完全开放的系统似并不为过。“江西诗派”谨守作诗之法正说明，诗至于宋，已有深入人心之成规，不可随便作诗已几成人人接受之观念。而词则是兴起未久的体式，是一个较为开放自由的系统。因其兴起未久，故所有权还未有明确归属。于是，柳永以之写市井婉约，苏轼则以之言杰士豪壮；柳永从形式上改造以供其展衍铺写，苏轼则从情韵上变革使之从心所欲，甚至将作诗之法引入词世界，他也无所顾忌。究其原因，实在是因为此时的词体文学在宋人眼里，似乎还是被看作一个开放的、任人自由挥洒的白板系统，是一个任人打扮的小姑娘。五代词虽近在眼前，李煜等尽管成就不菲，但因其国为大宋所灭，其人亦多为宋王朝所虏，政治与文化环境的不适宜，使得他们的创作一时还不能成为宋人效法的对象。词在唐五代本已有长足发展，而入宋以后直至柳永登上词坛前，超过半个多世纪时间，词的发展却几乎停滞。这个词史上的“断层”，岂不也预示着宋词从此后也就有了“另起炉灶”的自由？

惟其自由，就少顾忌和限制，抒情上亦可如鱼随水，机任天然。如此，则如论者所惊叹的，即使正襟危坐如欧阳修，亦可在词中一变其庄严的道学家面孔，“自然地袒露出词人真实的感情”。②

---

① 李春青：《宋学与宋代文学观念》，北京师范大学出版社2001年版，第68页。

② 黄拔荆：《中国词史》，福建人民出版社2003年版，第144页。

也正因为较之宋代他类文体，宋词所流露的感情更具直截真实性，所以，它就有可能为我们展示一幅宋代文人真正意义上的心态图画。尤其仕宦为政之心态，如果说在他类体裁作品中之表现会受到限制，那么，在宋词中它的实现，就会相对宽松容易。于此，北宋词之政治抒情问题的研究，其意义亦可得凸显出来。

政治生活历来是文学表现的重大主题。北宋自“乌台诗案”以后，文学中关乎当代尖锐政治问题的抒情内容，在诗歌、散文中就很少有反映了，但是这一主题并未消匿，它转到了词体文学中。如果我们于之不作较详细的考察、探讨，则对北宋文学的全貌，甚或宋词抒情面貌的观照都会是不全面的。

历史的殷鉴永远是服务现实的。考察北宋词政治抒情状况，评价其政治倾向、政治内容，分析其政治影响、政治作用，探讨其审美抒情中的政治性质、政治意义及表现方式，于当代文学创作亦有借鉴意义，此毋庸多言。

## 第三节　研究思路与方法

### 一　课题研究现状

在宋词研究史上，20 世纪初迄今是最为辉煌的阶段。20 世纪百年时间里，海内外共计出版宋词研究专著 1342 部，发表相关研究论文超过 5465 篇，而自 2000 年至 2007 年这八年时间里，仅大陆地区又有超过 1500 篇宋词研究论文问世，宋词研究专著的出版数量较之过去更是惊人。仅 2002 年至 2003 年两年间就有 207 部问世，占到该年宋代文学研究专著几近一半。

然在惊人的数字背后，又可见宋词研究的分布很不平衡。20 世纪百年宋词研究论著中，有过千部是属于宋词选本或词人作品集的整理、笺注或一般性赏析。进入 2000 年以来，情况亦大致如此。如 2002 年至 2003 年出版的 207 部宋词研究专著中，有 143 部著作是宋词的相关选本。20 世纪公开发表的宋词论文中，研究北宋词的论文有 3000 余篇，实际上，仅研究柳永、晏几道、欧阳修、苏轼、秦观、周邦彦几位的论文就占到了所有研究北宋词论文总数的 80％左右。进入 21 世纪的这前八年中，此研究分布情况也未有大的变化，就大陆地区刊物这几年的发表情况看，有关上述几位词人的研究论文亦达到了总数70%以上。

在上述诸多研究论著中，有关北宋词政治抒情问题的整体研究还未有专门著作或专篇论文涉及。即使从词人个体研究角度看，北宋词政治抒情研究较之庞大的北宋词研究阵容，依然是个死角，因为从政治抒情角度研究北宋词人作品与创作的论文呈凤毛麟角之势。从研究的具体情况看，自20世纪初现代词学创立以来，有关本论题研究主要体现为两种形式，一是研究词人个体作品抒情内涵时涉及政治抒情内容，二是对北宋文坛或词坛进行整体研究时涉及政治抒情内容。

专从政治抒情角度讨论宋词抒情问题的论文，最早是金性尧于1940年4月发表在《国风》半月刊上的《宋代文学中之国难词》一文，这也是整个20世纪宋词研究中与本论题有关的第一篇论文。尽管此文服务于当时抗战形势，重点讨论的是宋代“靖康之变”以后词，但它却为宋词政治抒情研究开了先路。此后，至60年代后期，研究词体文学政治抒情的论文又出现了虞君质《两宋词人的战斗精神》及宛敏灏《南宋两种不同的词风——慷慨愤世和感喟哀时》两文，后者虽然谈的是南宋词，但这却都是当时少见的宏观考量宋词政治抒情的早期之作。①

20世纪八九十年代以后，涉及北宋词政治抒情研究的专题论文与专著渐多。相关论文主要有：叶嘉莹《说周邦彦词之政治托喻——兼说〈渡江云〉(晴岚低楚甸)》②；谢桃坊《周邦彦词的政治寓意辨析》③；杨海明《论唐宋词中的忧患意识》④；罗明彬《略论宋代女子爱国诗词》⑤；李生辉《试论苏词中的政治家形象》(上)，《试论苏词中的政治家形象——兼论(辛弃疾以前)词史上抒情形象的推移》(下)⑥；汝东《亡国之音哀以思——

① 虞君质：《两宋词人的战斗精神》，发表于1958年8月9日《中央日报》；宛敏灏：《南宋两种不同的词风——慷慨愤世和感喟哀时》发表于1957年11月之《语文教学》。

② 叶嘉莹：《说周邦彦词之政治托喻——兼说〈渡江云〉(晴岚低楚甸)》，《河北大学学报》1987年第3期。

③ 谢桃坊：《周邦彦词的政治寓意辨析》，《天府新论》1987年第6期。

④ 杨海明：《论唐宋词中的忧患意识》，《学术月刊》1987年第4期。

⑤ 罗明彬：《略论宋代女子爱国诗词》，《玉林师专学报》1987年第4期。

⑥ 李生辉：《试论苏词中的政治家形象》(上)，《丹东师专学报》1987年第1期；《试论苏词中的政治家形象——兼论(辛弃疾以前)词史上抒情形象的推移》(下)，《丹东师专学报》1987年第3期。

说宋徽宗词》[①]；黄益元《政治家忧乐和文士情怀——论范仲淹词的矛盾和统一》[②]；汪小洋《苏词与北宋党争》[③]；崔海正《论东坡的宦情词》[④]；丰家骅《论柳永歌咏太平的词》[⑤] 等。这些论文虽多从词人个体或作品个案角度论政治抒情问题，其中甚至不乏尖锐论争，但无疑对推进北宋词政治抒情问题研究产生了深远影响。此后出现的论著有从文学（包括词）与党争角度讨论问题的，即与此一脉相承。

专著中较多涉及北宋词政治抒情问题的首先当推杨海明著《唐宋词史》。如该著专辟一章讨论柳词"承平气象"和"羁旅行役"问题时指出，"由于他写了这么多歌咏城市风光和'承平气象'的词（主要是慢词），所以，在不少人心目中，柳永便是一位'太平时代'的歌手，甚或'粉饰太平'的词人……这些作品，也正反映了他羡慕于富贵生活理想和以词为谀世之具的创作心理"[⑥]。甚至关于柳永"羁旅行役"词多用秋景的问题，杨著亦指出，柳词在悲秋之下是藏有其"贫士失职而志不平"心绪的。又如讨论苏轼词，杨先生认为苏轼之前的词，充其量只是反映了作者多重生活中的部分侧面，只有到了苏词才真正全面反映士大夫生活的全部。[⑦] 苏轼是一位忧国忧民、深有抱负的士大夫文人，他的某些词"带有较浓的政治色彩，较深的现实感受性，它不再是那种缺乏时代气息，虽分置于各个朝代都不易分辨的'彩花'，而是直接扎根于当代社会土壤中、带有现实气味的'鲜花'"。他认为苏词《沁园春》（赴密州早行，马上寄子由），《江城子》（老夫聊发少年狂），《念奴娇·赤壁怀古》等词作，有苏轼政治上欲有所为而抱负无法实现的感叹，更有继承范仲淹《渔家傲》情怀的爱国深情在[⑧]，而苏词的忧患意识具有深广性、解脱性的特点，"他所忧患的，已不光是具体的政治风波，而是针对着整个人生，整个人类的'目的'和

① 汝东：《亡国之音哀以思——说宋徽宗词》，《大公报》（香港）1990 年 12 月 14 日第 18 版。

② 黄益元：《政治家忧乐和文士情怀——论范仲淹词的矛盾和统一》，《铁道师院学报》1989 年第 1、2 期。

③ 汪小洋：《苏词与北宋党争》，《江苏教育学院学报》1995 年第 1 期。

④ 崔海正：《论东坡的宦情词》，《齐鲁学刊》1989 年第 6 期。

⑤ 丰家骅：《论柳永歌咏太平的词》，《吉林大学社会科学学报》1992 年第 4 期。

⑥ 杨海明：《唐宋词史》，天津古籍出版社 1998 年版，第 293 页。

⑦ 同上书，第 326—327 页。

⑧ 同上书，第 334—335 页。

‘意义’”。[①] 又如，其论贺铸《六州歌头》云：“此词不仅第一次出现了思欲报国而请缨无路的奇男子形象，而且也是宋词中第一首真正称得上是抨击投降派，歌颂杀敌将士的爱国词篇。后来张孝祥所作另一首著名的《六州歌头》，就明显是继承贺词而来。”[②] 杨著这些精辟的论述，已深刻触及北宋词政治抒情问题的某些本质问题。

除此外，产生于20世纪后期的专著中涉及北宋词之政治抒情问题者尚有谢桃坊的《宋词辨》等。谢著批评论者有关清真词政治寄托说指出：“周邦彦词是向来最有争议的，曾被认为脱离现实，内容空虚，具有严重的形式主义倾向。近年对周邦彦及其词的评价又出现了另一个极端……以寄托论词来发掘其词的政治寓意而予以过高的评价……当然对他的评价不应因此否定其在词史上的重要意义，但也不宜以寄托的方法从其词中寻求政治寓意而为其政治态度曲说辩护。”[③] “宋人习惯于将严肃的政治内容用诗文来表现，而将词作为‘小道’或艳科对待，周邦彦亦然。”[④] 谢文尽管是否定清真词有政治寄托，然这类论述不仅有助于引导北宋词政治抒情问题研究向纵深发展，亦可使读者大致领略20世纪末，学界曾就清真词政治抒情问题进行学术论争的情况。另，除论北宋词外，《宋词辨》还论及南宋词政治抒情问题，如该书指出了梦窗词在写个人不幸、人生和政治苦闷、浪迹江湖的辛酸等词篇中，具有的批判现实意义，张炎词有特定的爱国情感等，这些论述对理解北宋词之政治抒情问题也是有启发意义的。

将北宋社会政治问题和文人政治命运、创作等联系起来考察，也是20世纪后期此领域出现的研究新气象。人民出版社1998年出版的浙江大学沈松勤先生博士论文《北宋文人与党争》，在对北宋党争分阶段进行详尽梳理之后，又对党争于文人的政治命运及其创作之影响进行了深入细致考察。如其第五章“北宋党争与文人分野”，即分列“王安石与新党文人群”、“苏轼与‘苏门诸子’”、“黄庭坚与江西诗人群”三节内容进行论述。第六章“北宋党争与文人创作的互动”，更分阶段对北宋党争于文学创作之影响作了深入讨论。此著虽非专论北宋词政治抒情之作，但无疑为北宋

① 杨海明：《唐宋词史》，天津古籍出版社1998年版，第341页。

② 同上书，第388页。

③ 谢桃坊：《宋词辨》，上海古籍出版社1999年版，第144页。

④ 同上书，第5页。

词政治抒情问题的研究提供了重要思路。

2000年以来的七八年时间里，有关北宋词政治抒情问题的研究亦有较大进展。涉及此论题的论文主要有：《元祐党人贬谪心态的缩影》；[①]《晁补之词中的沉咽悲凉之音》；[②]《宋代士人的迁谪心态与迁谪词风》；[③]《黄庭坚蜀中词简论》；[④]《论秦观后期词凄婉的抒情特色》；[⑤]《论苏轼黄州时期的词》[⑥]等。这些论文研究北宋词政治抒情问题的视阈比之20世纪中后期明显拓宽。如王水照从北宋词人政治贬谪的角度论其词抒情特色，为北宋词的发展与特色形成提供了全新的阐释思路。张再林论文则着意阐明宋代士人迁谪心态特征与迁谪词风之间的动态联系。认为"宋代词人中最善处迁谪，且'迁谪词'数量众多、影响最大的，当属词坛巨擘苏轼"。而黄庭坚"抒发迁谪襟怀的作品最能反映他的人生态度和思想性格特点，贬谪蜀中期间是黄庭坚词创作的丰收期"。他还将宋代迁谪词按内容分作三类：作于迁谪期间的词；迁谪之前或过后展望迁谪生活或回忆迁谪时期的思想、生活经历的词；对别人的迁谪发表评论、感想的词等。而对范仲淹、苏轼、秦观、黄庭坚、晁补之等人之创作展开具体研究的几篇文章，也都是试图从作者本人的政治际遇中解读其与词之创作的关系。这些文章虽数量不多，却无疑为进一步研究北宋政治抒情词奠定了基础。

以2000年以来出版的专著或所完成博士论文看，亦有一些涉及了本论题的研究，如诸葛忆兵《徽宗词坛研究》，萧庆伟《北宋新旧党争与文学》[⑦]，梁葆莉《宋代祝颂词研究》等。[⑧]《徽宗词坛研究》对徽宗年间所谓"大晟词人"考论深入，尤其对周邦彦提举大晟府、大晟词人创作谀颂词等问题论之颇详。如其论大晟词人认为，"他们的创作，成为北宋末年世风的直接表现"，谀颂词创作直接与当时政坛风气相关。[⑨]另外，该著在论

---

① 王水照：《元祐党人贬谪心态的缩影》，《王水照自选集》，上海教育出版社2000年版，第638页。

② 徐博文、何尊沛：《晁补之词中的悲凉之音》，《贵州社会科学》2002年第4期。

③ 张再林：《宋代士人的迁谪心态与迁谪词风》，《中国韵文学刊》2002年第2期。

④ 王红霞：《黄庭坚蜀中词简论》，《四川师范大学学报》2003年第3期。

⑤ 丘斯迈：《论秦观后期词凄婉的抒情特色》，《理论月刊》2004年第5期。

⑥ 李钟振：《论苏轼黄州时期的词》，《中国韵文学刊》2005年第2期。

⑦ 萧庆伟：《北宋新旧党争与文学》，人民文学出版社2001年版。

⑧ 按：梁葆莉《宋代祝颂词研究》一文为北京师范大学2007年度博士毕业论文。

⑨ 诸葛忆兵：《徽宗词坛研究》，北京出版社2001年版，第40页。

及北宋俗词创作，徽宗词坛“诗化”倾向深入等问题时，都涉及了有关词体文学的政治抒情问题。《北宋新旧党争与文学》一书，正如吴熊和在其《序》文指出的，“是一部从政党政治角度研究文学史的著作”。全书分列八章论述北宋党争背景、经过，文人在党争中的沉浮、心态，以及党争对文学创作的深刻影响等问题，其中实际亦涉及北宋词的政治抒情背景与抒情内容等问题。此外，梁葆莉《宋代祝颂词研究》第一章之二、三、四节讨论北宋祝颂词之初兴时，也多涉及词之政治抒情问题。如其二、三节即分别以“真宗天书事件与祝颂词”及“北宋中后期文字之祸与祝颂词之创作”命题，即是将祝颂词之创作与政治问题结合论述。

除上述论著外，2000 年以后出版的专著中尚有黄拔荆《中国词史》，陶尔夫、诸葛忆兵《北宋词史》、日本学者保苅佳昭《新兴与传统——苏轼词论述》等，或于作品评析中，或于专节论述中，都论及北宋词政治抒情问题。如保苅佳昭讨论苏词与政治事件之关系认为，苏轼是宋代（或词史上）第一个吟咏官场之事的词人。如他论苏轼黄州词作中所咏之“狂”，认为这是其政治上遭遇打击后寻找精神支柱的产物。[①]

总之，纵观自 20 世纪初以来百年多时间宋词研究，关于北宋词政治抒情问题的探讨整体上是沉寂的，凡所涉及的北宋词之政治抒情问题论述，大都是零星片段而难成体系。其原因大致和人们长期以来对诗、词文学表情功能的认识有关。北宋自苏轼以来，尽管“以诗为词”已成为人们都能看得见的词之表现手段，但是关于词体文学的抒情性质，长期以来，多数人还是愿意将其“规范”在歌儿舞女的范域里来研究。20 世纪中后期虽然学界也有从政治角度研究宋词的趋势，但仅仅限于爱国词，其中又以对南宋爱国词研究居绝对优势。这样的带有先入为主意识且又未能在大文化视野下进行词体文学观照的研究，必然使学术眼界受到局限。进入 21 世纪以后，随着论者从北宋词之个案研究走向更深入的整体研究，从词人个体创作研究走向北宋文学创作的整体生态研究，不仅研究的对象有了拓展，研究内容亦相对前期更为深入。有了这样一些研究的积累，笔者关于北宋词政治抒情问题的研究，就有了可资借鉴的对象，这正是本书以下展开讨论的基础所在。

---

① ［日］保苅佳昭：《新兴与传统——苏轼词论述》，上海古籍出版社 2005 年版，第 18 页。

## 二　研究思路与方法

缪钺说："诗之所言，固人生情思之精者矣。然精中之复有更细美幽约者焉，诗体又不足以达，或勉强达之，而不能曲尽其妙，于是不得不别创新体，词遂肇兴。"① 薛砺若也说："词在两宋，不独能代表宋人的文学，且为宋人的灵魂。"② 词之起源既已昭示它具有表现人生情思之精者中复更细美幽约者的功能，"幽约怨悱之思，非此不能达"③，而我们所要做的，就是要深入探讨北宋词人灵魂深处这种"更细美幽约"的情感，它究竟是什么？怎么生成？表现形式又怎样？

然词的心绪型文学特点及其抒情上的直接切入，使之不一定要记录、反映什么重大的政治事变，也基本忽略作品本事背景的交代，这也就给读者理解其抒情性质带来了一定困难。从宋词文本中往往可以看到，作者着墨重点多放在抒情者心态的抒写上，读者在大多数情况下判断作品的抒情性质，也只能从词作文本字面入手。而关于一首词情感生成之因，影响作者情绪走向变化的因素，进入作品的情韵构成及其意义指向，这些问题如果要完全通过对作品文本字句的解读来解决，并不容易。尤其是在一些情况下，作者似乎不仅不愿在作品中把自己的抒情性质明确告诉读者，甚至还有意回避。比如他抒哀愁，究竟此愁因何而起，是否与政治相关？这对我们探讨一首词的抒情性质是重要的。但恰恰是，当我们要还原作者这种创作动机与心态时，又颇感力不从心。如陈瓘两首《减字木兰花》：

大江北去，未到沧溟终不住。淮水东流，日夜朝宗亦未休。香炉烟袅，浓淡卷舒终不老。寸碧千钟，人醉华胥月色中。④

华胥月色，万水千山同一白。南北相望，独醉香山旧草堂。淮岑妙境，十载醺酣犹未醒。一腹便便，也读春秋也爱眠。⑤

前首写江水东流不止，炉烟舒卷不老，而人亦"寸碧千钟"，"醉华胥

① 缪钺：《诗词散论》，上海古籍出版社1982年版，第54页。

② 薛砺若：《宋词通论》，上海书店1985年影印版，第2页。

③ 缪钺：《诗词散论》，上海古籍出版社1982年版，第59页。

④ 陈瓘：《减字木兰花》，见唐圭璋编《全宋词》，中华书局1965年版，第632页。

⑤ 唐圭璋编：《全宋词》，中华书局1965年版，第632页。

月色中”。流水永恒，炉烟不老，其意似在感叹人生之有限，表现要融生命于自然的生活态度。其二云“淮岑妙境，十载醺酣犹未醒”，“一腹便便，也读春秋也爱眠”，亦似抒写其萧散的生活心态。这似乎和政治抒情均无牵涉。

然细察其文本不难发现，前首中实则也有一种人陷世路的无奈情怀在，这从“终不住”，“亦未休”之用词可见。而后一首却是“华胥月色”与“春秋”共用，同一首词里，作者亦儒亦道，既表示要忘却世情，又还“也读春秋”，如果联系陈瓘所处北宋激烈的党争政治环境，崇宁中他被除名窜袁州、廉州，移郴州，复宣德郎后，又坐事安置通州，移台州等遭遇，及他平生论蔡京、蔡卞，皆发露其心迹，最为当权派所嫉恨的情况，那么这两首词情绪的生长点似乎又是可以把握的。而他的另外两首词《卜算子》与《满庭芳》，其政治抒情意味则很显豁：

> 身如一叶舟，万事潮头起。水长船高一任伊，来往洪涛里。　潮落又潮生，今古长如此。后夜开尊独酌时，月满人千里。[①]
>
> 扰扰匆匆，红尘满袖，自然心在溪山。寻思百计，真个不如闲。浮世纷华梦影，嚣尘路、来往循环。江湖手，长安障日，何似把鱼竿。　盘旋。那忍去，他邦纵好，终异乡关。向七峰回首，清泪班班。西望烟波万里，扁舟去、何日东还。分携处，相期痛饮，莫放酒杯悭。[②]

《卜算子》以舟喻己，写政治浪潮与人生之关系。宦海浪恶，但他表示“水涨船高”，自己定要不以之为意；《满庭芳》以浮世纷华之循环及“长安障日，何似把鱼竿”之相较，表达远赴他乡情致之矛盾与痛切。这两首词抒发人在宦途，深觉痛楚而欲言难言的政治感受，这是很清楚的。再如欧阳修的一首《玉楼春》词：

> 尊前拟把归期说，未语春容先惨咽。人生自是有情痴，此恨不关风与月。　离歌且莫翻新阕，一曲能教肠寸结。直须看尽洛城花，

---

① 唐圭璋编：《全宋词》，中华书局1965年版，第632页。

② 陈瓘：《满庭芳》，见唐圭璋编《全宋词》，中华书局1965年版，第633页。

始共春风容易别。

黄拔荆认为："此词表面写伤春伤别，可是从'此恨不关风与月'一句来看，分明不是指男女爱情的伤别，而是包含着对美好事物赏爱的深情，然则何尝不是对人生苦难有着沉痛的感慨呢？这种含有遣玩意兴的口吻，显然是对现实有所不满。联系欧阳修因"庆历新政"而贬官的事实，词中寓意虽不言而自明。"此论是有道理的。欧阳修既是北宋初年的重要词人，亦为古文革新家和著名政治家。他和范仲淹一样，年轻时就以天下为己任，在所参与的"庆历新政"失败后，度过贬谪生涯长达十年之久，才能与抱负难以施展，这种抑郁情怀岂能不在其作品中有所流露？

钱穆论中国古代科举考试时指出："诗赋以薄物短篇，又规定为种种韵律上的限制，而应试者可以不即不离的将其胸襟抱负，理解趣味，运用古书成语及古史成典，婉转曲折的在毫不相干的题目下表达，无论国家大政事人生大理论，一样在风花雪月的吐属中逗露宣泄。"[①] 此虽论诗赋，也同样适合于词。词之风花雪月的题材，绵邈婉转的抒情方式，虽和诗赋有别，其为文学也未必与政治发生实际关系，但因它抒发的是人生情思之更细美幽约者，既是文人更是官员的北宋词作者，其宦海沉浮、个中冷暖，有不足为外人道者，亦有可为外人解者，这些或显或隐的情感活动涌动于其创作之中自在必然。

所以判断一首词的抒情性质，虽有诸多困难，亦并非全不可能。本书采取的方法是：以文本解读为基础，词、诗、文、史互证。互证的目的，当然意在较全面揭示作品之情韵内涵。北宋词自欧阳修、小晏以来，实际上已较少有艳情词百分百专写男女私情。人生的大感伤岂止男女间的同心离居？甚至对有心在国家政治生活中作出一些成绩却仕宦坎坷的士人（当然其必得首先也是词人）来说，男女之间的离情别恨难道还算人生大感伤？所以，似秦观那样将身世之感打入艳情的写法，在北宋中后期党争炽烈的政治背景下，实在并不算一种特别的选择。基于这样的认识，本书在探析北宋词政治抒情内容时，也采用了宏观与微观结合，考证与辨析融通的思路。比如对作品文本内涵之解析，笔者主要从以下两方面入手考察：一是题序所述作词之背景。北宋词自张先始有题序，到苏轼、舒亶等人，

① 钱穆：《中国文化史导论》，（台北）正中书局1948年版，第128页。

使用题序，几乎成为常例。题序与词既相联系又各自独立，一般情况下，题序会陈述作词缘由、时地甚至作者当时心情等有关背景情况，这对把握全词的抒情性质、内容有重要的作用；一是作词之环境、时间与作者生平行状的对应关系。从分析词作正文入手判断其抒情内容，当然是最为可靠、直截的途径，作品文本的蛛丝马迹总能给我们提供许多挖掘其抒情内涵的线索。然结合相关外围材料，则更有助加深对作品内容的认识。总之，只要作者身处宦途参与政治生活，只要他于词之创作是发自本真之心而非有意规避什么，那么其于政治生活相联系的种种心态、情绪，透过词本文与相关材料之考索，还是可以窥察到的。

当然也有些词是重在表现政治态度，其抒情性质显豁，自无足细论。

## 三　北宋词政治抒情发展阶段的划分

关于宋词发展，学界有“六期”或“六代”之说。[①] 以北宋言，尽管有一百六十七年历史，但作为词史的主要叙述对象，实际只有一百二十年时间，因为宋初半个多世纪仅出现词作 33 篇，此期词坛还不能算作一个独立的时期。王灼《碧鸡漫志》卷一就曾说：“国初平一宇内，法度礼乐，浸复全盛，而士大夫乐章顿衰于前日。”李清照《词论》评“本朝”乐章以柳永为开端，似也能说明这个问题。故，本书结合北宋词发展演变状况，将北宋词政治抒情的具体发展阶段亦分作三个时期来考察。

---

① 按：持“六期”说者如薛砺若先生，他在《宋词通论》中说，“北宋南宋的术语，只能用在政治史上，若用在词学史上，不独太感笼统与模糊，而且也是一种很不自然的分解。因此本书对于此问题，乃划为六个时期，加以叙述”。他的“六个时期”中前三个时期在北宋，后三个时期在南宋。如北宋词发展的三个时期是：第一期，由宋初一直到仁宗天圣、庆历间，是北宋词的蓓蕾含苞时期，代表作家有晏、欧；第二期，由仁宗天圣、景祐以后起，直至英宗、神宗、哲宗三朝，是“花之怒放时期”，是创造时期，代表作家有柳永、苏轼、秦观、贺铸、毛滂；第三期，由哲宗末年历徽宗一朝，直至汴京被陷以前止，是“柳永时期”的总集结时期，以周邦彦为代表。以上见《宋词通论》，上海书店 1985 年影印，第 31—35 页。另，张明非主编《唐诗宋词专题》亦将宋词之演变发展分作六个时期。即沿袭期（代表词人有柳永、张先、晏殊、欧阳修、晏几道等）；变革期（代表词人有苏轼、秦观、贺铸、周邦彦）；过渡期（李清照、张元干、陈与义、朱敦儒、张孝祥）；中兴起（陆游、辛弃疾、陈亮、刘过、姜夔）；衰落期（吴文英、史达祖、周密等）。见《唐诗宋词专题》，高等教育出版社 2003 年版，第 151—169 页。持“六代”说者，如刘扬忠先生，他在其主编的《中国古代文学通论・宋代卷》中，将北宋、南宋词人群各分作三代。以北宋言，柳永、范仲淹、张先、晏殊、欧阳修等为第一代；苏轼、秦观、黄庭坚、贺铸、晏几道、王安石、周邦彦等为第二代；叶梦得、朱敦儒、李纲、李清照等南渡词人群为第三代。以上见傅璇琮、蒋寅主编《中国古代文学通论・宋代卷》，辽宁人民出版社 2005 年版，第 51—58 页。

这三个时期分别是：起始期、兴盛期和衰落期。处于起始期的北宋词政治抒情，其时间范围包括了从北宋立国到英宗登基前一百余年时间，其内容主要涉及两个方面，一是描写都市繁华、颂盛世太平，反映社会政治之安定；二是通过羁旅行役、出塞卫边、湖光山色描写等题材，反映词人仕宦荣通、建功立业等复杂的从政心理，代表词人主要有柳永、范仲淹、欧阳修诸人；鼎盛期从英宗治平年间开始至宋徽宗登基的建中靖国年间止，约三十七年。主要涉及新、旧党两大词人群。前者以王安石、舒亶为代表，后者以苏轼及苏门词人群为代表。此期，激烈的政治斗争使得绝大多数词人政治生活极不正常，以贬谪为主要形式的政治灾难在党人中不断发生。所以，北宋词至此无论在反映个体政治悲剧之生命体验上，还是反映时代政治面貌等方面，都达到了空前兴盛的局面。以新旧党争为主要形式的激烈的政治斗争内容开始大量进入宋词中，以贬谪词为主体的政治抒情之作大量涌现。而艺术上，“以诗为词”，几乎成了此期包括王安石、苏轼、舒亶、黄庭坚等在内的重要词人之共同选择。尤其是苏轼，以其充分士大夫化的、有浓厚政治色彩的词作抒写仕途蹭蹬坎坷、出处进退情怀，内容之丰富、抒情之复杂、技巧之高超，均堪称此期词作政治抒情之典范；北宋王朝最后二十余年时间，为北宋词政治抒情的衰落期。此期残酷的文祸、党禁及时代奢靡享乐氛围，造成了文学创作生态的进一步恶化，政治话题几成文学反映禁区，词体文学之抒情也呈现出较为复杂的形态。一部分词人将其政治情怀向词作中渗透，如周邦彦。同时，也有另一部分词人在大张旗鼓创作情怀虚假的谀颂词。北宋词在苏轼等人手里形成高潮的“以诗为词”之抒情格局，至此亦被“词别是一家”之理论所批评，北宋词政治抒情高潮遂走向衰落。

# 第一章　北宋词政治抒情的文学传统与时代背景

## 第一节　北宋词政治抒情的文学传统

霍松林先生指出："'断代'的研究内容不宜用'断代'的研究方法。就研究唐诗来说，不应割断它与唐以前、唐以后诗歌发展的联系。"[①] 笔者认为，对北宋词政治抒情的研究，亦应如此，只有将它置于文学史的长河中观照，才有可能窥探其然与所以然的趋势与轨迹。而以文学传统论，中国文学自古以来不仅从未与政治脱离关系，而且更是把政治作为自己重要的反映对象，其发展的形态与阶段也深受政治之影响。这个问题学界所论已多，这里不作更详尽展开。此处仅就宋前词体文学，即唐五代词的政治抒情情况作一阐述，以窥察宋前词体文学为北宋词的政治抒情，树立了怎样的文学传统。

### 一　敦煌曲子词的政治抒情

"词乃由隋唐音乐文化的新变所催生，为隋唐燕乐曲调流行的新产物，是诗歌与音乐在隋唐时代以新水准和新方式再度结合的宁馨儿。"以敦煌曲子词论，它反映社会政治问题的宽广视阈及所显性的民间化视角，无疑对词体文学后来的发展产生了深远影响。

王重民所辑录《敦煌曲子词集》出版于1950年，是20世纪较早研究敦煌曲子词的著作，收词161首。其叙录云："今兹所获，有边客游子之呻吟，忠臣义士之壮语，隐君子之怡情悦志，少年学子之热望与失望，以及

① 《唐代文学研究年鉴·1983年卷》，陕西人民出版社1984年版，第22页。

佛子之赞颂，医生之歌诀，莫不入调。其言闺情花柳者，尚不及半。”①

任二北在其《敦煌曲初探》第五章之“杂考臆说”一部分里，更将敦煌曲分作二十类。其所分之疾苦、怨思、别离、旅客、感慨、隐逸、志愿、豪侠、勇武、颂扬等类别，基本都和当时的现实政治有关。

曾昭岷等编著的《全唐五代词》，正编卷四专列《敦煌词》一卷，是迄今敦煌词总集考辨、编撰方面所出最新之成果，共收词 199 首，其属政治抒情一类者达十之六七。这些词主要反映了以下方面政治抒情内容：

其一，表达辅佐明王安边定远、希冀建功立业的追求。所谓“竭节尽忠扶社稷，指山为誓保乾坤”② 是其共同主题。如《生查子》③ 云：“三尺龙泉剑，匣里无人见。落雁一张弓，百只金花箭。　为国竭忠贞，苦处曾征战。未忘立功勋，后见君王面。”失调名云：“大丈夫汉，为国莫思身。单枪匹马抢排阵，尘飞草动便须去，已后敬家斤。两阵壁，隐微处莫潜身。腰间四围十三尺，龙泉宝剑靖妖氛。举将来，献明君。”④《望远行》云：“年少将军佐圣朝，为国扫荡狂妖。弯弓如月射双雕，马蹄到处尽云消。休寰海，罢枪刀，银鸾驾走上超霄。行人南北尽歌谣，莫把尧舜比今朝。”⑤ 这类词显然来自戍守征战于西北边塞的战士之歌唱，风格刚健质朴，格调高亢雄壮。歌唱者用歌声一边抒发“为国竭忠贞”、“为国莫思身”、“为国扫荡狂妖”的报国思想，及“未忘立功勋，后见君王面”、“丈夫儿出来须努力，觅取策三边”的人生追求，一边也表达“休寰海，罢枪刀”的和平愿望。

刘尊明云：“边塞词的创作最早起于民间，敦煌曲子词提供了数十首歌咏边塞战争、军旅生活、异域风物、征妇闺怨等内容题材的作品实例，它们与唐代边塞诗的创作相承相续、相互辉映，代表了民间词粗犷豪迈、朴实自然的艺术风貌和审美特色，奠定了唐五代乃至宋代文人边塞词的创作根基。”⑥ 我们也不妨说，此类奠定了唐五代乃至宋代文人边塞词创作根基的敦煌边塞词，实质上也奠定了后代抒写爱国主义情怀的政治抒情词的

① 王重民：《敦煌曲子词集》，商务印书馆 1950 年版，第 8 页。

② 曾昭岷、曹济平、王兆鹏、刘尊明编：《全唐五代词》，中华书局 1999 年版，第 898 页。

③ 同上书，第 920 页。

④ 同上书，第 946 页。

⑤ 同上书，第 931 页。

⑥ 刘尊明：《敦煌边塞词——唐五代的西部歌谣》，见《文艺研究》2005 年第 6 期。

根基。

其二，颂皇帝恩德及国家政治清平安定。敦煌曲子词中颂政内容的词有十六七首，有两种表现形式：一是颂政与祝寿结合，即歌颂王朝政治上的河清海晏与祝愿皇帝的生长寿永结合在一起；二是颂政与表白对皇帝的忠心结合。察其内容，歌颂情怀表达最为炽烈鲜明的词，多是少数民族使者或番王归汉（唐）之作。在这类词中，向往大汉民族文化，钦敬大唐圣朝，尊崇唐朝皇帝之情溢于言表。如颂政与祝寿结合的数首《感皇恩》词：

四海天下及诸州，皆言今岁永无忧。长图欢宴在高楼。寰海内，束手愿归投。朱紫尽风流，殿前卿相对，列诸侯。叫呼万岁愿千秋。皆乐业，鼓腹满田畴。①

当今圣寿比南山。金枝玉叶尽相连。百僚卿相列排班。呼万岁。尽在玉阶前。金殿悦龙颜。祥云驾喜悦，两盘旋。休将舜日比尧年。人安泰，真是圣明天。②

这些词中言及的政治清平状都是吾皇寿固，万邦无事，国家修文罢武，君臣欢宴高楼，四方束手归投，卿相列队，诸侯相呼，及百姓乐业鼓腹等情状。这显然是一种民间化视角。

颂政且表白忠于王朝决心的词如《望江南》（边塞苦）③，写“背番归汉经数岁”的番将，其一方面赞颂“圣上”“一人有庆万家荣”，另一方面又云“早愿拜龙旌”。《献忠心》二首更具代表性：

臣远涉山水，来慕当今。到丹阙，御龙楼，弃毡帐与弓剑，不归边地，学唐化，礼仪同，沐恩深。　见中华好，与舜日同钦。垂衣理，菊花浓，臣遐方无珍宝，愿公千秋住，感皇泽，垂珠泪，献忠心。

蓦却多少云水，直至如今。陟历山阻，意难任。早晚得到唐国里，朝圣明主，望丹阙，步步泪，满衣襟。　生死大唐好，喜难任。齐拍

① 曾昭岷、曹济平、王兆鹏、刘尊明编：《全唐五代词·前言》，中华书局1999年版，第900页。

② 曾昭岷、曹济平、王兆鹏、刘尊明编：《全唐五代词》，中华书局1999年版，第901页。

③ 同上书，第866页。

手，奏乡音。各将向本国里，呈歌舞，愿皇寿，千万岁，献忠心。①

任半塘《敦煌曲初探》考证这两首《献忠心》词云："可能作于武后以后不久。""此二辞内容，乃番酋朝觐时，用以献忠，必其人已身至唐都，在帝后前之所歌唱。其曲与辞，或居番国时，即有宿构，或至京都后，临时由唐太常代为之谋。"② 不论其来源如何，投归唐朝的番臣所歌唱的此词之内容及其使用的场合，已赋予了它浓郁的政治抒情性，这是毫无疑义的。

其三，反映政治动乱，抒忧国之情。敦煌曲子词中正面写社会动乱的词作虽不多，却很典型。如《献忠心》云："自从黄巢作乱，直到今年，倾动迁移每惊天。京华飘飖因此荒，空有心常思恋明皇。"③ 又如《酒泉子》："每见惶惶，队队雄军惊御辇。蓦街穿巷犯皇宫，只拟夺九重。长枪短枪如麻乱，争那失计无投窜。金箱玉印自携将，任他乱芬芳。"④《菩萨蛮》："自从域内充戈戟，狼烟处处熏天黑。"⑤ 这些词都写有人问鼎九重，国家出现兵荒马乱之象，作者忧时悯乱之意流露在字里行间。其创作，除《献忠心》那篇明言黄巢作乱外，其他当均与"安史之乱"及晚唐社会动乱相关，且从其叙事情况看，这些词的作者明显是亲身经历动乱的。

除此外，敦煌曲子词中还有几首不涉及动乱现象，止言作者忧国之心的词，其作者显属唐王朝高层官员。如《菩萨蛮》（自从銮驾三峰住）⑥ 一首，据曾昭岷等考校，原卷此首后接抄的同调另外二首词，据《中朝故事》、《唐诗纪事》等记载，却系唐昭宗李晔所作。而与李词抄在一起的这首《菩萨蛮》，抒情近似李作，自当非普通人所为。

其四，抒写求宦之悲及对现实政治的疏离。与报国词、忧国词、颂政词等截然不同，此类词抒发作者疏离朝廷和官场而回归江湖的心迹。尽管这类词中所写之江湖生活极自在逍遥，但词作者同时又明确告诉读者，绝不是大自然的美好风光吸引他们走上了渔隐之路。如前所述，伦理型政治

① 曾昭岷、曹济平、王兆鹏、刘尊明编：《全唐五代词》，中华书局1999年版，第883、884页。

② 任半塘：《敦煌曲初探》，上海文艺联合出版社1954年版，第261、262页。

③ 曾昭岷、曹济平、王兆鹏、刘尊明编：《全唐五代词》，中华书局1999年版，第848页。

④ 同上书，第885页。

⑤ 同上书，第933页。

⑥ 同上书，第845页。

决定中国古代知识分子即使在文学中抒写其淡出朝廷政治回归山林之心境，亦未能撇清和政治的密切关系，因为对一种政治的疏离未尝不是对另外一种政治的贴近。一个人即使有意远离了恶浊的仕宦之途，或者他视功名如粪土，这也仍然属政治品格范畴的问题。江湖隐士之走向江湖，恰恰是因为朝廷政治昏暗或政治动乱的缘故。他们之歌唱江湖生活的惬意，亦大有以之对抗黄金榜上功名的意味。如敦煌曲子词中这首《浣溪沙》：

> 卷却诗书上钓船，身披莎笠执鱼竿。棹向碧波深处去，复几重滩。　　不是从前为钓者，盖因时世厌良贤。所以将身岩薮下，不朝天。[①]

又如《临江仙》：

> 岸阔临江帝宅赊，东风吹柳向西斜。春光催绽后园花，莺啼燕语，辽乱争忍不思家？　　每恨经年离别苦，纵然抛弃生涯。如今时世已添差，不如归去，归去也，沉醉卧烟霞。

词说得明白，促使抒情者走向江湖的是现实政治而非其他原因。“时世厌良贤”、“帝宅赊”，及“时世已添差”等，使他们对现实政治已经绝望。

求宦之悲亦反映于敦煌词中。《浣溪沙》（自从涉远为游客）[②] 写出了“求官宦一无成，操劳不暂停”及“路逢寒食节”，“望乡关双泪垂”的游子之哀。而同调下另一首词，则写出了凿壁偷光、映雪聚萤的读书人“多年事不成”之后，“权隐在江河”的无奈。[③] 这种求仕不得之隐居虽可能是暂时的，但却同样反映了于现实政治环境中找不到出路的读书人之苦闷。

其五，写社会贫富不均及暴政危害。《长相思》三首写了游子在外不归的几种情形。其一所云之“富不归”与其二之“贫不归”对比极其鲜明，反映社会贫富两极分化情况非常严重。《捣练子》词所写之孟姜女送寒衣及其哭倒长城的故事，则从“这一个”角度写出了暴政下贫民生活的

---

① 曾昭岷、曹济平、王兆鹏、刘尊明编：《全唐五代词》，中华书局1999年版，第843页。

② 同上书，第908页。

③ 同上。

苦难。如其云："长城下，哭声哀，嘁俺长城一堕摧。里半髑髅千万个，十方收骨不空回。"[①] 真正使人触目惊心。

除上述五个方面之外，敦煌曲子词中还有一些作品从政治角度写人才对国家的贡献，如两首具论辩性质的《定风波》就很典型。这两首词讨论运筹帷幄的儒生和攻城野战的武将谁对国家更有用这个话题，争论结果是文武各有其用。这样，作品实质上抒写了热爱国家，并愿为之或文或武"定风波"的愿望。其他如《望远行》[②] 赞美"少年将军佐圣朝"的功绩，《望江南》写曹公德"为国拓西边"，"尽忠孝，向主立殊勋"之功等，均着眼于政治角度来写。

闺怨词亦是敦煌曲子词中相关于政治抒情的重要门类。其涉及征人久戍不归的怀人之作有15首左右，基本格式是以季节、时令之转换曲尽闺中独守者之怅惘盼归之苦，长夜难寝是此类词写女性心理几乎都要涉及的，裁送征衣是这些闺中人最常见之活动。因望人归来之情过切，甚至要捉取报喜而喜不至的鹊儿锁入金笼，甚或想要束妆战死疆场也不愿独守空闺，其体情之微，实罕所见。如录在《云谣集杂曲子》词中第一组的《凤归云》四首，其一、二、四即写闺中人对征人的思念以忠贞不渝之情。其一云："征夫数载，萍寄他邦。去便无消息，累换星霜。月下愁听砧杵，拟塞雁行。孤眠鸾帐里，枉劳魂梦，夜夜飞飏。"[③]

从政治抒情角度看，这类词最值得注意的是表达了对政治和平、战争灭迹的期盼，也在客观上反映了征人戎戍于外，长久不归造成的正常人伦生活之残缺和破裂，此亦为国家政治军事生活动荡不安的真切写照。同时，因征戍而致千万家庭之凋零，亦反映着国家政治上的潜在危机。这些词的抒情者虽非政治活动的参与者，因其抒情反映了国家政治层面的内容，故此类词亦可置于政治抒情一类来考察。

要之，敦煌曲子词抒写政治情怀的层面是极其广泛的。其不囿于某一狭隘视界反映生活，尤其国家政治状况的创作眼光，于后来作者之创作政治抒情词，无疑是一个良好开端。同时，它所奠定的显性民间化抒情视角，在精神实质上虽然和后来的士大夫词抒情有别，但因文学作品之言政

---

① 曾昭岷、曹济平、王兆鹏、刘尊明编：《全唐五代词》，中华书局1999年版，第912页。

② 同上书，第931页。

③ 同上书，第800页。

治有其不为当政者所容的敏感一面，所以，民间化的、具政治舆论色彩的抒情视角也不失为一种有较强伸缩性的、灵活的抒情角度。它的创作方法虽然在后代较少为文人词接受，但却影响着文人词的创作思维。后代文人词，尤其北宋词政治抒情中那种不即不离、言此意彼的创作方式之诞生，不能说没有敦煌曲子词这种民间化的显性政治抒情方式的反激。

## 二　唐五代文人词的政治抒情

唐五代文人词政治抒情情况总体上看很不平衡，主要体现为不仅此类词数量在时段分布上差异较大，而且抒情的深广度在不同时期也有较大区别。五代词唯以悲怀愁情之抒发为主，而唐人词之政治抒情则相对要复杂一些。下面先就唐代文人词政治抒情情况作一梳理，以见其为北宋词所树立的抒情传统。

唐代文人词政治抒情的主题，主要集中在以下方面：

首先，是以词寄寓仕进之求与政治讽谏之意。曾昭岷等编《全唐五代词》正编卷一所录沈佺期、李景伯两首《回波词》，即为此类。此二词不仅是现存最早的唐代文人词，亦属文人词中最早的政治抒情之作。

沈词云："回波尔时佺期，流向岭外生归。身名已蒙齿录，袍笏未复牙绯。"[①] 据孟棨《本事诗》："沈佺期以罪谪，遇恩，复官秩，朱绂未复。尝内宴，群臣皆歌《回波乐》，撰词起舞，因是多求迁擢。佺期词曰（略），中宗即以绯鱼赐之。"[②] 胡震亨更认为《回波词》在中宗朝不仅盛行，而且也多被群臣作为献佞邀宠之具：

> 《回波词》，商调曲，盖出于曲水引流泛觞。后为舞曲。中宗朝内宴，群臣多撰此词献佞及自要荣位，最盛行。[③]

如是，则沈词蕴含的政治抒情意甚明。

李景伯《回波词》云："回波尔时酒卮，微臣职在箴规。侍宴既过三爵，喧哗窃恐非仪。"[④] 此词的撰写背景在《大唐新语》卷三中有记载：

① 曾昭岷、曹济平、王兆鹏、刘尊明编：《全唐五代词·前言》，中华书局1999年版，第1页。

② （唐）孟棨：《本事诗·嘲戏第七》。

③ （明）胡震亨：《唐音癸签》卷十三。

④ 曾昭岷、曹济平、王兆鹏、刘尊明编：《全唐五代词》，中华书局1999年版，第4页。

> 景龙（707—710）中，中宗尝游兴庆池，侍宴者递起歌舞，并唱《回波词》，方便以求官爵。给事中李景伯亦起舞歌曰“回波词，持酒卮”（词略）。于是罢宴。①

张宗橚《词林纪事》引《全唐诗话》亦云：“中宗侍宴臣，酒酣，各命为《回波词》。景伯独为箴规，帝不悦。萧至忠曰：‘此真谏臣也。’”② 李景伯以谏臣身份委婉规劝皇帝注意饮宴节制，其词此处又是作为进谏之具使用的。

又，中宗朝优人作《回波词》云：“回波尔时栲栳，怕妇也是大好。外边只有裴谈，内里无过李老。”③ 曾昭岷等编《全唐五代词》引孟棨《本事诗·嘲戏第七》云：“中宗朝，御史大夫裴谈崇奉释氏，妻悍妬，谈畏之如严君。尝谓人曰：‘妻有可畏者三：少妙之时，视之如生菩萨。及男女满前，视之如九子魔母，安有人不畏九子母耶？及五十六十，薄施妆粉或黑，视之如鸠盘荼，安有人不畏鸠盘荼？’时韦庶人颇袭武氏之风轨，中宗渐畏之。内宴唱《回波词》，有优人词曰（词略）。韦后意色自得，以束帛赐之。”④ 韦后袭武氏风轨以弄权，中宗李显忌惮之，优人唱词引裴谈怕妇事颂扬“怕妇也是大好”的李显，实质等于称颂李显放权而任由韦后插手朝政的合理性，难怪韦后“意色自得”，要“以束帛赐之”。故该词虽出自优人之口，然其曲意附会韦后的政治意图却也是明显的。

其次，抒迁谪之怀与伤时悯乱之情。如中唐诗人刘长卿《谪仙怨》：

> 晴川落日初低，惆怅孤舟解携。鸟向平芜远近，人随流水东西。
> 白云千里万里，明月前溪后溪。独恨长沙谪去，江潭春草萋萋。⑤

这首词大约是作者被贬睦州（今浙江淳安）司马途中，经苕溪（今浙江湖

---

① （唐）刘肃：《大唐新语》卷三。

② （清）张宗橚编，杨宝霖补正：《词林纪事·词林纪事补正》，上海古籍出版社 1998 年版，第 8 页。

③ 曾昭岷、曹济平、王兆鹏、刘尊明编：《全唐五代词》，中华书局 1999 年版，第 5 页。

④ 同上。

⑤ 同上书，第 20 页。

州），在友人宴集上酬答友人所作。[①] 俞陛云《唐五代两宋词选释》："长卿由随州左迁睦州司马，于祖筵之上，依江南所传曲调，撰词以被之管弦。'白云千里'，怅君门之远隔；'流水东西'，感谪宦之无依。犹之昌黎南去，拥风雪于蓝关；白傅东来，泣琵琶于浔浦，同此感也。"[②] 刘长卿一生多次被贬，该词中透露着对友人飘零天涯的感慨和自己被谪的痛楚。"千里万里"状关山之阻隔难越，"前溪后溪"状自己所处之境地（苕溪有东苕溪与西苕溪之分），最后两句抒写自己被贬的悲恨，点出别情之深长是由于他们相似的命运。"长沙谪去"，用西汉贾谊因遭权贵中伤而被贬为长沙王太傅一事，表达了郁结于心头的怅恨。这样的词，可谓宋代文人贬谪词的先声。

刘禹锡也是一位历尽坎坷而将自己的迁谪之悲形之于词的诗人。其《浪淘沙》云："莫道谗言如浪深，莫言迁客似沙沉。千淘万漉虽辛苦，吹尽狂沙始到金。"[③]《杨柳枝》云："迎得春光先到来，轻黄浅绿映楼台。只缘婀娜多情思，便被春风长挫摧。"[④] 淘金要千遍万遍过滤，虽然辛苦，但只有淘尽泥沙，才会露出黄金。相应的，那些被谗言所害的人，终有一天会真相大白，洗清罪名。词人一生屡遭贬谪，历尽坎坷，但他斗志不衰，精神乐观。《浪淘沙》正是以形象具体的比喻，概括了他从自身迁谪经历中获得的深刻感受及政治挫折中坚守节操的精神。《杨柳枝》则借咏物自抒怀抱，其中也透露着遭遇不公正贬谪的愤懑之情。此外，他的《竹枝词》亦有"长恨人心不如水，等闲平地起波澜"等句[⑤]，这些，也是政治生活、仕宦感受在词中的折映。

唐代文人词抒发伤时悯乱之情的作品，以韦应物作于"安史之乱"后的《三台》、唐昭宗李晔流离中所作《菩萨蛮》二首更为典型。韦应物《三台》：

---

① 按：曾昭岷等编《全唐五代词》于此词后《考辨》中引《剧谈录》云："大历中，江南人盛为此曲，随州刺史刘长卿左迁睦州司马，祖筵之内，吹之为曲，刘长卿遂撰其词，意颇自得。"见《全唐五代词》，中华书局 1999 年版，第 21 页。

② 俞陛云：《唐五代两宋词选释》，上海古籍出版社 1985 年版，第 8 页。

③ 曾昭岷、曹济平、王兆鹏、刘尊明编：《全唐五代词》，中华书局 1999 年版，第 62 页。

④ 同上书，第 63 页。

⑤ 同上书，第 58 页。

一年一年老去，来日后日花开。未报长安平定，万国岂得衔杯。①

作者天宝末，以三卫郎为玄宗近侍，常出入宫闱、扈从游幸。安史乱起，玄宗奔蜀，他流落失职。此词中，作者说人生年光流逝而国家政治动乱仍未结束，衔杯畅饮岂得心安？其忧国悯乱之情跃然纸上。

另有李晔的《菩萨蛮》：

登楼遥望秦宫殿。茫茫只见双飞燕。渭水一条流，千山与万丘。
远烟笼碧树，陌上行人去。何处是英雄，迎孥归故宫。②
飘飖且在三峰下，秋风往往堪沾洒。肠断忆仙宫，朦胧烟雾中。
思梦时时睡，不语长如醉。早晚是归期，穹苍知不知。③

李晔这两词作于逆臣犯阙、自身流落华州之时，其本事南唐尉迟偓《中朝故事》、欧阳修所撰《新五代史》等资料有载。④李晔在唐末动荡飘摇的政局中为妄图割据的军阀所驱逐、控制，此二词表现的正是他流落京城之外，难以左右政局的伤时悯乱情怀。

此外，韦应物还写过两首《调笑令》词。其一云：“胡马，胡马，远放燕支山下。跑沙跑雪独嘶，东望西望路迷。迷路，迷路，边草无穷日暮。”⑤ 词以一匹边塞骏马焦躁不安的形象，表达他在政治动乱中迷惘、悲壮、忧虑的复杂情绪氛围，此亦为时代政治乱离中作者忧愁心怀的反映。

以咏史怀古抒发忧怀国事、自悲身世之情，唐代文人词也为后人开了

---

① 曾昭岷、曹济平、王兆鹏、刘尊明编：《全唐五代词》，中华书局 1999 年版，第 23 页。

② 同上书，第 181 页。

③ 同上书，第 182 页。

④ 按：《新五代史》卷四十《杂传·韩建》：“乾宁三年（896），李茂贞犯京师，昭宗复奔太原，次渭北。建遣子允请幸华州。昭宗又欲如鄜州，建追及昭宗于富平，泣曰：‘藩臣倔强，非止茂贞，若舍近畿而巡极塞，乘舆渡河，不可复矣！’昭宗亦泣，遂幸华州。是时，天子孤弱，独有殿后军及定州三都将李筠等兵千余人为卫，以诸王将之。建已得昭宗幸其镇，遂欲制之，因请罢诸王将兵，散去殿后诸军，累表不报。昭宗登齐云楼，西北顾望京师，作菩萨蛮词三章以思归，其卒章曰：‘野烟生碧树，陌上行人去。安得有英雄，迎归大内中？’酒酣，与从臣悲歌泣下，建与诸王皆属和之。”《中朝故事》卷上载：“乾宁三年，凤翔李茂贞与朝臣有隙，将欲篝难，犯于神京。上乃顺动，欲幸太原，行止渭北，华州韩建迎归郡中，上郁郁不乐。时登城西齐云（楼）眺望。明年秋，制《菩萨蛮》词二首曰（略）。”上引资料又分别见张宗橚编，杨宝霖补正《词林纪事·词林纪事补正》，第 4—5 页，曾昭岷等编《全唐五代词》，第 183 页《本事》。

⑤ 曾昭岷、曹济平、王兆鹏、刘尊明编：《全唐五代词》，中华书局 1999 年版，第 22 页。

先路。传说为李白所作的《忆秦娥》，既为唐代文人词怀古之绝唱，亦为后代怀古词之先声。词以“西风残照，汉家陵阙”收尾，在悠远的历史时空回顾中表达伤时感世之意，政治抒情意深厚。至刘禹锡两首《杨柳枝》更云：

> 炀帝行宫汴水滨，数株残柳不胜春。晚来风起花如雪，飞入宫墙不见人。①
>
> 扬子江头烟景迷，隋家宫树拂金堤。嵯峨犹有当时色，半蘸波中水鸟栖。②

这两词均以咏隋家烟柳达怀古幽情。前首以残柳春来风起花飞、飘过宫墙之象，写隋炀帝曾经的奢华宫殿如今已是人去楼空，一片凄凉；后一首写隋家宫树色未变而人已去，只有柳蘸水波、水鸟栖息往来。这种词正如他的咏史怀古诗一样，以简洁的文字、精选的意象，表现他阅尽沧桑后的沉思，其中蕴含着很深的忧怀国事、感叹人生流落的伤感。正如周啸天论其《石头城》一诗时指出的：“只写山水明月，而六代繁华富贵，俱归乌有。诗中句句是景，然而无景不融合着诗人的故国萧条，人生凄凉的深沉感伤。”③ 把这种评价拿来论其上述词作，也是恰当的。他的《潇湘神》二首④，黄拔荆认为：“二词借虞舜南巡，死于苍梧之野，娥皇、女英二妃流落潇湘二水间的传说，暗喻自己政治遭受失败，贬官江湘之间的朗州的隐痛。……寄慨甚深，非一般怀古凭吊之作。”⑤ 其说甚是。

另，中晚唐诗人窦弘余、康骈咏“李杨”事的《广谪仙怨》，亦在史事叙写中暗寓政治警鉴意。窦词云：

> 胡尘犯阙冲关，金辂提携玉颜。云雨此时消散，君王何日归还？

① 曾昭岷、曹济平、王兆鹏、刘尊明编：《全唐五代词》，中华书局1999年版，第54页。

② 同上书，第56页。

③ 《唐诗鉴赏辞典》，上海辞书出版社1983年版，第847页。刘禹锡《石头城》原诗见《全唐诗》卷三六五，第4117页。

④ 刘禹锡《潇湘神》原词参见曾昭岷、曹济平、王兆鹏、刘尊明编《全唐五代词》，中华书局1999年版，第62—63页。

⑤ 黄拔荆：《中国词史》，福建人民出版社2003年版，第53页。

伤心朝恨暮恨，回首千山万山。独望天边初月，蛾眉独自弯弯。[①]

康骈词云：

晴山碍日横天，绿叠君王马前。銮辂西巡蜀国，龙颜东望秦川。
曲江魂断芳草，妃子愁凝暮烟。长笛此时吹罢，何言独为婵娟。[②]

康骈《广谪仙怨》序云："骈以为窦史君序《谪仙怨》，云刘随州之词未知本事，及详其意，但以贵妃为怀。盖明皇登骆谷之时，实有思贤之意。窦之所制，殊不述焉。骈因更广其词，盖欲两全其事。"[③] 窦词中的"胡尘犯阙冲关"及"云雨此时消散，君王何日归还"诸句，已将"李杨"情事与政治动乱联系在一起，其中不乏政治警鉴与伤感。至康骈依调再制，更将此层意思作了进一步推广。类似这样以吟咏史事寄托政治感怀的作品，对北宋词抒发政治情怀无疑拓开了创作路子。[④]

五代文人承唐人进一步将词体文学的政治抒情功能推向新的高度，这些词人中包括了由唐入西蜀的韦庄及其他花间词人薛昭蕴、牛峤、孙光宪、鹿虔扆等，更包括南唐李煜君臣。

韦庄本为京兆杜陵人，平生经历曲折复杂，其《喜迁莺》二首写举子得第之欢欣，充满了对未来政治前途的向往，至其《荷叶盃》（记得那年花下），《菩萨蛮》（劝君今夜须沉醉），《清平乐》（春愁南陌），《河传》（何处）等词，或写宴酣别情，或写怀古幽思，均深隐其流落他乡之悲，从中可见时代乱离之状。薛昭蕴《浣溪沙》：

---

① 曾昭岷、曹济平、王兆鹏、刘尊明编：《全唐五代词》，中华书局 1999 年版，第 81 页。

② 同上书，第 177 页。

③ 同上。

④ 按：唐代文人词之政治抒情除上述作品外，晚唐时曾任武安军（今湖南长沙）左押衙的易静，著七百二十首《兵要望江南》述用兵之道，以如此庞大数量的作品谈关乎王朝兴衰、政权存亡的行军作战问题，其政治意义自不容忽视。然因组词作时尚存争议，尤其作品以指导实战用途为创作目的，从而使其政治抒情性大打折扣，故这里不作具体讨论。曾昭岷等编《全唐五代词》（正编）专列一卷收录这组作品，并在《考辨》中指出："晚唐易静在《望江南》词调广为流行之后，填此调言兵，以便颂习记忆……然则七百余首是否皆出自其一人之手，则难断定。"词见曾昭岷等编《全唐五代词》，中华书局 1999 年版，第 188—438 页。

倾国倾城恨有余，几多红泪泣姑苏。倚风凝睇雪肌肤。　吴主山河空落日，越王宫殿半平芜。藕花菱蔓满重湖。[①]

西施本是一身系社稷兴亡的人物，此词高明处，在于既有当事人悲剧形象展现，又能虚化历史故实而出之以无限苍凉感喟。该词将咏叹历史、伤悼时世之情表现得极为深婉。

花间词人涉及政治抒情的作品除上述薛昭蕴《浣溪沙》外，牛峤《定西番》（紫塞月明千里）[②] 之抒写征人思乡，表达对和平生活的渴望；欧阳炯《江城子》（晚日金陵岸草平）感慨六代兴亡；孙光宪《河传》批评隋炀帝开凿运河，讽刺东晋之偏安[③]，《后庭花》二首又谴责沉湎女色而误国的陈后主[④]；而欧阳炯《江城子》（晚日金陵岸草平）[⑤]、李珣《巫山一段云》（古庙依青峰）[⑥]、鹿虔扆《临江仙》（金锁重门荒苑静）[⑦] 从王朝易移、政权变改的古今兴废中表达“暗伤亡国，清露泣香红”的人事沧桑之慨等，这些词把世事乱离的五代时期人们于王朝兴替、时势变迁的普遍感受作了表现，对北宋词抒发政治情怀亦产生了不可低估的影响。

南唐词政治抒情无疑是五代文人词此类抒情内容中的重镇。《苕溪渔隐丛话》后集引李清照语云：“五代干戈，四海瓜分豆剖，斯文道熄。独江南李氏君臣尚文雅，故有‘小楼吹彻玉笙寒’、‘吹皱一池春水’之词，语虽奇甚，所谓‘亡国之音哀以思’也。”[⑧] 此种特点，我们从李煜、冯延巳词中可以清楚看到。李煜亡国后所作词的政治抒情性自无须多论。冯延巳去世于南唐灭亡之前，其词影响宋人甚深，故以下仅就冯词作一讨论。

冯词虽未明确记述重大政治变故，但正如叶嘉莹指出的，他的词“既富于主观直接感发之力量，而又不为外表事件所拘限，故评者每以‘惝恍’称之。‘惝恍’者，不可确指之辞也。惟其不可确指，故其所写者，乃但为一种情感之境界，而非一种情感之事件”。冯词表现政治感怀虽隐

① 曾昭岷、曹济平、王兆鹏、刘尊明编：《全唐五代词》，中华书局 1999 年版，第 497 页。
② 同上书，第 512 页。
③ 同上书，第 619—620 页。
④ 同上书，第 624—625 页。
⑤ 同上书，第 455 页。
⑥ 同上书，第 599 页。
⑦ 同上书，第 569 页。
⑧ 参见（宋）胡仔《苕溪渔隐丛话》后集卷三三，人民文学出版社 1981 年版。

晦，但读者从其字里行间仍可感到南唐国运日蹙给作者所带来的巨大精神压力。如下列词篇：

昨夜笙歌容易散，酒醒添得愁无限。（《鹊踏枝》①）

谁道闲情抛弃久，每到春来，惆怅还依旧。……为问新愁，何事年年有。（《鹊踏枝》②）

绕砌蛩声芳草歇，愁肠学尽丁香结。（《鹊踏枝》③）

笙歌放散人归去，独宿江楼。……起来点检经游地，处处新愁。（《采桑子》④）

旧愁新恨知多少，目断遥天。（《采桑子》⑤）

花前失却游春侣，独自寻芳。满目悲凉，纵有笙歌亦断肠。（《采桑子》⑥）

年少都来有几，自古愁无际。满盏劝君休惜醉。愿君千万岁。（《谒金门》⑦）

野花芳草逐年新，事难论。……一时弹泪东风，恨重重。（《虞美人》⑧）

像冯延巳这样以大量词篇抒写愁恨的情况，除亡国之君李煜外，唐五代词人中实罕有其匹。冯词中的愁恨，已远远超越了男欢女爱范畴而成为南唐小朝廷国运衰颓、政治上日暮穷途之时，上层士大夫极度焦虑、悲凉之精神世界的真实写照。非但言愁恨，冯词亦不断言及及时行乐思想，这在唐五代文人词中也是少见的。如：

酒罢歌余兴未阑，小桥秋水共盘桓。波摇梅蕊当心白，风入罗衣贴体寒。且莫思归去，须尽笙歌此夜欢。（《抛球乐》⑨）

---

① 曾昭岷、曹济平、王兆鹏、刘尊明编：《全唐五代词》，中华书局1999年版，第649页。
② 同上书，第650页。
③ 同上书，第652页。
④ 同上书，第661页。
⑤ 同上书，第660页。
⑥ 同上书，第664页。
⑦ 同上书，第675页。
⑧ 同上书，第678页。
⑨ 同上书，第689—690页。

林花狼籍酒阑珊，笙歌醉梦间。（《醉桃源》[①]）

年少，年少，行乐直须及早。（《相见欢》[②]）

无论言愁恨还是行乐，本质上都是作者深切感受到的政治压力在词体文学中的折映。

宋嘉祐三年（1058），自称冯延巳为其“外舍祖”的陈世修为冯之词集《阳春集》作序云：“公与李江南有布衣旧，因以渊谟大才，弼成宏业。江南有国，以其勋贤，遂登台辅。与弟文昌左相延鲁，俱竭虑于国，庸功日暮，时称二冯焉。公以金陵盛时，内外无事，朋僚亲旧，或当燕集，多远藻思，为乐府新词，俾歌者丝竹依而歌之，所以娱宾而遣兴也。……噫，公以远图长策翊李氏，卒令有江介地，而居鼎辅之任，磊磊乎才业，何其壮也。及乎国已宁，家已成，又能不矜不伐，以清商自娱，为之歌诗，以吟咏性情，何其清也。”[③] 陈世修在南唐亡后的北宋嘉祐时期始辑录冯词119首，并写下这段话，自不可能深入揭示冯词中的政治忧患意识。不过，他明确指出，冯延巳是南唐立国功臣，又曾身登台辅要地，“公薨之后，吴王（李煜）纳土”，等等，这样的议论某种程度上已为冯词之抒情下了注脚。冯煦在《阳春集·序》中说冯延巳“俯仰身世，所怀万端，缪悠其辞，若显若晦，揆之六义，比兴为多”，“其忧生念乱，意内而言外”。[④] 杨海明亦指出：“冯词的独特成就，就在于它写出了封建时代文人所共同怀有的对于‘人生无常’和‘世事难料’的悲哀”，“中唐文人词所流露的心理还是比较欢快的，虽然时而也不乏伤感之音；晚唐到五代的西蜀词中，则是狂欢与苦恼并存；唯独到了五代晚期的南唐词中，就进入了一个‘全方位苦闷’的阶段”。[⑤] 黄拔荆论及冯词以乐境写哀现象时也说：“从中可以隐约透露出他们对于南唐小王朝没落的关心和忧伤。”[⑥] 这些评价，均直指冯词政治抒情特点，并不是偶然的。

以上，我们简略回顾了宋前词体文学的政治抒情情况。于此可见，词

① 曾昭岷、曹济平、王兆鹏、刘尊明编：《全唐五代词》，中华书局1999年版，第696页。

② 同上书，第701页。

③ 参见吴熊和《唐宋词通论》，第349页所引陈世修《阳春集序》。《唐宋词通论》，浙江古籍出版社1985年版。

④ （清）冯煦：《阳春集·序》，四印斋刻本。

⑤ 杨海明：《唐宋词史》，天津古籍出版社1998年版，第146、147页。

⑥ 黄拔荆：《中国词史》，福建人民出版社2003年版，第114页。

自产生时起，反映时代政治即为其重大题材之一。虽然政治抒情内容在具体作品中的表现方式千差万别，但纵观唐五代词诸多作品个案，不同时代政治面貌仍然在该期词体文学中得到了清晰展现。这一点，在敦煌曲子词及五代文人词中表现得尤为明显。唐五代词无论在抒情内容还是抒情方法上，都为北宋词政治抒情树立了极好的范式。如果说唐五代词之政治抒情除南唐词外，是在漫长的时间过程中逐渐累积并未真正形成抒情高潮的话，那么，北宋社会在新的历史条件下，随大多数词人被卷入剧烈的政治斗争，他们在自己作品中体写政治生活内容高潮之到来，就仅仅是一个时间问题了。

## 第二节　北宋词政治抒情的时代背景

文学发展中常常可以看到这样的现象，一个时代形成的文学传统在另一个时代开始以后，它依然顽强地保持着其固有生命力。以中国文学为例，汉初骚赋对先秦屈骚的继承，汉初政论文对战国文风的继承，建安、正始诗歌对汉代古诗抒情风格的继承，唐初宫廷诗对齐梁宫体诗的仿效，宋初西昆体对唐诗的学习，等等，都可以看到文学传统之承继的重要。

然一个时代之形成一个时代的文学，却并不是仅仅依靠传统继承就可以实现。非仅文学，事实上任何事物实现其进步的过程，都是一个于历史传统继承与突破并存的过程。北宋词亦不例外。宋前文学之政治抒情（尤其唐五代词政治抒情）固然为北宋词政治抒情树立了很好的传统，但是，真正决定北宋词走自己政治抒情道路的，却是北宋社会的时代政治与文化环境。

北宋政治文化环境有何特色？它的政治生态又是怎样影响着词人的人生轨迹？在这样的环境中，词人又形成了怎样的词学观念以指导其创作？这些都是我们讨论北宋词政治抒情问题所无法回避的问题。本章将就这些问题展开讨论。

### 一　北宋文人参政意识的提升

公元960年，宋太祖赵匡胤以兵变形式建立宋王朝，这是五代以来士兵拥立皇帝的第四次。为破解军人操持政权难题，保证赵宋王朝统治的长治久安，宋太祖采取了两项影响后代极为深远的措施。一是采纳赵普建议“杯酒释兵权”，革除唐以来节度使把持地方政权之弊。① 随之“又置转运使、通判，使主诸道钱谷，收选天下精兵以备宿卫”②，地方官吏亦重用文臣，改变了晚唐五代以来诸镇节度使皆用勋臣武将而州郡刺史亦多出军功的情况。一个是立下“不得杀士大夫及上书言事人”之训诫。陆游《避暑漫抄》载：

> 艺祖（即赵匡胤）受命之三年，密镌一碑，立于太庙寝殿之夹室，谓之誓碑。用销金黄幔蔽之，门钥封闭甚严。因敕有司，自后时享及新天子即位，谒庙礼毕，奏请恭读誓词。……群臣及近侍皆不知所誓何事。自后列圣相承，皆踵故事，岁时伏谒，恭读如仪，不敢泄漏。虽腹心大臣……亦不知也。靖康之变，兵人入庙，悉取礼乐祭祀诸法物而去，门皆洞开，人得纵观。碑止高七八尺，阔四尺余，誓词三行：一云，柴氏子孙有罪不得加刑……一云，不得杀士大夫及上书言事人；一云，子孙有渝此誓者天必殛之。”③

宋太祖此誓在北宋历代执行得相当严格。太宗朝，卢多逊因涉秦王赵廷美一案，被捕入狱。初判死刑，诛斩九族。后也仅下诏削夺其官职及三代封赠，全家发配崖州。曾经担任宰相长达七年的丁谓，仁宗朝犯事削职后，也仅被贬为崖州司户参军。哲宗朝激烈党争中，大批“旧党”士人流放岭南，变法派章惇、蔡卞制造冤狱，想将他们定为“大逆不道之谋”而置于死地，但宋哲宗认为：“已谪遐方，朕遵祖宗遗志，未尝杀戮大臣，其释勿治。”④ 至北宋末钦宗开杀戒诛斩王黼、朱勔、童贯等误国奸佞，宋徽宗亦认为“不祥”。他在被俘后，还曾托曹勋向宋高宗转达口信云：“艺祖有

① （宋）司马光《涑水纪闻》载：“太祖既得天下，诛李筠、李重进，召赵普问曰：‘天下自唐季以来，数十年间，帝王凡易十姓，兵革不息，苍生涂地，其故何也？吾欲息天下之兵，为国家建长久之计，其道何如？’普曰：‘陛下之言及此，天地人神之福也。唐季以来，战斗不息，国家不安者，其故非他，节镇太重，君弱臣强而已矣。今所以治之，无他奇巧也，惟稍夺其权，制其钱谷，收其精兵，则天下自安矣。’语未毕，上曰：‘卿勿复言，吾已喻矣。’”《涑水纪闻》，中华书局 1989 年版，第 11 页。

② （宋）司马光：《涑水纪闻》，中华书局 1989 年版，第 12 页。

③ 此段文字载（明）陶宗仪《说郛三种》（四），上海古籍出版社 1988 年版，第 1784 页。

④ （元）脱脱等：《宋史》卷二零零《刑法志》。

誓约藏之太庙，不杀大臣及言事官，违者不祥。”①

同时，为引导全社会形成“崇文”风尚，宋初几位帝王均强调读书对治政的重要性。宋太祖不仅至晚年“好读书”②，且几次明言“作宰相须是读书人”③。对一般武臣乃至帝王之子，他也告诫一定要多读经书。司马光《涑水纪闻》载：

> 太祖闻国子监集诸生讲书，喜，遣使赐之酒果，曰：“今之武臣，亦当使其读经书，欲其知为治之道也。”④
>
> 太祖尝谓秦王侍讲曰：“帝王之子，当务读经书，知治乱之大体。”⑤

除宋太祖外，太宗、真宗、仁宗也都以好读书而为臣下树立了模范。江少虞《宋朝事实类苑》载：

> 太宗锐意文史，太平兴国中，诏李昉、扈蒙、徐铉、张洎等门类群书为一千卷，赐名《太平御览》。又诏昉等撰集野史小说为《太平广记》五百卷，类选前代文章为一千卷，曰《文苑英华》。太宗阅御览日三卷，因事有阙，则暇日追补之，尝曰：“开卷有益，朕不以为劳也。”⑥
>
> 太宗尝谓侍臣曰：“朕万机之暇，不废观书，见前代帝王行事多矣，苟自不能有所剸裁，全倚于人，则未知措身之所。”因言宋文帝

---

① （元）脱脱等：《宋史》卷三七九《曹勛传》。

② （宋）江少虞《宋朝事实类苑》（卷一）：“太祖晚年，好读书，尝曰：‘尧舜四凶之罪，止从投窜，何近代法网之密哉?’盖有意措刑矣。”《宋朝事实类苑》，上海古籍出版社 1981 年版，第 11 页。

③ （宋）江少虞《宋朝事实类苑》卷一载：“太祖将改年号，谓宰臣等曰：‘须求古来未尝有者。’宰臣以乾德为请。三年正月平蜀，宫人有入掖庭者，太祖因阅奁具，得鉴，背字云：‘乾德四年铸。’大惊曰：‘安得四年铸此鉴?’出以示宰相，皆不能对。乃召学士陶谷、窦仪问之，仪曰：‘蜀主曾有此号，鉴必蜀中所得。’太祖大喜曰：‘作宰相须是读书人。’自是大重儒臣矣。”另，此卷又据《文正公笔录》云：“太祖皇帝以神武定天下，儒学之士，初为甚进用。及卜郊肆类，备法驾，乘大辂，翰林学士卢多逊摄太仆卿，升辂执绥，且备顾问。上因叹仪物之盛，询致理之要，多逊占对详敏，动皆称旨。他日，上谓左右曰：‘作宰相须当用儒者。’卢后果大用，盖肇于此。”以上分别见江少虞《宋朝事实类苑》，上海古籍出版社 1981 年版，第 10、3 页。

④ （宋）司马光：《涑水纪闻》，中华书局 1989 年版，第 15 页。

⑤ 同上书，第 20 页。

⑥ （宋）江少虞：《宋朝事实类苑》卷二，上海古籍出版社 1981 年版，第 19 页。

恭俭，而元凶悖逆，及隋杨素邪佞，唐许敬宗谄谀之事，侍臣耸听。①

太宗好文，每进士及第，赐闻喜宴，常作诗赐之，累朝因以为故事。仁宗在位四十二年。赐诗尤多，然不必尽上所作。②

真宗听政之暇，唯务观书，每观毕一书，即有篇咏，使近臣赓和……可谓近代好文之主也。③

仁宗退朝，尝命侍臣讲读于尔英阁，贾侍中昌朝时为侍讲，讲《春秋左氏传》，每至诸侯淫乱事，则略而不说。上问其故，贾以实对。上曰："六经载此，所以为后王鉴戒，何必讳。"④

如果说宋太祖摧毁五代以来武人持政局面并秘密订立誓约、强调优礼士大夫，一定程度上保证了言路畅通及臣僚监察权之实施，保护了文人参政的话语权，体现了专制政体下难能可贵的政治宽容与进步，那么整个北宋前期，统治者在全社会提倡崇文风尚并建立文官政治，则使文人从政热望之实现有了制度保障。这一点，从太宗朝所采取的发展、完善科举选官制度，使文人数量在官吏系统中的比例大大增加即可看出。钱穆《国史大纲》指出："唐进士及第，未得即登仕牒，尚须再试于吏部（进士由礼部主试）。有屡试屡黜者。其中格人，仅补畿赤丞尉。不中格者，或例赴选曹之集，或应地方官辟署。俟外效有著，再正式转入仕途。宋则一登第即释褐。"⑤ 而登科名额，亦远较唐代为多。他说：

隋唐初设进士，岁取不过三十人。咸亨、上元中增至七八十，寻复古。开成中连岁取四十人，又复旧制。进士以外，明经中科者亦不过百人。在宋太祖开国时，进士登科寥寥，岁无十数。其时进士甲科亦不过授司寇，或幕职官。至太宗时，亲御便殿临试贡士，博于采拔，待以不次。太平兴国二年，赐进士诸科五百人遽令释褐。或授京朝官……进士中第多至七百人，后遂为例。⑥

---

① （宋）江少虞：《宋朝事实类苑》卷二，上海古籍出版社 1981 年版，第 19—20 页。
② （宋）江少虞：《宋朝事实类苑》卷四，上海古籍出版社 1981 年版，第 42 页。
③ （宋）江少虞：《宋朝事实类苑》卷三，上海古籍出版社 1981 年版，第 31 页。
④ （宋）江少虞：《宋朝事实类苑》卷四，上海古籍出版社 1981 年版，第 42 页。
⑤ 钱穆：《国史大纲》，商务印书馆 1996 年版，第 541 页。
⑥ 同上。

因为进士录取人数增多，故应进士试的人数亦大大增加。“太平兴国八年多至万二百六十人，淳化二年至万七千三百人。进士应试已遍及全国，遂定三年一试之制。……以后进士御试，又例不黜落。”[①]

政府对建立文官政治的推动，终于使五代以来的委顿士风，经过半个多世纪涵养至仁宗时代而有了根本改变。其显著者，即为文人参政意识有了空前增强。正如论者指出的：“宋代的‘士’，不但以文化主体自居，而且也发展了高度的政治主体意识，以‘天下为己任’便是其最显著的标志。”[②] 一代名臣韩琦，仁宗天圣五年（1027）以弱冠之年考中进士后，在担任谏官的三年时间内，敢于犯颜直谏，“凡事有不便，未尝不言，每以明得失、正纪纲、亲忠直、远邪佞为急，前后七十余疏”；仁宗天圣八年（1030）以茂才异等科及第的富弼，“既以社稷自任……遂与仲淹各上当世之务十余条”[③]。“志欲铲旧谋新，振兴时治，其气锐不可折。”[④] “为相，守典故，行故事，而傅以公议，无容心于其间。”[⑤] 而大力倡导自尊自贵、自我砥砺的人格精神，将士人强烈的历史使命感与政治责任感贯注于自己政治活动中的，则莫过于范仲淹。范云：“圣帝明王常精意于求贤，不劳虑于临事。精意求贤，则日聪明而自广；劳心临事，则日丛脞而自困。”[⑥] 意思是，真正管理国家的应该是士人而非帝王，帝王的责任是发现“贤才”将他们用在合适的岗位上。他又说：“夫天下之士有二党焉。其一曰：我发必危言，立必危行，王道正直，何用曲为？其一曰：我逊言易入，逊行未合，人生安乐，何用忧为？”[⑦] 显然他正是以“发必危言，立必危行”要求自己的。欧阳修说他“少有大节，于富贵贫贱毁誉欢戚，不一动其心，而慨然有志于天下。……其事上遇人，一以自信，不择利害为趋舍。其所有为，必尽其力，曰：为之自我者当如是，其成与否有不在我者，虽圣贤

---

① 钱穆：《国史大纲》，商务印书馆1996年版，第541—542页。

② 余英时：《朱熹的历史世界：宋代士大夫政治文化研究》上册总序，生活·读书·新知三联书店2004年版，第3页。

③ （宋）苏轼：《富郑公神道碑》，见《苏东坡全集·苏东坡文集》，珠海出版社1996年版，第390页。

④ （宋）田况《儒林公议》云：“范仲淹入参宰政，富弼继秉枢轴，二人以天下之务为己任。谓朝政因循曰久，庶事隳弊，志欲铲旧谋新，振兴时治，其气锐不可折。”《儒林公议》，文渊阁四库全书本。

⑤ （元）脱脱等：《宋史》卷三一三《富弼传》。

⑥ （宋）范仲淹：《范文正公文集》卷三《推委臣下论》。

⑦ （宋）范仲淹：《范文正公文集》卷四《上资政殿晏侍郎书》。

不能必，吾岂苟哉”[①]；朱熹亦称他“振作士大夫之功为多”[②]；《宋史》本传也称他“每感激论天下事，奋不顾身，一时士大夫矫厉尚风节，自仲淹倡之”[③]。钱穆更有一段精彩的议论：

> 宋朝的时代，在太平的境况下，一天一天的严重，而一种自觉的精神，亦终于在士大夫社会中渐渐萌茁。所谓“自觉精神”者，正是那辈读书人渐渐从自己内心深处涌现出一种感觉，觉到他们应该起来担负著天下的重任。（并不是望进士和做官。）范仲淹为秀才时，便以天下为己任。他提出两句最有名的口号来，说：“士当先天下之忧而忧，后天下之乐而乐。”这是那时士大夫社会中一种自觉精神之最好的榜样。……这显然是一种精神上的自觉。然而这并不是范仲淹个人的精神无端感觉到此，这已是一种时代的精神，早已隐藏在同时人的心中，而为范仲淹正式呼唤出来。[④]

“先天下之忧而忧，后天下之乐而乐”，正是那个时代士人阶层高度政治责任感最为集中、恰当的表述。也正是在文人参政意识、政治责任意识高涨的时代背景下，北宋政治发展遂进入了中国古代政治史上最为独特的一个时期。这个独特时期以文人的积极干政为标志[⑤]，政治上的积极参与，必然要反映在文学创作上，北宋最早一批正面表达建功立业思想的词作，正是在这种时代背景下产生的。而由参与政治导致的文人人生命运的沉浮，不仅是北宋词表现的重要内容，同时也是我们理解北宋词在此后各个阶段发展变化的密钥。

## 二　政坛党争危机

北宋时代真正的承平期，始于真宗朝。太祖、太宗时代，为了铲除南

---

① （宋）欧阳修：《资政殿学士户部侍郎文正范公神道碑铭》，见《欧阳修全集》全集卷二一，中华书局 2001 年版，第 332 页。

② （宋）朱熹：《朱子语类》卷一二九，王星贤点校，（宋）黎靖德编，中华书局 1968 年版，第 3086 页。

③ （元）脱脱等：《宋史》卷三一四《范仲淹传》。

④ 钱穆：《国史大纲》，商务印书馆 1996 年版，第 558 页。

⑤ 柳诒徵云“盖宋之政治，士大夫之政治也。政治之纯出士大夫之手者，惟宋为然”，说的正是这种独特性。见柳诒徵《中国文化史》（第二编第十九章《政党政治》），中国社会科学出版社 2008 年版，第 516 页。

北割据势力，收复被辽所占疆土，宋王朝曾征战不息。[①] 而真宗即位不久，即与辽国订立“澶渊之盟”，此举为两国间赢得了百余年和平共处时期，北宋社会至此亦大体上进入了一个政局相对稳定的承平期。《邵氏闻见录》卷三云：

> 伯温侍长老言曰：“本朝唯真宗咸平、景德间为盛，时北虏通和，兵革不用，家给人足。以洛中言之，民以车载酒食声乐，游于通衢，谓之棚车鼓笛。仁宗天圣、明道初尚如此，至宝元、康定间，元昊叛，西方用兵，天下稍多事，无复有此风矣。元昊既称臣，帝绝口不言兵。庆历以后，天下虽复太平，终不若天圣、明道之前也。”[②]

然真宗时代的社会承平发展至仁宗朝，亦渐有深层次的矛盾和问题浮出水面——冗兵、冗吏、冗费几成政府的难解之题，遂有范仲淹“庆历新政”之诞生。然由革新派发起的这场政治变革运动很快宣告失败。关于“庆历新政”，学界所论已多，此处唯就其与整个北宋政坛党争之关系作一些探讨。

关于“庆历新政”引发的争论究竟算不算北宋党争之起点，学界有不同看法。萧庆伟、罗家祥等认为北宋党争的正式开始应该是在熙宁以后。如萧著《北宋新“旧党”争与文学》一书之《导言》认为：“熙宁、元丰党争与庆历党议殊为不同。不同处在于不是后者而是前者具有一种因政见相左而形成的党派意识。”“在庆历革新之际，范仲淹、欧阳修等人尚且具有一种‘君子有党’的党派意识。但是作为其对立的一面即因政见不同而形成的反对派在那时却未能产生。”“熙宁、元丰党争有别于庆历党议，就在于它具有呈对立状态的党派意识和呈对立状态的政党政治的表现形态。……本文不把庆历党议列入北宋党争这一概念中，即鉴于此。”[③] 罗著《朋党之争与北宋政治》一书讨论北宋党争问题亦从北宋熙丰时期开始，

① 按：宋太祖建政初，平李筠、李重进叛乱。此后历十余年依次平定了南方的吴越、南唐、荆南、南汉、后蜀等小朝廷。太宗赵光义继承赵匡胤未竟事业，继续征伐北汉，并于太平兴国四年（978）削平之。随后又展开了对辽的攻势，欲收复后唐石敬瑭割让于辽的北方“幽云十六州”。然太宗发动对辽之“高梁河之役”及雍熙北伐，均无功而返。至真宗景德元年（1004）十二月与辽签订“澶渊之盟”，北宋对外战事遂告一段落。

② （元）邵伯温：《邵氏闻见录》，中华书局 1983 年版，第 23 页。

③ 萧庆伟：《北宋新旧党争与文学》，人民文学出版社 2001 年版，第 1—2 页。

他认为庆历党争仅“是北宋历史上一系列大规模朋党之争的先导”，“与庆历党争时有所不同，熙宁时期出现的统治集团内部的矛盾冲突中，保守势力中的绝大多数不再是赤裸裸地为保护自身利益不受损害而反对变法，而是与改革势力在斗争中也提出了自己的‘政见’”①。

然早于萧、罗之著问世的沈松勤先生《北宋文人与党争》一书，却持相反观点。沈著虽未专节讨论庆历党争与熙宁以后新旧党争的关系，但在该著讨论北宋党争的历史背景、主体精神、理论依据等问题时，都是将庆历党争作为北宋党争的逻辑起点对待的。如该著第四章“北宋党争的特点与文人和文化的命运”中即有“‘进奏院案’与庆历党争”一节，专门讨论庆历党争带给文人的凄惨命运问题。

笔者同意沈松勤先生关于北宋党争始于仁宗庆历时期的观点。因为如果以“熙宁、元丰党争有别于庆历党议，就在于它具有呈对立状态的党派意识和呈对立状态的政党政治的表现形态”，而否定“庆历新政”中存在党争，那么照此推理，熙、丰时期的所谓政见之争发展至徽宗“绍圣”后，完全演变为因政治利益而展开的党同伐异之政治斗争，这就很难继续说是因政见问题而导致的“党争”了。而事实上，历来论北宋党争者，还没有不将徽宗朝“党禁”算在党争之内的。

如果要追溯北宋政坛党争源头，实际上还不止于庆历党议之时。早在宋仁宗景祐年间，朝臣内部即有因用人问题而分为两派的情况。景祐元年（1034）冬十月，因谏废郭皇后与宰相吕夷简意见相左而被贬睦州的范仲淹复召入京，“时御史台辟石介为主簿，未至，即论事坐罢”。时任馆阁校勘的欧阳修“贻书责中丞杜衍”，无果②；景祐三年（1036）五月，范仲淹因执政吕夷简“进用多出其门”而上“百官图”，“指其次第曰：‘……进退近臣，凡超格者，不宜全委之宰相。’”后吕夷简以范仲淹“越职言事”、“引用朋党”而将其贬职饶州。③ 时集贤校理余靖、馆阁校勘尹洙上书言贬范仲淹非当，吕夷简怒，将其一并贬逐。馆阁校勘欧阳修因贻书责司谏高若讷在范仲淹被贬事上倾向吕夷简亦被贬夷陵令。④ 御史韩缜希吕夷简旨，

① 罗家祥：《朋党之争与北宋政治》，华中师范大学出版社2002年版，第15—16页。

② （明）陈邦瞻：《宋史纪事本末》，中华书局1977年版，第231页。

③ 同上书，第232页。

④ 欧阳修贻书司谏高若讷云：“仲淹以无罪逐，君不能辨，尤以面目见士大夫，出入朝中，是不复知人间有羞耻事。”见《宋史纪事本末》，中华书局1977年版，第232页。

请以范仲淹朋党牓朝堂以戒百官越职言事。范仲淹被贬后，苏舜钦上书云："今谏官御史，悉出其门（指吕夷简），但希指意，即获美官。多士盈廷，噤不得语，陛下拱默，何由尽闻天下之事乎？"[①] 他认为朝廷重要岗位已基本为吕党占据。范被贬时隔两个年头后的宝元元年（1038），苏舜钦再次上书指责御史谏官"皆辅臣引拔建置"，"时有所言则必暗相阙说"，故建言："御史监管之任，臣欲陛下亲择之，不令出执政门下。"苏舜钦上此书时隔九个月后，朝廷乃"诏戒百官朋党"。[②] 这个所谓"百官朋党"，当然是包括了吕、范两派的。

由是观之，仁宗景祐年前后的吕、范之争，二人都不是孤立的。吕派至少包括了高若讷、韩缜等人[③]，而范派亦有石介、欧阳修、余靖等。这第一轮的所谓"朋党"议论的焦点，起因盖自吕、范两派包括官员选拔在内的一些政见分歧起。

起于景祐年间的朋党之论至庆历年间并未消匿。庆历三年（1043）五月，在范仲淹担任参知政事前三个月，孙沔上书指吕夷简之奸时仍谓："天下皆称贤而陛下不用者，左右毁之也；皆谓险邪而陛下不知者，朋党蔽之也。"[④] 本年八月，范仲淹为参知政事，在仁宗的催促下上《十事疏》，开始了他的新政之路。而富弼亦"上当世之务十余条及安边十三策"。[⑤]"（庆历）四年（1044）夏，帝与执政论及朋党事，范仲淹对曰：'方以类聚，物以群分。自古以来，邪正在朝，各为一党。在主上鉴辨之耳。'"[⑥] 范仲淹也指出了当时"正邪"两党的同时存在。

范仲淹庆历变政的所谓"十事"，大致可分为三类，前五事属于澄清吏治问题，后三事属于富强问题，最后两项，则属贯彻前八事的制度保障问题。新政以革除积弊、富民强兵为旨归，然因损害部分人利益，而使反对派"众心不悦"，"由是谤毁浸盛，而朋党之论滋不可解"。[⑦] 反对派在指

---

① （明）陈邦瞻：《宋史纪事本末》，中华书局1977年版，第233页。

② 同上书，第235页。

③ 按：范仲淹被贬出京，馆阁校勘蔡襄甚至作《四贤一不肖》诗以誉范仲淹、欧阳修诸人而刺高若讷。御史韩缜希吕夷简旨，"请以仲淹朋党牓朝堂，戒百官越职言事者"。见《宋史纪事本末》，中华书局1977年版，第232页。

④ （明）陈邦瞻：《宋史纪事本末》，中华书局1977年版，第241—242页。

⑤ 同上书，第243页。

⑥ 同上书，第245页。

⑦ 同上。

范仲淹结党的同时，他们自己也是结为一派的。夏竦之怨石介以《庆历圣德颂》斥己，使女奴学书介之字而栽陷富弼等，根本原因还在于朝中有一股反对新政的势力在。庆历四年（1044）六月，范仲淹自参知政事出朝任陕西、河东宣抚使后，御史中丞王拱辰指使御史鱼周询、刘元瑜举劾苏舜钦、王益柔等所制造的“进奏院”案，这和夏竦之陷害富弼在文字上做文章的手法如出一辙。“拱辰及张方平列状请诛益柔，盖欲因益柔以累仲淹也。”[①] 范仲淹于“进奏院”案发后“不自安，奏乞罢政事”，章得象更在仁宗旁边谗言相陷。[②] 他们如此费尽心机要“一网打尽”主持新政的范仲淹诸人[③]，论者却认为“夏竦反对范仲淹、富弼并非出于某一政见，而只是因为石介曾经指责和排斥过自己”[④]，又云庆历党议不当列入北宋党争这一概念中，这显然是说不通的。

由以上论析可见，北宋党争起源事实上较早。景祐元年因石介任御史台主簿事而被欧阳修所斥责的杜衍，在庆历五年（1045）范仲淹、富弼皆出朝而“攻者益众”的情况下，他居然在朝中“独左右之”[⑤]，而他的女婿苏舜钦正是“进奏院”案的当事人而被除名放废。景祐年间“进用多出其门”的吕夷简致仕居郑后，范仲淹庆历四年退出京城出任宣抚使后过顺道拜访，他的建言居然也使范“愕然”。他说：“君此行正蹈危机，岂复再入。若欲经制西事，莫如在朝廷为便。”[⑥] 这说明庆历新政之前的党议，还处在北宋党争的早期阶段，争论的焦点还只是执政为公为私问题，双方有指责而在朝中难以同列，但还没有发展到阴陷迫害的地步，争论的双方也并未反目成仇。但到了庆历党争阶段，出于个人利益上的考量，反对派为

---

① （明）陈邦瞻：《宋史纪事本末》，中华书局 1977 年版，第 247 页。

② 按：范仲淹乞罢政事时，章得象进言仁宗：“仲淹素有虚名，今一请遽罢，恐天下谓陛下轻黜贤臣，不若且赐不允。若即有谢表，则是挟诈要君，乃可罢也。”后“仲淹果奉谢表，上愈信得象言”。同上。

③ 按：王拱辰在“进奏院”案后喜曰：“吾一网打尽矣。”同上。

④ 萧庆伟：《北宋新旧党争与文学》，人民文学出版社 2001 年版，第 2 页。

⑤ （明）陈邦瞻：《宋史纪事本末》，中华书局 1977 年版，第 247 页。

⑥ 同上书，第 246 页。按：北宋魏泰《东轩笔录》卷四亦云：“范文正公仲淹为参知政事，建言乞立学校、劝农桑、责吏课、以年任子等事，颇与执政不合。会有言边鄙未宁者，文正乞自往经抚，于是以参知政事为河东陕西安抚使。时吕许公夷简谢事居圃田，文正往候之，许公问曰：‘何事遽出也？’范答以‘暂往经抚两路，事毕即还矣’。许公曰：‘参政此行，正蹈危机，岂复再入？’文正未谕其旨，果使事未还，而以资政殿学士知邠州。”见《笔记小说大观》第十册，江苏广陵古籍刻印社 1983 年版，第 92 页。

着要将改革派“一网打尽”的目的，不惜栽赃陷害。执政方略上的分歧演化为个人恩怨及人身攻击，这和后来的熙丰、元祐党争，尤其是北宋绍圣以后的党争全无二致。尤值得注意的是，庆历变政卷入了当时文坛负有盛名的一批文人，而此后文人卷入政治斗争，在北宋历次党争中几乎成为常例。故此，讨论北宋党争，探讨北宋词之政治抒情的时代背景，庆历党争都是不可以忽视的。

庆历新政虽然失败，然北宋王朝变法的要求依然存在。时隔二十四年后的宋神宗熙宁二年（1069），王安石变法开始。从庆历新政到王安石变法，这两个相隔不远的政治改良运动是有联系的，前者看起来正像是后者的一次预演。

王安石好读书，善属文，得欧阳修延誉，擢进士上第。步入仕途之后，亦曾得文彦博以“恬退”举荐之。仁宗嘉祐五年（1060），他上《万言书》提出改变现有法度，使之合乎“先王之政”的改革要求，然并未得仁宗支持。神宗熙宁二年，宋廷成立制置三司条例司，“掌经画邦计，议变旧法以通天下之利，命陈升之、王安石领其事”[①]，同时王安石也升任参知政事，在神宗支持下以行变法。变法目的旨在“修吾政刑，使将吏称职，财谷富，兵强而已”。[②] 为使变法全面推开，王安石提出了“天变不足畏，祖宗不足法，人言不足恤”的“三不”口号，表明要更改太祖、太宗以来的法令制度的决心。其新法更广泛涉及农田、水利、青苗、均输、保甲、免役、市易、保马、方田诸方面，然这些法规在实际施行中却遭到了反对派强烈批评。甚至针对王安石个人的人身攻击也极其激烈。如御史中丞吕晦尝论王安石于司马光云：

> 安石虽有时名，然好执偏见，轻信奸回，喜人佞己，听其言则美，施于用则疏；置诸宰辅，天下必受其祸。且上新即位，所与图治者，二三执政而已，苟非其人，将败国事。此乃腹心之疾。[③]

在写给神宗的奏章中，他又论王安石曰：

---

① （明）陈邦瞻：《宋史纪事本末》，中华书局 1977 年版，第 326 页。

② （宋）李焘：《续资治通鉴长编》（卷二二零“熙宁四年二月庚午”条），中华书局 2004 年第 2 版，第 5351 页。

③ （明）陈邦瞻：《宋史纪事本末》，中华书局 1977 年版，第 328—329 页。

大奸似忠，大诈似信；外示朴野，中藏巧诈；骄蹇慢上，阴贼害物。诚恐陛下悦其才辩，久而倚畀，大奸得路，群阴汇进，则贤者尽去，乱由是生。臣究安石之迹，固无远略，惟务改作，立异于人，徒文言而饰非，将罔上而欺下。臣窃忧之，误天下苍生，必斯人也。①

知谏院范纯仁也上奏云："王安石变祖宗法度，掊克财利，民心不宁。"又云：

安石以富国强兵之术启迪上心，欲求近功，忘其旧学，尚法令则称商鞅，言财利则背孟轲，鄙老成为因循，弃公论为流俗，异己者为不肖，合己者为贤人，刘琦、韩颉等一言，便蒙降黜。在廷之臣方大半趋附，陛下又从而驱之，其将何所不至！……宜速还言者而退安石，答中外之望。②

这样的触及一部分既得利益者权益，同时也加重百姓负担、难避聚敛之嫌的变法遭到广泛抵制、反对，实不在意料之外。除两宫太后、皇亲国戚等反对变法外，司马光、韩琦、富弼、文彦博、范祖禹、吕公著、范镇、吕晦、吕大防、刘恕等一批元老重臣也均走向变法派的对立面。朝臣中，有的开始赞成新法，后亦反对之，如程颢。有的本可能支持变法，却也加入了反对派的行列，如为王安石所器重的刘挚、王的学生陆佃。而支持变法的人，也不免有如范纯仁指出的，为着做官的立场而"趋附"王安石者，最典型的，譬如后来与王安石反目的变法派中坚吕惠卿。

关于王安石变法存在的问题，钱穆有十分精辟的论述。他说：王安石变法"似乎并不十分注重仲淹十事中之前几项"，"是径从谋求国家之富强下手，而并不先来一套澄清吏治的工作"，"只求法的推行，不论推行法的是何等样的人品"，其"开源政策，有些处又迹近为政府敛财"，"推行新法，又增出许多冗官闲禄"，且"只知认定一个目标，而没有注意到实际政治上连带的几许重要事件"。"此等新法，即谓用意全是，大体上非长时间缜密推行，不宜见效。……其利弊全看实际吏治的情况"，"即使举朝一致，尽力推行，此等各项新制，均涉及全国经济民生，未必即可有稳固之

① （明）陈邦瞻：《宋史纪事本末》，中华书局1977年版，第329页。

② 同上书，第330页。

基础与确定之成效。何论其常在议论喧豗、意见水火之中?”①

元祐元年（1086），随着宋神宗辞世，高太后听政，新法条款遂被废止。吴处厚、蔡确、章惇、吕惠卿、吕嘉问、邓绾、李定、蒲宗孟、范子渊等均遭贬逐。吕惠卿贬建宁军节度副使、建州安置时，苏轼草其制云：

> 吕惠卿以斗筲之才，穿窬之智，谄事宰辅，同升庙堂，乐祸贪功，好兵喜杀。以聚敛为仁义，以法律为诗书。首建青苗，次行免役。均输之政，自同商贾；手实之祸，下及鸡豚。苟可蠹国害民，率皆攘臂称首。先皇帝求贤如不及，从善若转圜。始以帝尧之仁，姑试伯鲧；终焉孔子之圣，不信宰予。尚宽两观之诛，薄示三苗之窜。②

由此见，熙宁年间开始的这场长达十七年的变法活动，使北宋政坛的党派分野何其严重，说它直接导致了北宋王朝此后官场上长达四十年的动荡，似也并不为过。③

“元祐更化”开始后，随“旧党”官员陆续进用，其内部亦出现了新的分化。以程颐为领袖，朱光庭、贾易等为羽翼的洛党，以苏氏兄弟为领袖，吕陶等为羽翼的蜀党，以刘挚、王岩叟、刘安世等为代表的朔党，各各指他方为朋党，政治上交相攻讦不已，由此也造成了政坛的不稳定及部

---

① 钱穆：《国史大纲》，商务印书馆 1996 年版，第 568—577 页。元祐元年，新法未完全废除时，尚书左仆射兼门下侍郎司马光已得疾，“而青苗、免役、将官之法犹在，西夏未降，光叹曰：‘四害未除，吾死不瞑目矣！’”此可证钱穆先生“意见水火”之论。见《宋史纪事本末》，中华书局 1977 年版，第 415 页，亦见《续资治通鉴长编》卷三五五。

② （明）陈邦瞻：《宋史纪事本末》，中华书局 1977 年版，第 420 页。

③ 按：“元祐更化”开始后，新党成员遭到贬谪打压。叶梦得《石林诗话》卷上云：“《江干初雪图》真迹，藏李邦直家，唐蜡本。世传为摩诘所作，末有元丰间王禹玉、蔡持正、韩玉汝、章子厚、王和甫、张邃明、安厚倾七人题诗。建中靖国元年，韩师朴相，邦直、厚卿同在二府，时前七人者所存惟厚卿而已，持正贬死岭外，禹玉追贬，子厚方贬，玉汝、和甫、邃明则死久矣，故师朴继题其后曰：‘诸公当日聚岩廊，半谪南荒半已亡。惟有紫枢黄阁老，再开图画看潇湘。’是时邦直在门下，厚卿在西府，紫枢黄阁，谓二人也。厚卿复题云：‘曾游沧海困惊澜，晚涉风波路更难。从此江湖无限兴，不如只向画图看。’而邦直亦自题云：‘此身何补一豪芒，三辱清时政时堂。病骨未为山下土，尚寻遗墨话存亡。’余家有此摹本，并录诸公诗续之，每出慨然。自元丰至建中靖国几三十年，诸公之名宦亦已至矣，然始皆有愿为图中之游而不暇得，故禹玉云：‘何日扁舟载风雪，却将蓑笠伴渔人。’玉汝云：‘君恩未报身何有，且寄扁舟梦想中。’其后废谪流窜，有虽死不得免者，而江湖间此景无处不有，皆不得一偿。厚卿至为危词，盖有激而云，岂此景真不可得，亦自不能践其言耳。”见何文焕《历代诗话·石林诗话》，中华书局 1981 年版，第 411—412 页。

分官员仕途之坎坷。词人中受此影响者，如苏轼，其元祐四年（1089）三月知杭州，元祐六年（1091）七月出知颍州，均与“旧党”内部之相互攻讦有关；又如秦观，其元祐三年（1088）自蔡州学官任上被召至京师以应制科，却因程颐、苏轼交恶，洛、蜀之党相互攻讦而受到排挤不得不还至蔡州继续担任学官。元祐六年（1091）七月，他由太学博士迁秘书省正字，亦因洛党贾易诋毁“不检”复罢。甚至直到元祐八年（1093），监察御史黄庆基上奏仍云：

> 按礼部尚书苏轼，天资凶险，不顾义理，言伪而辨，行僻而坚，故名足以惑众，智足以饰非，所谓小人之雄而君子之贼者也。陛下擢之于罪废之中，寘之于侍从之列，出守大藩，固宜奉法循理，而乃专以喜怒之私，轻废朝廷之制。……轼为人臣，乃欲恣喜怒而出入人罪，原其不遵法令之意，盖有轻蔑朝廷之心，其不忠之罪大矣。
>
> 轼自进用以来，援引党与，分布权要，附丽者力与荐扬，违迕者公行排斥。昨荐王巩，既除宗正寺丞，又通判扬州，竟以不持行检败。近者荐林豫，自东排岸，不问资序，遂差知通利军。前者除张耒为著作郎，（六年十二月二十四日。）近者除晁补之为著作佐郎，（七年十月二十六日。）皆轼力为援引，遂至于此。至如秦观，亦轼之门人也，素号猥薄，昨除秘书省正字，既用言者罢矣，犹不失为校对黄本书籍。是以奔竞之士，趋走其门者如市，惟知有轼，而不知有朝廷也。为人臣而招权植党，至于如此，其患岂小哉？①

“旧党”内部纷争、攻讦情势之严重由此可见一斑。

“元祐更化”是反变法派针对变法派的“复辟”，尽管“旧党”内部有纷争，然它造成的对北宋政坛政治秩序的破坏力还远不及哲宗亲政以后的绍圣“绍述”及徽宗登台后的“崇宁党禁”。元祐八年（1093）九月随高太后病故、哲宗亲政，“元祐更化”中受到打击、迫害的变法派官员重又获得极高礼遇，而元祐“旧党”遭遇了比熙丰党争中更为悲惨的命运。已谢世的吕公著、司马光、王岩叟、吕大防被追贬；原同知枢密院事赵瞻、中书侍郎傅尧俞所赠谥号被夺；刘挚、苏辙、梁焘、范纯仁等统统流放岭

① （宋）李焘：《续资治通鉴长编》卷四八四，中华书局2004年第2版，第11495—11497页。

南；以太子少傅致仕的韩维不仅被夺官爵，还与其他三十余人一同被贬。斗争的残酷性可从林希报复苏轼一例见其一端。

林希字子中，与苏轼同为仁宗嘉祐二年（1057）进士。林、苏二人常相互唱和，私交本来不错。如元丰八年（1085），神宗去世后，哲宗即位、高太后听政，宰相蔡确欲录苏轼为起居舍人，苏轼还曾推荐林希任职。《宋史》云："轼起于忧患，不欲骤履要地，辞于宰相蔡确。确曰：'公徊翔久矣，朝中无出公右者。'轼曰：'昔林希同在馆中，年且长。'确曰：'希固当先公耶。'卒不许。"[①] 今存苏轼诗集、词集中亦有不少苏题赠林希之作。如《林子中以诗寄文与可及余，与可既殁，追和其韵》、《次韵林子中、王彦祖唱酬》、《次韵林子中蒜山亭见寄》、《次韵林子中见寄》、《次韵答黄安中兼简林子中》等。苏轼赠林希的《西江月》词甚至有"使君才气卷波澜，与把新诗判断"这样的溢美之词。

然哲宗亲政后，"方推明绍述，尽黜元祐群臣，希皆密豫其议。自司马光、吕公著、大防、刘挚、苏轼、辙等数十人之制，皆希为之，词极其丑诋，至以'老奸擅国'之语阴斥宣仁，读者无不愤叹。一日，希草制罢，掷笔于地曰：'坏了名节矣。'"[②] 他所作苏辙《降官知袁州制》称："太中大夫知汝州苏辙，父子兄弟，挟机权变诈之学，惊愚惑众。"所作苏轼《落职降官知英州制》称苏轼"行污而丑正，学辟而欺愚"，"不惟喻德之义，屡贡怀诈之言"，"遂形怨诽，自取斥疏"，"复出为恶，辄于书命之职，公肆诬实之辞"，"顾威灵之如在，岂情理之可容"，"宜窜远服，褫夺近职。尚临一邦，是为宽恩"。后苏轼自定州贬英州，再贬惠州、儋州。

所以，"绍圣绍述"不只是重又恢复了元祐期间被废止的新法条款，更为重要者，乃在政见之争至此进一步演变为党派间之打击报复。文人的政治命运在这样的纷乱政局中充满变数自是必然。

元符三年（1100）正月，徽宗即位，在向太后主持下，朝廷有鉴于绍圣报复行为所造成的"天下士类为之不安"，"朝廷亦不安"的现状，主政的曾布实行了调停新旧两党的"体长用中"的方针，始行"建中靖国"（1101）之政，诏复司马光、文彦博、苏轼等"旧党"官员之职，然向太后当年即去世。崇宁元年（1102）七月，蔡京代曾布为相，又正式揭开了

① （宋）脱脱等：《宋史》卷三三八《苏轼传》。

② （宋）脱脱等：《宋史》卷三四三《林希传》。

“崇宁党禁”的序幕。

“崇宁党禁”把北宋党争对士人摧残迫害的烈度推向了新高潮。徽宗、蔡京联手，以“先帝（神宗）良言美意所以再至纷更者，以故家大族未尽灭也”为由，追贬司马光等四十四人官，效法绍圣时期编类元祐臣僚章疏之举，对元符末臣僚章疏进行编类，并将倾向“元祐更化”的上疏者分为“邪尤甚者”三十九人，“邪上”者四十一人，“邪中”者一百五十人，“邪下”者三百一十二人，除部分“已亡”和“致仕老疾”者外，其余“永不收叙”，送配流放僻远恶州“羁管”。[①] 自崇宁元年至三年（1102—1104），徽宗与蔡京又三次籍定“元祐党人碑”，第三次多达三百零九人，由蔡京书写名姓，刻石于全国诸路州军，“永为万世臣子之戒”。[②] 曾经主张变法的章惇、曾布等新党人物亦位列其中。此亦王明清《挥麈后录》所云“但与元长（蔡京）异意者，人无贤否，官无大小，悉列其中，屏而弃之，殆三百余人”。[③] 与此同时，凡系籍人子孙，不准仕宦及身至京畿地区。同时，自崇宁元年至宣和年间，朝廷又屡下禁令，禁元祐学术，毁司马光、苏轼、黄庭坚、秦观、晁补之、张耒、程颐等人文集印板。[④]

这漫长的政治浩劫，最终使得北宋末年的官场形成了“士大夫进退之间犹驱马牛，不翅若使优儿街子，动得以指讪之”[⑤] 的局面，“宋代士人的参政主体招致空前的摧残而趋向沉沦，他们原有的‘自觉精神’也开始全面消解”[⑥]。而北宋政治集团的统治力量至此也受到了极大削弱，政治生态、文人命运受到深刻影响。北宋词自范仲淹、苏轼以来的士大夫化抒情道路至此发生逆转，出现了清真词的重视技巧，亦出现了晁端礼、万俟咏、毛滂等大量创作政治谀颂之作的现象，而这些正与这个时期以言为讳的政治氛围有密切关系。[⑦]

---

① （宋）杨仲良：《皇宋通鉴长编纪事本末》卷一二三《禁元祐党人》。

② 同上。

③ 王明清：《挥麈后录》卷一“编类元祐党人，立碑刊石”条。

④ （清）黄以周等辑注，顾吉辰点校：《续资治通鉴长编拾补》卷二一，《宋史·徽宗本纪》，中华书局2004年版，第368页。

⑤ 冯惠民等点校，（宋）蔡絛撰：《铁围山丛谈》卷二，中华书局1983年版，第38页。

⑥ 沈松勤、姚红：《崇宁党禁下的文学创作趋向》，《文学遗产》2008年第2期。

⑦ 按：曾慥《高斋漫录》载：“崇观以后，以言为讳。宣和辛丑，策士偶询时务，范宗尹肆言时忌，考官不取以策缴进，曰：‘某字号语言涉异，合取圣裁。’上嘉其直，令依次第编排，而众人终不敢置之前列。仅缀甲末而已。”

## 第三节 北宋文人的坎坷仕途

### 一 北宋“文祸”：以“绍圣”前文字狱为例

贯穿北宋中后期的漫长党争，致文人因作文字而频频受祸。自庆历党争以来，影响较大的文字狱案件，包括了仁宗朝苏舜钦“进奏院”案；神宗朝苏轼“乌台诗案”；哲宗朝蔡确“车盖亭”诗案，苏轼策题、题诗“诽谤”案，元祐史官《神宗实录》案，梁焘、刘挚书信案及禁毁“荆公新学”案；徽宗朝的李之仪“遗表”案，张商英“嘉禾”诗案，“元祐上书”案，及禁毁苏、黄文集等。

以上“文祸”案件，论者已有不少探讨。[①] 然若论宋代产生时间最早且极具影响之“文祸”，则非仁宗朝发生于庆历新政遭保守势力抵制、破坏背景下的石介“诈死”案莫属。本书即以此案讨论为起点，就哲宗朝绍圣、绍述前发生的著名文字狱案例略予述评。这些“文祸”案例虽在迫害文人、制造政治恐怖气氛的广度、烈度上远较徽宗朝“文祸”逊色，然因这些案例，不仅已完全具备北宋“绍圣”以后文字狱案件的特点，而且也是催生“绍圣”后文祸的原因。故颇有论说之必要。

石介“诈死”案。此案发生时间虽在新政失败后的庆历五年（1045），然发案的直接原因却是庆历三年国子监直讲石介作《庆历圣德诗》种下的祸根。

案件当事人石介，“笃学尚志，乐善疾恶，喜声名，遇事奋然敢为”。[②] 庆历三年（1043），“会吕夷简罢相，章得象、晏殊、贾昌朝、韩琦、范仲淹、富弼同时执政，而欧阳修、蔡襄、王素、余靖并为谏官，夏竦既拜，复夺之，以衍代”。石介“因大喜曰：‘此盛事也，歌颂吾职，其可已乎！’作《庆历圣德诗》”。[③] 然因《庆历圣德诗》“称一时名臣”而斥“大奸”夏

---

① 按：沈松勤先生《北宋文人与党争》第四章“北宋党争的特点与文人和文化的命运”于北宋文字狱有详细讨论，见《北宋文人与党争》，人民出版社 1998 年版，第 116—165 页；萧庆伟《北宋新旧党争与文学》第四章“北宋党争与文人仕履”于北宋党争中文人贬谪情况亦有探讨。本文此节内容于沈先生之著尤有参考。

② （明）陈邦瞻：《宋史纪事本末》卷二九，中华书局 1977 年版，第 239 页。

③ 同上。

竦，致夏竦“怨介斥己”。[①] 王铚《默记》卷中云：

> 石介作《庆历圣德诗》以斥夏英公、高文庄公曰：“惟竦若讷，一妖一孽。”后闻夏英公作相，夜走台谏官之家，一夕所乘马为之毙。所以弹章交上，英公竟贴麻改除枢密使，缘此与介为深仇。其后介死，英公每对官吏或公厅时，失声发叹曰：“有人于界河逢见石介来。”后卒有报蕃将发棺之事。有旨下兖州验实，杜祁公罢相守兖州，力为保明乃免。

高晦叟《珍席放谈》亦载，夏竦“岁设水陆斋醮，设一位立牌，书曰：夙世冤家石介”。在这样的心态支配下，夏竦不仅欲打击报复石介，“又欲因以倾弼等”，遂使女奴阴习石介书，改石介奏记富弼书信中“责以行伊、周之事”为“伊、霍”，“且伪作介为弼撰废立诏草”，“飞语上闻”后，“帝虽不信，而弼与仲淹恐惧，不自安于朝，皆请出按西北边”。[②]“石介不自安，亦请外，得濮州通判”[③]，“庆历新政”至此遂发生转折。至庆历五年（1045），新政失败，石介亦于本年六月卒。然夏竦仍“深怨石介讥己”，“因言石介诈死，乃弼遣介结契丹起兵。期以一路兵马内应，请发介棺验之”，遂“诏下兖州，访介存亡”。后虽有兖州府掌书记龚鼎臣“愿以阖族保介必死”而免开棺验尸之祸，然此亦使富弼罢京西路安抚使，曾受学于石介的孙复亦受牵连而贬监处州税，石介子孙被羁管池州。[④] 欧阳修

---

① 按：《庆历圣德诗》中有“众贤之进，如茅斯拔；大奸之去，如距斯脱”之语。见（明）陈邦瞻《宋史纪事本末》卷二九，中华书局 1977 年版，第 241 页。

② 同上书，第 245 页。

③ 同上书，第 246 页。

④ 同上书，第 249—250 页。按：石介“诈死”案魏泰《东轩笔录》卷九有详细记载。其文曰：“石介为国子监直讲，献庆历圣德颂，褒贬甚峻，而于夏竦尤极诋斥，至目之为不肖，及有‘手锄奸枿’之句。颂出，泰山孙复谓介曰：‘子之祸自此始矣。’未几，党议起，介在指名，遂罢监事，通判濮州，归徂徕山而病卒。会山东举子孔直温谋反，或言直温尝从介学，于是夏英公言于仁宗曰：‘介实不死，北走胡矣。’寻有旨编管介妻子于江淮，又出中使与京东部刺史发介棺以验虚实。是时，吕居简为京东转运使，谓中使曰：‘若发棺空，而介果北走，则虽孥戮不足以为酷。万一介尸在，未尝叛去，即是朝廷无故剖人冢墓，何以示后世耶？’中使曰：‘诚如金部言，然则若之何以应中旨？’居简曰：‘介之死，必有棺敛之人，又内外亲族及会葬门生无虑数百，至于举柩窆棺，必用凶肆之人，今皆檄召至此，劾问之，苟无异说，即皆令具军令状，以保任之，亦足以应诏也。’中使大以为然，遂自介亲属及门人姜潜已下并凶肆棺敛舁柩之人合数百状，皆结罪保证，中使持以入奏，仁宗亦悟竦之谮，寻有旨放介妻子还乡，而世以居简为长者。”见《笔记小说大观》第十册，江苏广陵古籍刻印社 1983 年版，第 105 页。

《徂徕先生墓志铭序》云："先生既殁，妻子冻馁不自胜，今丞相韩公与河阳富公分俸买田以活之。"

至庆历七年（1047）六月，此案又发。《续资治通鉴》卷四九载：

> 先是夏竦言石介实不死，富弼阴使入契丹谋起兵，朝廷疑之。弼时知郓州，亟罢京西路安抚使。既而北边安堵，竦谗不验。弼自郓州徙青州，仍领京东路安抚使。竦在枢府，又谗介说契丹弗从，更为弼往登、莱结金坑凶恶数万人欲作乱，请发棺验视，侍御史知杂事韩城张昪及御史何郯尝极论其事。……帝不听，复诏监司体量。中使持诏至奉符，提点刑狱吕居简曰："今破冢发棺，而介实死，则将奈何？且丧葬非一家所能办，必有亲族门生及棺敛之人，苟召问无异，即令具军令状保之，亦可应诏矣。"中使曰："善！"及还奏，帝意果释。

这次结案，富弼终罢安抚使。①

石介"诈死"案从庆历三年《庆历圣德诗》问世埋下祸端，直到庆历七年最后了结，历时四年。石介自己不仅因写诗在政敌诬陷、攻击中忧愤而卒，他的家人、好友亦饱受牵连。这个案子发生在"庆历新政"背景下，完全是党争的产物。故王夫之认为"石介以诗受斫棺之戮，流波所荡，百年不息"。后来的"无罪可加，而苏轼以文词取祸"之"乌台诗案"，及"有罪可讨，而蔡确亦以歌咏论刑"的"车盖亭"诗案，均与此案有关。②

苏舜钦"进奏院"案。此案亦发生于庆历新政中，以当事人杜衍之婿苏舜钦时监进奏院得名。《宋史·王拱辰传》云：

> 苏舜钦会宾客于进奏院，王益柔醉作《傲歌》，拱辰风其僚鱼周询、刘元瑜举劾之。两人既窜废，同席者俱逐。时杜衍、范仲淹为

① 按：《宋史纪事本末》卷二九于两起发棺事混为一起记载，颇为难辨。据《续资治通鉴》卷四九，提刑吕居简言"无故发棺，何以示后"实乃第二次发棺事，《宋史纪事本末》却载于第一次；富弼罢京东安抚使事，《宋史纪事本末》卷二九载于庆历五年（1045）十一月。然据《续资治通鉴》卷四九，第一次发棺后，"竦谗不验。弼自郓州徙青州，仍领京东路安抚使"，则《宋史纪事本末》所载"遂罢富弼安抚使"，当为庆历七年事。

② 丁福保编：《读通鉴论》卷二一（十七）。

政，多所更张，拱辰之党不便。舜钦、益柔皆仲淹所荐，而舜钦，衍婿也，故因是倾之。[①]

庆历五年，苏舜钦、集贤校理王益柔等在“循例祀神，以伎乐娱宾”中戏作《傲歌》一诗，被御史王拱辰抓住把柄，意欲以此“倾衍及仲淹”。此案结后，苏舜钦被除名勒停，“同席被斥者十余人，皆知名之士”，范仲淹随后亦被解职。此案直接导致了庆历新政的最终失败[②]，甚至也影响到了此后的馆阁人员任用。北宋魏泰《东轩笔录》卷四云：“苏舜钦奏邸之会，预坐者多馆阁同舍，一时被责十余人。仁宗临朝，叹以轻薄少年，不足为台阁之重。宰相探其旨，自是务引用老成，往往不惬人望。甚者，语言文章，为世所笑，彭乘之在翰林，杨安国之在经筵是也。”[③]

苏轼“乌台诗案”发生于神宗元丰二年（1079）。宋王明清认为其先声为汪辅之文案。《挥麈后录》卷六云：

汪辅之……熙宁中为职方郎中，广南转运使，蔡持正为御史知杂，摭其《谢表》“清时有味，白首无能”，以谓言涉讥讪，坐降知虔州以卒。……后数年，兴东坡狱，盖始于此。而持正竟以诗谴死岭外。

王明清所论有理。汪辅之文案与“乌台诗案”的共同特点都是事主首先被人主或政敌排斥，成为预设的打击对象，然后再从其文字中寻找治罪

① （元）脱脱等：《宋史》卷三一八《王拱辰传》。

② （明）陈邦瞻：《宋史纪事本末》卷二九，中华书局1977年版，第248—249页。另，据李焘《续资治通鉴长编》卷一五三“庆历四年十一月甲子”条载：王益柔《傲歌》中有句云“醉卧北极遣帝扶，周公孔子驱为奴”。因苏舜钦、王益柔皆范仲淹所荐，苏又为杜衍之婿，“拱辰既劾奏，宋祁、张方平又助之，力言益柔作傲歌，罪当诛，盖欲因益柔以累仲淹也。章得象无所可否，贾昌朝阴主拱辰等议”。此案结后，“监进奏院右班殿直刘巽、大理评事集贤校理苏舜钦，并除名勒停；工部员外郎、直龙图阁兼天章阁侍讲、史馆检讨王洙落侍讲、检讨，知濠州；太常博士、集贤校理刁约通判海州；殿中丞、集贤校理江休复监蔡州税；殿中丞、集贤校理王益柔监复州税，并落校理；太常博士周延隽为秘书丞；太常丞、集贤校理章岷通判江州；著作郎、直集贤院、同修起居注吕溱知楚州；殿中丞周延让监宿州税；校书郎、馆阁校勘宋敏求签书集庆军节度判官事；将作监丞徐绶监汝州叶县税”。以上见《续资治通鉴长编》，中华书局2004年第2版，第3715—3716页。

③ 《笔记小说大观》第十册，江苏广陵古籍刻印社1983年版，第92页。

依据。[①] 只是汪辅之案比苏轼诗案影响小得多。“乌台诗案”历四个多月结案，苏轼被贬黄州，而受牵连或罚或贬的官员亦多达二十余人。其中司马光、范镇、王诜、李常、苏辙、王巩、刘攽、陈襄、刘挚、黄庭坚等赫然在列。

“车盖亭”诗案。此案之引发者为吴处厚，当事人乃新党官员蔡确。元祐四年（1089）四月，朝散郎、知汉阳军吴处厚上奏云：“确昨谪安州，不自循省，包蓄怨心，实有负于朝廷，而朝廷不知也。故在安州时，作《夏中登车盖亭》绝句十篇，内五篇皆涉讥讪，而二篇讥讪尤甚，上及君亲，非所宜言。”吴逐一列举了蔡确《夏中登车盖亭绝句十首》并对其中“讥讪尤甚”者作了笺注。[②] 结果使得元祐二年已被贬（1087）出京的蔡确复追贬英州别驾、新州安置（后死于贬所），而元祐元年（1086）所贬逐其他新党人员亦复遭重贬。此案为元祐“旧党”于变法派成员穷追猛打的继续。王明清云：

> 元祐党人，天下后世莫不推尊之。绍圣所定，止七十三人，至蔡元长当国，凡所背己者，皆著其间，殆三百九人。皆石刻姓名，颁行天下。其中愚智混淆，不可分别，至于前日诋訾元祐之政者，亦获厕名矣。唯有识讲论之熟者，始能辩之。然而祸根实基于元祐嫉恶太甚

① （宋）邵伯温《邵氏闻见录》卷一零云：“文潞公判北京，有汪辅之者新除运判，为人褊急。初入谒，潞公方坐厅事，阅谒，置按上不问，入宅，久之乃出，辅之已不堪。既见，公礼之甚简，谓曰：‘家人顷令沐发，忘见，运判勿讶。’辅之沮甚。旧例：监司至之三日，府必作会，公故罢之。辅之移文定日检按府库，通判以次白公，公不答。是日公家宴，内外事并不许通。辅之坐都厅，吏白侍中家宴，匙钥不可请。辅之怒，破架阁，库镴亦无从检按也，密劾潞公不治。神宗批辅之所上奏付潞公，有云‘侍中旧德，故烦卧护北门，细务不必劳心。辅之小臣，敢尔无礼，将别有处置’之语，潞公得之不言。一日，会监司曰：‘老谬无治状，幸诸君宽之。’监司皆愧谢，因出御批以示辅之。辅之惶恐逃归，托按郡以出。未几，辅之罢。呜呼！神宗眷遇大臣，沮抑小人如此，可谓圣矣”。由此见，汪辅之罢虔州，实亦不仅仅是其谢表“言涉讥讪”之故。

② 按：《续资治通鉴长编》（卷四二五）“元祐四年四月壬子”条载吴处厚奏章云：“伏见朝廷牵复知邓州蔡确观文殿学士，此则朝廷念旧推恩，无负于确矣。然确昨谪安州，不自循省，包蓄怨心，实有负于朝廷，而朝廷不知也。故在安州时，作《夏中登车盖亭》绝句十篇，内五篇皆涉讥讪，而二篇讥讪尤甚，上及君亲，非所宜言，实大不恭。臣以食君之禄，义切于己，虽不在言责之地，忠愤所激，须至冒昧万死，仰渎天听。缘其诗皆有微意，确欲使读者不知，臣谨一一笺释，使义理明白。内五篇不涉讥讪，亦一例写录连粘投进，所贵知臣言之不妄。”吴处厚于蔡诗一一详加笺注，参见《续资治通鉴长编》，中华书局 2004 年第 2 版，第 10270—10272 页。

> 焉，吕汲公、梁况之、刘器之定王介甫亲党吕汲甫、章子厚而下三十人，蔡持正亲党安厚卿、曾子宣而下十人，榜之朝堂。范淳父上疏以为歼厥渠魁，胁从罔治。范忠宣太息语同列曰："吾辈将不免矣。"后来时事既变，章子厚建元祐党，果如忠宣之言。大抵皆出于士大夫报复，而卒使国家受其咎，悲夫。[①]

关于蔡确《车盖亭》组诗，沈松勤先生认为，这都是蔡确"领'无事州'安陆时的即兴之作，并无'凶悖'或'悖逆'之处，吴处厚的笺释，纯系穿凿附会，这一点无须详辨"。[②] 笔者认为，吴处厚详解蔡诗，其处心积虑、以文字罪人的意图实为恶劣，然其于诗歌情韵本身的分析却并不是全无道理。[③] 蔡确在神宗朝曾春风得意，高太后听政后不仅朝政完全翻了个儿，他自己亦一贬再贬，即使处讼少政简的"无事州"，也并不能说明他心里无事，说吴处厚笺释"纯系穿凿附会"也未必完全符合事实。总之，蔡确之被贬死，与他的新党成员的身份有莫大关系。因为主持贬谪蔡确的高太后元祐六年（1091）曾在比较此案与苏轼"竹西寺"诗案性质时说过这样的话："此与蔡确事全别，兼确自以奸邪为恶，昨恐官家奈何此人不得，久远为朝廷大患，故贬之。其作诗亦是小事。"[④] "车盖亭"诗案的上演，再次证明了以当事人所作文字罗致罪名，实为对其予以致命打击的极有效手段，而文人政治命运的祸

---

① （宋）王明清：《玉照新志》卷一，文渊阁四库全书本。

② 沈松勤：《北宋文人与党争》，人民出版社 1998 年版，第 140 页。

③ 按：吴处厚所列蔡确十诗中"讥讪尤甚"者二。其一云："矫矫名臣郝甑山，忠言直节上元间。钓台芜没知何处？叹息思公俯碧湾。"吴处厚笺云："唐郝处俊封甑山公，上元初，曾仕高宗。时高宗多疾，欲逊位武后，处俊谏曰：'天子治阳道，后治阴德，然帝与后犹日之与月、阴之与阳，各有所主，不相夺也。若失其序，上谪见于天，下降灾于人。昔魏文帝著令，不许皇后临朝，今陛下奈何欲身传位天后乎？天下者，高祖、太宗之天下，非陛下之天下，正应谨守宗庙，传之子孙，不宜持国与人，以丧厥家。'由是事沮。臣窃以太皇太后垂帘听政，尽用仁宗朝章献明肃皇太后故事，而主上奉事太母，莫非尽极孝道，太母保圣躬，莫非尽极慈爱，不似前朝荒乱之政。而蔡确谪守安州，便怀怨恨，公肆讥谤，形于篇什。处今之世，思古之人，不思于它，而思处俊，此其意何也？借曰处俊安陆人，故思之，然安陆图经更有古迹可思，而独思处俊，又寻访处俊钓台，再三叹息，此其情可见也。"见《续资治通鉴长编》，中华书局 2004 年第 2 版，第 10271—10272 页。

④ （宋）李焘：《续资治通鉴长编》（卷四六三"元祐六年八月壬辰"条），中华书局 2004 年第 2 版，第 11067 页。

福难测亦于此可见一端。①

苏轼策题、题诗案。北宋文人中，苏轼是以文字得祸最频繁的一位。“乌台诗案”使他贬谪黄州长达五年，高太后听政后，苏轼虽得放还而居高位，然缠绕于他的文字纠葛并未停歇。元祐元年（1086）十二月，苏轼所撰试学士院策题《师仁祖之忠厚，法神考之励精》被程颐门人朱光庭弹劾。朱上书云：

> 学士院试馆职策题云：“欲师仁祖之忠厚，而患百官有司不举其职，或至于偷；欲法神考之励精，而恐监司守令不识其意，流入于刻。”又称：“汉文宽大长者，不闻有怠废不举之病；宣帝综核名实，不闻有督察过甚之失。”臣以谓仁祖之深仁厚德，如天之为大，汉文不足以过也；神考之雄才大略，如神之不测，宣帝不足以过也。后之为人臣者，惟当盛扬其先烈，不当更置之议论也。……伏望圣慈察臣之言，特奋睿断，正考试官之罪，以戒人臣之不忠者。②

朱书上达后，却到了一个“诏特放罪”的结果。朱光庭并不甘心，“又言轼罪不当放，其言攻轼愈峻，且称轼尝骂司马光及程颐。轼闻而自辩”③。同时，“朔党”成员王岩叟亦上书附和朱光庭议论：“岂有本朝策天下之士，欲以求治道，而先自短其祖宗，命辞之人得为无罪耶？不知使陛下何以教天下，何以训后世？……或闻苏轼自辩，谓是陛下点中此题。果然，则轼更因其非，又推过于君父，罪益大矣。”④然朱、王弹劾终因未得高太后首肯，此事遂寝。

元祐二年（1087）十二月，苏轼为学士院试馆职撰策题《两汉之政治》，再次遭到监察御史赵挺之、杨康国弹劾。赵上奏云：

---

① 按：对蔡确如何处置，“旧党”内部意见并不统一。如范祖禹指出：“自乾兴以来，不窜逐大臣六十余年，一旦行之，流传四方，无不震耸。确去相已久，朝廷多非其党，间有偏见异论者，若一切以为党确去之，惧刑罚失中，而人情不安也。”（《宋史》卷三三七《范祖禹传》）可见此案泄私愤之旨甚明。此亦为绍圣“绍述”中新党变本加厉打击元祐“旧党”埋下了祸根。

② （宋）李焘：《续资治通鉴长编》（卷三九三“元祐元年十二月壬寅”条），中华书局 2004 年第 2 版，第 9564—9565 页。

③ 同上书，第 9565 页。

④ 同上书，第 9566—9567 页。

苏轼专务引纳轻薄虚诞，有如市井俳优之人以在门下，取其浮薄之甚者，力加论荐。前日十科，乃荐王巩；其举自代，乃荐黄庭坚。二人轻薄无行，少有其比。王巩虽已斥逐补外，庭坚罪恶尤大，尚列史局。按轼学术本出《战国策》苏秦、张仪纵横揣摩之说，近日学士院策试廖正一馆职，乃以王莽、袁绍、董卓、曹操篡汉之术为问。……自生民以来，奸臣毒虐未有过于此数人者……轼代王言，专引莽、卓、袁、曹之事，及求所以篡国迟速之术，此何义也！公然欺罔二圣之聪明，而无所畏惮，考其设心，罪不可赦。轼设心不忠不正，辜负圣恩，使轼得志，将无所不为矣。[①]

紧接着，侍御史王觌又上奏云：

苏轼去冬学士院试馆职策题，自谓借汉以喻今也。其借而喻今者，乃是王莽、曹操等篡国之难易，缙绅见之，莫不惊骇。轼习为轻浮，贪好权利，不通先王性命道德之意，专慕战国纵横捭阖之术。是故见于行事者，多非理义之中，发为文章者，多出法度之外。此前日策题所以亏损国体而震骇羁听者，非偶然过失也，轼之意自以为当如此尔。臣见轼匡中颇僻，学术不正，长于辞华而暗于义理。若使久在朝廷，则必立异妄作，以为进取之资；巧谋害物，以快喜怒之气。朝廷或未欲深罪轼，即宜且与一郡，稍为轻浮躁竞之戒。[②]

同时，赵挺之亦上书称“贡举用《三经新义》取人近二十年。今闻外议，以为苏轼主文，意在矫革，若见引用《新义》，决欲黜落”。[③] 在这汹汹论议、诽谤中，苏轼不得不离京赴杭州任职。

元祐六年（1091）八月，洛党贾易以苏轼元丰八年（1085）所作《归

---

① （宋）李焘：《续资治通鉴长编》（卷四零七“元祐二年十二月丙午”条），中华书局 2004 年第 2 版，第 9915 页。

② （宋）李焘：《续资治通鉴长编》（卷四零八“元祐三年正月丁卯”条），中华书局 2004 年第 2 版，第 9922—9923 页。

③ （宋）李焘：《续资治通鉴长编》（卷四零八“元祐三年二月己卯”条），中华书局 2004 年第 2 版，第 9925 页。

宜兴留题竹西寺》三首上奏，弹劾刚刚回朝任翰林学士承旨的苏轼在神宗去世时曾作诗“自庆”。[①] 其奏章在攻击苏辙“厚貌深情，险于山川，诐言殄行，甚于蛇豕”后，攻击苏轼云：

> 其兄轼，昔既立异以背先帝，尚蒙恩宥，全其首领，聊从窜斥，以厌众心。轼不自省循，益加放傲。暨先帝厌代，轼则作诗自庆曰：“山寺归来闻好语，野花啼鸟亦欣然。此生已觉都无事，今岁仍逢大有年。”书于扬州上方僧寺，自后播于四方。轼内不自安，则又增以别诗二首，换诗板于彼，复倒其先后之句，题以元丰八年五月一日，从而语诸人曰：“我托人置田，书报已成，故作此诗。”且置田极小事，何至“野花啼鸟亦欣然”哉！又先帝山陵未毕，人臣泣血号慕正剧，轼以买田而欣踊如此，其义安在？[②]

面对贾易诬陷，苏轼上《乞回避贾易劄》、《辨题诗劄》，苏辙亦代为辩解竹西寺题诗事。[③] 告下，苏轼出京任职颍州。

苏轼元祐间策题、题诗案，是“旧党”内部相互倾轧的产物，其不仅使苏轼在政治上遭到了巨大打击，而且也累及他人。元祐三年（1088），“诏新除著作郎黄庭坚依旧著作佐郎。以御史赵挺之论其质性奸回，操行邪秽，罪恶尤大，故有是命”。而右正言刘安世于黄庭坚亦攻之甚急。[④] 元祐五年（1090）五月，“右谏议大夫朱光庭言：‘新除太学博士秦观素号薄徒，恶行非一，岂可以为人之师？伏望特罢

---

① 按：这三首诗分别是：“十年归梦寄西风，此去真为田舍翁。剩觅蜀冈新井水，要携乡味过江东；道人劝饮鸡苏水，童子能煎罂粟汤。暂借藤床与瓦枕，莫教辜负竹风凉；此生已觉都无事，今岁仍逢大有年。山寺归来闻好语，野花啼鸟亦欣然。”原诗见孔凡礼点校《苏轼诗集》，中华书局 1982 年版，第 1346 页。

② （宋）李焘：《续资治通鉴长编》（卷四六三“元祐六年八月乙丑”条），中华书局 2004 年第 2 版，第 11055 页。

③ 按：苏辙辩文《栾城集》未载，参见李焘《续资治通鉴长编》，第 11067 页。

④ 按：右正言刘安世云：“近闻朝廷除黄庭坚为著作郎，继有臣僚言其缺行，寻蒙指挥，已令追寝。然臣闻御史赵挺之历疏其恶，以为先帝遏密之初，庭坚在德州外邑，恣行淫秽，无所顾惮。窃谓挺之德州守官，耳目相接，不应妄缪。审如其言，则闾巷之人有所不忍，而庭坚为之自若，亏损名教，绝灭人理，岂可尚居华胄，污辱荐绅？伏望陛下以挺之所奏付外施行，庶使是非明辨，众听不惑。”见《续资治通鉴长编》（卷四一一“元祐三年五月丁巳”条），中华书局 2004 年第 2 版，第 10000 页。

新命。’诏观别与差遣”[①]。

总之，发生于哲宗绍圣、绍述前这些著名的文字狱案例，其于绍圣后惨烈文祸之示范、催化意义是明显的。因为这些文祸背后不仅有“小人”党于“君子”的迫害，亦有所谓“君子”党得道后以同样手段对付“小人”的情况发生。明代叶向高于北宋各期党争之关系有一个恰当概括，他说：“自元祐诸君子用事，尽改熙丰之法，一激而为绍圣，则小人胜，反而为元符，则君子小胜，又激而为崇宁，则小人大胜。当其胜，必尽去其人，尽反其行事。即易代革命，不若是甚者。纪纲，法度，国家，所以治乱安危，而堪此播弄，堪此翻覆，亡形见矣。是安得不有靖康之祸哉。”[②] 在北宋复杂惨烈的党争斗争中，“文祸”实不仅为党争重要表现形式之一，同时又是其推动因素。故此，考察绍圣、绍述前这些文祸案例，不仅于了解整个北宋文字狱情况及党争概貌有睹斑窥豹之意义，同时，对理解北宋词人的创作心理环境、理解北宋词政治抒情的时代背景都是有意义的。

## 二　北宋词作者的贬黜经历

探讨北宋词政治抒情的时代背景，更不可忽略文人在这个时代的政治命运。君主专制制度下，处于政治机器某个部位的个人本无权支配自己，而北宋此起彼伏的党争，又使得步入仕途的文人之人生境遇分外坎坷。以下，我们试从北宋词作者所际遇之贬黜这个角度，对北宋文人的仕途磨难予以考察。

北宋词作者的贬黜经历详见下表：

| 姓名 | 贬斥经历[③] | 存词数[④] |
|---|---|---|
| 和　岘 | 太平兴国二年（977）为京东转运使，坐事削籍。后起为太常丞，当年秋得暴疾卒。 | 3 |
| 王禹偁 | 一生多次被贬。太宗淳化二年（991）任大理评事贬商州团练副使；太宗至道元年（995），任翰林学士以谤讪朝廷罪贬知滁州；参与撰修《太祖实录》，因直书史事遭谗谤，于咸平二年（999）贬黄州，咸平四年（1001）冬改知蕲州卒，年四十八。 | 1 |

① （宋）李焘：《续资治通鉴长编》（卷四四二“元祐五年五月庚寅”条），中华书局2004年第2版，第10641页。

② （明）叶向高：《苍霞草》卷一《宋论》，江苏广陵古籍刻印社1994年版，第1册，第147—148页。

③ 按：此栏内容据《宋史》、宋人笔记等资料。

④ 按：此栏数字为《全宋词》所录该作者存世作品数。

续表

| 姓名 | 贬斥经历 | 存词数 |
| --- | --- | --- |
| 苏易简 | 苏舜钦父。太宗淳化中曾任参知政事，至道元年（995）被劾，以礼部侍郎出知邓州，移陈州后卒，年三十九。 | 1 |
| 寇　准 | 景德元年（1004）促真宗渡河征辽签立澶渊之盟。不久被王钦若排挤罢相。晚年起用，又因丁谓等构陷贬道州、雷州卒。 | 4 |
| 潘　阆 | 太宗至道元年（995）赐进士及第，未几追还诏书。一生曾两次卷入宫廷皇位斗争，两遭缉捕，一次入狱。① | 11 |
| 丁　谓 | 曾居相位七年。仁宗乾兴元年（1022）坐雷允恭修真宗陵寝"擅移皇堂"罪被罢相，四子被黜，家产抄没，贬崖州、雷州、道州、光州，流落贬窜十五年卒。 | 2 |
| 钱惟演 | 宋仁宗明道二年（1033），坐擅议宗庙，又与后家通婚，落同平章事。 | 2 |
| 夏　竦 | 仁宗康定二年（1041）拜奉宁军节度使，好水川之战中败于西夏被贬。庆历七年（1047）任宰相，为言者所攻，不久改枢密使。 | 2 |
| 范仲淹 | 一生三次被贬。 | 5 |
| 晏　殊 | 仁宗朝拜枢密副使，以上疏论张耆不可为枢密使，忤太后旨，坐罢知宣州；又以"尝被诏志宸妃墓，没而不言"及役官兵治僦舍以规利，坐降工部尚书、知颍州。 | 139 |
| 滕宗谅 | 康定元（1040）年任泾州知州，以滥用钱财被弹劾贬知凤翔府、虢州，后再贬岳州巴陵郡。 | 1 |
| 石延年 | 真宗朝以三举进士不中补三班奉职。明道元年（1032）授馆阁校勘，迁大理寺丞，景祐二年（1035）因事贬海州通判。庆历元年（1041）卒，年四十八。 | 2 |
| 尹　洙 | 景祐三年（1036）范仲淹贬饶州，尹洙上疏自言与范义兼师友当同获罪，被贬崇信军节度掌书记，监郢州酒税。陕西用兵被起用累迁至右司谏，知渭州，兼领泾原路经略公事，为其部吏诬讼，贬监均州酒税。 | 1 |
| 欧阳修 | 景祐三年（1036年），因直言论事贬知夷陵。庆历中任谏官支持范仲淹，被诬贬知滁州。一生"以风节自持，既数被污蔑，年六十，即连乞谢事。"② | 242 |
| 王　琪 | 性孤介，不与时合。仁宗朝判户部勾院、知制诰。"奉使契丹，因感疾还，上介诬其诈，责信州团练副使。"③ | 11 |
| 苏舜钦 | 庆历五年（1045）以"进奏院"案被除名。庆历八年（1048）卒，年四十一。 | 1 |
| 韩　琦 | 庆历新政失败后罢枢密副使被贬出朝。一生曾"相三朝，立二帝"。 | 4 |

① 参见王兆鹏《北宋隐士词人潘阆生平考索》，载《文史哲》2006年第5期。

② （元）脱脱等：《宋史》卷三一九《欧阳修传》。

③ （元）脱脱等：《宋史》卷三一二《王琪传》。

续表

| 姓名 | 贬斥经历 | 存词数 |
| --- | --- | --- |
| 元　绛 | 神宗朝累迁翰林学士、知开封府，拜参知政事。坐太学虞蕃讼博士受贿事连其子，罢知亳州，后出知颍州。 | 2 |
| 刘　述 | 治平元年（1064）荆湖北路转运使，降知睦州；神宗熙宁年间，上书劾王安石，出知江州。 | 1 |
| 王拱辰 | 仁宗朝以翰林学士权三司使，坐举富民郑旭出知郑州，徙澶、瀛、并三州；又为赵抃劾，以端明殿学士知永兴军；王安石参知政事，恶其异己，出为应天府。 | 残句一 |
| 王益柔 | 宰相王曙之子。因"进奏院"案黜监复州酒税；直舍人院、知制诰兼直学士院时曾以忤逆宰相而被罢兼直。 | 1 |
| 蔡　挺 | 嘉祐二年（1056）知滁州，勒停。《宋史》本传称挺"渭久，郁郁不自聊，寓意词曲，有'玉关人老'之叹"。 | 1 |
| 韩　绛 | 仁宗朝以论事负气，"不秉笏穿朝堂"，罢知蔡州；神宗熙宁三年（1070）拜参知政事，以行边注措乖方致庆卒乱事罢知邓州；熙宁七年（1074）为相，以议事坐徙许州、大名府。 | 1 |
| 司马光 | 熙宁三年（1070 年）因反对王安石变法出知永兴军，次年判西京御史台居洛阳十五年。哲宗立，执政一年半谢世。 | 2 |
| 李师中 | 熙宁初历河东转运使，知秦州、舒州、瀛州。后为吕惠卿所排贬和州团练副使安置，元丰元年（1078）卒。 | 1 |
| 韩　维 | 熙宁中以奏事不用请郡而出知襄州，改许州；绍圣中坐元祐党，降左朝议大夫，再谪崇信军节度副使，均州安置。 | 5 |
| 韩　缜 | 神宗朝知秦州以妄杀落职，分司南京；元祐元年（1086），为言者弹劾落相位知颍昌府。 | 1 |
| 滕　甫 | 神宗朝因屡言新法不便及受妻之族人李逢叛逆案牵连，被责以不宜令处京都而黜知池州、安州、筠州。① | 2 |

① （宋）李焘《续资治通鉴长编》（卷三四二"元丰七年正月乙巳"条）云："正议大夫滕甫知筠州。甫罢安州，入朝，手诏'谋逆人李逢乃甫之妻族近亲，不宜会处京师。可与东南一小郡'故也。甫上书自辨，寻改知湖州。"见《续资治通鉴长编》，中华书局 2004 年第 2 版，第 8219 页。又，苏轼《代滕甫辨谤乞郡状》云："今臣既安善地，又忝清班，非敢别有侥求，更思录用。但患难之后，积忧伤心，风波之间，怖畏成疾。敢望陛下悯余生之无几，究前日之异恩。或乞移臣淮浙间一小郡，稍近坟墓，渐谋归休。"《代滕甫论西夏书》又云："虽谪守在外，不当妄言，然自念旧臣，譬之老马，虽筋力已衰，不堪致远，而经涉险阻，粗识道路，惟陛下哀愍其愚而怜其意。"以上见《苏东坡全集·苏东坡文集》，珠海出版社 1996 年版，第 791、789 页。

续表

| 姓名 | 贬斥经历 | 存词数 |
| --- | --- | --- |
| 王安石 | 神宗朝主持变法，两被罢相。元祐元年（1086）旧党当政之初谢世。 | 29 |
| 汪辅之 | 熙宁中为职方郎中，广南转运使，以《谢表》言涉讥讪坐降知虔州卒。① | 1 |
| 范纯仁 | 英宗治平中为侍御史，争濮王典礼出通判安州；神宗朝忤王安石出知河中府；绍圣中贬永州安置。 | 1 |
| 沈　括 | 神宗朝以蔡确论首鼠乖剌阴害司农法，由集贤院学士知宣州；知延州“以措置乖方”责授筠州团练副使、随州安置。 | 4 |
| 王安国 | 坐郑侠事于熙宁八年（1075）放归田里，次年卒，年四十六。 | 3 |
| 孙　洙 | 熙宁中以王安石主新法多逐谏官御史而力求补外，出知海州。元丰二年（1079）卒，年四十九。 | 2 |
| 李清臣 | 神宗朝从韩绛使陕西，庆卒乱，坐贬通判海州。熙宁中以尚书左丞罢知河阳，徙河南、永兴；哲宗朝以事坐落职知真定府；徽宗朝为曾布所陷出知大名府，卒。朝议以复孟后罪，追贬武安军节度副使，再贬雷州司户参军。 | 1 |
| 王　观 | 元丰年间坐知江都县枉法受财，除名永州编管。 | 16 |
| 张舜民 | 徽宗朝曾为吏部侍郎，坐元祐党籍贬商州卒。 | 4 |
| 王安礼 | 王安石弟。神宗朝，御史张汝贤论其过，以端明殿学士知江宁府；元祐中，为御史言，失学士，移舒州。 | 3 |
| 蒲宗孟 | 神宗朝以御史论其荒于酒色及缮治府舍过制，罢尚书左丞知汝州；加资政殿学士后，又以治盗酷虐为御史劾，夺职知虢州。 | 1 |
| 曾　布 | 曾巩弟。熙宁间因反对市易法，贬知饶州、潭州等地；元祐初反对罢免疫法外调；崇宁中入党籍，连遭贬窜，卒于润州。 | 8 |
| 王　诜 | 元丰二年（1079）坐罪落驸马都尉责授昭化军节度行军司马筠州安置，移颍州安置。元祐元年（1086）复登州刺史驸马都尉。 | 15 |
| 苏　轼 | 一生屡遭贬谪，谪迁期前后近十三年之久。 | 362 |
| 李之仪 | 徽宗朝提举河东常平，坐草范纯仁遗表，“下御史狱，捶楚甚苦”②，编管太平州。政和三年（1113）除名勒停。 | 96 |
| 蔡　确 | 嘉祐四年（1059）进士登第后，历知制诰、御史中丞、参知政事。元丰五年（1082）拜尚书右仆射兼中书侍郎。元祐元年（1086）罢知陈州，夺职徙安州，又移邓州。以“车盖亭”诗案谪死新州。年五十七。 | 失调名七夕词残句一 |

① （宋）王明清：《挥麈后录》卷六。

② （宋）徐自明：《宋宰辅编年录》卷十一。

续表

| 姓名 | 贬斥经历 | 存词数 |
|---|---|---|
| 苏　辙 | 熙宁中为制置三司条例司属官，忤王安石徙他职。苏轼“乌台诗案”中谪监筠州盐酒税；绍圣中以门下侍郎出知汝州、谪袁州，未至，降秩，试少府监分司南京、筠州居住；又谪化州别驾、雷州安置。徽宗朝徙永州、岳州，又降许州。 | 4 |
| 舒　亶 | 神宗朝“受厨钱越法，三省以闻，事下大理”①，追两秩勒停，“谪居四明，几二十年”。② | 50 |
| 范祖禹 | 范镇从孙。绍圣“绍述”中，以龙图阁学士出知陕州；又以言者论其修史诋诬，又摭其谏禁中雇乳媪事，连贬武安军节度副使、昭州别驾，安置永州、贺州，又徙宾、化而卒，年五十八。 | 5 |
| 孔平仲 | 哲宗朝坐党籍谪惠州安置，徽宗朝复召，党论再起罢，卒。 | 1 |
| 郭祥正 | 熙宁间，忤使者，陷以他狱。 | 1 |
| 董　乂 | 崇宁元年（1102）入党籍，列邪下。 | 残句2 |
| 刘　泾 | 为太学博士，罢知咸阳县，常州教授。③ | 2 |
| 黄庭坚 | 元祐中“朝庭数议除美官，为言事者作梗，不果”④；绍圣元年（1094）谪授涪州别驾、黔州安置；元符三年（1100）知太平州，到官九日复坐党事而罢；崇宁二年（1103）诏除名羁管宜州，两年后卒于贬所。 | 192⑤ |
| 晁端礼 | 熙宁六年（1073）进士，两为县令，忤上官，坐保甲事被中以危法，废徙。 | 141 |
| 曾　肇 | 曾巩弟。崇宁中安置汀州。 | 1 |
| 郑　仅 | 为冠氏令，以塞河之决口事而为使者所陷，坐罚金。进集贤殿修撰、显谟阁待制后，以高永年战没熙河事，坐罢，议者以为惜。后改知庆州，徙秦州。⑥ | 12 |
| 蔡　京 | 徽宗朝凡四入相。靖康元年（1025）贬死潭州。 | 1 |
| 吕希纯 | 吕公著子。崇宁中入党籍。 | 1 |
| 朱　服 | 哲宗朝历中书舍人、礼部侍郎。徽宗朝曾黜知袁州，再贬蕲州安置，改兴国军卒。 | 1 |
| 廖正一 | 绍圣间贬信州玉山监税，丧明而殁，姓名入党籍。 | 1 |
| 秦　观 | 元祐六年（1091）以太学博士迁秘书省正字，遭贾易诋毁“不检”罢；绍圣初贬监处州酒税。后又编管郴州，移送横州，除名，押送雷州，终谪死于滕州。年五十二。 | 87 |

① （元）脱脱等：《宋史》卷三二九，中华书局1977年版，第10604页。

② 张寿镛：《四明丛书·舒嬾堂诗文存》，民国四明张氏约刊，1948年木刻本。

③ （元）脱脱等：《宋史》卷四四三《刘泾传》。

④ 参见刘琳、李勇先、王蓉贵点校《黄庭坚全集·附录》之《豫章先生传》（《黄庭坚全集》，四川大学出版社2001年版，第2361页）。

⑤ 唐圭璋编：《全宋词》收190首，《全宋词补辑》收2首。

⑥ （元）脱脱等：《宋史》卷三五三《郑仅传》。

续表

| 姓名 | 贬斥经历 | 存词数 |
| --- | --- | --- |
| 赵令畤 | 元祐中签书颍州公事，时苏轼为知州荐其才于朝，后坐元祐党籍，罚金，被废十年。 | 36 |
| 李元膺 | 蔡京在翰苑，尝因赐宴西池，失脚落水，几至没溺。元膺闻之，笑曰："蔡元长都湿了肚里文章也。"蔡闻之大怒，卒不得召用而卒。① | 9 |
| 晁补之 | 绍圣元年（1094）自秘书省黜知齐州；绍圣二年（1095）坐修神宗实录失实谪应天府通判，后改通判亳州；绍圣四年（1097）贬监处州盐酒税，元符二年（1099）再改监信州酒税；崇宁二年（1103）入党籍夺官，废退还乡闲居八个年头。 | 167 |
| 侯　蒙 | 徽宗朝官户部尚书同知枢密院，进尚书左丞，罢知亳州。 | 1 |
| 陈师道 | 元祐四年（1089）以越境送别苏轼为言者劾罢徐州教授；绍圣元年（1094）以进非科第罢官，"遂赴部，得监海陵酒"②，又谪迁江州彭泽令；母丧，服除赴阙"不蒙注拟，罢官六年"③；徽宗朝殁于官，年四十九。 | 54 |
| 张　耒 | 绍圣中坐元祐党籍徙宣州，再谪监黄州酒税；建中靖国元年（1101）苏轼逝，举哀行服，为言者弹劾。崇宁元年（1102）贬房州别驾、黄州安置。 | 6 |
| 陈　瓘 | 崇宁中入党籍除名，编隶台州。 | 22 |
| 邵伯温 | 崇宁元年（1102），入元符上书邪上籍。 | 2 |
| 邹　浩 | 一生两谪岭表。哲宗朝坐谏立刘后事，"削官，羁管新州"；徽宗朝责衡州别驾，寻窜昭州。 | 2 |
| 汪　存 | 元丰七年（1084）领乡荐。元祐中授西京文学，上封事，不报，弃官归养。政和间复官，力辞乞归。 | 1 |
| 张　阁 | 徽宗大观年间蔡京责太子少保，张阁当制，"诋之甚切"，京衔之。会复相，出张知杭州。④ | 1 |

① 按：曾慥《高斋漫录》云："李元膺早负才名，诗句精巧，蔡太师京深知之。蔡在翰苑，尝因赐宴西池，失脚落水，几至没溺。元膺闻之，笑曰：'蔡元长都湿了肚里文章也。'蔡闻之大怒，卒不得召用而卒，士论惜之。"另，惠洪《冷斋夜话》卷三："许彦周曰：李元膺作南京教官，丧妻，作长短句曰：'去年相逢深院宇，海棠下，曾歌金镂。歌罢花如雨。翠罗衫上，点点红无数。今岁重寻携手处，空物是人非春莫。回首青门路。乱红飞絮，相逐东风去。'李元膺寻亦卒。"由此见李元膺之卒与其仕途挫折不无关系。

② （宋）陈师道：《与鲁直书》，《后山居士文集》卷十，上海古籍出版社1984年版，第575页。

③ 同上书，第576页。

④ 洪迈《夷坚丁志》卷十"张台卿词"条："国朝故事、翰林学士草宰相制，或次补执政，谓之带入。大观三年六月八日，何清源执中登庸，四年六月八日，张无尽商英登庸，皆张台卿阁草麻，竟无迁宠。时蔡京责太子少保，张当制，诋之甚切，为搢绅所传诵，京衔之。会复相，即出张知杭州。明年六月八日，宴客中和堂，忽思前两岁宿直命相，正与是日同。乃作长短句纪其事。曰：（词略）。观者美其词而讶其卒章失意。未几以故物召还，遽卒于官，寿止四十。台卿，河阳人。吴传朋说。"

续表

| 姓名 | 贬斥经历 | 存词数 |
|---|---|---|
| 毛　滂 | 崇宁元年（1102年）由曾布推荐进京为删定官，同年曾布罢相，毛滂连坐受审下狱，后流落东京。大观初填词呈蔡京被起用，任登闻鼓院。 | 201 |
| 刘　焘 | 政和八年（1118）为淮南东路提点刑狱，宣和元年（1119）被降职；后曾任秘书少监，旋即以臣僚论其“任淮东提刑，轻肆妄作，蔑视诏条，任情废法”而落职闲居；靖康兵乱中用朱勔所占之船搬家为李光所劾，以秘阁修撰致仕。① | 11 |
| 郑少微 | 崇宁初入元符上书邪下籍。 | 2 |
| 李　新 | 崇宁初入元符上书邪上尤甚籍，夺官，谪居遂州。 | 4 |
| 王　寀 | 熙宁元年（1068）登第，曾官翰林学士、兵部尚书。宣和元年（1119）以左道为林灵素所陷，弃市。 | 12 |
| 周　纯 | 以与王寀交通，宣和间坐累编管惠州。 | 4 |
| 唐　庚 | 以张商英荐除提举京畿常平，崇宁二年张以“嘉禾案”罢，唐贬惠州。 | 1 |
| 惠　洪 | 与张商英、郭天信善。政和元年（1111）张、郭得罪，惠洪决配朱崖。 | 21 |
| 陆　蕴 | 议原庙不合，黜知瑞金县。 | 1 |
| 王安中 | 政和中累擢中书舍人、御史中丞、翰林学士承旨。靖康初，象州安置。 | 54 |
| 吴则礼 | 崇宁中直秘阁，知虢州。崇宁三年（1104）编管荆南。 | 25 |
| 曾　纡 | 曾布之子。崇宁二年（1103）坐党籍编管永州。 | 8 |
| 欧阳珣 | 崇宁五年（1106）进士，靖康中奉使割地于金，以忠义报国被金人焚死之。 | 1 |
| 赵　佶 | 宋神宗第十一子。在位二十五年，北宋灭后被金人所掳，绍兴五年（1135）死于五国城。年五十四。 | 12 |

《全宋词》所录北宋词人二百二十余人②，除隐士、僧侣、妇女词人外，真正步入仕途参与政治活动的词人约二百人。以上列举的这些染指填词者，均为身在仕途之人，其中不乏政治地位极高的元老重臣。他们当中不少人虽然并无多少词作流传下来，然他们的坎坷仕宦本身，却是构成文学创作时代背景的重要部分。而北宋还有不少走向政途过程中，因迈不过科举门槛铩羽而归的文人，他们当中也不乏词人。政治于他们的人生、创作造成的影响似更为深刻。如，柳永即是在科举被黜后才自称“奉旨填

① 方星移、王兆鹏：《刘焘行年考》，《浙江大学学报》2006年第1期。

② 按：北宋词人中有一部分入南宋。本文统计标准是：凡北宋亡后十年内谢世的词人，本书将其归入北宋词人群。学界将由北入南的这批词人一般称作南渡词人群。实际上，南渡词人各自情况很不一样。南宋初过世词人，因其创作高峰期在北宋，故应算作北宋词人。

词”；今存词62首的谢逸，也是在屡举进士不第后绝意仕进，终身隐居。有的词人步入仕途后虽并无政治贬黜经历，然因种种原因中途退归田园，时代政治影响其创作心理亦不难想见。如仁宗皇祐五年（1053）中进士的词人韦骧，哲宗绍圣年间曾出为夔州路提点刑狱，移知亳州未赴任，改知四明，后乞归赋闲。其词云“人生可意，只说功名贪富贵。遇景开怀，且尽生前有限杯”①，这却正是他精神上历尽忧患后的告白。所以，在这样一个创作主体深受政治影响的时代氛围中，考察文学创作实在不能离弃对作者政治处境之观照。

## 三　文人贬逐生活与心态：以黄庭坚贬宜州为例

因开国者有“不杀大臣”之誓约，所以贬黜就成了有宋一代帝王惩罚犯事官员最常用手段，而宋代法律于官员贬谪亦有非常详尽的规定，其中最常见的有居住、安置、编管、除名勒停等处罚措施。论者指出，宋代由这类处罚措施组成的编配法，“是在五刑之外形成的一个适用于不同层次犯罪的独立刑罚体系。这是宋代刑制的创举和最突出变化”②。

居住是对犯事官员追夺一定官资、停任现职而到指定地或自选地居处的处罚。与安置比，罚居住者有一定待遇，活动更自由。③“被责者，凡云送甚州居住，则轻于安置也。”④仅宋徽宗崇宁元年（1102）十月，诏元祐党人居住者即达二十五人。⑤

安置是惩治高级官员犯罪的主要方式。⑥依其种类，有削官职安置，追官勒停安置及贬谪官秩安置等。安置“非流、非徙、非迁，而又似流、

---

①　韦骧：《减字木兰花·惜春词》，见《全宋词》，中华书局1965年版，第218页。

②　郭东旭：《宋代法制研究》，河北大学出版社2000年版，第9页。

③　郭东旭云：“无论分司居住、落职居住、追降官资居住还是提举宫观居住，与安置人比，待遇更高，活动更自由。”见《宋代法制研究》，河北大学出版社2000年版，第236页。

④　（宋）赵升：《朝野类要》卷五。

⑤　（清）毕沅《续资治通鉴》卷八八崇宁元年十月：“丙子，臣僚上言……于是诏周常、龚原、刘奉世、吕希纯、王觌、王古、谢文瓘、陈师锡、欧阳棐、吕希哲、刘唐老、晁补之、黄庭坚、黄隐、毕仲游、常安民、孔平仲、王巩、张保源、陈郛、朱光裔、苏嘉、余卞、郑侠、胡田并罢祠禄，各于外州军居住，仍依陈乞宫观新格，不得同在一州。”

⑥　（宋）张端义《贵耳集》卷二：“安置待宰执侍从。”郭东旭指出：“从《元祐党籍姓名考》中看，曾任宰执的十六人中，除司马光、吕公著作为元老重臣分司居住外，其余有九人被安置。曾任侍从官的十三人中，除一人被编管外，十二人皆被安置，而待制以下的官员被安置者甚少。”见郭东旭《宋代法制研究》，河北大学出版社2000年版，第231页。

似徙、似迁”，“被安置者一般不除名，多责授散官不领实职”。[①] 受安置官员一般由一两名使臣护送前往荒僻州郡，限制自由，其居住房舍皆自决。“安置之责，若又重，则羁管、编管。”[②] 宋徽宗崇宁二年（1103）正月，曾一次性“安置任伯雨等十二人于远州”。[③]

实际上，被安置者前往安置地途中，官府所谓派人“护送”，事实上就是押送。邵伯温《邵氏闻见录》卷九载：

> 治子初，英宗即位，有疾，疾作；请光献太后垂帘同听政。有入内都知任守忠者奸邪反复，间谍两宫。时司马温公知谏院，吕谏议为侍御史，凡十数章，请诛之。英宗虽悟，未施行。宰相韩魏公一日出空头敕一道，参政欧阳公已签，参政赵概难之，问欧阳公曰：“何如？”欧阳公曰：“第书之，韩公必自有说。”魏公坐政事堂，以头子勾任守忠者立庭下，数之曰：“汝罪当死。”责蕲州团练副使，蕲州安置。取空头敕填之，差使臣即日押行，其意以谓少缓则中变矣。[④]

编管、羁管是将犯罪者编入外州户籍，使其接受管制的刑罚。编管者由官府派人按期押送前往应编管之地，无俸禄收入，其人身自由亦被限制，其中羁管类同囚禁。徽宗崇宁元年（1102）蔡京所列元祐党人中，七十人被编管岭南等地。

除名、勒停也是宋代黜降法中的重要条款。除名指夺官为民，《宋刑统》卷二谓“诸除名者，官爵悉除”。《庆元条法事类》卷七六谓“诸除名者，出身补授以来文书皆毁”。[⑤] 南宋赵升《朝野类要》卷五谓“编管以上，则必除名勒停，谓无官也，故曰追毁出身以来文字”[⑥]。勒停是指撤销现任官职，包括除名勒停与追夺官资勒停两种情况。前者指削职为民，后

① 郭东旭：《宋代法制研究》，河北大学出版社 2000 年版，第 231 页。

② （宋）赵升：《朝野类要》卷五。

③ （明）陈邦瞻：《宋史纪事本末》，中华书局 1977 年版，第 484 页。

④ （宋）邵伯温：《邵氏闻见录》，中华书局 1983 年版，第 95 页。

⑤ 《庆元条法事类》，1948 年印行，燕京大学图书馆藏版。

⑥ 见《笔记小说大观》第七册，江苏广陵古籍刻印社 1983 年版，第 206 页。

者指夺职而不开除官籍。[①]

文人贬逐在宋代是极为普遍的现象。一旦遭遇贬谪，怀忧惧祸即为他们基本的心理状态。苏轼历“乌台诗案”贬黄州后，“忧畏不衰，且见杜门以全衰拙”[②]，“不敢复与人事，虽骨肉至亲，未肯有一字往来”[③]；苏辙徽宗朝被贬，“谪居全不见人”，“全不敢见一客”[④]；秦观绍圣初贬监处州酒税，因一首小诗中有“因循移病依香火，写得弥陀七万言”二句，被言者以“不职”罪远徙郴州，最后直至被“除名”、“永不收叙”移至雷州时，其诗云：“挥汗读书不已，人皆笑我何求。我岂更求闻达，日常聊以消忧。”这同样是忧愁惧祸心理的反映。

在忧愁惧祸心理支配下，贬逐者所过生活之寂寥及情怀之复杂可知。这种情况，从黄庭坚贬宜州后的日记中可见一斑。

宋徽宗崇宁二年（1103），长期被贬的黄庭坚再次因“幸灾谤国”罪名被除名编管宜州[⑤]，这是他一生最严重的一次贬谪。该年十二月，黄庭坚动身赴贬所，其兄黄大临作《青玉案》词送之。[⑥]“岁末至长沙，与护丧北归的秦观子秦湛、婿范温相遇。”[⑦] 然后，过衡州，和秦观“千秋岁词”。次年三月，寓家人于永州，并与先期贬黜至此的曾纡“留连数月”。王明清《挥麈后录》卷六云：

---

① （清）毕沅《续资治通鉴》卷八八崇宁二年正月：“乙酉，贬窜元符末台谏官于远州：任伯雨昌化军，陈瓘廉州，龚夬象州，马涓澧州，陈祐归州，李深复州，张庭坚鼎州，并除名勒停，编管。江公望责授衡州司马，永州安置；邹浩除名勒停，昭州居住。已上并永不得收叙。王觌临江军居住，丰稷建州，陈次升建昌军，谢文瓘邵武军，张舜民房州，亦皆除名勒停。”

② （宋）苏轼：《与腾达道六十八首》之十二，见《苏轼文集》卷五十一。

③ （宋）苏轼：《与章子厚参政书》，见《苏轼文集》卷四十九。

④ （宋）朱熹《朱子语类》卷一三零：“子由可畏，谪居全不见人。一日蔡京党中有一人来见子由，遂先寻得京旧常贺生日一诗，与诸小孙先去见人处嬉看。及请其人相见，诸孙曳之满地。子由急自取之，曰：‘某罪废，莫带累他元长去。’京自此甚畏之。”同卷又载：“（苏辙）后来居颍昌，全不敢见一人。一乡人自蜀特来谒之，不见。候数日，不见。一日，见在亭子上，直突入。子由无避处了，见之。云：‘公何故在此？’云：‘某特来见。’云：‘可少候，待某好出来相见。’归，不出矣。”

⑤ 按：黄庭坚曾于哲宗绍圣元年（1094）以修《神宗实录》不实之罪被贬涪州别驾、黔州安置，绍圣四年（1197）移戎州。崇宁元年（1102），内迁知太平州，到任九天，即被罢免，主管洪州玉隆观。崇宁二年（1103）复被除名编管宜州。

⑥ 《黄庭坚世系年谱简编》云：“十二月，兄大临作《青玉案》词送之。”见马兴荣、祝振玉校注《山谷词》，上海古籍出版社 2001 年版，第 307 页。

⑦ 《黄庭坚世系年谱简编》，见马兴荣、祝振玉校注《山谷词》附录一，上海古籍出版社 2001 年版，第 307 页。

> 崇宁三年（1104），黄太史鲁直窜宜州，携家南行，泊于零陵，独赴贬所。是时外祖曾公青坐钩党，先徙是郡。太史留连逾月，极其欢洽，相予酬唱，如《江樾书事》之类是也。帅游浯溪，观《中兴碑》。太史赋诗，书姓名于诗左。外祖急止之云：“公诗文一出，即日传播。某方为流人，岂可出郊？公又远徙，蔡元长当轴，岂可不过为之防邪？”太史从之。但诗中云：“亦有文士相追随”，盖为外祖而设。

这段记载中已可见黄、曾二人之惧祸心态。告别家小后，黄庭坚只身“于六月至宜州贬所”[①]，至崇宁四年（1105）九月三十日，终以微疾不起而卒。这样，黄庭坚前后在宜州谪居一年有奇。

和别的贬谪官员不同的是，黄庭坚在他生命的最后九个多月中，却将其贬谪于宜州的生活情况通过日记的形式作了记载，这就是他的《宜州乙酉家乘》。因为《家乘》皆作者“亲笔以记其事”[②]，故其于了解北宋贬谪文人之日常生活提供了较系统的第一手资料。从内容看，《家乘》所记主要有两大方面。

首先，是对谪居中天气状况的记录。在《乙酉家乘》中，黄庭坚对自己贬谪八个月中的天气有极其细致的记载。二百余天内，宜州天气主要以晴、阴、雨为主。然晴天又有以下情况：“晴初见日”、“晴”、“晴又雨”、“晴，大热，不可夹衣”、“晴又阴”；阴天的情况有：“微阴”、“阴，微寒”、“又阴，小冷，可重夹衣”、“阴，大寒”、“阴不雨，晓寒甚，已而小雨，又晴”、“阴寒不雨”、“晴又阴”、“阴，欲雨”、“不雨”；雨天又分：“小雨”、“小雨，颇清润”、“大雨”、“雨甚”、“昼晴夜雨”、“大雷雨，午风，未冻雨，少顷又晴”、“微雨不寒”、“雨甚，可复近火”、“冻雨”、“朝雨霡霂”。

其次，是记录日常生活起居之琐事。在二百余天日记中，黄庭坚记录自己每天所做之事主要是：第一，下棋，包括看别人下棋及自己下棋；第二，散步，包括自己独自散步及与别人一起散步；第三，洗澡。他在正月十七日丙戌、闰二月十九日丁亥、二十一日己丑、四月二十四日辛卯、七

① 《黄庭坚世系年谱简编》，见马兴荣、祝振玉校注《山谷词》附录一，上海古籍出版社2001年版，第308页。

② （宋）范寥：《宜州乙西家乘》序，见刘琳、李勇先、王蓉贵点校《黄庭坚全集》，四川大学出版社2001年版，第2439页之附录三。

月初六辛丑、十一日丙午、十七日壬子、二十一日丙辰及二十五日庚申等日期下，记载了自己和他人的十次洗澡事，洗澡的地点六次在崇宁寺，其他几次在小南门石桥上民家。

家乘记载的是崇宁四年（1105）正月初一至八月二十九日之间共八个月、二百三十天贬谪期生活情况。[①] 值得注意的是，二百三十天的日记中，居然有六十天只记了一个字的“晴”或“雨”字，另有一天也只记了两个字的天气情况。也就是说，据《宜州乙酉家乘》所记，贬谪中的黄庭坚在八个月时间里，至少有超过六十天甚至连散步、下棋这样的事情也没有做过。在这些无事可记的日子里，作者却把日期与天气情况标注得清清楚楚，以表明他并非有意忽略。

黄庭坚为什么要以家乘形式把贬谪中的这段生活记录下来？这大概与他到达贬所五六个月后，其兄黄大临前来探望有关。黄庭坚始作家乘所选择的时间起点为崇宁四年（1105）正月初一，这既是一年的开头，同时也是黄大临初至宜州的日子。[②] 黄大临二月初六离开宜州[③]，而家乘中记事较多的时间恰好也正分布在正月至二月间。据家乘，从崇宁四年（1105）正月初一至二月初六，在黄大临留处宜州的这三十六天时间里，兄弟二人相从外出散步探友或游览附近寺院、山景十一次，黄庭坚为兄大临作“花吉贝背子”一次，作平气丸一次，兄弟相从去民家浴室洗澡一次，大临与他人下棋数次，大临收到信件一次，因大临至“暂开肉”，二人同赴崇宁道人处吃饭一次，当地州司理来谒大临一次，郡守而下来谒大临一次，兄弟分手前一天“诸人”置酒饯别大临于崇宁寺，晚上兄弟二人共宿崇宁寺，第二天，又与诸人饯别大临于十八里津。

至黄大临离开宜州之后，家乘记事不但明显减少，而且更有五十九天时间只记了一个字的“晴”或“雨”的天气说明。

以上这些都说明，黄庭坚《宜州乙酉家乘》完全是因为其兄黄大临之赴宜州探望他而作。历长期贬谪、生命灯火即将燃灭的黄庭坚，把他在人生最后数月中所感受的兄弟亲情以家乘这样的形式作了记载，说明处迁谪

① 按：《乙酉家乘》所记无六月事，但因该年有闰二月，故其以时间看仍为八个月事。

② 按：马兴荣、祝振玉校注《山谷词》载：“崇宁三年（1104）十二月二十七日，黄大临自永州来宜州看望山谷。次年二月六日，山谷与诸人饮饯黄大临于十八里津。”（见《山谷词》，上海古籍出版社 2001 年版，第 76 页）据此，黄大临到达宜州后第四天即为崇宁四年（1105）正月初一。

③ 刘琳、李勇先、王蓉贵点校：《黄庭坚全集》，四川大学出版社 2001 年版，第 2334 页。

厄运中的当事人，亲人相慰于其何等重要。黄大临二月六日将离开宜州时，黄庭坚作有《宜阳别元明用觞字韵》一诗，诗成于兄弟之“别夜”，当为崇宁四年（1105）二月五日夜所作。其云：“霜须八十期同老，酌我仙人九酝觞。明月湾头松老大，永思堂下草荒凉。千林风雨莺求友，万里云天雁断行。别夜不眠听鼠啮，非关春茗搅枯肠。”明月湾是黄庭坚家祖茔地，永思堂为黄家祠堂。故园荒芜，游子受羁，在亲情感念中作者流露出了无法重返故乡的悲怆。黄庭坚当然不会知道这次与兄长的生离实为死别，然兄弟间之会而再别，却使他倍加思念家乡的明月湾与永思堂，这也说明了当文人被贬逐而以囚犯的身份成为社会多余人时，亲情于其多么重要。

同时，从家乘中也可看到，政治贬谪给文人带来的巨大心灵伤害实无法估量。黄庭坚在北宋众多贬谪文人之中，还算心态较好的一位。与乃师苏轼一样，在漫长的贬废生涯中，他也曾参禅悟道、以惊人的坦然晏如气度对待无端而至的政治迫害，然这实不能完全抵消、化解他遭遇贬谪后所感受到的寂寥荒苦之感。贬黔州期间，其弟黄叔达（字知命）曾作《戏答刘文学》诗云：“人鲊瓮中危万死，鬼门关外更千岑。问君底事向前去，要试平生铁石心。”知命有感于乃兄遭遇，同情、鼓励贬谪者的心意很清楚①，但远谪并不能练就诗人黄庭坚的“铁石心”。绍圣二年（1095）贬谪后②，黄庭坚作《梦李白诵〈竹枝词〉三叠》云：

---

① 按：清武英殿聚珍丛书所收《山谷诗注》中，黄叔达包括此诗在内的十九首诗附于山谷诗卷内。沈松勤先生认为：“崇宁二年（1103），黄庭坚至贬所，其弟叔达携家及黄庭坚之子，历尽坎坷，于次年抵黔，并作《戏答刘文学》诗。”（《北宋文人与党争》，人民出版社 1998 年版，第 349 页）按：此说似可商榷。黄庭坚胞弟黄叔达，字知命，号云庵，去世于元符三年（1100），其携家至黔州探望贬谪中的黄庭坚实为绍圣二年（1095）事。至崇宁二年（1103）叔达去世已三个年头，且该年黄庭坚也不在黔州，叔达不大可能再至“黔州”探望黄庭坚。叔达诗《戏答刘文学》，见（宋）任渊、史荣、史季温注《黄庭坚诗集注》，刘尚荣校点，中华书局 2003 年版，第 425 页。

② （宋）岳珂《桯史》卷第十一《李白竹枝词》条载：“绍圣二年四月甲申，山谷以史事谪黔南。道间，作《竹枝词》二篇，题《歌罗驿》，曰：‘撑崖拄谷蝮蛇愁，入箐攀天猿掉头。鬼门关外莫言远，五十三驿是皇州。’‘浮云一百八盘萦，落日四十九渡明。鬼门关外莫言远，四海一家皆弟兄。’又自书其后，曰：‘古乐府有“巴东三峡巫峡长，猿鸣三声泪沾裳”，但以抑怨之音和为数叠，惜其声今不传。余自荆州上峡入黔中，备尝山川险阻，因作二叠，传与巴娘，令以竹枝歌之，前一叠可和云“鬼门关外莫言远，五十三驿是皇州”。后一叠可和云“鬼门关外莫言远，四海一家皆弟兄。”或各用四句，入阳关小秦王，亦可歌也。’是夜宿于驿，梦李白相见于山间，曰：‘予往谪夜郎，于此闻杜鹃，作竹枝词三叠世传之不子细，忆集中无有，三诵而使之传焉。其辞曰：（略）。’今豫章集所刊，盖自谓梦中语也，音响节奏似矣，而不能揜其真，亦寓言之流欤。”见《桯史》，中华书局 1981 年版，第 122 页。

一声望帝花片飞，万里明妃雪打围。马上胡儿那解听，琵琶应道不如归。

竹竿坡面蛇倒退，摩围山腰胡孙愁。杜鹃无血可续泪，何日金鸡赦九州。

命轻人鲊瓮头船，日瘦鬼门关外天。北人堕泪南人笑，青壁无梯闻杜鹃。①

这无声的泣泪流露的依然是人生遭逢放逐后的无限凄苦之情。

回头再看《宜州乙酉家乘》，在其所记录的八个月贬谪生活中，有两个月的时间只写下了一个字的天气说明，那么可以想见，这些日子对当事人来说完全只是日头的升落与昼夜轮回，其他一切都是苍白的。而那些有事可录的日子，他所记下的所谓“事”又大多极琐碎。如正月十八日丁亥记：“晴，大热，不可夹衣。”紧接着在十九日又记：“又阴，小冷，可重夹衣。”从昨天的“不可夹衣”到今天的“可重夹衣”，我们能看到的依然是作者心境的寂寞与苍凉。

然正是在这篇极类气象实录的家乘中，我们却也可看到黄庭坚以特有的“空白”，最大程度地表示了对不公正政治流放的反对与蔑视。他说：“三日壬申，阴，微寒。食罢，元明（黄大临，字元明）次公对棋，予独步至安化门，得黄雀数十。”② “十七日丙午，晴，从元明浴于小南门石桥上民家浴室。与叔时对棋，叔时三北。大医朱激馈双鹅。”③ 下棋输赢、洗澡诸事皆入家乘，而且整个家乘十有八九皆记此等事。看似平静、琐碎的记述，却蕴含着他对无端遭遇政治打击的抗拒心理。据作者自述，谪处宜州“半岁”的崇宁三年（1104）十一月，当地官府认为他不适合居住在关城中，于是他抱被入宿子城南之僦舍“喧寂斋”。此屋“上雨傍风，无有盖障，市声喧愦”，人以为不堪其忧，然他并不以为然。他说：“余以为家本农耕，使不从进士，则由中庐舍如是，又可不堪其忧耶?”④ 他从人生的

① （宋）任渊、史荣、史季温注：《黄庭坚诗集注》，刘尚荣校点，中华书局2003年版，第422页。

② 刘琳、李勇先、王蓉贵点校：《黄庭坚全集》，四川大学出版社2001年版，第2331页。

③ 同上书，第2332页。

④ （宋）黄庭坚：《题自书卷后》，见刘琳、李勇先、王蓉贵点校《黄庭坚全集》，四川大学出版社2001年版，第645页。

起点部位回头审视自己所遭遇的贬谪困境，这就等于把自己几十年来读书求宦、矻矻以求取得的全部人生成绩及所有努力过程一笔勾销。所以，所谓“家本农耕”诸说，完全是一种精神上的自我安慰，也是处贬谪无奈中唯一能说服自己摆脱挫折感、走出悲苦境地从而达到“自我镇定”的最后“良方”。然这样的“精神胜利”因为完全是际遇的坎坷荒苦感反激而成，故它能一时在精神世界之表层帮助当事人克服贬谪磨难造成的心理阴影，却并不能从根本上消除贬谪者心灵世界所经受的创伤。黄庭坚词作《南乡子·重阳日宜州城楼宴集即席作》云：“诸将说封侯，短笛长歌独倚楼。万事尽随风雨去，休休，戏马台南金络头。　催酒莫迟留，酒味今秋似去秋。花向老人头上笑，羞羞，白发簪花不解愁。”《虞美人·宜州见梅作》又说：“平生个里愿杯深，去国十年老尽少年心。”这些都是最好的证明。

所以，黄庭坚贬谪宜州后的心境及生活情况，在北宋贬谪文人群中是颇具代表性的。一方面，遭逢长期贬谪至再贬宜州后，在记录贬谪生活的家乘中他竟无一语及于政事或个人恩怨，足见其心境的苍凉及于政治迫害之忧惧；另一方面，从其诗词、日记中，我们又分明可感受到他对亲情的渴望、珍惜，及平淡镇静之中于政治打击无言的抗拒、蔑视。这样的心态，一定程度上确乎反映了北宋文人被谪后的普遍情况。

由此说来，抒情主体之现实际遇如此，情绪状态如此，那么当他进入以言情为主要功能的词体文学之创作时，其因政治沉浮而生诸种复杂情绪又焉能不进入词世界？

## 第四节　词人政治沉浮与“以诗为词”观念之形成

北宋党争政治造成了包括词人在内大批文人之仕宦沉浮，这样的状况，从根本上也影响着词人关于词体文学抒情功能的重新认识。北宋词人“以诗为词”观念的产生，即与此有密切关系。

王灼《碧鸡漫志》云“盖隋以来，今之所谓曲子者渐兴，至唐稍盛”。[①] 张炎也说“粤自隋唐以来，声诗间为长短句，至唐人则有《尊前》、《花间集》”。[②] 词自隋唐兴起以来，尽管创作上取得了不菲成绩，然终唐一

① （宋）王灼：《碧鸡漫志》卷一，见唐圭璋《词话丛编》，中华书局 1986 年版，第 74 页。

② 夏承焘笺注：《词源注》，古典文学出版社 1956 年版，第 9 页。

代，关于词之理论表述，实为罕见，其时无论民间词还是文人词，多“缘题”而赋。[①] 至五代《花间集》问世，在“家家之香径春风，宁寻越艳；处处之红楼夜月，自锁嫦娥”之奢靡政治文化背景下，欧阳炯于词第一次提出“资羽盖之欢”的命题，实属必然。然这一认识很快便被南唐词人的创作实践打破。南唐君臣生活之奢靡程度当然不减西蜀，可是以“二李一冯”为代表的词人之创作却并未完全停留在“资羽盖之欢”层面上。龙榆生指出：

南唐二主，乃一扫浮艳，以自抒身世之感与悲愍之怀；词体之尊，乃上跻于《风》、《骚》之列。此由其知音识曲，而又遭罹多故，思想与行为发生极度矛盾，刺激过甚，不期然而迸作怆恻哀怨之音。二主词境之高，盖亦环境迫之使然，不可与温、韦诸人同日而语也。[②]

南唐词人“一扫浮艳”而抒悲愍之怀、发怆恻之音，“盖亦环境迫之使然”，此“环境”即政治环境。李璟、李煜、冯延巳词中抒写政治忧患及亡国之痛的作品均超过他们全部作品半数，再一次证明了政治情势影响文学创作性质发生变化，实乃文学铁律之一。

五代词数量不少[③]，尤其在南唐词人手里，词体文学已经完成了由“伶工之词”向“士大夫之词”的转变，然这种形势至宋初却出现了“断代”。王灼云：

唐末五代，文章之陋极矣，独乐章可喜，虽乏高韵，而一种奇巧，各自立格，不相沿袭。在士大夫犹有可言，若昭宗“野烟生碧

① 按：黄升《唐宋诸贤绝妙词选》卷一云：“唐词多缘题，所赋《临江仙》则言仙事，《女冠子》则述道情，《河渎神》则咏祠庙，大概不失本题之意。尔后渐变，去题远矣。”见黄升《花庵词选》，中华书局1958年版，第32页。另，清人朱彝尊《词综》中也有类似说法：“《花间》体制，调即是题，如《女冠子》则咏女道士，《河渎神》则为送迎神曲，《虞美人》则咏虞姬是也。”见《词综》，上海古籍出版社1978年版，第15页。

② 龙榆生：《龙榆生词学论文集》，上海古籍出版社1997年版，第202页。

③ 按：曾昭岷等所编《全唐五代词》中收南唐词人作品情况是：李璟4首，李煜40首，冯延巳112首，成彦雄10首，韩熙载1首，杨花飞1首，徐昌图3首，共计171首。《花间词》成书于后蜀广政三年（940），收十八人作品更多达500余首，其中仅温庭筠、皇甫松、薛昭蕴为晚唐人，其他均为五代人。

树，陌上行人去”，岂非作者？诸国僭主中，李重光、王衍、孟昶、霸主钱俶，习于富贵，以歌酒自娱。而庄宗同父兴代北，生长戎马间，百战之余，亦造语有思致。国初平一宇内，法度礼乐，寖复全盛。而士大夫乐章顿衰于前日，此尤可怪。①

王灼的疑惑是有道理的。宋初从太祖、太宗至真宗朝六十余年中，就现有资料看，仅有词人十多人，存词30余首，数量的锐减已说明政治上的改朝换代于词体文学之发展实产生了深刻影响。这就预示着一种新的词学观念之问世，亦必得有特定社会政治文化环境之孕育。以苏轼为代表的北宋词人之诗词一体观念正是在这样的背景下产生的。

## 一　从潘阆到苏轼：政治沉浮背景下的诗词一体观

学界论北宋词人之词学观，较少提到宋初词人潘阆，实际上，追溯宋人关于词体文学之认识，潘阆实不可忽略。潘氏在其《逍遥词附记》中曾这样说：

茂秀茂秀，颇有吟性，若或忘倦，必取大名，老夫之言又非佞也。闻诵诗云：“入廓无人识，归山有鹤迎。”又云：“犬睡长廊静，僧归片石闲。”虽无妙用，亦可播于人口耶。然诗家之流，古自尤之，间代而出，或谓比肩。当其用意欲深，放情须远，变风雅之道，岂可容易而闻之哉！其所要《酒泉子》曲十一首，并写封在宅内也。若或水榭高歌，松轩静唱，盘泊之意，缥缈之情，亦尽见于兹矣。其间作用，理且一焉。即勿以礼翰不谨而为笑耶。阆顿首。②

这段话中，潘阆讲了两层意思。其一，论茂秀之诗，他称赞其人“颇有吟性”、其诗“亦可播于人口”的同时，又指出，诗歌因创作传统久远，要超越前人并不容易；其二，论己之词作，他不仅提示茂秀，自己的《酒泉子》曲十一首可“尽见”“盘泊之意，缥缈之情”，而且进一步指出自己十一首词的抒情作用与诗歌实“理且一焉”。

① （宋）王灼：《碧鸡漫志》卷二，见唐圭璋《词话丛编》，中华书局1986年版，第82页。

② （清）王鹏运：《四印斋所刻词》，上海古籍出版社1989年版，第708页。

这大概就是北宋最早出现的于诗词抒情作用齐观并论之文字了。它的理论精髓诚如邓乔彬所言，是“用一种新的文学样式（词）去担当以前诗歌所从事的‘任务’”，是一种“将诗学理论用于词的创作与品评，进而使词向诗歌靠拢”的见解，这一定程度上有利于提高词体地位。[①] 但是，是什么原因促使潘阆将诗的言志抒情功能与词等同起来了呢？笔者认为，答案正在潘阆独特的政治经历中。

潘阆一生以卖药为生计，为人疏狂放荡，喜结交宫廷权贵，热衷功名。太宗至道元年（995）曾赐进士及第，然很快即被追还诏书。据王兆鹏考证，他一生曾先后两次卷入宫廷皇位斗争，两遭缉捕，一次入狱。太平兴国四年（979），潘阆在汴京与柳开、名臣寇准等有诗唱和；太平兴国七年（982），因卷入秦王赵廷美案而遭缉捕，后脱逃；至道元年（995），因内侍王继恩举荐赐进士及第，授国子四门助教，旋即追还；至道三年（997），受王继恩案牵连又遭通缉，并再度逃脱；咸平初，入京被收系入狱，真宗释其罪，授滁州参军，大中祥符三年（1010）卒。[②]

这样的人生经历，于词人创作言，又如何能使他继续步《花间》后尘？潘阆在《逍遥词附记》中提及的《酒泉子》组词十一首，今存十首。这十首词以咏钱塘湖光风物为主，然每一首却又都以“常忆”二字打头，将记忆中西湖的风物美景与自己人生的无限失意、落魄感交织于一起来写，几乎每一首词都充满了物是人非、今昔情非的怅惘与感慨。如他一再说自己“别来尘土污人衣，空役梦魂飞”，“别来已白数茎头，早晚却重游”，“别来几向梦中看，梦觉心尚寒”等[③]，表面看，是写离开西湖多年来对此地之魂牵梦萦，然抒发的却是他历经政治磨难后的痛苦心声。组词第八首这样写道：

> 长忆吴山，山上森森吴相庙。庙前江水怒为涛，千古恨犹高。寒鸦日暮鸣还聚，时有阴云笼殿宇。别来有负谒灵祠，遥奠酒盈卮。

他说伍子胥庙森森耸立，阴云笼殿，而庙前“江水怒为涛，千古恨犹高”；

① 邓乔彬、宫洪涛：《潘阆的词论及其词作评议》，见《洛阳大学学报》2006 年第 3 期。

② 王兆鹏：《北宋隐士词人潘阆生平考索》，载《文史哲》2006 年第 5 期。

③ 潘阆词见唐圭璋编《全宋词》，中华书局 1965 年版，第 5—10 页。

又说自己“别来有负谒灵祠，遥奠酒盈卮”。这其中所寄托的他与伍子胥情同此心之意不言而喻。像这样的词，也就是他在《逍遥词附记》中所说那种“用意欲深，放情须远”的作品了，这与他所谓诗、词“吟性”写情“作用”相通，“理且一焉”的思想完全一致。

由此可见，北宋时期最早萌芽的诗词抒情“理且一焉”的观念，实与词人自身的政治际遇有莫大关系。政治磨难中的词人，不仅生存处境使他远离了轻歌曼舞的生活环境，从而不可能走上以词“资羽盖之欢”的创作道路，同时，词人自身坎坷际遇中淤积的泄情之需，也会使他在不自觉中抛弃“词为艳科”观念而走上“以诗为词”的抒情方向。邓乔彬认为潘阆“促使词从‘为他性’的‘酒席文学’向‘为己性’的‘言志文学’过渡”，“开了词的诗化的先河”[①]，以潘阆所遭际的罕见政治事变看，这实在是必然的。

潘阆而后，范仲淹于庆历新政前镇守西北边陲时，以《渔家傲》词而抒功业难建之慨，这种“以诗为词”的创作实践，也完全与时代形势及作者自己的政治际遇相关。先看下面这段话体现的范仲淹之创作理念：

> 诗家者流，厥情非一。失意之人其词苦，得意之人其词逸，乐天之人其词达，觏闵之人其词怒。如孟东野之清苦，薛许昌之英逸，白乐天之明达，罗江东之愤怒，此皆与时消息不失其正也。……皇朝龙兴，颂声来复。……然九州之广，庠序未振；四始之奥，讲议盖寡，其或不知而作，影响前辈，因人之尚，忘己之实。吟咏性情而不顾其分，风赋比兴而不观其时。故有非穷途而悲，非乱世而怒。华车有寒苦之述，白社为骄奢之语。学步不至，效颦则多。以至靡靡增华，愔愔相滥。[②]

此文字虽论诗歌，然其反对无病呻吟的创作原则亦与词相通。范仲淹一生三谪，以敢言知名。庆历新政前之镇边及新政失败再赴陕西抵御西夏，都是在“忧谗畏讥”的政治逆境中进行的。与西夏军事对垒，北宋本不占上

① 邓乔彬、宫洪涛：《潘阆的词论及其词作评议》，见《洛阳大学学报》2006年第3期。

② （宋）范仲淹：《唐异诗序》，见《范文正公集》卷六。

风，而朝廷对带兵之将从来心存戒惧，再加他本人守边时特殊的政治处境[①]，故建立功业于这位胸怀大志的政治家、词人而言，并不是一件容易的事。在著名的《渔家傲》词中，他以“燕然未勒归无计，将军白发征夫泪”这样苍凉悲怆的调子唱出了功业难建的深愁，此实为其所遭遇内外政治形势使然。

范仲淹而后，继续走“以诗为词”之路，而将诗词一体化推向新高度的词人，非苏轼莫属。苏轼于潘阆亦情有独钟，据《古今词话》载：“潘逍遥狂逸不羁，往往有出尘之语。自制《忆杭州》词三首，一时盛传。东坡爱之，书于玉堂屏风。”[②] 比之前辈词人，苏轼除在创作中大力实践“以诗为词”的词学观外，理论上，他于此也有了更多表述。如《与蔡景繁十四首》之四中他说：

> 颁示新词，此古人长短句诗也。得之惊喜，试勉励之，晚即面呈。[③]

看到蔡景繁把词写得像诗，他不仅没有反对意见，反而像际遇故交一样高兴，并进一步勉励对方继续照着这条路走下去。《与陈季常十六首》之十三云：

> 别后凡四辱书，一一领厚意。具审起居佳胜，为慰。又惠新词，句句警拔，诗人之雄，非小词也。但豪放太过，恐造物者不容人如此快活，一枕无碍睡，辄亦得之耳。公无多奈我何，呵呵。[④]

陈季常，名慥，乃苏轼早年任凤翔府签判时府守陈希亮第四子。因陈为苏轼密友，故可以说在这个信里，苏轼将他在别人那里不可言之言“实言拜上”了。刘锋焘教授说：“这里的‘豪放’二字是兼评其词与其人的，而‘豪放太过，恐造物者不容人如此快活’则并不是坡公不主张‘太过’，

① 按：范仲淹两次镇守陕西抵御西夏，都是在庆历新政前后朋党之论甚嚣尘上时进行。

② 唐圭璋：《词话丛编》，中华书局1986年版，第1140页。

③ （宋）苏轼：《苏东坡全集·苏东坡文集》，珠海出版社1996年版，第1334页。

④ 同上书，第1261页。

在这不无怜惜的语气中，正表达了他对‘豪放’之作的赏爱之情。”① 此确深得坡公词心者。苏轼此处不仅表示自己特别喜欢陈季常的豪放之作，同时他也对自己与陈季常间以豪放之词相交通表示了某种程度的担忧。“句句警拔”、类“诗人之雄”的陈词到底写了什么，苏轼一个字都没说，但从他“一枕无碍睡，辄亦得之耳。公无多奈我何”诸吞吐字句中，我们不难体会苏轼所谓“恐造物者不容人如此快活”的担心，实来自政治方面。豪放，难免言存纰漏，弄不好又会成为政敌把柄。所以，能使人一洗胸中郁闷、类“诗人之雄”的小词，其豪放的程度在苏轼看来一定是不应该有上限的，因为他也主张“吾文如万斛源泉，不择地皆可出。在平地滔滔汩汩，虽一日千里无难”，但你毕竟是生活在具体环境之中，就得想到老天不会任你快活，从而“止于不可不止”。

在另一封写给陈季常的信中，苏轼又说：

> 近者新阕颇多，篇篇皆奇。迟公来此，口以传授。②

“篇篇皆奇”的“新阕”，想必也是豪放之作了，然他也没有谈及具体内容，只说“口以传授”。其言外信息，收信人想必也是可以理解的。

值得注意的是，苏轼以上词论均“发表”于黄州贬谪时期。此期的苏轼一再以“长短句诗”、“诗人之雄”诸语称赞别人词作，这实与他其时正处有意识“以诗为词”之创作高峰期有关。因自己此期好尚如此，故论别人创作，也就染上了该阶段特定之心理倾向。这一点可用他密州时期致友人信中的一段议论来印证：

> 所索拙诗，岂敢措手，然不可不作，特未暇耳。近却颇作小词，虽无柳七郎风味，亦自是一家，呵呵。数日前猎于郊外，所获颇多。作得一阕，令东州壮士抵掌顿脚而歌之，吹笛击鼓以为节，颇壮观也。写呈取笑。③

① 刘锋焘：《宋金词论稿》，中国社会科学出版社 2002 年版，第 6 页。

② （宋）苏轼：《与陈季常十六首》之九，见《苏东坡全集·苏东坡文集》，珠海出版社 1996 年版，第 1260 页。

③ （宋）苏轼：《与鲜于子骏书三首》之二，见《苏东坡全集·苏东坡文集》，珠海出版社 1996 年版，第 1252 页。

同为在书信中谈词事，此处于词之特点（无柳七郎风味，自是一家）、创作背景（猎于郊外）、演唱效果（颇壮观）等说得清清楚楚，却独没有提出“长短句诗”这样的概念作比，这是否可以理解为密州时期的苏轼，在创作先行的情况下，他在观念上还没有形成明晰的“以诗为词”意识？甚至还没有产生“试勉励之”，即鼓励别人也这样写的思想呢？从他以自己词作“写呈取笑”的态度看，这个推断似乎是可以成立的。

但是当因写诗带来的政治危机黑云压城、情势险恶的时候，苏轼却提出了词“盖诗之裔”的观点。《祭张子野文》云：

> 子野郎中张丈之灵。曰：仕而忘归，人所共蔽。有志不果，日月其逝。惟余子野，归及强锐。优游故乡，若复一世。……清诗绝俗，甚典而丽。搜研物情，刮发幽翳。微词宛转，盖诗之裔。坐此而穷，盐米不继。……我来故国，实五周岁。不我少须，一病遽蜕。堂有遗像，室无留嬖。人亡琴废，帐空鹤唳。酹觞再拜，泪溢两眦。[①]

这段祭文中的“微词宛转，盖诗之裔”八个字，多被论者引用，以说明苏轼是把词与诗的抒情功能看得同等重要。然我们也不应忽略苏轼在此祭文中评价张先诗词前后还写下了其他一些值得注意的话。如他在此文前面说：“仕而忘归，人所共蔽。有志不果，日月其逝。”后面又说“坐此而穷，盐米不继”。此祭文作于元丰二年（1079）四月二十日苏轼自徐州调任湖州之时，其时距苏轼本人被捕入狱仅隔两个多月时间，朝中政敌正紧锣密鼓罗织罪名，要置他于死地，苏轼即使不了解问题的严重性，但他因作诗作文而得罪当政者这个事情，他也该是很清楚的。[②] 那么，“仕而忘归，人所共蔽”，这个“人”难道就没有包括苏轼自己吗？以作诗写词“而穷”，难道说得也仅仅是张先一个人的情况？祭文以“泪溢两眦”收尾，不胜悲戚，其中似乎并不乏作者自悼之情。故从这些情况看，他关于张词“微词宛转，盖诗之裔”这个论断，应该说实际是他自己在遭遇政治

① （宋）苏轼：《苏东坡全集·苏东坡文集》，珠海出版社 1996 年版，第 1560 页。

② 按：熙宁九年（1076）十一月，苏轼奉命调往河中府，年末离开密州。他原想在赴河中府之前顺路去开封，但途经陈桥驿时，又被改任徐州。时“有旨不许入国门，寓城外范蜀公园”（施宿《东坡先生年谱·熙宁十年》）。苏辙亦有诗记其兄此番遭遇（《栾城集》卷八《寄范丈景仁》）。可见，苏轼任徐州知州之前其政治处境就已很微妙。

困境的特定情势下，七八年来诗词创作经验的一个总结。[①] 之所以在这个时候提出这个观点，大概与张先生前曾与他一起唱和而如今业已凋零，他自己依然沉落下位、与世周旋的处境有关。

所以，回头看苏轼的词论及其创作可以发现，当他开始创作第一首豪放词《江城子》（老夫聊发少年狂）以明志时，他在理论上似乎还没有明确提出诗词一体的相关见解；当他历经更长时间的政治“流落”，直至面临政治迫害的时候，他终于有意识道出词“盖诗之裔”观点；当他真正被贬谪不敢再公开作诗时[②]，他更开始明确强调并且鼓励别人创作那些在他看来实为“长短句诗”之词，而他自己更是走上了一生中“以诗为词”创作之高峰。他的黄州词作中，言说政治情怀之作品比比皆是，就很能说明问题。[③] 莫励锋先生曾对苏轼毕生诗词创作情况做过一个统计、比较，我们从中也可以看出政治浮沉确乎深刻影响着苏轼作词的观念。莫先生统计的情况是：苏轼自嘉祐四年（1059）至建中靖国元年（1101）的三十九年间（除去居父丧无诗作的三年）作诗 2351 首，年均作诗 60 首，而他在黄州四年零四个月里仅作诗 182 首，年均不到 43 首，这低于一生的平均数。苏轼作词自熙宁三年（1070）算起，三十二年间有作品 302 首，年平均不到 10 首，黄州时期 79 首（邹同庆《苏轼词编年校注》为 75 首）[④]，年均 19 首，高于一生词作平均数。[⑤] 实际上，关于苏轼开始作词的具体时间，学界还有另外的看法。如薛瑞生《东坡词编年笺证》就认为苏轼始作词是在仁宗嘉祐五年（1060），这就比莫励锋先生所统计的熙宁三年（1070）整整提前了十年。如此，则他一生年均作词仅 7 首左右，相比之下，黄州

---

① 按：苏轼元祐五年（1090）作《题张子野诗集后》说过这样的话：“张子野诗笔老妙，歌词乃其余技耳。……世俗但称其歌词。昔周昉画人物，皆入神品，而世俗但知有周昉士女，皆所谓未见好德如好色者欤。”他以“余技”言张先作词本领，又以“好德”与“好色”比喻世俗于张先诗词之态度，可见离开作祭文特定的悼、颂背景，苏轼于张先诗词的评价就显得较为客观了，至少他认为张先词与诗还是有很大区别的。《题张子野诗集后》，见《苏东坡全集·苏东坡文集》，珠海出版社 1996 年版，第 1706 页。

② 关于苏轼贬谪黄州以后惧祸不敢做诗的情况，参见本书第三章《苏轼词的政治抒情》一节。

③ 详见本书第三章第一节《苏轼词的政治抒情》。

④ 按：学界于苏词编年不尽一致，故各家关于苏轼黄州时期作词总量的看法也不一样。莫先生认为是 79 首，邹同庆《苏轼词编年校注》编 75 首，薛瑞生先生编苏轼“黄州与江淮流寓时期”（元丰三年［1080］至元丰八年［1085］）词 111 首（除此外，薛先生编苏词作于嘉祐五年［1060］至元祐二年［1087］者 121 首，元祐元年［1086］至去世 85 首）。

⑤ 莫励锋：《从苏词苏诗之异同看苏轼“以诗为词”》，载《中国文化研究》2002 年第 2 期。

时期作词量就更高了。刘锋焘教授也指出：

> 就不同阶段词作之数量看，东坡之词大都作于他被贬失意时（仕宦通达时，往往倾力写作有关国计民生之策论诗文）。通判杭州，是他为王安石所不容，遂作词自适。黄州是他最倒霉的时候，写的词最多，也最好。元祐更换而入京，按理说他此时已对词体驾驭至熟，应畅畅快快地大量写词，但却很少涉笔。元祐六年再次回朝，亦复如是。再倒霉后，又作词。[①]

这就几乎无可辩驳地说明了苏轼之所以在政治上倒霉的时候多作词，完全是因为词在时人看来、至少在他的政敌眼里，还纯为小道，根本就不是严肃、庄重的文体，从而也不大可能以之作为打击他的把柄。这一点苏轼也是清楚的，所以，政治贬谪中他不仅继续“以诗为词”，且多作词。

那么，政治困境中的苏轼是怎么看待词之抒情功能的呢？从他黄州时期倾心作词及夸奖陈、蔡二人之词是“诗人之雄”、“古人长短句诗”的情况看，他完全是把诗词等量齐观的。苏轼是一个善处世势且深谙变通之理的人。他说：“某平生无快意事，惟作文章。意之所到，则笔力曲折，无不尽意。自谓世间乐事无逾此者。”[②] 贬谪失意中，能够动笔于他来说已属万幸，诗不能多作了，就作词；元祐后政治上处高位时，身份与人际环境变了，词不能多作了，就多写诗。[③] 实质上，诗词的抒情功能在他看来，正如他论人生病苦一样，“是病皆死得人，何必瘴气？”[④] 换个说法即，是文字皆贮得情，何必诗歌？所以，他一生无论何种文字皆作，作来皆工。于词，他不但如给诗命名那样大量题名，而且，也像写诗那样在其中言志抒怀。甚至，他还把诗歌改写为词（檃栝词），集句为词（集句词），这样

① 刘锋焘：《论苏轼的词学思想——兼论宋金词人对苏词的接受和继承》，《宋金词论稿》，中国社会科学出版社 2002 年版，第 25 页。

② 张明华点校、何薳：《春渚纪闻》卷六，中华书局 1983 年版，第 84 页。

③ 按：魏泰《东轩笔录》卷五：“王荆公初为参知政事，闲日因阅读晏元献公小词而笑曰：‘为宰相而作小词，可乎？’”由此可见北宋中期身居高位的政治人物于作小词的一般态度。至于王安石自己任宰相之前、之后作词，正好也从反面印证了他关于政治人物居高位时不当作小词的观点。这亦可于我们理解苏轼入翰林、居高位时，词作反而变少提供一些启示。见《笔记小说大观》第十册，江苏广陵古籍刻印社 1983 年版，第 94 页。

④ （宋）苏轼：《苏东坡全集·苏东坡文集》，珠海出版社 1996 年版，第 1499 页。

的再创作活动，又都多发生在他政治上极度失意之时，这岂是偶然的吗？

因此我们认为，北宋从潘阆到苏轼，诗词一体的创作实践与理论形成，实在与词人自身的政治沉浮有着密切的关系。

## 二　黄庭坚：政治浮沉与其诗词一体的词学观

北宋词坛，有关诗词一体的词学观，以苏门词人最为代表。“四学士”之一张耒《东山词序》云：

> 文章之于人，有满心而发，肆口而成，不待思虑而工，不待雕琢而丽者，皆天理之自然，而性情之道也。……贺方回博学业文，而乐府之词，高绝一世，携一编示予，大抵倚声而为之词，皆可歌也。或者讥方回好学能文，而惟是为工何哉？余应之曰：是所谓满心而发，肆口而成，虽欲已焉而不得者。[①]

张耒认为文章（包括词）于人以寄意为主，贺铸词“满心而发，肆口而成，虽欲已焉而不得”，实为“天理之自然，而性情之道”。他评价贺铸词作“幽洁如屈宋，悲壮如苏李”，实即贯穿着他的诗词一体的思想。

苏门学士黄庭坚关于词的认识与看法，多见其题序及与友人往来的书信中。作为江西诗派的开山祖师，他论诗主张作者应多读书，以便创作中“夺胎换骨”、“点铁成金”。论词，他也认为，词的创作乃与作者本人的人格境界及读书多少有关。这就从诗词创作的源泉问题已经将二者等量齐观了。如他的《跋东坡乐府》云：“东坡道人在黄州时作。语意高妙，似非吃烟火食人语。非胸中有万卷书，笔下无一点尘俗气，孰能至此。”[②] 苏轼词语意高妙而笔下无尘俗气，对此，黄庭坚从诗词一理的角度，肯定这也是读书多的结果。

当然，古人称行万里路读万卷书，苏轼黄州词语意高妙，不落俗套，肯定也与他当时的政治处境有关，作为“乌台诗案”的牵连者，黄庭坚只说苏词写得好因其“胸中有万卷书”，却没有点破政治坎坷影响作者创作

① （宋）张耒：《张耒集》卷四八，李逸安、孙通海、傅信点校，中华书局1990年版，第755页。

② （宋）黄庭坚：《豫章黄先生文集》卷二十六，见刘琳、李勇先、王蓉贵点校《黄庭坚全集》，四川大学出版社2001年版，第660页。

这层意思。但是从他特别指出东坡词之创作地在黄州这个情况看，关于苏词何以会“语意高妙”，他似乎还另外有话想说，但他却打住了。参诸其《小山集序》，关于词人政治穷通会影响其创作的问题，实则也正是黄庭坚词学思想的重要组成部分。该序云：

晏叔原，临淄公之莫子也。磊隗权奇，疏于顾忌，文章翰墨，自立规摹，常欲轩轾人，而不受世之轻重。诸公虽称爱之，而又以小谨望之，遂陆沉于下位。平生潜心六艺，玩思百家，持论甚高，未尝以沽世。余尝怪而问焉。曰：“我槃跚勃窣，犹获罪于诸公，愤而吐之，是唾人面也。”乃独嬉弄于乐府之余，而寓以诗人之句法，清壮顿挫，能动摇人心。士大夫传之，以为有临淄之风耳，罕能味其言也。余尝论：叔原，固人英也，其痴亦自绝人。爱叔原者，皆愠而问其目。曰：“仕宦连蹇，而不能一傍贵人之门，是一痴也。论文自有体，不肯一作新进士语，此又一痴也。费资千百万，家人寒饥，而面有孺子之色，此又一痴也。人百负之而不恨，已信人，终不疑其欺己，此又一痴也。”①

这就把生活境遇与词之创作的内在关系说得清清楚楚。小晏是一个“疏于顾忌”的人，且“不受世之轻重”，故与主流文化有隔阂而致政治上陆沉下位。其词“寓以诗人之句法，清壮顿挫”，自然有言志的倾向在，而士大夫却“罕能味其言”。黄庭坚引用晏几道自己的话说明，他的词实为愤世之产物。从这些议论中，我们不难看到，黄庭坚不仅认为政治穷达会深刻影响词人创作，而且词“寓以诗人之句法”也是可行的。小晏出身相门，学富才高，却不见容于世，故其一腔悲愤只能借助“诗人之句法”寓托比兴而出。黄庭坚论小晏词蕴有身世之感而着眼其政治境遇，可见他完全是把词人“寓以诗人之句法”的创作与政治穷通问题结合起来考虑的。在《促拍满路花》词之题序中他又说：

彼时有人书此词于州东酒肆壁间，爱其词，不能歌也。二十年

① （宋）黄庭坚：《豫章黄先生文集》卷一六，见刘琳、李勇先、王蓉贵点校《黄庭坚全集》，四川大学出版社2001年版，第413页。

> 前，有醉道士射于广陵市中，群小儿随歌得之，乃知其为《促拍满路花》也。俗子口传，加酿鄙语，政败其好处。山谷老人为录旧文，以告深于意味者。[①]

自崇宁二年（1104）贬宜州后，黄庭坚始在文中自称“山谷老人”。如此，则此序作于其贬谪期间无疑。《促拍满路花》词有什么“意味”以致山谷老人要郑重其事将其旧文收录下来，以正俗子口传？察原词文本，这首以贾岛《江上忆吴处士》诗中“秋风吹渭水，落叶满长安”打头的词，抒写的却正是“黄粱炊未熟，梦惊残。是非海里，直道作人难”之人生况味。本词所表现的疏离现实政治，叹息长安车马道上难做人的情怀，显然正是诗歌传统的表现主题。黄庭坚却于其甚为爱重，以致几十年来未能忘怀，可见在他眼里，真正的好词，也正是能反映作者人生价值判断与情志追求的作品。而这样的主题，也恰是诗歌表现的领域。贬谪中的黄庭坚，重提往事而录此词，并强调“以告深于意味者”，可见政治磨难中的词人，于“以诗为词”不仅认可、赞同，甚至也是提倡的。《跋刘梦得三间辞》又云：

> 此四章可以配《黍离》之诗，有国存亡之鉴也。大概刘梦得乐府小章优于大篇，诗优于它文耳。[②]

刘梦得乐府小章所以优于大篇，从其《三闾辞》看，是因为它反映了重大社会政治内容，“有国存亡之鉴”在。这仍然是“以诗为词”的标准，说明黄庭坚并不认为词与诗之间存在着不可逾越的鸿沟。其《跋秦少游踏莎行》亦云：

> 右少游发郴州，回横州，多顾有所属而作，语意极似刘梦得楚蜀间诗也。[③]

① 刘琳、李勇先、王蓉贵点校：《黄庭坚全集》，四川大学出版社2001年版，第409页。

② 同上书，第658页。

③ 同上书，第1636页。

此议论发之于黄庭坚贬谪期间。可见自身的政治磨难，使他深刻认识到，词体文学的抒情功能与诗歌本是不该有所区别的。此思想之产生，与黄庭坚处政治患难中，作诗已成“禁区”而词暂还可用来言志抒怀的情况大有关系。[①] 戎州贬谪期间，他在写给外甥的信中说：

> 老夫作文不复有古人关键，但随缘解纷耳。谩寄乐府长短句数篇，亦诗之派也，观一节可知侏儒矣。[②]

他明确告诉对方，自己的乐府长短句“亦诗之派也”，是不可以完全当作“小词”来读的。也是在贬谪戎州时，王观复来信索文，黄庭坚回复：

> 某去国八年，重以得罪，来御魑魅，抱疾杜门，屏绝人事，虽邻州守官者，或不知姓字，如是者三年于兹矣。……承索鄙文，岂复有此？顷或作乐府长短句，遇胜日，樽前使善音者试歌之，或可千里对面，故往手抄一卷。[③]

既然诗文不复为作，却说自己的词“或可千里对面”，则其“以诗为词”之作意可知。故从这些信息中，不难看出艰难的政治际遇，是多么深刻地影响着一代词人关于诗词抒情一体化的认识。刘熙载云“黄山谷词用意深至，自非小才所能辨。惟故以生字俚语侮弄世俗，若为金、元曲家滥觞”；夏敬观云“‘超轶绝尘，独立万物之表；驭风骑气，以与造物者游’，东坡誉山谷之语也。吾于其词亦云”；龙榆生也说：“黄词生新瘦硬，恰像他的诗。但他的骨子里却蕴蓄着无穷意味。”这些论说皆可参证黄之诗词一体

① 按：黄庭坚贬戎州后，在《答李德素》书中说：“所教且勿作文字，此至言也，谨服之无斁。”又说：“或妄传所作语，以为亲友之忧，虽老病昏忘，不至如是鄙俚也。时时戏书，未尝及世事，但老农渔父山川田里间言语耳。”（《黄庭坚全集》，四川大学出版社 2001 年版，第 2022 页）李德素是黄庭坚女儿黄睦的公公，睦为黄之继室谢氏所生，其母去世时才 4 岁，后嫁李德素之子李文伯，故李德素为黄庭坚亲家翁。党禁背景下，李德素劝黄庭坚不要作文字，黄亦认为言之有理。可见作诗于逐臣而言，确乎是一个极危险的禁区。

② 刘琳、李勇先、王蓉贵点校：《黄庭坚全集》，四川大学出版社 2001 年版，第 2029 页。

③ （宋）黄庭坚：《答王观复》，刘琳、李勇先、王蓉贵点校：《黄庭坚全集》，四川大学出版社 2001 年版，第 1971 页。

的词学思想。[①]

以上，我们以潘阆、“苏黄”等为例，讨论了词人政治沉浮影响其词学观念的情况，旨在对北宋词政治抒情作一些文学观念上的探讨。实际上，政治沉浮影响词人创作思想的问题不仅仅体现在这几位身上。新党人物王安石，前面我们提到，他在担任参知政事时论晏殊作词是“为宰相而作小词，可乎?”然他自己任宰相前却有《桂枝香·金陵怀古》咏叹六朝遗事以抒发理想抱负，罢相居金陵后，更创作了不少小歌词以疏泄其政治上遭遇挫折的苦闷之情。新党人物舒亶，被追两秩勒停废斥多年，也有不少词作反映落职闲居的痛苦。所以，北宋词坛诗词一体观的产生，与其时政坛动荡、词人命运坎坷有着深刻的内在联系。政坛党争、仕宦坎坷、文祸盛行、词之抒情内容拓展、以诗为词等问题，就这样合乎逻辑地纠结在一起，由此北宋词政治抒情发生发展的基本轨迹亦得到了展示。以下各章，我们将分阶段就词人具体创作情况进一步作一探讨。

① 按：刘语见其《艺概》卷四；夏语见其《手批山谷词》；龙语见其《苏门四学士词·弁言》。以上诸语亦参见马兴荣、祝振玉校注《山谷词》附录三《山谷词评论》，上海古籍出版社2001年版，第340—344页。

# 第二章　北宋词政治抒情的发展期

本章讨论北宋自立国至英宗登基前百余年间词体文学政治抒情问题。此期词坛出现的重要作家有潘阆、范仲淹、晏殊、柳永、欧阳修、张先等。潘阆词今仅存《酒泉子》10首，其政治抒情意前文已有涉及，张先生活的时代跨越太宗至神宗五朝，其创作鼎盛期无疑亦在英宗以前时期，然他的词于政治抒情内容少有涉及。范仲淹、欧阳修、柳永等词人是本期以词体文学抒发政治情怀的主力军。他们作品的政治抒情内容主要涉及两个方面，一是以描写都市繁华而歌颂盛世太平，反映社会政治之稳定；二是以出塞卫边、羁旅行役、湖光山色描写等，反映建功立业、仕宦荣通等委曲复杂的从政心理。因此期是北宋政坛相对稳定时期，政治革新虽导致部分士人贬谪，然尚不足引起官场普遍震动。词体文学抒发政治情怀，无论作品数量还是抒情深广度，尚不及苏轼、王安石等登上词坛以后的情况。故这个时期可视之为北宋词抒发政治情怀的发展阶段，或曰起步阶段。

## 第一节　范仲淹、欧阳修等人的政治抒情

### 一　范仲淹词政治抒情

范仲淹幼孤，早年家贫好学[①]，大中祥符八年（1015）进士及第入仕途，以敢言知名。宋仁宗天圣五年（1027），他上书言朝廷得失、民间利

① 按：《宋史》卷三一四《范仲淹传》载，范仲淹早年读书“昼夜不息，冬月惫甚，以水沃面；食不给，至以糜粥继之，人不能堪，仲淹不苦也”。

病，为天下所知。[①] 天圣七年（1029），以谏仁宗率百官为太后贺寿有违朝廷体制，及太后当还政于天子而被贬为河中府判官；明道二年（1033）以谏仁宗废郭皇后事，出知睦州（浙江建德东）；景祐三年（1036），以反对宰相吕夷简擅权，出知饶州（江西波阳）。[②] 宋、西夏战事起，范仲淹出任陕西帅臣镇守边关，号令严明，夏人不敢犯。庆历三年（1043）召为枢密副使，旋改参知政事。上疏条陈十事，主张改革吏治，裁汰冗滥，选贤任能，并论减徭役、厚农桑、修武备诸事。这些建议多被仁宗采纳而陆续施行，史称“庆历新政”。但因“新政”损害官僚贵族利益遭反对而罢，范仲淹亦被诬为“朋党”并于庆历五年（1045）罢参知政事，贬陕西四路宣抚使知邠州（陕西彬县）、邓（河南邓县）、杭等州。皇祐四年（1052）赴任颍州途中卒。[③]

范仲淹从政处世，不仅“先天下之忧而忧，后天下之乐而乐”，且亦本着“宁鸣而死，不默而生”的精神扬清激浊、救患分灾[④]，周旋于当世。无论任职地方或主政京城，他均力图“审民之好恶，察政之否臧；有疾苦必为之去，有灾害必为之防”。[⑤] 其矫厉士节、主持正义精神被同时代人乃至后人褒赞至尚，几乎无可挑剔。[⑥] 他的政治家胸怀及所际遇的仕途坎坷，

① 按：苏轼《范文正公文集叙》云：“公在天圣中，居太夫人忧，则已有忧天下、致太平之意，故为万言书以遗宰相，天下传诵。至用为将，擢为执政，考其平生所为，无出此书者。”见《苏东坡全集·苏东坡文集》，珠海出版社1996年版，第222页。龚明之《中吴纪闻》卷一云：“天圣五年，范文正公居母丧，上书宰执，请择郡守，举县令，斥游惰，去冗僭，遴选举，崇教育，养将材，实边备，保直臣，斥佞人，使朝廷无过，生灵无怨，以杜奸雄，凡万余言。时王文正公曾为相，见而伟之。服满，荐充馆职。由此为人主所知，不次擢用。”《宋史》卷三一四《范仲淹传》亦云其“每感激论天下事，奋不顾身，一时士大夫矫厉尚风节，自仲淹倡之”。

② （宋）李焘《续资治通鉴长编》（卷一一八“景祐三年五月丙戌”条）载：“天章阁待制、权知开封府范仲淹落职，知饶州。仲淹言事无所避，大臣权幸多忌恶之。时吕夷简执政，进者往往出其门。仲淹言官人之法，人主当知其迟速、升降之序，其进退近臣，不宜全委宰相。”吕夷简亦云“仲淹迂阔，务名无实”，“且诉仲淹越职言事，荐引朋党，离间君臣。仲淹亦交章对诉，辞愈切，由是降黜。侍御史韩渎希夷简意，请以仲淹朋党牓朝堂，戒百官越职言事，从之”。见《续资治通鉴长编》，中华书局2004年第2版，第2783—2784页。

③ 按：以上范仲淹事迹，据《宋史·范仲淹传》及中华书局1984年版《范文正公文集》所收宋人楼钥撰《范文正公年谱》。

④ （宋）范仲淹：《灵乌赋》，《范仲淹全集》，四川大学出版社2007年版，第9页。

⑤ （宋）范仲淹：《用天下心为心赋》，《范仲淹全集》，四川大学出版社2007年版，第9页。

⑥ 按：举荐范仲淹的晏殊称其“为学精勤，属文典雅”，“独守贫素，儒者之典范”。欧阳修称：“希文平生刚正，好学通古。今其立朝有本末，天下所共知……今班行中无与比者。”（欧阳修《致书右司谏高若讷》）王安石称他“一世之师，由初迄终，名节无疵”。（王安石《祭范颍州仲淹文》）曾巩云：“天下想闻其风采，贤士大夫以不获登其门为耻。下至里巷，远及夷狄，皆知其名，众莫知其所以然也。”（文渊阁四库全书本曾巩《隆子集》卷八）苏轼称他“出为名相，处为名贤，乐在人后，爱在人先，经天纬地，轶后空前。有宋文明之运，实自公始”。（苏轼《文正公赞》）朱熹云：“至范文正公方厉廉耻，振作士气”，“祖宗以来，名相如李文靖、王文正诸公，只恁地善亦不得，至范文正时便大厉名节，振作士气，故振作士大夫之功为多”。（《朱子语类》卷一二九）

是他的词抒发政治情怀之基础。

范词流传至今者仅5首，北宋词史上，他是一位以量微而占重要地位的作家。朱祖谋编选《宋词三百首》选其《苏幕遮·怀旧》、《御街行·秋日怀旧》，龙榆生编选《唐宋名家词选》增选《渔家傲》。除这三词外，其余两首一为《剔银灯·与欧阳公席上分题》，一为《定风波·自前二府镇穰下营百花洲亲制》。《渔家傲》云：

> 塞下秋来风景异，衡阳雁去无留意。四面边声连角起，千嶂里，长烟落日孤城闭。　浊酒一杯家万里，燕然未勒归无计。羌管悠悠霜满地，人不寐，将军白发征夫泪。①

宋仁宗康定元年（1040），范仲淹任陕西经略副使兼知延州（陕西延安），守边四年，这首词为其时所作。此词主题，论者颇有争议。

一为矛盾说：本词写戍边将士生活的艰苦，同时也表达了立功决心与思乡间的矛盾。朱东润主编《中国历代文学作品选》认为："此词写边地将士生活的艰苦，表达了作者破敌立功的决心和思念家乡的矛盾心情，极悲壮苍凉之致。"② 教育部制定，中华书局编辑部2000年版《初中古诗词背诵推荐篇目精解》认为此词"下阕重在抒情。……（作者）身在边防，担负重任，而家在万里之外，天长日久，难免牵动思乡之情。但抗击西夏的任务尚未完成，回乡之计无从谈起"。③ 陶尔夫、诸葛忆兵著《北宋词史》："（词）反映了边塞生活的艰苦和作者坚持反对入侵、巩固边防的决心和意愿，同时还表现出外患未除、功业未建、久戍边地、士兵思乡等复杂矛盾。"④

一为忧国说：本词主要表现了作者的忧国之情。游国恩主编《中国文学史》认为："他的《渔家傲》通过边塞的凄清景象表现边防将士忧国的深心。"⑤ 郭预衡主编《中国古代文学史》论本词及作者另一词《苏幕遮》时也认为，这两词"思想感情亦都和'先天下之忧而忧，后天下之乐而

---

① 唐圭璋编：《全宋词》，中华书局1965年版，第11页。
② 朱东润主编：《中国历代文学作品选》中编第二册，上海古籍出版社2002年版，第1页。
③ 《初中古诗词背诵推荐篇目精解》，中华书局编辑部2000年版，第77页。
④ 陶尔夫、诸葛忆兵：《北宋词史》，黑龙江人民出版社2005年版，第103—104页。
⑤ 游国恩等主编：《中国文学史》第三册，人民文学出版社1964年版，第42页。

乐’相通，是宋初词坛上弥足珍贵的作品”。[①] 靳极苍也认为“本词的目的”、“主题思想”即：“意在使君主和主政者知边疆将士之艰辛，去奢华，勤政事而已。”[②]

还有一种观点，认为本词主题在于反映边防将士内心抑郁情怀。如北京燕山出版社1987年版《宋词鉴赏辞典》如是议论：“很明显，这首词是咏叹边防将士的内心抑郁的。抑郁是由于不曾击破敌人为国立功，而不是消沉。”

康定元年（1040）范仲淹任职陕西时已年届五十二岁，此时距他进士及第入仕途的大中祥符八年（1015）已有二十六年光景。二十六年时间里，他三次被贬。就任陕西经略副使前，也是在贬谪转徙中度过了五个年头，后因西夏李元昊反，边事紧急，他才再次得到起用。[③] 所以，本词中虽有“浊酒一杯家万里，燕然未勒归无计”之语，然主题却并不在表达“破敌立功的决心”与思乡情怀上。

该词上片写景，突出边地秋来物象的萧条悲凉，大有宋玉《九辩》“悲哉秋之为气也，萧瑟兮草木摇落而变衰。……坎廪兮贫士失职而志不平”之意，此亦为下片抒情张本。至下片，抒情核心却全在“浊酒一杯家万里，燕然未勒归无计”两句上。然这两句却非表达“破敌立功的决心”与思乡情怀。尤其该句中的“归”，不能简单作“回归”解。所谓“归无计”实是作者对自己政治上无有归宿的焦虑和惆怅。两句合起来看，写出来的是作者因长期贬谪消耗光阴、年华老大，而功业难建的悲愁。封建社会官员任职他地，不能归乡是家常便饭。有些人甚至到老也不愿还乡，如欧阳修、苏轼、黄庭坚等。[④] 那么像范仲淹这样志在天下的官员，重新起用不易，一旦重任在肩，又何能想着回乡？他所谓“浊酒一杯家万里”实大有深意。

深意正在于他以此句写出了自己政治上无有退路的悲愁。古代文人之还乡、归隐，往往是对政治的退避。早在西晋，张翰想躲避政治祸患，就

① 郭预衡主编：《中国古代文学史》第三册，上海古籍出版社1998年版，第49页。

② 靳极苍：《唐宋词百首详解》，山西人民出版社1982年版，第49页。

③ 按：《宋史》卷三一四《范仲淹传》载：“仲淹在饶州岁余，徙润州，又徙越州。元昊反，召为天章阁待制、知永兴军，改陕西都转运使。会夏竦为陕西经略安抚、招讨使，进仲淹龙图阁直学士以副之。”

④ 按：黄庭坚晚年贬黔南后作《谪居黔南十首》组诗，其五云：“冥怀齐远近，委顺随南北。归去诚可怜，天涯住亦得。”见《黄庭坚全集》，四川大学出版社2001年版，第186页。

急流勇退，说他想家乡的鲈鱼了，于是打点行装还乡，后果然避免了“八王之乱”的灾难。所以，还乡往往也是全身远祸、规避政治危机的一种方式。范仲淹却显然与此相反，他说“浊酒一杯家万里”，表面是说自己想回家回不去，实际上是说自己大半生以来，屡次被贬历尽坎坷，想要退出政界却很困难，甚至根本就没有退路。没有退路的原因乃在于“燕然未勒”。“燕然未勒”，是反用汉代窦宪之典以表达自己平生无所建树的悲凉，它和前句“浊酒一杯家万里”实互文而一气呵成。借用清黄蓼园《蓼园词选》论其词《苏幕遮·怀旧》的话：“按文正一生，并非怀土之士，所为乡魂旅思以及愁肠思泪等语，似沾沾作儿女想，何也？观前阕可以想见其寄托。”此词上片写塞下秋来、衡阳雁去、长烟落日、边声四起，大有天荒地老、众芳污秽之感；下片言“归无计”、“人不寐”之悲愁，这正与作者康定元年（1040）任职延州时年过半百、英雄迟暮的心境合拍。

持忧国论者，认为此词“表现边防将士忧国的深心”，这是仅仅将防御西夏、建功边疆看作“燕然未勒”，以此论本词抒情之旨，实略有偏差。首先，范仲淹任职陕西时，并不是一个仅仅负有守边责任的将帅，他也并没有把自己看作只该镇守边关的将领，北宋武将无地位，文臣领军者不少，然以疆场军功立名并非存大志者之首选。他的“燕然未勒”实指实现政治抱负而言；其次，本词抒情个性化特色极强，首句以“塞下秋来风景异”言调往边疆后的萧索感触，末句又云“将军白发征夫泪”，这些不但深蕴其平生忧谗畏讥的心灵体验与伤心，亦切合词中“家万里”、“归无计”所反映的人生无路可之之愁。如果真是单纯“表现边防将士忧国的深心”，又何以解释“家万里”的感怀？并且，这也与他赴边后整顿军防、很快扭转边境战事不利局面的守边实绩不合。

实际上早在景祐初，四十六岁的范仲淹贬守睦州时，就曾写下过这样的诗句：

> 重父必重母，正邦先正家。一心回主意，十口向天涯。铜虎恩犹厚，鲈鱼味复佳。圣明何以报，殁齿愿无邪。[①]

他以谏仁宗废郭皇后事谪睦州，诗中的“重父必重母，正邦先正家”，正

① （宋）范仲淹：《谪守睦州作》，《范仲淹全集》，四川大学出版社2007年版，第91页。

为仁宗“家事”而发。此诗中他表示自己虽“十口向天涯”，然报主恩之心亦没齿不忘。如果将这些结合《渔家傲》词末句之“将军白发”来看，则其抒写蹉跎岁月、政治上难有作为的人生悲愁意甚明。[①] 至于论者指出的“矛盾”、忧国、抑郁诸说，虽均涉及功业难建问题，然于全词抒情主旨言，却有偏差。

钱穆论及范仲淹“先天下之忧而忧，后天下之乐而乐”精神时指出，“这显然是一种精神上的自觉。然而这并不是范仲淹个人的精神无端感觉到此，这已是一种时代的精神，早已隐藏在同时人的心中，而为范仲淹正式呼唤出来”[②]。时代的感召，精神上的自觉，使范仲淹自觉以天下为己任。然北宋至仁宗时代，政治领域之弊端已年深日久，使得正人君子虽有革故鼎新、激浊扬清之心却屡受打击，政治上难有作为。故这首《渔家傲》词虽写边事，抒情的核心却在“有心无力”的慨叹上，反映的是作者多年来政治沉浮中切身感受的欲有作为，而深感难为的人生悲愁。其抒情虽以悲愁为主，其意却在于进取。此亦为作者庆历三年（1043）召为枢密副使、旋改参知政事后，一旦得皇帝支持，即大刀阔斧推行“庆历新政”的政治革新行动所证明，至于西夏反叛、边境告急的戍边之难，当非范仲淹此词中所抒愁怀的主要因素。[③]

《苏幕遮·怀旧》：

碧云天，黄叶地，秋色连波，波上寒烟翠。山映斜阳天接水，芳草无情，更在斜阳外。　　黯乡魂，追旅思，夜夜除非，好梦留人睡。明月楼高休独倚，酒入愁肠，化作相思泪。[④]

① 按：孙望、常国武主编《宋代文学史》认为，这首词中“作者所忧者边境之未宁，功业之未成，词品颇高，不徒写一己之悲欢而已”。此论实为剀切之见，亦可参证。参见中国社会科学院文学研究所总纂，孙望、常国武主编《宋代文学史》（上），人民文学出版社1996年版，第65页。

② 钱穆：《国史大纲》，商务印书馆1996年版，第558页。

③ 按：本词中所言“征夫”，当不单指因边塞用人不当而致作战失利、倍感思乡情切的普通士兵。范仲淹多年来被遣或遭贬奔波行役于各地，一片丹心换来不尽曲折，人已“白发”而“燕然未勒”，故所谓“征夫泪”，自当有他自己的伤心在其中。故本词中之“将军白发征夫泪”一句，解为白发将军流下了征夫之泪亦无不可。

④ 唐圭璋编：《全宋词》，中华书局1965年版，第11页。

此词以大景写哀情，别有悲壮之气。清代张惠言、黄蓼园据词中意象，认为此词非为思家而作，实是借秋色苍茫隐抒其忧国之意。[①] 黄氏《蓼园词评》云：

按文正一生，并非怀土之士，所为乡魂旅思以及愁肠思泪等语，似沾沾作儿女想，何也？观前阕可以想见其寄托。开首四句，不过借秋色苍茫以隐抒其忧国之思；"山映斜阳"三句，隐隐见世道不甚清明，而小人更为得意之象；"芳草"喻小人，唐人已多用之也。第二阕因心之忧愁，不自聊赖，始动其乡魂旅思，而梦不安枕，酒皆化泪矣。其实忧愁非为思家也。文正当宋仁宗之时，扬历中外，身肩一国之安危，虽其时不无小人，究系隆盛之日，而文正乃忧愁若此，此其所以先天下之忧而忧矣。[②]

黄氏此说，受到了论者批评。如胡云翼《宋词选》云："从具体的词看，除了反映出'去国之情'，很难找出其中有什么'忧天下'的含意，黄蓼园所赋予这首词的思想意义完全是外加的。"细察范词文本，反观黄论，其所谓"'山映斜阳'三句，隐隐见世道不甚清明，而小人更为得意之象；'芳草'喻小人"诸语，确有过分靠实理解、显得穿凿之嫌。然黄蓼园论范仲淹此词之忧愁"非为思家"，乃其"所以先天下之忧而忧"的看法却大致不差。

本词上片写秋来落叶枯黄，萎积满地，寒意浸透河水，斜阳下秋色连波、山峰矗立、水天无际之景，描绘了一幅萧瑟悲凉的秋景图；下片，写凄凉秋景触动的旅人愁思。这样的写法正是中国文学中文士悲秋传统在词体文学中的发扬。宋玉《九辩》中有这样的话：

悲哉秋之为气也，萧瑟兮草木摇落而变衰；憭慄兮若在远行，登山临水兮送将归。泬寥兮天高而气清，寂寥兮收潦而水清。憯凄增欷兮薄寒之中人。怆怳懭悢兮去故而就新；坎廪兮贫士失职而志不平，廓落兮羁旅而无友生，惆怅兮而私自怜。

① 清人张惠言评此词云："此去国之情。"见《词选》"范希文苏幕遮"条评语。

② （清）黄氏：《蓼园词评》"《苏幕遮》范希文"条。

对照宋玉之赋，范词抒情承继前人之痕迹何其显豁。范仲淹自己在《唐异诗序》中也曾这样议论过诗歌的体性：

> 诗之为意也，范围乎一气，出入乎万物，卷舒变化，其体甚大。故夫喜焉如春，悲焉如秋，徘徊如云，峥嵘如山，高乎如日星，远乎如神仙，森乎如武库，锵如乐府。羽翰乎教化之声，献酬乎仁义之醇，上以德于君，下以风于民。不然，何以动天地而感鬼神哉?①

在范仲淹笔下，“各类题材都可以入词，（他）没有其他词人‘诗言志词言情’的斤斤计较，是苏轼词‘无意不可入，无事不可言’的先声”。② 他的诗论，自然也会反映在作词的观念上。这段话中的“其体甚大”、“悲焉如秋”、“动天地而感鬼神”诸语，对我们理解其《苏幕遮》词的抒情性质似乎也是有帮助的。论者指出这首词“忧谗畏讥、怀乡去国之情隐然流于笔端”③，它和作者的《渔家傲》一样，“思想感情亦都和‘先天下之忧而忧，后天下之乐而乐’相通”。④ 由此见，其政治抒情性质不言而喻。

再看他的《剔银灯·与欧阳公席上分题》：

> 昨夜因看蜀志，笑曹操孙权刘备。用尽机关，徒劳心力，只得三分天地。屈指细寻思，争如共、刘伶一醉。　人世都无百岁，少痴騃、老成尫悴。只有中间，些子少年，忍把浮名牵系。一品与千金，问白发，如何回避。⑤

此词上片由读蜀志入手写来，言曹、孙、刘乱世纷争、机关算尽，却只得三分天地，到头来谁也未获全胜，这样的没有赢家的争夺，想想也真无谓，倒不如像刘伶那样日日醉酒、超脱于政治之外来得痛快；下片，作者以对人生有限光阴的清醒算计，来印证上片结论。人生除去少时的“痴

---

① （宋）范仲淹：《唐异诗序》，《范仲淹全集》，四川大学出版社2007年版，第85页。

② 陶尔夫、诸葛忆兵：《北宋词史》，黑龙江人民出版社2005年版，第107页。

③ 中国社会科学院文学研究所总纂，孙望、常国武主编：《宋代文学史》（上），人民文学出版社1996年版，第65页。

④ 郭预衡主编：《中国古代文学史》第三册，上海古籍出版社1998年版，第49页。

⑤ 唐圭璋编：《全宋词》，中华书局1965年版，第11页。

骙”，老去后的“尫悴”，“中间”光阴实在并无多少，但却要被“浮名”牵系，即使拥有代表着政治成功的“一品”（高官）、“千金”（厚禄），人又如何回避终归要老去的现实？而政治功名因此又何能成为人生追求的终极价值？

据宋人龚明之《中吴纪闻》载，这首词为范仲淹与欧阳修席上分题所作，二词“皆寓劝世之意”（欧词今已不存）。[①] 既为“分题”之作，则本词第一个读者自然非欧阳修莫属。欧阳修虽小范仲淹十八岁，政治上却是范坚定的追随者。面对后进与知己，范仲淹作词抒情，自然没有必要隐瞒自己的真实心声。所以这首词实在也是他于政治功名追求的反思、自警，及厌倦政治心态的夫子自道，本质上仍是现实政治反逼之结果。这样的反映人生“出”、“处”矛盾心情的作品，与他在《渔家傲》中写“燕然未勒”之愁，是有区别的。《渔家傲》抒情的核心在“有心无力”的慨叹上，其意仍在于进取；本词却借对三国人物“用尽机关”而“徒劳心力”的咏叹，感慨自己被“浮名牵系”，沉迷其中不知老之已至，一定程度上反映了他的人生虚无感，故此词极有可能创作于“庆历新政”失败之后。至于词中反映的对政治、宦海风波的厌倦之情，我们从他的诗歌中也可看到。如《赴桐庐郡淮上遇风三首》：

圣宋非强楚，清淮异汨罗。平生仗忠信，尽室任风波。舟楫颠危甚，蛟鼋出没多。斜阳幸无事，沽酒听渔歌。（其一）

妻子休相咎，劳生险自多。商人岂有罪，同我在风波。（其二）

一棹危于叶，傍观亦损神。他时在平地，无忽险中人。（其三）[②]

《江上渔者》：

江上往来人，但爱鲈鱼美。君看一叶舟，出没风波里。[③]

---

① （宋）龚明之《中吴纪闻》卷五载：“范文正与欧阳文忠公席上分题作《剔银灯》，皆寓劝世之意。文正云：（词略）。”参见《范仲淹全集》，四川大学出版社2007年版，第1374页所引。

② （宋）范仲淹：《赴桐庐郡淮上遇风三首》，《范仲淹全集》，四川大学出版社2007年版，第92页。

③ （宋）范仲淹：《江上渔者》，《范仲淹全集》，四川大学出版社2007年版，第92页。

前三诗借宦游途中携家渡淮遇风、“舟楫颠危甚”之情景抒情。他说自己“平生仗忠信，尽室任风波”，又说“劳生险自多”，又说“他时在平地，无忽险中人”等，其以淮上遇风历险，喻写宦海风波之感受意甚明。至如《江上渔者》，更是借渔人之一叶舟“出没风波里”，写尽了身处宦海者的风雨沧桑感受，这一点，宋人也早已指出。[①] 如果没有去国怀乡、忧谗畏讥的心灵体验，范仲淹何能写出这样的诗歌？他的《射阳湖》云“渺渺皆平湖，烟波极望初。纵横皆钓者，何处得嘉鱼”，《江干闲望》云“莫爱苹风起，波来千万重”[②]，这些诗正可与上词相发明。

除以上三词外，《定风波·自前二府镇穰下营百花洲亲制》也是一首有明显政治抒怀意的作品。词云：

> 罗绮满城春欲暮，百花洲上寻芳去。浦映□（案原无空格，彊村丛书补）花花映浦，无尽处，恍然身入桃源路。　莫怪山翁聊逸豫，功名得丧归时数。莺解新声蝶解舞，天赋与，争教我辈无欢绪。[③]

“功名得丧归时数”是对命运无法把握的慨叹，这自然是对自己平生政治经历的总结。“百花洲上寻芳去”，“争教我辈无欢绪”，一前一后相呼应，反映了作者于政治忧患决心要“放下”的努力。论抒情性质，本词与《剔银灯》相类，依然是其政治生活中矛盾心态的折映。

要之，范仲淹词量虽不多，然它反映作者功业难建之悲愁，表达词人处于政治旋涡中屡蒙患难的矛盾心态等，却甚为到位。在北宋词抒发政治情怀的早期阶段，范词的问世，无疑为后来词人之抒情起了导夫先路的作用。

---

① （宋）江少虞撰《宋朝事实类苑》卷三四：“范希文诗，不徒然而作也。有赠钓者诗云：‘江上往来人，尽爱鲈鱼美。君看一叶舟，出没风涛里。’又观渡诗诗：‘一棹轻于叶，旁观亦损神。他时在平地，无忽险中人。’率以教化为主，非独风骚之将，抑又文之豪杰欤?”见《宋朝事实类苑》（上），上海古籍出版社 1981 年版，第 436—437 页。

② 按：两诗分别见《范仲淹全集》，四川大学出版社 2007 年版，第 74、100 页。

③ 唐圭璋编：《全宋词》，中华书局 1965 年版，第 11 页。

## 二　欧阳修的仕宦沉浮及其词之政治抒情

欧阳修生平事迹相关史料载录甚详。[①] 四岁时，其父卒于绵州军事推官任，母郑氏带他投靠其三叔、时任随州军事推官的欧阳晔，因“家贫无资”，其母“以荻画地，教以书字”。仁宗天圣七年（1029），参加国子监试，列第一，补为广文馆生，当年秋赴国学解试，再获第一。第二年正月，参加由翰林学士晏殊主持的礼部贡举，又获第一。三月在崇政殿复试，中甲科第十四名进士，五月，二十四岁的欧阳修被授为西京留守推官，从此他开始了自己四十年的从政生涯。

欧阳修一生政治上几经沉浮。景祐元年（1034），宰相吕夷简指责范仲淹等人“离间君臣、引用朋党”而将范贬知饶州，欧阳修因此事写下著名的《与高司谏书》，切责司谏高若讷，斥其“不复知人间有羞耻事”，“若讷以其书闻”，五月，欧阳修即由监察御史、馆阁校勘降为峡州夷陵县令，罪名是“讬附有私，诋欺罔畏，妄形书牍，移责谏臣。恣陈讪上之言，显露朋奸之迹，致其奏述，备见狂邪”。庆历五年（1045），范仲淹、韩琦、富弼等推行新政失败以党论相继出朝，欧阳修上书辩之，为小人所憾恨。适逢其孤甥张氏犯法，谏官钱明逸“因以财产事”[②] 牵连欧阳修，“言事者乘此欲并中公，遂起诏狱”[③]、“下开封鞫治”[④]，宋仁宗命户部判官苏安世，入内供奉官王昭明监勘，卒辨其诬，然仍被降知滁州，这是他平生第二次遭贬。[⑤]

此后，他知滁州两年、扬州一年、颍州一年半，应天府兼南京留守司

---

① 按：欧阳修子欧阳发等所述《先公事迹》、胡柯编《欧阳修年谱》、苏轼撰《神道碑》、吴充撰《行状》及韩琦撰《墓志铭》等，对欧阳修事迹均有较详细载录。参见《欧阳修全集》附录部分，《欧阳修全集》，中华书局2001年版。

② （宋）胡柯：《欧阳修年谱》，见《欧阳修全集》附录一，中华书局2001年版，第2595—2625页。

③ （宋）苏辙：《神道碑》，见《欧阳修全集》，中华书局2001年版，第2709页。

④ （宋）胡柯：《欧阳修年谱》，见《欧阳修全集》，中华书局2001年版，第2603页。

⑤ 按：欧阳修还被指控与儿媳妇吴春燕乱伦，被御史蒋之奇上书弹劾。司马光《涑水纪闻》载：“士大夫以濮议不正，咸疾欧阳修，有谤其私从子妇者。御史中丞彭思永、殿中侍御史蒋之奇，承流言劾奏之。之奇仍伏于上前，不肯起。诏二人具析语所从来，皆无以对。治平四年三月五日，俱坐谪官。……先是，之奇盛称濮议之是以媚修，由是荐为御史，既而反攻修，修寻亦外迁。其上谢表曰：‘未干荐祢之墨，已关射羿之弓。’”见《涑水纪闻》，中华书局1989年版，第319页。

近两年，然后回颍州守母丧，一直到至和元年（1054）才重返京师。对这十年外任，欧阳修称之为“十年困风波，九死出槛阱”。

至和元年（1054）五月，始除丧服的欧阳修除旧官职赴阙，“七月甲戌权判流内铨。会小人诈为公奏清汰内侍，其徒怨怒，以胡宗尧不当改官事中公。戊子，出知同州”。[①] 幸参知政事刘沆提举修《唐书》，乞请留欧阳修同修书，此次贬谪遂罢。不过自嘉祐五年（1060）七月欧阳修等修《新唐书》成推恩转礼部侍郎后，其官运亨通，九月，兼翰林侍读学士，十一月，拜枢密副使，第二年闰八月转户部侍郎拜参知政事。从嘉祐二年（1057）起，欧阳修两次知礼部贡举，他亦利用选拔新进之机，打击西昆文风，倡导古文。

治平三年（1066）三月，“朝廷议加濮王典礼，诏下礼官与从官定议，众欲改封大国，称伯父。议未下，台官意公主此议，遂专以诋公”[②]。“以言者指濮议为邪说”，欧阳修力求去，“不允”。[③]

治平四年（1067）二月，“御史彭思永、蒋之奇以飞语污公”[④]，弹劾欧阳修“帷薄不修”，与长媳吴氏关系暧昧，此案虽经由朝廷核查，证明纯属“诬罔”，蒋、彭被贬，欧阳修亦再次“力求去”，是年四五月间，他自罢参政，踏上赴亳州之路。

熙宁初，王安石推行新法，在“青苗法”问题上，欧阳修与新派发生冲突。他连上两札，言“青苗法”之不当，却遭下旨申斥。熙宁三年（1070）四月，朝廷命他为检校太保宣徽南院使，判太原府兼河东经略路安抚使。因深知与王安石歧见太大，他六次上书恳辞，后改知蔡州。赴蔡途中，滞留颍州家中又上章告退，熙宁四年（1071）六月，终以观文殿学士太子少师致仕，归居颍州。熙宁五年（1072）闰七月二十三日去世。

欧阳修是一个“性刚直，平生与人尽言无所隐”的人，其于朋友亦“不以贵贱生死易意”。[⑤] 他“天资刚劲，见义勇为，虽机穽在前，触发之不顾，放逐流离，至于再三”。“学者求见，所与言，未尝及文章，惟谈吏

① （宋）欧阳修：《欧阳修全集》，中华书局2001年版，第2607页。

② （宋）苏辙：《神道碑》，《欧阳修全集》，中华书局2001年版，第2712页。

③ （宋）胡柯：《欧阳修年谱》，见《欧阳修全集》，中华书局2001年版，第2618页。

④ 同上书，第2607页。

⑤ （宋）苏辙：《神道碑》，《欧阳修全集》，中华书局2001年版，第2712、2714页。

事，谓文章止于润身，政事可以及物。”① 然因盗甥案贬处滁州时，他以四十岁壮龄自号“醉翁”，“既数被诬蔑，年六十即连乞谢事”②，晚年甚至更自号“六一居士”，对政治表现出极大的退避、畏惧态度。③ 这样的政治经历自然会在其词作中有所反映。

《全宋词》所录欧阳修240余首词，多写男女情事，也有不少流连光景之作。然因词人有丰富的政治生活经历，仕途又多有挫折坎坷，故透过他的一些词作，仍能体会到其无尽的政治感喟。首先我们试看《全宋词》中排在欧词最前的十首《采桑子》。

这十首词的前九首当是他皇祐元年正月移知颍州后所作④，第十首则明显是完成于词人晚年退居之时。组词前之《西湖念语》云：

> 昔者王子猷之爱竹，造门不问于主人；陶渊明之卧舆，遇酒便留于道上。况西湖之胜概，擅东颍之佳名。虽美景良辰，固多于高会；而清风明月，幸属于闲人。并游或结于良朋，乘兴有时而独往。鸣蛙暂听，安问属官而属私；曲水临流，自可一觞而一咏。至欢然而会意，亦傍若于无人。乃知偶来常胜于特来，前言可信；所有虽非于己有，其得已多。因翻旧阕之辞，写以新声之调，敢陈薄伎，聊佐清欢。⑤

前已有述，欧阳修知颍州前，已有过两次贬逐经历。第一次因为追随范仲淹，“显露朋奸之迹”而被贬；第二次因小人所制造的“盗甥”案之中伤而出知滁州。知滁时，他以四十岁的壮年自号“醉翁”，其中已可见坎坷

---

① （元）脱脱等：《宋史》卷三一九《欧阳修传》。

② （元）脱脱：《宋史·苏轼传》。

③ （宋）魏泰《东轩笔录》卷九云：“欧阳文忠公自历官至为两府，凡有建明于上前，其词意坚确，持守不变，且勇于敢为，王荆公尝叹其可任大事。及荆公辅政，多所更张，而同列少与合者。是时欧阳公罢参知政事，以观文殿学士知蔡州。荆公乃进之为宣徽使，判太原府，许朝觐，意在引之执政，以同新天下之政。而欧阳公惩濮邸之事，深畏多言，遂力辞恩命，继以请老而去。荆公深叹惜之。”见《笔记小说大观》第十册，江苏广陵古籍刻印社1983年版，第104页。

④ 按：据胡柯《欧阳修年谱》，欧阳修于皇祐元年（1086）正月丙午移知颍州，二月丙子至郡，“乐西湖之胜，将卜居焉。”这组词前九首所写为西湖之春景，季节时令正与欧阳修知颍到郡时间相符。而内容上，九首词均以“西湖好”打头，亦符合《年谱》所云欧阳修至颍州后“乐西湖之胜”的情况。故将组词前九首定为欧阳修知颍时期当无问题。

⑤ 唐圭璋编：《全宋词》，中华书局1965年版，第120页。

仕路带给他的郁闷心情。知颍州，实际是滁州贬谪的继续。故一到颍州，他便有“乐西湖之胜，将卜居焉”之意。[①] 而这个夫子自道的题序，正透露了他创作这组词的一些真实背景。

他说王子猷爱竹，“造门不问主人”，陶渊明卧舆，“遇酒便流连于道上”，所以自己创作这组寄情山水之作，是有感于“西湖之胜概”，“写以新声之调，敢陈薄伎，聊佐清欢”。然王、陶二人，一个是我行我素、蔑视世俗的贵家子弟，一个是看透了政治黑暗腐朽决心归隐的士人，欧以他们之爱竹、好酒比自己之喜西湖风光，其中寄托的疏离世俗名利之意不言自明；其次，他又说“清风明月，幸属于闲人”，“鸣蛙暂听，安问属官而属私；曲水临流，自可一觞而一咏”等，除“闲人”一词明显可见他遭政治放逐的失意心态外，“暂听”、“自可”诸词实亦寓有他远离朝廷、于地方任上暂时放松身心之意，而其厌倦政治矛盾、退避政治纠葛的心情亦隐约见于言外。这和他写于治平四年（1067）五月的《思颍诗后序》所云“迩来俯仰二十年间，历事三朝，窃位二府，宠荣已至而忧患随之，心志索然而筋骸惫矣，其思颍之念未尝稍忘于心”实同一意思。

再看这组词前九首流露的情绪，实际上也和我们关于这组词题序的分析有一致之处，如其云：

> 兰桡画舸悠悠去，疑是神仙。（其二）
> 稳泛平波任醉眼……疑是湖中别有天。（其三）
> 画船撑入花深处，香泛金卮。烟雨微微，一片笙歌醉里归。（其七）
> 风清月白偏宜夜，一片琼田。谁羡骖鸾，人在舟中便是仙。（其八）
> 花坞苹汀，十顷波平。野岸无人舟自横。（其九）

作者沉浸于西湖美景之中，对其美景感受得如此深切，如果没有官场生活作潜在对比，如果没有政治失意之反逼，那么他的这种“人在舟中便是仙”的情怀，其产生实很难想象。欧阳修贬知滁州期间，写过寄情山水的《醉翁亭记》，在精神实质上，和这组词抒情是有一致之处的。可以说，它们都是作者遭遇政治打击后抑郁情怀的婉曲反映，而以寄情山水转移政治挫折带来的压力，放眼文学史，欧阳修并不是第一人。他曾在《梅圣俞诗

① （宋）胡柯：《欧阳修年谱》，见《欧阳修全集》，中华书局2001年版，第2607页。

集序》中说："凡士之蕴其所有而不得施于世者，多喜自放于山巅水涯。外见虫鱼草木风云鸟兽之状类……内有忧思感愤之郁积。"[①] 这正好可以成为他创作这组词动因及其抒情实质的注脚。看组词第十首：

平生为爱西湖好，来拥朱轮。富贵浮云，俯仰流年二十春。

归来恰似辽东鹤，城郭人民。触目皆新，谁识当年旧主人。[②]

这首和前九首一样也是以"西湖好"开头，然内容上却没有像前九首侧重景物描写，而是变成了地道的仕宦情怀之抒发。前已有述，欧阳修皇祐元年（1049）二月至颍州，因"乐西湖之胜，有卜居意"，皇祐二年（1050），遂"约梅圣俞买田于颍"。[③] 是时，欧四十四岁，等到他再筑第于颍，打算真正归老西湖之滨时，已是神宗熙宁元年（1068）的事了。此时上距他四十三岁时始知颍州刚好二十年。故这第十首的写作时间与其他九首相距也当在二十年左右。词中有"辽东化鹤"之典，又有"富贵浮云，俯仰流年二十春"诸语，将他大半生以来于政海中沉浮而饱经忧患的心境明白道出，其感喟政途风险难料、人事错忤的意味很深。正如刘学楷论此词时所指出的：

从作者初知颍州之日到写这首词的时候，已经流逝了二十多年岁月。这二十来年中，他从被贬谪外郡到重新起用、历任要职（担任过枢密副使、参知政事等高级军政、行政职务），到再度受黜，最后退居颍州，不但个人在政治上屡经升沉，而且整个政局也有了很大变化，因此他不免深感功名富贵正如浮云变幻，既难持久，也不必看重了……其中蕴含了词人在长期政治生活、人生道路上许多难以明言，也难以尽言之意。[④]

综观宋词发展史，在宋初词还未完全摆脱花间余绪的情况下，欧词确乎并无着意抒发政治情怀的主观意图。但只要他用词这种文体真实地抒写着他的情感世界，反映了生活的真实，那么，对身在政治旋涡里的词人来

① （宋）欧阳修：《梅圣俞诗集序》，见《欧阳修全集》，中华书局2001年版，第612页。

② 唐圭璋编：《全宋词》，中华书局1965年版，第122页。

③ （宋）胡柯：《欧阳修年谱》，见《欧阳修全集》，中华书局2001年版，第2607页。

④ 《唐宋词鉴赏辞典》，上海辞书出版社1988年版，第462页。

说，要完全避免在小歌词中不言及政治情怀并不可能。上述《采桑子》组词即为以自然之“乐”景，婉达其政治抑郁情怀的典型作品。再看他的《渔家傲·与赵康靖公》：

四季才名天下重，三朝构厦为梁栋。定策功成身退勇，辞荣宠，归来白首笙歌拥。　　顾我薄才无可用，君恩近许归田垄。今日一觞难得共，聊对捧，官奴为我高歌送。①

这首词当作于赵致仕之际。上片赞对方一生功业与荣宠，尤其对他作为三朝梁栋的政治功绩及功成身退的品格深致褒扬；下片，欧阳修云“顾我薄才无可用”，由人及己，实亦抒发了自己久居下位、才无可用的牢骚。抒发同样情怀的还有他的一首《临江仙》：

记得金銮同唱第，春风上国繁华。如今薄宦老天涯，十年歧路，空负曲江花。　　闻说阆山通阆苑，楼高不见君家。孤城寒日等闲斜，离愁难尽，红树远连霞。②

写当年初得第时的春风得意，又写如今薄宦、人老天涯的悲哀。“十年歧路”，概括了他步入政途以来的遭遇，虽无具体事象描写，然其因政治风波而流落他地、“空负曲江花”的忧愁与感慨却表达得清清楚楚。

“仕宦离合信难期，尊前莫惜醉如泥”③，实际上，欧阳修更擅长于在人生聚散离合的情景下抒写感伤情怀，而人生的无常聚散又往往与当事人之政治际遇联结在一起。所以，他的词即使在写看似一场普通的朋友分手，其中亦别蕴其无尽的政途感叹。如《夜行船》（忆昔西都欢纵），这是一首赠人之作，所赠对象已难知晓，然从作者口气看，对方当是他政界的一位密友。从前他们曾在一起诗酒交游，后来分手了，但岁月的尘埃隔不断朋友间的真情。“今日相逢情愈重”，尽管仍有愁，且是“白发天涯”相遇，然他还要劝对方“倒金尊”。全词虽没有一个字言及时政，然从作者

① 唐圭璋编：《全宋词》，中华书局1965年版，第129页。

② 同上书，第141页。

③ （宋）欧阳修：《浣溪沙》（十载相逢酒一卮），见唐圭璋编《全宋词》，中华书局1965年版，第144页。

传达的情绪中，读者不难体会到其抒情中无处不在的政治感怀。仕途的坎坷，政治斗争的复杂、残酷，完全是这首词抒感伤情怀的底色。又如《圣无忧》：

> 世路风波险，十年一别须臾。人生聚散长如此，相见且欢娱。好酒能消光景，春风不染髭须。为公一醉花前倒，红袖莫来扶。①

这里说得清楚，在多风波之险的世路上，个人的命运并不由自己把握，人生的聚散也没有谁能预料，故相逢往往极难得。既然如今能在一起，那就“为公一醉花前倒，红袖莫来扶”。这样的词，看似朗爽之意溢于字里行间，实则作者抒情的心境却不一定朗爽。“世路”在本词中确切的含义仍指政途，而词所赠对象亦当为其政界挚友。作者在此完全隐去了对他们所曾际遇政治风波之说明（这本无须说明），而把他此刻再遇友人的情绪所了渲染。所以，看似写生活中一次朋友间的聚会饮酒，其中却是充盈着作者欲说还休的政治悲慨情怀。末句“红袖莫来扶”，是泄情妙语，有借醉倒尊前不要人扶而尽情一消胸中郁闷之意，这样的写法到辛弃疾笔下，变成了“倩红巾翠袖，揾英雄泪”，正反所用不同，却异曲同工。又如《玉楼春》：

> 尊前拟把归期说。未语春容先惨咽。人生自是有情痴，此恨不关风与月。离歌且莫翻新阕。一曲能教肠寸结。直须看尽洛城花，始共春风容易别。②

黄拔荆云：“此词表面写伤春伤别，可是从‘此恨不关风与月’一句来看，分明不是指男女爱情的伤别，而是包含着对美好事物赏爱的深情，然则何尝不是对人生苦难有着沉痛的感慨呢？这种含有遣玩意兴的口吻，显然是对现实有所不满。联系欧阳修因庆历新政而贬官的事实，词中寓意虽不言而自明。”③ 黄先生此论有理。欧阳修与范仲淹一样，年轻时即以天下自

---

① 唐圭璋编：《全宋词》，中华书局1965年版，第141页。

② 同上书，第132页。

③ 黄拔荆：《中国词史》，福建人民出版社2003年版，第149页。

任，在所参与的“庆历新政”失败后，度过贬谪生涯长达十年之久，才能与抱负难以施展，这种抑郁情怀岂能不在其作品中有所流露？再看这首《采桑子》：

十年前是尊前客，月白风清。忧患凋零，老去光阴速可惊。鬓华虽改心无改。试把金觥，旧曲重听，犹是当年醉里声。[①]

也是以离合聚散写人生忧患之感，在今昔比较中写生之忧患使人的生命之树终至凋零的伤感。忧患在此似乎并不是指某一具体事件带给人的现实困难，而是指所经历的生命过程本身是充满忧患的。它使人迷于其中而在不知不觉中老去。老去了，在突然发现这一事实时又为衰老之速而惊诧。什么样的生活会使一个人步入这样的状态？无疑是政治。徐培均论此词云：“十年以前，是一个概数，泛指他五十三岁以前的一段生活”，“那一时期……特别是仁宗嘉祐间中，很顺利地由礼部侍郎拜枢密副使，迁参知政事，最后又加了上柱国的荣誉称号。这一切，他只以‘月白风清’四字概括。‘月白风清’四字，色调鲜明，既象征处境的顺利，也反映心情的愉悦。”“至‘忧患凋零’四字，猛一跌宕，展现十年以后的生活……英宗去世，神宗即位，他被蒋之奇诬以‘帷薄不修’，‘私从子妇’；又因对新法持有异议，受到王安石的弹劾。……种种不幸，他仅以‘忧患凋零’四字概之。”“他把一腔忧愤深深地埋藏在心底，语言虽豪迈而感情却很沉郁，在这里，词人久经人世沧桑，历尽宦海浮沉的老辣性格，似乎隐然可见。”[②]

徐先生从政治抒情角度探讨此词抒情性质，佐证了本书前面的观点，而欧阳修本人在他的一首《渔家傲》词中，也曾写到过政治生活对人的生命力之消磨。词云：“车马九门来扰扰，行人莫羡长安道。丹禁漏声衢鼓报，催昏晓，长安城里人先老。”[③] 这和他在上述《采桑子》词中所写政治生活使人“忧患凋零，老去光阴速可惊”的意思是一样的。

---

① 唐圭璋编：《全宋词》，中华书局1965年版，第122页。按：这首词和欧阳修的另一首《采桑子》（十年一别流光速）当为同时所作组词，都以“十年”二字开头，韵脚字之韵部同，且内容都以抚今追昔为主，可对读。

② 《唐宋词鉴赏辞典》，江苏古籍出版社1986年版，第463—464页。

③ 唐圭璋编：《全宋词》，中华书局1965年版，第129页。

欧阳修也借咏物题材的词作抒其政治情怀，如《圣无忧》：

五岭麦秋残，荔枝初丹，浆纱囊里水晶丸。可惜天叫生远处，不近长安。　　往事忆开元，妃子偏怜。一从魂散马嵬关，只有红尘无驿使，满眼骊山。①

这首词是咏荔枝的，但作者并没有从物的自然属性着笔吟咏，而是把它和唐代开元天宝政治联系起来，在对当政者穷奢极欲所致严重后果感叹中，表达对当代治政者的警醒之意。以咏物而行咏史、议政之实，这样的写法不仅在欧词中是唯一的，而且在整个北宋初、中期词中也是不多见的。

总之，欧阳修词抒发政治情怀并不像后来的苏轼等人那样采用直抒胸臆的办法。他似乎还没有明确的“以诗为词”直抒其政治感怀的意识，然政治感喟、政治活动引起的情绪波动、思想变化等，都还是隐隐体现于他写景状物、题赠留别等题材词作之中。这样的词，其底蕴较之单纯写男女情爱生活的作品无疑要更深厚。所以，就北宋词政治抒情发展的阶段来说，与范仲淹同时而稍后的欧阳修，实亦为北宋词政治抒情起步期词家之一。他的词透露出的词体文学题材扩大的倾向，反映生活深广度增加的趋势都比较明显，这就为苏轼等人后来的“以诗为词”、抒写政治生活之感受透出了信息。

## 第二节　升平时代的歌者:柳永

### 一　柳永生平考辨

柳永是宋代乃至中国词史上第一位专业词人，原名三变，字景庄；后改名永，字耆卿。因生前地位卑微，去世后又长期被人们目为浪子词人，故不仅同时代文人集子中少有相关于他的交游记载，《宋史》中亦无传载，宋人笔记虽有零星记载，然多抵牾难辨。因此其生卒年、及第时间、仕宦经历等，学界历来说法不一。

① 唐圭璋编：《全宋词》，中华书局1965年版，第141页。

关于柳永生年，主要有以下说法：太宗至道元年（995）[①]，太宗雍熙四年（987）[②]，太宗雍熙元年（984）前后[③]，太平兴国五年（980）前后[④]，太宗开宝四年（971）[⑤]。诸说中，以唐圭璋《柳永事迹新证》所主太宗雍熙四年（987）及林新樵《柳永生年小议》所主太宗雍熙元年（984）前后影响最大。游国恩主编《中国文学史》，郭预衡主编《中国古代文学史》等主唐说；中国社会科学院文学研究所总纂，孙望、常国武主编《宋代文学史》等主林说。

关于柳永的卒年，唐圭璋云："我以为可能在仁宗皇祐五年（1053）。因为据嘉定《镇江志》卷十四说，王安礼于神宗熙宁八年（1075）守润，而柳永侄所作的墓志说，这时柳永已经死了二十余年，由此上推，当是他在皇祐间官屯田员外郎时，作了《醉蓬莱》词忤旨不用，不久便死了。"[⑥]如此，则柳永终年六十七岁。此说为多数人认同。

柳永出身官宦世家，其祖父柳崇为"五代末季的处士"，宋初，"以子贵，累赠尚书工部侍郎"。柳崇子六人，均有官职，长子柳宜即柳永之父，宜官至工部侍郎。柳永兄弟三人，长兄三复，官至比部员外郎，次兄三接，官至都官员外郎。"皆工文艺，号'柳氏三绝'。"[⑦]

柳永的少年时代，学者多认为是在汴京度过。唐圭璋《柳永事迹新证》云："柳永的少年光阴是在开封帝都里度过的，我们看他的《戚氏》词说：'帝里风光好，当年少日，暮宴朝欢。况有狂朋怪侣，遇当歌，对酒竞流连。'正说明他在开封时候的浪漫生活。在登第以后，他可能就离开开封，到东南一带来做地方官了。"钟陵《柳永早年事迹考辨》一文认为："不论柳永生于雍熙元年或雍熙四年，他的幼年时期当随柳宜的调动在山东、广西和苏州、扬州等地生活过；他的少年时期在汴京"，"在柳永

---

① 按：储皖峰《柳永生卒考》主此说。见《浙江大学季刊》第一卷，1932 年 1 月。

② 唐圭璋《柳永事迹新证》主此说，见《文学研究》1957 年第 3 期。

③ 按：持此论者，有林新樵、吴熊和诸先生。林说见其《柳永生年小议》一文（载《福建师范大学学报》1981 年第 4 期），吴说见其《从宋代官职考证柳永的生平仕履》一文（载《文学评论》1987 年第 3 期，亦附录于 1989 年版《唐宋词通论》）。

④ 李国庭：《柳永生年及其行踪考辨》主此说，见《福建论坛》1981 年第 3 期。

⑤ 李思永：《柳永家世生平新考》主此说，见《文学遗产》1986 年第 1 期。

⑥ 唐圭璋：《柳永事迹新证》，见《文学研究》1957 年第 3 期。

⑦ 按：此据高熙曾《柳永遗事考辨》，该文见载《天津师院科学论文集刊》1957 年第 1 期。唐圭璋《柳永事迹新证》关于柳永家世的考证亦与此同。

心目中，汴京是他生活和感情上的真正故乡”。[①] 孙望、常国武主编《宋代文学史》也说：

> 柳宜在京为官时期，是柳永一生中最为欢快的青少年时代。当时正是真宗即位之初的咸平（998—1003）年间，“太平日久，人物繁阜”（孟元老《东京梦华录序》），在柳永眼前，是一幅“皇家熙盛，宝运当千”（《透碧宵》）的升平图景，周围是一片“朝野多欢”的社会风气，词人经常与“狂朋怪侣，遇当歌、对酒留连”（《戚氏》），尽情享受烂漫多彩的青春欢乐。在他后来所作的词中，多次“追念少年时”（《阳台路》）“帝里风光好”（《戚氏》）的汴京生活，充满了无限眷恋之情。[②]

柳永青少年时代的这种帝都生活经历，正好为他日后歌颂时代政治升平，抒发羁旅天涯、沦落不偶时的抚昔伤今之怀埋下了伏笔。

关于柳永的登第时间，唐圭璋、罗杭烈等学者认为是景祐元年(1034)。《能改斋漫录》卷一六“柳三变词”条云：

> 仁宗留意儒雅，务本理道，深斥浮艳虚薄之文。初，进士柳三变，好为淫冶讴歌之曲，传播四方。尝有《鹤冲天》词云：“忍把浮名，换了浅斟低唱。”及临轩放榜，特落之，曰：“且去浅斟低唱，何要浮名。”景祐元年方及第，后改名永，方得磨勘转官。[③]

叶梦得《避暑录话》又载柳永为睦州掾官，郡将、监司连荐之未得事：

> 柳永，字耆卿，为举子时多游狭邪，善为歌辞。教坊乐工每得新腔，必求永为辞，始行于世，于是声传一时。初举进士登科，为睦州掾。旧初任官荐举法不限成考，永到官，郡将知其名，与监司连荐之，物议喧然。及代还，至铨，有摘以言者，遂不得调。自是诏初任

① 钟陵：《柳永早年事迹考辨》，见《南京师范大学学报》1994年第1期。

② 中国社会科学院文学研究所总纂，孙望、常国武主编：《宋代文学史》，人民文学出版社1996年版，第77页。

③ （宋）吴曾：《能改斋漫录》卷一六，文渊阁四库全书本。

官须满考乃得荐举，自永始。[①]

《石林燕语》于是又有申说：

祖宗时，选人初任荐举，本不限以成考。景祐中，柳三变为睦州推官，以歌词为人所称，到官方月余，吕蔚知州事即荐之。郭劝为侍御史，因言三变释褐到官始踰月，善状安在，而遽荐论？因诏州县官，初任未成考不得举，后遂为法。[②]

宋仁宗景祐时期共历时五年（1034—1038）。据《文献通考》："景祐元年，进士四百九十九人，诸科四百八十一人，制科三人，拔萃四人。……二年、三年、四年并停贡举。"[③] 唐圭璋《柳永事迹新证》认为："（叶梦得）《避暑录话》记柳永在举进士后，曾为睦州掾官，并未说明何时举进士，但叶梦得在他所著的《石林燕语》卷六中，却说柳永于景祐中为睦州推官，可见叶氏也以为柳永登第在景祐元年。"

如此，设柳永生于太宗雍熙元年（984）前后，则景祐元年（1034）进士及第时他已五十一岁；设其生于太宗雍熙四年（987），则得第时他也已四十八岁。

关于柳永参加科考及求仕失利情况，除前述吴曾《能改斋漫录》载仁宗"临轩放榜，特落之"外，胡仔《苕溪渔隐丛话》卷二引《艺苑雌黄》云：

（柳永）喜作小词，然薄于操行。当时有荐其才者，上曰："得非填词柳三变乎?"曰："然。"上曰："且去填词。"由是不得志。日与儇子纵游倡馆酒楼间，无复检约，自云："奉旨填词柳三变。"

张舜民《画墁录》载：

---

① （宋）叶梦得：《避暑录话》卷下，文渊阁四库全书本。

② （宋）叶梦得：《石林燕语》卷六，中华书局 1984 年版，第 88 页。

③ （元）马端临：《文献通考》卷三二《选举五》，中华书局 1986 年版，第 306 页。

> 柳三变既以词忤仁宗，吏部不敢改官，三变不能堪，诣政府。晏公曰："贤俊作曲子么?"三变曰："只如相公亦作曲子。"公曰："殊虽作曲子，不曾道：'针线慵拈伴伊坐。'"[①]

另，王辟之《渑水燕谈录》卷八又记载皇祐间老人星现，柳应制为《醉蓬莱》曲作词犯讳，被"掷之于地"。学者们一般认为，这些都造成了柳永考进士或入仕后仕途上的困难。[②]

实际上，景祐元年（1034）柳永进士及第，时年五十或五十以上更有可能。考辨柳永登第年龄，学者们都忽略了一个重要细节，即柳永既然曾经被仁宗黜落过，按说，这在后来无论谁主持考试，都很难再录取他。那么，他景祐初又是怎么考上进士的?

原来，宋仁宗景祐初年，朝廷专门下过一道这样的诏书：

> 乡学之士益蕃，而取人路狭，使孤寒栖迟或老而不得进，朕甚闵之。其令南省：就试进士、诸科，十取其二。进士五举，年五十，诸科六举，年六十，尝经殿试进士三举，诸科五举，及尝预先朝御试，虽试文不合格，毋辄黜。[③]

这就说得很清楚，因为有了这个照顾政策，柳永极有可能符合其中某个条件，故该年按政策顺利晋身。这样，他登第的时间及登第时的年龄问题，就基本可以解决了。

登第后的柳永，授睦州（今浙江建德）团练推官，知州吕蔚赏识之并破格举荐，但被朝官所阻。《续资治通鉴长编》卷一一六载景祐二年六月

---

① 参见《宋元笔记小说大观》，上海古籍出版社 2001 年版，第 1533 页。

② 按：唐圭璋《柳永事迹新证》云柳永作词犯讳在柳考中进士以后，时间当以王辟之《渑水燕谈》所记皇祐年间为准；孙望、常国武主编《宋代文学史》认为，柳永作词犯讳应在为天圣年间（此期柳永还未考中进士），张舜民《画墁录》载晏殊讥柳永作"针线慵拈伴伊坐"词，事在柳中进士之后；程千帆、吴新雷《两宋文学史》，则认为，张舜民《画墁录》载晏殊与柳永的对话发生于柳得第之前（参见中国社会科学院文学研究所总纂，孙望、常国武主编《宋代文学史》，人民文学出版社 1996 年版，第 78—79 页，程千帆、吴新雷《两宋文学史》，上海古籍出版社 1991 年版，第 121—122 页)。笔者认为，张舜民《画墁录》既云"柳三变既以词忤仁宗，吏部不敢改官"，则柳永作词犯讳及他拜会晏殊的事，均当为考中进士入仕后之事。

③ （元）马端临：《文献通考》卷三一《选举四》，中华书局 1986 年版，第 289 页。

丁巳，“诏幕职、州县官初任未成考着，毋得奏举。先是，侍御史知杂事郭劝，言睦州团练推官柳三变释褐到官，才逾月，未有善状，而知州吕蔚遽荐之，盖私之也。故降是诏”[①]。睦州任职之后，他又曾为昌国州（今浙江定海）晓峰盐场监官；仁宗庆历初，为泗州判官，后又曾为著作佐郎，授灵台（今甘肃灵台）令[②]，又曾为华阴（今陕西境内）令[③]。晚年升著作郎、太常博士，终官于屯田员外郎。去世后，殡于润州僧舍，时隔二十余年后的熙宁八年（1075），王安礼守润，出资葬之。[④]

## 二　柳永词政治抒情

柳词的政治抒情内容，主要表现在两个方面。

首先，通过对都市经济繁荣、社会承平之状的描绘，表达其于升平时代的美颂之情。柳永生活的真宗、仁宗朝，正是北宋政治上较为安定的时期，全国出现了像汴京、成都、兴元、杭州、明州、广州等一大批著名商业都市。柳永以自己的词第一次真实、全面地反映了这个升平时代里的晏安游乐与大都市的节物风光。北宋黄裳《书〈乐章集〉后》云：

> 予观柳氏乐章，喜其能道嘉祐中太平气象，如观杜甫诗，典雅文华，无所不有。是时予方为儿，犹想见其风俗，欢声和气，洋溢道路之间，动植咸若。今人歌柳词，闻其声，听其词，如丁斯时，使人慨然所感。呜呼，太平气象，柳能一写于乐章，所谓词人盛世之黼藻，岂可废耶。[⑤]

---

① （宋）李焘：《续资治通鉴长编》（卷一一六“景祐二年六月丁巳”条），中华书局2004年第2版，第2736页。

② 按：明万历《镇江府志》卷三六载柳永侄作《宋故郎中柳公墓志》云：“叔父讳永，博学，善属文，尤精于音律。为泗州判官，改著作郎。既至阙下，召见仁庙，宠进于庭，授西京灵台令，为太常博士。”

③ （宋）罗烨《醉翁谈录》庚集卷三载：“柳耆卿载华阴日，有不羁子挟仆从游妓，张大声势，妓意其豪家，纵其饮食。仅旬日后，携妓首饰走，妓不平，讼于刘，乞判执照状捕之。”

④ 按：此处有关柳永仕履陈述，参引了中国社会科学院文学研究所总纂，孙望、常国武主编《宋代文学史》及程千帆、吴新雷《两宋文学史》等资料。另，有关王安礼出资葬柳永事，见叶梦得《避暑录话》卷下：“永终屯田员外郎，死旅，殡润州僧寺。王和甫为守时，求其后不得，乃为出钱葬之。”

⑤ （宋）黄裳：《演山集》，上海古籍出版社1987年版，第239页。

南宋陈振孙《直斋书录解题》亦谓柳永“其词格固不高，而音律谐婉，语意妥帖，承平气象形容曲尽”。[①]

今察柳词，其着力反映时代政治稳定、社会升平及国阜民丰的词作多达20余首。最具代表者，如《望海潮》（东南形胜）写杭州城的人烟繁富、景美物盛；《瑞鹧鸪》（吴会风流）、《木兰花慢》（古繁华茂苑）写“万井千间富庶，雄压十三州”的苏州之繁华，及“晴景吴波练静，万家绿水朱楼”、“讼简时丰，继日欢游”的民众安乐图景；《柳初新》（东郊向晓星杓亚）写初春时节汴京城内外胜景及朝廷春试大典后喜得功名之才子郊游踏青之欢愉；《迎新春》（嶰管变青律）写京城“庆嘉节，当三五列花灯，千门万户”的盛况，等等。这些词写帝京及大都市之富庶繁华，逼真形象，一定程度上反映了时代政治面貌。

然值得注意的是，柳永词中这些反映都市繁华风貌、铺衍社会安定情景的作品，有不少却是带有明显的美颂治政者勋绩之目的。如《倾杯乐》（禁漏花深）极尽皇城帝居“元宵三五”胜景之描绘后，收尾于“愿岁岁，天仗里，常瞻凤辇”，其祝颂意非常清楚。《望海潮》（东南形胜）云：“千骑拥高牙，乘醉听箫鼓，吟赏烟霞。异日图将好景，归去凤池夸。”亦明显存有咏颂地方官员治绩之目的。杨湜《古今词话》云：

> 柳耆卿与孙相何为布衣交。孙知杭州，门禁甚严，耆卿欲见之不得，作望海潮词，往谒名妓楚楚曰：“欲见孙相恨无门路，若因府会，愿借朱唇歌于孙相公之前，若问谁为此词，但说柳七。”中秋府会，楚楚宛转歌之，孙即日迎耆卿预坐。[②]

罗大经《鹤林玉露》亦云“孙何帅钱塘，柳耆卿作《望海潮》词赠之”。[③]如是，柳永创作《望海潮》词，意在称颂郡守治政有方及其与民同乐之旨甚明。《木兰花慢》（古繁华茂苑）下片云：

> 凝旒。乃眷东南，思共理、命贤侯。继梦得文章，乐天惠爱，布

① （宋）陈振孙：《直斋书录解题》卷二一。

② （宋）杨湜：《古今词话》“柳永”条之三，见唐圭璋编《词话丛编》，中华书局1986年版，第26页。

③ （宋）罗大经：《鹤林玉露》丙编卷一，中华书局1983年版，第241页。

政优优。　　鳌头。况虚位久，遇名都胜景阻淹留。赢得兰堂酝酒，画船携妓欢游。①

本词上片写苏州“万家绿水朱楼”之景，至下片则完全变成对此地“布政优优”之“贤侯”的歌颂。能经得住如此颂美的“贤侯”，自然是时任此地的郡守无疑。又如下列词章：

方面委元侯。致讼简时丰，继日欢游。襦温裤暖，已扇民讴。旦暮锋车命驾，重整济川舟。当恁时，沙堤路稳，归去难留。（《瑞鹧鸪》②）

吴王旧国，今古江山秀异，人烟繁富。甘雨车行，仁风扇动，雅称安黎庶。棠郊成政，槐府登贤，非久定须归去。且乘闲、孙阁长开，融尊盛举。（《永遇乐》③）

梦应三刀，桥名万里，中和政多暇。仗汉节、揽辔澄清，高掩武侯勋业，文翁风化。台鼎须贤久，方镇静、又思命驾。空遗爱，两蜀三川，异日成嘉话。（《一寸金》④）

汉元侯，自从破虏征蛮，峻陟枢庭贵。筹帷厌久，盛年昼锦，归来吾乡我里。铃斋少讼，宴馆多欢，未周星，便恐皇家，图任勋贤，又作登庸计。（《早梅芳》⑤）

这些词写政治稳定、百姓生活富庶，落脚点却无一不在对地方官政治业绩的赞美上。正如论者所指出的：“由于他写了这么多歌咏城市风光和‘承平气象’的词（主要是慢词），所以，在不少人心目中，柳永便是一位‘太平时代’的歌手，甚或‘粉饰太平’的词人……这些作品，也正反映了他羡慕于富贵生活理想和以词为谀世之具的创作心理。”⑥“此类词常流入歌颂升平，阿谀当道，虽在一定程度上反映了都市繁荣富庶，但用意卑

① 唐圭璋编：《全宋词》，中华书局1965年版，第48页。

② 同上书，第49页。

③ 同上书，第26页。

④ 同上书，第25页。

⑤ 同上书，第14页。《花草粹编》收录此词，词牌下题“上孙资政”。

⑥ 杨海明：《唐宋词史》，天津古籍出版社1998年版，第293页。

陋，故难称高调。”[①]

柳永为什么要如此“用意卑陋”地“阿谀当道”呢？这大概与他努力谋求政治出路有关。柳永一生仕宦不达，政途上四处碰壁，他有什么交接王侯的资本呢？创作这些礼赞治政者及其治绩的作品，根本目的，说穿了，不过希求引起当权者注意、眷顾，从而在政治上于他有所奖掖提携罢了。

采诗见政是自先秦以来的古老传统。《诗经》中不少作品为采诗官采自民间，孔子“兴观群怨”说也特别强调以诗知治政得失。非仅有韵之诗，无韵之文也常被作家文人作为下情上达的工具使用，如人们熟悉的唐文名篇《捕蛇者说》，柳宗元即明言其作文目的是“以俟夫观人风者得焉”。宋代自太宗始，屡屡下诏要求官员直言朝政阙失，并派遣辅臣巡视州郡体察民情。流行于民间的诗词作品无疑也是牧民者搜集的重要对象。王禹偁《皇华集序》云：“（皇上）举行幸之典，虑供亿之劳。乃诏辅臣，精择邦彦，按郡国之政，张朝廷之威。召于延英，授以密旨，膺是命者，凡若干人。济阳丁君（渭），实使闽越……今春赴朝集之期，奏风谣之事。虚怀见纳，前席移时。黜者无怨言，升者无异议。尽以民瘼，达于帝聪。”[②] 太宗雍熙年间，罗处约“乘使车，将帝命，按狱讼于江浙，采风谣于湘潭，举善发奸，不避权贵”[③]。仁宗太平兴国三年（978）举进士的田锡，有一首名曰《送韩援赴阙》的诗对此也有反映：“昔时汉家称八使，登车便有澄清意。吾皇宵旰念黎民，歌咏皇华遣使臣……敷宣朝旨达君旨，淮阳父老私有言。言逢太平歌且舞，利病达聪皆悉闻。”[④] 这都说明至少在宋代中前期，采诗见政是受到官方重视的。而诗人们也希望以“风谣”之作上达帝聪。王禹偁《畬田词》序云：“亦欲采诗之官闻之，传于执政者。”[⑤] 太宗至道元年（995），张咏赴蜀，其《悼蜀四十韵》序文也说：“天子远九重，孤贱者惮权豪而不敢言。呜呼！虽采诗之官阙之久矣，然歌咏讽刺，道不可寂然。某敢作悼蜀古风诗四十韵，书于视政之厅。有

① 余传棚：《唐宋词流派研究》，武汉大学出版社2004年版，第90页。

② 《全宋文》卷一五四，上海辞书出版社、安徽教育出版社2006年版，第25页。

③ 同上书，第18页。

④ 《全宋诗》卷四六，北京大学出版社1991年版，第494页。

⑤ 同上书，第717页。

识君子，幸勿以狂瞽为罪。”[①] 梅尧臣《田家语》是一首究心民瘼、反映农民苦于丁役的作品，其序文也说：“因录田家之言，次为文，以俟采诗者云。”[②] 而北宋神宗时期的“乌台诗案”，变法派也主要是搜集了苏轼作于地方任上的诗歌而上奏朝廷，以穷治其批评新法之罪。所以，自先秦以来治政者的采诗行为，不仅是中央政府了解民情、考察地方官治绩的途径，有时也是政争中打击反对派的有效手段。

诗人以诗歌自觉反映时政，执政亦借此了解下情，那么传唱民间，更近乎“风谣”的“长短句”诗歌——词，岂能置于此外。柳永词广泛传播，至“凡有井水处，皆能歌柳词”[③]，“天下咏之，遂传禁中”[④]。这一现象，对我们理解其创作颂政之作的动因，无疑是有意义的。杨湜《古今词话》、罗大经《鹤林玉露》均称柳永借《望海潮》词以见孙何，怕也不是空穴来风。柳永最终赖科举晋身，且奔走于“政府”之门寻求转官，这就更说明他出于个人仕宦考虑创作颂政之作的动因是不能排除的。不然，怎么理解“仁宗四十二年太平”，居“翰苑十余载”如范镇者，尚“不能出一语歌咏”[⑤]，而这位长期零落不偶、四处为家的词人，在个人生计无着、仕宦蹭蹬的情况下，却会热心一再创作此类意在给当政者歌功颂德的词作？[⑥]

柳永词政治抒情第二个方面的内容，是表达仕宦追求中的悲愁，及对政治功名的失望、绝望乃至拒斥心情。

因仕路坎坷，故柳永一生有极深切的“浪萍风梗”之感触。从他的词中，我们能读到大量反映其仕宦流落之悲愁，及对入仕取得政治功名失

① 《全宋诗》卷四六，北京大学出版社 1991 年版，第 521 页。

② 《全宋诗》卷二四一，北京大学出版社 1991 年版，第 2791—2792 页。

③ 叶梦得《避暑录话》卷下：“永亦善为他文辞，而偶先以是得名，始悔为己累，后改名三变，而终不能救。择术不可不慎。余仕丹徒，尝见一西夏归明官云：‘凡有井水饮处，即能歌柳词。’言传之广也。”

④ 陈师道《后山诗话》云：“柳三变游东都南、北二巷，作新乐府，骪骳从俗，天下咏之，遂传禁中。仁宗颇好其词，每对酒，必使侍从歌之再三。三变闻之，作宫词号《醉蓬莱》，因内官达后宫，且求其助。仁宗闻而觉之，自是不复歌其词矣。会改京官，乃以无行黜之，后改名永，仕至屯田员外郎。”以上见（清）何文焕辑《历代诗话》，中华书局 1981 年版，第 311 页。

⑤ （宋）祝穆：《方舆胜览》卷十一，中华书局 2003 年版，第 197 页。

⑥ 按：柳永青少年时期在汴京度过，于大都市之繁华该是印象深刻。然成年以后仕宦无门，在四处漂泊、生计无着的情况下，他的词之描绘太平胜景，亦当不排除其于青少年时期无忧无虑生活的怀恋性质。这一点，他在词中也是有反映的。然将太平盛世敷绘与对当政者之赞美结合，却明显可见他此类词创作中渗入了出于个人政治出路考虑的功利目的。

望、甚至绝望的词篇。如伤仕宦漂泊：

走舟车向此，人人奔竞名利。……尔来谙尽，宦游滋味。（《定风波》[①]）

浮名利，拟拚休，是非莫挂心头。富贵岂由人，时会高志须酬。莫闲愁。（《如鱼水》[②]）

几许渔人飞短艇，尽载灯火归村落。遣行客，对此念回程，伤漂泊。……游宦区区成底事，平生况有云泉约，归去来。（《满江红》[③]）

游宦成羁旅。……听杜宇声声，劝人不如归去。（《安公子》[④]）

凄然，望江关，飞云黯淡夕阳闲。当时宋玉悲感，向此临水与登山。远道迢递，行人凄楚，倦听陇水潺湲。……夜永对景，那堪屈指，暗想从前。未名未禄，绮陌红楼，往往经岁迁延。（《戚氏》[⑤]）

表达于政治功名拒斥之意：

驱驱行役，苒苒光阴，蝇头利禄，蜗角功名，毕竟成何事，漫相高。……幸有五湖烟浪，一船风月，会须归去老渔樵。（《凤归云》[⑥]）

虽照人轩冕，润物珠金，于身何益。一种劳心力。图利禄，殆非长策。（《尾犯》[⑦]）

柳永岂是真正鄙屑政治功名者？他实在是因求之不得而绝望，由绝望转而愤激、终至拒斥。《鹤冲天》：

黄金榜上，偶失龙头望。明代暂遗贤，如何向？未遂风云便，争不恣狂荡。何须论得丧。才子词人，自是白衣卿相。　烟花巷陌，依约丹青屏障。幸有意中人，堪寻访，且恁偎红翠，风流事，平生

① 唐圭璋编：《全宋词》，中华书局1965年版，第21页。
② 同上书，第40页。
③ 同上书，第41页。
④ 同上书，第50页。
⑤ 同上书，第35页。
⑥ 同上书，第45页。
⑦ 同上书，第34页。

畅。青春都一饷。忍把浮名，换了浅斟低唱。[1]

这首词是理解柳永平生心迹的一把钥匙。词人本认为自己金榜题名、取得功名，完全是理所当然的事。然“龙头望”之“偶失”，却使得这位“贤才”不知所措。既然“风云”之志未遂，不恣意狂荡又怎可排遣心头失落？于是，自称“白衣卿相”的柳永宣称，他要以小歌词对抗黄金榜上的功名。这就说得很清楚了，他是在个人的社会价值被拥有话语权的集团否定之后，才决意要以“立言”方式寻觅另一种层面的社会认同。正如吴梅所云：“汴京繁庶，竞赌新声。柳永失意无憀，专事绮语。”[2] 王兆鹏亦指出：“‘未遂风云便’的‘风云’，指政治上的远大志向。君臣际会，贤臣大得圣君的重用。”[3] 柳永绝不是不食人间烟火的世外高人，在那个重视主体精神与个人价值实现的时代氛围中，他只不过是以词——无论情色的（俗的），还是“不减唐人高处”的雅致之作——言说着他做人的一点点自尊罢了。这些，此处且不必多表。

回到政治抒情的视角，我们试看，以《鹤冲天》（黄金榜上）为代表的那些抒写柳永仕宦追求中悲愁心情，于政治功名绝望乃至拒斥情怀的作品，实则都是作者本人被政治排挤之后浪迹江湖的产物，是他一时还无法真正“悠游”的产物。他的专力从事小歌词创作，从更深层次看，也只不过是仕宦追求在“明代暂遗贤”刺激下，一种愤懑情怀的自我释放，一种失落情绪的心理补偿罢了。中国古代有不少人因遭遇政治挫折，或不能跻身仕途转而归隐江湖，柳永的江湖实际就是他的烟花柳巷，他的词也正是其心灵的“栖息地”。虽然他说“蝇头利禄，蜗角功名”，“图利禄，殆非长策”，事实上，于功名利禄，他何曾忘记过。这样的词表面看，是对功名利禄的拒斥，本质仍不过是他对自己政治上被排挤的无尽尤怨。假如柳永真有机会如同龄人范仲淹那样步入仕宦之高层，且深谙政途之险恶的话，那他的词所着力表现的重大主题，譬如美颂社会承平之状，表现被当权者排斥之愤激等内容，怕是很难产生的了。

所以，柳永独特的生活经历及人生道路，决定其词抒发政治情怀，实

① 唐圭璋编：《全宋词》，中华书局1965年版，第51页。

② 吴梅：《词学通论》，世纪出版集团、上海古籍出版社2006年版，第46页。

③ 王兆鹏：《唐宋词名篇讲演录》，广西师范大学出版社2006年版，第93页。

际体现的是市民化的抒情视角。市民知识分子的文化角色，游离在政坛之外的社会地位，使得柳永一定程度上仅仅能看到社会外在的升平景象，却无法对北宋政坛深层次的矛盾、问题，及与之相关的当事人之感受、思想有所涉及。同时，被排斥的仕宦经历，又使得他对自身政治遭遇一面悲悼，一面又想通过美颂他人治绩的方式跳出仕宦困境，改变仕途蹭蹬之状。这样也就可以解释：为什么歌颂时代政治升平与哀伤个人政治沦落这样互相矛盾的主题，何以能在柳永笔下并行不悖。

以上我们讨论了范仲淹、欧阳修、柳永诸人词作的政治抒情问题，除这几人外，此期重要词人尚有晏殊、张先等。张先词从其单篇作品分析，并无特别典型的政治抒情内容，他的仕途蹭蹬之感多是寄托在其伤春、闺怨作品中。因缺乏巨大政治挫折所激发的情绪动荡，故张词中看不到明显的针对政治问题或仕宦生涯所发之感慨、议论。晏殊十五岁即以神童诏试赐进士及第，又长期任职京城，为官多顺达，享受声色条件充分，政治上亦显得平庸，故他的词亦少强烈政治抒情内涵，这是可以理解的。然大晏词把身处富贵的闲适心态，对良辰美景的留恋，对赏心乐事的追念，及对生命苦短的叹息等情怀写得极为真切，这样他作为充分占有社会资源的太平宰相、权贵阶层，忧思人生好景不长的心怀亦于此披露无余。吴处厚《青箱杂记》说他“虽起田里，而文章富贵，出于天然”，他自己亦为其“梨花院落溶溶月，柳絮池塘淡淡风”之类善言富贵的词句而自得。这倒是让读者一方面看到了他仕途顺遂、富贵得时的喜与乐；另一方面，北宋此期政治上相对平稳的状况，及平稳下不同阶层知识分子政治际遇的霄壤之别，也可在与其他词人，比如柳永的比较中得到互证。因为与晏殊大致同代的柳永，其词根本不可能反映政治自得心情，也几乎没有对老之将至的恐惧，对美好生活即将消逝的深沉怅叹——他压根就没有拥有过政治上的势位富贵，故亦谈不上失去的担心，晏殊则刚好相反。从这个角度说，晏殊词中那些留恋光景、宣言享受的作品，又何尝不是他的政治抒情？只是这样的抒情距离直接反映政治问题、表现由政治事件激荡而成的词人心灵之波动似乎远了一层，故本书不作进一步探讨。

# 第三章　北宋词政治抒情的兴盛期

北宋自短暂的英宗朝，很快过渡至神宗登基。神宗熙宁初年，随着王安石政治革新活动的开展，及苏轼等词人相继正式登上词坛，词体文学政治抒情的兴盛期亦随之到来。从此期所涉及词人群体看，除参与到政治抒情大合唱中的领军人物苏轼之外，苏门学士秦观、黄庭坚、晁补之、陈师道等均是关键人物。而年龄长于苏轼的王安石及其他新党词人，譬如舒亶，也是不可忽视的力量。贺铸虽然并未介入政坛党争，其谢世甚至已晚至徽宗宣和七年（1125），但他不仅与元祐词人多所交往，且其独特的家世背景及沉落下僚的不幸际遇，使得其词抒发政治情怀之特色更贴近于元祐词人群，故本章于贺铸词也一并讨论。晏几道小苏轼一岁，属此期重要词人，然因其词抒情很少涉及政治内容，故本章不予专门论列。

围绕王安石变法而起的新旧党争于本期进一步加剧，士人政治生活亦急遽动荡。以此为契机，本期词政治抒情的内容，亦极大丰富，抒情深广度，也明显增强。以抒情性质言，表现宦海沉浮的痛苦、复杂感受，抒发政治沉沦的悲慨与愁绪，都是主要方面。比较真宗、仁宗时期及徽宗中后期词坛状况，这一阶段北宋词的政治抒情，堪称高峰时期。

## 第一节　苏轼词的政治抒情

从北宋词政治抒情发展的情况看，苏轼，无疑是这第二个阶段最具代表性的词人。北宋词政治抒情的发展阶段，或曰起步阶段，以柳永、欧阳修等为代表，他们的词虽然也抒发个人仕宦生活的感慨，有的甚至抒写建功立业的政治抱负，但就反映作者从政心态、折映时代政治面貌的深广度言，欧、柳等却是无法和后起的苏轼相比。

北宋自熙宁初开始，朝廷关于变法是非的争论及由此而引起的大量官员政治上非正常进退沉浮，无疑为宋词关注政治、深入反映官员从政心态提供了契机。苏轼这个时候也已经开始了词的创作[①]，他的词几乎是全程展现、记录了其一生在党争政治中的仕宦沉浮与心态变化。综观北宋词坛，苏词的出现，实标志着北宋词政治抒情高潮时代的到来。

因苏轼一生政治经历曲折复杂，他的词之政治抒情内容亦随朝廷政治起伏及个人仕履状况而有不同变化，故依据作者所走政治轨迹，本书将他涉及政治抒情内容的作品亦分三个创作时期考察。这三个时期分别是："乌台诗案"前，贬谪黄州及江淮流寓时期，入翰林后至去世时期。[②] 以下，分而论之。

## 一　"乌台诗案"前：政治失意的慨叹

乌台诗案发生前，既是苏轼高扬政治理想大旗，渴望有所作为的时期，同时也是他政治上初次碰壁之后，对参政议政从积极介入到渐行疏离的时期。在渴望有为与难有所为矛盾困扰下，抒发政治上的失意寥落是苏词此期重大主题之一。为了更准确地"说明苏轼"乌台诗案发生前词作中的政治抒情内容，我们不妨先对他此期的政治活动及出任杭州通判前后的情感状态作一简略回顾。

苏轼所出生的宋仁宗景祐三年（1036），四十七岁的范仲淹因反对吕夷简专权而贬官饶州，同时，三十岁的欧阳修亦因支持范而贬官夷陵。苏轼七岁时，二十三岁的王安石进士及第。所以，嘉祐二年（1057），当苏轼进士及第，并于嘉祐六年（1061）再试制科中第三列三等，除大理评事、凤翔府签判时，他赶上的正是北宋政治起伏最为剧烈的时代。但在凤

① 按：东坡词编年始于朱祖谋，其后龙榆生《东坡乐府笺》也对苏词进行编年。他们均认为苏轼始作词是在宋神宗熙宁五年（1072）杭州通判任上。20世纪80年代以来，此观点亦为学界所普遍接受。如谢桃坊先生在《苏轼开始作词动机辨析》一文中即认为，苏轼作词始于熙宁五年，这一年有他最早的编年词2首，次年5首，第三年42首（见谢桃坊《宋词辨》，上海古籍出版社1999年版，第172页）。然薛瑞生先生《东坡词编年笺证》认为苏轼始作词时间是仁宗嘉祐五年（1060），这就比此前学界公认的熙宁五年提前了整整12年（见薛瑞生笺注《东坡词编年笺证》，三秦出版社1998年版，第2页）。薛系苏词于嘉祐五年者1首，嘉祐八年（1063）3首，治平元年（1064）1首，除系于嘉祐八年3首《南歌子》似还可商榷外，其他系于熙宁年之前的作品算起来总共2首。所以，即使苏轼于熙宁之前已有作品问世，也无碍我们认定他于熙宁年间登上词坛这个事实。从熙宁五年（1078）至元丰元年（1072），苏轼所作词占其全部词作三分之一左右。

② 按：关于苏词系年，本文多采薛瑞生《东坡词编年笺证》，系年有疑作品，本文亦稍予辨析。《东坡词编年笺证》，三秦出版社1998年版。

翔府签判任上度过仕宦初期整三年光阴的苏轼，其时并未有明确的政治主张提出。治平二年（1065）正月，苏轼自凤翔还朝，判登闻鼓院、直史馆；治平四年（1067）与弟苏辙护父丧返川；熙宁二年（1069）二月再自老家眉山还朝，任殿中丞直史馆判官告院。是年，王安石任参知政事，并创置三司条例，议行新法。

苏轼明确反对王安石变法始于熙宁四年（1071）。新法中最早被他强烈反对的是废诗赋而以明经、策论取士之条例。熙宁四年正月，苏轼上《议学校贡举状》云："得人之道，在于知人；知人之法，在于责实。使君相有知人之明，朝廷有责实之政，则胥吏皂隶未尝无人，而况于学校贡举乎？……夫时有可否，物有兴废，方其所安，虽暴君不能废，及其既厌，虽圣人不能复。故风俗之变，法制随之，譬如江河之徙移，强而复之，则难为力。"[①] 议上，神宗"即日召见"[②]，并告诉他："卿三言，朕当熟思之。凡在馆阁，皆当为朕深思治乱，无有所隐。"[③] 但苏轼此举引起王安石不悦，遂被"命权开封府推官"。[④] 同月，"会上元敕府市浙灯，且令损价"，苏轼又上《谏买浙灯状》，云"陛下岂以灯为悦？此不过以奉二宫之欢耳。然百姓不可户晓，皆谓以耳目不急之玩，夺其口体必用之资。此事至小，体则甚大，愿追还前命"，买灯之事由此"诏罢之"。[⑤] 二月，在"买灯之事，寻已停罢……惊喜过望，以至感泣"情绪的支配下[⑥]，苏轼怀着"有君如此，其忍负之，惟当披露腹心，捐弃肝脑，尽力所至"的心情[⑦]，再上长达万言的《上神宗皇帝书》，提出了"结人心、厚风俗、存纲纪"的治政方略，并对王安石变法的各类措施进行彻底否定。这封信不但反映了苏轼对王安石政改的基本态度，同时也是他政治思想的全面反映，但是，其观点却似乎并未获得神宗皇帝的首肯。在自认万言书"不足以感动圣明"的情况下，他紧接着又第四次上书宋神宗，认为行王安石新法"譬之

① （宋）苏轼：《议学校贡举状》，《苏东坡全集·苏东坡文集》，珠海出版社1996年版，第534页。

② （元）脱脱等：《宋史》卷三三八《苏轼传》。

③ 同上。

④ 同上。

⑤ 同上。

⑥ （宋）苏轼：《上神宗皇帝书》，《苏东坡全集·苏东坡文集》，珠海出版社1996年版，第538页。

⑦ 同上书，第538—539页。

医者之用毒药，以人之死生，试其未效之方”，“今日之政，小用则小败，大用则大败，若力行而不已，则乱亡随之”。[①] 三个月里连上四书，甚至还借试进士之机有针对性发策，以“晋武平吴以独断而克，苻坚伐晋以独断而亡，齐桓专任管仲而霸，燕哙专任子之而败，事同而功异”为问。这些举动激怒了受到宋神宗支持的王安石，王遂“使御史谢景温论奏其过，穷治无所得，轼遂请外，通判杭州”。[②]

所以，熙宁四年（1071）十一月，三十六岁的苏轼奉命倅杭，完全是因他的政治思想与执政大臣忤逆而被放逐的结果。此后，从熙宁四年末直至元丰二年（1079）这长达八年的时间中，他再未有任何机会任职朝廷。离开了京城，离开了政治旋涡的中心，他也开始了真正意义上的以文学创作抒发反变法之意及政治失落情怀的历程。虽然在杭州通判、密州、徐州知州任上，他也曾因兢兢业业勤政爱民之功甚至还得到百姓拥戴及朝廷嘉奖，但政治上的被弃置感，始终是蒙在他心头的阴影。这段心路历程，我们透过他赴杭前后的诗文即可见一斑。

赴杭路上，苏轼作诗云：“图书跌宕悲年老，灯火青荧语夜深。早岁便怀齐物志，微官敢有济时心。”[③] “离合既循环，忧喜迭相攻。语此长太息，我生如飞蓬。”[④] “我生飘荡去何求，再过龟山岁五周。身行万里半天下，僧卧一庵初白头。”[⑤] 扬州遇见先期被贬的刘攽，他说：“去年送刘郎，醉语已惊众。如今各漂泊，笔砚谁能弄。”遇见因反对王安石变法而去御史职谪衡阳的刘挚，他说：“如今三见子，坎坷为逐臣。朝游云霄间，欲分丞相茵。暮落江湖上，遂与屈子邻。……出试乃大谬，刍狗难重陈。岁晚多霜风，归耕当及辰。”[⑥] 从这些诗作看，苏轼离京赴杭时的心情是极为

① （宋）苏轼：《再上皇帝书》，《苏东坡全集·苏东坡文集》，珠海出版社1996年版，第551页。

② （元）脱脱等：《宋史》卷三三八《苏轼传》。按：李焘《续资治通鉴长编》卷二一四“熙宁三年八月癸亥”条云：“景温与王安石连姻，安石实使之。穷治，卒无所得。轼不敢自明，久之，乞补外。上批出与知州差遣，中书不可，拟令通判颍州，上又批出改通判杭州。”《续资治通鉴长编》，中华书局2004年第2版，第5200页。

③ （宋）苏轼：《和柳子玉过陈绝粮次韵二首》其二，《苏轼诗集》，中华书局1982年版，第275页。

④ 按：王文诰辑注《苏轼诗集》于此诗下引施注云：“东坡通判杭州，出都来陈，子由送至颍，同谒欧阳公而别。”此处所引本组诗第二首中数句，很能反映苏轼赴杭时的心境。（宋）苏轼：《颍州初别子由二首》其二，见《苏轼诗集》，中华书局1982年版，第280页。

⑤ （宋）苏轼：《龟山》，《苏轼诗集》，中华书局1982年版，第291—292页。

⑥ （宋）苏轼：《刘莘老》，《苏轼诗集》，中华书局1982年版，第299—300页。

灰暗的。他在神宗皇帝默许甚至鼓励下上书建言，不想这样的报国之情却给他带来了政治上的厄运。所以，一旦走上外放之路，他终于体会到行身仕途、参与朝廷政治论争，远非仅上书建言这么简单，以“微官”而有“济时”之心，根本行不通。故至杭州前后，他的怀隐归耕之心更在不断潜滋暗长。他说：

我谢江神岂得已，有田不归如江水。（《游金山寺》）

迟钝终须投劾去，使君何日换聋丞。（《初到杭州寄子由二绝》其一）

莫上冈头苦相望，吾方祭灶请比邻。（《初到杭州寄子由二绝》其二）

已成归蜀计，谁借买山资。（《答任师中次韵》）

胡不归去来，滞留愧渊明。（《汤村开运盐河雨中督役》）

世事渐艰吾欲去，永随二子脱讥谗。（《风水洞二首和李节推》）

窃禄忘归我自羞，丰年底事汝忧愁。不须更待飞鸢堕，方念平生马少游。（《山村五绝》其五）

始悟山野姿，异趣难自强。人生安为乐，吾策殊未良。（《湖上夜归》）

诗句对君难出手，云泉劝我早抽身。……从此北归休怅望，囊中收得武陵春。（《李颀秀才善画山以两轴见寄仍有诗次韵答之》）

南来三见岁云徂，直恐终身走道途。老去怕看新历日，退归拟学旧桃符。（《除夜野宿常州城外二首》其二）

卖剑买牛吾欲老，杀鸡为黍子来无。（《常润道中有怀钱塘寄述古五首》其五）

除了在诗歌中反复吟咏怀归之情外，在写给友人的书信中，我们也多可看到这方面情怀。如《与李公择书》云：“某虽未得即替，然更得于西湖过一秋，亦自是好事。景色如此，去将安往？但有著衣吃饭处，得住且住也。”[①]《答杨君素书》云：“奉别忽四年，薄禀维绊，归计未成，怀想亲旧，可胜惋叹。”[②]《与杨济甫书》云：“官满本欲还乡，又为舍弟在京东，不忍连年与之远别，已乞得密州。……但归期又须更数年。瞻望坟墓，怀

① （宋）苏轼：《与李公择十七首》之一，《苏东坡全集·苏东坡文集》，珠海出版社 1996 年版，第 1200 页。

② （宋）苏轼：《答杨君素三首》之一，《苏东坡全集·苏东坡文集》，珠海出版社 1996 年版，第 1338 页。

想亲旧，不觉潸然。”①

苏轼平生大量作词恰恰始于任杭州通判时期。王安石变法导致的论争，词人自身的际遇及所处政治环境，使得他从开始步入词坛的时候起，就具有了偏离传统的词体文学创作轨道之可能。一个怀抱着“致君尧舜、此事何难”理想而与皇帝直接对话的年轻官员，很快因遭反对派打压而自求外放、流落江湖，在政治落差刺激及人生失意情怀萦绕下，他的歌唱怎么可能仍然沉醉于风花雪月及儿女情长之中？有人在政治遇挫之后以把玩山水风月而遣情，但苏轼的个性及他所接受的教育并不能够使他此时完全做到这一点。所以，苏词“以诗为词”式的政治抒情，从其发端看，并不是偶然的。

察苏轼乌台诗案前词作，抒政治上的失意寥落之感是其基本主题。这主要表现在以下方面。

首先，他的词抒写了怀归故乡的矛盾。怀归故乡，如前所述，本是苏轼诗文常写的主题，自任职杭州开始大量作词始，此主题即移入其词作中，这可看作他“以诗为词”的早期实践。

如任杭倅期间他所作两首《浣溪沙》：

倾盖相逢胜白头。故山空复梦松楸，此心安处是菟裘。　　卖剑买牛吾欲老，乞浆得酒更何求。愿为同社宴春秋。②

炙手无人傍屋头。萧萧晚雨脱梧楸。谁怜季子敝貂裘。　　顾我已无当世望，似君须向古人求。岁寒松柏肯惊秋。③

这两首词，薛瑞生《东坡词编年笺证》（下称“薛笺”）系熙宁七年（1074）作。④ 第一首中的“菟裘”用《左传》典，指终老之地。《左传·隐公十一年》：“使营菟裘，吾将老焉。”白居易《重修香山寺毕题二十二韵以纪之》亦云：“可怜终老地，此是吾菟裘。”“卖剑买牛”，语出《汉

① （宋）苏轼：《与杨济甫十首》之七，《苏东坡全集·苏东坡文集》，珠海出版社 1996 年版，第 1453—1454 页。

② 薛瑞生：《东坡词编年笺证》，三秦出版社 1998 年版，第 66 页。

③ 同上书，第 68 页。

④ 按：薛瑞生认为这两词是苏轼当时寄陈襄五诗之后意犹未足而作，故其作时与诗同。参见薛瑞生《东坡词编年笺证》，第 67 页之“考证”。

书》卷八九《龚遂传》："民有带持刀剑者，使卖剑买牛，卖刀买犊，曰'何为带牛佩犊'。"第二首首句"炙手无人傍屋头"，借用白居易诗意。白诗《放言五首》其四云："谁家第宅成还破，何处亲宾哭复歌。昨日屋头堪炙手，今朝门外好张罗。""季子敝貂裘"用《战国策·秦策》苏秦典。依薛笺，和这两词同时所作的当还有另外两词，一首是《卜算子·自京口还钱塘道中寄述古太守》，一首是《浣溪沙》：

蜀客到江南，长忆吴山好。吴蜀风流自古同，归去应须早。还与去年人，共借西湖草。莫惜尊前仔细看，应是容颜老。

画隼横江喜再游。老鱼跳槛识清讴。流年未肯付东流。　黄菊篱边无怅望，白云乡里有温柔。挽回霜鬓莫教休。[①]

这几首词从作者自我抒情角度看，层层翻新，表达的实际上都是失意于宦途、期望回归田园之意。苏轼一边叹自己"季子敝裘"、欲"卖剑买牛"，一边又赞陈述古当代无匹，其所言说的无不是他自己政治寥落之意。而所谓"白云乡里有温柔"，也完全是他此期"顾我已无当世望"之心境反逼的结果。这样的心情，在他的词作中甚至被反复强调。如：

搔首赋归欤，自觉功名懒更疏。（《南乡子·和杨元素》）
何日功成名遂了，还乡，醉笑陪公三万场。（《南乡子·和杨元素》）
苍颜华发，故山归计何时决。（《醉落魄·苏州阊门留别》）

而将怀归之想表达得最为突出的是下面这首《醉落魄·席上呈杨元素》：

分携如昨，人生到处萍漂泊。偶然相聚还离索，须信从来错。尊前一笑休辞却。天涯同是伤沦落。故山犹负平生约。西望峨嵋，长羡归飞鹤。[②]

薛笺关于此词《考证》云："《纪年录》：甲寅，离京口，呈元素作。盖元

① 二词分别见薛瑞生《东坡词编年笺证》，三秦出版社1998年版，第65、69页。
② 同上书，第127页。

素还朝，公赴密，同行至京口而别，作此词。”[①] 词中之杨元素，即杨绘。苏轼于神宗熙宁四年（1071）至熙宁七年（1074）任杭州通判时，与前后三任太守皆有交游，其中杨绘是他的同乡，二人性格颇相类，政治立场亦多同，且都仕途多舛，故他们关系密切。甚至到元祐二年（1087），杨绘去世的前一年，苏、杨还有书信往来。面对这样的同乡兼同道，苏轼在赠他的别词中表露的情感自然就更真切。词中所言“人生到处萍漂泊”、“须信从来错”及“同是天涯伤沦落”诸语，集中表达了作者本人的政治落拓心态。从这种对入仕以来所走道路的否定可见，他所谓“故山犹负平生约”，完全不是一般的居官在外者人在他乡的思乡念亲之意所能涵盖，这里包含着他在反对派打压下的政治绝望心理。虽然他当时已经由杭州通判升任密州太守，但是，他的政治边缘人的地位并未改变，他的被弃置的感受不是减弱反而是加深了。政治沦落即人生沦落，为避免人生的完全落败，苏轼显然正在焦急地寻求另一种出路。他选择的结果，就是远离政治。这一层意思，他在这首词中已经明白道出。

但是，到任密州以后，苏轼这种期盼回归故山的愿望似乎发生了微妙变化：此后他不仅很少再于其词作中表述远离官场回归故山之意，而且更有了明显的不愿回归之情思从他的词作中透露出来。这个信息，可从他与子由唱和的两首《水调歌头》词来看。

熙宁九年（1076）秋天，在密州知州任上，苏轼写下了著名的《水调歌头》（明月几时有）。此词在“兼怀子由”的同时，把“悲欢离合”看成人生的必然，甚至明确表达了更愿意直面现实的决心。他说：“起舞弄清影，何似在人间”，“但愿人长久，千里共婵娟”，虽然仍不免有担心兄弟二人生活中横生枝节的忧虑，然总的基调却显得乐观开朗。此词问世后时过一年，至熙宁十年（1077）秋天，兄弟二人终于能够在徐州共度中秋。随后子由作《水调歌头·徐州中秋》以别子瞻。词云：

> 离别一何久，七度过中秋。去年东武今夕，明月不胜愁。岂意彭城山下，同泛清河古汴，船上载凉州。鼓吹助清赏，鸿雁起汀洲。坐中客，翠羽帔，紫绮裘。素娥无赖，西去曾不为人留。今夜清尊

① 薛瑞生：《东坡词编年笺证》，三秦出版社1998年版，第128页之《考证》。

对客，明夜孤帆水驿，依旧照离忧。但恐同王粲，相对永登楼。[①]

政治上兄弟二人同为排斥对象，遇到了挫折，所以此词写得感伤。当然，长期的分离，也加剧了苏辙对未来前景的担忧。他曾在其诗《逍遥堂会宿二首》之引文中说过这样的话："辙幼从子瞻读书，未尝一日相舍。既壮，将游宦四方，读韦苏州诗，至'安知风雨夜，复此对床眠'，恻然感之，乃相约早退为闲居之乐。故子瞻始为凤翔幕府，留诗为别曰：'夜雨何时听萧瑟。'其后子瞻通守余杭，复移守胶西，而辙滞留于淮阳、济南，不见者七年。熙宁十年二月，始复会于澶濮之间，相从来徐，留百余日。时宿于逍遥堂，追感前约，为二小诗记之。"其诗云："逍遥堂后千寻木，长送中宵风雨声。误喜对床寻旧约，不知漂泊在彭城。秋来东阁凉如水，客去山公醉似泥。困卧北窗呼不起，风吹松竹雨凄凄。"[②] 政治蹉跎与兄弟间七年离散，使子由注入此词中的情怀极悲凉，对日后能否再聚亦充满疑虑。苏轼于是又和子由此作，写下了"其意以不早退为戒，以退而相从之乐为慰"的另一首《水调歌头》[③]：

安石在东海，从事鬓惊秋。中年亲友难别，丝竹缓离愁。一旦功成名遂，准拟东还海道，扶病入西州。雅志困轩冕，遗恨寄沧洲。

岁云暮，须早计，要褐裘。故乡归去千里，佳处辄迟留。我醉歌时君和，醉倒须君扶我，惟酒可忘忧。一任刘玄德，相对卧高楼。[④]

虽然"雅志困轩冕"是兄弟二人的共同处境，但苏轼并不悲哀，他以"遗恨寄沧州"对他们的未来作了规划。在本词中，他明确表达了这样的意思：回归故乡之路有千里之遥，何必急着归去？路逢佳处"辄迟留"又有何妨？至于心系天下，忧国救世之事，已不是我们有资格考虑的问题，所以，目前要做的就是"惟酒可忘忧"，"一任刘玄德，相对卧高楼"。这就

① 唐圭璋编：《全宋词》，中华书局 1965 年版，第 355 页。

② （宋）苏辙：《逍遥堂会宿二首〈并引〉》，见《栾城集》卷七，上海古籍出版社 1987 年版。

③ 按：苏轼这首《水调歌头》之题序云："余去岁在东武作《水调歌头》以寄子由，今年子由相从彭门百余日，过中秋而去，作此曲以别余。以其语过悲，乃为和之，其意以不早退为戒，以退而相从之乐为慰云。"参见薛瑞生《东坡词编年笺证》，三秦出版社 1998 年版，第 188 页《水调歌头》下所引之序文。

④ 同上。

说得很清楚：政治上不要抱有什么希望，但是，为了人生的平安，也没有必要过早退出政途。身在庙堂，心存江湖，不过问世事而以求田问舍为意，不仅是可以的，而且也是可行的。

此即乌台诗案前，苏轼身处政治逆境时，在回归田园方面思想上所发生的一个变化过程，他将其写进了自己歌词中。前后虽然看起来矛盾，实则完全统一。一方面，因与变法派政治观点相左而受排挤，流落地方任上，从走出京城那天起，苏轼也许就已经意识到，从此以后政治上“进”的可能性已没有多少，故在失意寥落心境的困扰下，他产生了退归田园的想法。然另一方面，随着他上任密州、徐州知州之后政治阅历的逐渐丰富，他也意识到，真正退归以后，衣食之忧及来自其他方面的诸种压力，恐怕也是难以承受的。所以，他告诉子由，不要急着退归田园。苏轼这种心情，我们可以通过他后来的门人秦观、黄庭坚在重重贬谪之下，都不愿意回归故园可以体会到。① 愈是政治上遭受排挤的人，非到万不得已，他回归田园的步履愈是蹒跚，因为退路对他来说总是狭窄的。苏轼“乌台诗案”前词作中显出的这种难于取舍的矛盾，说穿了，还是他仕宦失意、政治之结难解的矛盾心态之反映。

抒写政治上的失意寥落，还表现在苏轼在其词作中多写其于政治的疏离及被弃置的牢骚。薛笺编在嘉祐八年（1063）的一组《南歌子》词中就有两首这样写道：

> 日出西山雨，无晴又有晴。乱山深处过清明。不见彩绳花板、细腰轻。 尽日行桑野，无人与目成。且将新句琢琼英。我是世间闲客、此闲行。
>
> 带酒衡山雨，和衣睡晚晴。不知钟鼓报天明。梦里栩然蝴蝶、一身轻。 老去才都尽，归来计未成。求田问舍笑豪英。自爱湖边沙路、免泥行。②

这组词本有三首，此处录第二及第三首，因为它们都是和另一首《南

① 按：秦观晚年贬谪中作《宁浦书事六首》其六云：“寒暑更拚三十，同归灭尽无疑。纵复玉关生人，何殊死葬蛮夷。”他的不愿回归故里，即与其政治遭遇大有关系。早在未步入仕时，他就说过这样的话：“余既以所学迂阔，不售于世，乡人多笑之，耻与焉，而余亦不愿见也，因闭门却扫，日以文史自娱。”不能荣归故里，实则是他耻于还乡的真正原因。以上所引秦观诗文见周义敢、程自信、周雷撰《秦观集编年校注》，人民文学出版社 2001 年版，第 316、526 页。黄庭坚晚年被贬后，也有过日后怯于还乡的言论，原因亦与此相类。

② 两词分别见薛瑞生《东坡词编年笺证》，三秦出版社 1998 年版，第 7、8 页。

歌子》之韵而作，故这两词词牌下均有“和前韵”及“再和前韵”的说明。从文本内容看，上录这两词无疑都写出了作者政治上被弃置的牢骚。在第一首中，“日出西山雨，无晴又有晴”，一语双关；“尽日行桑野，无人与目成”，又尽显被冷落的尤怨。“目成”一词，源出《楚辞·九歌·少司命》：“满堂兮美人，忽独与余兮目成。”朱熹《集注》云：“言美人并会，盈满于堂，而司命独与我睨而相视，以成亲好。”故“目成”原本有通过眉目传情以结成亲好的意思。张孝祥《减字木兰花》：“阿谁曾见，马上墙阴通半面。玉立娉婷，一点灵犀寄目成”，用的也是这个意思。但苏轼此处的“无人与目成”显然是包蕴了他政治上被冷落、闲置的抱怨。不然，最后那句“我是世间闲客、此闲行”就没有着落。因为苏轼所谓“世间闲客”，在他的所有作品中，从来没有超出政治层面之外的用法。第二首就说得更为明确，他自云“老去”、“才尽”及归计未成，这也正是他长期流落地方任上特有的心态。以求田问舍而笑豪英们的追求功业，亦为他对抗政治失意的精神策略。这种表述在他作杭倅后至“乌台诗案”爆发前的诗作中亦屡见不鲜。如《韩子华石淙庄》云：“此身随造物，一叶舞澎湃。田园不早定，归宿终安在”[①]，这是苏轼在自己的诗作中最早涉及田园购置问题的诗篇；在杭州通判任上，他作《景纯见和复次韵赠之二首》其二：“多事始知田舍好，凶年偏觉野蔬香”[②]，亦表现了对求田问舍的认同；任徐州知州后所作《至济南李公择以诗相迎次其韵二首》其二：“宦游到处身如寄，农事何时手自亲”，再次表达对田舍的渴求[③]；《过云龙山人张天骥》：“吾生如寄耳，归计失不早”，亦隐含对田舍的需要[④]；至罢徐州任时，他在《罢徐州往南京马上走笔寄子由五首》其四中则云：“归耕何时决，田舍我已卜”，他已明言自己进入了求田问舍的实质性阶段[⑤]；《送李公恕赴阙》：“为我买田临汶水，逝将归去诛蓬蒿。安能终老尘土下，俯仰随人如桔槔”，这是托付朋友为自己购置田产[⑥]；至元丰二年（1079）六月湖州任上，他作《次韵周开祖长官见寄》再云：“仕道固应惭孔孟，扶颠

① 按：本诗《苏轼诗集》未录，见载于《苏东坡全集·苏东坡诗集》卷九，中华书局1982年版，第413页。

② （宋）苏轼：《苏轼诗集》，中华书局1982年版，第539页。

③ 同上书，第716页。

④ 同上书，第749页。

⑤ 同上书，第938页。

⑥ 同上书，第788页。

未可责求由。渐谋田舍犹怀禄，未脱风涛且傍洲。”[①] 这是他在诗案前最后一次言求田问舍。他的解释是：为官做宦犹如行船于波涛，为了达到扶颠傍洲的目的，求田问舍实为仕宦人生最后的依赖与心理安慰。此时，他对自己人生的危机似乎已经有了觉察，关于求田问舍意义的认识也变得深刻了。

行文至此，我们就可以看到，苏轼在上述《南歌子》词中所云“求田问舍笑豪英”的准确含义。写这首词时，苏轼也许还没有湖州任上深重的危机感，但他以“求田问舍笑豪英”的姿态所传达的对当代政治的清醒认识，及对自己未来仕宦前景的浓重悲观意识，却是可知可感。这种“求田问舍”思想，不管它是作者一时的牢骚语，还是他为彻底解决人生路上“免泥行”而开出的一具药方，其产生，无疑与他遭遇政治放逐的痛苦经历是大有关系的。

顺便再谈一下这两首词的系年问题，因为这也关乎对两词政治抒情意义的认识。薛瑞生将包括以上这两首的三首《南歌子》词系于嘉祐八年(1063)，他的《考证》依据这组词中“乱山深处过清明”一句，认为其当作于二三月间。然后他考出苏轼自嘉祐元年（1056）至元祐七年（1092）这段时间“凡客中行役者九”，而唯有嘉祐八年清明时节苏轼之行踪与词中所写情形相符。他说：

> 嘉祐八年癸卯清明前后，则公行迹判然可考。是年公在凤翔府签判任，二月以事归长安……盖自长安归凤翔后事，当在二月下旬间。……是年三月四日或五日清明。盖东坡送赵荐归蜀入终南山，故《题宝鸡县斯飞阁》首联即云“西南归路远萧条，倚槛魂飞不可招”。《送虢令赵荐》云“嗟我去国久，得君如得归”，《题宝鸡县斯飞阁》则云“谁使爱官轻去国，此身无计老渔樵”，盖羡赵之挂冠而己之为官所羁也。所以然者，殆因宋选去任而陈希亮来继知凤翔。陈清劲寡欢，平生不假人以色，严而不残，驭下严肃，威震旁郡，僚吏不敢仰视。东坡其时少年气盛，每与希亮争议，至行于言色。故胸中不平，乃流于诗句间耳。行文至此，则知此三首词作于癸卯二月下旬至三月上旬送赵荐归蜀终南山中复回凤翔府时也。[②]

① （宋）苏轼：《苏轼诗集》，中华书局1982年版，第982页。

② 薛瑞生：《东坡词编年笺证》，三秦出版社1998年版，第11—12页。

如果认定这组词真作于嘉祐八年（1063），那么上引两首《南歌子》的政治抒情意义就要大打折扣。因为嘉祐八年，苏轼正在凤翔签判任上，此时他也刚刚步入仕途，并未实质性参与朝廷政治斗争，故，我们所认为这两词中有他政治失意之牢骚，这样的看法一定程度上就失去了依据。然而，问题恰恰是，薛笺关于这组词的系年仍尚存可商榷处。

首先，薛笺认为《题宝鸡县斯飞阁》乃苏轼送赵荐归来所作，“故首联即云‘西南归路远萧条，倚槛魂飞不可招’”，这一看法不一定有道理。[①]细绎苏轼此诗诗意，可知他绝对是在写自己久滞他乡而倚槛远望西南、魂飞故里之意，而非写别人。因为此诗首二句正好对应了末尾“谁使爱官轻去国，此身无计老渔樵”两句，故知这首诗也是他写自己对家乡的怀念及身不由己之意。薛笺既误认为此诗是写赵荐，同时又以《送虢令赵荐》及《题宝鸡县斯飞阁》二诗相证，认为苏轼是为了送归蜀的赵荐而进入终南山，故而其《南歌子》组词中有“乱山深处过清明”之句。我们且不考虑苏诗《题宝鸡县斯飞阁》究竟是针对谁而作，仅看苏词中“乱山深处过清明”及“尽日行桑野”两句。终南山的腹地，即为其“深处”，而要在终南山腹地打个来回，就不是一两天可以完成，苏词既言“过清明”，则他确是在深山里度过了至少超过一天的时间，这说明他走得很远。那么苏轼究竟有没有可能在和赵分手时再陪送他在大山里走一两天时间？另外，苏词既明言“尽日行桑野”，则他在这“乱山深处”之内或之外似乎还看到过“桑野”，而且是“尽日”——似乎不仅仅是一天行走于“桑野”。众所周知，在终南山中苏轼是不可能“尽日行桑野”的，那么，这个行程就必然是在终南山之外。这样加起来，苏轼为了送别赵荐，究竟走了多少路？他有没有可能走这么多的路？

其次，嘉祐八年，苏轼才二十八岁，薛笺亦在《考证》中明言“东坡其时少年气盛”。那么以二十八岁“少年气盛”的年龄，苏轼却为什么要在这组词中说自己是“老去才都尽”？检苏轼任职凤翔签判前后诗作，并无一首明言自己已经“老去”。此时，他才刚刚步入仕途，他的弟弟子由还在苦读，尽管因为怀想子由，他也写出过“愁肠别后能消酒，白发秋来

① 苏轼《题宝鸡县斯飞阁》原诗是：“西南归路远萧条，倚槛魂飞不可招。野阔牛羊同雁鹜，天长草树接云霄。昏昏水气浮山麓，泛泛春风弄麦苗。谁使爱官轻去国，此身无计老渔樵。”见《苏轼诗集》，中华书局1982年版，第168页。

已上簪”这样的句子，但在这两句之后，他紧接着又写道：“近买貂裘堪出塞，忽思乘傳问西琛。”① 他还并没有真正“归去”的打算，尽管他也常有归舆之叹，那只不过是他初次远赴西北任职后思乡念亲之情的自然流露，而非真要回归田园。而在这组词中，苏轼一面说自己已经老了，无才了，一面又说“归计无成”，“求田问舍笑豪英”。这种失落了从政理想的“归计”，显然并非因思乡念亲而生。如果再联系词中“梦里栩然蝴蝶、一身轻”诸句，可知苏轼写这组词时，他显然已经遭遇了政治上不小的挫折，甚至需要借助庄子“齐物”的思想来消解现实烦恼。同时，也只有这种让他对从政前景产生怀疑的重大挫折，才有可能使他生出“求田问舍”、远离官场之想。然这样的政治际遇，凤翔时期的苏轼并没有经历过。

至于薛笺所言继知凤翔的陈希亮清劲寡欢，驭下严肃，僚吏不敢仰视，东坡每与希亮争议，至行于言色，故胸中有不平等，这也不一定会给苏轼带来如此深切之政治挫败感。事实上，苏轼任职凤翔时期与陈希亮之相处似乎并无多少隔阂，这可从他后来与陈希亮子陈慥（慥字季常）的关系来推知。元丰三年（1080），苏轼初至黄州时曾作有《陈季常所蓄〈朱陈村嫁娶图〉二首》，宋施元之注云：

> 陈季常，名慥，父希亮，字公弼。其先自京兆迁于眉。公弼知凤翔，东坡始筮仕为签书判官，相从二年。季常少时慕朱家、郭解为人，稍壮，折节读书。……东坡在岐下识之。至黄，季常数从之游。既为公弼作《传》，又为季常作《方山子传》。②

陈希亮之先人自京兆迁于眉，这样说来，他与苏轼也算同乡。与陈希亮相从二年，苏轼甚至还结识了其子陈慥，他后来不仅为这父子二人作传记，而且与陈慥更结下了深厚友谊。苏诗《岐亭五首》之叙云：

> 元丰三年正月，余始谪黄州。至岐亭北二十五里山上，有白马青盖来迎者，则余故人陈慥季常也。为留五日，赋诗一篇而去。明年正月，复往见之，季常使人劳余于中途。余久不杀，恐季常之为余杀

① （宋）苏轼：《苏轼诗集》，中华书局 1982 年版，第 154 页。

② 同上书，第 1029—1030 页。

> 也，则以前韵作诗，为杀戒以遗季常。季常自尔不复杀，而岐亭之人多化之，有不食肉者。其后数往见之，往必作诗，诗必以前韵。凡余在黄四年，三往见季常，而季常七来见余，盖相从百余日也。七年四月，余量移汝州，自江淮徂洛，送者皆止慈湖，而季常独至九江。乃复用前韵，通为五篇以赠之。①

黄州时期他在写给杨绘（字元素）的信中也说：

> 陈季常者，近在州界百四十里住，时复往来。②

“凡余在黄四年，三往见季常，而季常七来见余”，“余量移汝州，自江淮徂洛，送者皆止慈湖，而季常独至九江”，陈季常“在州界百四十里住，时复往来”，这是什么样的交往？如果当年苏轼在凤翔时期与陈季常之父陈希亮龃龉不合，以致雄才大略的苏轼已经产生了从此远离官场、求田问舍的想法，那么，他后来还有没有可能与陈慥建立如此亲密无间之友谊？据薛笺，苏轼来到黄州以后所作的第一首词《临江仙》就是写给陈慥的，词赞陈“龙丘新洞府，铅鼎养丹砂”。③ 从这些可见，苏轼与陈氏父子两代人之交往应该都是很愉快的。所以，凤翔时期的苏轼，几乎不可能因为陈希亮的原因而一面说自己是“老去才都尽”，一面又表示要“求田问舍”。

最后，上引这组词中有句云“我是世间闲客，此闲行”，检苏轼凤翔时其他创作，他也从未说过自己是“世间闲客”的话。相反，此期他还时不时在自己的诗作中流露出自得之意。如嘉祐七年（1062）宋选做凤翔太守时，他作《次韵子由除日见寄》云：“兄今虽小官，幸添佐方伯。”④ 同期作《与李彭年同送崔岐归二曲马上口占》云：“貂裘犯雪观形胜，骏马随鹰搏野鲜。为问南溪李夫子，壮心应未逐流年。”⑤ 嘉祐七年除夕守岁，苏轼依蜀地风俗“达旦不眠”，他作诗寄子由云：“官居古人少，里巷佳节

---

① （宋）苏轼：《苏轼诗集》，中华书局1982年版，第1204页。

② （宋）苏轼：《与杨元素十七首》其八，见《苏东坡全集·苏东坡文集》，珠海出版社1996年版，第1326页。

③ 薛瑞生：《东坡词编年笺证》，三秦出版社1998年版，第239页。

④ （宋）苏轼：《苏轼诗集》，中华书局1982年版，第121页。按：时宋选为太守，王文诰于此句下注云：“宋选顾遇甚厚，故云‘幸添佐方伯’也。”

⑤ 同上书，第155页。

过。亦欲举乡风，独唱无人和。”[①] 他甚至还想在凤翔行家乡过年的风俗，哪里又会无端产生“世间闲客”的颓丧？至若嘉祐八年（1063）作《题宝鸡县斯飞阁》所云“谁使爱官轻去国，此身无计老渔樵”，亦是言既入仕，则此身不能更老渔樵，这里面也没有说自己是“世间闲客”的意思，相反，“无计老渔樵”正说出了他人在宦途、“忙”而无“闲”的实际情况。此诗依薛笺之《考证》，与这组词作时相同，然其思想却与词绝不相类。

故笔者认为，这组词不一定是作于嘉祐八年。为什么一定要细论这个问题？前已有述，因被薛笺认为作于嘉祐八年的这两词中确有苏轼的政治失意在，而凤翔时期的苏轼，似乎并没有足以使他产生如此深切政治弃置感的理由。辨析这个问题，也在于说明，苏轼词的政治抒情，完全是与他个人的政治际遇联系在一起的。这几首《南歌子》词，从其抒情性质看，应该是他熙宁年间介入朝廷有关变法政治斗争以后，流落杭、密、徐等地方任上的作品。因为只有在这个时期，他才真正感受到了来自政治上的压力而心随之变“老”。而且，随中年时期的到来，生命老化之感逐日加剧，仕宦沉沦却一如既往，这也确实是一个让词人颇为伤感的问题。所以，“言老”也就成了苏轼此期诗词创作中重要话题之一。如熙宁七年（1074）前后于杭州通判任上所作诗《书普慈长老壁》云：“倦客再游行老矣，高僧一笑故依然。”[②]《送柳子玉赴灵仙》云：“世事方艰便猛回，此心未老已先灰。”[③] 而词中的“言老”，除这组薛笺编在嘉祐八年（1063）的《南歌子》外，他处更是比比皆是。以下是苏轼熙宁六年（1073）杭州任上至元丰二年（1079）诗案发生前其词中“言老”的统计，词之系年依薛笺：

老病逢春只思睡，独求僧榻寄须臾。（《瑞鹧鸪》，熙宁六年（1073）作，38岁）

莫惜尊前仔细看，应是容颜老。（《卜算子》，熙宁七年（1074）作，39岁）

他年桃李阿谁栽，刘郎双鬓衰。（《阮郎归》，熙宁七年作，39岁）

苍颜华发，故山归计何时决。（《醉落魄》，熙宁七年作，39岁）

---

① （宋）苏轼：《苏轼诗集》，中华书局1982年版，第160页。

② 同上书，第548页。

③ 同上书，第545页。

朱颜绿发映垂杨，如今秋鬓数茎霜。（《浣溪沙》，熙宁七年作，39岁）

寂寂山城人老也，击鼓吹箫，乍入农桑社。（《蝶恋花·密州上元》，熙宁八年（1075）作，40岁）

纵使相逢应不识，尘满面，鬓微霜。（《江城子》，熙宁八年作，40岁）

酒酣胸胆尚开张，鬓微霜，又何妨。（《江神子·密州出猎》，熙宁八年作，40岁）

浮世事，俱难必。人纵健，头应白。（《满江红》，熙宁九年（1076）作，41岁）

霜鬓不须催我老，杏花依旧驻君颜。（《浣溪沙》，熙宁十年（1077）作，42岁）

浅霜侵绿，发少仍新沐。冠直缝，巾横幅。美人怜我老，玉手簪黄菊。（《千秋岁·徐州重阳作》，元丰元年（1078）作，43岁）

这些"言老"之句无一不贯注着苏轼自外任杭州到乌台诗案爆发前这段时间中难以言传的政治落魄感受。值得注意的是，也只是在四十岁左右的时候，苏轼才如此频繁地"言老"，这与薛瑞生系于嘉祐八年的《南歌子》词之"言老"，中间相差整整十年。也就是说，依薛笺，苏轼二十八岁时即感叹自己已经"老去"，那么，相比上述苏轼"言老"词句，《南歌子》词中所云"老去才都尽，归来计未成"，似乎也并不像他二十八岁的口气。

实际上，不管上引《南歌子》词作于何时，其反映了苏轼于自己从政现状的不满之情是显而易见的。苏轼是一个有话就说、基本上口无遮拦的人，"乌台诗案"前，八年地方官经历让他深切感受了政治上遭遇"寒流"的苦闷。当然，他的诗笔也并没有闲暇过一刻，他讽刺变法派，披露新法执行过程中出现的问题，更表露自己身在政治体制内无有作为、身不由己的牢骚。这个时期，可以说是他诗词创作上最为自由、最少顾忌的时期。以词而言，借"牢骚语"抒政治上的失意、苦闷是很突出的。

如他在《菩萨蛮·润州和元素》一词中说："莫唱短姻缘，长安远似天。"杨绘还朝，他自己赴任密州，京城别人可以到，但对苏轼来说，他觉其遥远的情形犹如自地望天，政治未来既不能想象，沉沦的牢骚亦由此婉达。《满江红·送文安国还朝》："君遇时来纡组绶，我应老去寻泉石"，亦表达的是同一意思；《减字木兰花·送东武令赵晦之失官归海州》："我独何人，犹把虚名玷缙绅"[①]，赵晦之失官，摆脱了"虚名"，而他觉得自己还在这个没有什么实质性内容的官位上玷污"缙绅"名声。言下之意，自己也算个缙绅，但并没有干出缙绅该干的事情；《阮郎归·苏州席上作》："他年桃李阿谁栽，刘郎双鬓衰"[②]，王安石变法因为得不到元老重臣支持，于是大量提拔任用后进新贵，苏轼既感叹自己年老，又批评朝廷用人无章可循，当然，其有被弃置的愤懑亦不言而喻；《浣溪沙》："聚散交友如梦寐，升沉闲事莫思量"，强调"莫思量"的，恰好是不得不一再思量的问题，强调是"闲事"的，恰好并非闲事。有关仕宦升沉的牢骚隐于慰人慰己之情怀中，虽显得不露痕迹，然却可知可感；《清平乐·送述古赴南都》："双庙遗风尚在，漆园傲吏应无"[③]，"双庙"，据《新唐书》卷一九二《忠义传》，是指立于睢阳的唐"安史之乱"中殉国者张巡、许远之庙。苏轼说"双庙"忠君之风至今仍在，而漆园庄周那样的"傲吏"却没有了。这就已不是单纯的牢骚语。新法推行急如星火，其贯彻之严厉峻密根本不允许地方官有丝毫周旋余地，而善于跟风竞进的黠吏正可利用这个机会爬升，官场风气已经为之变改，哪里还有"傲吏"的空间。他写出自己政治失意的同时也表达了对官场生态的忧虑。

苏轼确是有牢骚的。任职杭、密、徐、湖诸地之后，他是作为一名新法的反对者来具体推行新法，这在他的情感世界中总会产生不尽的波澜。到任密州后，他在《密州谢上表》中这样写道：

> 伏念臣家世至寒，性资甚下。学虽笃志，本先朝进士篆刻之文；论不适时，皆老生常谈陈腐之说。分于圣世，处以散材。一自离去阙庭，屡更岁龠。尘埃笔砚，渐忘旧学之渊源；奔走簿书，粗识小人之情伪。[④]

任职徐州后，他在谢表中说：

① 薛瑞生：《东坡词编年笺证》，三秦出版社1998年版，第145页。

② 同上书，第115页。

③ 同上书，第80页。

④ （宋）苏轼：《密州谢上表》，《苏东坡全集·苏东坡文集》，珠海出版社1996年版，第480页。

伏念臣畚身农亩，托迹书林。信道直前，曾无坎井之避；立朝寡助，谁为先后之容。向者屡献瞽言，仰尘圣鉴。岂有意于为异，盖笃信其所闻。顾惭迂阔之言，虽多而无益；惟有朴忠之素，既久而犹坚。远不忘君，未忍改其常度；言之无罪，实深恃于至仁。知臣者谓臣爱君，不知臣者谓臣多事。空怀此意，谁复见明。①

《湖州谢上表》：

伏念臣性资顽鄙，名迹堙微。议论阔疏，文学浅陋。凡人必有一得，而臣独无寸长。荷先帝之误恩，擢置三馆；蒙陛下之过听，付以两州。非不欲痛自激昂，少酬恩造。而才分所局，有过无功；法令具存，虽勤何补。罪固多矣，臣犹知之。……此盖伏遇皇帝陛下，天覆群生，海涵万族。用人不求其备，嘉善而矜不能。知其愚不适时，难以追陪新进；察其老不生事，或能收养小民。②

这三段文字话语无多，但容量极大。借三次上表言谢机会，苏轼较为集中地把自己忠心为国却多年来遭遇投闲置散的不幸向皇帝作了说明。他既言自己“性资甚下”、“迂阔”、“顽鄙”，“凡人必有一得，而臣独无寸长”，同时又说自己“信道直前”、“仰尘圣鉴”等，他的尤怨与苦闷何其深切！而“论不适时，皆老生常谈陈腐之说”，“立朝寡助，谁为先后之容”，及“法令具存，虽勤何补”，“愚不适时，难以追陪新进”，“老不生事，或能收养小民”诸语，更是齿颊带风、余味曲包，痛快地倾吐了他满腹的牢骚与苦闷。这是我们理解乌台诗案前苏轼政治处境及其从政与文学创作心态的重要依据。

从苏轼与友人的书信来往中，也可以看出他自外放杭州以来的失意心态。密州任上，他写给友人信中说自己“心貌衰老，不复往日，惟念斗酒只鸡，与亲友相从耳”。③ “某此粗遣，虽有江山风物之美，而新法严密，

---

① （宋）苏轼：《徐州谢上表》，《苏东坡全集·苏东坡文集》，珠海出版社1996年版，第480—481页。

② （宋）苏轼：《湖州谢上表》，《苏东坡全集·苏东坡文集》，珠海出版社1996年版，第482页。

③ （宋）苏轼：《与程彝仲六首》之二，《苏东坡全集·苏东坡文集》，珠海出版社1996年版，第1405页。

风波险恶，况味殊不佳。退之所谓‘居闲食不足，从官力难任。两事皆害性，一生长苦心’，正此谓也。”① 徐州任上，他写信说：“今圣德日新，众化大成，回视向之所执，盖觉疏矣。若变志易守以求进取，固所不敢。若哓哓不已，则忧患愈深。”② “某此无恙，但奉行新政，勘劾相寻，日俟汰遣耳。”“此中常赋之外，征敛杂出，而盐禁繁密，急于兵火，民既无告，吏亦仅且免罪，益苟简矣。”③ 这样的情形之下，他为官做宦行与志违，心与世违，他的失意牢落如何能不在抒写人心幽约隐秘之情之最为细腻周详的词体文学中显露出来？

以《江城子·密州出猎》为例，这首词是苏轼创作的第一首豪放词，其题旨学界一般认为是抒发了爱国主义胸怀。如程千帆、吴新雷《两宋文学史》论此词云：“这是熙宁八年（1075）的作品，词中不仅描绘了射猎时的壮阔场景，而且表现了他决心抗击辽夏侵略者的爱国壮志。”④ 郭预衡主编《中国文学史》亦云：此词“强烈地抒发了作者抗敌御侮的爱国热情，这在前人词中很难找到同调”。⑤ 这些议论看起来似乎都没有问题。但是，我们也应该注意到，即就是在这种明显抒发作者积极向上精神的作品中，也仍然隐含着他此期的仕宦牢落之情。他需要被信任、被重用，尤其需要施展政治抱负的舞台。然而在新党当政的情况下，要实现此种愿望谈何容易。故《江城子·密州出猎》一定程度上也是苏轼自杭州外放以来，正面释放政治失意情怀的一次小小高潮。关于此词的抒情实质，本书第七章有较详细讨论，此处不赘。

## 二　黄州贬谪及江淮流寓时期：向政治之外的游离

元丰二年（1079）七月，御史何正臣、舒亶、李定等人先后摭拾苏轼诗文，举册以进，认为苏轼讪谤朝政，经神宗批准，二十八日，台吏皇甫遵带吏卒赴湖州追逮苏轼送御史台根勘，“乌台诗案”遂发。张方平、范

① （宋）苏轼：《与王庆源十三首》之一，《苏东坡全集·苏东坡文集》，珠海出版社 1996 年版，第 1455 页。

② （宋）苏轼：《与滕达道六十八首》之八，《苏东坡全集·苏东坡文集》，珠海出版社 1996 年版，第 1184 页。

③ （宋）苏轼：《与晁美叔二首》之一、之二，《苏东坡全集·苏东坡文集》，珠海出版社 1996 年版，第 1331 页。

④ 程千帆、吴新雷：《两宋文学史》，上海古籍出版社 1991 年版，第 170 页。

⑤ 郭预衡主编：《中国文学史》第三册，高等教育出版社 2002 年版，第 117 页。

镇论救，苏辙乞纳在身官职赎兄罪，皆不报，攻之者甚至欲借此尽陷张方平、司马光、范镇于法。后经吴充、章惇营解，狱定。同年十二月底，苏轼以检校尚书水部员外郎充黄州团练副使的身份责贬黄州安置。

“乌台诗案”是苏轼一生政治生涯中的重要转折点，他的身心由此遭到了沉重打击。诗案前，他受排挤沉沦于地方任上多年，虽然有牢骚和怨言，然他至少是有具体事务可做的。他之于州郡政务的认真负责态度，我们可透过他责贬黄州后给章惇的一封信看出。他说：

> 轼在徐州日，闻沂州丞县界有贼何九郎者……欲使人缉捕，无可使者。闻沂州葛墟村有程棐者，家富，有心胆。其弟岳，坐与李逢往还，配桂州牢城。棐虽小人，而笃于兄弟，常欲为岳洗雪而无由。窃意其人可使……棐愿尽力，因出帖付与。……是岁七月二十七日，棐使人至湖州见报，云：“已告捕获妖贼郭先生等。”……轼方欲为具始末奏陈……草具未上，而轼就逮赴诏狱。遂不果发。今者，棐又遣人至黄州见报，云：郭先生等皆已鞫治得实，行法久矣，蒙恩授殿直；且录其告捕始末以相示。原棐之意所以孜孜于轼者，凡为其弟以曩言见望也，轼固不可以复有言矣。然独念愚夫小人，以一言感发，犹能奋身不顾，以遂其言。而轼乃以罪废之故，不为一言以负其初心，独不愧乎？且其弟岳，亦豪健绝人者也。徐、沂间人，鸷勇如棐、岳类甚众。若不收拾驱使令捕贼，即作贼耳。谓宜因事劝奖，使皆歆艳捕告之利，惩创为盗之祸，庶几少变其俗。今棐必在京师参班，公可自以意召问其始末，特为一言放免其弟岳……可否在公，独愿秘其事，毋使轼重得罪也。①

为捕获盗贼，苏轼可谓费尽周折。更重要者，解决程氏兄弟遗留问题实关乎京东长治久安，故即便离任、身陷囹圄或变为逐臣，即便顶着“重得罪”的可能，苏轼亦不负其初心，委托时任参政的章惇将此事妥善解决。由此可见苏轼在地方任上尽职程度之一斑。

但倾心国是、一腔热忱换来的却是使他命悬一线的诗案，随后又是遥

① （宋）苏轼：《与章子厚参政书二首》之二，《苏东坡全集·苏东坡文集》，珠海出版社1996年版，第1134—1135页。

遥无期的贬谪。政途险恶、人情冷暖至此给了苏轼极为深刻的教训，以致初到黄州，他还惊魂未定，《卜算子·黄州定惠院寓居作》即是这种心情的反映：

> 缺月挂疏桐，漏断人初静。谁见幽人独往来？缥缈孤鸿影。
> 惊起却回头，有恨无人省。拣尽寒枝不肯栖，枫落吴江冷。[①]

苏轼元丰三年正月出京，二月一日至黄州寓居定惠院，不久迁临皋亭。依薛笺编年，这首词是苏轼寓居黄州后所作第一首词。最早论此词的黄庭坚云：

> 东坡道人在黄州时作。语意高妙，似非吃烟火食人语。非胸中有万卷书，笔下无一点尘俗气，孰能至此。[②]

词自唐五代以来多写男女情事、充满了世俗的香艳味及视听感官刺激，黄庭坚认为苏轼此词“语意高妙，似非吃烟火食人语”，是有道理的。苏词中的“幽人”、“孤鸿”形象在此前的词体文学中也从未出现过，“幽人”的外在状貌虽给人以空灵缥缈、难以捉摸之感，然其不与世俗同流的内在精神品格，及不为世俗所容的孤凄心灵世界在此词中却表现得相当清晰，作者甚至连其惊悸不定的精神状态都写出来了。这样的以极少文字却包蕴丰富心灵感受与独一无二情感状态的词篇，当然不是胸中无书、奔竞于世俗名利之人可以写出来的。黄庭坚身处特殊的政治环境中，作为“乌台诗案”的受害者，他也曾被罚铜二十斤，所以，当他在《跋东坡乐府》中写下这几句话时，他是不可能深论苏轼此词与其政治遭遇间深刻关系的。不过，借“语意高妙”，“笔下无尘俗气”诸语，他既赞扬苏轼独立不迁的人格精神，遭贬后不向反对派低头而甘处冷清寂寞的品格，又似乎暗示了这首词的抒情与苏轼当时政治处境间的关系，这一点我们是应该注意的。

然黄庭坚之后，关于此词之主旨，却有了激烈争论。宋鲖阳居士、俞

---

① 唐圭璋：《全宋词》，中华书局1965年版，第295页。按：元本以《东坡乐府》卷上所录此词末句为“寂寞沙洲冷。”

② 黄庭坚：《豫章黄先生文集》卷二十六《跋东坡乐府》。

文豹等人即具体从政治抒情角度讨论其意蕴，清人黄氏亦复如此。[①] 不过，他们的观点遭到了王士祯、王国维等人的严厉批评。王士祯批评鲖阳居士是“村夫子强作解事，令人作呕”。王国维也认为此词属“兴到之作”，无有命意。[②]

鲖阳居士论苏轼此词，背离整篇词意而字笺句解，固该受到批评，然其从政治抒情角度探析此词的思路并没有错。王国维说此词是“兴到之作”无有命意，并不准确。苏轼毕生最善以诗词达其政治感触，早在御史台狱中，他就有“梦绕云山心似鹿，魂飞汤火命如鸡”的惊恐。“乌台诗案”的勘劾曾换人换马，攻击者誓要置他于死地。甚至太皇太后疾笃，诏减天下死囚一等，流以下释之，苏轼亦罪不容赦，而营救他的张方平、司马光等人也差点尽陷于法。元丰三年（1080）十二月二十九日贬谪令下，次年正月初一他即出京赴黄州。从地方郡守出乎意料沦为阶下之囚，自己性命几乎不保尚且不论，和他此前有诗歌唱和的人几乎全部受到牵累而或贬或罚。这么严重的政治事件，在他一旦稍有安定后，再予回顾，怎么会没有惊悸与哀痛？这定居下来的第一首词作中，出现了“幽人”、“孤鸿”这样的形象，如果说，这是他无有命意的兴到之作，那么，他有这样的“语意高妙，似非吃烟火食人语”的“兴”，岂也是偶然的吗？

元丰四年（1081）六月，苏轼因陈慥来访，“会客有善琴者”求他所蓄宝琴（实为琵琶）一弹，他作《虞美人·琵琶》云：

> 定场贺老今何在，几度新声改。怨声坐使旧声阑，俗耳只知繁手不须弹。　　断弦试问谁能晓，七岁文姬小。试教弹作辊雷声，应有

① 按：宋代鲖阳居士《复雅歌词》论此词云：“‘缺月’刺微明也。‘漏断’，时暗也。‘幽人’，不得志也。‘独往来’，无助也。‘惊鸿’，贤人不安也。‘回头’，爱君不忘也。‘无人省’，君不察也。‘拣尽寒枝不肯栖’，不偷安于高位也。‘寂寞吴江冷’，非所安也。”俞文豹《吹剑录》云：“杜工部流离兵革中，更尝患苦，诗益凄怆，《忆舍弟》、《孤雁》诗，其思深，其情苦，读之使人忧思感伤。东坡《卜算子》词亦然。文豹尝妄为之释：‘缺月挂疏桐’，明小不见察也；‘漏断人初静’，群谤稍息也；‘谁见幽人独往来’，进退无处也；‘缥缈孤鸿影’，悄然孤立也；‘惊起却回头’，犹恐谗慝也；‘有恨无人省’，谁其知我也；‘拣尽寒枝不肯栖’，不苟依附也；‘寂寞沙洲冷’，宁甘冷淡也。”清人黄氏《蓼园词评》云：“按此词乃东坡自写在黄州之寂寞耳。初从人说起，言如孤鸿之冷落。第二阙，专就鸿说，语语双关。格奇而语隽，斯为超诣神品。”而清人王士祯、谢章铤及词学大师王国维均反对政治寓意说。详见薛瑞生《东坡词编年笺证》，三秦出版社1998年版，第245—247页。

② 同上。

开元遗老泪纵横。[①]

词中“定场贺老”指唐开元时乐工贺怀智。元稹《连昌宫词》云“夜半月高弦索鸣，贺老琵琶定场屋”，说的就是贺怀智善弹琵琶的事。苏词以琵琶曲“新声”取代“旧声”、坐使“旧声”已不为所闻写今昔之感，题为“琵琶”，实以小见大，写社会的沧桑巨变。如词尾云“应有开元遗老泪纵横”，即是以听琵琶乐曲今昔变化给当年曾奉陪至尊的乐叟带来之巨大痛苦，反映了唐代社会巨变的时代内容。

这无疑话中有话。北宋社会政坛上，随着“定场贺老”们一个个淡出，变法派的“新声”已使“旧声”完全消歇，不执政坛牛耳的“俗耳”们自然只有“只知繁手不须弹”的份儿。[②]然弹“新声”，曲弦已断，甚至连七岁的小文姬都瞒不过，此时再重弹旧曲，历经岁月沧桑的“开元遗老”们，怕是要老泪纵横的。这样的写法，不是以琵琶曲新、旧声之陵替象喻当代政治改革给社会带来的重大灾难又是什么？本词以琵琶为托，怀念“定场贺老”，设想“开元遗老”之泪，句句写唐，实句句又是写当代变法派制造“新声”给维护“旧声”者带来的痛苦与无奈。其主旨与前述《卜算子》词之写“有恨无人省”，在精神实质上并非全无共通之处。

除上述《卜算子》、《虞美人》外，苏轼此期还写下了一些表现谪居中孤愁甚至凄凉之情的作品。如：

画檐初挂弯弯月，孤光未满先忧缺。……此恨固应知，愿人无离别。（《菩萨蛮·七夕黄州朝天门上二首》其一）

枕上梦魂惊，晓来疏雨零。……终不羡人间，人间日似年。（《菩

① 按：《苏东坡文集》卷七一《杂书琴事十首》其一《家藏雷琴》云：“余家有琴，其面皆作蛇蚹纹，其上池铭云：‘开元十年造，雅州灵关村。’其下池铭云：‘雷家记八日合。’不晓其‘八日合’为何等语也？其岳不容指，而弦不先攵，此最琴之妙，而雷琴独然。求其法不可得，乃破其所藏雷琴求之。琴声出于两池间，其背微隆，若薤叶然，声欲出而隘，徘回不去，乃有余韵，此最不传之妙。”《杂书琴事十首》其十《文与可琴铭》又云：“元丰四年六月二十三日，陈季常处士自岐亭来访，携精笔佳纸妙墨求予书。会客有善琴者，求予所蓄宝琴弹之，故所书皆琴事。”薛瑞生先生《考证》谓：“此词当作于此时无疑，编辛酉六月。东坡家琴既为开元时雷家所造，名雷琴，又为‘会客有善琴者’弹之，因勾起开元遗事之思，故作是词。”参见薛瑞生《东坡词编年笺证》，三秦出版社 1998 年版，第 280 页。薛之系年是。

② 按：“繁手”，薛笺引《赵飞燕外传》有“繁手哀声，自号凡靡之乐，闻者心动”之语。“繁手”当指弹悲音。

萨蛮·七夕黄州朝天门上二首》其二)

孤坐冻吟谁伴我，揩病目，撚衰髯。(《江城子》)

露寒烟冷蒹葭老，天外征鸿寥唳。……望极平田，徘徊欲下，依前被风惊起。(《水龙吟·咏雁》)

他时一醉画堂前，莫忘故人憔悴，老江边。(《南歌子·黄州腊八日饮怀民小阁》)

当年戏马会东徐，今日凄凉南浦。(《西江月·重阳栖霞楼作》)

万事到头都是梦，休休，明日黄花蝶也愁。(《南乡子》)

寸恨谁云短，绵绵岂易裁，半年眉绿未曾开。(《西江月》)

元丰三年(1080)，苏轼在黄州度过了他贬谪后的第一个中秋，他作《西江月·黄州中秋》[①] 云：

世事一场大梦，人生几度新凉。夜来风叶已鸣廊，看取眉头鬓上。

酒贱常愁客少，月明多被云妨。中秋谁与共孤光，把盏凄然北望。[②]

苏轼是写中秋词的大师。熙宁九年(1076)密州时所作中秋词《水调歌头》“但愿人长久，千里共婵娟”的良好祝愿并未给他带来好运，而熙宁十年(1077)徐州时所和子由中秋词之“一旦功成名遂，准拟东还海道，扶病入西州”，这样的愿望在时隔两年后的黄州贬谪中看起来，也已完全变为泡影。所以，贬谪后再逢中秋，他的心情格外凄凉。然关于此词最后两句的意思，也还是出现了争议。清人张宗橚编《词林纪事》卷五引杨湜《古今词话》云：

东坡在黄州，中秋夜对月独酌，作西江月词。坡以谗言谪居黄州，郁郁不得志，凡赋诗缀词必写其所怀，然一日不负朝廷，其怀君

① 按：此词邹同庆、王宗堂《苏轼词编年校注》认为作于绍圣四年丁丑(1097)八月十五日，苏轼时在儋州，而薛瑞生《东坡词编年笺证》采王文诰《苏文忠公诗编注集成总案》系元丰三年(1080)八月十五日，本书采薛说。参见薛瑞生《东坡词编年笺证》，三秦出版社1998年版，第253页。

② 同上书，第252页。

之心，末句可见矣。①

该书在这段话之后又引楼敬思语曰：

> 此词本集注“黄州中秋作”，与《古今词话》同。苕溪渔隐引《聚兰集》注“寄子由”，疑是倅钱塘时作。按杭为东南名胜，游士所萃。公仕杭时，倡和甚多，非“酒贱客少”地也。而且御史诬告，亦未知“乌台诗案”之患难也，何至有“一场大梦”等语？“明月”、“云妨”即“浮云蔽白日”之意，“孤光”、“谁共”即“琼楼玉宇不胜寒”之意，的是黄州中秋作无疑。所谓“苏轼终是爱君者”，此亦可以想见。②

杨湜及楼敬思都认为词尾所写乃苏轼爱君之情，即苏因爱君而北望。薛瑞生则认为词中的“北望”是子由北望子瞻。薛云：“‘北望’云云，盖设想子由望公耳。时子由贬筠州酒税，筠州与黄州，正好南北相望耳。”细析文本，当以薛笺为是。因为，如按杨、楼之见词中之“北望”果若为苏轼望君，那么，将前一句“中秋谁与共孤光”及此句“把盏凄然北望”合起来，就该解读出这样的意思：苏轼在这中秋之夜因无人与其“共孤光”而思念皇帝，自诉孤苦，甚或他还想与皇帝“共孤光”。这显然是个笑话，苏轼岂可如此抒情？元丰八年（1085）三月神宗卒，时仍在谪中的苏轼想写一篇挽词都不敢下笔，而对老朋友王定国说：“先帝升遐，天下所共哀慕，而不肖与公，蒙恩尤深，固宜作挽，少陈万一。然有所不敢者耳，必深悉此意。”③ 在这样的政治环境中，即使他真怀想皇帝，又怎么可能在他的词中如此表达？更遑论末两句前面还有“酒贱常愁客少，月明多被云妨”之类明显有所指的话。

反过来看，苏辙正因在诗案中削职为筠州酒税，兄弟二人同贬，故苏轼在此词中才有“世事一场大梦，人生几度秋凉”及风叶鸣廊、眉愁鬓白诸语，这些显然都是说给子由听的。因为，在密州过中秋时，他有词怀子

① （清）张宗橚编：《词林纪事》，杨宝霖补正，上海古籍出版社1998年版，第284页。

② 同上书，第285页。

③ （宋）苏轼：《与王定国四十一首》之十七，《苏东坡全集·苏东坡文集》，珠海出版社1996年版，第1222页。

由，后兄弟二人一起在徐州过中秋之后，他们又有中秋词之唱和。现在到黄州后再过第一个中秋，政治上的风云突变带来了二人仕宦命运的巨大转折，以子由在徐州中秋词中所云“但恐同王粲，相对永登楼”的心态，此时此夜，在兄弟间最需要相互安慰劝勉的时候，他们却天涯遥隔，难共孤光，他猜想子由亦“把盏凄然北望”自己，这完全是合情合理的。所以，如果说熙宁十年（1077）苏轼唱和苏辙中秋词《水调歌头》，旨在表达“以不早退为戒，以退而相从之乐为慰”这样的意思，那么，黄州第一个中秋所作这篇中秋词，从前那种想法就消逝得无影无踪了。政治磨难改变了苏轼兄弟的人生走向，而他的中秋词也完全变成了饱含孤独与凄凉的歌唱。

“乌台诗案”后这种凄凉与心酸之境遇，促成了苏轼对自己从政以来之作为的全面反思。其《答李端叔书》云：

> 轼少年时，读书作文，专为应举而已。既及进士第，贪得不已，又举制策，其实何所有。而其科号为直言极谏，故每纷然诵说古今，考论是非，以应其名耳，人苦不自知，既以此得，因以为实能之，故譊譊至今，坐此得罪几死，所谓齐虏以口舌得官，真可笑也。然世人遂以轼为欲立异同，则过矣。妄论利害，搀说得失，此正制科人习气。譬之候虫时鸟，自鸣自已，何足为损益。

既认为自己当年举制策之直言极谏科为“贪得不已”，又说后来屡发政治言论之行为是“苦不自知”，“真可笑也”，这就完全否定了自己以往发表政见、参与政争行为的意义。为什么要这样否定呢？因为不仅他“坐此得罪几死”，而且，就屡屡表达政见的结果看，于朝政大局更无丝毫影响，“譬之候虫时鸟，自鸣自已，何足为损益”。

有了此类反思，苏轼终于走上了游离于政治之外的思想道路。《答秦太虚书》云：

> 吾侪渐衰，不可复作少年调度，当速用道书方士之言，厚自养炼。谪居无事，颇窥其一二。已借得本州天庆观道堂三间，冬至后，当入此室，四十九日乃出。自非废放，安得就此？太虚他日一为仕宦所縻，欲求四十九日闲，岂可复得耶？当及今为之，但择平时所谓简要易行者，日夜为之，寝食之外，不治他事。但满此期，根本立矣。

此后纵复出从人事，事已则心返，自不能废矣。[①]

他不仅自己要进行冬至后七七四十九天的独室“厚自养炼”，也告诉秦观及早如此锻炼。这样做的好处是“根本立矣”，“此后纵复出从人事，事已则心返”。这是一种什么样的心态？谈的是养生之道，其中却分明可见苏轼从政治人生中往外游离的艰苦努力。

而在黄州山冈上，他更希望自己做当代的“陶渊明”。《与王定国书》云：

近于侧左得荒地数十亩，买牛一具，躬耕其中。今岁旱，米贵甚。近日方得雨，日夜垦辟，欲种麦，虽劳苦却亦有味。邻曲相逢欣欣，欲自号鏖糟陂里陶靖节，如何？[②]

“鏖糟陂”本是一处沼泽地的名称，位于北宋都城汴京西南十五里处，“夏秋积水，沮洳泥淖”[③]，其脏乱可知。苏轼欲给自己取“鏖糟陂里陶靖节”这个名号，显然有自嘲之意。他后来也曾将这四个字，送给了在朝廷上死守陈规、不知变通的程颐，说他是“鏖糟陂里叔孙通”。[④] 由此可见，苏轼此时欲起这么个名号，也是意在说明自己已经改变了以往的生活与思想轨迹，要真正像陶渊明那样回归田园。虽然这个转变来得窝囊（并非如陶渊明那样自主选择），但是，它毕竟已经开始了。

政治思想的这些变化深刻影响着苏轼的创作。他此期的词也清晰反映了这些变化。《哨遍》隐括陶渊明《归去来兮》，表白自己的“归去”之

① （宋）苏轼：《与秦太虚书七首》之四，《苏东坡全集·苏东坡文集》，珠海出版社 1996 年版，第 1233 页。

② （宋）苏轼：《与王定国书四十一首》之十三，《苏东坡全集·苏东坡文集》，珠海出版社 1996 年版，第 1149 页。

③ （宋）庄绰《鸡肋编》卷中：“许昌至京师道中有重阜，如骆驼之峰，故名骆驼堰。皆积沙难行，俗因呼为‘骆驼嫣’。又有大泽，弥望草莽，名好草陂。而夏秋积水，沮洳泥淖，遂易为‘鏖糟陂’。如小姑山、彭郎矶之类，为世俗所乱者，盖不胜数也。”见《鸡肋编》，中华书局 1983 年版，第 75 页。

④ （宋）孙升《孙公谈圃》卷上：“司马温公之薨，当明堂大享，朝臣以致斋不及奠。肆赦毕，苏子瞻率同辈以往，而程颐固争，引《论语》‘子于是日哭则不歌’。子瞻曰：‘明堂乃吉礼，不可谓歌则不哭也。’颐又谕司马诸孤不得受吊，子瞻戏曰：‘颐可谓燠糟鄙俚叔孙通。’闻者笑之。”《孙公谈圃》，文渊阁四库全书本。

心，《江城子》亦云：

梦中了了醉中醒。只渊明，是前生。走遍人间，依旧却躬耕。昨夜东坡春雨足，乌鹊喜，报新晴。　雪堂西畔暗泉鸣。北山倾，小溪横。南望亭丘，孤秀耸曾城。都是斜川当日景，吾老矣，寄余龄。①

词前小序说："陶渊明以正月五日游斜川，临流班坐，顾瞻南阜，爱曾城之独秀，乃作斜川诗，至今使人想见其处。元丰壬戌之春，余躬耕于东坡，筑雪堂居之，南挹四望亭之后丘，西控北山之微泉，慨然而叹，此亦斜川之游也。"苏轼作此词的元丰五年（1082）春，距他初贬至黄州刚好两年。两年时间给了他足够的心理距离去回顾以往生活。所以，此词开篇，他一反常理，说只有醉中才清醒，梦中才了然，实则他要说的是，以往的所谓追求有为的"清醒"其实都是糊涂。他也由自己的东坡之景想到了陶渊明的斜川之游。陶因不满现实政治而归田，苏轼却是以罪人的身份在贬所躬耕，这本来是不一样的。但此时的苏轼，因为已完全自思想上放弃了对重归朝廷、有所作为的希冀而向政治人生之外游离，所以，他对自己的被迫躬耕，在心理上既有伤感，又有颇为心酸的认同。陶四十一岁弃官归田后，再未出仕，五十岁时作斜川之游；苏轼此时已四十七岁，所以他引陶渊明为同调，说"吾老矣，寄余龄"，其中可见他的心灰意冷。

苏轼黄州时期名作《念奴娇·赤壁怀古》与上述《江城子》作时同，所反映思想亦相类。关于这首词，有论者指出是苏轼"深感年岁渐老，功名事业还没有成就，借周瑜在赤壁之战建立大功的往事以抒发自己的怀抱"，"其追求功名的豪迈心情仍然是掩盖不住的"。② 笔者认为，结合苏轼此期思想状态来看，抒发人生的幻灭感及游离政治之外情愫，实乃本词抒情实质所在。本词感叹历史上建立过功业的风流人物总要被时间大浪"淘尽"，世事无常难料，人生本为一场梦幻，自己如今已华发早生，建立政治功业的理想，如今已像这江月一样虚无缥缈，在没有轨迹可循的人生中，顺其自然，如永恒的明月自升自落，岂不更好。

贬谪境遇中的苏轼由历史人事生发的对人生之思考，反映他此时思想

① 唐圭璋编：《全宋词》，中华书局1965年版，第298页。

② 朱东润主编：《中国历代文学作品选》中编第二册，上海古籍出版社2002年版，第30页。

所达到的高度，实非简单的“追求功名”所能涵盖。早在做杭州通判时期，他就屡有“某衰倦早白，日夜怀归”之叹[①]，黄州贬谪前，八年地方任职，他很清楚自己作为执政者的反对派是被“流放”的，以致他最后拿出来与弟弟子由共勉的从政底线是“以不早退为戒”。现在，历经几乎性命不保的“乌台诗案”，行动受限，身变“罪人”，而“新党”人士正活跃于政坛，如日中天。此时还言功名，不仅是可笑的，而且是危险的。清人黄氏论此词云：

> 题是怀古，意谓自己消磨壮心殆尽也。开口“大江东去”二句叹浪淘人物，是自己与周郎俱在内也。“故垒”句至次阕“灰飞烟灭”句，俱就赤壁写周郎之事。“故国”三句，是就周郎拍到自己，“人生如梦”二句，总结以应起二句。总而言之，题是赤壁，心实为己而发。……不可但诵其词，而不知其命意所在也。[②]

此真可谓得坡公词心者。

苏轼贬黄及流寓江淮期间向政治之外游离的情绪不仅反映在上述作品中，其他作品更多有所见。如《踏莎行》：“元龙非复少时豪，耳根洗尽功名话。”《十拍子·暮秋》：“身外倘来都是梦，醉里无何即是乡。东坡日月长。”《西江月》：“我欲醉眠芳草。……解鞍欹枕绿杨桥，杜宇一声春晓。”《临江仙·夜归临皋》：“长恨此身非我有，何时忘却营营。……小舟从此逝，江海寄余生。”《定风波》云：“回首向来萧瑟处，归去，也无风雨也无晴。”晴天不怕，雨天他也不怕，随其所之。这样的旷达，说明他已完全拆卸了将自己捆绑于“忠君报国”等功名信念之柱上的绳索，开始走向对政治名利与人生荣辱的彻底超越。这和他“去黄移汝，留别雪堂邻里二三君子”时所作《满庭芳》“人生底事，来往如梭。待闲看，秋风洛水清波”，及赴汝州路过泗州所作《浣溪沙》“人间有味是清欢”意思基本一致。

再试看元丰七年（1084）底，苏轼赴汝州与自己十七岁时即“往来于

① （宋）苏轼：《答杨君素三首》之二，《苏东坡全集·苏东坡文集》，珠海出版社 1996 年版，第 1338 页。

② （清）黄氏：《蓼园词评》，见薛瑞生《东坡词编年笺证》，三秦出版社 1998 年版，第 365 页。

眉山”的老友刘仲达相逢泗上，感慨系之所作之《满庭芳》：

> 三十三年，漂流江海，万里烟浪云帆。故人惊怪，憔悴老青衫。我自疏狂异趣，君何事、奔走尘凡。流年尽，穷途坐守，船尾冻相衔。　巉巉。淮浦外，层楼翠壁，古寺空岩。步携手林间，笑挽攕攕。莫上孤峰尽处，萦望眼、云海相搀。家何在，因君问我，归梦绕松杉。

三十三年来的江海漂流，他得到的除人已憔悴变老之外，就是一袭青衫，难怪故人惊怪。然后，他又反问老朋友：我因为“疏狂异趣”、背时违世而咎由自取，落得今天的样子，你为什么却也“奔走尘凡”，“穷途坐守”，与我“船尾冻相衔”？他的言外之意很清楚：如果不是此生走错了路，我们何能落得这样的结局？故结尾，他又说“家何在，因君问我，归梦绕松杉”。其所反映走出政治羁绊，过自由人生的愿望很是强烈。

苏轼此期词作反映了他向政治之外游离的情怀，论其远因，与他熙宁初以来的仕宦落拓有关，近因则是给了他沉重打击的“乌台诗案”及此后的贬谪放逐。和前辈及同代知识分子一样，苏轼本接受儒家思想深刻影响，怀有经邦济世、致君尧舜抱负。然他少年时代又对《庄子》怀有浓厚兴趣；蜀中时，亦曾和文雅大师惟度、宝月大师惟简等交游；通判杭州，他喜听海月大师惠辩说法。所以他受佛、道思想濡染也很深。这就使得他的儒家经世观念中，生出了解决终极精神危机的佛、道之途。他说：“物之有成必有坏，譬如人之有生必有死，而国之有兴必有亡也。虽知其然，而君子之养身也，凡可以久生而缓死者无不用，其治国也，凡可以存存而救亡者无不为，至于不可奈何而后已。”[①] 当人生境遇使他无法“存存而救亡”时，他也就转向佛、道之退守。黄州时期，正是他的人生处于“不可奈何”时期，初至黄州，他写信给参政章惇云：“初到，一见太守，自余杜门不出。闲居未免看书，惟佛经以遣日，不复近笔砚矣。”[②] 于此，可见其思想中儒道消歇而佛、道思想暗长的情况，这样我们也就不奇怪他屡屡

① （宋）苏轼：《墨妙亭记》，《苏东坡全集·苏东坡文集》，珠海出版社1996年版，第254页。

② （宋）苏轼：《与章子厚参政书二首》之一，《苏东坡全集·苏东坡文集》，珠海出版社1996年版，第1134页。

在词作中言及的“解鞍欹枕绿杨桥，杜宇一声春晓”等“放下”的心态从何而来。

但是，“放下”人生忧患，向政治之外游离的苏轼，却并没有由此进一步向世外空门遁入。一如杭、密、徐时期，贬黄以后的苏词中依然“牢骚”不断。如果说初至黄州，他的词作中有惊悸与孤苦，这与“乌台诗案”迫害有直接关系；那么，随着至黄以后心境的逐渐稳定，他的词作中屡现“牢骚”，则与词人对自己半生从政生涯的自嘲分不开。如他说：

到处成双君独只，空无数，烂文章。（《少年游》）

雪似故人人似雪，虽可爱，有人嫌。（《江城子》）

作郡浮光虽似箭，君莫厌，也应胜我三年贬。我欲自嗟还不敢，向来三郡宁非忝。（《渔家傲·赠曹光州》）

永昼端居，寸阴虚度，了成何事。（《水龙吟》）

自怜冰脸不时宜。（《定风波·咏梅》）

基于“文祸”的经验与恐惧，苏轼本来是不敢再以文字发牢骚、自抒政治怀抱的，黄州时期他写给朋友的书信屡屡道及此意：

承新诗甚多，无缘得见，耿耿。仆不复作，此时复看诗而已。①

文字与诗，皆不复作。②

来诗愈奇，欲和，又不欲频频破戒，自到此，唯以书史自乐，比从仕废学，少免荒唐也。③

得罪以来，不复作文字，自持颇严，若复以作，则决坏藩墙，今后仍复衮衮多言矣。④

轼自得罪以来，不敢复与人事，虽骨肉至亲，未尝一字往来。……闲

① （宋）苏轼：《与王定国四十一首》之五，《苏东坡全集·苏东坡文集》，珠海出版社1996年版，第1217页。

② （宋）苏轼：《与王定国四十一首》之八，《苏东坡全集·苏东坡文集》，珠海出版社1996年版，第1218页。

③ （宋）苏轼：《与王定国四十一首》之十三，《苏东坡全集·苏东坡文集》，珠海出版社1996年版，第1220页。

④ （宋）苏轼：《答秦太虚七首》之四，《苏东坡全集·苏东坡文集》，珠海出版社1996年版，第1233页。

居未免看书，惟佛经以遣日，不复近笔砚矣。[①]

特承寄惠奇篇，伏读惊耸，李白自言“名章俊语，络绎间起”，正如此耳。谨已和一首，并藏笥中，为不肖光宠，异日当奉呈也。[②]

诗文是不敢作、作了也不敢拿出来给别人看了。然在公开场合创作的这些词中，他仍忍不住发了如许自嘲式“牢骚”。这说明黄州时期的苏轼，作词对他来说已经有了特别重要的意义。他需要“以诗为词”来疏泄心中的苦闷，更需要以“以诗为词”来表达他对政治的态度。这些自我嘲解式的牢骚，也正彰显出他对自己从政之路的反思及向政治之外游离的情绪，而综观词人整个黄州时期的创作，这个思想变化的轨迹是相当明显的。

最后，再看苏轼黄州词作中的题序使用与其词政治抒情的关系问题。

北宋词在张先笔下始有题序，至苏轼大量使用。翻检苏词，有题序的作品占到其作品总量的百分之八十以上，这个比例在其“乌台诗案”前、黄州时期及入翰林以后的不同创作阶段基本一致。然值得注意的是，“乌台诗案”前，苏词题序往往仅三五个字，如“寄子由”、“湖州作”、“平山堂”、“别徐州”、“徐州重阳作”、“暮春别李公择”、“密州出猎”，等等，这类题序重在交代作词的时间、地点或题赠对象，一般并不涉及词作本身的抒情内容。然黄州贬谪以后词作之题序，相比此前则有了明显变化。

首先，不少作品题序篇幅明显变长。如《临江仙》（细马远驼双侍女）、《定风波》（两两轻红半晕腮）、《哨遍》（为米折腰）、《浣溪沙》（覆块青青麦未苏）、《少年游》（玉肌铅粉傲秋霜）、《水龙吟》（小舟横截春江）、《水调歌头》（妮妮儿女语）、《江城子》（梦中了了醉中醒）、《定风波》（莫听穿林打叶声），等等，这些词的题序均长达二三十字，有的甚至更长。它们本身就是叙事清楚、言短意精的散文。其次，这些词作的题序都特别交代了作词的缘由，甚至词本身抒情的性质，明显具有引导读者解读词作内容的功能。如《醉蓬莱》（笑劳生一梦）之题序云：“余谪黄州，三见重九，每岁与太守徐君猷会于栖霞楼。今年公将去，乞郡湖南，念此惘然，故作是词。”《满庭芳》（三十三年）题序云：“有王长官者，弃官三

① （宋）苏轼：《与章子厚参政书二首》之一，《苏东坡全集·苏东坡文集》，珠海出版社1996年版，第1134页。

② （宋）苏轼：《与蔡景繁十四首》之八，《苏东坡全集·苏东坡文集》，珠海出版社1996年版，第1335页。

十三年，黄人谓之王先生。因送陈慥来过余，因赋此。”《渔家傲》（千古龙蟠并虎踞）题序云：“金陵赏心亭送王胜之龙图。王守金陵，视事一日，移南都。”《满庭芳》（三十三年，漂流江海）题序云：“余年十七，始于刘仲达往来眉山，今年四十九，相逢于泗上。洛水浅冻，久留郡中，晦日同游南山，话旧感叹，因作此词。”

那么，苏轼黄州贬谪以后词作之题序为什么会发生这样的变化?

笔者认为这和“乌台诗案”的影响有关。诗案中，反对派穿凿附会，千方百计要从苏诗中找出其讥讽朝政、反对变法的证据，这给苏轼留下了深刻教训。所以，黄州贬谪期间苏轼不作诗的最主要原因就在于怕再次授人以柄。词因被视为小道，体式特殊，故其言志抒情的政治性质还没有人过多注意，这就给苏轼据以抒发政治情怀留下了难得的艺术空间。身处谪境，诗可以少作或不作，但作词对苏轼来说，实为抒情泄志的重要途径，故他投入的精力不少，所得成果亦多。然“乌台诗案”的深刻教训又使他在作词时仍有所戒惧、警惕。此期词序篇幅加长，容量扩大，尤其当涉及一些比较敏感的内容时，他特地添加类似注释一样的题序，目的即在于引导读者“正确”理解其内容，不要有误读。可以说，黄州贬谪期间苏词题序使用中发生的这个变化，与时政是有莫大关系的。

对宋词而言，从没有题序到有了简单词题，再到有较长的序文，实际上并不见得一定就是幸事。题序使用得好，可与词本文相互发明，互为补充，提高词的表现功能；使用得不好，反会画蛇添足，成为读者体悟词本文抒情意蕴的赘疣。苏轼黄州贬谪时期词作所使用的这些长序，有的明显限制了读者生发想象、联想的空间，其与词本文很多情况下并非相得益彰。从艺术表现角度言，这类题序的使用确乎不算一种成功的尝试，然它却从反面提醒我们：苏轼创作这类不得不加题序以说明其写作背景的词作时，他确是有难言的政治考虑隐含于其字里行间。读者也许只有从其题序对创作意旨的反复交代中去细细辨析，才可深得苏词三昧。

按着这样的思路，回头再看苏词题序的有无，或者还会解决一些作品的系年问题。如他下面这首《满庭芳》：

蜗角虚名，蝇头微利，算来著甚干忙。事皆前定，谁弱又谁强。且趁闲身未老，尽放我、些子疏狂。百年里，浑教是醉，三万六千场。　　思量。能几许，忧愁风雨，一半相妨。又何须，抵死说短论长。幸对清风皓月，苔茵展、云幕高张。江南好，千钟美酒，一曲满庭芳。

薛笺云："按词意，盖黄州作，今暂编于此。"[①] 然按词意，这首词却正不当编于黄州时期。试问：黄州时期的苏轼有胆量写这样的词吗？以他当时的处境、心态，哪里还敢说"蜗角虚名，蝇头微利"，及"事皆前定，谁弱又谁强"这样的话。词云"且趁闲身未老"，而黄州时期却正是苏轼多言自己老去的时节。所以，按内容，这首词肯定不是黄州时期作品。另外，若果真是黄州所作，苏轼按例也一定会给它加上一个说明性题序，以避免读者误读词中所抒即为他自己的政治情怀。然这首词恰恰却没有题序。这就说明，它所写正为作者自己的内心独白，而黄州时期的苏轼是不会这样无所顾忌的。察苏轼一生从政心态，能称得上"闲身未老"，且又可以放言其对功名利禄之鄙弃及对强势政治力量蔑视心情的，也只有在"乌台诗案"前这一个时段，故这首词系于诗案前任职江南时期当无大碍。

## 三　入翰林后：政治浮沉中的旷达与安详

元丰八年（1085）三月，在位十八年的宋神宗去世，皇太子赵煦即位，是为哲宗。哲宗即位时年仅十岁，太皇太后高氏同处军国事。四月，诏宽保甲养马法，罢免役钱，十月，司马光任门下侍郎。北宋政坛走向至此遂发生逆转。

苏轼也重新迎来了他政治上的春天。元丰八年六月，由司马光言，他复朝奉郎，起知登州；同年十月，以礼部郎中召还；元祐元年（1086）三月，迁中书舍人，接着迁翰林学士、知制诰。短短十几个月，苏轼从地处偏远的一名贬谪官员一直升至三品大员，官品提高了六品，官阶提高了十二阶。他所担任的翰林学士、知制诰，既负有皇帝政治顾问职责，又担负着起草外交国书及皇后太子册立、将相大臣任命诏书等重要任务。自中唐以来，翰林学士就有"内相"之称，这也是一个最亲近皇帝的岗位，更是走向宰相的必然之路。在他之前，欧阳修、司马光、王安石都曾担任过这一职务，此时的苏轼真正成为参与朝政决策、参与国是核心的"元祐大臣"。所以，从这个意义上讲，元祐初，他确已迈向了自己一生中的政治

① 薛瑞生：《东坡词编年笺证》，三秦出版社 1998 年版，第 427 页。

峰巅。此期词作“寄黄州杨使君二首”《如梦令》云：

为向东坡传语，人在玉堂深处。别后有谁来，雪压小桥无路。归去，归去，江上一犁春雨。

手种堂前桃李，无限绿阴青子。帘外百舌儿，惊起五更春睡。居士，居士，莫忘小桥流水。[①]

他“人在玉堂深处”，却想象自已离开黄州后，通向东坡的小桥上，冬天来临后白雪覆盖的情形，更设想冬去，江边“一犁春雨”的淅淅沥沥；而雪堂前，他手栽的桃李，春来也该挂上青青果子了吧，幽静的晨曦中，百舌儿清脆的叫声也会将人从梦中叫醒，还有那如诗如画的小桥流水，这都多么令人怀念。从作者这深情倾诉中，读者看到的是苏轼对黄州闲适生活的怀恋，实则它恰折映出苏轼入京后深得朝廷宠信、政务繁忙而无暇他顾的状态。

然危机亦接踵而来。针对高太后主政后全面否定新法的所谓“元祐更化”，苏轼并不完全同意。元丰八年（1085）十二月入京任礼部郎中后，他即上《给田募役状》，论行免役之利。元祐元年（1086）九月，苏轼又上《试馆职策问三首》，其中有《师仁祖之忠厚法神考之励精》一首。十二月，朱光廷攻击此策问以为不忠，其上疏云：“苏轼试馆职发策云：‘今欲师仁祖之忠厚，而患百官有司不举其职，或至于偷；欲法神考之厉精，而恐监司、守令不识其意，流入于刻。’臣谓仁宗难名之盛德，神考有为之善志，而不当以‘偷’、‘刻’为议论，望正其罪，以戒人臣之不忠者。”[②] 针对此攻击，苏轼上《辨〈试职馆策问〉劄子》自辩，然朱光廷攻之益峻，傅尧俞、王岩叟亦随声附和，至言苏轼之罪者一时“不止三人，交章累上，不啻数十”。[③] 元祐二年（1087）正月，苏轼再上《辨〈试职馆策问〉劄子》云：

臣私忧过计，常恐百官有司矫在过直，或至于偷，而神宗励精核实之政，渐致惰坏，深虑数年之后，驭吏之法渐宽，理财之政渐疏，

① 薛瑞生：《东坡词编年笺证》，三秦出版社 1998 年版，第 493、495 页。

② （元）脱脱等：《宋史》卷三三三《朱光廷传》。

③ （宋）苏轼：《辨试官职策问劄子二首》之二，《苏东坡全集·苏东坡文集》，珠海出版社 1996 年版，第 582 页。

备边之计渐弛，则意外之忧，有不可胜言者。虽陛下广开言路，无所讳忌，而台谏所击不过先朝之人，所非不过先朝之法，正是“以水济水”，臣窃忧之。故辄用此意，撰上件《策问》，实以讥讽今之朝廷及宰相台谏之流，欲陛下览之，有以感动圣意，庶几兼行二帝忠厚励精之政也。台谏若以此言臣，朝廷若以此罪臣，则斧钺之诛，其甘如荠。①

同月二十六日，他写信给杨绘又说：

近数章请郡……盖为台谏所不容也。昔之君子，唯荆是师。今之君子，唯温是随。所随不同，其为随一也。老弟与温相知至深，始终无间，然多不随耳。致此烦言，盖始于此。②

为使“二帝忠厚励精之政”得以兼行，他撰《策问》“实以讥讽今之朝廷及宰相台谏之流”，并为此做好了“斧钺之诛，其甘如荠”的心理准备。这样的选择又和他坚持己见，“始终不随”的政治品格息息相关。由此可见，元祐初年重得重用并走向政治高位的苏轼，已全然将个人政治得失甚至人身安危置之度外。这种从政品格与他熙、丰时期地方任上的八年落拓，“乌台诗案”后六年的贬谪经历应该说大有关系。因为有了前面这些经历，所以元祐以后苏轼的为政心态已相当成熟，无论踏上政治之高位或跌落低谷，他的心灵深处都具有一种超越现实政治名利荣辱的旷达与安详。这种安详的精神状态，亦反映在他的词作中。如元祐四年（1089），在洛、朔之党不断攻击下，苏轼三上乞越州状，随后他除知杭州，其《乌夜啼·寄远》云：

莫怪归心速，西湖自有蛾眉。若见故人须细说，白发倍当时。
小郑非常强记，二南依旧能诗。更有鲈鱼堪切脍，儿辈莫教知。

---

① （宋）苏轼：《辨试官职策问劄子二首》之二，《苏东坡全集·苏东坡文集》，珠海出版社1996年版，第583页。

② （宋）苏轼：《与杨元素十七首》之十七，《苏东坡全集·苏东坡文集》，珠海出版社1996年版，第1329页。

词上片言归心之速，以“西湖自有蛾眉”表达走出权力核心之后的坦然，又以“白发倍当时”婉言无恋于政治纠葛的决绝。下片，则以杭州此地人物之灵慧[①]、鲈鱼之堪脍，说明远离政治中心后生活兴味不减。这种心态看起来似乎是继续了黄州贬谪时期向政治之外游离的状态，然本质上又有区别。元祐四年的这次外任，是他自己在政争中多次乞请的结果，看似迫不得已实则亦有自觉自愿的因素。[②] 所以，一旦回归“江湖”，他的心情自然多了一份平静和舒坦。元祐六年（1091）二月，他次韵友人诗作有句云“一庵闲卧洞霄宫”[③]，同期作《浣溪沙·送叶淳老》又云“我作洞霄君作守，白头相对故依然”，对政治名利他已看得相当淡漠，甚至想要做远离政治风口浪尖而清闲自便的祠禄官。这种甘于退守的平静心情也体现在下面《南歌子》词中：

苒苒中秋过，萧萧两鬓华。寓身化世一尘沙。笑看潮来潮去、了生涯。　方士三山路，渔人一叶家。早知身世两聱牙。好伴骑鲸公子、赋雄夸。[④]

---

① 按：（宋）陈善《扪虱新话》下集卷九云：“东坡集中有《减字木兰花》词云：‘郑庄好客，容我尊前先坠帻。落笔生风，籍籍声明不负公。　高山白早，莹骨冰肌那解老？从此南徐，良夜月清风满湖。’人多不晓其意。或云：坡昔过京口，官妓郑容、高莹二人尝侍宴，坡喜之。二妓间请于坡，欲为脱籍，坡许之，而终不为言。及别，二妓复之船所恳之。坡曰：‘尔但持我此词以往，太守一见便知其意。’盖见‘郑容落籍，高莹从良’八字也。此老真尔狡狯耶。”据此，薛瑞生谓本句中之“小郑”指杭妓郑容。“二南”，薛笺亦谓当指湖妓周绍。详说见薛瑞生《东坡词编年笺证》，三秦出版社1998年版，第512页。

② 按：苏轼此时在洛、朔之党的攻击下，屡求外任请郡。其《与张太保安道一首》云：“某以不善俯仰，屡致纷纷，想已闻其详。近者凡四请郡，杜门待命，几二十日。”《苏东坡全集·苏东坡文集》，珠海出版社1996年版，第1158页。

③ 按：宋代崇信道教，在京城和诸州路建有许多宫观岳庙，在宫观任职的官员被称作宫观官或祠禄官。据《宋史·职官志》，祠禄官有一定任期，并无实际执掌，任职期间，每月可领取一定俸禄，居住亦可任便。（清）查慎行《苏诗补注》注此句云：“宋朝大臣提举宫观，自李若谷始。熙宁初，增杭州洞霄宫及五岳庙等，并依崇福宫置提举官，以知州资序人充，不复限数，人皆得以自便。先生‘一庵闲卧’云云，谓将乞宫观而去也。”诗见苏轼《与叶淳老、侯敦夫、张秉道同相视新河，秉道有诗，次韵二首》，《苏轼诗集》卷三三。

④ 按：关于此词之系年，王文诰《总案》认为是熙宁五年（1072）所作。薛笺则谓：“傅注本明言‘和苏伯固二首’……因公倅杭时尚未与苏伯固相识，二人相往来为东坡帅杭时事”，“王案编此词于壬子（即熙宁五年），绝误无疑”，其说有理。详见《东坡词编年笺证》，三秦出版社1998年版，第516—517页。

词云“寓身化世一尘沙”，“笑看潮来潮去了生涯”，又云“方士三山路，渔人一叶家”，此意正与他到任杭州后写给友人信所云“老倦谋退，岂复以毁誉为怀”合。[①]

《八声甘州·寄参寥子》：

> 有情风、万里卷潮来，无情送潮归。问钱塘江上，西兴浦口，几度斜晖。不用思量今古，俯仰昔人非。谁似东坡老，白首忘机。
>
> 记取西湖西畔，正暮山好处，空翠烟霏。算诗人相得，如我与君稀。约他年、东还海道，愿谢公、雅志莫相违。西州路，不应回首，为我沾衣。

清黄氏谓“此词不过叹其久于杭州，未蒙内召耳。次阕，见人地相得，便欲订终焉之意。未免有激之言，然意自尔豪宕”。[②] 细察文本，则黄氏此论未必切中肯綮。苏轼于此词中所流露者，实非“未蒙内召”之感叹，而更多是他久历政治“潮来潮去”后厌倦宦海风波、渴望过上平静生活的那一丝安详。首句“有情风万里卷潮来，无情送潮归”，及下面的“谁似东坡老，白首忘机”说得很清楚：无论是有情风送潮来，还是无情风送潮归，人生的浮沉，作为具体的个人根本是无法左右的；而在政治风浪中，谁又能像我苏东坡这样，老了，还没有机心，甚至也忘掉了别人会有机心？全词表达的是词人并不愿怀着机心去处世，而愿让人生随“风”起落的情怀。当然，现在已经是沉落状态了，那么就希望不要留下东山谢安石那样的遗憾吧。这种面对政治浮沉不假辞色的安详，岂是“未蒙内召”、“便欲定终焉之意”所能涵盖？

从京城政治中心走出的苏轼，为什么会有如此忘却得丧的心态？这与他此前政治经历有关，大概也和他重回杭州后，看到老友凋零、人事不再的感伤有关。苏轼从熙宁七年（1074）罢杭州通判离开此地，再到元祐四年（1089）重回杭州任知州，前后刚好十五年。他曾在《杭州题名二首》中这样写道：“余十五年前，杖藜芒屦，往来南北山，此间鱼鸟皆相识，

① （宋）苏轼：《与张君子五首》之一，《苏东坡全集·苏东坡文集》，珠海出版社 1996 年版，第 1323 页。

② （清）黄氏：《蓼园词评》“八声甘州苏东坡”条。

况诸道人乎？再至，惘然皆晚生相对，但有怆恨。”[①] 其词作《定风波》（月满苕溪照夜堂）亦云：“十五年间真梦里，何事，长庚对月独凄凉。”词前小序解释说：“余昔与张子野、刘孝叔、李公择、陈令举、杨元素会于吴兴。时子野作六客词……凡十五年再过吴兴，而五人者皆以亡矣。”老友们一个个撒手西去，活着的人还有什么理由因为政治上的得失而心存芥蒂呢？

苏轼元祐四年（1089）任职杭州，六年罢。此后他又曾先后任职吏部尚书、颍州知州、扬州知州、兵部尚书、礼部尚书等，其淡视政治荣利的旷达与安详心态在此期词作中更多有表现。《行香子·寓意》云：

> 三入承明，四至九卿，问书生、何辱何荣。金张七叶，纨绮貂缨。无汗马事，不献赋，不明经。　　成都卜肆，寂寞君平。郑子真、岩谷躬耕。寒灰炙手，人重人轻。除竺干学，得无念，得无名。[②]

薛笺谓：“此词当为出知定州后预感祸变将临时所作，故暂编于癸酉（元祐八年），以俟详考。下阕与此词意亦相连属，疑似一时之作。”[③] 苏轼出任定州知州在元祐八年（1093）八月，是高太后去世前事。以笔者见，在高太后去世之前，苏轼不可能预感到祸变将临，这首词的写作当与时局将变无关，它真正的写作动因，应当和苏轼自元祐元年（1086）以来任职京城后，在政敌攻击下一再去职的情况有关。词作于自嘲自解中表达的也是他不以荣宠得失为意的旷达心怀。

为什么这样说呢？首先，以作时论，苏轼在元祐六年（1091）六月作《谢兼侍读表二首》中就曾说过“承明三入，仅比古人”的话，[④] 元祐七年（1092）八月，他被除授兵部尚书兼侍读后再上《谢兼侍读表二首》，其中

---

① （宋）苏轼：《杭州题名二首》之二，《苏东坡全集·苏东坡文集》，珠海出版社 1996 年版，第 1803 页。

② 薛瑞生：《东坡词编年笺证》，三秦出版社 1998 年版，第 620 页。

③ 按：薛笺所云“下阙”指苏轼另一首《行香子·述怀》。词云：“清夜无尘，月色如银，酒斟时、须满十分。浮名浮利，虚苦劳神。叹隙中驹，石中火，梦中身。　　虽抱文章，开口谁亲，且陶陶、乐尽天真。几时归去，作个闲人。对一张琴，一壶酒，一溪云。”见《东坡词编年笺证》，三秦出版社 1998 年版，第 623 页。

④ （宋）苏轼：《谢兼侍读表二首》，《苏东坡全集·苏东坡文集》，珠海出版社 1996 年版，第 506—507 页。

有句亦云“七典名郡，再入翰林；两除尚书，三忝侍读”。[①] 这些无疑都是此词“三入承明，四至九卿”的注脚，足证此词并非一定作于元祐八年九月任定州知州之后。另，在杭州知州任上，当老友陈传道以“遇不遇之说”论其仕途境况时，苏轼也曾明确回答：

> 某以衰病，难于供职，故坚乞一闲郡，不谓更得烦剧。然已得请，不敢更有所择，但有废旷不治之忧耳。而来书乃有遇不遇之说，甚非所以安全不肖也。某凡百无取，入为侍从，出为方面，此而不遇，复以何者为遇乎？[②]

他不认为自己“不遇”。所以从这些信息分析，这首词所反映者，亦并非苏轼预感祸变将临心理。其次，苏轼自元祐元年入京任职以来，曾屡遭洛、朔党成员攻击，所谓“三年翰墨之林，屡遭飞语”说的就是这种情形。[③] 后于元祐六年作侍读时，又曾受到杨畏、贾易攻击；元祐七年作侍读时，受到黄庆基、董敦逸连上四状攻击，他们都视苏轼及其门人为自己政途上的障碍，而每次攻击，几乎也都会给苏轼政治生活带来影响。所以，“无汗马事，不献赋，不明经”诸语，于自嘲中实也将他“未尝求事”的心态作了展露。[④] 至如下片“寒灰炙手，人重人轻”，及“除竺干学，得无念，得无名”[⑤]，其抒写自己本来淡泊政治名利的意思就更清楚了，无须赘述。

除这首外，反映苏轼此期超越政治得失之旷达态度的词作还有不少。如元祐五年（1090）作《鹊桥仙·七夕和苏坚韵》：“还将旧曲，重赓新

① （宋）苏轼：《谢兼侍读表二首》，《苏东坡全集·苏东坡文集》，珠海出版社 1996 年版，第 517 页。

② （宋）苏轼：《答陈传道五首》之一，《苏东坡全集·苏东坡文集》，珠海出版社 1996 年版，第 1265 页。

③ （宋）苏轼：《谢兼侍读表二首》，《苏东坡全集·苏东坡文集》，珠海出版社 1996 年版，第 506—507 页。

④ （宋）苏轼：《与王定国四十一首》之二十一，《苏东坡全集·苏东坡文集》，珠海出版社 1996 年版，第 1223 页。

⑤ 按：“竺干”，薛笺引傅注云：“佛学本自西竺干天。”“无念无名”，傅注：“释氏以灭五欲，故无念，以存四谛，故无名。”薛笺谓“释氏以苦、集、灭、道为四谛。苦，谓生老病死；集，谓集聚骨肉财帛；灭，坏灭；道，谓修行。见《大涅槃经》”。见《东坡词编年笺证》，三秦出版社 1998 年版，第 622 页。

韵，须信吾侪天放。人生何处不儿嬉，看乞巧、朱楼彩舫。”《好事近·西湖夜归》：“醉中吹坠白纶巾，溪风漾流月。独棹小舟归去，任烟波飘兀。”《临江仙·辛未离杭至润别张弼秉道》：“我劝髯张归去好，从来自己忘情。尘心消尽道心平。江南与塞北，何处不堪行。”《临江仙·送钱穆父》：“一别都门三改火，天涯踏尽红尘。依然一笑作春温。无波真古井，有节是秋筠。……人生如逆旅，我亦是行人。”同时，他此期词作中还表现了对政治高位的厌弃及对江湖自由生活的向往。《渔家傲》：“美酒一杯谁与共，尊前舞雪狂歌送。腰跨金鱼旌旆拥，将何用，只堪妆点浮生梦。”《浣溪沙》：“自庇一身青箬笠，相随到处绿蓑衣。斜风细雨不须归。”[①] 下面这首《减字木兰花》于些许感伤中亦不乏超脱名利的安详：

> 银筝旋品，不用缠头千尺锦。妙思如泉，一洗闲愁十五年。
> 为公少止，起舞属公公莫起。风里银山，摆撼鱼龙我自闲。[②]

苏轼元祐七年（1092）作有一诗，名曰《在彭城日，与定国为九日黄楼之会。今复以是日，相遇于宋。凡十五年，忧乐出处，有不可胜言者。而定国学道有得，百念灰冷，而颜益壮，顾予衰病，心形俱瘁，感之作诗》。[③] 薛笺谓“此词似应同时作”[④]，其说有理。苏诗中有“对玉山人今老矣”之句，此词亦云“风里银山”；诗题云“凡十五年，忧乐出处，有不可胜言者”，词亦云“一洗闲愁十五年”。苏轼与王巩（巩字定国）交谊极深，贬谪黄州时，他就曾说过“知识数十人，缘我得罪（指“乌台诗案”受牵连者），而定国为某所累尤深，流落荒服，亲爱隔阔。每念至此，觉心扉间便有汤火芒刺”[⑤]。沉浮宦海数十年，他与王巩之间书信往来未有中断。在这首词中，苏轼说见到老友，自己十五年闲愁亦一洗而光，他要为对方起舞，如风里银山，在鱼龙变化的舞姿中极享生活安闲。这样的词，尽管其

---

① 按：苏轼《西塞风雨》一诗云：“斜风斜雨到来时，我本无家何处归。仰看云天真蒻笠，旋收江海入蓑衣。”（《苏轼诗集》卷三三）此诗与他所改写张志和渔父词而成的这首《浣溪沙》同一命意。王文诰编诗于元祐六年（1091）还朝以后，薛笺谓此词当系同时所作。

② 薛瑞生：《东坡词编年笺证》，三秦出版社1998年版，第618页。

③ （宋）苏轼：《苏轼诗集》卷三五，中华书局1982年版，第1904页。

④ 薛瑞生：《东坡词编年笺证》，三秦出版社1998年版，第619页。

⑤ （宋）苏轼：《与王定国四十一首》之二，《苏东坡全集·苏东坡文集》，珠海出版社1996年版，第1215页。

抒情不免也透出一些令人忧伤的情愫，然在旧友重逢的喜悦中，他超脱政治患难的安详亦充盈于字里行间。

元祐九年（1094），亲政后的宋哲宗下令将年号改为“绍圣”，意即绍述神宗朝施政纲领，北宋时局至是大变。吕大防、范纯仁等一批元祐大臣遭罢免，而章惇、安焘等新党人物重回朝廷走上宰执大臣之位，“元祐党人”成为打击目标。自元祐九年四月起，短短一两个月间，朝廷高级官员三十多人全部被贬到岭南等荒远地区，苏轼在此政治风暴中更是首当其冲。他自该年闰四月三日坐前掌制命语涉讥讪落两职（取消端明殿学士和翰林侍读学士称号），追一官（撤定州知州的任用）始，至是年八月贬宁远军节度副使、惠州安置，在短短四个月时间里，五次被贬。此后，在绍圣四年（1097）四月，他又被责授琼州别驾、昌化军安置，至元符三年（1100）六十五岁时始得北归。

在这段漫长的贬谪岁月里，苏轼亦表现出他此前一贯力图超越政治患难的旷达胸怀。惠州时，他写信给友人说：

自失官后，便觉三山跬步，云汉咫尺，此未易遽言也。[①]

某睹近事，已绝北归之望，然中心甚安之。未说妙理达观，但譬如元是惠州秀才，累举不第，有何不可？[②]

轼入冬，眠食甚佳。几席之下，澄江碧空，鸥鹭翔集，鱼虾出没，有足乐者。……盖悠哉游哉，聊以卒岁。[③]

贬窜皆愚暗自取……略不置胸中也。得丧常理，正如子师及第落解尔。[④]

某既缘此绝弃世故，身心俱安，而小儿亦遂超然物外，非此父不能生此子也。……余无足道者。南北去住定有命，此心亦不念归，明

① （宋）苏轼：《与陈季常十六首》之十六，《苏东坡全集·苏东坡文集》，珠海出版社1996年版，第1262页。

② （宋）苏轼：《与程正辅七十一首》之十三，《苏东坡全集·苏东坡文集》，珠海出版社1996年版，第1281页。

③ （宋）苏轼：《与程正辅七十一首》之六十，《苏东坡全集·苏东坡文集》，珠海出版社1996年版，第1300页。

④ （宋）苏轼：《与杜子师四首》之三，《苏东坡全集·苏东坡文集》，珠海出版社1996年版，第1343页。

年买田筑室，作惠州人矣。①

贬至儋州后，他说：

> 此间食无肉，病无药，居无室，出无友，冬无炭，夏无寒泉。然亦未易悉数，大率皆无耳。……尚有此身，付与造物，听其运转，流行坎止，无不可者。②
>
> 老人与过子相对，如两苦行僧尔。然胸中亦超然自得，不改其度。③

“暴雨过云聊一快，未妨明月却当空”，“且并水村欹侧过，人间何处不巉岩”④，面对无尽的政治忧患，苏轼表现得无比从容、镇定，他的思想甚至在人生后期这次贬谪中进一步升华。在《事不能两立》一文中他这样写道：

> 白乐天作庐山草堂，盖亦烧丹也。欲成而炉鼎败。明日，忠州刺史除书到。乃知世间、出世间事不两立也。仆有此志久矣，而终无成者，亦以世间事未败故也。今日真败矣。《书》曰：“民之所欲，天必从之。”信而有征。绍圣元年十月二十二日。⑤

他认为自己对超越世俗、远离政治纠结早有愿望，然却未能彻底断绝，乃在“世间事未败故也”。绍圣贬谪终于帮他完成了与世俗一刀两断的夙愿。“生如暂寓，亦何所择”⑥，“一念失垢污，身心洞清净。浩然天地间，惟我

① （宋）苏轼：《与王定国四十一首》之四十，《苏东坡全集·苏东坡文集》，珠海出版社1996年版，第1229页。

② （宋）苏轼：《与程秀才三首》之一，《苏东坡全集·苏东坡文集》，珠海出版社1996年版，第1307页。

③ （宋）苏轼：《与侄孙元老四首》之一，《苏东坡全集·苏东坡文集》，珠海出版社1996年版，第1480页。

④ （宋）苏轼：《慈湖夹阻风五首》其四、其五，《苏轼诗集》，中华书局1982年版，第2034页。

⑤ （宋）苏轼：《事不能两立》，《苏东坡全集·苏东坡文集》，珠海出版社1996年版，第1881—1882页。

⑥ （宋）苏轼：《答秦太虚七首》之七，《苏东坡全集·苏东坡文集》，珠海出版社1996年版，第1235页。

独也正”[1]，他是把远窜荒蛮的放逐，看作修炼自我、体悟大道的机会。这也就是苏轼为什么面对谪迁之苦，却表现得异常旷达安详的基本原因。

这样的精神状态，他当然也不忘反映于其词作中。《浣溪沙》：

罗袜空飞洛浦尘，锦袍不见谪仙人。携壶借草亦天真。　　玉粉轻黄千岁药，雪花浮动万家春。醉归江路野梅新。[2]

词序云：“绍圣元年十月十三日，与程乡令侯晋叔、归善簿谭汲游大云寺。野饮松下，设松黄汤，作此阕。余家近酿酒，名之曰‘万家春’，盖岭南万户酒也。”从此词及其序文中，不难领会苏轼失官后回归自然的“天真”与安详。《减字木兰花·己卯儋耳春词》：

春牛春杖，无限春风来海上。便与春工，染得桃红似肉红。春幡春胜，一阵春风吹酒醒。不似天涯，卷起杨花似雪花。[3]

春景在这位六十四岁老人的笔下何其动人，甚至使他觉得这不似天涯之景。这样的词不也写出了他于政治得失“流行坎止”、置之度外的胸怀吗？

当然也不能否认，苏轼在其人生晚期亦有抒政治情怀极其沉痛哀婉的作品，如《千秋岁》：

岛边天外，未老身先退。珠泪溅，丹衷碎。声摇苍玉佩，色重黄金带。一万里，斜阳正与长安对。　　道远谁云会，罪大天能盖。君命重，臣节在。新恩犹可觊，旧学终难改。吾已矣，乘桴且恁浮于海。[4]

这首词是苏轼和秦观《千秋岁》（水边沙外）之作。据《能改斋漫录》卷十七载，秦观《千秋岁》词最早本是寄赠孔毅甫的：“东坡在儋耳，侄孙苏元老，因赵秀才还自京师，以少游、毅甫所赠酬者寄之。东坡乃次韵录示元老。”秦观大半生在政治上与苏轼休戚与共，他的贬谪与追随苏轼大

① （宋）苏轼：《过大庾岭》，《苏轼诗集》，中华书局 1982 年版，第 2056 页。

② 薛瑞生：《东坡词编年笺证》，三秦出版社 1998 年版，第 636 页。

③ 同上书，第 672 页。

④ 同上书，第 669 页。

有关系，所以苏轼对秦观之遭逢磨难心怀歉疚亦自当在情理之中。此词中，苏轼一方面写自己身处“岛边天外”，“珠泪溅，丹衷碎”的沉痛，另一方面又说“君命重，臣节在，新恩犹可觊”，既有同病相怜，又有对秦观的鼓励。这样的抒情当和秦观贬谪后愁深似海之状对他的冲击有关。然本词的抒情性质，又和他一贯超越磨难、淡视挫折的旷达心怀并无截然矛盾，词尾云“吾已矣，乘桴且恁浮于海”即为明证。①

以上，我们围绕苏轼政治经历及其词创作的时间线索，探讨了苏词政治抒情内容在词人一生不同时期的变化情况。因苏轼一生大多数时间处政坛风云中心，挫折、磨难于他如影随形，其诗词创作中直抒胸怀的特色与他在政坛的“敢言”个性并无二致，故考察苏词政治抒情内容，不仅可反观词人一生政治行迹，更重要者，可使我们通过北宋词坛这位代表词人的作品，看到此期词体文学政治抒情与政坛政治斗争间的密切关系。沉浮于宦海之中，不仅苏轼的大多数词作一定程度上是其政治生活的产物，而且，考察苏轼之后北宋其他陆续登上政治舞台及词坛的词人之创作，苏轼也始终是一个绕不开的坐标。

## 第二节　秦观词的政治抒情

较之苏轼，秦观（1049—1100）一生仕履简单，《宋史》本传说他“少豪隽，慷慨溢于文词。举进士，不中，强志盛气，好大而见奇”②，他自己也曾在《精骑集》序中说“予少时……喜从滑稽饮酒者游”。据此不难看出，年少时的秦观不仅才华出众、性格豪爽、喜好交游，而且也是一个胸怀大志，希图在政治上有所作为的词人。但就是这样一个慷慨达观之人，却在他生命的后期，写出了词史上少有的哀愤凄厉之作，展现了他际

① 按：生活是复杂的，人情亦然。贬谪中的苏轼将其旷达安详的精神世界多呈于诗词作品及与友人往来之书信中，然其内心因贬谪而生之凄楚悲苦情怀亦偶显其他文字之中。如谪惠州时，其《到惠州谢上表》云：“念臣奉事有年，少加怜愍。知臣老死无日，不足诛锄。明降德音，许全余息。……但以瘴病之地，魑魅为邻；衰疾交攻，无复首丘之望。精诚未泯，空馀结草之忠。”贬至儋州，其《到昌化军谢表》云：“臣孤老无托，瘴疠交攻。子孙恸哭于江边，已为死别；魑魅逢迎于海上，宁许生还。”移内地居住后，《提举玉局观谢表》又云：“七年远谪，不意自全；万里生还，适有天幸。”（《苏东坡全集·苏东坡文集》，珠海出版社1996年版，第523、524页）此《千秋岁》词亦不乏上述谢表所表露悲苦之音，然作者却最终将其消解于无形。

② （元）脱脱等：《宋史》卷四四四《秦观传》。

遇政治忧患后复杂多感的心灵世界。以下我们试就秦观词的政治抒情情况作一梳理。

## 一　位卑志大，与苏轼休戚与共的一生

秦观一生受苏轼影响很深，苏轼历尽政治磨难，秦观步入宦途后实与之休戚与共。故讨论秦词之政治抒情，必得先回顾他与苏轼的交往及其早年的政治志向。

秦观小苏轼 12 岁。熙宁十年（1077），他初次拜访了时在徐州任上的苏轼①，受到礼遇。《别子瞻》诗云："人生异趣各有求，系风捕影只怀忧。我独不愿万户侯，惟愿一识苏徐州。徐州英伟非人力，世有高名擅区域。"② 他对苏轼的学问才华、人格魅力充满敬佩、向往，而苏轼对他亦评价极高。③ 本年的拜访苏轼，有依赖苏轼举荐参加科考之意，因为第二年（即元丰元年）他就要进京应考。但元丰元年（1078）的这次进士考试却失败了。苏轼贬居黄州期间，又曾指导秦观写作时文，以备再次应举。如元丰三年（1080），苏轼《答秦太虚书》云：

> 寄示诗文，皆超然胜绝，亹亹焉来逼人矣。如我辈，亦不劳逼也。太虚未免求禄仕，方应举求之，应举不可必。窃为君谋，宜多著书，如所示论兵及盗贼等数篇，但似此得数十首，当卓然有可用之实者，不须及时事也。但旋作此书，亦不可废应举，此书若成，聊复相示，当有知君者，想喻此意也。④

---

① 按：周义敢等《新编秦观年谱》于"熙宁十年丁巳"条下署："十月，至徐州访苏轼，正式成为门下士。"而在秦观《别子瞻》一诗后面又注："此诗作于熙宁十年四月，是时作者访苏轼于徐州，受到隆重接待。"但秦观四月见苏轼一事《新编秦观年谱》此条下却未提及。不知为何？待考。以上引文分别见周义敢、程自信、周雷《秦观集编年校注》，人民文学出版社 2001 年版，第 907、44 页。

② 同上书，第 43 页。

③ 按：苏轼《次韵秦观秀才见赠秦与孙莘老李公择甚熟将入京应举》诗云："夜光明月非所投，逢年遇合百无忧。将军百战竟不侯，伯郎一斗得凉州。翘关负重君无力，十年不入纷华域。故人坐上见君文，谓是古人吁莫测。新诗说尽万物情，硬黄小字临黄庭。故人已去君未到，空吟河畔草青青。谁谓他乡各异县，天遣君来破吾愿。一闻君语识君心，短李髯孙眼中见。江湖放浪久全真，忽然一鸣惊倒人。纵横所值无不可，知君不怕新书新。千金敝帚那堪换，我亦淹留岂长算。山中既未决同归，我聊尔耳君其漫。"其对秦观评价之高可见。

④ （宋）苏轼：《苏东坡全集·苏东坡文集》，珠海出版社 1996 年版，第 1233 页。

在苏轼“亦不可废举”的鼓励下，元丰四年（1081）秋，秦观再次应举，仍然落榜。元丰七年（1084）九月，苏轼移汝州团练副使后，写信给王安石荐举秦观：

> 向屡言高邮进士秦观太虚，公亦粗知其人，今得其诗文数十首拜呈。词格高下，固已无逃于左右，独其行义修饬，才敏过人，有志于忠义者，某请以身任之。此外，博综史传，通晓佛书，讲习医药，明练法律，若此类，未易以一二数也。才难之叹，古今共之，如观等辈，实不易得。愿公少借齿牙，使增重于世，其他无所望也。[①]

苏轼一生留下写给王安石书信有二，荐秦观乃其一。初离黄州的苏轼，不惜说下情话请求王安石以其威望举荐秦观，可见他于秦观的深厚感情。元丰八年（1085），随着神宗病逝，旧党重新得势，苏轼升任礼部郎中[②]，秦观亦随之于本年及第。可以想见，秦观三十七岁时始有一第而最终踏上政途，与苏轼大力举荐是分不开的。

元祐三年（1088），蔡州学官任上的秦观被召至京师以应制科，他上《进策》三十篇，较系统提出了对时政的见解。时因程颐、苏轼交恶，洛、蜀之党相互攻讦，秦观受到排挤。他在《次韵张文潜病中见寄》一诗中将自己郁闷之情表露无遗：“与君涉世网，所得如钩温。……三年汝水滨，孤怀谁与言。末路非所望，联镳金马门。”[③] 元祐四年（1089）三月，苏轼以旧党内部之争出知杭州，秦观亦还至蔡州学官任。元祐五年（1090）五月，秦观以范纯仁举荐召回京师应制科，除太学博士、校对黄本书籍，苏轼不久亦回京任翰林学士承旨、知制诰。元祐六年（1091）七月，秦观由太学博士迁秘书省正字，遭贾易诋毁“不检”复罢，苏轼也随之以龙图阁学士出知颍州。

元祐七年（1092）九月，苏轼还朝任兵部尚书、侍读学士，七个月之后，秦观亦从太学博士复迁正字，授左宣德郎，随之，又参与了《神宗实录》的编修。元祐八年（1093）九月，高太后崩，朝政巨变。苏轼出知定

① （宋）苏轼：《苏东坡全集·苏东坡文集》，珠海出版社1996年版，第1157页。

② 按：神宗本年三月去世，苏轼十月任礼部郎中。

③ 周义敢、程自信、周雷：《秦观集编年校注》，人民文学出版社2001年版，第179页。

州，四月以讽斥先朝罪名贬知英州，未至贬所，八月再贬宁远军节度副使惠州安置，不得签署公事。苏门学士至此亦全部遭贬，其中秦观先出为杭州通判，未及到任贬监处州酒税。此后，从绍圣二年（1095）至元符二年（1099）这几年间，秦观从处州编管郴州，移送横州，除名，又被押送雷州。苏轼亦于绍圣四年（1097）四月责授琼州别驾昌化军（属今海南岛）安置。后哲宗驾崩，等向太后临朝、形势有所好转时，苏、秦又同时徙往内地并于雷州相见。两个月后，秦观逝于滕州。秦观去世以后，苏轼屡次在给友人的书信中表达了他的哀痛。《与范元长》书云："哀哉少游，痛哉少游，遂丧此杰耶!""与公隔绝，不得一拜先公及少游之灵，为大恨也。同贬先逝者十人，圣政日新，天下归仁，惟逝者不可及，如先公及少游，真为异代之宝也。徒有仆辈，何用？言之痛陨何及!""有银五两，为少游斋僧，托送于处度也。"①《与钱济明》书云："途中闻秦少游奄忽，为天下惜此人物，哀痛至今。"②《答李方叔》书云："纯甫、少游，又安所获罪于天，遂断弃其命？"③《达苏伯固》书云："某全躯得还，非天幸而何？但益痛少游无穷已也。同贬死去太半，最可怜者，范纯父及少游，当为天下惜之，奈何，奈何。"④《与欧阳元老》书又云：

秋暑，不审起居佳否？某与儿子，八月二十九离廉，九月六日到郁林，七日遂行。初约留书欧阳晦夫处，忽闻秦少游凶问，留书不可不言，欲言又恐不的，故不忍下笔。今行至白州，见容守之犹子陆斋郎云：少游过容，留多日，饮酒赋诗如平常。容守遣般家二卒，送归衡州，至藤，伤暑困卧，至八月十二日，启手足于江亭上。徐守甚照管其丧，仍遣人报范承务（范先去，已至梧州），范自梧州赴其丧。此二卒申知陆守者止于如此，其他莫知其详也。然其死则的矣，哀哉痛哉，何复可言？当今文人第一流，岂可复得。此人在，必大用于

① （宋）苏轼：《与范元长十三首》之十一、十二、十三，《苏东坡全集·苏东坡文集》，珠海出版社1996年版，第1171—1172页。

② （宋）苏轼：《与钱济明十六首》之十，《苏东坡全集·苏东坡文集》，珠海出版社1996年版，第1248页。

③ （宋）苏轼：《答李方叔书十七首》之十七，《苏东坡全集·苏东坡文集》，珠海出版社1996年版，第1271页。

④ （宋）苏轼：《答苏伯固四首》之一，《苏东坡全集·苏东坡文集》，珠海出版社1996年版，第1398页。

世，不用，必有所论著以晓后人。前此所著，已足不朽，然未尽也。哀哉！哀哉！其子甚奇俊，有父风。惟此一事，差慰吾辈意。某不过旬日到藤，可以知其详，续奉报。[①]

从以上秦、苏二人交往及其政治际遇可见，秦观确是在苏轼指导、荐举下步入仕途，此后在朝政变故中又与苏轼同进退、共命运。苏、秦二人最后一次见面两个多月后，秦观去世。秦观的去世，给了苏轼沉重的打击，他的痛悼之情如此深切，足证他们之间患难与共的友谊多么深厚。秦观去世不到十个月，苏轼亦与世长辞。

秦观登第前即关心国政，他的政治见解全面体现于其《进策》三十篇及《进论》二十篇之中，其中又以前者最值得注意。周义敢等云："元祐元年，司马光为相，奏以十科举士。翰林学士苏轼、谏议大夫鲜于侁、中书舍人曾肇，遂先后以著述科荐秦观于朝。三年，秦观上《进策》三十篇。《进策》初稿大部分作于元丰年间。"[②] 这组创作于元丰初年至元祐初期的论文，广泛论及国家政治生活方方面面，写作时间前后历十多年，因其后来又进呈皇帝，故无疑是秦观的力作。《进策·序篇》中，他这样写道：

臣闻春则仓庚鸣，夏则蝼蝈鸣，秋则寒蝉鸣，冬则雉鸣。此数物者，微眇矣。然其候未至，则寂寥而无闻；既至，则日夜鸣而不已。何则？阴阳之所鼓动，四时之所感发，气变于外，则情迫于中，虽欲不鸣，不可得也。淮海小臣，不闻庙堂之议，帷幄之谋，独耳剽目采，颇知当世利病所以然者。……呜呼，此亦愚臣效鸣之秋也。[③]

时局的感发，使他"辄忘疏贱，条其意之所欲言者，为三十篇以献"。在这三十篇讨论国是的论文中，他讨论了国家人才使用、朋党问题、新法争论、官员任免、将帅用兵及财赋、盗贼等问题。如《主术》篇主张以政事之臣与议论之臣"势平"，不可使二者偏废；《官制》指出郡守、馆阁除授

① （宋）苏轼：《与欧阳元老一首》，《苏东坡全集·苏东坡文集》，珠海出版社 1996 年版，第 1409 页。

② （宋）苏轼：《苏东坡全集·苏东坡文集》，珠海出版社 1996 年版，第 342 页。

③ 同上书，第 340 页。

过滥；《任臣》提出用人“勿以亲嫌为劾”，对谏官要慎下驱逐令，取其大节而略小过。《将帅》讨论军中将帅的重要性，指出“西北二边，宜各置统帅一人，用大臣才兼文武、可任天下之将者为之。凡有军事，惟以大义闻上，进退赏罚，尽付其手，得以便宜从事”[①]。这些问题的讨论都涉及朝廷用人问题。《治势》讨论为政宽严相济之理，认为“救强之弊，必于崇宽之时，救弱之弊，必于尚猛之日”，而当前应该“遏逋慢之原，杜懈弛之渐，明诏内外，一乎中和，使天下之缓势不得而成，缓势不得而成，则后世虽有猛术，不可得而用”[②]。《法律》批评当代“以法律为实，以读书为名”的现实，认为“令天下皆知法律之不如诗书也”[③]。《论议》讨论役法、贡举问题；《财用》主张公私之财，“惟其适平而已”，反对实行新法使“天下之财大半归于公室”[④] 的状况。另外，他也讨论将帅用兵问题，军中谋主使用问题，甚至国家安都等问题也在论议之列。《进论》三十篇中，他依次讨论了晁错、李陵、司马迁、李固、袁绍、鲁肃、诸葛亮、王导、王俭等几十位历史人物的功过是非，不仅显出了独到的政治眼光，而且其借古论今、以古喻今之意亦甚为明显。由此见，秦观从未登第的元丰初年至元祐三年（1088）蔡州教授任上，他对朝廷政治的发展态势一直是关注的。而且，一步入仕途，他就自觉介入了围绕王安石变法而展开的新旧党争之中。《朋党》云：

夫众贤聚于本朝，小人之所深不利也。是以日夜恟恟，作为无当不根，眩惑诬罔之计，而朋党之意起焉。臣闻比日以来，此风尤甚，渐不可长。……今所谓元老大儒，社稷之臣，想望风采而不可见者，皆当时所谓党人者也。向使仁祖但恶朋党之名，不求正邪之宾，赫然震怒，斥而不反，则彼数人者，尚使后世想望风采而不可见邪。今日之势，盖亦无异于此。[⑤]

臣故曰：邪正不辨，而朋党是嫉，君子小人必至于两废，或至于

① 周义敢、程自信、周雷：《秦观集编年校注》，人民文学出版社 2001 年版，第 399 页。
② 同上书，第 385 页。
③ 同上书，第 375—376 页。
④ 同上书，第 391 页。
⑤ 同上书，第 367 页。

两废、两存，则小人卒得志，君子终受祸矣。①

所有这些议论都充分说明，秦观在北宋中后期风起云涌的政治斗争形势中，并没有做局外人。他不仅不甘平庸，渴望在政治上有所作为，而且在得第前直至任蔡州教授后，他都是有自觉的党派认同，并深陷党争政治之中。这为他日后的政治际遇埋下了伏笔，而他的词之抒写政治情怀，亦由此有了契机与条件。

## 二　元丰词作中的入仕渴望

秦观现存词作80余首，依周义敢等《秦观集编年校注》，作于熙宁至元丰年间词32首，元祐年间作词29首，作于绍圣至元符年间词21首，存疑词15首。

熙宁至元丰年间正是作者二十岁至三十七岁年龄阶段，此期他还未登第。除短期做过孙觉吴兴府幕僚，及访亲拜友、参加科考之外，大多数时间乡居读书。此期词作内容上多为传统艳情题材，或为遣兴娱宾，或为应景遂请而作，写男女之情香艳直露、殊少顾忌，其中可见词人放浪形骸之性。正如王灼《碧鸡漫志》指出的，即使为科考而屡困京、洛，其“疎荡之风不除”。② 然从抒发仕宦从政之情角度看，此期词作《望海潮》值得注意。词云：

星分斗牛，疆连淮海，扬州万井提封。花发路香，莺啼人起，珠帘十里东风。豪俊气如虹，曳照春金紫，飞盖相从。巷入垂杨，画桥南北翠烟中。　　追思故国繁雄，有迷楼挂斗，月观横空。纹锦制帆，明珠溅雨，宁论爵马鱼龙。往事逐孤鸿，但乱云流水，萦带离宫。最好挥毫万字，一饮拚千钟。③

周义敢等认为此词“大致作于元丰三年。其旨名为宴会佐酒，实为借此逞才，以求赏识”。并云“元丰三年，词人作《扬州集序》，自称于该地

① 周义敢、程自信、周雷：《秦观集编年校注》，人民文学出版社2001年版，第364页。

② 王灼《碧鸡漫志》卷二云：“张子野、秦少游俊逸精妙。少游屡困京、洛，故疎荡之风不除。”参见周义敢、周雷编《秦观资料汇编》，中华书局2001年版，第93页。

③ 唐圭璋编：《全宋词》，中华书局1965年版，第454页。

‘颇能道废兴迁徙之详’。其诗作《鲜于子骏使君生日》庆幸自己能列席寿宴”。[①] 元丰三年（1080），正是鲜于子骏守扬州时期，故周义敢等认为此词是作者向鲜于子骏逞才以求赏识之作。事实上，说秦观作此词逞才以求赏识只是问题的一个方面，此词所隐含的赞颂地方官政绩、希求其援引之意，却也是很明显的。同时，无论逞才以求赏识或赞美郡守，这首词针对的对象却并不是鲜于子骏。

秦观今存诗歌《鲜于子骏使君生日》中确有“贱子真殊幸，清标获屡觇”等庆幸自己能列席寿宴的句子[②]，然这并不能说明《望海潮》一词即作于元丰三年（1080）。鲜于侁（字子俊）是王安石变法的反对者，据秦观《鲜于子骏行状》，他曾上书言王安石用事之失，除知扬州，是他“固求守郡”的结果。[③] 而元丰三年，也正是新党执政，旧党势力被打压之时，以“上不害法、中不伤民、下不废亲”之“三难”并举而被苏轼赞誉的鲜于侁，亦当是新党排斥的对象。元丰新官制行后不久（元丰三年九月朝廷始专门成立一个改革官制的机构评定官制所，新官制改革开始），他就因“坐举吏受赇免”，由朝请大夫降为朝散大夫。由此可见，守扬州时的鲜于侁并不见得一定方便于举荐他人。且秦观即使真希望鲜于侁赏识举荐自己，也没有必要借宴会作词以逞才。秦家与鲜于氏是世交，秦观于鲜于侁亦执晚辈弟子礼，这从鲜于侁去世后秦观为其撰写《行状》，及秦诗《鲜于子骏使君生日》中秦观自称“贱子”等亦可见出。元祐间，秦观在写给鲜于侁的书信中曾明言他们之间的关系：

> 观重惟结发以来，明公以先人之故，比诸子弟而教诲之。受性狂妄，动取悔尤，常恐一日蒙摈绝，则内伤先人之明，上负门下之义。[④]

由此见，早年即“以先人之故”，对秦观“比诸子弟而教诲之”的鲜于侁，又哪里需要秦观借赴宴会机会来作词逞才呢？实际上，鲜于侁守扬州时对秦观的学识情况已是很了解的。鲜于侁为守扬州，做了一件文化上的盛

---

① 周义敢、程自信、周雷：《秦观集编年校注》，人民文学出版社 2001 年版，第 795 页。

② 同上书，第 105 页。

③ 同上书，第 712 页。

④ 秦观：《与鲜于学士书》，周义敢、程自信、周雷：《秦观集编年校注》，人民文学出版社 2001 年版，第 669—670 页。

事，即编纂《扬州集》。这个集子汇编扬州历代诗文，在当时影响大、分量重，是太守鲜于侁“命教授马君希孟采诸家之集而次之，又搜访于境内简编碑板亡缺之余”汇编而成。[①] 按说，给这样的集子作序要不是太守自为，亦当是当地鸿儒命笔才对，然鲜于侁却将这事交托给当时仅32岁且尚未取得功名的秦观，可见鲜于氏于秦观的器重。故要说鲜于侁不了解秦观的文才，这是说不通的。且假设《望海潮》词果真是作于鲜于氏席间，则作者以“豪俊”称呼鲜于侁，似乎也不见得很合适。

秦观这首词不是作于鲜于侁在任扬州期间，而是作于元丰六年(1083) 吕公著守扬州时期。他创作此词“逞才”以求赏识的对象不是别人，正是吕公著。

吕公著以资政殿大学士身份出守扬州，秦观曾为其座上宾。秦观有一首《中秋口号》诗是奉吕公著之命而作，诗前小引云：“伏以四难并得，既为樽俎之佳期。五福具膺，实号缙绅之盛事。矧中秋之届候，宜公燕之交欢。……浮阶飞阁，引南国之佳人；豪竹哀丝，奏西园之清夜。”诗云：

> 云山檐楯接低空，公宴初开气郁葱。照海旌幢秋色里，激天鼓吹月明中。香槽旋滴珠千颗，歌扇惊围玉一丛。二十四桥人望处，台星正在广寒宫。

秦观在这首诗里面将吕公著所举办中秋盛宴之喜庆热烈场面描写得非常到位。诗与小序，均对吕公著不乏恭维盛赞之意。这样的抒情，正与上述《望海潮》词意合。《望海潮》上片云“星分斗牛，疆连淮海，扬州万井提封。花发路香，莺啼人起，珠帘十里东风。豪俊气如虹”等，在颂赞郡守风采的同时，也赞美其治下扬州人物兴盛、百姓安居的成绩。下片，作者在对“故国繁雄”的追思中，以“往事逐孤魂”的转折与上文之“曳照春金紫，飞盖相从”的高官云集场面形成对比，又借“乱云流水”意象及“最好挥毫万字，一饮拚千钟”的痛饮，流露自己壮志难酬、抑郁不得志的伤感，其中实亦委婉寄托着希求郡守援引之意。

这种情思也完全与吕公著守扬期间秦观向其上书希求汲引以谋得一职

① 秦观：《扬州集序》，周义敢、程自信、周雷：《秦观集编年校注》，人民文学出版社2001年版，第534页。

的背景相符。元丰六年（1083）五月，秦观作《上吕晦叔书》，在宏论两汉士人学术器识问题之后，又借他人之口既赞吕公著之器识才任，又表达了自己迫切欲得“身从服役”的愿望：

缙绅先生有告某者，以谓器足以任天下之重，识足以致无穷之远，学足以探天人之赜，术足以偶事物之变，如古之所谓大臣，非阁下不足以任此。又曰：阁下之道，如元气行乎浑茫之中，其发为雷霆风露者，特糟粕耳。某时方食，闻之投匕箸而起，遂欲身从服役之后，求备洒扫之列，而困于无介绍，莫获自通。①

他提出的希望是：

夫大冶无弃金，大陶无弃土，江海不却水，王侯不遗士。某虽不能廉小谨曲，以自托于乡闾，然古人所以初废兴而择去就者，窃尝讲其一二矣。倘阁下不赐拒绝而辱收之，请继此以进，干冒台严，俯伏待命。②

但事实上这次干进的结果并不如意。人生有志难成的感伤，在同期所作《满庭芳》中亦有反映：

红蓼花繁，黄芦叶乱，夜深玉露初零。霁天空阔，云淡楚江清。独棹孤篷小艇，悠悠过、烟渚沙汀。金钩细，丝纶慢卷，牵动一潭星。　　时时，横短笛，清风皓月，相与忘形。任人笑生涯，浮梗飘萍。饮罢不妨醉卧，尘劳事，有耳谁听？江风静，日高未起，枕上酒微醒。③

年华流逝，功业难就，失意的苦闷和迟暮的伤感，在风花雪月的艳情词中也不时流露出来。这首《一落索》亦颇能见出其情怀：

① 周义敢、程自信、周雷：《秦观集编年校注》，人民文学出版社2001年版，第667页。
② 同上。
③ 同上书，第801页。

杨花终日飞舞，奈久长难驻。海潮虽是暂时来，却有个、堪凭处。
紫府碧云为路，好相将归去。肯如薄幸五更风，不解与、花为主。[①]

由此可见，元丰中后期，屡试不第的秦观，希求步入仕途的意愿是强烈的。其为求取政界一席之地不断干进的背后，实际映现的是他个人政治理想与现实间存有差距的窘境，这种境况同时也流露在他的词作中。

## 三　元祐词作中的仕宦悲愁

元祐年间，步入仕途后的秦观，其词作在题材上虽仍偏重写男女艳情，然抒写愁绪亦渐成主调。如历来为论者激赏的《画堂春》（落红铺径水平池），《减字木兰花》（天涯旧恨），《木兰花》（秋容老尽芙蓉院）等，虽以男女恋情为题材，其中却脱去了其以往写男女情事惯有的背景交代而唯以哀愁宣泄为主。如《画堂春》：

落红铺径水平池，弄晴小雨霏霏。杏园憔悴杜鹃啼，无奈春归。
柳外画楼独上，凭栏手捻花枝，放花无语对斜晖，此恨谁知。[②]

在秦观词中，如果是写男女情事引起的愁恨，一般都有愁之因及词作抒情性质的明确交代。如元祐年间作《沁园春》写"桃愁杏怨"："风流寸心易感，但依依竚立，回尽柔肠"。"便回首，青楼成异乡"；又如《梦扬州》写"江南远，人何处，鹧鸪啼破春愁"时，亦在结句明言："佳会阻，离情正乱，频梦扬州。"《虞美人》云"轻寒细雨情何限，不到春难管"，紧接着又写："为君沉醉又何妨，只怕酒醒时候、断人肠。"这些词对所抒写愁恨之来源与性质，均有明确交代。

---

① 周义敢、程自信、周雷：《秦观集编年校注》，人民文学出版社 2001 年版，第 793 页。

② 按：此词《苕溪渔隐丛话》卷三十三谓上片"用小杜'莫怪杏园憔悴去，满城多少插花人'"。徐培均据以认为作于词人元丰元年（1078）或五年（1082）落第后（参见朱德才主编《增订注释全宋词》，文化艺术出版社 1997 年版，第 401 页）。周义敢等则云此词"内容写富者闲愁，可推知作于元祐年间。或谓此词作于元丰年间落第之后，然似无充分依据。盖元丰年间贡举凡三次，一在元丰二年，作者下第后即回高邮，事见卷二十九《与苏子由简》。一在元丰五年，作者因人诏狱而未就试，事见卷五《对淮南诏狱二首》及诗注。一在元丰八年，因及第正春风得意，而无须怨愤"。（参见周义敢、程自信、周雷《秦观集编年校注》，人民文学出版社 2001 年版，第 813 页。）本书采后说。

但这首《画堂春》词却不是这样，其云“无奈春归”，又云“此恨谁知”，因为作者并未明确说明其抒情性质，故读者对其词意就有了更广泛的理解空间。叶嘉莹说“要把秦观的词分两类来看，一类是比较早期的词，表现了一种柔婉幽微的感受；一类是他经过政治挫伤以后，所写的寄慨身世的词”①。这首词亦当属于“寄慨身世”之作了。

类似作品还有《木兰花》：

> 秋容老尽芙蓉院，草上霜花匀似剪。西楼促坐酒杯深，风压绣帘香不卷。　　玉纤慵整银筝雁，红袖时笼金鸭暖。岁华一任委西风，独有春红留醉脸。②

此词周义敢等认为是“写一歌女悲叹衰颜，百无聊赖。其中似有寓意，慨叹仕途坎坷，行将迟暮”③。此论不无道理，因词中明言“岁华一任委西风，独有春红留醉脸”，作者未必然，读者何必不然，如果结合秦观元祐间仕履状况看，这类词中所寄托的政治感受完全是可知可感的。

元丰八年（1085），秦观考中进士后调任蔡州教授，蔡州教授任上，他对自己的仕宦前景有相当期许，《拟郡学试东风解冻》一诗云：

> 宝历开新岁，春回斗柄东。澌生天际水，冻解日边风。浩荡依苹起，侵寻带雪融。江河霜练静，池沼玉奁空。鱼藻雍容里，云霄俯仰中。更无舟楫碍，从此百川通。④

《王直方诗话》说“秦少游始作蔡州教授，意谓朝夕便当入馆，步青云之上，故作《东风解冻诗》……已而久不召用，作《送张和叔》云：‘大梁豪英海，故人满青云。为谢黄叔度，鬓毛今白纷。’谓山谷也。说者以为意气之盛衰一何容易”。⑤ 蔡州教授任上的秦观为什么会对自己的仕宦前景相当看好？这与当时的朝政变化形势有关。元丰八年（1085），秦观进士

① 叶嘉莹：《唐宋词十七讲》，北京大学出版社 2007 年版，第 279 页。

② 周义敢、程自信、周雷：《秦观集编年校注》，人民文学出版社 2001 年版，第 836 页。

③ 同上。

④ 同上书，第 181 页。

⑤ 郭绍虞：《宋诗话辑佚》，中华书局 1980 年版，第 28 页。

得第，除定海主簿未赴任，接着再授蔡州教授，而本年也正是北宋朝廷政治形势发生重大转折的一年。三月，神宗去世，年仅十岁的哲宗即位，神宗母高太后临朝听政，司马光由洛阳返回汴京，参加治丧事宜；十月，苏轼升任礼部郎中，元祐元年（1086）闰二月，司马光任左仆射，范纯仁同知枢密院事，“元祐更化”从此正式拉开帷幕。所以，随着旧党势力的重新执掌朝政，与苏轼等关系密切、元祐三年（1088）还在蔡州教授任上的秦观，确乎是有理由相信自己仕途必将通显。

然而“弄晴小雨霏霏。杏园憔悴杜鹃啼，无奈春归”。元祐三年，秦观自蔡州教授任上被召至京师以应制科，他在进呈精心结撰的《进策》三十篇后，却因洛、蜀二党相互攻讦，受到洛党排挤而未能成事。苏轼此年所作《乞郡劄子》说得很清楚：

> 元祐三年十月七日，翰林学士朝奉郎知制诰兼侍读苏轼劄子奏。……臣所举自代人黄庭坚、欧阳棐，十科人王巩，制科人秦观，皆诬以过恶，了无事实。①

叶梦得《石林诗话》卷中云：“元祐初，驾幸太学，吕丞相微仲有诗，中间押行字韵，馆阁诸人皆和。秦学士观一联云：‘涵天璧水遥迎仗，映月深衣不乱行。’诸生闻之，亦哄然。观为人喜傲谑，然此句实迫于趁韵，未必有意也。”② 时过境迁，曾经投靠蔡京的叶梦得，依然不无揶揄地记下了有关秦观这件往事并对他的为人作了负面评价，可见当时他所面临之困境。元祐五年（1090），秦观终因范纯仁举荐应制科，除太学博士、校对黄本书籍。但朝中仍有人对他进行恶意攻击。李焘《续资治通鉴长编》“元祐五年五月庚寅”条载：

> 右谏议大夫朱光庭言：“新除太学博士秦观，素号薄徒，恶行非一，岂可以为人之师？伏望特罢新命。”

秦观的仕宦之路处处是坎坷。即使在太学博士岗位上，对秦观来说仍非发挥

① 周义敢、周雷：《秦观资料汇编》，中华书局2001年版，第5页。

② （清）何文焕：《历代诗话·石林诗话》，中华书局1981年版，第425页。

其才干的最佳场所。元祐六年（1091）五月，随苏轼返京任职，七月，秦观在赵君锡举荐下由太学博士迁正字。但这次任职却因贾易诋毁其“不检”而被撤下，甚至苏轼也被牵连其中。苏轼《辨贾易弹奏待罪劄记》云：

> 秦观少年从臣学文，词采绚发，议论锋起。臣实爱重其人，与之密熟。……弟辙因言秦观为赵君锡荐举，得正字，今又为贾易所言。臣缘新自两浙来，亲见水灾实状……适会秦观访臣，遂因议论及之，又实告以贾易所言观私事，欲其力辞恩命，以全进退。即不知秦观往见君锡，更言何事。……臣又语遹说与君锡：公所举秦观，已为贾易言了。此人文学议论过人，宜为朝廷惜之。臣所令王遹与赵君锡言事，及与秦观所言，止于此矣。二人具在，可覆按也。[①]

这些挫折打击如何能不在他的文学创作中有所显现？元祐三年（1088），他作《次韵张文潜病中见寄》一诗云：“与君涉世网，所得如钩温。……末路非所望，联镳金马门。校文多豫暇，玄谈到羲轩。”[②] 言下之意，为官在朝中位列末位，已非己之所愿，做个校书人也很闲暇。同期诗作《李端叔见寄次韵》又说：“求仙未若醉中真，蚁斗蛾飞愁杀人。清都梦断理归棹，回首一树琼枝新。归来草木春风换，世事猬毛那可算。”[③] 元祐四年（1089）春，他在《次韵裴秀才上太守向公二首》中又说：“东风已动北风归，寒气侵寻自霁威。何处管弦传腊酒，谁家刀尺制春衣。使君英妙开莲幕，别驾风流出粉闱。唯有广文官独冷，终年如坐水边矶。”[④] 同年所作《次韵莘老》诗又云：

> 经纶殊未倦，忧患复相连。恶草空摇毒，群蜗谩污涎。松筠终不易，雨露竟无偏。憔悴千株橘，荒凉二顷田。[⑤]

至元祐五年（1090）以后作《秋夜病起怀端叔作诗寄之》，则将自己遭奸

① 周义敢、周雷编：《秦观资料汇编》，中华书局2001年版，第6页。
② 同上书，第181页。
③ 同上书，第182页。
④ 同上书，第195页。
⑤ 同上书，第197页。

人谗毁的悲愤尽情泄于笔端：

> 人生无根柢，泛若凌波葑。昧者复汲汲，晨暝趋一哄。阴持含沙毒，射影期必中。自匿嫫母容，对客施锦幪。溘然一朝逝，万事俱成梦。形骸犹汝辞，利势犹君动。思之可太息，伤之为长恸。所以古达人，脱身事高纵。我生尤不敏，胸腹常空洞。强颜入规模，垂耳受羁鞚。行谋买竿楫，名理就折衷。但恐狂接舆，烦君更嘲弄。[①]

真是不胜悲哀之至。这两诗中提到的莘老与李端叔，一个是秦观的同乡前辈与恩师孙觉，一个是所居处紧邻秦观故乡高邮而又与苏轼交好的李之仪，秦观与他们均友谊深笃。所以，在诗歌中他也才敢如此吐露心中的委屈与怨愤。正如周义敢等论《秋夜病起怀端叔作诗寄之》云："此诗首谓友人秉心绝俗，材大而世难用，实亦自况。复谓昧者含沙射影，欲致人死命。卒章后悔入仕，使身受羁縻，因而欲理舟楫，归隐故园。由此可推知，此诗作于元祐中后期。……御史贾易诋秦观不检之罪，嗣后黄庆基弹劾苏轼'援引党羽'，攻秦观'素号猥薄'。观乎此，则此诗诗意自明。"[②]

这就是秦观元祐年间的仕宦际遇及创作心态。此期词作中，他确是不经意间流露出了自己在政治上遭政敌攻击的悲怨。《木兰花》（秋容老尽芙蓉院）中那位西楼促坐，借酒浇愁，而独自哀叹岁华零落的抒情主人公，《减字木兰花》（天涯旧恨）中那位"黛蛾长敛"，"困倚危楼"，"过尽飞鸿字字愁"的抒情者，无疑都打上了作者自己的影子。如果再结合此期名篇《画堂春》所写"此恨谁知"的孤哀心境看，这些词中所寄托的秦观政途蹭蹬之恨是很清楚的。以女性悲愁言士子政治失意之悲这是中国文学的一个传统，不必细论，而这样的写法秦观早在元丰年间即已实践过，他的诗歌《春日杂兴十首》中就有这么一首：

> 东方有美人，容华茂春粲。抱影守单栖，含睇理哀弹。声意一何切，所欢邈云汉。徒然事膏沐，孰与徂昏旦。微诚浪自持，嘉月忽复晏。巧转度虚棂，飞红触幽幔。岁岁芳草滋，夜夜明星烂。合并会有

① 周义敢、程自信、周雷：《秦观集编年校注》，人民文学出版社2001年版，第200页。
② 同上书，第201页。

时，索居不必叹。[①]

于此，亦可见秦观元祐词作中以女性抒情者身份抒发悲怨之情的用意所在了。难怪冯煦云："他人之词，词才也，少游之词，词心也。得之于内，不可以传。""少游词寄慨身世，闲雅有情思，酒边花下，一往而深，而怨悱不乱，悄悄乎得《小雅》之遗。后主而后一人而已。"[②]

## 四　贬谪路上的凄凉歌唱

对秦观来说，真正有意识并自觉把词作为政治抒情工具使用的时期，是绍圣至元符年间他的贬谪生活开始以后。元祐九年（1094）四月，宋哲宗亲政后改元绍圣，重新起用新党人士，元祐旧党官员随即遭全面罢废，时局遽变。秦观先是坐党籍以馆阁校勘出为杭州通判，上任途中又以"影附苏轼，增损实录"罪名贬监处州酒税；到处州后，又在政敌多方罗织下，因一首小诗中有"因循移病依香火，写得弥陀七万言"二句，被言者以"不职"罪远徙郴州[③]；居郴州一年，元符元年（1098），他被诏移横州编管；居横州八个月后，即元符元年（1098）九月，他又被"除名"、"永不收叙"，再移雷州，罪名是"以附会司马光等同恶相济也"。[④] 几年中，秦观先后被削职、夺官、除名，一再被流贬至荒远之地，从逐臣沦为罪犯，这样的打击怎能使他的心情不日趋恶化？"骨肉未知消息，人生到此何堪"[⑤]，他的词在情感内蕴上比之元丰、元祐时期亦发生重大变化，主要体现在以下三个方面。

首先，元祐时期仕宦落拓之唱叹至此一变为抒发"东风暗换年华"之怅恨。怅恨之情的抒发还主要是出现在贬谪初期作品中，作于元祐九年初春的《望海潮》（梅英疏淡）即很有代表性：

---

① 周义敢、程自信、周雷：《秦观集编年校注》，人民文学出版社 2001 年版，第 137 页。

② 周义敢、周雷：《秦观资料汇编》，中华书局 2001 年版，第 343 页。

③ 秦观诗《题法海平阇黎》。按：关于秦观处州任上遭到政敌罗织罪名罢贬事，秦观《留别平阇黎》一诗自注亦有记述："绍圣元年观自国史编修官蒙恩除馆阁校勘，通判杭州，道贬处州，管库三年，以不职罢。"以上见周义敢、程自信、周雷《秦观集编年校注》，人民文学出版社 2001 年版，第 312 页。

④ （宋）李焘：《续资治通鉴长编》（卷五零二"元符元年九月庚戌"条），中华书局 2004 年第 2 版，第 11952 页。

⑤ 秦观：《宁浦书事》。

> 梅英疏淡，冰澌溶泄，东风暗换年华。金谷俊游，铜驼巷陌，新晴细履平沙。长记误随车。正絮翻蝶舞，芳思交加。柳下桃蹊，乱分春色到人家。　　西园夜饮鸣笳。有华灯碍月，飞盖妨花。兰苑未空，行人渐老，重来是事堪嗟。烟暝酒旗斜。但倚楼极目，时见栖鸦。无奈归心。暗随流水到天涯。

此词一开头，词人直觉性写道："梅英疏淡，冰澌溶泄，东风暗换年华"，表现出对朝政更迭的隐隐忧虑。接下来以较多篇幅回顾往日交游生活，他所用的都是兴尽悲来、让人伤感的典故。如"金谷俊游，铜驼巷陌"，就用了晋太康中石崇金谷园宴饮游赏之典，然石崇终为他人所害，其金谷园之雅人韵事也很快烟消云散。铜驼巷陌虽是西晋都城洛阳皇宫前一条繁华的街道，以宫前立有铜驼而得名，然历经战乱至后代已荒落破败不可复寻；而"西园夜饮鸣笳，有华灯碍月，飞盖妨花"，虽是追忆昔日宴于汴京金明池与琼林苑事[①]，然亦与曹魏邺都（今河北临漳西）曹氏兄弟西园游乐事合，曹植《公讌诗》云"清夜游西园，飞盖相追随"[②]，秦词"飞盖妨花"正用此意，然曹子建后半生抑郁而终却是尽人皆知的事实。故秦观在这里以洛阳名胜题咏东京景物，借历史人物雅人韵事关合其前荣后悴，写出来的实际尽是自己的今昔之感。这一点也可由词作所用意象看到，如写旧游，他用的是絮、蝶、桃、柳等能反映繁华景象的意象，写今日重游，却用的是烟暝、旗斜、栖鸦等令人感伤的意象，今昔对比反差强烈。正如周义敢指出的，这是"心惧再遭文祸"心情的反映。[③] 毕竟秦观对朝中党派纷争的现实是了解的，早在元祐六年（1091）任职京城时，他就在《送少章弟赴仁和主簿》一诗中说过这样的话："道山虽云佳，久寓有饥色。功名已绝意，政苦婚嫁迫。"[④] 元祐间所作《和裴仲谟放兔行》更以寓言形式把他人在政途的惧祸心理明白道出：

① 按：此事秦观诗《西城宴集元祐七年三月上巳日诏赐馆阁花酒以中澣日游金明池琼林苑又会于国夫人园会者二十有六人二首》有载。原诗见周义敢、程自信、周雷《秦观集编年校注》，人民文学出版社 2001 年版，第 233 页。

② 逯钦立：《先秦汉魏晋南北朝诗》，中华书局 1983 年版，第 449 页。

③ 周义敢、程自信、周雷：《秦观集编年校注》，人民文学出版社 2001 年版，第 838 页。

④ 同上书，第 229 页。

兔饥食山林，兔渴饮川泽。与人不瑕玼，焉用苦求索。天寒草枯死，见窘何太迫。上有苍鹰祸，下有黄犬厄。一死无足悲，所耻败头额。敢期挥金遇，倒橐无难色。虽乖猎者意，颇塞仁人责。兔兮兔兮听我言，月中仙子最汝怜。不如亟返月中宿，休顾商岩并岳麓。[①]

“上有苍鹰祸，下有黄犬厄”，正说明他的内心笼罩着变生不测的党祸阴影，积郁着危机四伏的惶恐。当然，除写惧祸心理外，这篇《望海潮》也写出了他对自己人生命运即将发生转折的怅恨之情。“无奈归心，暗随流水到天涯”，面对大势已去的现实，这样的感叹正是他无力回天心情的反映。

再看《江城子》：

西城杨柳弄春柔，动离忧，泪难收。犹记多情曾为系归舟。碧野朱桥当日事，人不见，水空流。　韶华不为少年留。恨悠悠，几时休？飞絮落花时候一登楼。便做春江都是泪，流不尽，许多愁。[②]

此词周义敢等认为“作于绍圣元年四月……词中借恋情写朝政巨变，悲欢之情，澜翻泉涌，一似滔滔春江，使此首成为名篇”。[③] 从此词中所写“西城”之地点来看，作者此时当还未出京，词中虽并未明言朝中政治变故，然作者借传统题材婉达政治巨变带来的伤痛却仍是可知可感。“犹记多情”及“碧野朱桥”句写尽了对昔日人事的留恋，而“韶华不为少年留”及以下几句，更把他在“东风暗换年华”后的怅恨一泄无余。尤其结句“便做春江都是泪，流不尽，许多愁”，用一个极巧妙的比喻，将从篇首开始逐渐写出的泪流、水流、恨流关合做一江春水，滔滔不尽地向东奔去，使读者亦为之沉浸于感情洪流之中。这种比喻不是突如其来的，而是逐渐汇合，水到渠成，从中可见作者情绪的发展过程。

《风流子》：

---

① 周义敢、程自信、周雷：《秦观集编年校注》，人民文学出版社 2001 年版，第 176 页。

② 同上书，第 838 页。

③ 同上。

东风吹碧草，年华换、行客老沧州。见梅吐旧英，柳摇新绿；恼人春色，还上枝头。寸心乱、北随云黯黯，东逐水悠悠。斜日半山，暝烟两岸；数声横笛，一叶扁舟。　　青门同携手，前欢记、浑似梦里扬州。谁念断肠南陌，回首西楼。算天长地久，有时有尽，奈何绵绵，此恨难休。拟待倩人说与，生怕人愁。①

本词再言“年华换”与“此恨难休”，主旨上与《江城子》同。不同的是，在愁恨程度上，较《江城子》又有发展。《江城子》中，抒情者尚未离开京城，还在“动离忧”阶段，此词中，则已是人在旅途；《江城子》追忆过去，重在悲叹“韶华不为少年留”，此词则多了对前路无法预料的迷茫。故相较而言，这两词在抒发怅恨之情的角度上稍有区别。周义敢等认为此词作于绍圣元年（1094）暮春秦观由汴京赴杭州贬途中，有理。

除上述几首词之外，绍圣初期，秦观抒写“东风暗换年华”带给自己命运转折之怅恨的词章还有《虞美人》（高城望断尘如雾），《千秋岁》（水边沙外）等。《虞美人》多写离京赴杭途中之景，在“高城望断”、“夕阳村外”的背景下，流露出对京城的无限依恋；《千秋岁》则再一次回顾昔日“西池会”上“鹓鹭同飞盖”的畅意，进而咀嚼目下飘零之悲。这可以说是作者在词体文学中对元祐时期短暂开心生活（尽管当时也有不少政治龃龉影响其心境）的最后一次回顾。词云：

水边沙外，城郭春寒退。花影乱，莺声碎。飘零疏酒盏，离别宽衣带。人不见，碧云暮合空相对。　　忆昔西池会，鹓鹭同飞盖。携手处，今谁在？日边清梦断，镜里朱颜改。春去也，飞红万点愁如海。②

这首词和前几首的最大区别在于，它已经完全卸掉了男女情事的影子而直抒其政途苦悲。它写实性的、对往昔友朋聚会的回顾及直抒目下愁恨之无穷，使其完全变成了一首地地道道的政治抒情词。前述《望海潮》中的“梅英疏淡”，《风流子》中的“梅吐旧英，新柳摇绿”，《虞美人》中的“柳花无数”，到了这首词中一概变成了“花影乱、莺声碎”；前数首词所

① 周义敢、程自信、周雷：《秦观集编年校注》，人民文学出版社2001年版，第839页。
② 同上书，第842页。

言之“归心”、“离忧”及“一江春恨”等，至此词中则变为“飞红万点愁如海”。可见，随着朝廷人事的不断调整、变更，一贬至杭州，再贬至处州的秦观，虽然“东风暗换年华”激起的对往日美好生活的回忆暂未完全消退，然其怅恨的心境、无穷的愁绪，在程度上却明显是在不断加深的。尤其这首《千秋岁》，因其对旧党人员政治命运之今夕变化作了高度概括，在当时引起了许多人的共鸣，苏轼、黄庭坚、孔平仲、李之仪等均有和韵就是明证。

其次，抒写“幽梦匆匆破后”的凄厉哀伤。如果说绍圣元年的政局变更促成了秦观的“东风暗换年华”之感，并使他初贬时还不能立即走出对任职京城这段时光回忆的话，那么，随着贬谪时日的延伸，谪处地的愈益荒远及“罪名”不断加重，元祐词作中的悲愁，绍圣贬谪初期的怅恨，到了绍圣三年以后词作中，完全变成了凄厉哀伤。

绍圣三年（1096），在处州酒税任上度过三个年头贬谪生活的秦观，因两浙路运使胡宗哲观望罗织，劾奏他败坏场务，被送郴州编管。[①] 在谪郴州途中，夜泊湘江，他写下了标志其词风“已由凄婉哀感变而为凄厉哀伤”[②] 的《临江仙》：

> 千里潇湘挼蓝浦，兰桡昔日曾经，月高风定露华清。微波澄不动，冷浸一天星。　　独倚危樯情悄悄，遥闻妃瑟泠泠。新声含尽古今情，曲终人不见，江上数峰青。[③]

本词词境凄清，色调极冷。作者写千里潇湘微波不动，冷浸天星，在月高无风的江面上，“遥闻”冥冥中那曾溺于湘水的舜妃之瑟声尽含古今之情，在四无人声的“悄悄”夜晚“泠泠”传来，而后，江上又复归沉寂，只见数座黑魆魆的江峰之影岿然不动。这样的境界会让人产生多少惊悚？如果不是抒情者自己尝透了人间的冷漠与不公，他如何会在这“兰桡昔日曾经”的江面上产生如此凄厉而衰飒的听闻与感受？

秦观是一个善于以“水”抒情的大师，但像这样幽冷的境界在他此前

① （宋）王明清《挥麈录》卷一零：“秦少游贬监处州酒税，在任两浙运使胡宗哲观望罗织，劾其败坏场务，始送郴州编管。”

② 周义敢、程自信、周雷：《秦观集编年校注》，人民文学出版社2001年版，第845页。

③ 同上。

的词作中是很少出现的。我们不妨将他贬谪郴州之前词作中出现过的水意象与此词稍予对比：

齐天空阔，云淡楚江清。独棹孤篷小艇，金钩细，丝纶慢卷，牵动一坛星。（《满庭芳》）

无奈归心，暗随流水到天涯。（《望海潮》）

便作春江都是泪，流不尽，许多愁。（《江城子》）

欲将幽恨寄青楼，争奈无情江水、不西流。（《虞美人》）

寸心乱，北随云黯黯，东逐水悠悠。（《风流子》）

水边沙外，城郭春寒退……春去也，飞红万点愁如海。（《千秋岁》）

这些“水”，也都是作者用来抒写其仕宦之愁的，但没有一例如上述《临江仙》中之“江水”那样给人以凄厉惊悚之感。

可见，从绍圣三年贬谪郴州开始，此前词作中贬谪境遇带给他的悲愁与怅恨感受已一变而为无限衰飒与凄厉，并且他也一再将其形诸笔端。如《阮郎归》云：“潇湘门外水平铺，月寒征棹孤。红妆饮罢少踟蹰，有人偷向隅。挥玉箸，洒真珠，梨花春雨余。人人尽道断肠初，那堪肠已无。”[①]那“偷向隅”吞声忍泪而泣的，不知是他人还是抒情者自己，然“肠已无”的感受却是抒情者的真切体验；《如梦令》（遥夜沉沉如水）写流贬途中于驿亭过夜的情形，这是一个“风紧驿亭深闭”的冬夜，夜半，词人被偷吃灯油的饥鼠惊醒残梦，感受着“霜送晓寒浸被”的凄凉，他说：“无寐，无寐，门外马嘶人起。”[②] 这是秦观写贬途生活的极少见的一首叙事词，没有悲愁的尽情宣泄，然在生存状态的陈述中，读者却可以感受到他绝望而几近麻木的心境。抒写同样心绪的还有两首《如梦令》：

池上春归何处，满目落花飞絮。孤馆悄无人，梦断月堤归路。无绪，无绪，帘外五更风雨。[③]

楼外残阳红满，春入柳条将半。桃李不禁风，回首落英无限。肠

① 周义敢、程自信、周雷：《秦观集编年校注》，人民文学出版社 2001 年版，第 846 页。

② 同上书，第 847 页。

③ 同上书，第 852 页。

断，肠断，人共楚天俱远。[①]

前一首用他惯用的“春归”意象，写孤馆寄居、听帘外一夜风雨的情形，后一首写残阳红满、落英无限背景下“人共楚天俱远”的断肠感受，仍然是绝望心情的再现。

绍圣四年（1097）春天创作的千古绝唱《踏莎行》应该就是在这样的情绪状态下问世的。也就是在评价这首词时，王国维提出了秦观词“凄厉”的风格特征。王云：

《宋六十一家词选序例》谓：“淮海、小山，古之伤心人也。其淡语皆有味，浅语皆有致。”余谓此唯淮海足以当之。……少游词境最为凄婉。至“可堪孤馆闭春寒，杜鹃声里斜阳暮”则变而为凄厉矣。东坡赏其后二语，犹为皮相。[②]

此词学界所论已多，不赘述。这里仅就王国维提到的东坡独所欣赏的后两句之含义予以分析。

关于“郴江幸自绕郴山，为谁流下潇湘去”这两句话的含义，学界看法不一。中国社会科学院总纂，孙望、常国武主编《宋代文学史》认为这两句“是对误入仕途、卷进政治风波的无穷悔恨”，并说苏轼赏爱其后两句，是因为“这里既有深切理解秦观内心巨痛的‘高山流水之悲’（王士禛《花草蒙拾》），也有牵累秦观、使招致远贬和卒于道中的深沉疚恨”。[③]程千帆、吴新雷《两宋文学史》认为苏轼将秦词末两句书于扇面，并题识“少游已矣，虽万人何赎”，“这种沉痛的悼念固然体现了他俩友谊的深厚，另一方面也说明秦观晚年的作品，由于环境、心绪的变化，已经能够摆脱柳永那种绮罗香泽的影响，更深刻地表现人生、达到了难以企及的成就，才引起苏轼更巨大的哀伤”[④]。

这些说法不无道理。然笔者认为，对这两句的解读，亦必得关顾秦观

① 周义敢、程自信、周雷：《秦观集编年校注》，人民文学出版社2001年版，第852页。

② 王国维：《人间词话》，上海古籍出版社1998年版，第29则。

③ 中国社会科学院文学研究所总纂，孙望、常国武：《宋代文学史》（上），人民文学出版社1996年版，第295页。

④ 程千帆、吴新雷：《两宋文学史》，上海古籍出版社1991年版，第196—197页。

本人大半生际遇来看，而东坡对它的赏爱，又与这两句在特定时政背景下所蕴含的丰富象喻意义有关。

从科考得第的角度看，秦观属典型的大器晚成型士人，他曾说自己为了考进士，“奔走道途，常数千里；淹留场屋，几二十年”。[①] 后虽在三十七岁时始有一第，然步入仕途以后的道路却更为艰辛。从元祐元年（1086）得第后授定海主簿至绍圣元年（1094），七八年时间里，仕宦的挫折感应该说几乎一直伴随着他。先是蔡州教授任上幸有苏轼举荐应制科，他也上《进策》三十篇，眼看就可入京任职，却遭到了洛党排挤而罢；蔡州教授一居五年，后入京任职不久，幸有赵君锡举荐升正字，却又有贾易诋毁“不检”，已经升迁的职位复遭罢。直到两年后他再次由校对黄本书籍升任正字后，他向举荐自己的吕大防写了一篇《谢馆职启》[②]，在启文中他说：

> 伏念某祖系单微，器能浅陋。少时好赋，仅成童子之雕虫；中岁穷经，未究古人之糟粕。始策名于进士，俄充赋于直言。滥居方物之前，叨被传车之召。文章末技，固非道义之尊；箕斗虚名，秪取谤伤之速。亟从引避，几至巅隮，褒未就于衮华，恶已成于疮痏。[③]

升职正字，确是他期待已久的，他有“偏亲垂老”却“生计屡空”的生活压力（这个问题后面还要论及）。然升职的磨难他又如何能够忘记？他对吕大防说自己器能浅陋，学赋仅成童子雕虫；人到中年才始穷经，亦未究古人糟粕；得第后，虽有箕斗虚名，却只不过是加速了别人对自己的谤伤；仕宦路上，什么成绩没有，恶名却已挥之不去；又说王尊三期之内乍佞乍贤，鲁田七年之中一予一夺等。这些牢骚话使我们看到，元祐年间的仕宦挫折确已使秦观大伤脑筋。不过，他为官的信心却并未完全丧失，谢启末尾他又说：

---

① 秦观：《及第后青词》，周义敢、程自信、周雷：《秦观集编年校注》，人民文学出版社2001年版，第731页。

② 按：秦观一生代人写各种谢表、启状六七十篇，真正为自己的事情写谢启的仅有两次，一次是进士及第后他写了一篇《谢及第启》，再一次就是升正字后他写给吕大防的这个谢启。

③ 秦观：《谢馆职启》，周义敢、程自信、周雷：《秦观集编年校注》，人民文学出版社2001年版，第643页。

> 敢不以古人行己之方，为国士报君之义。千金敝帚，聊依翰墨以自娱；一割铅刀，或冀事业之可立。[①]

但谁能想到仅时隔几个月之后，朝政形势会发生巨大逆转，升迁不久的秦观一下子又跌入了贬谪的谷底。贬处州，有悲怨，然不绝望，其词作《千秋岁》（水边沙外）有“日边清梦断”之思，诗作《处州闲题》有“未信桃花胜菊花”信念等即可为证。然编管郴州时，秦观迷茫、绝望了，他说“雾失楼台，月迷津渡，桃源望断无寻处”，生活不仅回到了步入仕途之前的原点，甚至他连做自由人的权利也失去了。由京城馆职贬杭州通判，再贬监处州酒税，他还保有宣德郎衔，然由处州编管郴州，他的身份则完全了由官员变成了囚犯。

在这样的背景下，我们再回过头来看其《踏莎行》中的“郴江幸自绕郴山，为谁流下潇湘去”两句，其所传达的对人生受命运捉弄而生的绝望、悲怆之意不是就很明确了吗？千辛万苦考进士，千辛万苦谋一官，在生命的轨迹刚刚有转机的时候，又陷入更深重的人生苦难之中。所以，说这两句实际上表达的是词人在贬谪程度加重情况下，向上苍发出的问询个人命运的绝望号呼——为什么自己的人生在柳暗花明的时候又会有如此难以预料的挫折——此当无疑义。

那么苏轼绝赏这两句又是什么原因呢？毛晋《宋六十家名词》云：“坡翁绝爱此词尾两句，自书于扇云：‘少游已矣，虽万人何赎。’”苏轼之爱后两句，应该从高太后去世后政局变故这个角度来理解。党派迫害酷烈的绍圣年间，反对派望风承旨致人人钳口，然秦观这两句词，却恰恰形象反映了旧党之势得而复失，政局之形势稳而复变的格局。这一点，苏轼的体会应该是最深切的。北宋自仁宗时代太平无事至神宗时王安石变法掀起波澜，再到“元祐更化”、朝政变局，这个过程苏轼基本都是亲历的。神宗时代推行变法，这在苏轼看来无异于瞎折腾十六年。终于等到元祐时代到来，虽然新法被完全废止不一定正确，然在苏轼看来朝政整体上向好的方向发展却是毫无疑问的。谁想到高太后刚刚去世，哲宗皇帝又会掀起更大波澜？所以，面对新党势力卷土重来后变本加厉之折腾，像苏轼这样的老臣，无疑又会在叹惋个人政治命运变化的同时，对国家前途命运产生更

① 周义敢、程自信、周雷：《秦观集编年校注》，人民文学出版社 2001 年版，第 644 页。

深重的忧虑。而“郴江幸自绕郴山，为谁流下潇湘去”两句，在这样的政治背景下，是很容易被赋予丰富的政治象喻意义，故苏轼钟爱这两句就不在话下了。

秦观后期词作中，同样表达被贬凄厉之情的还有《满庭芳》：

> 碧水惊秋，黄云凝暮，败叶零乱空阶。洞房人静，斜月照徘徊。又是重阳近也，几处处、砧杵声催。西窗下，风摇翠竹，疑是故人来。　　伤怀。增怅望，新欢易失，往事难猜。问篱边黄菊，知为谁开？谩道愁须殢酒，酒未醒、愁已先回。凭栏久，金波渐转，白露点苍苔。①

这首词写得孤寂冷落、凄苦欲绝。上片写景，云一片碧水放出冷光，满目败叶乱飘阶前，写出词人对时序变迁之速的惊叹；而苍茫的暮色，徘徊的斜月，摇动的翠竹，催人的砧杵声，又映出了抒情者惊悚、失落、犹疑而零乱的心情。下片抒情，词人说“新欢已失，往事难猜”，又说“问篱边黄菊，知为谁开”，这表明不仅伤怀、怅望、后事难料、酒不胜愁等每一种情绪都产生于他对生活的怀疑与绝望，同时，又说明秦观在重重政治打击之下，他的精神与心理已经到了断裂与崩溃的边缘。这种心理状态，正与元符三年（1100）春词人所作《自作挽词》之心态相似。挽词云：

> 婴衅徒穷荒，茹哀与世辞。官来录我橐，吏来验我尸。藤束木皮棺，槁葬路傍陂。家乡在万里，妻子天一涯。孤魂不敢归，惴惴犹在兹。昔忝柱下史，通籍黄金闺。奇祸一朝作，飘零至于斯。弱孤未堪事，返骨定何时？修途缭山海，岂免从阇维。荼毒复荼毒，彼苍那得知？岁晚瘴江急，鸟兽鸣声悲。空蒙寒雨零，惨淡阴云吹。殡宫生苍藓，纸钱挂空枝。无人设薄奠，谁与饭黄缁。亦无挽歌者，空有挽歌辞。②

回顾文学史，还有哪位作家在生前如此为自己哀悼？秦观在《自作挽

① 周义敢、程自信、周雷：《秦观集编年校注》，人民文学出版社2001年版，第853页。

② 同上书，第755页。

词》前小序中说："昔鲍昭、陶潜自作哀挽，其词哀。读予此章，乃知前作之未哀也。"今读其词与序，其中传达的凄厉气息确乎超过了鲍、陶。试想，作者如果不是精神世界处于极度绝望之时，何能有这样的奇文问世？胡仔《苕溪渔隐丛话》云："渊明自作挽辞，秦太虚亦效之。余谓渊明之辞了达，太虚之辞哀怨。"又说："若太虚者，情钟世味，意恋生理，一经迁谪，不能自释，遂挟忿而作此辞。"[①] 胡氏所云"太虚之辞哀怨"及"不能自释"诸语，有理。然他将秦观作此词的动机释为"挟忿"，我们实难苟同。秦观去世于元符三年（1100）八月十二日，这篇挽词作于本年春，对生命的灯烛即将燃灭的词人来说，他还能有多少私忿需要发泄呢？与《满庭芳》（碧叶惊秋）一词传达的情韵一样，《自作挽词》亦不过是秦观绝望中自我哀怜心境之产物，他还能怨愤于何人？自觉生命之路行将到达终点，秦观确乎是在以《自作挽词》这样的文字来为自己最后再唱一曲哀怜之歌。贬谪早期阶段的哀怨悲愤，夺官编管郴州后的怅恨凄厉，实际上至少从编管横州开始，已有了变化迹象，即此前词作中那种极度悲凉绝望的情绪到了他行将去世这段时间，反而舒缓下来了。就像暴风雨过后会有彩虹一样，秦观的人生彩虹此时虽然还没有出现，但他的精神却走向了剧烈波动后的平静。《醉乡春》云：

> 唤起一声人悄，衾冷梦寒窗晓。瘴雨过，海棠开，春色又添多少。　　社瓮酿成微笑，半缺瘿瓢共舀。觉倾倒，急投床，醉乡广大人间小。[②]

他看到了春色，看到了微笑，在饮酒中，他已经开始向另一个没有烦恼且"广大"的世界移动。后来，在迁臣内移中他见到了苏轼，《江城子》又云："南来飞燕北归鸿，偶相逢，惨愁容，绿鬓朱颜，重见两衰翁。别后悠悠君莫问，无限事，不言中。　　小槽春酒滴珠红，莫匆匆，满金钟。饮散落花流水、各西东。后会不知何处是，烟浪远，暮云重。"[③] 凄厉的气息没有了，倒有了许多恋恋不舍的哀伤，以致苏轼认为他"意色自若，与

① （宋）胡仔：《苕溪渔隐丛话》（后集）卷三。

② 周义敢、程自信、周雷：《秦观集编年校注》，人民文学出版社 2001 年版，第 854 页。

③ 同上书，第 855 页。

平日不少异。但自作挽词一篇，人或怪之。予以谓少游齐死生，了物我，戏出此语，无足怪者”。[①] 实则，与苏轼别过仅一个多月，秦观就与世长辞了。可见对精神世界已经完全崩溃的秦观，苏轼所谓“意色自若”、“戏作”挽词等，实在是看走了眼。生命灯火业已燃尽的词人，其词作在风格上虽显出由郴州贬谪以来的凄厉向“伤感的放旷”转化之迹象，然这只不过是绝望中的一丝回光而已，如日之将落会有一丝霞光返照，但是生命已经不再给苦命的词人留下更多完成其词风转变的任何机会。

## 五　秦观凄婉词风成因论略

秦观词整体上呈浓郁的凄婉哀伤色彩，这一点学界没有异论。从以上讨论也可见，秦词风格虽然有过一些变化，然最主要之点，亦以学界公认的这种风格为主。为什么“少豪隽，慷慨溢于文词”的秦观[②]，一旦受到贬谪打击，就会变得如此哀伤凄惨，以至在心力交瘁中早逝？北宋与秦观同时或稍后被贬士人不少，似乎还没有第二个词人有如此凄厉之词风。如与秦观交好的苏轼、黄庭坚等同样深受打击，然苏、黄二人于重贬之下，虽有痛苦，却能一定程度上消解之。甚至像苏轼，在重重贬谪之下，还表现出相当程度的旷达。而黄庭坚与秦观几乎同时被贬黔州，后又转至戎州，身处穷荒，六易春秋，亦艰难困顿吃尽苦头，然他却“泊然不以迁谪为意，蜀士慕从之游，讲学不倦，凡经指授，下笔皆可观”[③]。那么，为什么秦观做不到这一点？

有论者将此归之于秦观个性脆弱使然。如朱东润主编《中国历代文学作品选》（中编）评秦观《踏莎行》（雾失楼台）时指出：“词旨凄婉，音调低沉，反映出封建士大夫遭贬失意时的脆弱性格”[④]；郭预衡主编《中国古代文学史》也指出：“政治上的巨大起伏，使秦观变得越来越感伤……这与苏轼随遇而安和黄庭坚随处安受的生活态度很不一样，故尔其文学创作的风格亦不相同：‘少游钟情，故其诗酸楚；鲁直学道休歇，故其诗闲

---

① （宋）苏轼：《书秦少游挽词后》，《苏东坡全集·苏东坡文集》，珠海出版社 1996 年版，第 1717 页。

② （元）脱脱等：《宋史》卷四四四《秦观传》。

③ （元）脱脱等：《宋史》卷四四四《黄庭坚传》。

④ 朱东润主编：《中国历代文学作品选》中编，上海古籍出版社 2002 年版，第 315 页。

暇。’（《冷斋夜话》卷一三）”[①]

但是，秦观生来却并不是一个个性脆弱的人。陈师道《秦少游字序》载秦观言云：

> 往吾少时，如杜牧之强志气盛，好大而见奇。读兵家书，乃与意合，谓功誉可立致，而天下无难事。顾今二虏有可胜之势，愿效至计，以行天诛。回幽夏之故墟，吊唐晋之遗人，流声无穷，为计不朽，岂不伟哉？于是字以太虚，以导吾志。[②]

这里记载的是秦观对自己早年个性的自我评价，他并没有说自己是个脆弱的人，相反，其睥睨世界、企图建功立业而为计不朽的精神却显示他是一个积极进取、一往无前的人。早年这种强志气盛、好大见奇的性格特点，我们还可以从他的作品来看。秦观二十四岁时写有一篇《郭子仪单骑见虏赋》，这既是一篇典型的言兵之作，其中亦可见他豪隽的性情：

> 匹马雄趋，方传呼而免胄；诸羌骇瞩，俄下拜以投兵。……子仪乃外弛严备，中输至诚。气干霄而直上，身按辔以徐行。于是露刃者胆丧，控弦者骨惊。……岂非事方急则难有异谋，军既孤则难拘常法。遭彼虏之悍劲，属我师之困乏。校之力则理必败露，示以诚则意当亲狎。所以彻卫四环，去兵两夹。虽锋无镆邪之锐，而势有泰山之压。据鞍以出，若乘擒虎之骢；失仗而惊，如弃华元之甲。[③]

他又有一篇《吊缚钟文》云：“新故相代，未始云毕；纷然殊途，必有一出。绝不泯泯，草亡木卒。”即认为真正杰出的人才是很难泯灭的。从这些文字看，秦观生来绝非一个性情脆弱之人，他有理想、有抱负。元祐三年（1088），他所献《进策》三十篇中，就有专门论及将帅运兵及使用谋主的专篇，对西北边防，他也有很具体的建议。

那么，这样一个志在有为的旷代才子，究竟怎么会在人生后期变得极

---

① 郭预衡：《中国古代文学史》第三册，上海古籍出版社1998年版，第138页。

② （宋）陈师道：《后山集》卷十一。

③ 周义敢、程自信、周雷：《秦观集编年校注》，人民文学出版社2001年版，第5页。

度脆弱以至其词风显出凄婉哀感的风格？这个问题似乎并不仅仅是“个性使然”所能回答。政治上的巨大起伏促成了其词风的变化，这一点，总的来说没有问题，然也有需要具体分析的地方。如果说秦观后期性格中有“脆弱”的一面，那也不仅仅是因为政治打击才凸显的。秦观的“脆弱”，与他的家庭背景，接受的思想教养，后来的生活经历（不仅仅是政治贬谪）等有十分密切的关系。别人能经得住的挫折，秦观不能，因为他本身已经担待了太多。晚年的政治打击，只不过是在他伤口上撒了一把盐而已，致使他终于不能担当生命中所不能承受之重。

具体说，秦观凄婉感伤词风之形成与这些因素有关：从其家世及入仕经历看，是长期生活困顿及奉亲养老困难所致；从政治挫折角度看，则与他绍圣以后所遭遇贬谪性质有关；而他早年所接受佛教文化思想，于其凄婉词风之形成，亦产生了深远影响。

首先，家计难持、终其一生的生活困顿是形成其词风感伤色彩的第一个原因。文学史上有不少人因为生活困顿而抒发人生之穷愁哀怨，宋代作家也不例外。然宋人一般并不直言其生活贫困，他们甚至耻言贫贱，即使于文字有所表现，亦不直露。柳永屡试不第，生活无着，他仍说自己是“白衣卿相”。从他的词中可看到，其所乘坐之交通工具往往是“兰舟”、“骄马”，坐卧之榻铺往往是“锦帐”，和情人相聚处也常常是在“画堂绣阁”，即使所乘马之马鞍，也少不了是“宝鞍”。稍后的晏几道，生活贫困，他的词中却几乎没有寒士语，而其父晏殊却是以善言富贵为人所知。所以宋词善写富贵色、香艳味而回避贫寒描写的模式，实际上体现了宋人对贫寒的一种认识与态度。罗大经《鹤林玉露》载杨万里语云：“人皆以饥寒为患，不知所患者，正在不饥不寒耳。”言下之意，饥寒并不是什么祸患，不饥不寒才为患至大。罗氏则进一步发挥杨万里此论：“此语殊有味。乞食于野人，晋重耳之所以霸。燎衣破灶而啜豆粥，汉光武之所以兴。况下此者，其可不知饥寒之味哉。”[①] 大概正是出于这样的认识，苏轼批评孟郊诗歌多写贫愁：“夜读孟郊诗，细字如牛毛。寒灯照昏花，佳处时一遭。孤芳擢荒秽，苦语余诗骚。……人生如朝露，日夜火消膏。何苦

① （宋）罗大经：《鹤林玉露》甲编卷之五《饥寒》，见《鹤林玉露》，中华书局1983年版，第86页。

将两耳，听此寒虫号。”[1] 苏门六学士之一陈师道，“文辞高古，度越流辈”，然亦“安贫守道，若将终身”。[2] 罗大经《鹤林玉露》载，“陈后山为馆职，当侍祠郊丘，非重裘不能御寒，后山止有其一。其内子与赵挺之之内，亲姊妹也，乃为赵假一裘以衣之。后山问所从来，内以实告。后山曰：‘汝岂不知我不著他衣裳耶。’却去之，止衣一裘，竟感寒疾而死。”[3] 陈师道去世以后，据其门人魏衍《彭城陈先生集记》云，是“友人邹公浩，买棺以殓。朝廷特赐绢二百匹，尝与往来者共赙之，然后得归”[4]。

秦观也是这样，虽家计难持，而其词却并无饿馁之色，他的诗文亦不甚作寒士语。他曾批评丁侠：“君生长傣富贵，而喜作寒士语，何耶?”[5] 又说“焉知懒是兵，但觉贫非病”[6]，他看起来似乎也是善处困顿的。

但是，物质上的困难于人生确乎是一种实实在在的威胁。至少在秦观，他从初入仕至后来贬谪，困顿的家计一直是他面临的难题。

有关秦观先世情况，今仅知其父祖二代。秦诗《送少章弟赴仁和主簿》云：“我宗本江南，为将门列戟。中叶徙淮海，不仕但潜德。先祖实起家，先君始缝掖。”[7] 由此见，秦观祖上虽曾有人为将，然自徙居淮海以后，已少有以入仕获显赫功名者。[8] 其祖父秦承议虽曾做过州县属官，父秦元化虽曾游太学且师从名儒胡瑗学习经书，然并未有功名，且又不幸于秦观十五岁时去世。家族中唯一较早获得功名的是叔父秦定，于神宗熙宁

---

① （宋）苏轼：《读孟郊诗二首》，《苏轼诗集》卷一六，中华书局1982年版，第796页。

② （宋）苏轼：《荐布衣陈师道状》，《苏东坡全集·苏东坡文集》，珠海出版社1996年版，第587页。

③ （宋）罗大经：《鹤林玉露》丙编卷之四《志士死饥寒》，见《鹤林玉露》，中华书局1983年版，第302页。

④ （宋）魏衍：《彭城陈先生集记》，见冒广生补笺之《后山诗注补笺·卷首》，中华书局1995年版。

⑤ （宋）秦观：《答丁彦良书》，见周义敢、程自信、周雷《秦观集编年校注》，人民文学出版社2001年版，第678页。

⑥ （宋）秦观：《次韵夏侯太冲秀才》，周义敢、程自信、周雷：《秦观集编年校注》，人民文学出版社2001年版，第204页。

⑦ 周义敢、程自信、周雷：《秦观集编年校注》，人民文学出版社2001年版，第229页。

⑧ 按：秦观《谢馆职启》云：“窃观前史，具见鄙宗：西蜀中郎，孔明呼为学士；东海钓客，建封任以校书。虽为将相之品题，实非朝廷之选用。”然周义敢、周雷认为：“三国时秦宓任于蜀，诸葛亮称其为学士。唐时会稽秦系，自号东海钓鳌客，张建封署其为校书郎。秦观以当家二故事为典，仅为切合于其馆职，并非称自己乃秦系之后。”参见周义敢、周雷编《秦观资料汇编·序言》，中华书局2001年版。

三年（1070）登进士第，曾任会稽尉，京东路转运判官，濠州知州，但这似乎并没有为改善秦氏家族生活现状带来什么好处。对作为弟兄中老大的秦观来说，父亲的早逝，使他很早就担负起了下地劳动、养家糊口的责任。这个信息从他的诗文中屡屡可以看到。

作于熙宁变法后的《田居四首》说："鸡号四邻起，结束赴中原[①]。戒妇预为黍，呼儿随掩门。""倒筒备青钱，盐茗恐垂橐。明日输绢租，邻儿入城郭。"又说："辛勤稼穑事，恻怆田畴语。得谷不敢储，催科吏傍午。"[②] 元丰年间，他写了中国历史上最珍贵的叙述宋代蚕桑状况的蚕书，自云："予闲居，妇善蚕，从妇论蚕，作《蚕书》。"[③] 此书叙吴中蚕家经验极详尽具体，又兼及实地考察兖州蚕事见闻，从中又可见秦观夫妇为维持家计所做的努力。

元丰初期所作《与苏公先生简》亦多次言说自己生计的艰难与生活困顿："某鄙陋，不能脂韦婉娈，乖世俗之所好。比迫于衣食，强勉万一之遇。……但以再世偏亲皆垂白，而田园之入，殆不足奉裘褐，供饘粥。犬马之情，不能无悒悒耳。然亦命也，又将奚尤？"[④] "入夏又为诸弟辈，学时文应举。而家叔至今虽已改官，尚滞京师未还。老幼夏间多疾病，更遇岁饥，聚族四十口，食不足，终日忽忽无聊赖。"[⑤] 在给苏辙的信中，他也言及自己的家境："某受性庸昧，与世异驰。昨迫于衣食，强出应书，侥幸万一之遇。……顾亲已老，田园之入，殆不足以给朝夕之养。犬马之情，不能无湮郁耳，此外亦复何恨？"[⑥] 元丰五年（1082）前后，第二次入京应试的秦观不知因何事体遭遇官府追捕，这次事故是一典型的"飞来横祸"，大概为了摆平事端，他变卖过家资。其《与某知己简》云：

观自去岁入京，遭此追捕，亲老骨肉亦不敢留，乡里治生之具缘此荡尽。今虽得生还，而仰事俯首之计萧然不给，想公闻之不能无恻

① 按：周义敢等释"中原"为"原野"，且云"《诗·小雅·小宛》：'中原有菽，庶民采之。'"见《秦观集编年校注》，人民文学出版社 2001 年版，第 23 页。

② 周义敢、程自信、周雷：《秦观集编年校注》，人民文学出版社 2001 年版，第 23 页。

③ 同上书，第 760 页。

④ （宋）秦观：《与苏公先生简》，周义敢、程自信、周雷：《秦观集编年校注》，人民文学出版社 2001 年版，第 650 页。

⑤ （宋）秦观：《与苏公先生简》，第 663 页。

⑥ （宋）秦观：《与苏子由著作简》，第 651 页。

然也。不知能为谋一主学处否?[①]

至此，他从前所告诉苏轼的自己那点家资“虽不能尽充饘粥丝麻，若无横事，亦可给十七”的情况似乎完全改变了。[②] 因生计逼迫，心高气傲的秦观开始四处求职。[③] 除上述写信于某知己求职外，元丰五年（1082）后，他又先后写信给吕公著、王珪请求举荐谋职，事见其《上吕晦叔书》及《上王岐公论荐士书》。[④]

所以，秦观至元丰八年（1085）还在参加科考以求入仕，这很大程度上已经是出于养家的考虑了。[⑤] 元祐以后，秦观步入仕途，有了官俸，然其家庭生活拮据境况并未有明显改观。元祐六年（1091），他在《送少章弟赴仁和主簿》中说：“道山虽云佳，久寓有饥色。”[⑥] 元祐八年（1093）春，进京任职已有三年的秦观依然清贫甚至食不果腹，他在《春日偶题呈上尚书钱丈》一诗中说：“三年京国鬓如丝，又见新华发故枝。日典春衣非为酒，家贫食粥已多时。”[⑦]《次韵朱李二君见寄二首》云“鬓毛但速安仁老，钱

---

① 周义敢、程自信、周雷：《秦观集编年校注》，人民文学出版社 2001 年版，第 665 页。

② （宋）秦观：《与苏公先生简》，见周义敢、程自信、周雷《秦观集编年校注》，人民文学出版社 2001 年版，第 648 页。

③ 按：秦观心高气傲、特立独行，与交亲、乡里殊少往来，而与朋友交往亦睥睨世俗。其《送刘贡父舍人二首》云：“观也本诸生，早与世参商。方枘不量凿，交亲指为狂。”《送钱秀才序》云：“余既以所学迂阔，不售于世，乡人多笑之，耻与游。而余亦不愿见也，因闭门却扫，日以文史自娱。”《高无悔跋尾》云：“元祐二年，余为汝南学官，被诏至京师，以疾归。无悔亦以失边帅意，徙内地……相从于城东古寺，日饮无何，决口不挂时事。余酒酣，悲歌声振林木，无悔瞋目熟视，发上冲冠。人多怪之，余二人者自若也。”由此亦可见，他早年乃至入仕以后的个性亦并非脆弱。以上见周义敢、程自信、周雷《秦观集编年校注》，人民文学出版社 2001 年版，第 165、526、541 页。

④ 按：两封信分别见载于《秦观集编年校注》，第 665、666 页。

⑤ 按：秦观于元丰八年考中进士以后，因慕马少游之为人，改字少游，陈师道为之作字序。秦《裴秀才跋尾》云：“昔马援南征，谓属官曰：‘吾从弟少游，常哀吾慷慨多大志。曰：人生一世，但取衣食裁足，乘下泽车，御款段马，为郡掾吏，守坟墓，乡里称善人，斯可矣。致求赢余，但自苦耳。当吾在浪泊、西里，虏未灭之时，下潦上雾，毒气熏蒸，仰视飞鸟跕跕堕水中，卧念少游平生时语，何可得也。’”此跋文见周义敢、程自信、周雷《秦观集编年校注》，人民文学出版社 2001 年版，第 546 页。由此可见，秦观自入仕时起，即亦把“取衣食裁足，乘下泽车，御款段马，为郡掾吏，守坟墓，乡里称善人”，作为自己的生活理想。其元祐年间献《进策》、《进论》，反映了他政治上积极进取的一面，然这其中应也有他谋取一较好职位以改善家计的考虑。

⑥ 周义敢等释“道山”云：“此犹言儒林、文苑。……此谓已供职于秘书省，俸禄有限。”见《秦观集编年校注》，第 231 页。

⑦ 同上书，第 248 页。

粟难输曼倩饥”[①]，自言比东方朔还饥。《寄少仪弟》云：“一隔音尘月屡迁，忽收来问涕潸然。栖迟册府吾如昨，流落江湖汝可怜。”[②] 这是他写给弟秦觌的诗。任正字后，他作《谢馆职启》给吕大防，言己在政敌攻击下未辞官之因云：“但以偏亲未老，生计屡空，聊复觍颜以居，未能投劾而去。”[③]《观辱户部钱尚书和诗饷禄米再成二章上谢》亦云：

本欲先生一解颐，顿烦分米忍长饥。客无贵贱皆疏饭，惟有慈亲食肉糜。

梦里光阴挽不回，掩关独坐万缘灰。偶因问讯维摩病，香积天中施饭来。[④]

他的窘迫生活为钱勰所知，赠米，故秦观赋此二诗回谢。

以上我们看到的只是词人被贬前家庭生活艰难窘迫的境况，我们相信他说的是实情。秦观十五岁失怙，十九岁成婚，下又有弟秦觌、秦觏及白发老母。故他既要奉养亲老、解决全家生计问题，又得照管弟弟们的读书科考。亲朋中与他关系最为密切的岳父徐成甫一家也是潦倒不堪。徐自己虽做过潭州宁乡主簿，然一生两娶，四十一岁即谢世，身后留下八个子女；岳母蔡氏（当为秦观妻子徐文美之继母）也是苦命人，十四岁嫁人，十六天后即守寡，为先夫、公公守丧六年后再嫁徐成甫，然徐成甫去世两天后，她即喝砒霜辞世，年仅三十九岁。[⑤] 秦观自己直至三十七岁始有一第。故步入仕途，解决生计必是重要目的之一，然事实并未如愿。漫长的贬谪岁月中，我们看到，他对家人的生活状况分外担心。贬黜处州，秦观将家人带在身边，为了照顾他们的生活，他曾向别人租借住宅。[⑥] 贬郴州以后，他甚至连照顾家人的权利也失去了。从此后，思念家人就成了他心中挥之不去的梦魇。绍圣三年（1096）冬作《题郴阳道中一古寺壁二绝》

① 周义敢、程自信、周雷：《秦观集编年校注》，人民文学出版社 2001 年版，第 273 页。

② 同上书，第 265 页。

③ 同上书，第 643 页。

④ 同上书，第 249 页。

⑤ 按：事见秦观《徐君主簿行状》及《蔡氏夫人行状》，两文载《秦观集编年校注》，第 696、698 页。

⑥ 按：秦观《与胡子简》言处州租用他人住宅事云“不然，使迁客有暴露之忧”。见《秦观集编年校注》，第 679 页。

其二云“北客念家浑不睡，荒山一夜风吹雨”；[①]《宁浦书事六首》其四：“南土四时尽熟，愁人日夜俱长。安得此身作石，一齐忘了家乡。”其五：“身与杖藜为二，对月和影成三。骨肉未知消息，人生到此何堪。”其六又云：“寒暑更拚三十，同归灭尽无疑。纵复玉关生入，何殊死葬蛮夷。”[②]从这些诗作看，他确已心力交瘁、人生的路已没有力量再走下去了。这不是个性脆弱，个性脆弱的人怎么能希望自己不要活着回去，而死葬蛮夷之乡？晚年的秦观确有解不开的愁，这个愁再也不是人生无法荣达的愁，而是失去奉养家人能力，失去亲情、失去健康，骨肉未知、家破人散之愁，而这些恰又都是他生活的依托所在。

所以，担负着无穷生活重压的秦观，他的个性本质上并非脆弱（这一点由其早年文论亦可见），然其精神气质却最终在政治重贬之后发生改变，这和始于其早年而终其一生的家境困难是有密切关系的。困难的条件下，他尚且在尽力维持家计，政治贬谪一旦使他失去了这个权力，那么他对生命意义的怀疑乃至否定就不奇怪了。考察秦观后期感伤凄婉、甚至凄厉词风形成之因，这种来自养家糊口生活重压所积淀的情感因素，是不能忽视的。

另外，与家计困顿相关的，还有秦观奉亲养老的困难，这也当是形成他人生后期无尽愁绪的一个不可忽略的方面。

秦观是长子，其父谢世早，他担负着赡养母亲的重任。对母亲，秦观十分孝敬。元丰八年（1085）所作《登第后青词》自云未登第前，“乃与母亲戚氏，爰自往年，愿修醮事。”现考中进士了，他又说自己愿“依按灵科，酬还素志”，并希望“添寿考于慈亲，除祸殃于眇质”。[③]遭遇政治贬谪之后，在他看来最受罪的莫过其母。绍圣元年（1094）被贬黜，他将回老家“待报”，《与某公简》云：“观虽已罢免……然亲老年高，时气尚热，须官舟以济，辄欲从使府射一舟到高邮，幸望开允。”[④]后来，他亦曾乞人借船以照顾年迈母亲：“方此炎暑，小舟溪行，尽室如在甑中。老母多病，尤以为苦，至郡下欲歇一两日，敢告借船一只。”[⑤]绍圣三年（1096）十月贬郴州时，不能再奉养老母了，过洞庭湖，他写下了无限凄

① 周义敢、程自信、周雷：《秦观集编年校注》，人民文学出版社2001年版，第315页。
② 同上书，第316页。
③ 同上书，第731页。
④ 同上书，第676页。
⑤ 同上书，第677页。

婉的《祭洞庭文》：

> 观罪戾不肖，顷缘幸会，尝厕朝列。备员儒馆，承乏史臣。福过灾生，数遭重劾。蒙恩宽贷，投窜湖南。老母戚氏，年逾七十，久抱末疾。尽室幼累，几二十口，不获俱行，既寓浙西。方令男湛，谋侍南来……观之得罪本末，诸神俱知，愿加哀怜。老母异时，经彼重湖，赐以便风，安然获济。仍愿神贶，早被天恩，生还乡邑。观以疾走便道，不遑躬诣祠下，尽此血诚。故修薄奠，以伸悃愊。[①]

他自己远贬郴州，而母亲则滞留浙西。故经过洞庭湖，秦观想到异日母亲经过此湖也许会凶多吉少，故书写祭文以祈求洞庭神灵保佑母亲平安。正像祭文中说的："尽室幼累，几二十口，不获俱行"，能够帮他照顾家事的，只有其子秦湛，这怎能不让他心伤?

所以，秦观自贬谪郴州始，其词风变得凄厉哀伤，一定程度上亦与政治贬谪使他远离家人、无法再尽奉亲养老之情有关。初贬处州时，全家尚能团聚，故其作品中不仅没有出现过忧念家人情绪，面对贬谪，他反倒表现出一定程度的乐观。《赴杭倅至汴上作》云："俯仰觚棱十载间，扁舟江海得身闲。平生辜负僧床睡，准拟如今处处还。"[②]《题务中壁》云："醉头春酒响潺潺，垆下黄翁寝正安。"[③]《处州闲题》云："清酒一杯甜似蜜，美人双鬓黑如鸦。莫夸春色欺秋色，未信桃李胜菊花。"[④]《无题二首》中更有"不为生死变，岂为忧患渝。西伯囚演易，司迁罪成书。性刚趣知乐，浅浅非丈夫"[⑤]这样的话。但到郴州以后，他却开始悲叹"扰扰天地间，飞鸟不知数。何意独萧条，命与时相忤"，并有了对老母的挂念：

> 老母鬓成丝，寒妻被无絮。岁暮多严风，絺绤将焉度。觉来不复见，抚枕泪如注。安得万顷波，活此舟中鲋。[⑥]

---

① 周义敢、程自信、周雷：《秦观集编年校注》，人民文学出版社2001年版，第740页。

② 同上书，第303页。

③ 同上书，第308页。

④ 同上书，第309页。

⑤ 同上书，第311页。

⑥ （宋）秦观：《梦伯收文工》，《秦观集编年校注》，第313页。

这和绍圣三年除夕他作于郴州旅舍的《阮郎归》词云“乡梦断，旅魂孤。峥嵘岁又除”，及绍圣四年作《如梦令》之“肠断，肠断，人共楚天共远”，都是同一意思。正是这种独特的家庭背景、困顿的生活现实，是秦观晚期词形成凄厉感伤风格的重要因素。

其次，秦观凄厉伤感词风的形成更与他所遭遇贬谪的性质有关。

前已有论，秦观凄伤词风的真正形成期是在他编管郴州以后。秦观贬郴州在绍圣三年夏，岁暮到贬所，次年春复贬横州。《皇宋通鉴长编纪事本末》卷一零二云：

> 绍圣四年二月庚辰诏：郴州编管秦观，移送横州编管。其吴安诗、秦观所在州，差得力职员押伴前去，经过州军交割，仍仰所差人常切照管，不得别致疏虞。

《续资治通鉴长编》卷五零二又云：

> 元符元年九月庚戌：追官勒停横州编管秦观特除名，永不收叙，移送雷州编管。

贬谪本是对犯事官员的一种惩罚，将他们降职、调离京城，从经济发达、生活条件较好地区遣逐至偏远蛮荒之地，是谓之贬谪。尚永亮说：“有如一道界碑，一座分水岭，贬谪以其内含的专制主义的无比残酷和生命史上的全部痛苦，将从政文人的人生历程截然划为两段。贬谪之前，这些文人们或优游宫廷，作诗唱和；或直言强谏，大呼猛进；或积极参政，锐意革新，其生命内蕴得到了较充分的展现。但接踵而来的贬谪，又把他们抛上了万死投荒的路途，使其生命形态顷刻间发生了巨大的逆转，生命价值也由发展的高峰跌落到了无底的深谷。”① 这段话将封建社会政治贬谪对从政官员心灵造成的伤害揭示得十分深刻。比之他代，宋王朝对官员贬谪有更为详细的规定。

以秦观绍圣四年所受编管处罚为例。首先，受编管之人必得由官府派人押送到应编管之地，这个任务是由所经州军的院虞侯等换人换马轮替交

---

① 尚永亮：《唐诗与逐臣》，《古典文学知识》2001年第1期。

接完成，并有严格的交接手续（据《庆元条法事类》卷七五，受编管人可“听家属随行”，不愿随者自便）。其次，编管人在受编管地，无论住官府之厢房还是自己租借私人房屋居住，都必须有厢兵巡逻监视，以防亡失。且须“每旬赴长吏厅呈身”。[①] 宋徽宗崇宁二年（1102）诏：对编管者，“所在州依元符令常切觉察，不得放出城”。《庆元条法事类》卷七五亦云：“所在州常切检察，无令出城及至走失，仍每季具姓名申尚书省。”[②]

最后，编管人无任何俸禄收入。其解决衣食之途有二，一是可以请人作保，聚徒授业以自给；二是由地方官府依“乞丐人法”定量配给。若无人作保，则“囚禁锁闭，甚于配隶”。[③]《庆元条法事类》卷七五：“诸移乡人贫乏不能自存者，地分人保明申州审察，不限时月，依乞丐人法于常平仓给以口食，男子非老弱者减半。”宋孝宗淳熙三年（1176）敕令云：“自今编管，羁管人无保识者，本州日支米二升，钱二十文赡养。”[④] 终有宋一代，因为配隶的人太多，地方财政无力担负，无保识者，往往“锁闭厢房，别无衣食”，“饥饿疾病死亡”的人很多。

如此看来，秦观自监处州酒税编管郴州，已非一般意义上的贬谪，而是开始了他的囚犯生涯。这对秦观来说是一种多么艰巨的考验，他如何可以轻易完成这种身份认同？看看他早年未入仕时的诗文，虽然家境困窘，然其特立独行的个性曾容让过谁？《精骑集》云：“予少时读书，一见辄能诵暗，疏之亦不甚失，然负此自放，喜从滑稽饮酒者游。”[⑤] 元丰初，举进士不中，他杜门却扫，以诗书自娱，并作掩关之铭云：“门有衡衢兮蹄踵联，世不我谋兮地自偏，浑沌是师兮机械焚，何以玩心兮有讨论……掩关自娱兮鲜忧患，啜菽饮水兮颜悦颜，悠哉游哉兮聊永年。”[⑥] 因为负有大志，他甚至被交亲讥笑[⑦]，登进士第后，情形依然。《高无悔跋尾》云：

---

① （宋）李焘：《续资治通鉴长编》卷七十，中华书局2004年第2版。

② 《庆元条法事类》，燕京大学图书馆藏版，1948年印行。

③ （宋）李心传《建炎以来系年要录》卷一六四：“辛巳，诏诸州编管羁管人，在法止许月赴长吏厅呈验。闻比来，囚禁锁闭甚于配隶，可令遵守成宪，如走失，捉获人即具名申尚书省，别作行遣。”《建炎以来系年要录》，文渊阁四库全书本。

④ 《宋会要·刑法》4之54。

⑤ 周义敢、程自信、周雷：《秦观集编年校注》，人民文学出版社2001年版，第528页。

⑥ 同上书，第773页。

⑦ 按：事见《送刘贡父舍人二首》及《送钱秀才序》，上文有引。

元祐二年，余为汝南学官，被诏至京师，以疾归。无悔亦以失边帅意，徙内地……相从于城东古寺，日饮无何，决口不挂时事。余酒酣，悲歌声振林木，无悔嗔目熟视，发上冲冠。人多怪之，余二人者自若也。[①]

《与鲜于学士书》云：

观以声闻过情，深为同进所忌。[②]

素来以名节相许、心志奇高的词人，一旦面临囚徒生活，他的角色认同实在是难以完成。而不能承认变为“囚犯”的事实，并顺利完成心理与身份转换，他的凄厉哀伤又何能避免？

这使我们想起了词学史上的一桩公案。曾慥《高斋诗话》载：“少游自会稽入都见东坡。东坡曰：‘不意别后，公却学柳七词。’少游曰：‘某虽不学，亦不如是。’东坡曰：‘消魂，当此际，非柳七语乎？’”[③] 学界一般认为这是东坡关注秦观词体文学创作，批评他不要学习柳永风调。那么，秦观到底是在什么时候“入都见东坡”而东坡说这番话的？自秦观结识苏轼，至绍圣后元祐旧党被贬谪开始，苏轼居留京城的时间断断续续只有元祐年间数年。而这几年，正是苏轼及其友人千方百计在仕路上荐举、提携秦观的时候。此时，亦正是苏门政敌（洛朔之党）虎视眈眈，唯恐漏掉任何一个攻击苏门人物机会的时候，苏轼哪里还有什么心思真正去关照、过问秦观词之创作问题。如果《高斋诗话》所记大致不差，苏轼所论者，也只不过是提醒秦观不要再以其词作为自己作负面宣传的广告罢了。苏轼及其友人屡次荐举秦观，屡次都被政敌以“儇薄”、“不检”等罪名刷下。这使得苏轼怎能不焦虑？结合秦观自己的书信及题跋之文可见，他也确乎就是一个有些放浪形骸的人，这种个性无疑为他的仕途增添了障碍。所以，《高斋诗话》所载苏轼批评秦观的“不意别后，公却学柳七词”诸语，实反映党争政治环境下，词人的创作已经与其政治进退有了某种关联

① 周义敢、程自信、周雷：《秦观集编年校注》，人民文学出版社 2001 年版，第 541 页。
② 同上书，第 670 页。
③ 参见周义敢、周雷《秦观资料汇编》，中华书局 2001 年版，第 59 页所引文字。

的现实情况。

为什么要讨论这个问题呢？借此桩“公案”，笔者要说明的是，秦观至贬谪前虽位卑名微，然其率性自由的心性班班可见，即使元祐年间面临“深为同进所忌”及政敌千方百计寻找把柄打击的情况下，他似也不曾稍有所改委曲而求全。那么在“绍圣、绍述”以后，新党势力之以诬陷、迫害方式强加给他的罪名与处罚，他又何能坦然接受？不承认所受处罚的合理、合法，在呼天不应、叫地不灵的情形下，他的情怀又何能不哀伤以至凄厉？

最后，秦观感伤凄厉词风之形成，也与他所接受的佛教思想的影响有关。

宋代词人少有不染指佛禅的。宋词自柳永、欧阳修之后，大部分已不再单纯描写艳情，而是转向苦情的倾诉，这一定程度上也正好吻合佛教的“苦空”观。金圣叹《唱经堂批欧阳永叔词十二首》云：

> 余尝言写景是填词家一半本事，然却必须写得又清真又灵幻乃妙。只是六一词，“帘影无风，花影频移动”九个字，看他何等清真，却何等灵幻，盖人徒知帘影无风是静，花影频移是动，而殊不知花影移动只是无情，正为极静；而“帘影无风”四字却从女儿芳心中仔细看出，乃是极动也。呜呼，善填词者，必皆深于佛事者也。只一帘花影，皆细细分别不差，谁言慧业文人，不生天上哉。[①]

金圣叹从对宋词作品的感受分析出发，看出了欧词景物描写中的佛理机趣，并认为“善填词者，必皆深于佛事者也”，此言不虚。实际宋代词人很少有不染指佛禅的，词人读佛书，交结名僧，乃为常情，甚至以词谈禅说理者也不乏其人。[②]

① （清）金圣叹：《金圣叹全集》第四册，江苏古籍出版社 1985 年版，第 761 页。

② 按：王安石就是一个典型。（宋）释惟白《续传灯录》卷十五载其晚年退居江宁以后，信仰佛教，“（祖心禅师）至金陵时，王荆公方退闲居定林，闻师来游，出迎，即见喜甚，剧谈终日。”“称赏者累日，施其第未宝物，延师开山第一祖。”惠洪《冷斋夜话》卷四又载：“舒王女，吴安持之妻蓬莱县君，工诗多佳句。有诗寄舒王曰：‘西风不入小窗纱，秋气应怜我忆家。极目江山千里恨，依前和泪看黄花。’舒王以《楞严经》新释付之，又和诗曰：‘青灯一点映窗纱，好读《楞严》莫忆家。能了诸缘如幻梦，其间惟有妙莲花。’”王安石自己存词 29 首，有 10 多首就是谈禅说理的。

秦观的老师苏轼自二十八岁即开始学佛，[①] 三十六岁左迁余杭以后，"吴地多名僧"，东坡"善者常十九"。[②] 而他的集子中，颂扬佛禅，表彰僧人之作更不可胜计。黄庭坚也是浸淫佛教思想很深的一位。他的集子中今存《观世音赞》、《十六罗汉赞》、《清凉国师赞》、《铁罗汉颂》、《发愿文》等颂赞文字六十余篇。他时常用佛理排解生活磨难，乃至以禅悟来治病。如《又答斌老病愈遣闷二首》之一云："百疴从中来，悟罢本谁病。"他曾写信给胡少汲："公道学颇得耶，治病之方尚深求禅悦，照破生死之根则忧畏淫怒无处安脚，病既无根，则枝叶何能为害。"[③]《赠张叔和》诗亦云："我提养生之四印，君家所有更赠君：百战百胜，不如一忍；万言万当，不如一默；无可简择眼界平，不藏秋毫心地直。我肱三折得此医，自觉两钟生光辉。蒲团日静鸟鸣诗，炉熏一炷试观之。"这说明他已经把佛家忍默平直的修炼法贯穿到了自己的日常生活中。

秦观是怎样的情况呢？元丰末，苏轼向王安石推荐秦观时赞扬他"通晓佛书"，实则秦观何止通晓佛书，他与佛门中人的关系实在太密切了。早年乡居时期，他即与参寥子、昭庆禅师有很深交谊，[④] 他的诗作中有不下30首作品与佛门人众有关，如《宿干明方丈》（昭庆）、《宿参寥房》、《陪李公择观金地佛牙》、《次韵参寥见别》、《次韵参寥三首》，《次韵子瞻赠金山觉大师》、《游杭州佛日山净慧寺》、《送僧归保宁》、《显之禅老许以草庵见处作诗约之》、《送佛印》、《辨才法师尝以诗见寄继闻示寂追次其韵》，等等。他甚至还写过《圆通禅师行状》、《庆禅师塔铭》、《宝林寺开堂疏》、《干明开堂疏》，《高邮长老开堂疏》、《礼泉开堂疏》、《法云寺长老等香会疏文》、《清高飞新老开堂疏》等颂赞佛门中人物的文字。他在自己

---

① 按：苏轼《王大年哀词》云："嘉祐末，予从事岐人……君为言（佛教）大略，皆推见至隐以自证耳，使人不疑。予之喜佛书，盖自君发之。"东坡生景祐三年（1036），王文诰《苏文忠公诗编注集成总案》卷四论定"嘉祐末"为"嘉祐八年"（1063），其时苏轼刚好二十八岁。

② 苏轼《东坡志林》卷二云："予在惠州，有永嘉罗汉院僧惠诚来谓曰：'明日当还浙东。'问所欲干者，予无以答之。独念吴越多名僧，与予善者常十九，偶录此数人以授惠诚，使归见之，致予意，且谓道予居此起居饮食状，以解其念也。"见《东坡志林·仇池笔记》，华东师范大学出版社1983年版，第71页。

③ 黄庭坚：《与胡少汲书》，刘琳、李勇先、王蓉贵点校：《黄庭坚全集》，四川大学出版社2001年版，第1846页。

④ 按：秦观《庆禅师塔铭》云："智谭自广陵，走京师，乞铭于某。……高邮士大夫孙、阎诸公，皆参问于师，而为役之久，缘契最深者，殆莫如某然，则铭师之塔，某何敢辞。"见《秦观集编年校注》，人民文学出版社2001年版，第722—723页。

的作品中也常常提及其佛门生活，如抄佛书等。如《宿参寥房》云："钩箔檐花动，抄书烛烬零。"[①]《处州水南庵二首》其二："此身分付一蒲团，静对萧萧玉数竿。偶为老僧煎茗粥，自携修绠汲清宽。"[②]《题法海平阇黎》云："因循移病依香火，写得弥陀七万言。"[③]

在秦观词中，直接表现其佛教思想的作品不多，然佛教的苦空精神却是深入其作品深层结构之中的。如他很早就形成了人生如梦，万事皆空的观念。作于熙宁五或六年的《陪李公择观金地佛牙》云："薄伽梵相含空虚，化人分段同凡舆。……因悲人生信如梦，浪逐声势霜鬓须。一源清净谁复无，枉入诸趋更崎岖。"[④] 熙宁年间作《宿金山》云："山僧引客寻苍翠，历卷参差到平地。万里风来拂骨清，却忆人间如梦寐。"[⑤]《次韵参寥莘老》云："劳生真梦事，往趋如睡觉。"[⑥] 元丰二年作《泊吴兴西观音院》云："所遇信悠然，此生如寄耳。志士耻沟渎，征夫念桑梓。"[⑦]

这些诗都完成于秦观进士及第之前。可见清寒的家境，屡试不第的生活经历，使他的思想早已经与佛教苦空观达成某种程度的契合。即使在步入仕途以后，他也表示过对名宦的厌弃。如元祐三年作《赠蹇法师诩之》云："予亦江海人，名宦偶牵迫。投劾去未能，见师三叹息。"[⑧] 该诗中提及的这位蹇法师诩之，是一位道教人物，秦观出此叹息，可见人生多苦、万事皆空观念是深入其思想深处的。

他的词中，反映类似思想的作品不少，兹稍予列举：

多少蓬莱旧事，空回首，烟霭纷纷。（《满庭芳》）

往事逐孤鸿，但乱云流水，萦带离宫。（《望海潮》）

人去空流水，花飞半掩门。（《南歌子》）

红绡粉泪知何限？万古空传遗怨。（《调笑令·灼灼》）

忆昔西池会，鹓鹭同飞盖。携手处，今谁在？（《千秋岁》）

① 周义敢、程自信、周雷：《秦观集编年校注》，人民文学出版社 2001 年版，第 27 页。
② 同上书，第 308 页。
③ 同上书，第 312 页。
④ 同上书，第 30 页。
⑤ 同上书，第 33 页。
⑥ 同上书，第 41 页。
⑦ 同上书，第 62 页。
⑧ 同上书，第 186 页。

醉卧古藤阴下，了不知南北。（《好事近·梦中作》）

烟水茫茫，千里斜阳暮。乱红如雨，不记来时路。（《点绛唇》）

“佛教从一开始就把它的全部教义集中在这一个‘苦空’观上。”[①] 史双元认为，佛教教义所谓的“空”，“最主要指‘我空’和‘法空’。‘我空’即人的自体没有实在性，刻刻流变，人生犹如一场梦。‘法空’是指物质世界为因缘和合而成，变幻不实。佛教的意义还认为，现实世界不仅是空幻的，而且充满了痛苦，这就是‘苦观’。在宋人词作中，有很多‘人生如梦’、‘万事皆空’和‘人世多苦’的感叹，它是以现实社会的苦难为基础、受到佛教思想深刻影响而形成的”[②]。其“苦集灭道”之“四谛”以“苦”为首即为明证。佛教经典更用大量篇幅分析人生诸般苦相，如常见的“五苦”，即包括生老病死苦，爱别离苦，怨憎会苦，求不得苦，五阴盛苦等。此即为佛教的“苦观”。

秦观熟悉佛教意义，而他自己的生活也处处充满着足以使他细细体味佛家“苦空”意味的机缘。早年屡试不第，入仕后之升职又历尽曲折，绍圣以后的贬谪更使他的人生遭遇了前所未有的危机和磨难。所以，从这些经历中体味佛家教义，以佛教“苦空”观体味自己现世的凄凉人生，他又如何能不将无穷的悲苦凄厉之情形诉诸笔端？试看他下列词句：

为君沉醉又何妨，只怕酒醒时候，断人肠。（《虞美人》）

岸柳微风吹残酒，断肠时，至今依旧。（《御街行》）

天涯旧恨，独自凄凉人不问。欲见回肠，断尽金炉小篆香。（《减字栏花》）

韶华不为少年留，恨悠悠，几时休？……便作春江都是泪，流不尽，许多愁。（《江城子》）

算天长地久，有时有尽。奈何绵绵，此恨难休。（《风流子》）

欲将幽恨寄青楼，争奈无情江水，不西流。（《虞美人》）

春去也，飞红万点愁如海。（《千秋岁》）

人人尽道断肠初，那堪肠已无。（《阮郎归》）

---

① 严北溟：《儒佛道思想散论》，湖南人民出版社1984年版，第173页。

② 史双元：《宋词与佛道思想》，今日中国出版社1992年版，第72页。

驿寄梅花，鱼传尺素，砌成此恨无重数。（《踏莎行》）

苦恨东流水，桃源路，欲回双桨。（《鼓笛慢》）

肠断，肠断，人共楚天俱远。（《如梦令》）

伤怀，曾怅望，新欢易失，往事难猜。（《满庭芳》）

这些词绝大多数作于他被贬之后。从中可见，秦观确是反复诉说着他人生的“苦相”：情人相隔，几令肠断，此为“爱别离苦”；韶华难留，余恨悠悠，此为“生老病死”之苦；远贬他乡，无有出头之日，旅魄孤凄，与家人会面难期，此又为“怨憎会”苦及“求不得”苦。政治打击与生活磨难犹如一张大网，将他层层包围，使他身心皆饱受重负，几欲喘不过气来，这又正是佛家所讲的五阴盛苦。所以熟稔佛家经典，深谙佛教“苦空”观念的秦观，当他的生活一旦陷入难以自拔境地之时，佛家所讲的诸般“苦相”，就会很容易与他的人生感受交织在一起，进而沉潜为他作词时的情感底色。这样，佛教思想之影响他感伤凄苦词风的形成，就可以看得比较清楚。只是佛家讲空苦观念，意在告诫世人要超越之，秦观虽然在元符元年（1098）以后词作中，一定程度上也表现出了超越生命悲苦的迹象[①]，但整体上看，他还是未能达到完全超越的境地，其短促的生命历程几乎没有给他留下更多超越人生空苦的时间和机会。

综上述，秦观早年树立的人生理想既从未有过实现机会，而家计的困顿亦始终伴随着他。入仕后，因贬谪导致人身自由丧失，及因之产生的生存处境之恶劣变化，亦啮噬着他生活的信念。而他所接触、学习的佛门思想，又足以使他更细足地体味生活之“空苦”却难以完全超越之。这些因素的共同作用，改变了他的精神世界和创作心态，并终使他的词走上了凄婉的政治抒情道路。

## 第三节　黄庭坚词的政治抒情

### 一　家世与仕宦情况

黄庭坚（1045—1105）字鲁直，其先祖乃婺州金华人，六世祖黄瞻以

① 按：元符三年（1100）以后，秦观创作《醉乡春》（唤起一声人悄）、《江城子》（南来飞燕北归鸿），一定程度上表现出了对生命悲苦意识的超越。

策干江南李氏政权，用为著作郎，知洪州分宁县（今江西修水），至其高祖父黄元吉始家秀水上，黄本人亦生于是。

黄庭坚祖上虽不显耀，然亦代代为宦。其曾祖黄中理曾赠光禄卿，祖父黄湜赠中散大夫，其父黄庶亦尝摄康州，赠中大夫。至当朝名宦李常乃其母舅。黄庭坚七岁已能作诗[①]，其父去世之后，十五岁左右的黄庭坚即赴淮南从舅父李常学。他一生两娶，然两任妻子均早逝。第一任妻子孙兰溪乃孙觉之女，第二任妻子乃诗人谢景初女（孙女去世时黄二十六岁，谢女去世时黄三十五岁）。治平四年（1067）登进士第，时二十三岁。

登第之后黄庭坚首调叶县尉，四年后（即熙宁四年1071），“庭坚作《新寨》诗，传至都下。王安石见之，击节称叹，以为清才，非俗吏，遂除北京教授”[②]。元丰三年（1080）苏轼以诗得罪，黄庭坚因与苏曾有诗往来，遭罚金，并改官授吉州太和县，游舒州三祖山（今安徽潜山县西北）山谷寺，乐其石牛洞艺林泉之胜，乃自号“山谷道人”。此后他又曾移监德州德平镇。哲宗即位后，赐五品服，以秘书省校书郎召入宫。与张耒、晁补之、秦观等同游苏门，天下称为“四学士”。未几，除修神宗实录院检讨官，集贤校理。逾年，除秘书省，著作佐郎，虽“朝庭数议除美官，为言事者作梗，不果”。[③] 元祐五年（1090），遭母丧，服除，除秘书丞，集贤校理，同修国史。绍圣元年（1094），议者以“修《神宗实录》类多附会奸言，诋熙宁以来政事”，五十岁的黄庭坚谪授涪州别驾，黔州安置，后又以其外兄作本路常平官，避嫌移戎州。

元符三年（1100），宋徽宗登基后大赦州县散官编管人等。山谷放还，复宣德郎，监鄂州税，后又曾改奉议郎，签书宁国军节度判官，改朝奉郎，权知舒州；又召以为吏部员外郎，山谷辞疾不拜。上章乞郡，得知太平州，到官九日复坐党事而罢。崇宁二年（1103）十一月，诏除名，羁管

① 按：《桐江诗话》载，庭坚七岁作牧童诗云：“骑牛远远过前村，吹笛风斜隔岸闻。多少长安名利客，机关用尽不如君。”另据《西清诗话》载：庭坚作诗送人赴举，有云：“送军归去玉帝前，若问旧时黄庭坚，谪在人间今八年。”以上见刘琳、李勇先、王蓉贵点校《黄庭坚全集》，四川大学出版社2001年版，第2364页之《黄庭坚简谱》。

② 同上书，第2367页。

③ 《黄庭坚全集·附录》之《豫章先生传》，见刘琳、李勇先、王蓉贵点校《黄庭坚全集》，四川大学出版社2001年版，第2361页。

宜州。[1] 崇宁四年九月（1105），卒于宜州寓居，年六十一。

纵观黄庭坚一生，虽入仕早，然因陷入北宋新旧党争之中，致他虽“声夺一代”却“命局一官”。晚年，竟在漫长贬谪中死于贬所。所以从政治生活角度看，他的一生无疑是极具悲剧性的。

## 二 “自成一家始逼真”：黄庭坚与苏轼及王安石的交往

陶尔夫、诸葛忆兵著《北宋词史》云“黄庭坚曾经历过元祐年间的仕途通达”[2]，此说不确。关于黄庭坚元祐期间的仕宦情况，前人早有议论。如清张培伦《涧于日记》“光绪辛卯六月初九日”条云：“元祐入史局，两次迁官。一为赵挺之所弹，一为韩川所驳，终不得进一阶。书成，请封其母，盖虑叙官必为人所嫉也。乃命下之日，其母即卒，安康之名亦为虚祝，殊可悲痛。服阕而朝局已变，谪命旋行。靖国之初，乞太平，六日而罢，后以文字之祸，贬死宜州。终其身竟无展眉舒气之一日。较之义山之死于令狐，不同一侘傺乎！”[3] 他平生所遭遇最严重的政治挫折，均与文字有关。第一次因与苏轼诗歌唱和罚铜二十斤，致棲迟县镇多年；第二次因修《神宗实录》“失实”而贬涪州；第三次亦因文字得祸，除名编管宜州。这后两次贬谪，究其因，根本上还是与他入苏门而被打入元祐旧党之列有关。

黄始与苏轼通信在元丰元年（1078），其《上苏子瞻书》云：

> 庭坚齿少且贱，又不肖，无一可以事君子……伏惟阁下学问文章度越前辈，大雅恺弟约博后来。立朝以直言见排退，补郡辄上课最，可谓声实相当，内外称职。凡此数者，在人为难兼，而阁下所蕴，海

---

① 按：黄庭坚此次再遭贬废的原因，据黄畲《年谱》，乃陈举承风旨毁谤的结果。《年谱》引族伯父黄仲贲《跋承天塔记》云：庭坚自蜀出峡，留荆州，待辞免乞郡之命，与府帅马瑊忠玉相从欢甚。闽人陈举自台察出为转运判官，庭坚未尝与交。一日，承天寺浮图成，僧智珠乞记并请书石，忠玉同诸部使者环观庭坚书碑，庭坚自于碑尾但云“作记者朝奉郎，新知舒州事豫章黄庭坚。立石者承议郎，知府事茌平马瑊”而已。举与转运判官李植，提举常平林虞相顾遽请于前曰：“某等愿记名不朽，可乎？”庭坚不答，举由此憾之。举知庭坚在河北与赵挺之有怨，挺之执政，遂以墨本走介献于朝，谓幸灾谤国。遂除名，羁管宜州。《年谱》见刘琳、李勇先、王蓉贵点校《黄庭坚全集》，四川大学出版社2001年版之《附录》部分。

② 陶尔夫、诸葛忆兵：《北宋词史》，黑龙江人民出版社2005年版，第359页。

③ 刘琳、李勇先、王蓉贵点校：《黄庭坚全集》，四川大学出版社2001年版，第2472页。

涵地负，特所见于一州一国者耳。惟阁下之渊源如此，而晚学之士，不愿亲炙光烈，以增益其所不能，则非人之情也。……庭坚天幸，早有闻于父兄师友，已立乎二累之外。然独未尝得望履幕下，则以齿少且贱，又不肖耳。知学以来，又为禄仕所縻，闻阁下之风，乐承教而未得者也。今日窃食于魏，会阁下开幕府在彭门，……盖心亲则千里晤对，情异则连屋不相往来，是理之必然者也，故敢坐通书于下执事。[①]

这封信语气恭谨，态度诚恳，对苏轼充满崇敬之情。其时苏轼知徐州，黄庭坚在北京（今河北大名）国子监任教授。据《豫章先生传》，早在苏、黄二人通讯问之前，“眉山苏公子瞻见公诗于孙公莘老家，绝叹，以为世久无此作矣”[②]。这说明苏、黄在正式通信之前他们对对方都是有了解的。但为什么黄庭坚一直要等到元丰初期才主动写信给苏轼呢？这恐怕与他久在北京教授任上不得升迁有关。黄庭坚受王安石赏识而除北京教授[③]，至元丰元年（1078）与苏轼通信时，他在此任上已度过七个年头，而王安石恰是在熙宁九年（1076）十月辞相归居江宁。故此时，黄庭坚写信给苏轼，随信还附上了自己的“古风诗二章”，实不能排除他有请苏轼荐举之意。

不幸的是，结识苏轼第二年，“乌台诗案”起。黄庭坚因与苏轼“以诗往来”而受到牵连，“直委知吉州太和县”，并因此棲迟县镇[④]，至元丰八年（1085）哲宗即位，才被召至京师。后随苏轼入翰林，张耒、晁补之、秦观也相继入馆供职，他们聚会苏门。而黄庭坚“与翰林学士苏公子瞻游最密，赋诗或无辍”[⑤]。元祐四年（1089），作为“蜀党”领袖的苏轼在朔、洛党成员攻击下出朝。元祐六年（1091），黄庭坚参与修《神宗实录》成，本应晋升，却因洛党韩川的攻击而作罢。待“绍圣”党议再起，作为“苏门四学士”之一的黄庭坚自然就被认作元祐党人一员而走上了贬废之路。

---

① 刘琳、李勇先、王蓉贵点校：《黄庭坚全集》，四川大学出版社 2001 年版，第 457—458 页。

② 同上书，第 2360 页。

③ 同上书，第 2366 页。

④ 同上书，前言，第 1 页。

⑤ 洪炎：《豫章黄先生退厅堂录序》，刘琳、李勇先、王蓉贵点校：《黄庭坚全集》，四川大学出版社 2001 年版，第 2379 页。

苏、黄定交后，苏轼对黄庭坚的称赏与荐举之意从未有改变，苏门学士中，苏轼对黄庭坚的器重亦非他人可比。元祐元年（1086）九月，苏轼以试中书舍人为翰林学士、知制诰，曾荐举黄庭坚自代。《举黄庭坚自代状》云："蒙恩除臣翰林学士。伏见某官黄某，孝友之行，追配古人；瑰玮之文，妙绝当世。举以自代，实允公议。"黄庭坚一生对苏轼的心性、气节、人格、才华亦有极深了解，他崇敬、爱戴苏轼之情亦从未有变。他所传世诗歌、书信中，与苏轼交际唱和者不少，题跋东坡墨帖、书卷、诗赋的文字更比比皆是。

然察黄庭坚存世文字亦明显可见，他之追随苏轼，却并非完全是因为追随苏轼的政治思想。苏轼立朝为官，是有自己明确政治主张的，所以，在王安石变法问题上，他往往直陈己见，态度鲜明。而黄庭坚则很少写出公开表述反对变法或者正面阐述自己政治思想的文字。这方面，他与同为"四学士"之一的秦观就很不一样。秦观早在入仕之前即写出了表述他政治理想的《进策》、《进论》中之大部分文字，黄庭坚却几乎没有此类文字传世。

当然，黄庭坚的一些诗作也在传达某种信息。如熙宁元年（1068）至四年（1071）做叶县尉时，他写有《流民叹·叶县作》一诗，在痛心陈述水旱之灾戕害百姓、"河北不知虚几州"情况后，又写下了这样的话："庙堂已用伊吕徒，何时眼前见安堵。疏远之谋未易陈，市上三言或成虎。""虽然犹愿及此春，略讲周公十二政。风生群口方出奇，老生常谈幸听之。"① 大旱、水灾、地震，使北方流民四起，黄庭坚感叹庙堂治国却抛弃"周公十二政"，这显然是对变法派的批评，但是，他说"庙堂已用伊吕徒"，这在苏轼等严厉批判王安石变法是扰乱国政的熙宁初期，尤其可见他与态度激烈的反变法者间的区别。元丰二年（1079）作组诗《见子瞻粲字韵诗和答三人四返不困而愈崛奇辄次旧韵寄彭门》其三又云：

> 诚求活国医，何忍弃和缓。开疆日百里，都内钱朽贯。铭功甚俊伟，乃见儒生懦。且当置是事，勿使冰作炭。上帝群玉府，道家蓬莱馆。曲肱夏簟寒，炙背冬屋暖。只令文字垂，万世星斗粲。②

① 刘琳、李勇先、王蓉贵点校：《黄庭坚全集》，四川大学出版社 2001 年版，第 998 页。
② 同上书，第 910 页。

他也认为“医国”当以和缓为本，不需行苛政扰民。[1] 不过，面对变法派此政，他又认为“儒生”“且当置是事”，不要去参与。不议政干什么呢？他说：“上帝群玉府，道家蓬莱馆”，“只令文字垂，万世星斗粲”。这既像诫勉自己，又似乎是劝诫苏轼。从作时相距十年左右的这两首诗里，我们可以较为清楚地看到黄庭坚思想变化之轨迹。他从初入仕时的关心变法效果、针砭时弊，发展到元丰初追求以诗书文章垂世，个中原因，自与元丰初日益紧张的政治氛围分不开。

政治斗争的激烈，使黄庭坚后来不仅完全放弃了以文学创作反映时政的可能，甚至在作诗为文的观念上，他也走到了与苏轼式的“察察言”、企图有补于世的反面。他的外甥洪炎说：

> 大抵鲁直于文章天成性得，落笔巧妙，他士莫逮，而尤长于诗。其发源以治心修性为宗本，放而至于远声利、薄轩冕，极其致，忧国爱民，忠义之气蔼然见于笔墨之外。……苏公尝评鲁直曰：“读鲁直书，如见鲁仲连、李太白，不敢复论鄙事，虽若不适用，然不为无补于世。”苏公知鲁直者，然此评则未尽。夫诗人赋咏于彼，兴托于此，阐绎优游，而不迫切，其所感寓常微见其端，使人三复玩味之久而不厌，言不足而思有余，故可贵尚也。若察察言，如老杜《新安》、《石壕》、《潼关》、《花门》之什，白公《秦中吟》、《乐游园》、《紫阁村》诗，则几于骂矣，失诗之本旨也。举世雷同，未必皆知鲁直。苏公真知鲁直者，又可叹如此。信乎知我之难也。鲁直尝游灊皖，爱山谷石牛洞，意若将老焉，故自号山谷道人。谪黔、戎时，假涪州别驾，故又号涪翁，或曰涪皤。在黔中，又号黔安居士。至宜州，又号八桂老人。皆班班见于诗文。然世士言鲁直者但言山谷，盖以配东坡。[2]

相比苏轼，洪炎似乎更了解他的舅舅黄庭坚。尤其他在此文中认为世人但

---

① 按：黄庭坚后来在《跋子瞻祭胡屯田文》中也曾说：“（胡）公达治郡，政虽严而不苛，事虽整而常暇。其论熙宁元祐以来改易更革，天下之大故，利病得失，去此取彼，所以云为者，使人听之，宾主不倦而忘归也。”此论可与这首诗对读。跋文见刘琳、李勇先、王蓉贵点校《黄庭坚全集》，四川大学出版社 2001 年版，第 695 页。

② （宋）洪炎：《豫章黄先生退听堂录序》，《黄庭坚全集》，四川大学出版社 2001 年版，第 2379 页。

以“山谷”配“东坡”且“苏黄”并提，这似乎并不恰当。因为“苏黄”至少在作诗思想上的区别还是很大的。黄庭坚自己也曾说过：“东坡文章妙天下，其短处在好骂，慎勿袭其轨也。”[①] 实则，黄庭坚自己早期的诗歌又何尝没有愤世尖锐的一面？于政治是非，他又何尝不心明如镜？元祐初，司马光去世，他作《祭司马温公文》云：“公定国是，决兴丧于一言，所进忠贤，拔茅连茹，其去奸佞，迹无遗根。泾渭洞明，凛乎太平之渐。……呜呼，期月之间，经营见效如此，尚假日月，泛观崇成。如何彼苍，歼我哲辅。百身可赎，谁不愿然。”[②] 此时的黄庭坚俨然元祐旧党之一员，其政治态度鲜明如此。只不过在文学创作上，也许是担心太深陷入政治纷争，他是不提倡以文学服务政治而作“有补于世”的、反映其政治观点的文字。他存世诗文少有如苏轼锋芒外露的一面，而多以“治心修性为宗本”，恐怕与他“且当置是事，勿使冰作炭”的不愿“察察言”的政治态度是有相当关系的。

“我不为牛后人”[③]，“随人作计终后人，自成一家始逼真”[④] 的黄庭坚，在政治上超越党派纷争、不愿随人附和的态度还可由他与新党人物王安石的密切关系可见。终北宋中后期，王安石是万众瞩目的焦点人物。司马光因反对王安石变法而终生与之绝交；苏轼因反对变法而被投进监狱险丧性命，而他一生也仅有两封与王安石往来之书信；[⑤] 同属苏门学士的秦观则在其传世诗文中只字未提过王安石。黄庭坚则在二十七岁时就得到王安石“以为清才，非俗吏”之赞赏，且除之北京教授。[⑥] 此后，他屡在诗文中称赏王安石为人、书法、才学，如下列题跋及书信文字：

① （宋）黄庭坚：《答洪驹文书》，见刘琳、李勇先、王蓉贵点校《黄庭坚全集》，四川大学出版社2001年版，第474页。

② 刘琳、李勇先、王蓉贵点校：《黄庭坚全集》，四川大学出版社2001年版，第1729页。

③ （宋）黄庭坚：《赠高子勉四首》，刘琳、李勇先、王蓉贵点校：《黄庭坚全集》，四川大学出版社2001年版，第201页。

④ （宋）黄庭坚：《以右军书数种赠丘十四》，刘琳、李勇先、王蓉贵点校：《黄庭坚全集》，四川大学出版社2001年版，第1249页。

⑤ 按：苏轼文集中今仅见两封他写给王安石的书信，第一封极短，第二封信虽稍长，却主要是谈秦观的事。他写第二封信的目的，主要是想请王安石以自己的声望举荐秦观。

⑥ 刘琳、李勇先、王蓉贵点校：《黄庭坚全集》，四川大学出版社2001年版，第2366页。

王荆公书法奇古，似晋宋间人笔墨，此固多闻广见者之所欲得也。①

余尝评东坡文字，言语历劫，赞扬有不能尽，所谓竭世枢机，似一滴投于巨壑者也。而此帖论刘敞侍读晚年文字，非东坡所及。蝍蛆甘带，鸱鸦嗜鼠，端不虚语。②

王荆公书字得古人法，出于杨虚白。……今金陵定林寺壁，荆公书字百数，未见赏音者。③

惠及荆公遗墨，入手喟然，想见风流余韵，招庆定林之间无复斯人矣。④

荆公学佛，所谓"吾以为龙又无角，吾以为蛇又有足"者也。然余尝熟观其风度，真视富贵如浮云，不溺于财利酒色，一世之伟人也。莫年小语，雅丽精绝，脱去流俗，不可以常理待之也。⑤

元祐元年（1086），黄庭坚在秘书省时作有《次韵王荆公题西太乙宫壁二首》：

风急啼乌未了，雨来战蚁方酣。真是真非安在？人间北看成南。

晚风池莲香度，晓日宫槐影西。白下长干梦到，青门紫曲尘迷。⑥

王安石去世于元祐元年，大概在王安石去世之后，黄庭坚又写了两首怀念的诗，题为《有怀半山老人再次韵二首》：

短世风惊雨过，成功梦迷酒酣。草《玄》不妨准《易》，论《诗》终近《周南》。

---

① （宋）黄庭坚：《跋王荆公书陶隐居墓中文》，刘琳、李勇先、王蓉贵点校：《黄庭坚全集》，四川大学出版社 2001 年版，第 647 页。

② （宋）黄庭坚：《跋王介甫帖》，刘琳、李勇先、王蓉贵点校：《黄庭坚全集》，四川大学出版社 2001 年版，第 671 页。

③ （宋）黄庭坚：《题王荆公书后》，刘琳、李勇先、王蓉贵点校：《黄庭坚全集》，四川大学出版社 2001 年版，第 684 页。

④ （宋）黄庭坚：《与俞清老书》，刘琳、李勇先、王蓉贵点校：《黄庭坚全集》，四川大学出版社 2001 年版，第 1775 页。

⑤ （宋）黄庭坚：《跋王荆公禅简》，刘琳、李勇先、王蓉贵点校：《黄庭坚全集》，四川大学出版社 2001 年版，第 696 页。

⑥ 刘琳、李勇先、王蓉贵点校：《黄庭坚全集》，四川大学出版社 2001 年版，第 193 页。

啜羹不如放麑，乐羊终愧巴西。欲问老翁归处，帝乡无路云迷。[①]

这些文字作时有迟早，除明显可见他有意超越政界纷争的态度外，其钦敬、赞颂、怀念王安石的用心也昭然若揭。不仅如此，黄庭坚作词，甚至亦明言“戏效荆公作”。[②] 对荆公所交接的人物，他亦极崇敬。如他对曾与王安石交谊深挚的俞紫芝兄弟就极尽称赞之能事。他说俞紫芝“道意淳熟”，“观荆公所赠六诗，可之其人品高下也”[③]。又说俞紫芝“与荆公往返游戏歌曲，皆可传”[④]。“秀老，清老，皆江湖扁舟，不能受流俗人拘忌束缚者也。往者金陵见与荆公往来诗颂，言皆入微……荆公之门盖晚多佳士”，等等。[⑤]

这些事实，无一不从一个侧面说明了黄庭坚在苏门学士之中，实有别于其他几位的情况。黄庭坚就事论事品格的形成，无疑深受其亲朋影响。他年少丧父，生活于母家，十五六岁随其舅父李常游淮南，其为人处世态度无疑更深受李常不少影响。在《奉和公择舅氏送吕道人研长韵》中他说：“少也长母家，学海颇寻沿。诸公许似舅，贱子岂能贤。”李常熙宁初因反对新法被贬。元祐初任户部尚书，又因反对尽废新法而与司马光相左。其为人“清明岂弟，友安乡党。正色立朝，诚笃不忘”[⑥]，黄庭坚《祭舅氏李公择文》论舅父对自己的影响云：“长我教我，实惟舅氏。四海之内，朋友比间，舅甥相知，卒无间然。”[⑦] 而他十七岁时即熟识的岳父孙

① 刘琳、李勇先、王蓉贵点校：《黄庭坚全集》，四川大学出版社 2001 年版，第 194 页。

② （宋）吴曾《能改斋漫录》卷十七“王荆公词”条云：“王荆公筑草堂于半山，引八功德水，作小港其上，叠石作桥。为集句填《菩萨蛮》云：‘数间茅屋闲临水，窄衫短帽垂杨里。花似去年红，吹开一夜风。　柳梢新月偃，午醉醒来晚。何物最关情？黄鹂三两声。’其后豫章戏效其体云：‘半烟半雨溪桥畔，渔翁醉着无人唤。疏懒意何长，春风花草香。　江山如有待，此意陶潜解。问我去何之，君行即自知。’”今存黄庭坚此《菩萨蛮》词下作者原注亦云“戏效荆公作”。见《全宋词》，中华书局 1965 年版，第 399 页。

③ （宋）黄庭坚：《书王荆公赠俞秀老诗后》，刘琳、李勇先、王蓉贵点校：《黄庭坚全集》，四川大学出版社 2001 年版，第 720 页。

④ （宋）黄庭坚：《书玄真子渔父赠俞秀老》，刘琳、李勇先、王蓉贵点校：《黄庭坚全集》，四川大学出版社 2001 年版，第 721 页。

⑤ （宋）黄庭坚：《跋俞秀老、清老诗颂》，刘琳、李勇先、王蓉贵点校：《黄庭坚全集》，四川大学出版社 2001 年版，第 722 页。

⑥ （宋）黄庭坚：《题舅氏李公择墓柱》，刘琳、李勇先、王蓉贵点校：《黄庭坚全集》，四川大学出版社 2001 年版，第 703 页。

⑦ 刘琳、李勇先、王蓉贵点校：《黄庭坚全集》，四川大学出版社 2001 年版，第 800 页。

党，也是一位“不忮不侵、体国而论”的官员。[①] 所以，以李常、孙觉正色立朝的政治品格言，深受其影响的黄庭坚之入苏门，又始终钦敬、感念王安石，这又都是可以解释的。

苏轼一生在政治纷争中一贬再贬，黄庭坚也遭际了甚至比苏轼更悲惨的命运，说他“没有参与当时的党派纷争”[②]，这只能是就其不愿“随人作计”的主观意识而言。实际上，尽管黄庭坚几乎没有宣示自己政治态度的文字传世，然他反对“弃和缓”的熙宁变法之态度，还是很明确的。他与德为邻、以文会友而步入苏门，客观上，也就是更贴近旧党圈子。所以，变法派后来将他作为旧党成员一并打击也并不是全无根据。可贵的是，他以旧党成员的政治处境，而对新党党魁作如许深情赞颂，在那个党争激烈的时代，并不是每个人都能做得到。由此可见，黄庭坚确有超然于政治纠葛之上的处世胸怀，但最终他还是逃脱不了政治厄运而成为党派斗争的牺牲品。从这个意义上说，他的一生无疑又极具悲剧性。理解这种悲剧性，对理解其词之政治抒情内涵是重要的。

### 三　黄庭坚词的政治抒情内容

无意介入党派纷争的黄庭坚，终却陷于政治贬谪的深渊不能自拔，这对他的精神世界造成巨大影响。黄庭坚词《全宋词》今录存190首，《全宋词补辑》补录2首，题材极丰富。举凡记游、写景、怀古、赠答、送别、说理、谈禅、咏物、恋情等，几乎无所不包，然其中最感人、投注作者深厚情感与巨大生命力而创作的，则无疑是反映他行身于仕宦之途，尤其政治贬谪之后所作之述其种种复杂情绪的词作。

从表现情感的性质看，黄庭坚词的政治抒情主要体现在以下几方面。

首先，他的词表达了对无端贬谪的抗争。黄庭坚虽然入仕很早，但直至五十岁还官不过七品。三十四岁时，他的第二任妻子去世，次年，他即自号“山谷道人”以明其淡泊于仕进之意。故于为官做宦，中年后，他似乎并没有汲汲以求。但就是这样一个于政治名利无甚奢求的人，在其晚年却遭遇了政治上的巨大挫折。对此，他当然一时无法平静，而他敢作敢当

---

① （宋）黄庭坚：《祭外舅孙莘老父》，见刘琳、李勇先、王蓉贵点校《黄庭坚全集》，四川大学出版社2001年版，第1731页。

② 刘琳、李勇先、王蓉贵点校：《黄庭坚全集·前言》，四川大学出版社2001年版，第3页。

的个性[①]，更使他无法把自己心中的抗争恚忿之意深埋而不表现出来。

今存山谷词不少篇章即反映了他面对无端而来的贬谪所表现出的不平与抗争情绪。如《念奴娇》（断虹霁雨）：

断红霁雨，净秋空，山染修眉新绿。桂影扶疏，谁便道，今夕清辉不足。万里青天，姮娥何处，驾此一轮玉。寒光零落，为谁偏照醽醁。　年少从我追游，晚凉幽径，绕张园森木。共倒金荷家万里，难得尊前相属。老子平生，江南江北，最爱临风曲。孙郎微笑，坐来声喷霜竹。[②]

此词作于元符元年（1098）戎州贬所。[③] 词序云："八月十七日同诸甥步自永安城楼，过张宽夫园待月。偶有名酒，因以金荷酌众客。客有孙彦立，善吹笛。援笔作乐府长短句，文不加点。"据此可知黄庭坚作此词几乎就是援笔立就。

上片言雨后秋空澄净、山染新绿、月影扶疏之景，一洗历来文士悲秋之传统；下片记事，写晚饮缘由及孙彦立吹笛事，抑郁不平之气可见。因为是与"诸甥"一起月夜饮酒，故黄庭坚似并无意要以此词表现自己的谪迁之悲。虽是"文不加点"而成，然作者的忧怨抗争之意仍清晰可见。他放眼清空，对一轮明月举杯而饮，又说自己江南江北，最爱临风曲。不仅作者的骨鲠之气充溢字里行间，且对陷害自己的人也示以极大蔑视。陶尔夫、诸葛忆兵认为"这首词一定程度上反映了作者对被贬的不满心情"[④]，确为中的之见。黄庭坚认为作诗不要有"忿"，元符元年八月谪戎州后，他曾在寓舍"退所堂"为营丘王知载诗集写了一篇跋文，其中有言："仕

① 按：黄畲《山谷先生年谱》载，绍圣元年（1094）"十二月丙申，章惇等台谏官前后章疏言：'实录院所修先帝《实录》，类多附会奸言，诋熙宁以来政事。乞重行窜黜，以示万世大公至正之法。'诏：'……庭坚谪授涪州别驾，黔州安置。'"又，《宋史》本传云："章惇、蔡卞与其党论《实录》多诬，俾前史官分居京邑以待问，摘千余条示之，谓为无验证。继而院吏考阅，悉有依据，所余才三十二事。庭坚书'铁龙爪治河，有同儿戏'，至是首问焉。对曰：'庭坚时官北都，尝亲见之，真儿戏耳。'凡有问，皆直词以对，闻者壮之。"

② 唐圭璋编：《全宋词》，中华书局1965年版，第385页。

③ 按：陆游《老学庵笔记》卷二载此词作于戎州，另据黄畲《山谷先生年谱》卷二七："先生有题名云：'元符始元重九月，同僧在纯，道人唐履，举子蔡相、张溥、子相、侄桓步自无等院，登永安门游息……责授涪州别驾戎州安置黄庭坚鲁直书。'"

④ 陶尔夫、诸葛忆兵：《北宋词史》，黑龙江人民出版社2005年版，第357页。

不遇而不怒，人不知而不独乐，博物多闻君子。”又说：“诗者，人之情性也，非强谏争于庭，怨忿之后于道，怨邻骂座之为也。……其发为讪谤侵陵，引颈以承戈，披襟而受矢，以快一朝之忿者，人皆以为诗之祸，是失诗之旨，非诗之过也。”[①] 然到他抒写自己的谪迁心怀时，其恚忿之意仍然是压抑不住的。如清人黄氏曾就他将唐人顾况的《渔父引》与张志和《渔父》词对接、熔铸成一首《浣溪沙》（新妇滩头眉黛愁）词发表评论说：“‘无限事’，‘一时休’，写渔父情怀，未免语含激愤。涪翁一生坎壈，托兴渔父，欲为恬适，终带牢骚。”[②] 生活决定创作，此语不虚。

《转调丑奴儿》：

> 得意许多时，长醉赏、月影花枝。暴风狂雨年年有，金笼锁定，莺雏燕友，不被鸡欺。　红旆转逶迤，悔无计、千里追随。再来应缩泸南印，而今目下，凄惶怎向，日永春迟。[③]

此词马兴荣、祝振玉认为“是元符元年（1098）六月至元符三年（1100）谪戎州时期所作”[④]，从词中所言“金笼锁定，莺雏燕友，不被鸡欺”诸句看，他胸中确有无限遭遇政敌欺侮的愤懑在。其抒情与上述《念奴娇》词的一致处在于：二者都突破了黄词中惯有的平和而激荡着磊落坎壈之气；不同的是《念奴娇》（断虹霁雨）于抗争、不满中有一股蔑视一切的飒爽无畏精神，而这首则既云“悔无计，千里追随”，又云“而今目下，凄惶怎向，日永春迟”，其情致已很哀伤，抗争中又多了深深的悲怨。

除上述作品外，黄庭坚表现自己于蒙冤被贬情况下不屈情怀的词作还有不少。如《定风波·次高左藏使君韵》在开篇写过“万里黔中一漏天，屋居终日似乘船……鬼门关外蜀江前”之谪居环境后，又说：“莫笑老翁犹气岸，君看，几人白发上华颠。戏马台前追两谢，驰射，风流犹拍古人肩。”[⑤] 艰苦的放逐生活，没有摧垮他的意志，相反，他还表示要追配古

---

① 刘琳、李勇先、王蓉贵点校：《黄庭坚全集》，四川大学出版社 2001 年版，第 666 页。

② 黄庭坚《浣溪沙》原词是：“新妇矶头眉黛愁，女儿浦口眼波秋。惊鱼错认月沉钩。青箬笠前无限事，绿蓑衣底一时休。斜风细雨转船头。”见唐圭璋编《全宋词》，中华书局 1965 年版，第 398 页。

③ 同上书，第 388 页。

④ 马兴荣、祝振玉校注：《山谷词》，上海古籍出版社 2001 年版，第 95 页。

⑤ 唐圭璋编：《全宋词》，中华书局 1965 年版，第 389 页。

人、风情不减。其不屈于政敌打击的傲岸之气溢于言表。①

《鹧鸪天·坐中有眉山隐士史应之和前韵即席答之》云："黄菊枝头生晓寒，人生莫放酒杯干。风前横笛斜吹雨，醉里簪花倒著冠。　　身健在，且加餐，舞裙歌板尽情欢，黄花白发相牵挽，付与傍人冷眼看。"② 清黄氏《蓼园词评》认为此词"曰'斜风吹'、'倒著冠'，则有傲兀不平气在。末二句，尤有牢骚"③，真得其词心者也。《鹧鸪天·明日独斟自嘲呈史应之》又云："万事令人心骨寒，故人坟上土新干。淫坊酒肆闲居士，李下何妨也整冠。"④ 反用汉乐府诗"李下不整冠"之典，谓自己不怕嫌疑，虽世事令人心骨寒冷，也依然要我行我素。《浪淘沙·荔枝》云："忆昔谪巴蛮，荔枝亲攀。冰肌照映柘枝冠，日擘轻红三百颗，一味甘寒。

重入鬼门关，也似人间，一双和叶插云鬟。赖得清湘燕玉面，同倚栏干。"⑤ 在贬谪遇赦北归后，词人再入鬼门关，他大有刘禹锡"前度刘郎今又来"之感。并说要插荔枝之枝叶于鬓边，依赖它清湘之资焕发出自己未老容颜，其举动、心态中，依然流露出一股不屈的精神气质。

这就是黄庭坚面对无辜政治打击的基本态度，没有一丝奴颜与媚骨，相反，抗争意识与铮铮骨气倒充盈在其词作的字里行间。他不仅不认可新党人物对他的陷害、打击，同时以其词作，他也向世人表明，他不会被厄运摧折。黄庭坚词中反映出来的这种刚强抗争情怀，与同为遭遇贬谪而不低头的苏轼之旷达安详比，实有异曲同工之妙。

其次，黄庭坚词也表达了他于政治贬谪中产生的悲凉与忧愁。人的情感世界总是复杂的，虽然黄庭坚面对政敌恶意打击有不屈抗争意气，然出乎意料的仕途厄运一旦突然降临，他也有无法面对的伤感。且随着贬谪程度的加深加重，及贬谪时间上的遥无了期，他的心境也日益变得抑郁寥

① 按：黄庭坚此词作于绍圣四年（1097），时在黔南。其本年所作《与王泸州书》云："前守曹供备已解官去，新守高羽左藏，丹之弟也，老练廉勤，往亦久在场屋，不易得也。虽闲居与郡中不相关，亦托庇焉。"这说明他与新任郡守高羽关系很好，并得到他保护。故此词中他才敢说些老朋友间的真心话。参见马兴荣、祝振玉校注《山谷词》，上海古籍出版社2001年版，第98页之《笺注》。

② 唐圭璋编：《全宋词》，中华书局1965年版，第394页。

③ 参见马兴荣、祝振玉校注《山谷词》所录黄庭坚《鹧鸪天》词汇评，《山谷词》，上海古籍出版社2001年版，第158页。

④ 唐圭璋编：《全宋词》，中华书局1965年版，第394页。

⑤ 同上书，第404页。

落。察黄庭坚存世词作，有不少即抒写了他贬谪期间的忧愁悲凉情怀。如作于绍圣二年（1095）初贬时的《醉蓬莱》：

> 对朝云叆叇，暮雨霏微，乱峰相倚。巫峡高唐，锁楚宫朱翠。画戟移春，靓妆迎马，向一川都会。万里投荒，一身吊影，成何欢意。
>
> 尽道黔南，去天尺五；望极神州，万重烟水。尊酒公堂，有中朝佳士。荔颊红深，麝脐香满，醉舞裀歌袂。杜宇声声，催人到晓，不如归是。[①]

马兴荣、祝振玉认为黄庭坚创作此词，时“在赴黔州贬所途中”，[②] 然从词中“尽道黔南，去天五尺，望极神州，万里烟水”及“杜宇催人，声声到晓，不如归是”诸句看，作者当是已至黔州贬所。尽管此时有当地官员“画戟移春，靓妆迎马”之接应，但对作者来说，他“万里投荒，一身吊影”，又“成何欢意”？他已远离京都，即使有“尊酒公堂”、“中朝佳士”，又有“醉舞裀歌袂”，这些与他又有何干？他在《谢黔州安置表》中曾这样说：“伏念臣草茅下士，诗礼小儒。渐阶清途，厕列文馆。误蒙器使，孤奉国恩。罪在至愚，刑兹无赦。有司议狱，期从铁钺之诛；明主厚心，终全蝼蚁之命。虽投裔土，犹得为人。此盖皇帝陛下有天地好生之心，有尧汤不蔽之福，旁开用命之纲，或漏吞舟之鱼。顾兹未死之年，皆是再生之日。罪深责薄，感极涕零，重念臣万里戴天，一身吊影，兄弟滨于寒饿，儿女未知存亡，不敢每怀，惟深自咎。”[③]。以这样的心境，再看他初至黔州时所见之尊酒公堂，舞裀歌袂，如何能不更增他悲凉流落之感。

黄庭坚认为，“诗者，人之情性也”[④]，在他的观念中，自政治贬谪开始后，他似乎就没有把诗与词的抒情功能分开过。[⑤] 大概在这首词写成不久，他又对其稍予改易，完成了另一首《醉蓬莱》。[⑥] 虽题序明言“窜易前

---

① 唐圭璋编：《全宋词》，中华书局1965年版，第387—388页。

② 马兴荣、祝振玉校注：《山谷词》，上海古籍出版社2001年版，第19页。

③ 刘琳、李勇先、王蓉贵点校：《黄庭坚全集》，四川大学出版社2001年版，第515页

④ 同上书，第666页。

⑤ 按：黄庭坚曾说过自已的词亦言志之诗这样的话，参见刘琳、李勇先、王蓉贵点校《黄庭坚全集》，第2028页《答徐甥师川》。

⑥ 按：唐圭璋编：《全宋词》，中华书局1965年版，第406页录黄庭坚一首《醉蓬莱》，题为“窜易前词”。

词”，实际上他只更动了原词中的个别字句，如该原词中之“画戟移春，靓妆迎马，向一川都会”，改后为“蘸水朱门，半空霜戟，自一川都会”；原词中“万里投荒，一身吊影，成何欢意”，改“虏酒千杯，夷歌百啭，迫人垂泪”；原“尊酒公堂，有中朝佳士”，改为“悬榻相迎，有风流千骑”等。像这样原作与改作并传于世的情况，词史上并不多见，黄庭坚作这样的改动有什么意义呢？笔者认为，从黄庭坚前后词句更动中，至少可看到他以下两方面的考虑：

第一，突出地方官热情相迎之意。将原作中的“尊酒公堂”改为“悬榻相迎”，明显强调了地方官对迁谪安置人员的重视与欢迎。原作中的“中朝佳士”，改后变为“风流千骑”，其赞美地方官的色彩更浓，所赞对象范围亦有所扩大；

第二，更值得注意的是，他把原词中的“神州”改为“神京”，使怀念对象进一步明朗化，而把原作中抒发自己孤身吊影之悲的意思，又借“虏酒千杯，夷歌百啭，迫人垂泪”这样的喜、悲之鲜明对比进一步强化，以突出自己初来乍到、不适应此地风土民俗及生活环境这层意思。而“风流千骑”、“虏酒千杯”、“夷歌百啭”诸语，亦写出了此地官员治政有方、民风淳和之意。

所以，这样的修改绝非无意或偶然为之，其政治上的良苦用心显而易见。在《谢黔州安置表》中，黄庭坚曾向皇帝表述了自己“万里戴天，一身吊影，兄弟滨于寒饿，儿女未知存亡”的孤苦之情，也表白了自己对谪迁地“穷乡多怪，苦雾常阴”环境的不适应感，更表达了“日月在上，葵敢忘于倾心”的忠于朝廷之志。对照这些，再看他到达黔州后，就一首词前后所作的这些改动，其中显示的政治意义不是很清楚了吗？

确实有些煞费苦心。然正是这种煞费苦心，使我们看到了一位谪迁者政治处境的艰难，及他在厄运中意欲寻求当政者同情怜悯的悲凉无告的心态。

《减字木兰花·登丞山县楼作》也是一篇值得注意的表现迁谪之悲愁的作品：

襄王梦里，草绿烟深何处是。宋玉台头，暮雨朝云几许愁。
飞花漫漫，不管羁人肠欲断。春水茫茫，欲度南陵更断肠。①

① 唐圭璋编：《全宋词》，中华书局1965年版，第390—391页。

此词作于建中靖国元年（1101）黄庭坚于出川途中至峡州时。《山谷词》注云："山谷至峡州后，诏命改知舒州（治今安徽潜山），其时山谷弟知命刚客死荆州，故有'欲渡南陵更断肠'云云。"[①] 此言不无道理。然考诸黄庭坚放还途中所作其他词章可知，此词中所写之悲愁，实亦是他多年来贬谪中情感积淀之结果。在同年作另一首赠友人张仲谋的《减字木兰花》中，他就说过"拂我眉头，无处重寻庾信愁"，"万事茫茫，分付澄波与烂肠"这样的话。[②]《减字木兰花·巫山县追怀老杜》亦云："巫山古县，老杜淹留情始见。拨闷题诗，千古神交世不知。……知道愁辛，果是当时作赋人。"[③] 另一首同牌《减字木兰花》写自己归途感受也说："猿啼云杪，破梦一声巫峡晓。苦唤愁生，不是西园作么平。"[④] 所以，登巫山县楼所作这首可见其平生无尽悲愁之词，某种意义上，正可看作他自绍圣元年（1094）以来七八个年头贬谪生涯中悲凉心怀的一个典型概括。词云传说中的襄王梦中会神女之所于草绿烟深中已不可见，而宋玉台前，暮雨朝云变幻又使人平生多少愁绪，这实际上是借神话传说将自己过去的美梦与眼下的严酷现实作了比照，表达其人生的幻灭感及因之所生之愁绪。当然，"羁人肠欲断"及"欲度南陵更断肠"中，亦不可排除他因弟弟去世所生的悲哀之情。然此词所写黄庭坚人生悲愁的生长点，完全在于他所经历的漫长而不公正的政治际遇，这个事实是不能否定的。

实际上，将巫山神女及宋玉高唐之典与贬谪悲愁相关联，这也是黄庭坚词擅长的表现手法之一。如《蓦山溪》：

> 山围江暮，天镜开晴絮。斜影过梨花，照文星、老人星聚。清樽一笑，欢甚却成愁，别时襟，馀点点，疑是高唐雨。　　无人知处，梦里云归路。回雁晓风清，雁不来、啼鸦无数。心情老懒，尤物解宜人，春尽也，有南风，好便回帆去。[⑤]

此词写谪途中一次聚会，作于崇宁三年（1104）黄庭坚赴宜州贬所时。词

① 马兴荣、祝振玉校注：《山谷词》，上海古籍出版社 2001 年版，第 218 页。

② 词见唐圭璋编《全宋词》，中华书局 1965 年版，第 390 页。

③ 同上书，第 391 页。

④ 同上。

⑤ 同上书，第 402 页。

中所写高唐为战国时楚之台观，宋玉《高唐赋序》云“昔者楚襄王与宋玉游于云梦之台，望高唐之观”，《高唐赋》记宋玉为楚襄王言先王梦遇巫山神女事，神女临去时曾自称：“妾在巫山之阳，高丘之阻，早为朝云，暮为行雨，朝朝暮暮，阳台之下。”黄庭坚既使用高唐之典，似有淡化迁谪途中悲愁之政治性质的考虑，然“欢甚却成愁”，“雁不来，啼鸦无数”及“春尽也”诸语，却把他因迁谪所引起的悲凉心情表露无遗。

秦观去世以后，黄庭坚无比悲痛。他说：“少游得谪，尝梦中作词云：‘醉卧古藤阴下，了不知南北’，竟以元符庚辰，死于藤州光华亭上。崇宁甲申，庭坚窜宜州，道过衡阳，览其遗墨，始追和其《千秋岁》词。”[①] 其词云：

> 苑边花外，记得同朝退。飞骑轧，鸣珂碎。齐歌云绕扇，赵舞风回带。严鼓断，杯盘狼藉犹相对。　酒泪谁能会？醉卧藤阴盖。人已去，词空在。兔园高宴悄，虎观英游改。重感慨，波涛万顷珠沉海。[②]

秦观原词抒其贬谪中的如海之愁，黄词则在回顾当年与少游“同朝退”的欢愉时光后，为少游之悲惨境遇大发悲音。所谓“酒泪谁能会”，“重感慨，波涛万顷珠沉海”等同情与哀悼，实亦寄托着黄庭坚对自己人生不幸的伤悼情怀。这也是他词作中少有的情绪外露且无比悲哀的辞章。俞陛云《唐五代两宋词选释》云其“先叙同官之乐，后言长别之悲，结句极沉痛”[③]，信然。

“平生个里愿杯深，去国十年老尽、少年心。”[④] 漫长的贬谪消磨着黄庭坚的人生意志，他看不到获得自由的希望，而师长、朋友们又都在贬谪中一个个凋零，这如何能不让他心伤悲凉。作于建中靖国元年（1101）的《离亭燕·次韵答廖明略见寄》云：“十载尊前谈笑，天禄故人年少。……此处忽相逢，潦倒秃翁同调。”[⑤] 感今追昔中包蕴不尽的人生悲凉之慨，人

① 黄庭坚《千秋岁》（苑边花外）之题序，见唐圭璋编《全宋词》，中华书局1965年版，第412页。

② 唐圭璋编：《全宋词》，中华书局1965年版，第412页。

③ 俞陛云：《唐五代两宋词选释》，上海古籍出版社1985年版，第227页。

④ 黄庭坚：《虞美人·宜州见梅作》，唐圭璋编：《全宋词》，中华书局1965年版，第400页。

⑤ 唐圭璋编：《全宋词》，中华书局1965年版，第406页。

事纠葛与生命的消磨之意尽寓其中；《定风波·次左藏蕴》云：“自断此生休问天，白头波上泛孤船。老去文章无气味，憔悴，不堪驱使菊花前。”①认为人生的危机都是自找的，因为走错了路，故“自断此生”。既是自断此生，那么面对晚境中泛孤船于波涛上之境遇，还有什么可说？生活早已无热情可言，故不仅人憔悴，不堪面对临秋霜之菊花，连文章亦无甚“气味”；《定风波》（晚岁监州闻荔枝）云：听说此地有荔枝，但等自己“万里”到来时，却正逢“芳意歇”，故他也只有“愁绝”中的“空忆”，空忆并不可怕，难耐的是“春过”之时，“等闲桃李又累累”②；直至其绝笔词《南乡子》更云“万事尽随风雨去，休休……白发簪花不解愁”③。所以，忧愁与悲凉基本上就是贯穿在黄庭坚晚期词中的一根红线。他直至于贬谪中去世，都未能摆脱政治挫折带给他巨大的心理阴影。

值得注意的是，黄庭坚的悲凉与忧愁从表面看与其所遭遇之政治打击有关，实则正是政治上的放废，促成了黄庭坚深切的生命垂老意识，而贬谪中生命的垂老，反过来又促成了他更深的悲愁。他晚期的词屡屡言及白发，即为一证。不过，黄庭坚以词表达他政治贬谪中之悲凉心境与愁绪，却并无秦观那样的凄厉伤感。秦观所抒之凄苦之情，某种程度上可以说是词人自我哀怜之产物。少游呼天问地，对命运不公发出问询之音，其中有其自我哀怜在。黄庭坚少有这样的意识，他的词中几乎很难见到自我哀怜与同情。他似乎有更强大的精神力量作支撑来战胜自我哀怜。他的大哥黄大临对他远贬黔南有哀怜，他不同意。他说“忧能损性休朝暮，忆我当年醉时句”。当年醉时句，就是他《夜发分宁寄杜涧叟》那首诗中所说的“阳关一曲水东流，灯火旌阳一钓舟。我自只如常日醉，满川风月替人愁”。这是一种很潇洒的精神境界。他说朋友（亲友）们对我流水般的深情我是能体会到的，但我自有应对危机的方式。我不发愁，就让满川风月代人去愁吧。④

所以，黄庭坚词中无悲苦凄厉之音。随贬谪时日的推移及环境变化，他的词中只有悲凉与愁绪。但他也绝不会被忧愁压倒，因为他还有消解忧愁的办法。试看下列词句：

① 唐圭璋编：《全宋词》，中华书局1965年版，第389页。

② 同上书，第389页。

③ 同上书，第410页。

④ 按：关于黄大临与黄庭坚唱和的《青玉案》词之政治抒情背景，详见本书第七章《黄庭坚、黄大临〈青玉案〉词考论》一节。

尊中有酒且酬春，更寻何处无愁地。……欲笺心事寄天公，教人长寿花前醉。（《踏莎行》）

陶陶兀兀，尊前我是华胥国。争名争利休休莫。雪月风花，不醉怎归得。（《醉落魄》）

名利往来人尽老……且共玉人斟玉醑。（《定风波》）

黄菊枝头生晓寒，人生莫放酒杯干。风前横笛斜吹雨，醉里簪花倒著冠。（《鹧鸪天》）

使君落笔春词就，应唤歌檀催舞袖。得开眉处且开眉，人世可能金石寿。（《玉春楼》）

野麋丰草，江鸥远水，老夫唯便疏放，百钱端往问君平，早晚具、归田小舫。（《鹊桥仙》）

陶陶兀兀，人生无累何由得。杯中三万六千日，闷损旁观，我但醉落托。（《醉落魄》）

陶陶兀兀，人生梦里槐安国。教公休醉公但莫，盏倒垂莲，一笑是赢得。（《醉落魄》）

陶陶兀兀，醉乡路远归不得。心情那似当年日，割爱金荷，一碗淡不柘。（《醉落魄》）

断送一生唯有，破除万事无过。远山微影蘸横波，不饮傍人笑我。（《西江月》）

这些词均作于贬谪期间。它们基本上能较全面反映黄庭坚极力克服悲愁的努力与途径。和许多陷入政治旋涡中的封建官员一样，黄庭坚消解忧愁的方法依然是退避。他让自己的精神退避到酒杯中，退避到世俗的吃喝中，退避到经书佛禅里，也退避到红粉佳人歌舞中。

他最后的底线是：大不了我就做个自食其力的农民吧。贬黜宜州时，当地官方不让他住关城中，他就抱被入宿子城南之僦舍喧寂斋。此屋“上雨傍风，无有盖障，市声喧愦，人以为不堪其忧”，他却说：“余以为家本农耕，使不从进士，则田中庐舍如是，又可不堪其忧耶。”[①] 这种思想比苏

① （宋）黄庭坚：《题自书卷后》，刘琳、李勇先、王蓉贵点校：《黄庭坚全集》，四川大学出版社 2001 年版，第 645 页。

轼贬谪惠州时，自我安慰“譬如元是惠州秀才，累第不举，有何不可”[①]甚至还要彻底：苏轼在贬谪放废中还想保留自己的读书人身份，黄庭坚却连读书人的身份也不要了，只想做一个农民。此中亦可见二人平素所自树立者之区别。

所以在黄庭坚看来，从政入仕本质上不过是争名逐利之事。既然被放逐离开官场，那就等于没有名利可图了。然不要名利又有何妨呢？为消解贬谪带来的心理阴影，黄庭坚屡言名利之虚无，这似乎也是他说服自己释然于贬谪之想的重要途径。因为有这样的努力，黄庭坚词中虽有悲愁，却并没有发展到秦观式的凄厉哀伤之地步，原因大概就在这里。

最后，黄庭坚除以词抒发对贬谪的抗争及悲愁外，他也以词议政、颂政，赞扬政界人物治绩，甚至抒发自己建功立业的愿望。这又从另一个角度阐释着官员身份的黄庭坚之丰富的情感世界。如《蝶恋花》：

> 海角芳菲留不住，笔下风生，吹入青云去。仙籍有名天赐与，致君事业安排取。　　要识世间平坦路，当使人人，各有安身处。黑发便逢尧舜主，笑人白首耕南亩。[②]

此词作时已不可确考，然看内容，很可能作于作者登第不久。古人多把科举考试及第称为登仙，而把及第者的姓名籍贯称为仙籍。唐代李沧《及第后宴曲江诗》里就有这样的话：“紫毫粉壁题仙籍，柳色箫声拂御楼。”故黄庭坚此词中所云“仙籍有名天赐与，致君事业安排取”，亦当是写他进士及第、初入仕籍时的喜悦与宏图大志。黄庭坚一生少有表达政治思想的文字，而此词下片中，他居然也以高度概括的语言把他的政治理想作了表达。他认为，只要人人有安身处，世路即是平坦的；自己黑发便逢尧舜之主，比之那些白首不遇、躬耕南亩的人，多么值得庆幸。他从社会应该给人提供安身处所及个人要抓住机会实现人生价值两个方面，表达了他渴望奋发有为、及早建功立业的思想，这在他的词中是不多见的。更少见的还有下面这首《下水船》：

---

① （宋）苏轼：《与程正辅七十一首》之十三，《苏东坡全集·苏东坡文集》，珠海出版社1996年版，第1281页。

② 唐圭璋编：《全宋词》，中华书局1965年版，第413页。

总领神仙侣，齐到青云岐路。丹禁风微，咫尺谛闻天语。尽荣遇，看即如龙变化，一掷灵梭风雨。　真游处，上苑寻春去，芳草芊芊迎步。几曲笙歌，樱桃艳里欢聚。瑶觞举，回祝尧龄万万，端的君恩难负。①

治平四年（1067），二十三岁的黄庭坚登张唐卿榜第三甲进士第，这首词无疑作于本年登第之时。词写尽了登第后的荣光与畅想，不仅登第入仕的兴奋心情难抑，而且也表达了感恩皇帝，不负君恩的决心。

早年不负君恩的“襟抱”，在他晚年的贬谪词作中，似乎也有回响。《蓦山溪》：

山明水秀，尽属诗人道。应是五陵儿，见衰翁，孤吟绝倒。一觞一咏，潇洒寄高闲，松月下，竹风间，试想为襟抱。　玉关遥指，万里天衢杳。笔阵扫秋风，泻珠玑，琅琅皎皎。卧龙智略，三诏佐升平，烟塞事，玉堂心，频把菱花照。②

词是写给知心朋友的，又是在贬谪途中③，故抚今追昔，有一股壮志难酬的悲凉充盈字里行间。他借用诸葛亮“三诏佐升平”之典，云自己亦曾是烟塞事、玉堂心未泯，然现在却只剩下“频把菱花照”的份儿。由此见，黄庭坚至少在贬谪初期，对于政治厄运的严酷性还是缺乏充分估计。

黄庭坚也以词作为交际工具，屡屡表达他对政界人物或时局的评价。绍圣三年（1096），初至黔州的黄庭坚得到了当地太守曹谱、通判张诜的照顾④，这两人过生日时，他均有词相赠。如写给曹谱的《鼓笛慢·黔守曹伯达供备生日》云：

① 唐圭璋编：《全宋词》，中华书局1965年版，第411—412页。

② 同上书，第402页。

③ 按：马兴荣、祝振玉认为此首词中山谷自称“衰翁”，又云“玉关遥指，万里天衢杳”，当是晚年遭贬后与官吏酬唱时的作品。笔者认为，考诸山谷贬谪期间心态，此词作时至迟当不超过黔州时期。

④ 按：任渊《山谷年谱》载：“山谷初至黔南，曹谱伯达，张诜茂宗为守贰，待之颇厚。”黄庭坚《与大主簿三十三书》亦云：“太守供备曹谱，济阳之侄，通判张诜张景俭，孙公休之妻弟，皆贤雅，相顾如骨肉。”《与张书和》又云：“某至黔州将一月矣，曹守、张倅相待如骨肉。”《与杨明叔书》亦云：“守、倅皆京洛人，好事尚文，不易得也。”

早秋明月新圆，汉家戚里生飞将。青骢宝勒，绿沉金锁，曾随天仗。种德江南，宣威西夏，合宫陪享。况当年定计，昭陵与子，勋劳在、诸公上。　千骑风流年少，暂淹留、莫辜清赏。平坡驻马，虚弦落雁，思临虏帐。遍舞摩围，递歌彭水，拂云惊浪。看朱颜绿鬓，封侯万里，写凌烟像。①

词赞曹谱不仅“种德江南，宣威西夏”，而且在仁宗皇帝立嗣过程中也立下了超过别人的“勋劳”，最后预祝他“封侯万里，写凌烟像”，使英名永垂后世。后曹谱卸任黔守，他又作《品令·送黔守曹伯达供备》一词：

败叶霜天晓。渐鼓吹、催行棹。栽成桃李未开，便解银章归报。去取麒麟图画，要及年少。　劝君醉倒。别语怎、醒时道。楚山千里暮云，正锁离人情抱。记取江州司马，坐中最老。②

既赞曹谱“栽成桃李”之功，又愿他及早“去取麒麟图画”，末尾更以贬谪江州的白居易自况，写自己仕宦沦落，希望老朋友不要忘了。

《洞仙歌·泸守王补之生日》：

月中丹桂，自风霜难老。阅尽人间盛衰草。望中秋、才有几日十分圆，霾风雨，云表常如永昼。　不得文章力，白首防秋，谁念云中上功守。正注意得人雄，静扫河西，应难纵、五湖归棹。问持节冯唐几时来，看再策勋名，印窠如斗。③

词作于绍圣四年（1097），时王补之正以英州刺史知泸州。王、黄二人相知颇深，黄庭坚现存文集中有与王补之往来书信十七通，王补之去世，黄庭坚也曾撰《祭王补之安抚文》。以如此交情论，黄庭坚谪黔南，多蒙王

① 唐圭璋编：《全宋词》录此词，调名作《鼓笛慢》；马兴荣、祝振玉校注：《山谷词》录此词，调名作《水龙吟》。马、祝之《校》云：“宋本、丛刊本均作《鼓笛慢》，按，此同调异名。”以上分别见《全宋词》，中华书局1965年版，第387页；《山谷词》，上海古籍出版社2001年版，第4—5页。

② 唐圭璋编：《全宋词》，中华书局1965年版，第388页。

③ 同上书，第387页。

补之眷顾亦在情理之中。所以这首寿词中，黄庭坚既为王补之“白首防秋”、“谁念云中上功守”之际遇抱不平，又安慰他说朝廷“正注意得人雄”，“静扫河西”应有他的用武之地。最后，又对他“再策勋名、印窠如斗”的仕途前景作了期许。此词之抒情性质，与上述《鼓笛慢·黔守曹伯达供备生日》、《品令·送黔守曹伯达供备》同。

这些词都是典型的祝寿之作。黄庭坚将寿主及他自己的政治境遇、政治愿景作为重要的抒情内容予以抒写，乃与当事人特殊的政治身份有关。这样的词作，以其题材性质而言，显然也完全超出了宋初以来词体文学传统的题材范围。

在朋友间迎来送往的题赠词创作中，黄庭坚也注入了一定的政治内容。如元祐年间所作《雨中花·送彭文思使君》：

政乐中和，夷夏宴喜，官梅乍传消息。待作新年欢计，断送春色。桃李成阴，甘棠少讼，又移旌戟。念画楼朱阁，风流高会，顿冷谈席。

西州纵有，舞裙歌板，谁共茗邀棋敌。归来未得，先沾离袖，管弦催滴。乐事赏心易散，良辰美景难得。会须醉倒，玉山扶起，更倾春碧。①

词既云“政乐中和，夷夏宴喜”，则作者赞颂的就不仅仅是彭使君一人之政绩。马兴荣、祝振玉认为这“当是对‘元祐更化’后时局的赞颂。时山谷在秘省兼史局”②，此说有理。黄庭坚以词作为交际工具在赞美受主政治功绩时连及赞颂时局，这并不是唯一一首，下面这首《水调歌头》亦是：

落日塞垣路，风劲戛貂裘。翩翩数骑闲猎，深入黑山头。极目平沙千里，惟见雕弓白羽，铁面骏骅骝。隐隐望青冢，特地起闲愁。　汉天子，方鼎盛，四百州。玉颜皓齿，深锁三十六宫秋。堂有经纶贤相，边有纵横谋将，不减翠蛾羞。戎虏和乐也，圣主永无忧。③

① 唐圭璋编：《全宋词》，中华书局1965年版，第387页。

② 马兴荣、祝振玉校注：《山谷词》，上海古籍出版社2001年版，第16页。

③ 唐圭璋编：《全宋词》，中华书局1965年版，第388页。按：此词唐圭璋《宋词互见考》云：“《花庵词选》作刘仲方词，恐误。”马兴荣、祝振玉认为此首当是元祐间黄庭坚在朝中应时或送行之作，本书采马、祝说。参见马兴荣、祝振玉校注《山谷词》，第33页。

上片以写闲猎者之英伟见国境之相安无事，下片论“汉天子”在国力鼎盛时却以翠娥和戎以保“圣主永无忧”，致虽有“贤相”、“谋将”在朝在边，却亦不减“玉颜皓齿”们的羞耻。作者论史的目的显然不只赞北宋守边者的功勋，亦寓有赞美北宋朝廷不以“翠娥”和亲政策换取国境安宁之意。再看崇宁间他写给友人郭祥正的《木兰花令》：

> 少年得意从军乐，晚岁天教闲处著。功名富贵久寒灰，翰墨文章新讳却。　　是非不用分今昨。云月孤高公也莫，喜欢为地醉为乡，饮客不来但自酌。[①]

郭祥正，字功甫，当涂人，少有诗名，梅尧臣称之为太白后身，政治上支持王安石变法，致仕后隐居当涂青山。崇宁元年（1102）六月，黄庭坚领太平州（今安徽当涂）事，作《虞美人·至当涂呈郭功甫》曾说过这样的话：“平王本爱江湖住，鸥鹭无人处。……当涂舣棹蒹葭外，赖有宾朋在。此身无路入修门，惭愧诗翁清些、与招魂。”[②] 后其所领太平州事九日而罢，他又作一首《木兰花令·当涂解印后一日郡中置酒呈郭功甫》感叹“昨日主人今日客”。[③] 而上引这首《木兰花令》题为“用前韵赠郭功甫”，所谓“前韵”，即当涂解印后一日所作《木兰花令》词之韵，在这首词中，他将少年时代的意气、情怀与“晚岁天教闲处著”的失意寥落对比，又说“是非不用分今昨”，“饮客不来但自酌”，政治上蒙受不白之冤的尤怨与兀傲之情溢于言表。而在这首“用前韵赠郭功甫”词之后，他又写了一首“次前韵再呈功甫”的《木兰花令》。[④] 这样，黄庭坚崇宁元年（1102）六月领太平州事前后，写给郭祥正的词，包括他“窜易前词”所作的《木兰花令》[⑤]，加起来，至少有5首之多。这些词，无一首不蕴有他宦海沉浮难料、政途人事错忤之悲，及不向命运低头的人格魅力。

---

① 唐圭璋编：《全宋词》，中华书局1965年版，第405页。

② 同上书，第400页。

③ 同上书，第405页。

④ 同上。

⑤ 同上。

## 四 秦、黄词抒情风格差异探微

以上，对黄庭坚词的政治抒情问题作了简略分析，正像我们在分析过程中指出的，词史上享有盛名的秦、黄二人，在同遭贬谪、客死他乡的不幸中，都有反映其内心情绪波澜的词作问世，然其词风却大相径庭。秦词凄清苦调，哀怜自我，词风之凄厉世所公认；而黄词从其抒情性质看，则一定程度上表现了他对政治危机的对抗与消解，其词有悲愁，却并没有达到秦词那样极度感伤、凄厉的程度。究竟什么原因决定二人同处贬谪，而其词在抒情性质与风格上却形成较大差别？笔者认为，秦、黄二人不同的身世背景，当是我们考察其贬谪词作抒情内容与风格差异的不可忽略之方面。

前文探讨秦观凄厉词风形成原因时，于其家境及出身情况已有论及，此处仅就二人身世境况作一比较。秦、黄尽管均早年丧父，但是黄庭坚的家庭背景及社会关系显然较秦观要好。黄庭坚之父是庆历二年（1042）进士，尝摄康州守；而秦观之父尽管有访学太学的经历，却并未有功名。黄庭坚之母是当朝显宦、御史中丞李常的妹妹，秦观之母家却并未有如此显赫的背景；黄庭坚一生两娶，其原配夫人为孙觉之女，后封兰溪县君，继室为大诗人谢景初之女，后封介休县君，另还曾娶偏室李氏（其子黄相即为李氏所生）。孙觉、谢景初都是当代名人，交游甚广，故从姻亲这层社会关系看，亦为秦观之所难比。黄庭坚虽自幼失怙，然他随李常受学，论家境与早期受教质量，当都在秦观之上。

所以，当小黄庭坚四岁的秦观三十七岁始得第入仕时，黄庭坚已经步入仕宦之途近二十年。他对朝廷政治的理解，对官场斗争的黑暗复杂程度的认识，都远较秦观深刻。这也就说明了，为什么秦观因受编管甚至除名打击而悲观绝望的时候，黄庭坚虽也有类似遭际，尚能泰然处之。另外，黄庭坚因入仕时间早，交游广泛，官场人脉相对深广，故于谪处中几乎处处能得到朋友的关照，这就使得他虽为政治上的逐臣，而个人生活人文小环境在某些情况下，尚还过得去。这些，也基本上为秦观所无。

秦观之入仕，不仅有奉养老母计，且还负有改善全家困顿生计之重任。然入仕后却长时间官冷于下僚，不仅家计的困难局面未有改观（这些我们在前文已有陈述），而他早年渴望在政治上一展宏图的志意，亦在政敌一再阻挠、打击下变为泡影。虽然入仕之初，他即改字“太虚”为“少游”，以明淡泊之志，然入仕后进呈皇帝的五十篇《进策》、《进论》却将他追求政治晋身机会的愿望展露无遗。政治上，他求进也亟迫，而一旦遭遇放废打击，身为戴罪之臣或羁囚，现实问题一堆而理想彻底落空，则其转换身份角色也就越困难。以急迫求进之志，而处荒远放废之地，其子规啼血、愁深似海，自在必然。而对黄庭坚来说，他实际并无秦观这些生活重压。他的母亲早在元祐年间就已过世，兄弟七人，多人为宦，第二任妻子早在他三十四岁时也已经去世，故等到他五十岁被贬时，于家庭，他可以说了无牵挂。他说“某忧患之余，瘴痱未辅，鬓发半白，学问之气衰苶，惟是自断才力，百无所堪，已成铁人石心，亦无儿女之恋矣”[①]，以这样的心态走上贬谪之路，他的词之抒发贬谪情怀在风格上不同于秦观，可谓自然而然。

## 第四节　晁补之、陈师道词的政治抒情

北宋词政治抒情进入其发展的第二个阶段后，总体看，形成波澜壮阔之势的主要还是苏门词人。“苏门四学士”除前述秦观、黄庭坚外，张耒的成就主要在诗歌创作方面，其词作龙榆生《苏门四学士词》著录10首[②]，《全宋词》亦仅录6首，无足细论。相比之下，生年相同的“四学士”之一晁补之及另外一位苏门弟子、“六君子”之一的陈师道，倒更值得关注。晁补之今存词160余首，陈师道存词50余首，他们的词作，在反映时代政治面貌及个人仕宦中的心路历程方面，都有自己的突出特色。

### 一　晁补之的家世背景及其仕宦经历

晁补之（1053—1110），济州巨野（今山东省）人，字无咎，在苏门学士中，他也是一个兼擅诗、词、文、赋、画的多面手，一生历仁宗、英宗、神宗、哲宗、徽宗五朝，北宋中后期政坛之风云变幻，几乎都为他所亲历，这为其词之抒发政治情怀奠定了深厚基础。

关于晁补之祖上情况，傅璇琮、李岩云：“晁氏一族，有史可稽的先

① （宋）黄庭坚：《大泸州安抚王补之》，刘琳、李勇先、王蓉贵点校：《黄庭坚全集》，四川大学出版社2001年版，第1985页。

② 见龙榆生《苏门四学士词》第三册，中华书局1958年版。

祖为周景王子王子朝，朝亦作晁。至汉代御史大夫晁错最为知名，地望颍川京兆，因‘清君侧’而遭斩，其后名多不显。北魏有晁清、晁崇、晁懿等，唐代有晁皋、晁良、晁宪等。五代至宋代，晁宪之子晁佺徙家至彭门，其孙晁迥，在仁宗、真宗朝政声显赫，诏令多出其手，父子（宗悫）同知制诰，唯有宋一代所仅有。”① 晁补之祖上在真宗、仁宗两朝曾相当显耀，这倒是事实。晁补之高祖晁迪赠刑部侍郎②，曾祖晁宗简为宋太宗淳化年间进士，仁宗庆历四年（1044）以刑部郎中出知越州，赠特进吏部尚书。高叔祖晁迥为宋太宗太平兴国五年（980）进士，真宗朝任翰林学士承旨、太子少傅，真宗数称迥为“好学长者”③，真宗、仁宗朝诏令多出其手④。至晁迥子晁宗悫，官至参知政事，真可谓位高权重、煊赫至极。

然家族政治上的荣耀至晁补之祖、父辈已开始衰落。晁补之之祖晁仲偃，生平资料所见不多。父晁端友，仅做过上虞令、新城令之类的小官，黄庭坚说他“喜宾客，平生不绝酒，尤安乐于山林川泽之间”⑤，苏轼论其诗亦云“清厚静深，如其为人”。⑥ 端友一生家境清贫，以至熙宁八年（1075）病卒于京师昭得坊，其子补之竟因贫不能以时葬。

政治上虽走向衰落，然以文学成就看，晁氏家族在北宋中后期乃至南宋却是赫赫有名。《瀛奎律髓》云：“晁氏自文元公迥至补之无咎五世，世有文人。无咎之父端友，字君成，诗逼唐人，有《新城集》。无咎有《济北集》。从弟说之，字以道，号景迂，有《景迂集》。以道亲弟咏之，字之道，有《崇福集》。补之、咏之，四朝国史已入《文艺传》。……叔用有子

① 傅璇琮、李岩：《宋代诸晁学术略考》，见邓广铭、漆侠主编《国际宋史研讨会论文选集》，河北大学出版社 1992 年版。

② （宋）黄庭坚：《晁君成墓志铭》，周义敢、周雷：《晁补之资料汇编》，中华书局 2008 年版，第 10 页。

③ （元）脱脱等：《宋史・列传》第六十四。

④ 按：《宋史・列传》第六十四载：晁迥“善吐纳养生之术，通释老书，以经传傅致，为一家之说”。《渑水燕谈录》亦载：“晁文元少闻方士之术，凡人耳有灵响，目有神光，其后静听，若钟声远闻。耆年之后，愈觉清澈，公名之曰三妙音。一曰幽泉漱玉，二曰清磬摇空，三曰秋蝉曳绪，闻其裔孙端礼云。”

⑤ （宋）黄庭坚：《晁君成墓志铭》，周义敢、周雷：《晁补之资料汇编》，中华书局 2008 年版，第 9 页。

⑥ （宋）苏轼：《晁君成诗集引》，《苏东坡全集・苏东坡文集》，珠海出版社 1996 年版，第 27 页。

曰公武，着《读书志》者，可谓盛矣。”[①]《四库全书总目提要》之《嵩山居士集》条下著录云：“晁氏自迥以来，家传文学，几于人人有集。”[②]傅璇琮、李岩亦指出：

> 晁氏一族不仅对理学的产生与发展起过一定的影响，更以数世文名驰誉宋代。晁说之自诩为五世以文称，故家谁复如？晁迥以大手笔用于祥符、天禧间，正当北宋极盛时期，一时诏令多出其手，真宗待他恩遇有加，因其文章德行为先帝仁宗所优异，称之为君子长者。迥子宗悫与迥同知文诰，且曾为译经润文官，为佛经翻译润饰文字。在翰林曾一晚上草就将相五制，称大手笔。所以时人喻汝砺曾说：“宋兴五十载，至咸平、景德中，儒学文章之盛，不归之平棘宋氏，则属之澶渊晁氏。……其子孙皆以文学显名当世。晁氏‘之’字辈五兄弟皆文名显赫，载之少从陈师道学，学问精博，咏之有文集五十卷行世，补之为‘苏门四学士’之一，今人考证其著述有十六种之多，说之著述也有三十六种，冲之是晁公武之父，为江西诗派二十五人之一。……从晁迥至公武子孙数十人，散见于各家书目的著述不下百数十种，一门著述之富，未有如斯之盛者。”[③]

据刘乃昌、杨庆存、乔力、刘少雄诸家所撰晁补之年谱[④]，晁补之生于宋仁宗皇祐五年（1053），于神宗元丰二年（1079）进士及第并调澶州司户参军，时年二十七岁；元丰四年（1081）至元丰七年（1084）在北京国子监教授任上；元丰八年（1085）诏除太学正，元祐元年（1086）至元祐五年（1090）任秘书省正字，此后迁校书郎，又迁扬州

---

① （元）方回选评，李庆甲集评校点：《瀛奎律髓汇评》卷二十《感梅忆王立之》条下，见《瀛奎律髓汇评》（上），上海古籍出版社1986年版，第761页。

② （清）永瑢、纪昀：《四库全书总目提要》卷一五八，海南出版社1999年版，第820页。

③ 傅璇琮、李岩：《宋代诸晁学术略考》，参见邓广铭、漆侠主编《国际宋史研讨会论文选集》。

④ 按：学界编晁补之年谱者目前有四家，易朝志撰《晁补之年谱简编》，发表于《烟台师范学院学报》1990年第3期；刘乃昌、杨庆存撰《晁补之年谱》收于其《晁氏琴趣外篇·晁叔用词》附录三，《晁氏琴趣外篇·晁叔用词》，上海古籍出版社1991年版；乔力撰《晁补之年谱简编》收于《晁补之词编年笺注》之附录部分，《晁补之词编年笺注》，齐鲁书社1992年版；刘少雄撰《晁补之年谱》，载《中国文哲研究通讯》1996年第6卷第2期。本书晁补之仕履情况之相关介绍，参考了诸家研究成果。

通判；元祐八年（1093）四十一岁时迁秘书丞，继续任职秘书省。至此，元祐间他在秘书省为官前后计五年，“恬静乐道，未尝近权要，士论高之”。[①]

绍圣元年（1094）新党主政后，四十二岁的晁补之出知齐州（山东济南）。绍圣二年（1095）正月，坐修神宗实录失实，晁补之谪迁应天府（河南商丘）通判，以避亲嫌，改通判亳州；绍圣四年（1097）二月，贬监处州（浙江丽水）盐酒税，谪途中母丧，服丧家居至元符二年（1099）再改监信州（江西上饶）酒税，此后，又曾被召还京师任著作佐郎、吏部郎中；徽宗崇宁二年（1103）底，五十岁的晁补之因此前以“奸党”成员名列“党人碑”被夺官，废退还乡，至徽宗大观三年（1109）出党籍再提举南京鸿庆宫，前后在乡闲居八个年头；大观四年（1110）卒于泗州任。

苏门词人中，晁补之与陈师道同龄，而小苏轼二十七岁。苏轼任杭州通判期间，随父居留杭州新城的晁补之结识了这位大名鼎鼎的当代文豪。他“闻轼议论，退归撰《七述》献之，轼一见大称奇，竟至为之搁笔，并许补之文名必著于世”。[②] 于苏轼，晁补之十分崇拜。《上苏公书》云：“某，济北之鄙人，生二十年矣，其才力学术不足以自致于阁下之前，独幸阁下官于吴，而某亦侍亲从宦于吴也，故愿随吴人拜堂庑而望精光焉。”[③]《七述》序云：“予尝获侍于苏公，苏公为予道杭之山川文物，雄秀奇丽，夸靡饶阜，名不能殚者，且称枚乘、曹植《七发》、《七启》之文，以谓引物连类，能究情状。退而深思，仿其事为《七述》，意者述公之言而非作也。”[④] 此后，晁补之从游苏轼于杭州几近三年[⑤]，此为他接于苏门之始。此后，元祐年间，为晁补之与苏轼及其他苏门弟子交往最为频繁的时期。德洪觉范《石门文字禅》云：“秦少游、张文潜、晁无咎，元祐间俱在馆中，与黄鲁直居四学士，而东坡方为翰林，一时文物之盛，自汉唐

① （宋）张耒：《晁太史补之墓志铭》，周义敢、周雷：《晁补之资料汇编》，中华书局 2008 年版，第 22 页。

② 乔力：《晁补之年谱简编》，见《晁补之词编年笺注》，齐鲁书社 1992 年版，第 231 页。

③ 晁补之：《鸡肋集》卷五一，文渊阁《四库全书》第 1118 册，台湾商务印书馆 1986 年版。

④ 晁补之：《鸡肋集》卷二八，文渊阁《四库全书》第 1118 册，台湾商务印书馆 1986 年版。

⑤ 按：《鸡肋集》卷五二载晁补之《及第谢苏公启》云：“盖补之始拜门下，年甫冠，先人方强仕，家固自如。在门下三年，所闻于左右，不曾为今日名第计也。”另，王辟之《渑水燕谈录》卷六载：“方子瞻通守杭也，端友为新城令，与游三年，知其君子，而不知其能为诗。”如是，则晁补之父子在苏轼任职杭州时，同游苏门三年。

以来未有也。”[①]

《宋史》本传云晁补之“才气飘逸，嗜学不知倦，文章温润典缛，其凌丽奇卓出于天成。……及修海上诸郡武备，议者以为通达事务”。[②] 政途上，应该说无论就其素所蓄积还是家门影响，晁补之都是渴望有所作为的。元祐初入馆任职后，他曾撰有一篇《求志赋》，历述家世行迹，对自己的未来仕宦前景亦有期许。然生逢党派倾轧、党祸文祸此伏彼起的时代，他三十二年的仕宦生涯中，三次遭贬，八年废退闲居，不仅一生富贵难期、功名无定，且政途上几起几落，精神历尽磨难。这样的人生境遇及仕宦经历，使他与其他苏门弟子们一样，在词体文学的创作上，已经不可能完全封闭于传统的歌儿舞女之狭小题材范围之内。政治生活中的炎凉冷暖，仕宦过程中的蹭蹬坎坷，必然成为其词作无法回避的抒情内容。

## 二　晁补之词的政治抒情

因为特殊的政治环境及起落不定的仕宦经历，北宋“熙、丰”至宋徽宗建中靖国年间活跃在词坛的词人，其抒政治情怀，多悲慨愁苦之音，“不作绮艳语”[③] 的晁补之亦不例外。前人及当代词论家对晁补之词这方面的特点亦时有论及。如冯煦比较晁补之词与苏轼词不同特点时说，晁补之“所为诗余，无子瞻之高华，而沉咽则过之”[④]。今人乔力在《晁补之词编年笺注·前言》中也说：“处在党争的漩涡里，晁补之浮沉下僚，命途多舛，以至早岁壮志成空，韶华无端耗去，最叫其愤慨难平。表现到词上，便不暇推究音律的抗坠疾徐，句法的变换参差，而是慨然言志感世，任凭笔墨纵横挥洒，全恃豪放厚重的气势驱行，一体贯穿，辐辏直下。典型之作如《摸鱼儿》（东皋寓居）……证诸有关史实及他的生平，就会明白晁补之心头实在是积郁着一股不易消解的愤懑。”[⑤] 刘焕阳《晁补之词的风格特质》一文也说：“如果说苏轼词的主旋律是‘天地阔远随飞扬’的男高音，那么，晁补之词的基调则是‘幽咽泉流水下滩’的男低音。”[⑥]

① 乔力：《晁补之词编年笺注》，齐鲁书社 1992 年版，第 243 页。

② （元）脱脱等：《宋史》卷四四四。

③ （清）张宗橚辑：《词林纪事》，河洛图书出版社 1975 年版，第 184 页毛晋语。

④ （清）冯煦：《宋六十一家词选·例言》。

⑤ 乔力：《晁补之词编年笺注》之前言，齐鲁书社 1992 年版，第 8—9 页。

⑥ 刘焕阳：《晁补之词的风格特质》，《烟台师范学院学报》（哲学社会科学版）1993 年第 3 期。

抒仕宦不遇的悲慨之音、沉咽之响，是晁补之词政治抒情主要特点。那么，这一特色又是从哪些方面表现出来的呢？

表现之一，是他的词反复言功名之事却难掩其悲慨之情。前已有述，晁补之出生于仕宦之家，祖上曾有非常荣耀显赫的政治地位，家族成员中，有多人在官场卓有声名。[①] 家族姻亲及往来师友，亦多显宦著姓（姻亲如吕夷简、盛度、曾巩等；师友如晏殊、苏轼等）。而晁补之本人，据张耒撰《晁无咎墓志铭》，他“幼豪迈英爽不群，七岁能属文，日诵千言。年十三，从王安国于常州学官。安国名重天下，于后进少许可，一见公，大奇之”，“苏公以文章名一时，士争归之，和一言足以自重，而延誉公如不及，至屈行辈与公交”[②]。还未入仕，即获苏轼“绝人远甚，必显于世”[③]的赞誉；“举进士，试开封及礼部别院，皆第一。神宗阅其文曰：‘是深于经术者，可革浮薄。’”[④]

这样的家世出身及早期声誉，使晁补之对自己入仕后建立一番功名有所期许当是极自然的。他的好友张耒说他当年“意气豪盛，自以无前”[⑤]，他本人在《谢龙图吴雍荐论启》中也说自己“少日狂狷，颇复激昂”[⑥]。而他的诗歌在追忆早年理想时更云：“少贱足可喜，险阻更尝之。……缅焉效一官，报国方在兹。”[⑦] 北宋自立朝以来，不少名臣如范仲淹、欧阳修等出身贫贱，他们树功立业的事迹似也在激励着年轻的晁补之，使他认为贫贱是可喜的事，险阻早尝更能成就大业。元丰二年（1079）进士及第后，他要赶回家将好消息告诉家人，在留赠友人的诗里，其欣喜之情难以自掩：

还家消息约蔷薇，眼看蔷薇日日稀。不踏龙头游碧落，君恩许伴

---

① 按：有关晁氏家族的史料，散见于《宋史》、《东都事略》、《宋元学案》、《宋元学案补遗》及《宋诗纪事》、《宋诗纪事补遗》等文献，宋人笔记亦有零星记载。

② （宋）张耒：《晁无咎墓志铭》，见周义敢、周雷编：《晁补之资料汇编》，中华书局2008年版，第21页。

③ （元）脱脱等：《宋史》卷四四四《晁补之传》。

④ 同上。

⑤ （宋）张耒：《祭晁无咎文》，周义敢、周雷编《晁补之资料汇编》，中华书局2008年版，第20页。

⑥ （宋）晁补之：《谢龙图吴雍荐论启》，《鸡肋集》卷五七。

⑦ （宋）晁补之：《饮酒二十首同苏翰林先生次韵追和陶渊明》之一，《全宋诗》卷一一二二，北京大学出版社1991年版，第12766页。

晚莺归。[①]

《及第谢苏公书》又说："士穷不见遇，发愤感激，自食可也。"[②] 他确实志意昂扬，认为即使"穷不见遇"，也可以发愤感激，走自己的路。

然一旦真正接触官场、步入仕途，他的悲慨情绪很快就产生了。晁补之及第的元丰二年，也正是苏轼"乌台诗案"爆发的时候，北宋政坛围绕王安石变法展开的党派纷争才刚刚进入新阶段，而对晁补之这样的年轻士子来说，真正的考验还在后面。元丰六年（1083），吴雍论荐时任北京教授的晁补之于朝，却未获成功[③]，直到元祐元年（1086），他才在李清臣荐举下入任馆职。本年他作《求志赋》云"士生各有遇兮，吾何为侘傺乎此时"[④]，其仕宦不遇之感已很强烈。

置身仕途，晁补之真正感受到了功名之难就。官场人事与派系斗争的复杂，很快使他意识到功名天定而非人为。试看他入仕后诗作：

功名有天命，美好无定姿。云梦未足吞，聊可巢一枝。[⑤]
功成身无与，天运亦复尔。[⑥]
一生会合尽天幸，万事反复非人谋。[⑦]
儒宫连案几，会合岂非数。[⑧]
功名栎社直寄耳，颜色不同谁后先。[⑨]

---

① （宋）晁补之：《及第后将谒告先归留赠成甫》，《鸡肋集》卷二二。

② （宋）晁补之：《及第谢苏公书》，《鸡肋集》卷五二。按：晁补之致此书于苏轼时，苏正在湖州任上。参见乔笺第 237 页。

③ 乔笺云："元丰六年癸亥（1083），晁补之三十一岁。仍为北京国子监教授，吴雍荐于朝廷，于夏赴京师，然未获改官，秋冬间仍回北京。"见《晁补之词编年笺注》，齐鲁书社 1992 年版，第 240 页。

④ （宋）晁补之：《鸡肋集》卷一。

⑤ 同上。

⑥ （宋）晁补之：《饮酒二十首同苏翰林先生次韵追和陶渊明》，《全宋诗》卷一一二二，北京大学出版社 1991 年版，第 12766 页。

⑦ （宋）晁补之：《花林示杨彭年秀才》，《全宋诗》卷一一二九，北京大学出版社 1991 年版，第 12811 页。

⑧ （宋）晁补之：《次韵太学舒博士尧文示同志》，《全宋诗》卷一一二四，北京大学出版社 1991 年版，第 12775 页。

⑨ （宋）晁补之：《次韵和文潜暮春即事》，《全宋诗》卷一一三一，北京大学出版社 1991 年版，第 12829 页。

似闻诗有云龙期，云何计出柏马下。岂非事君难进从古然，不然富贵终在天。[①]

人生须富贵，如俟河之清。[②]

党祸连接、屡被贬谪的现实打碎了晁补之求取功名的梦想，其诗于此并不回避。那么，作为心绪型文学的词，这方面的内容当然更是重点反映对象。《凤凰台上忆吹箫》：

才短官慵，命奇人弃，年年故里来还。记往岁、莲塘送我，远赴荆蛮。莫道风情似旧，青镜里、绿鬓新斑。佳人怪，把盏为我，微敛眉山。　　从来嗣宗高韵，独见赏，青云夐绝尘间。谩回首、平生醉语，一梦惊残。莫笑移花种柳，应备办、投老同闲。从枯槁，松桧耐得霜寒。[③]

乔力《晁补之词编年笺注》（以下称“乔笺”）云“此词与上篇同为金乡闲居时赠酬晁端礼所作”。[④] 晁端礼，作者的族叔。晁补之闲居金乡老家，时在宋徽宗崇宁二年（1103）至大观年间，这次长达八年的夺官“闲居”，发生于崇宁初他的名字被刻上“党人碑”，包括他自己在内的元祐“旧党”之文集被禁，文集印版被毁之后。[⑤] 其时，作者不徒年华老大（他已经五

---

① （宋）晁补之：《赠王顺之歌》，《全宋诗》卷一一二七，北京大学出版社1991年版，第12795页。

② （宋）晁补之：《感兴五首次韵和李希孝》，《全宋诗》卷一一二二，北京大学出版社1991年版，第12765页。

③ 唐圭璋编：《全宋词》，中华书局1965年版，第554页。

④ 乔力：《晁补之词编年笺注》，齐鲁书社1992年版，第138页。按：乔笺所云“上篇”指晁补之另一首同牌之作《凤凰台上忆吹箫·自金乡之济至羊山迎次膺》。词云：“千里相思，况无百里，何妨暮往朝还。又正是、梅初淡伫，禽未绵蛮。陌上相逢缓辔，风细细、云日斑斑。新晴好，得意未妨，行尽青山。　　应携后房小妓，来为我，盈盈对舞花间。便拼了、松醪翠满，蜜炬红残。谁信轻鞍射虎，清世里、曾有人闲。都休说，帘外夜久春寒。”

⑤ 按：《宋史纪事本末》载崇宁元年（1102）“九月己亥，立党人碑于端礼门，籍元符末上书人，分邪正等黜之。时元祐、元符末群贤贬窜死徙者略尽”，曾任待制以上官包括苏轼、秦观（时苏轼、秦观已经去世）、黄庭坚、晁补之等在内共一百二十人，“等其罪状，谓之奸党，请御书刻石于端礼门”。崇宁二年（1103）四月，又“诏毁范祖禹《唐鉴》及三苏、黄庭坚、秦观文集”。在此背景下，晁补之亦废退还乡。参见（明）陈邦瞻《宋史纪事本末》，中华书局1977年版，第482—484页。

十多岁），且随政治上成为打击对象，其建功成名的希望亦完全破灭。所以，词一开始，他即悲叹“才短官慵，命奇人弃”，将自己性刚才拙，与世多迕，致使官场起落难测的无奈表露无遗；下片，他又说“谩回首、平生醉语，一梦惊残”。这“平生醉语”，当然是作者早年的求取功名之语，在连年“远赴荆蛮”之贬谪及“年年故里来还”之弃置后，建功之望变成了“移花种柳”，其悲哀可知，故词尾就有了他与晁端礼的相期归隐之约。与这首同时所作另一首《凤凰台上忆吹箫》亦云“谁信轻鞍射虎，清世里、曾有人闲。都休说，帘外夜久春寒”，其所流露的遭排斥打击、功名难觅的愤懑、无奈之情前后都是一致的，可互证。

对“功名”的认识比上词更为深刻的是下面这首《摸鱼儿·东皋寓居》：

> 买陂塘、旋栽杨柳，依稀淮岸江浦。东皋嘉雨新痕涨，沙觜鹭来鸥聚。堪爱处，最好是、一川夜月光流渚。无人独舞。任翠幄张天，柔茵借地，酒尽未能去。　　青绫被，莫忆金闺故步。儒冠曾把身误，弓刀千骑成何事，荒了邵平瓜圃。君试觑，满青镜、星星鬓影今如许。功名浪语，便似得班超，封侯万里，归计恐迟暮。[①]

此词向来被认为是晁补之代表作[②]，亦作于崇宁二年（1103）夺官还金乡居住以后，时作者置东皋五亩宅，葺归来园，自号归来子。上片写乡居生活，看起来笔致疏朗，写景历历，然透过“买”、“旋”、“堪爱”、“无人”、“任”、“未能”等词，作者于乡居物事叙写中透出的落寞、怅惘之意依然清晰可见。下片，“则沉郁喟慨，寓无限辛酸悲愤于豁达语内”。[③] 他感今追昔，悲慨儒冠误身、“功名”自欺。词末尾说，即使建立了班超那样“封侯万里”的功名，恐怕再回归已经太迟了。这样，本词就不仅是“流露出官场失意、无法施展抱负的抑郁心情”[④]，甚至作者还把自己历经党祸后惊惧、庆幸的心情也写出来了。惊惧者，是因此时他已认识到，所谓追

① 唐圭璋编：《全宋词》，中华书局1965年版，第554页。

② 按：本词后人和作甚多，南宋名儒真德秀极赞此词，元末文坛巨子许有壬以此词首句“买陂塘、旋栽杨柳”为绮声，与兄弟友人相唱和，嗣后将所得编成《圭塘欸乃集》。另外，清代词人、词论家亦有唱和与赞扬。详见周义敢、周雷编《晁补之资料汇编》之《序言》。

③ 乔力：《晁补之词编年校笺》，齐鲁书社1992年版，第114页。

④ 周义敢、周雷：《晁补之资料汇编》之序言，中华书局2008年版，第4页。

求功名，不过是一句骗人的鬼话，你越要求取功名，你的人生所遭遇的灾祸可能会越深重（作者的师友苏轼及其他位高权重的元祐旧臣，至此已贬逐略尽，不少人甚至死于道路即为明证）；庆幸者，毕竟自己在追求功名的路上走得还不远，并没有得以“封侯万里”，故才得保首全身。这样的认识虽深刻，却也蕴藏着无以言表的哀痛。

《晁补之生母墓志铭》载：“初，补之在京师，夫人尝从容言：‘汝父平生志甚高，仕非其本欲。儿德愧先人，慎勿为诡遇。’”[①] 黄庭坚作《晁君成墓志铭》亦云晁补之父端友“人（疑为‘入’字，原文如此）仕遇合，盖未尝以经意”。[②] 父行母训，指明了晁补之仕途应走之路，然他所处特殊的政治环境并不允许他以正道直行去建立功名。所以，连蹇仕宦中“功名”破灭的悲慨伤感，就在他的词中屡屡被道：

月期花信尚参差，功名更难卜。（《好事近·中秋不见月重阳不见菊》[③]）

旧事如云散，良游盛年俱换。罢说功名，但觉青山归晚。（《碧牡丹·焦成马上口占》[④]）

莺华荡眼，功名满意，无限嬉游，荣华事，如梦杳。伤富贵浮云，曾萦怀抱。（《洞仙歌·留春》[⑤]）

功名心事，千载与君同。只狂饮，只狂吟，绿鬓殊非旧。……古来毕竟，何处是功名，不同饮，不同吟，也劝时开口。（《蓦山溪·亳社寄文潜舍人》[⑥]）

功名余事不须为，才情诗里见，风味酒边知。（《临江仙呈祖禹十六叔》[⑦]）

文史渐抛，功名更懒，随处觅真如。（《一丛花·十二叔节推以无咎生日于此声中为辞依韵和答》[⑧]）

① 周义敢、周雷：《晁补之资料汇编》，中华书局2008年版，第172页。

② 同上书，第9页。

③ 唐圭璋编：《全宋词》，中华书局1965年版，第559页。

④ 同上书，第557页。

⑤ 同上书，第558页。

⑥ 同上书，第566页。

⑦ 同上书，第565页。

⑧ 同上书，第567页。

早岁功名，豪气尚凌汝颍。（《万年欢·寄韵次膺叔》[①]）

功名事，算如此，花下尊前。（《八声甘州历下立春》[②]）

文字功名真自误，从今好月良宵。（《临江仙》[③]）

敛鹏翼，人间泛梗无由歇。……何妨心似水，莫遣头如雪。（《千秋岁》[④]）

北宋词坛更有哪位词人还能像晁补之这样在其词作中频言功名，且又如此频繁地表达功名失落后的哀感？晁补之一生虽拙于生事[⑤]，功名，在一般人看来，也许就是出将入相。但晁补之的"功名"，却并非仅意味仕宦显达，他是欲求声名不朽的。苏轼说他"胸中自有谈天口，坐却秦军发墨守"[⑥]，黄庭坚亦曾说"晁子胸中开典礼，平生自期莘与渭"[⑦]。他平生治文各体皆达，为官"治职事甚力"，致"民为画像立祠"。[⑧] 故，以此自许自期之心迹，临彼摧委垂翅之宦途，他如何能不心怀伤感？

晁补之词抒发政治悲慨情怀表现之二，是于时局变故、宦途磨难的悲愁哀思。我们先试看他几首惜春词。

"春"与政治的关联在宋词之前本已有传统。北宋诗词中，以春象喻君恩或政治上美好时光，亦不少见。欧阳修登进士第，他的词有"春风上国繁华"之句[⑨]，一旦贬谪，他又感叹"春风疑不到天涯"；秦观词以"春去也，飞红万点愁如海"写其政治春天逝去后如海深愁[⑩]；黄庭坚词也以

① 唐圭璋编：《全宋词》，中华书局 1965 年版，第 573 页。

② 同上书，第 553 页。

③ 同上书，第 579 页。

④ 同上书，第 572 页。

⑤ （宋）苏轼《书晁补之所藏与可画竹三首》云："晁子拙生事，举家闻食粥。"见《苏轼诗集》，中华书局 1982 年版，第 1522 页。

⑥ （宋）苏轼：《次韵晁无咎学士相迎》，《苏轼诗集》，中华书局 1982 年版，第 1868 页。

⑦ （宋）黄庭坚：《以小团龙及半挺赠无咎并诗用前韵为戏》。

⑧ 按：张耒《晁无咎墓志铭》载，晁补之知河中府，"有浮梁，久且坏。公视事，亟欲营缮，有司难之。公乃预为鸠材，既集，则为规画，一日而成。城中欢呼，民为画像立祠"。见周义敢、周雷《晁补之资料汇编》，中华书局 2008 年版，第 23 页。

⑨ （宋）欧阳修：《临江仙》（记得金銮同唱第），唐圭璋编：《全宋词》，中华书局 1965 年版，第 141 页。

⑩ （宋）秦观：《千秋岁》（水边沙外），唐圭璋编：《全宋词》，中华书局 1965 年版，第 460 页。

“春归何处，寂寞无行路”写他际遇政治挫折后的感伤。[①] 这样的写法到了晁补之笔下，更多被使用。其《水龙吟·次韵林圣予惜春》：

> 问春何苦匆匆，带风伴雨如驰骤。幽葩细萼，小园低槛，壅培未就。吹尽繁红，占春长久，不如垂柳。算春常不老，人愁春花，愁只是、人间有。　　春恨十常八九，忍轻辜、芳醪经口。那知自是，桃花结子，不因春瘦。世上功名，老来风味，春归时候。纵樽前痛饮，狂歌似旧，情难依旧。[②]

词题名“惜春”，开篇却是“无理”之问，后面又说“人愁春花，愁只是，人间有”，点出作者之愁自不在春花凋谢本身；下片，更将“世上功名，老来风味”与“春归时候”并提。“世上功名”，于晁补之而言不过是镜花水月，这一点前已有论，而“老来风味”，也是指被夺官后长期放废中的失意寥落而言。可见，词中作者写春天之来去匆匆，其抒情的本意并不全在于自然界的春天。

《行香子》：

> 归鸟翩翩，楼上黄昏。黯天气、残照余痕。曲栏干里，有个愁人。向不言中，千载事，一年春。　　春来似客，春归如云，付楼前、行路双轮。倾江变酒，举斛为尊，断浮生外，愁千丈，不关身。[③]

词写登临之愁，“千载”、“浮生”之句，显言此愁并无关儿女情事。作者说“千载事，一年春”，又说“春来似客，春归如云”，结尾又表示要“倾江变酒，举斛为尊”以了断浮生之愁，则显然此愁与政治身世有关。如是，春之政治上的象喻意亦岂非不言自明？

除以上词外，晁补之以春归之速慨叹人生好景难常的情绪还可从其他词篇中看到。如《归田乐》：“春又去，似别佳人幽恨积。……为何事、年

① （宋）黄庭坚：《清平乐》（春归何处），《山谷词》，上海古籍出版社2001年版，第208页。按：清代李佳《左庵词话》认为此词“亦寓言也”。俞平伯《唐宋词选释》说此词是作者“借喻自己身份怀抱”。参见《山谷词》，上海古籍出版社2001年版，第209页黄词《清平乐》之汇评。

② 唐圭璋编：《全宋词》，中华书局1965年版，第558页。

③ 同上书，第557页。

年春恨，问花应会得。”[①]《金凤钩》：“春辞我，向何处，怪草草，夜来风雨。一簪华发，少欢饶恨，无计殢春且住。”[②]《洞仙歌·留春》：“闲事不关心，算四时皆好。……人意多同，常是惜，春过了。”[③]《尉迟杯·亳社作惜花》：“未攀条拈蕊，已叹春归。怎得春如天不老，更教花与月相随。”[④]《阮郎归》：“儿童嬉戏杏花堤，春归不解悲。”[⑤] 细析这些词借用春意象所抒之情意，无一不带有了作者感喟身世、自伤政治顺境转瞬即逝的色彩。《御街行·待命护国院不得入国门寄内》及《青玉案·同前》：

> 年年不放春闲了，今岁衔杯少。来时柳上浅金黄，归路玉绵吹帽，惜春长似，五陵狂俊，不道朱颜老。　　斜烟薄雨青林杳，犹有莺声到。西园红艳绿盘龙，辜负一年春好。锦城乐事，不关愁眼，何似还家早。[⑥]
>
> 十年不向都门道。信匹马、羞重到。玉府骖鸾犹年少，宫花头上，御炉烟底，常日朝回早。　　霞觞翻手群仙笑，恨尘土人间易春老。白发愁占彤庭杳，红墙天阻，碧濠烟锁，细雨迷芳草。[⑦]

这两词乔力云作于大观四年（1110），时作者在汴京城外之护国寺。“经过常近十年的旷废闲居岁月，晁补之始得出党籍赴阙候调，但还是不能入对。”[⑧] 晁补之这次起复，是在宋徽宗集团主导的崇宁党禁有所松动背景下实现的。据《宋史·徽宗本纪》卷二十：“五年春正月戊戌，彗出西方，其长竟天。……乙巳，以星变避殿损膳，诏求直言阙政，毁元祐党人碑，复谪者仕籍，自今言者勿复弹纠。丁未，太白昼见，赦天下，除党人一切之禁。”又，《宋史纪事本末》卷四十九《蔡京擅国》载：“崇宁五年（1106）春正月乙巳，刘逵请碎元祐党人碑，宽上书邪籍之禁，帝从之，夜半遣黄门至朝堂毁石刻。……丁未，赦除党人一切之禁，诏：‘崇宁以

① 唐圭璋编：《全宋词》，中华书局1965年版，第556页。
② 同上。
③ 同上书，第558页。
④ 同上书，第565页。
⑤ 同上书，第567页。
⑥ 同上书，第569页。
⑦ 同上。
⑧ 乔力：《晁补之词编年笺注》，齐鲁书社1992年版，第175页。

来左降者，无问存殁，稍复其官，尽还诸徙者。'"[1]《续资治通鉴》卷九十亦载有此事，曰："诏，罪废人稍加甄叙，能安份守者，不俟满岁，各与叙进，以责来效。"两词都题"寄内"。《御街行》写入京之后，由所见京师豪门阔少冶游寻乐景象，想起自己也曾在"柳上浅金黄"的美好春天里春风得意的情形；《青玉案》写年轻时供职京师的快意荣耀，及历十年"不向都门道"的投闲置散后之感伤。两词都以"恨尘土人间易春老"的惜春主题，写人到晚年的迟暮飘零之感，并于其中寄寓了深切地因政局变故而造成其宦途磨难的悲愁哀思与惆怅怨怼之情。

除这些惜春、伤春词之外，晁补之把他于时政变故、宦途磨难的悲慨情绪也寄寓在抒写田园日常生活图景的辞章中。如《过涧歇》：

> 归去。奈故人、尚作青眼相期，未许明时归去。放怀处，买得东皋数亩，静爱园林趣。任过客、剥啄相呼昼扃户。　　堪笑儿童事业，华颠向谁语。草堂人悄，圆荷过微雨。都付邯郸，一枕清风，好梦初觉，砌下槐影方停午。[2]

词云：已经回归田园了，可故人还青眼相期，希望我在这个圣明的时代不要归去。放下了功名心，买来数亩东皋田，现在只喜爱这园林趣。"任过客、剥啄相呼"，我只是"昼扃户"；可笑年轻时一意追求功名，现在青鬓变白发，依然空空两手向谁诉说？"草堂人悄"、雨洒圆荷，方觉过去一切只不过是一场黄粱大梦。

乔笺认为此词"写闲居生活之乐，也较多地表现了内心的不平之气。……'堪笑'二字其实包蕴着一腔辛酸泪。于万般无奈中，视作黄粱南柯，所有的荣辱盛衰皆付诸梦幻尘土，以求得心灵解脱"。[3] 既言"心酸"，又何来"闲居之乐"？实则此词并未真正写出闲居生活"乐"的一面来，写心酸才是其主调。作者在崇宁党禁的严酷形势下被夺官，他此时买田东皋而息交绝游，所谓"静爱园林趣"，其中恐也不乏他吊影参差、幽独凄伤的情绪体验。

① （明）陈邦瞻：《宋史纪事本末》，中华书局 1977 年版，第 488 页。

② 唐圭璋编：《全宋词》，中华书局 1965 年版，第 555 页。

③ 乔力：《晁补之词编年笺注》，齐鲁书社 1992 年版，第 118 页。

这样的感情在晁补之晚期写乡居生活的词作中曾一再出现。如《消息·端午》，尽管此词中有“红日葵开，映墙遮牖”，及“趣蜡酒深斟，菖葅细糁，围坐从儿女”等鲜明物象与生活场景描绘，然作者由此联想到的却是屈原沉江后怨魂归来、无限凄凉的情形（“想沈江怨魄归来，空惆怅、对菰黍”）及宋玉恭维楚王风有雌雄之事；《永遇乐》写村居中的初夏风光，结尾却说：“斜川归兴，翛然满目，回首帝乡何处。只愁恐、轻鞭犯夜，灞陵旧路。”[①] 以李广之典顾念朝廷事端丛生，担心专权者穷究旧党的忧愁心境亦隐约可见。

以上这些作品，创作于晁补之放废乡居时期。实际上，翻检他于绍圣元年（1094）贬谪以来词作，其悲愁与哀思之表现比这些词甚至还要强烈。如元符二年（1099）贬监信州酒税途中所作《迷神引·贬玉溪对江山作》：

> 黯黯青山红日暮，浩浩大江东注。余霞散绮，向烟波路。使人愁，长安远，在何处。几点渔灯小，迷近坞。一片客帆低，傍前浦。
>
> 暗想平生，自悔儒冠误。觉阮途穷，归心阻。断魂素月，一千里、伤平楚。怪竹枝歌，声声怨，为谁苦。猿鸟一时啼，惊岛屿。烛暗不成眠，听津鼓。[②]

上片写沿路之景，其中有对京城的怀念，这与同坐元祐党籍而贬监郴州酒税的张舜民，在南下途中所作《卖花声·题岳阳楼》云“何人此路得生还，回首夕阳红尽处，应是长安”情景相类。下片则言断魂素月、烛暗不眠，既自省平生为儒冠所误，又欲效阮籍途穷之哭，写尽了自己受贬后的悲思与愁苦。又如《千秋岁》：

> 玉京仙侣，同受琅函结。风雨隔，尘埃绝。霞觞翻手破，阆苑花前别。鹏翼敛，人间泛梗无由歇。　岂忆山中酒，还共溪边月。愁闷火，时间灭。何妨心似水，莫遣头如雪。春近也，江南雁识归时节。[③]

---

① 唐圭璋编：《全宋词》，中华书局1965年版，第554页。

② 同上书，第563页。乔力认为此词是作者“贬监信州盐酒税时作”。见《晁补之词编年笺注》，齐鲁书社1992年版，第85页。

③ 唐圭璋编：《全宋词》，中华书局1965年版，第572页。

乔笺认为此词是晁补之贬信州后书赠好友廖明略所作。① 廖明略，字正一。据周煇《清波杂志》卷九载：元丰二年（1079），明略、无咎同登科。黄庭坚《次韵晁补之廖正一赠答诗》史容注引《登科记》亦云，己未元丰二年，晁补之、廖正一同榜。据王偁《东都事略》卷一一六载，廖明略“绍圣初入党籍，贬监玉山税以卒”。② 孙猛《郡斋读书志校正》亦云：“绍圣间，明略贬信州玉山监税，郁郁不得志，丧明而殁。”③ 晁、廖二人既是同榜进士，元祐间又同在馆阁，故元符中再逢于江南荒远谪迁之地时，共同的命运当然会使他们于抚今追昔中产生政途多难、人生巉崄的哀痛。词中有“霞觞翻手破，阆苑花前别”及“鹏翼敛，人间泛梗无由歇”之句，乔笺释“霞觞”二句云：“暗指绍圣初哲宗亲政，新党章惇当国，政局反复，元祐旧臣尽遭贬逐，晁、廖也相率出京。”释“鹏敛”句云：“谓遭谪逐出京，通判应天府、亳州、再贬监处州、信州盐酒税事。”④ 此正可说明本词的政治抒情性质。当然，除本词外，晁补之词中还有《临江仙·信州作》（谪宦江城无屋买）、⑤ 《满江红·赴玉山之谪与诸父泛舟大泽分题为别》（莫话南征）、《千秋岁》（叶舟容易）⑥ 等也很值得注意，因这些词的抒情性质与上述作品相近，不赘述。

要之，晁补之词中有仕宦不达而“功名”难求的尤怨、无奈，更有迁谪夺官、历尽坎坷而年华暗逝的悲慨与愁思。尽管他在绍圣以后政局反复中的遭遇并不比其师友苏轼、黄庭坚、秦观等更惨痛⑦，然他的政治悲剧意识却也并不因此稍有减弱。他的词，写出了北宋中后期一位在政治上求

---

① 乔力：《晁补之词编年笺注》，齐鲁书社 1992 年版，第 83 页。

② （宋）王偁：《东都事略》卷一一六，文渊阁四库本。

③ 孙猛：《郡斋读书志校正》，上海古籍出版社 1990 年版，第 1019 页。

④ 乔力：《晁补之词编年笺注》，齐鲁书社 1992 年版，第 82 页。

⑤ 唐圭璋编：《全宋词》，中华书局 1965 年版，第 570 页。

⑥ 同上书，第 563 页。

⑦ 按：晁补之在绍圣以后政局变化中所受到的贬谪、打击，论其严重程度并没有超过苏轼、秦、黄等人。其原因盖与叶梦得有关。晁补之是叶梦得舅父，而叶又是蔡京之心腹。《宋史纪事本末》卷四九载，崇宁元年（1102）九月，“立党人碑于端礼门，籍元符末上书人，分邪、正等黜陟之”。此事即蔡京与其客强浚明、叶梦得所为。又，大观三年（1109），“殿中侍御史毛注言：‘京擅持威福，摇动中外，以翰林学士叶梦得为腹心，交植党羽。’帝为逐梦得提举洞霄宫。”（以上见《宋史纪事本末》，中华书局 1977 年版，第 482、494 页。）陈鹄《西塘耆旧续闻》卷三云：“始无咎请开封解，蔡儋州以魁送，又叶梦得舅也，故比诸人独或安便。尝以长短句曰《摸鱼儿》者寄蔡，蔡叹赏，每自歌。”《耆旧续闻》参见《宋元笔记小说大观》，上海古籍出版社 2001 年版，第 4787 页。

有所为，而实难有所为的中下层官员丰富的心灵世界，他的词在北宋词政治抒情高涨期的典型意义实不容忽视。

## 三　陈师道词政治抒情

陈师道，字履常，一字无己，号后山居士，苏门六君子之一。据《宋史》本传，他“少而好学苦志，年十六，摎以文谒曾巩，巩一见奇之……熙宁中，王氏经学盛行，师道心非其说，遂绝意进取”。[①] 元祐初，经苏轼等荐举，除以徐州教授。后又以梁焘荐，除太学博士。因在官尝越境出南京见苏轼，为言者所中，改除颍州教授。又因论者奏其进非科第，罢归。调彭泽令，不赴。建中靖国元年（1101），召为秘书省正字。适预郊祀，天寒而衣无棉，因不肯服妻子于赵挺之家所借之裘，遂感寒疾而死，年四十九。去世后，友人邹浩买棺殓之。

黄庭坚《病起荆江亭即事》组诗中有“闭门觅句陈无己”之语，徐度《却扫编》卷中亦谓陈师道每成一诗，“揭之壁间，坐卧哦咏，有窜易至月十日乃定，有终不如意者，则弃去之”，看这些评论，似乎陈师道就是一个孤陋向壁、闭门苦吟而不问世事的读书人。实际上，陈师道不仅关心政治、熟稔官场生活，同时他也是一个志在有为的人。他的外祖父庞籍在宋仁宗皇祐中位至宰相（独相），深得仁宗倚重，同时也是韩琦、范仲淹好友，更是司马光、狄青等人的恩师。《宋史》本传称庞籍“晓律令，长于吏事，持法深峭……治民颇有惠爱”。他的功业治绩深深影响过陈师道，读陈诗《东山谒外大父墓》“土山宛转屈苍龙，下有槃槃盖世翁”之句，可知陈师道对位极人臣之贵的外祖父的景仰之心。而陈师道外舅郭槩，也曾是名震一方的州郡司法官，王明清称其为“法家者流”，陈师道自己在诗中也说：“丈人鲁诸生，明刑如皋陶。”[②] 又说：“盗贼非人情，蛮夷正狼顾。功名何用多，莫作分外虑。”[③] 任渊注陈诗云：“郭槩为人，颇喜功利，二苏章疏，皆尝论列，故后山诗多有讽戒。”[④] 然这也使我们从中看到，陈师道对政界事是多么熟悉而且关心。

---

① （元）脱脱等：《宋史》卷四四四。

② （宋）陈师道：《寄外舅郭大夫》，冒广生《后山诗注补笺》，中华书局1995年版，第15页。

③ （宋）陈师道：《送外舅郭大夫槩西川提刑》，冒广生《后山诗注补笺》，中华书局1995年版，第77页。

④ 冒广生：《后山诗注补笺》，中华书局1995年版，第8页。

另，陈师道文集中今存有《商君论》、《霍光论》等政论文，析理深入、议论透辟；他的策问十五道，言水旱、经界、租税、言行、吏民、风俗、用人等问题，有为而发、见解独到。如果再比照其诗，如“山西豪杰知吾老，为说犹堪举万钧”①、“功名欺老病，泪尽数行书”② 等看，则陈师道用世之心及政治失意之感也是颇为深切的。

陈师道词《全宋词》录存 54 首。王灼《碧鸡漫志》卷二云：“陈无己所作数十首，号曰《语业》，妙处如其诗，但用意太深，有时僻涩。”《四库全书总目提要》亦谓：“师道诗冥心孤诣，自是北宋巨擘，至强回笔端，倚声度曲，则非所擅长。”③ 陈师道词虽有“用意太深”及“强回笔端、倚声度曲”之不足，然他无疑也是汇集北宋词政治抒情洪流的重要分子。

陈师道词政治抒情主要体现于以下方面：

首先，他以词表达了规避政治风浪，远离政坛纠葛的思想。这种抒情内容，主要存在于他和苏轼唱和的词作中。如《南乡子·九日用东坡韵》：

> 晴野下田收。照影寒江落雁洲。禅榻茶炉深闭阁，飕飕，横雨旁风不到头。　　登览却轻酬。剩作新诗报答秋。人意自阑花自好，休休，今日看时蝶也愁。④

苏轼原同牌词题作“重九涵辉楼呈徐君猷”，词云：“霜降水痕收。浅碧鳞鳞露远洲。酒力渐消风力软，飕飕，破帽多情却恋头。　　佳节若为酬。但把清尊断送秋。万事到头都是梦，休休，明日黄花蝶也愁。”⑤ 这是苏轼贬谪黄州期间，于元丰五年（1082）重阳日在郡中涵辉楼宴席上为知州徐君猷而作，表达了他历经仕途挫折、世事纷扰后矛盾而又无可奈何的心态。陈师道和作则在苏轼原作基础上翻进一层，坦言对政治风雨的规避。他说，“禅榻茶炉深闭阁，飕飕，横雨旁风不到头”，意谓面对政途风雨，只要躲进户阁，在禅榻茶炉中寻找慰藉，自然就不会有“横雨旁风”“飕飕”之忧。这实是对东坡抒情的反拨。苏词于自嘲放旷中有无尽的感

① （宋）陈师道：《送冯翊宋令》，冒广生《后山诗注补笺》，中华书局 1995 年版，第 319 页。

② （宋）陈师道：《寄外舅郭大夫》，冒广生《后山诗注补笺》，中华书局 1995 年版，第 15 页。

③ （清）永瑢、纪昀：《四库全书总目提要》，海南出版社 1999 年版，第 1097 页。

④ 唐圭璋编：《全宋词》，中华书局 1965 年版，第 585 页。

⑤ 同上书，第 290 页。

伤与愁绪，陈词则于劝慰苏轼中，表达一种要规避、“放下”的观念。这样的思想也体现于其另一首次东坡韵的《南乡子》中：

潮落去帆收。沙涨江回旋作洲。侧帽独行斜照里，飕飕。卷地风前更掉头。语妙后难酬。　　回雁峰南未得秋。唤取佳人听旧曲，休休。瘴雨无花孰与愁。①

“潮落”则收“去帆”，“卷地风前”则“掉头”，“瘴雨”中无花可寻还与谁发愁？这些话将他有意规避政治灾祸的思想亦表述得清清楚楚。

行仕宦之途，不仅应规避政治风雨，遇到磨难时，还应该从思想上弃置磨难，上述两词中的“人意自阑花自好”及“唤取佳人听旧曲”即涉此意。至元祐后，他作《木兰花·汝阴湖上同东坡用六一韵》再予强调：

湖平木落摇空阔。叶底流泉鸣复咽，酒边清漏往时同，花里朱弦纤手抹。　　风光过手春冰滑。十事违人常七八。不将白发并黄花，拟下清流揽明月。②

此词所次韵为苏轼《木兰花令》（霜余已失长淮阔）。③ 元祐六年（1091）八月，在旧党内部纷争中，苏轼以龙图阁学士诏知颍州。当时“杨畏为御史，以驱二苏为事，朋党之祸甚炙”。④ 苏轼至颍，陈师道为州学教授，此词即作于本年秋天。苏原词于抚今追昔中，达其无限世事沧桑之慨，大有

① 唐圭璋编：《全宋词》，中华书局1965年版，第586页。

② 同上书，第585页。

③ 按：苏轼原词是：“霜余已失长淮阔，空听潺潺清颍咽。佳人犹唱醉翁词，四十三年如电抹。　　草头秋露流珠滑。三五盈盈还二八。与余同是识翁人，惟有西湖波底月。”见唐圭璋编《全宋词》，中华书局1965年版，第283页。欧阳修于宋仁宗皇祐元年（1049）知颍州，因喜此地西湖美景，故作了不少赞美西湖的诗词。苏轼知颍州，睹往日旧景，感世事变迁，怀念欧阳修。《鹤林雨露》云：“东坡守杭，守颍，皆有西湖。故《颍川谢表》云：‘入参两禁，每玷北扉之荣；出典二州，辄为西湖之长。’秦少章诗云：‘十里熏风菡萏初，我公所到有西湖。欲将公事湖中了，见说官闲事亦无。’后谪惠州，亦有西湖。杨诚斋诗云：‘三处西湖一色秋，钱塘汝颍及罗浮。东坡元是西湖长，不到罗浮便得休。’”又，苏轼诗查注云：“欧阳文忠昔日守颍上，乐其风土，因卜居焉。郡有西湖，公尤爱之。东坡有《陪欧阳公燕西湖》诗。”见《苏轼诗集》，中华书局1982年版，第1787页。

④ 曹慕樊、徐永年：《东坡年谱简编》，见《东坡选集》附录，四川人民出版社1987年版，第723页。

欲说还休之意。陈师道此词，则以“十事违人常七八”、“不将白发并黄花”及“拟下清流揽明月”之句明确表达于无常世事中应摆脱人事纷争，过了无烦扰生活的思想。这一点，其同期诗作亦可证。试稍遇列举。

苏轼元祐六年（1091）八月二十二日到颍州后，曾以西湖秋涸，遂迁东池之鱼于西池，然后作诗一首[①]，陈师道遂步苏诗韵作《次韵苏公西湖徙鱼三首》。其一有句：

> 鱼穷不作摇尾怜，公宁忍口不忍脍。修鳞失水玉参差，晚日摇光金破碎。咫尺波涛有生死，安知平陆无滩濑。此身宁供刀几闲，著意更须风雨外。是间相忘不为小，濠上之意谁得会。枯鱼虽泣悔可及，莫待西江与东海。[②]

任渊注上引诗最后四句谓“言外郡亦足为乐，优游卒岁，可以避祸也”[③]，所言极是。实际上，陈诗所谓“咫尺波涛有生死，安知平陆无滩濑。此身宁供刀几闲，著意更须风雨外”，亦正其词所云“十事违人常七八”及“拟下清流揽明月”而远离政治纷争之意。次韵组诗其二又云“我亦江湖钓竿手，误作轻车从下濑。生当得意落鸥边，何用封侯坠鸢外”，亦此意。

看到陈师道步韵诗后，苏轼又作《复次韵放鱼答赵承议、陈教授》云：

> 东坡也是可怜人，披抉泥沙收细碎。逝将归修八节滩，又欲往钓七里濑。正似此鱼逃网中，未与造物游数外。[④]

在《复次韵谢赵景贶、陈履常见和，兼简欧阳叔弼兄弟》一诗中，苏轼也

---

① 按：苏轼原诗题为《西湖秋涸，东池鱼窘甚，因会客，呼网师迁之西池，为一笑之乐。夜归，被酒不能寐，戏作放鱼一首》。诗云：“东池浮萍半粘块，裂碧跳青出鱼背。西池秋水尚涵空，舞阔摇深吹荇带。吾僚有意为迁居，老守纵馋那忍脍。纵横争看银刀出，瀺灂初惊玉花碎。但愁数罟损鳞鬣，未信长堤隔涛濑。濊濊发发须臾间，圉圉洋洋寻丈外。安知中无蛟龙种，尚恐或有风云会。明年春水涨西湖，好去相忘渺淮海。”见《苏轼诗集》，中华书局1982年版，第1787页。

② 冒广生：《后山诗注补笺》，中华书局1995年版，第105—106页。

③ 同上书，第106页。

④ （宋）苏轼：《苏轼诗集》，中华书局1982年版，第1788页。

说了“逝将江湖去，浮我五石樽。眷焉复少留，尚为世所醺”这样的话。从以上这些唱和可见，元祐六年（1091）陈师道创作次韵东坡词的《木兰花·汝阴湖上同东坡用六一韵》，却是有其规避政治风波的观念在其中的，这种思想，与元丰年间苏轼贬居黄州时，他次韵苏词所作《南乡子》词是一脉相承的。

陈师道词政治抒情第二个方面的内容体现在其谀颂词创作上。谀颂词，顾名思义，即以颂赞而近乎阿谀奉承的创作意旨为旨归。谀颂的对象，往往为政界人物，故其政治抒情色彩极为浓厚。苏轼《荐布衣陈师道状》云陈师道“安贫守道，若将终身；苟非其人，义不忘见”[①]；《宋史》本传亦云“师道高介有节，安贫乐道”，又云他曾“游京师逾年，未尝一至贵人之门”。[②] 然透过其谀颂词创作，似乎也能使我们对词人所处的政治环境及其丰富复杂的心灵世界有更深入了解。

《南柯子·贺彭舍人黄堂成》赞彭舍人云“今代无双士，当年第一人”[③]，《西江月·席上劝彭舍人饮》云“住有一年情，去留千载名”[④]。陈师道笔下的这位“彭舍人”，实名不见经传，然却获他如此赞颂，其所流露的谀颂端倪已很明显。至下面这首《木兰花·和何大夫》词，就更可见其谀颂意味。词云：

> 荣光休气天为瑞，道祖当天传宝裔。千年昌运此时逢，四海欢声今日沸。　　蒙蒙香雾沾衣腻，漠漠轻寒梅柳细。封人长有祝尧心，从此年年并岁岁。[⑤]

陈师道与晁补之同龄，一生也主要生活在神宗、哲宗及徽宗朝。不管陈师道此词创作动机何在，他无视政坛新旧党派激烈交锋、大多数士人仕宦坎坷的现实，竟于时政有“千年昌运此时逢，四海欢声今日沸”的颂赞，此确有言过其实的曲意阿谀在。

---

① （宋）苏轼：《荐布衣陈师道状》，《苏东坡全集·苏东坡文集》，珠海出版社 1996 年版，第 587 页。

② （元）脱脱等：《宋史》卷四四四。

③ 唐圭璋编：《全宋词》，中华书局 1965 年版，第 585 页。

④ 同上。

⑤ 同上书，第 587 页。

陈师道一生沉落下僚，他的人生命运握在别人手里，对执政者及位高权重的政界人物不免有逢迎之举，这似乎不难理解。神宗皇后向氏、徽宗母陈氏去世后，他均作有挽词。① 元符三年（1100）冬除秘书省正字，他作《除官》云：

扶老趋岩召，徐行及圣时。端能正几字，恨敢十年迟。肯著金根谬，宁辞乳媪讥。向来忧畏断，不尽鹿门期。②

意思是我已经老了，朝廷还这么重视人才到岩下来征召。我徐行在这圣明的时代，本正不了几个字，还岂敢有十年迟恨？作正字，可能会犯错误，但我也不怕因此被讥笑。从前的忧畏没有了，归隐鹿门之愿也就不用穷尽了。此诗中，陈师道似乎是以唐代归隐鹿门的孟浩然自比。

《王直方诗话》云："陈无己有《除官》一篇云云。饶次守曰：'此诗不作可也，才得一正字，亦未须云趋岩召。'无己后作谢启，复曰：'名虽正字之选，实为将相之储。'"冒广生于此诗补笺中引梅南本墨批云："三四用事既精切而不苟，求进之意隐然自见。"③ 又云："后山除棣学，及居此馆职（即秘书省正字），疑皆由布（曾布）所荐。"④ 曾布入《宋史》之《奸臣传》，陈师道曾给他写过一封很长的信（《上曾枢密书》），谈用兵西北问题，入秘书省任正字后，亦在《与曾枢密启》中深沉表达了对曾布的感激之情。他这样写道：

向缘余党，例罢故官。一废七年，日有投荒之惧；十生九死，卒

① 按：神宗皇后向氏建中靖国元年（1101）正月去世，陈师道作挽词云："二妃端协帝，三后共兴周。决策同天力，收攻语不流。权宜从杀礼，末命尚深忧。郁郁佳城闭，终天配寿邱。"徽宗母钦慈皇后陈氏元祐四年（1089）六月崩，建中靖国元年正月追尊为皇太后，五月陪葬裕陵，陈师道亦作有挽词二首。（见冒广生《后山诗注补笺》，中华书局 1995 年版，第 437、438—439 页）另，陈师道诗中有《舒御史太夫人挽词》一首。冒广生云："东坡守徐时，州教授为舒焕。焕字尧文，其子明彦举，见《东坡集游桓山记》。此舒御史，不知是尧文家人否。"（见冒广生《后山诗注补笺》，中华书局 1995 年版，第 522 页）笔者认为，陈师道此诗中之舒御史极有可能就是舒亶。舒亶在神宗朝曾官御史中丞，后因事夺官。徽宗崇宁初，复得起用知南康军，蔡京使知荆南，以开边功，由直龙图阁进待制，卒。

② 冒广生：《后山诗注补笺》，中华书局 1995 年版，第 423 页。

③ 同上书，第 422 页。

④ 同上书，前言，第 13 页。

完填壑之躯。既逃影而匿形，故使人之忘己。比再蒙于除吏，敢自比于常人。稍纾平生之怀，复修左右之问。永惟陈迹，未赐削除。引领师门，莫知远尔。恭惟某官，才兼文武，身任安危，毅然处群枉之中隐尔如九鼎之重，仁人之言属于耳，公家之利知则为。镇抚四夷，已告功于清庙，平章百揆，方申命于大廷。①

对曾布执弟子礼的陈师道，在此信中把自己于“圣时”（实则是他自己被夺职废居七年，新党势力大肆迫害元祐旧党之时）“再蒙于除吏”的感激情怀表达得很到位，由此亦可见《除官》诗之抒情性质。

除《除官》诗外，陈师道还有《和赵大夫鹿鸣宴集》、《酬吕明父学士》、《吕使君生日》诸作可证他于当权者的谀颂情状。《酬吕明父学士》云：

当日功名指顾收，一言悟主遇千秋。去登霄汉如平地，归到云山尚黑头。解组行参莲社客，挥金坐揖醉乡侯。谢公不为苍生起，拥鼻重来可自由。②

冒广生笺云“吕明父或即吕原明”。吕原明即吕希哲，希哲字原明。吕希哲乃吕夷简之孙，吕公著之子。初以父荫入官，吕公著为相日，吕希哲不肯求进取。至其父殁，始为兵部员外郎，进崇政殿说书。绍圣初，以秘阁校理出知怀州，旋分司南京，居和州。徽宗初，召为光禄少卿。力请外补，以直秘阁知曹州，坐党籍夺职。后复历知相、邢二州，罢奉宫祠，羁寓淮、泗间以卒。以吕希哲这样的仕宦经历，与陈师道诗中所写根本不相符合。所以，此诗颂赞对象不可能是吕希哲。

陈师道此诗所云“吕明父”实即吕惠卿。吕惠卿字吉甫，王安石“熙宁变法”，“事无大小，安石必与惠卿谋之”，神宗也称赞“惠卿进对明辨，亦似美才”。王安石罢相，吕惠卿任参知政事继续主持变法，可谓一人之下，万人之上。至宋徽宗崇宁（1106）五年，吕惠卿还曾起为观文殿学士知杭州。陈师道此诗所云“一言悟主遇千秋”、“去登霄汉如平地”及“谢公不

① （宋）陈师道：《后山居士文集》卷一三，上海古籍出版社 1984 年版，第 638—639 页。
② 冒广生：《后山诗注补笺》，中华书局 1995 年版，第 549 页。

为苍生起”诸语，与吕惠卿平生行迹合。另外，他的《吕使君生日》又云：

> 司漏凌晨报晓签，曈曈赫日上重檐。良辰也应纯干策，吉梦先符太卜占。棣萼同时升紫禁，棠阴由此驻彤襜。一杯欲助邦人祷，愿借黄堂寿斝添。[①]

冒广生笺补云此诗在潘宋本中题作《吕吉甫君生日》，且云吕惠卿“与后山知友晁说之亦稔”。[②] 这就很清楚了，陈师道两诗奉承谀颂的对象实则都是吕惠卿，而吕惠卿正是北宋政坛投机分子中的成功榜样。

所以，社会是复杂的，人际关系也是复杂的。从陈师道于曾布、吕惠卿之颂赞及其诗词作品中屡屡褒扬失实的所谓赵大夫、赵使君等可看到，他的词于党祸连天的时代里，在其师友苏轼等历尽政途坎坷的时候，却云“千年昌运此时逢”，实非偶然。时代政治塑造着他这样的下层贫寒士子，他也以自己的词或正面、或反面如实反映着时代政治的特色。谀颂词在他的作品中虽然并不多见，却是极为典型的。

## 第五节　王安石、舒亶词的政治抒情

### 一　王安石的人生道路及其词创作情况

王安石字介甫，临川人（今江西抚州），幼年曾随父在韶州生活，十六岁随父入京，十九岁丧父，二十一岁举进士。中进士后签淮南判官。二十七岁知鄞县，四年后秩满，第二年通判舒州。至和元年除集贤校理，未到任。嘉祐元年，年三十六，为群牧判官。后又曾知常州，提点江东刑狱。嘉祐五年，入京任三司度支判官。嘉祐六年，四十一岁的王安石除知制诰，在职凡三年。治平四年正月神宗立，三月，王除知江宁府，九月，除翰林学士。熙宁元年，王安石以翰林学士身份越次入对，第二年二月任参知政事，时年四十二岁。熙宁四年任同中书门下平章事，熙宁七年六月罢相，以观文殿学士知江宁府，八年二月复相，至熙宁九年十月，复罢，

① 冒广生：《后山诗注补笺》，中华书局1995年版，第553页。

② 同上。

时年五十七岁。此后，王退居江宁不复起达九年时间。熙宁八年（1075）三月，神宗驾崩，时隔十三个月后，王安石亦去世，年六十六。

王安石一生最重要的政治活动是进行政治改革，史称“熙宁变法”。“熙宁变法”是宋代历史上的大事，其重要性从学术界历来对其关注、研究的盛况即可看出。据笔者不完全统计，仅20世纪出版的研究、评议王安石其人及其变法活动的专著就超过了90部，公开发表的学术论文超千篇。“熙宁变法”的具体内容史有明载，此处不赘。

传到今天的各版本王安石集收录其词作情况不一。《临川先生集》卷三十七存词20首，龙舒本《王文公文集》存词21首，比前者增加了《雨霖铃》（孜孜矻矻）1首。近人朱孝臧《彊村丛书》列《临川先生歌曲》一卷，《补遗》一卷，唐圭璋辑《全宋词》补遗王词，“用彊村丛书本临川先生歌曲”①，收29首为诸本之冠。其中，《甘露歌》依《花草粹编》分作3首，但是却缺少了《临川集》中的集句词《虞美人》1首，算起来，《全宋词》所收王安石词比《王文公文集》多出7首。另，朱德才主编《全宋词增订注释》第一卷亦收王词29首，与唐圭璋本《全宋词》同。

王安石词传情达意、吞吐心曲，不仅反映了作者忧怀国是、渴望君臣遇合的思想及其淡视政治穷达的操守，更深刻反映了他晚年遭罢相后复杂的政治情怀。现存29首王安石词，从内容看多创作于作者退居江宁以后的晚年时期。学界深入论述王词成果者无多，高克勤《王安石词简论》一文值得注意。该文分王词为三类：一是咏史之作；二是描绘江南景色，表现闲适心情之作；三是“宣扬佛教思想”，表现晚年思想变化的作品。高氏认为第二类作品包括了《渔家傲》2首、《菩萨蛮》（数家茅屋）、《清平乐》（云垂平野）、《浣溪沙》（百亩中庭）、《生查子》（雨打江南树）及《千秋岁·秋景》等，而第三类则是“王安石词中的糟粕”。②

因王安石不以词名家，故文学史涉及其词，论述一般都很简略。陶尔夫、诸葛忆兵《北宋词史》第二章在“成绩斐然的其他慢词作家”一节中对王词《桂枝香·金陵怀古》及《南乡子》（自古帝王州）两词作了分析，认为“综观王安石词，积极用世，反映现实的作品虽然很少，但是在北宋

① 唐圭璋编：《全宋词》，中华书局1965年版，第208页。

② 高克勤：《王安石与北宋文学研究》，复旦大学出版社2006年版，第45—51页。

词坛上却是不可多得的上乘之作。值得注意的是，王安石传世的词作，相当多数是发议论、谈佛理的。……王安石词的艺术水平很不平衡，他依然是以漫不经心的游戏态度来对待词的写作，情感澎湃、感慨深沉时偶有《桂枝香》之类的佳作”①。其他目前通行的文学史教材论及王词时亦多称道其《桂枝香》等一两首“具有一定的历史感和现实感”② 的作品，如郭预衡主编《中国古代文学史》说：“王安石词作虽不多，但有‘一洗五代旧习’（《艺概·词概》）的力作，如《桂枝香》（登临送目）即以大气盘旋之咏叹六朝遗事，颇得沉郁悲壮之美，开创了词之新风。”③

实际上，王安石词涉及政治抒情的作品并不仅仅是论者指出的《桂枝香·金陵怀古》等一两首，高克勤所谓王安石词表现了退居后闲适心情，及他涉及佛教的作品是“糟粕”等看法，也还需具体分析。王词不仅反映了作者忧国情怀与君臣遇合思想，同时也反映着他的政治人格与操守，而抒发罢相后的尤怨失落之情，更是王安石词所包蕴的主要情感内涵。

## 二　王安石词中的忧国情怀与君臣遇合思想

王安石早年即胸怀大志、忧国忧民，其词抒忧国情怀者，以咏金陵史事的《桂枝香·金陵怀古》及《南乡子》（自古帝王州）最为突出。王安石一生曾长时间在金陵任职或生活，对金陵十分熟悉，他不仅创作咏金陵的词，也更多创作吟咏金陵的诗歌。王诗中的《和金陵怀古》、《和陈辅秀才金陵书事》、《金陵怀古四首》、《怀钟山》、《钟山绝句二首》、集句诗《金陵怀古》等作品都以金陵为题材，诗词对读，作者于金陵古今兴废中所流露的襟怀及对宋王朝前景的忧虑之情跃然纸上。先试看他几首有关金陵怀古题材的诗歌。《金陵怀古四首》其一：

霸祖孤身取二江，子孙多以百城降，豪华尽出成功后，逸乐安知与祸双。东府旧基留佛刹，后庭余唱落船窗。黍离麦秀从来事，且置兴亡近酒缸。④

---

① 陶尔夫、诸葛忆兵：《北宋词史》，黑龙江人民出版社 2005 年版，第 295 页。

② 袁行霈主编：《中国文学史》第三卷，高等教育出版社 2002 年版，第 38 页。

③ 郭预衡主编：《中国古代文学史》第三册，上海古籍出版社 1998 年版，第 88 页。

④ 秦克、巩军标点：《王安石全集》，上海古籍出版社 1999 年版，第 564 页。

《和金陵怀古》：

怀乡访古事悠悠，独上江城满目秋。一鸟带烟来别渚，数帆和雨下归舟。萧萧暮吹惊红叶，惨惨寒云压旧楼。故国凄凉谁与问，人心无复更风流。[①]

集句诗《金陵怀古》：

六代豪华空处所，金陵王气黯然收。烟浓草远望不尽，物换星移度几秋。至竟江山谁是主，却因歌舞破除休。我来不见当时事，上尽重城更上楼。[②]

吟咏金陵在唐诗，尤其中晚唐以后诗歌中即是一个常见主题。唐诗中的金陵怀古类作品据笔者统计达46首之多，借吟咏金陵往事，作者多写政治的古今兴废与沧桑轮回，人生的谪迁沉浮与悲欢离合。忧嗟生死，悲悯人生，是唐诗金陵咏古题材诗歌的基本主题。这种主题的形成与中晚唐诗人身处其中的四方战乱之社会现实大有关系。而王安石却是生活在社会承平的北宋中期，看他以上诗作，完全超越了前人借吟咏金陵，表达了人世悲悯幻灭的情怀。他的金陵怀古诗讨论的是前人的江山后人怎么继承的问题，同时也表达他对当代人缺乏政治忧患意识的忧虑。如《金陵怀古四首》第一首中他说“豪华尽出成功后，逸乐安知与祸双。东府旧基留佛刹，后庭余唱落船窗”，这和其词作《桂枝香·金陵怀古》中隐含的史事、表达的情怀完全一样。

《桂枝香·金陵怀古》词学界虽所论已多，然亦有可复申说之处。该词上片写秋来登高所见“故国”之景，作者胸襟可见；下片追叙史事，叹此地上演过的“悲恨相续”故事，以一句“千古凭高，对此漫嗟荣辱”表达历史教训后人难以吸取的憾恨，又以现实中的“寒烟芳草”与商女所唱之“后庭遗曲”对举，其隐忧现实的心情和盘托出。值得注意的是，此词最后一句虽借用了杜牧“商女不知亡国恨，隔江犹唱后庭花”之诗意，然

① 秦克、巩军标点：《王安石全集》，上海古籍出版社1999年版，第425页。

② 同上书，第616页。

王词表达的伤悼之情却要比杜诗深邃。其意不仅仅在于伤悼六朝旧事，更有伤悼唐人之伤悼的用意——杜牧《阿房宫赋》所云“后人而复哀后人”。杜牧悲悼秦淮河畔的商女“至今犹唱后庭花”，唐王朝并未汲取教训，故王词“至今商女，时时犹唱后庭遗曲”中之“至今”，包括的不仅有杜牧笔下的从六朝至唐这段历史，更包括了晚唐至宋代这段时间。其意即：虽有杜牧之悲悼在前，然唐王朝并未避免重蹈六朝覆辙；今虽有晚唐五代之覆辙在前，然宋当政者亦似乎并未从中汲取深刻教训，全社会至今仍然沉浸在逸豫享乐之中，这才最使人伤心。

这就是对现实有清醒认识的王安石在其政治改革还未展开之前“处江湖之远则忧其君”精神的反映。江山如此美好，如何保有这片江山却是一个严峻的课题。他的渴望变革现实政治的责任感、使命感尽寓其中。

除《桂枝香·金陵怀古》，王词中同属金陵怀古类的《南乡子》亦须一提。词云：

自古帝王州，郁郁葱葱佳气浮。四百年来成一梦，堪愁，晋代衣冠成古丘。　绕水恣行游。上尽层楼更上楼。往事悠悠君莫问，回头。槛外长江空自流。[①]

此词之气象情韵与《桂枝香》已大不相类。主题上亦变《桂枝香》之对国家前途、朝廷政治之隐忧为叹惋历史上人物风流尽成古丘，表现出对古今英雄功名难以持久的深深悲叹，这种功业难成而易失的感喟中，似乎已经有了生命虚无的感受。陶尔夫、诸葛忆兵认为这首词是王安石退居金陵时所写，作者把自己“强烈的政治家怀抱”带入其中，“词中包含许多难言之痛，包含作者对现实的强烈不满……主要思古兴悲，慨叹自己事业无成”。[②] 笔者认为，此词作于退居金陵当无问题，然此词之主旨却应是在慨叹政治功业的难以持久。王安石是一个有强烈功名心的政治家，金陵自古帝王州，在作者看来此地四百年帝业，却原来是一个虚无的梦幻，晋代人物风流早已成为古丘，帝王们的雄图霸业也已烟消云散。他把这种政治功业的短暂与长江水的永恒流淌相比，从而给本词笼上了一层浓重的悲凉

① 唐圭璋编：《全宋词》，中华书局1965年版，第207页。

② 陶尔夫、诸葛忆兵：《北宋词史》，黑龙江人民出版社2005年版，第295页。

色彩。这样的抒情，完全符合晚年王安石的心境，他自己已离开相位，而保守派对其变法事业的攻击却无一日中止，如此境况下，从前追求的所谓功业永垂，岂不都成了悠悠往事？当然，忧怀国是，仍然是其抒情的出发点。

下面，我们再来讨论王词中表现的君臣遇合思想，先从其诗文谈起。青年时代的王安石胸怀大志，今存其文集中之《龙赋》可见一斑：

> 龙之为物，能合能散，能潜能见，能弱能强，能微能章。惟不可见，所以莫知其乡；惟不可畜，所以异于牛羊。变而不可测，动而不可驯，则常出乎害人，而未始出乎害人，夫此所以为仁。为仁无止，则常至乎丧己，而未始至乎丧己，夫此所以为智。止则身安，曰惟知几；动则物利，曰惟知时。然则龙终不可见乎？曰：与为类者常见之。①

李之亮《王荆公文集笺注》将此文列于其文集第一篇，并认为“此当为荆公少年时励志之作”。② 这篇短文字句无多，然其表现的精神气质却很值得注意。龙非常物，安能常见？然王安石却认为“与为类者常见之”，此显属以龙自谓。如是，则王安石青少年时代渴望有所作为情志之强烈确非同一般。这种情志在他的诗作《忆昨诗示诸外弟》有很明确的反映：

> 忆昨此地相逢时，春入穷谷多芳菲。短垣囷囷冠翠岭，踯躅万树红相围。幽花媚草错杂出，黄蜂白蝶参差飞。此时少壮自负恃，意气与日争光辉。乘闲弄笔戏春色，脱略不省旁人讥。坐欲持此博轩冕，肯言孔孟犹寒饥。两子从亲走京国，浮尘坌亦缁人衣。明年亲作建昌吏，四月挽船江上矶。端居感慨忽自寤，青天闪烁无停晖。男儿少壮不树立，挟此穷老将安归。吟哦图书谢庆吊，坐室寂寞生伊威。材疏命贱不自揣，欲与稷契遐相希。③

---

① 李之亮：《王荆公文集笺注》，四川出版集团巴蜀书社2005年版，第1页。

② 同上。

③ 秦克、巩军标点：《王安石全集》，上海古籍出版社1999年版，第378页。

诗较长，此处所录盖未过半，这是王安石庆历三年（1043）由淮南判官乞假归省时所作。梁启超认为此诗“不啻公二十三岁以前自述之小传也……而所谓欲与稷契相希者，盖自弱冠时而所志固已立矣”。[①] 诗中有“此时少壮自负恃，意气与日争光辉”，及“欲与稷契遐相希”等语，也正是《龙赋》所体现的精神。

胸怀大志的王安石是如何看待古今将相成就功业之条件的？除个人努力因素之外，笔者认为，君臣遇合也正是王安石所追求的最高政治境界，此由他之不滥交友可见一斑。曾巩《上欧阳舍人书》云：“巩之友王安石，文甚古，行甚称文，虽已得科名，居今知安石者尚少也。彼诚自重，不愿知于人，尝与巩言：‘非先生无足知我也。’知此人古今不常有。”[②] 王安石自己答孙少述书也说：“某天禀疏介，生平所得，数人而已，兄素固知之。置此数人，虽欲强数，指不可诎。”梁启超《王安石传》也认为“荆公少年，交友甚少”。[③] 王安石所以不愿意泛泛交友，也说明他想要交接的实为志同道合之知己。这种择友心态体之于君臣关系，就是对君臣遇合的追求。强调君臣遇合，是王安石诗文反复申说的主题。元丰中退居金陵时所作《鲧说》：

> 尧咨孰能治水，四岳皆对曰“鲧”，然则在廷之臣可治水者，惟鲧耳。水之患不可留而俟人，鲧虽方命圮族，而其才则群臣皆莫及，然则舍鲧而孰使哉？当此之时，禹盖尚少，而舜犹伏于下而未见乎上也。夫舜、禹之圣也，而尧之圣也，群臣之仁贤也，其求治水之急也，而相遇之难如此。后之不遇者，亦可以无憾矣。[④]

这是从反面说明君臣遇合的难求，其中当然也寄托着他罢相后远离神宗，不复有昔日遇合的失落。其诗作《何时难忘酒二首拟白乐天作》云：

> 何处难忘酒，英雄失志秋。庙堂生莽卓，岩谷死伊周。赋敛中原困，干戈四海愁。此时无一盏，难遣壮图休。

① 梁启超：《王安石传》，海南出版社2001年第3次印刷，第65页。

② 陈杏珍、晁继周点校：《曾巩集》，中华书局1984年版，第237页。

③ 梁启超：《王安石传》，海南出版社2001年版，第69页。

④ 李之亮：《王荆公文集笺注》，四川出版集团巴蜀书社2005年版，第1075页。

何处难忘酒，君臣会合时。深堂拱尧舜，密席坐皋夔。和气袭万物，欢声连四夷。此时无一盏，真负《鹿鸣》诗。[①]

人生的大悲哀是英雄失路。不得君主重用则会“岩谷死伊周”；人生的大欢喜是君臣遇合。得君主赏识则“密席坐皋夔”。说得再清楚不过了，君臣遇合对胸怀大志者之成就功业何其重要。在这个问题上，王安石头脑是清醒的，《明妃曲》云“汉恩自浅胡恩深，人生乐在相知心”，说得也是这个意思。所以，嘉祐五年（1060）他担任三司度支判官期间写信给仁宗皇帝，全盘提出了他的政治改革主张，慨然有矫变世俗之志，但是当他“刻章琢句献天子”的万言之书得不到回应时，终仁宗至英宗朝，他基本上就沉默了。“嘉祐五年四月，除同修起居注，固辞不拜。十一月，申前命，章又五上。……英宗朝累召不赴。”[②]

以上，我们追溯了王安石少有大志，且在思想及从政实践中都追求君臣遇合的心态，这样回过头再看他另一首咏史词《浪淘沙令》，其所抒发的政治怀抱即不言自明。《浪淘沙令》云：

伊吕两衰翁，历尽穷通，一为钓叟一耕佣。假若当时身不遇，老了英雄。　　汤武偶相逢，风虎云龙，兴王只在谈笑中。直至如今千载后，谁与争功？[③]

伊尹名挚，他是伊水旁的弃婴，后在有莘（今河南开封）农耕。商汤娶有莘氏之女，他作为奴隶陪嫁给商汤。后来汤王擢用他灭亡夏，伊尹因之成为商开国功臣。吕尚晚年在渭水河滨垂钓，遇周文王受到重用，辅武王灭商，封侯于齐。王安石吟咏这两人史事，绝非兴之所至泛泛而咏，而是寄托了他的精神怀抱的。然究竟借历史人物之吟咏是要表达他此际遇神宗而得以行变法的幸运呢，还是想以对该二人“风虎云龙，兴王只在谈笑中”机运的企羡，表达他自己缺乏这种君臣遇合的失落？笔者认为应该是后者。君臣遇合、适逢其会，是王安石从政生涯中追求的最高境界，然他自

① 秦克、巩军标点：《王安石全集》，上海古籍出版社1999年版，第590页。

② （宋）杜大珪：《名臣碑传琬琰集·王安石传》，见李之亮《王荆公文集笺注》，四川出版集团巴蜀书社2005年版，第2239页。

③ 唐圭璋编：《全宋词》，中华书局1965年版，第207页。

熙宁二年（1069）二月任参知政事至后来去相位长期闲居，他是觉得自己与君主实际上并没有真正达到这个层次。所以，借这样的作品，他要表达的就是这样的政治感慨。这个问题我们后面还要谈到。

## 三　王安石词体现的政治操守

王安石词除抒发忧怀国是、期望君臣遇合以建不世之功的情怀之外，从他的词中，我们也能看到他为官不慕荣利，不贪图享受，清俭自守，不趋势应俗的品格，这种品格在他的词作中也一再有所表现。《西江月·红梅》、《诉衷情·和俞秀老鹤词》4首、《甘露歌》3首、《清平乐》（云垂平野）等都是能见其政治操守的或托喻，或直抒其情之作。

政治家王安石，在行动与言论上并不隐瞒自己的观点，其早年屡辞任命的经历，即可见其从政之操守非一般人可比。《东都事略·王安石传》云："（王）举进士高第，签署淮南节度判官。召试馆职，固辞，乃知鄞县。……文彦博为相，荐安石恬退，不次进用，可以激奔竞之风。寻召再试，又固辞，乃为群牧判官，出知常州。……除直集贤院，累辞不获命，始就职。除同修起居注，固辞不拜。……以母忧去，服除，英宗朝累召不起。"[①]《宋史》本传亦有此类记载。今存王安石文集中收有他写给皇帝的不少辞呈。其中，至和元年（1054）三月二十二日被除集贤校理时，他疏辞四上；嘉祐年间朝廷命差同修起居注，他前后竟疏辞十二上。这样的辞职经历在北宋官员中实在不多见。

当他还处在政治核心圈之外围，还没有达到可能与君主"人生乐在相知心"这样一个高度的时候，为什么却屡次辞谢朝廷任命？梁启超认为他"安于小吏，不肯就职，非故为恬退，亦有取于素位之义而已"。[②] 这个看法是有道理的。蔡上翔《王荆公年谱考略》卷四谓："安石皇祐三年通判舒州，由初仕至是十年，从无一牍干谒于贵人之门以求速达。"《麟台故事》卷三亦载文彦博言曰："殿中丞王安石，进士第四人及第。旧制，一任还，进所业，求试馆职。安石凡数任，并无所陈，朝廷特令召试，亦辞以家贫亲老。馆阁之职，士人所欲，而安石恬然自守，未易多得。……乞

---

① （宋）王偁：《东都事略·王安石传》，李之亮《王荆公文集笺注》，四川出版集团巴蜀书社2005年版，第2254页。

② 梁启超：《王安石传》，海南出版社2001年版，第68页。

特赐甄擢。”胸怀大志的王安石如此恬退，似乎并非是于除授职位本身不感兴趣。辞谢集贤校理任命时他上书说：

> 臣以小官，非敢以礼为让也，直以分不当得，理当自言。盖闻当得而让，则上有所不得听；不当得而授，则下有所不敢承。不听不为迫下，不承不为慢上，以其有义也。臣诚不肖，然区区之私，具状四奏者，窃以为匹夫之志，有近于义，是以仰迫恩威，至于再三，终不敢受。[①]

辞谢同修起居注时，他说：

> 朝廷用人，皆以资序，臣入馆最为日浅，而材何以异人？终不敢贪冒宠荣，以干朝廷公论。[②]
>
> 宁以违命受谴，终不敢身为浮伪之首。[③]
>
> 方今之所患而务绝者，方在于进取，而不在于辞让，方在于欺罔，而不在于忠信。臣若托不得已终叨宠利，不顾其已出之言，则是去辞让而引进取，毁忠信而为奸罔。朝廷本欲拔取人才，而所得者乃有去辞让毁忠信之嫌，恐非所以示天下而历士大夫之操也。[④]

原来，他在接到任命以后，所想者并非个人加官进职，而是考虑自己之“不次进用”所可能对朝廷用人风气产生的不良影响，这不是矫情。嘉祐五年（1060）任三司度支判官时，他撰写《上仁宗皇帝言事书》，其中就提出：

> 在位者数徙，则不得久于其官，故上不能狃习而知其事，下不肯服驯而安其教，贤者则其功不可以及于成，不肖者则其罪不可以至于

① （宋）王安石：《辞集贤校理状四》，李之亮《王荆公文集笺注》，四川出版集团巴蜀书社2005年版，第78页。

② （宋）王安石：《辞同修起居注状一》，李之亮《王荆公文集笺注》，四川出版集团巴蜀书社2005年版，第79页。

③ （宋）王安石：《辞同修起居注状四》，李之亮《王荆公文集笺注》，四川出版集团巴蜀书社2005年版，第82页。

④ （宋）王安石：《辞同修起居注状六》，李之亮《王荆公文集笺注》，四川出版集团巴蜀书社2005年版，第84页。

著。若夫迎新将故之劳，缘绝簿书之弊，固其害之小者，不足悉数也。设官大抵皆当久于其任，而至于所部者远，所任者重，则尤宜久于其官，而后可以责其有为。而方今尤不得久于其官，往往数日辄迁之矣。①

取之既已不详，使之既已不当，处之既已不久，任之又不专，而一二之以法束缚之，故虽贤者在位，能者在职，与不肖而无能者殆无以异。②

这就说明王安石的屡辞迁职，一定程度上与他反对官员频繁迁转的思想有关。这类对新任职务的辞谢和他后来辞去相位时的情况还不太一样。熙宁七年（1074）及熙宁九年（1076）王安石两次辞相，是迫于内外压力。但早年这种屡屡辞却除授的现象，在一定程度上是其政治操守及人格精神使然。官场上的王安石，从来是以身为世范的操守与精神要求自己，这一点，连他的反对派都不得不承认：

先生（指刘安世）因言及王荆公学问。先生曰："金陵亦非常人……质朴俭素，终生好学，不以官职为意。"

（王安石）平生行止无一涴。

其人（王安石）素有德行，而天下人素尊之。③

予（黄庭坚自称）尝熟观其风度，真视富贵如浮云，不溺于财利酒色，一世之伟人也。④

最早与其交往的曾巩向欧阳修推荐王安石时也说：

巩之友有王安石者，文甚古，行称其文。虽已得科名，然居今知安石者尚少也。彼诚自重，不愿知于人，然如此人古今不常有。如今

① （宋）王安石：《上仁宗皇帝言事书》，李之亮：《王荆公文集笺注》，四川出版集团巴蜀书社2005年版，第51页。

② 李之亮：《王荆公文集笺注》，四川出版集团巴蜀书社2005年版，第51—52页。

③ （宋）马永卿编：《元城语录》卷上，文渊阁四库全书本。

④ （宋）黄庭坚：《豫章黄先生文集》卷六零《跋王荆公禅简》。

时所急，虽无常人千万，不害也。顾如安石，此不可失也。[①]

陈襄上荐士书，把他与胡瑗并举，皇祐三年（1051）文彦博也把他与韩维共荐，嘉祐元年（1056），欧阳修又把他与包拯、吕公著、张环三人共荐，强调其守道不苟，自重其身。王安石自己的文章也更屡屡反映出他作为君子、儒者为官的品性与思想。其《三圣人》论伯夷、伊尹、柳下惠之事，结尾云："圣人之言行，岂苟而已，将以为天下法也。"[②]《周公》论君子云："所谓君子者，贵其能不易乎世也。"[③]《子贡》又云："夫所谓儒者，用于君则忧君之忧，食于民则患民之患，在下而不用，则修身而已。"[④]"所谓忧君之忧，患民之患者，亦以义也，而后可以为之谋也。苟不义而能释君之忧，除民之患，贤者亦不为矣。"[⑤]

这就是王安石的政治品格，他之不慕荣利、清俭自守，甚至担任执政以后因大力推行新法，遭到反对派的强烈攻击时，他也百折不回，不稍懈其变革弊政的行动与决心。这种品格在他的词中有较明确反映。如《诉衷情·和俞秀老鹤词》其二：

练巾藜杖白云间。有兴即跻攀。追思往昔如梦，华毂也曾丹。
尘自扰，性长闲。更无还。达如周召，穷似丘轲，只个山山。[⑥]

《王荆公诗李壁注》卷四《移桃花示俞秀老》李注引《潘子真诗话》云："俞紫芝，字秀老，喜作诗，人未知之。荆公爱焉，手写其一联'有时俗事不称意，无限好山都上心'于所持扇，众始异焉。"叶梦得《石林诗话》亦云俞紫芝"少有高行，不娶。……得浮屠氏心法，所至翛然，而工于作诗。王荆公居钟山，秀老数相往来，尤爱重之，每见于诗"。[⑦]王安石文集中今存其与俞秀老往来书信虽仅一篇，然从这些记载看，二人私交颇深却毋庸置疑。俞秀老词唐圭璋编《全宋词》今录3首，王安石所和俞之原词

① 陈杏珍、晁继周点校：《曾巩集》，中华书局1984年版，第237页。
② 李之亮：《王荆公文集笺注》，四川出版集团巴蜀书社2005年版，第970页。
③ 同上书，第973页。
④ 同上书，第975页。
⑤ 同上书，第976页。
⑥ 唐圭璋编：《全宋词》，中华书局1965年版，第206页。
⑦ （清）何文焕：《历代诗话·石林诗话》，中华书局1981年版，第427页。

已不可见。从内容看，王安石此词却是与写鹤无关。作者自道其退居江宁以后练巾藜杖、放情山水的生活，表达了他退出政坛以后不以穷达为意的心境。为什么说这里面有作者的政治操守在呢？他说“尘自扰，性长闲。更无还”，这岂不是明确表示，面对旧党官员反对变法的杂音，他明确表示要不以为意的心态吗？“更无还”同时也蕴含着他既已罢政就绝不留恋“华毂”的心境。周、召般的政治通达，丘、轲似的仕宦蹭蹬，在他看来本没有区别，他们身后留下的不都是一堆相同的坟垄。

这首词中反映的王安石之政治心态，和前面我们讨论的他从政过程中不慕荣利、守道不苟的思想完全一致。再看其《清平乐》：

> 云垂平野，掩映竹篱茅舍，阒寂幽居实潇洒，是处绿娇红冶。丈夫运用堂堂，且莫五角六张，若有一卮芳酒，逍遥自在无妨。[①]

这首词论者认为表现了作者退居以后闲适的心境。[②]诚然，词中有“阒寂幽居实潇洒，是处绿娇红冶”，及“逍遥自在无妨”等句。然察作者寄托于该词之思想情绪，却并非“闲适”二字所能概括。上片写“是处”之美景，看起来似乎是表达作者沉浸其中之心情。实则相反，这只不过作者为下片抒情所作的一个铺垫。下片作者云“丈夫运用堂堂，且莫五角六张”，就说得很清楚：大丈夫运思用事必有自己的原则法度，切不可五角六张乱了阵脚。生活有风雨也有阳光，正如竹篱茅舍，在一些人看来也许是萧条荒疏，难以就居，然而过“阒寂幽居”之生活难道不也可看作一种潇洒？如若再有一卮芳酒，逍遥自在且又何妨？

谁能说这完全是一种闲适心态的反映？经历了政坛风雨的王安石，解职退归田园后，他的心情是复杂的。怎么适应这样的生活，他也需要心态的调整。该词表现的正是他退居后，警戒自己要保持政治操守，清俭自律、安于寂寞的思想。是处有竹篱茅舍，也有绿娇红冶，这些对惯常走在官场上发号施令的王安石来说，不但没有什么引人之处，且还有可能使他产生诸事不顺、“五角六张”的深刻挫败之感。然，大丈夫完全可以运用

① 唐圭璋编：《全宋词》，中华书局1965年版，第206页。

② 按：高克勤《王安石词简论》一文分王词为三类，其第二类“描绘江南景色，表现闲适心情之作”中即有《清平乐》（云垂平野）等词，作者认为这反映了王安石晚年的生活情趣。参见高克勤《王安石与北宋文学研究》，复旦大学出版社2006年版，第49页。

其强大的精神力量及思想原则克服这种挫折感，既然已经来到这个环境中了，那就不妨故作逍遥吧。

这实在是一种无奈。但是无奈的选择中所反映的作者之政治操守确不可忽视。霍松林先生在论述王安石晚年参禅学佛的心态时也指出："王安石毕竟是一位忧国忧民的爱国者，一个曾经叱咤风云的政治家，他晚年虽然退隐钟山，参禅学佛，努力使自己遣情世外，创作了众多反映其所悟所得的禅诗，但内心深处却始终无法忘却朝政大事。王安石平静恬淡的外表下，深藏着一颗不甘寂寞的心。"[①] 如何处理退居后面临的寂寞与失落？霍先生的这个论述，正可和上述我们对此词的解读相发明。

"此道废兴吾命在，世间腾口任云云。"[②] 除上述作品外，王安石还有一首《西江月·红梅》及一组咏梅的集句词《甘露歌》。王安石爱梅咏梅，在北宋罕有其比。其诗歌《与微之同赋梅花得香字三首》，甚至被刘几度为词来演唱。[③] 王词中的梅一如其诗，既有"凌寒独自开"的坚贞不苟，又有"天教薄于胭脂"、"都无色可并"的超凡脱俗。王安石的政治改革遭到了以司马光为首的北方保守势力的反对，故他笔下的梅花，也就有了"北人初未识，浑作杏花看"，及"北人浑作杏花疑，唯有青枝不似"[④] 的无奈。《甘露歌》其三写梅花飘零："池上渐多枝上稀，唯有故人知"，悲凉中不乏无悔，其中也清楚可见作者的政治情操与人格精神，兹不细论。

## 四　王安石词中的政治失落情怀

离开政坛以后的王安石，其心态在词世界中究竟得到了怎样的反映？论王词者有的认为其词反映了闲适的心情[⑤]，也有的说其传世词作"相当多数是发议论、谈佛理的。……他依然是以漫不经心的游戏态度对待词的

① 霍松林、张小丽：《论王安石的晚年禅诗》，《兰州大学学报》2006 年第 6 期。

② 王安石诗：《和平甫寄陈正叔》，秦克、巩军标点：《王安石文集》，上海古籍出版社 1999 年版，第 429 页。

③ 按：唐圭璋编：《全宋词》，中华书局 1965 年版，第 187—188 页收有刘几《梅花曲》三首，这组词下有作者自注："以介父三诗度曲。"王安石原诗见秦克、巩军标点《王全安全集》，上海古籍出版社 1999 年版，第 591 页。

④ 《西江月·红梅》，唐圭璋编：《全宋词》，中华书局 1965 年版，第 207 页。

⑤ 按：如前述高克勤《王安石词简论》即持此观点，参见高克勤《王安石与北宋文学研究》，复旦大学出版社 2006 年版，第 45—53 页。

写作"[1]，这实则都非切中肯綮之论。王安石以儒家传人信念立身，以圣人标格期许，为政倡"天变不足畏，祖宗不足法，人言不足恤"[2]，可谓大气包举、前无古人，而他的诗文创作也完全配合、反映了他毫不苟且、志在有为的政治人生。怎么在词中，他就会突然表现出游戏态度呢？王安石不是一个喜好"游戏"的人，他的29首词，内容上无涉男女情事，风格上更明显流露出作为政治家的朴拙与硬朗气息，与词体文学传统的花前月下之柔媚相去甚远，以致李清照批评他"文章似西汉"，"若作一小歌词，则人必绝倒，不可读也"。这样的作品，岂是"游戏"可以得来？

且对一个肩负变法重任的政治家来说，五十五岁也正是其政治生命最辉煌的时期，而他却开始了自己的罢相之路。直至五十七岁，他在弟死、子亡、友叛，而朝廷众议汹汹中彻底退出政坛，乡居达九年之久。这九年，也正是他目睹新法推行举步维艰、如履薄冰的九年。最后，他又在浸透其生命寄托的新法之被推翻时撒手西去。那么王安石人生后期这些遭遇，究竟又是怎样让他产生了闲适心情或"游戏"态度？

为具体说明王词中深蕴的政治悲怨与失落情怀，我们首先得回顾一下王安石两次罢相经历及其与神宗的关系。

王安石熙宁二年（1069）二月登相位，其变法一开始就遭到了来自保守势力的强烈反对。1067年，神宗召王安石至京师，王还未担任参知政事，唐介即称王"博学而泥古"，"议论迂阔"，"难以大任"，"若使为参政，恐多所变更，必扰天下"。[3] 王任参知政事之初，变法还未展开，御史中丞吕晦即列其十大罪状，称将王"置诸宰辅"，"天下必受其弊"[4]，"误天下苍生者"必为王安石。[5] 反对派们的政治嗅觉不可谓不敏锐，然此亦说明要真正推行变法活动，王安石所面临的巨大阻力。

熙宁二年，王安石主持设置制置三司条例司作为组织变法的核心机构，接着颁布均输法、青苗法等法令。此举遭到了来自司马光、韩琦、欧阳修、富弼等一批元老重臣的反对。面对朝廷上的争议，神宗公开表示了他对青苗法的态度："琦，真忠臣，虽在外，不忘王室。朕始谓（青苗法）

---

① 陶尔夫、诸葛忆兵：《北宋词史》，黑龙江人民出版社2005年版，第295页。

② （元）脱脱等：《宋史》卷三二七《王安石传》。

③ 洪业等编纂：《琬琰集删存》卷三，上海古籍出版社1990年版，《唐参政介传》。

④ （宋）朱熹：《三朝名臣言行录》卷五，文渊阁四库全书本。

⑤ （宋）司马光：《温国文正司马公文集》卷七七《右谏议大夫吕府君墓志铭》。

可以利民，不意乃害民如此。出令不可不慎。”[1] 神宗如此态度，王安石即“称疾家居”[2]，其《乞解机务札子》云：

> 臣以羁旅之孤，蒙恩收录，待罪东府，于今四年。方陛下有所变更之初，内外小大纷然，臣实任其罪戾，非赖至明辨察，臣宜诛斥久矣。在臣所当图报，岂敢复有二心？徒以今年以来，疾病浸加，不任劳剧。比尝粗陈恳款，未蒙陛下矜从，故复黾勉至今，而所苦日甚一日。方陛下励精众治、事事皆欲尽理之时，乃以昏疲，久尸宰事。虽圣恩善贷，而罪衅日滋，至于不可复容，则终上累陛下知人之明，非特害臣私义而已，臣所以昧冒有今日之乞也。伏奉宣谕，未赐哀矜，彷徨屏营，不知所措。然臣所乞，固已深虑熟计而后敢言，与其废职而至诛，则宁违命而获谴。大臣出入，以均劳逸，乃是祖宗成宪。盖国论所属，怨恶所归，自昔以擅其事，鲜有不遭罪黜。然则祖宗所以处大臣，不为无意也。臣备位亦已久矣，幸蒙全度，偶免谴呵。实望陛下深念祖宗所以处大臣之宜，使臣获粗安便。异时复赐驱策，臣愚不敢辞。[3]

在这封信里，王安石提出自己“疾病浸加，不任劳剧”，“与其废职而至诛，则宁违命而获谴”，且希望朝廷能遵循“大臣出入，以均劳逸”的“祖宗成宪”，让别人也来代替自己干一干。这样的理由实际就把他因神宗在变法问题上摇摆不定而产生的尤怨心理袒露无遗。政治革新中高倡“祖宗不足法”等“三不足”理论的王安石，怎么在谁来担任执政以任朝廷大事这个问题上反倒讲起“祖宗成宪”来了？

王安石第一次罢相在熙宁七年（1074）二月。从治平四年（1067）正月神宗立，至该年三月他除知江宁府始，至熙宁七年六月罢相，王安石受知于神宗皇帝正好八个年头，担任宰相执行变法活动也已有近七个年头。“（熙宁）七年春，天下久旱，饥民流离，帝忧形于色，对朝廷嗟叹，欲尽罢法度之不善者。……监安上门郑侠上疏，绘所见流民扶老携幼困苦之状，为

① （宋）杨仲良：《皇宋通鉴长编纪事本末》卷六八《青苗法》（上）。

② 《宋会要辑稿·食货》四之二一。

③ 李之亮：《王荆公文集笺注》，四川出版集团巴蜀书社2005年版，第203页。

图以献。……慈圣、宣仁二太后流涕谓帝曰：‘安石乱天下。’帝亦疑之，遂罢（王安石）为观文殿大学士，知江宁府。”①“天马志万里，驾盐不如闲。壮士困拘束，不如弃之完。”② 实则这次罢相，王安石也曾主动请辞。其《乞解机务札子》云：

> 伏念臣孤远疵贱，众之所弃，陛下收召拔擢，排天下异议而付之以事，八年于此矣。方陛下兴事造功之初，群臣未喻圣志。臣当是时，志存将顺，而不知高明强御之为可畏也。……任事以来，乖失多矣，区区夙夜之劳，曾未足以酬万一之至恩。今乃以久擅宠利，群疑并兴，众怨总至，罪恶之衅，将无以免。……虽欲强勉以从事须臾，势所不能，然后敢干天威，乞解机务。窃以谓陛下天地父母，宜垂矜怜。论其无功则虽可诛，闵其有志则或宜宥，终始全度，使无后艰。而未蒙天慈顾哀，犹欲强以重任。使臣黾勉尚能有补圣时，则虽灭身毁宗，无所避惮。顾念终无来效，而方以危辱上累朝廷，此臣所以不敢也。③

从札子里可以看到王安石此时确面临着巨大压力。“群疑并兴，众怨总至，罪恶之衅，将无以免……虽欲强勉以从事须臾，势所不能”，这是他不得不辞去相位的重要原因。然神宗在他此时需要帮助的时候却没有给予足够支持，这也是他坚决挂冠而去的重要因素，其札子明言“臣当是时，志存将顺，而不知高明强御之为可畏也。……任事以来，乖失多矣，区区夙夜之劳，曾未足以酬万一之至恩”，其尤怨可知。以至解职后，神宗“犹命惠卿传谕留京师备顾问……而安石犹固辞而去”。④

熙宁五年（1072），因反对派攻击青苗法，神宗公开说了“出令不可不慎”的话，王安石随后五上《乞解机务札子》。熙宁七年（1074），当他面临困难时，神宗又放弃了对他的坚决支持。这在追求君臣遇合的王安石

① （元）脱脱等：《宋史》卷三二七《王安石传》。

② （宋）王安石诗：《答陈正叔》，秦克、巩军标点：《王安石全集》，上海古籍出版社 1999 年版，第 356 页。

③ 按：此札李之亮谓“熙宁五年为相时作”，误。作者文中明言：“陛下收召拔擢，排天下异议而付之以事，八年于此矣。”（见李之亮《王安石文集笺注》第 209 页）治平四年（1067）正月神宗立，该年三月王安石除知江宁府，至熙宁七年（1074），正好八个年头。

④ 蔡上翔：《王荆公年谱考略》卷一八。

来说，自然是很伤心的事。熙宁五年（1072）前后，他曾在一份《谢手诏慰抚札子》中说过这样的话：

> 自与闻政事以来，遂及期年，未能有所施为，而内外交构，合为沮议，欲以诬民，以惑圣听，流俗波荡，一至如此，陛下又若不能无惑。恐臣区区终不足以胜。①

“陛下又若不能无惑”，可见神宗与王安石之间也不是铁板一块。第一次罢相，他的内心显然是相当委屈的。

熙宁八年（1075）二月，王安石复相，九年十月，复罢。第二次罢相的熙宁九年（1076），王安石经历了友叛亲亡的巨大悲痛。北宋魏泰《东轩笔录》卷五云：

> 王荆公再为相，承党人之后，平日肘腋尽去，而在者已不可信，可信者又才不足以任事。平日惟与其子雱谋议，而雱又死，知道之难行也，于是慨然复求罢去，遂以使相再镇金陵。②

魏泰所云“在者已不可信”，即指王安石政治上的重要助手吕惠卿等背叛了他。吕惠卿是一个很有政治才能的人物，王第一次罢相期间，就是他继续主持变法局面。然吕又是一个“忌能、好胜、不公”的人。③王安石复相以后，他上书神宗“讼安石曰：‘安石尽弃所学，隆尚纵横之末数，方命矫令，罔上要君。此数恶力行于年岁之间，虽古之失志倒行而逆施者，殆不如此。’又发安石私书曰‘无使上知’者”。④“安石于惠卿有卵翼之恩，父师之义”⑤，他的背叛带给王安石的打击之深可想而知。史载“安

① 李之亮：《王荆公文集笺注》，四川出版集团巴蜀书社2005年版，第210页。

② 《笔记小说大观》第十册，江苏广陵古籍刻印社1983年版，第96页。

③ 按：李焘《续资治通鉴长编》（卷二六四“熙宁八年五月丙戌”条）载宋神宗、王安石一次对话云：“上又以为：‘惠卿不济事，非助卿者也。’安石曰：‘不知惠卿有何事不可于意。’上曰：‘忌能、好胜、不公。如沈括、李承之虽皆非佳士，如卿则不废其所长，惠卿即每事必言其非，如括言分水岭事，乃极怒括。’”见《续资治通鉴长编》，中华书局2004年第2版，第6480页。

④ （元）脱脱等：《宋史》卷三二七《王安石传》。

⑤ （元）脱脱等：《宋史》卷四七一《吕惠卿传》。

石退处金陵，往往写‘福建子’三字，盖深悔为惠卿所误也”[①]，此亦恐非空穴来风。

熙宁九年（1076），王安石还遭遇了另外两件与其辞相密切相关的事情。一个是弟弟王安国的英年早逝，另一个是爱子王雱的早亡。王安国去世时四十七岁，王雱三十三岁。这两位的离世似乎都与他的为相变法有些关系。

王安石兄弟七人，弟安国，字平甫。从相关资料看，兄弟中他最喜欢的就是这位反对他变法活动的弟弟。司马光《涑水纪闻》载："安国尝力谏其兄，以天下汹汹，不乐新法，皆归咎于兄，恐为家祸。介甫不听，安国哭于影堂曰：'吾家灭门矣！'"《闻见录》载："平甫尤正直有文。一日，荆公与吕惠卿论新法，平甫吹笛于内。荆公遣人谕曰：'请学士放郑声。'平甫即应曰：'愿相公远佞人。'惠卿深衔之。"从兄长及家族安危角度反对变法，反对王安石亲近佞人吕惠卿，王安国与王安石亲情之深挚可见。

李焘《续资治通鉴长编》载"安石与弟安国白首穷经，夙夜讲诵琢磨"[②]，现存王安石诗集中次韵或赠与兄弟之作40首左右，然唱和或赠与平甫者超其半。如《到舒次韵答平甫》云："只愁地僻无宾客，旧学从谁得指南。"[③]《次韵答平甫》云："物物此时皆可赋，悔予千里不相将。"[④]《寄阙下诸父兄兼示平甫弟》又云：

> 父兄为学众人知，小弟文章亦自奇。家势到今宜有后，士才如此岂无时。久闻阳羡溪山好，颇与渊明性分宜。但愿一门皆贵仕，时将车马过茆茨。[⑤]

王氏家族父兄为学，而最让王安石骄傲的就是他这位小弟平甫，王安石是把他当作王家传人来看的，对他的仕宦前景充满期待。然而，这位王安石亲之爱之的平甫弟，却因兄长王安石与吕惠卿之间的角力，在王安石第一次罢相后遭到了吕的陷害而成牺牲品。王罢相后，"惠卿遂欲代安石，

① （元）脱脱等：《宋史》卷四七一《吕惠卿传》。

② （宋）李焘：《续资治通鉴长编》（卷二二六"熙宁四年八月己卯"条），中华书局2004年第2版，第5507页。

③ （宋）王安石诗：《到舒次韵答平甫》，秦克、巩军标点：《王安石全集》，上海古籍出版社1999年版，第437页。

④ 秦克、巩军标点：《王安石全集》，上海古籍出版社1999年版，第443页。

⑤ 同上书，第476页。

恐其复来，乃因（郑）侠狱陷安国，亦以沮安石也。安国既贬，上降诏谕安石，安石对使者泣。”[1]

王安国遭陷害，“坐夺官，放归田里。……既而复其官，命下而安国卒”。[2] 安国谢世，王安石题其墓志云：“士皆以谓君且显矣，然卒不偶。”又云：“君孝友，养母尽力。丧三年，常在墓侧，出血和墨，书佛经甚众。”[3] 看似平淡的语言中饱含了巨大的情感张力。吕惠卿真面毕露后与王安石分道扬镳，而早就指出其奸的至亲挚友王安国却蒙受冤屈而亡，这在王安石来说，如何可以抑制其痛悔？弟弟生前心向佛门，王安石罢相以后也向佛门皈依，似乎也不是偶然的。

同时，爱子王雱该年六月的去世，更给王安石带来了巨大打击。王雱字元泽，是一个早慧的才子，其“为人剽悍，无所顾忌”，“未冠已著书数十万言。年十三时，得秦州卒言洮河事，叹曰：‘此可抚而有也。使夏人得之，则吾敌强而边受患博矣！’故安石力主其议。治平四年，雱举进士，授旌德尉。未赴作策三十余篇，极论天下事，皆安石辅政所施行。又作《老子训传》及《佛书义释》亦数万言”。[4] 北宋梁迥作于哲宗元符年间（1908—1100）的《道德真经集注》后序云：

> 近世王雱深于道德性命之学，而老氏之书复训厥旨，明微烛隐，自成一家之说。[5]

王安石生活俭素，王雱亦一如其父。蔡絛《铁围山丛谈》载：

> 当是时（笔者按：指王安石第一次罢相时），既出，挈其家且登舟，而元泽为从者误破其额面瓦盆，因复命市之，则一瓦盆也。其父子无嗜欲，自奉质素如此。[6]

---

① （宋）李焘：《续资治通鉴长编》（卷二五九“熙宁八年正月庚子”条），中华书局2004年第2版，第6312页。

② （元）脱脱等：《宋史》卷三二七《王安国传》。

③ 李之亮：《王荆公文集笺注》，四川出版集团巴蜀书社2005年版，第1887页。

④ （宋）李焘：《续资治通鉴长编》（卷二二六“熙宁四年八月己卯”条），中华书局2004年第2版，第5507页。

⑤ 梁迥：《道德真经集注·后序》，《道藏》13—105。

⑥ （宋）蔡絛：《铁围山丛谈》卷三，四库影印本1037—584。

王雱在三十三岁的短暂生命中完成了大量学术著述。据晁公武《郡斋读书志》卷五著录，其作品主要有：《元泽先生文集》（36卷）、《老子训传》、《庄子注》（10卷）、《佛经义解》、《孟子解》（14卷）。此外，陈振孙《直斋书录解题》卷二还著录有他的《书义》（13卷）。蔡絛《铁围山丛谈》卷三亦载："王元泽奉诏修三经义，时王丞相介甫为之提举。……《诗》、《书》盖出元泽暨诸门弟子手。"

王雱早逝，王安石极为悲痛。他有一首《题雱祠堂》诗云：

> 斯文实有寄，天岂偶生才？一日凤鸟去，千秋梁木摧。烟留衰草根，风造暮林哀。岂谓登临处，飘然独往来。①

邵伯温《邵氏闻见录》云："雱死，荆公罢相，哀悼不忘，有'一日凤鸟去，千年梁木摧'之诗，盖以比孔子也。"②

所以，尽管第二次辞相仍然有因变法遭遇阻力的因素，然此时的王安石，其心境已大不比从前。为国理财以求富国强兵，而他自己的家庭却遭遇了巨大灾难。其《与参政王禹玉书一》云：

> 自春以来，求解职事，至于四五，今则疾病日甚，必无复任事之理。仰恃契眷，谓宜少敦僚友之义，曲为开陈，使得早遂所欲，而不宜迪上见留，以重某逋慢之罪也。区区之怀，言不能尽，惟望深赐矜怜而已。③

早年上仁宗万言书言变法之急何等慷慨，后来驳司马光等反变法言论又何等掷地有声。然此时的王安石，精神却几乎要垮了。写这封信的目的，是希望老朋友王珪能在神宗面前替他帮腔，以便辞去相位。虽然他解释的原因是"疾病日甚，必无复任事之理"，其无限凄凉的心境却是可知可感。《与参政王禹玉书二》又云：

① 秦克、巩军标点：《王安石全集》，上海古籍出版社1999年版，第508页。

② （宋）邵伯温：《邵氏闻见录》卷一一。

③ 李之亮：《王荆公文集笺注》，四川出版集团巴蜀书社2005年版，第1261—1262页。

> 某羁孤无助，遭值大圣，独排众毁，付以宰事，苟利于国，岂辞糜殒？顾自念行不足以悦众，而怨怒实积于亲贵之尤；智不足以知人，而险诐常出于交游之厚。……心之精微，书不能传，惟加悯察。[①]

只说“众毁”与“险诐常出于交游之厚”，而无一语言及亲人之丧，然其情致之悲慨哀伤已大有异于往时。

在如此境况下罢相归居江宁的王安石，他的词会像一些论者所言，表现了心境的闲适吗？试看其《渔家傲·梦中作》：

> 隔岸桃花红未半，枝头已有蜂儿乱。惆怅武陵人不管，清梦断，亭亭伫立清宵短。[②]

此词无疑作于王安石离开相位以后。作者借梦中桃花盛开未半即有蜂儿扰乱，而武陵人却“不管”的情状，婉达其在政治改革中备受反对派阻挠干扰，而神宗却未能完全阻止杂音这一状况。“清梦断”、“清宵短”的言说，实为象喻，传达着作者对自己政治生命中途摧断的尤怨与哀伤。事实上，王安石并非爱做梦的人，其词中记梦之作也仅此一首。再放眼他的诗文，记梦者亦寥寥无几。如他的记梦诗《即事十五首》（九）云：“尧桀是非犹入梦，因知余习未全忘。”[③]《梦》云：“蝴蝶岂能知梦事，蘧蘧飞堕落花前。”[④] 梦之所及，仍然与他退居以后失落心境有关，诗词相发明，则词意所指尤为清切。

《清平乐》（留春不住）[⑤]、《生查子》（雨打江南树）、《谒金门》（春又老）等词，主题则都集中于悲叹春之易逝难留。《清平乐》云：“留春不住，费尽莺儿语。满地残红宫锦污，昨夜南园风雨。　小怜初上琵琶，晓来思绕天涯。不肯画堂朱户，春风自在杨花。”作者写南园风雨催逼，留春不住；然满地残红中，却见“春风自在杨花”，这样的抒情不能不使

① 李之亮：《王荆公文集笺注》，四川出版集团巴蜀书社 2005 年版，第 1263 页。

② 唐圭璋编：《全宋词》，中华书局 1965 年版，第 208 页。

③ 秦克、巩军标点：《王安石全集》，上海古籍出版社 1999 年版，第 571 页。

④ 同上书，第 586 页。

⑤ 唐圭璋编：《全宋词》，中华书局 1965 年版，第 209 页。按：这首词唐圭璋编《全宋词》所加案语云：“此首别作王安国词，见唐宋诸贤妙绝词选卷二。”

人联想到作者罢相的失意。《生查子》：

雨打江南树，一夜花开无数。绿叶渐成阴，下有游人归路。与君相逢处，不道春将暮。把酒祝东风，且莫恁、匆匆去。

词云春雨一夜间催开江南花朵无数，而在绿叶成荫、游人出入的美好季节，“我”与“君”相逢了，却没有想到，相逢太晚，春又将去。于是，“我”“把酒祝东风”，告诉它不要走得这么匆匆。《谒金门》云：

春又老，南陌酒香梅小。遍地落花浑不扫，梦回情意悄。　红笺寄与添烦恼，细写相思多少。醉后几行书字小，泪痕都揾了。

这首可看作上面《生查子》词的续篇：春终于还是“老”了，落花遍地。一梦醒来，有无限的烦恼。情深伤人，苦酒自饮，醉后相思的信写不了几个字，却都被眼泪打模糊了。

写得这样缠绵悱恻，真使人难以置信这会是出自写过“登临送目，正故国晚秋”气象的王安石笔下。从常态看，文学家王安石绝不会是一个缠绵的人。他的文章发于经术，雄伟精深，以“欲传道义”自许①。其近八百篇散文，大都词简意深，笔力刚健，内容上多关涉政令教化，言事明理，切于世用。他的诗追踪杜甫②，关注朝政民瘼，风格雄直峭劲，晚年诗艺术上虽更显精湛圆熟③，然其中体现的作者以道德文章经世致用的政治家气质并不稍逊。像这样流着眼泪的词句，非招致人生的大悲哀，恐怕在他是写不出来的。

但王安石确乎就是这样抒情的。如果我们把他这样的词理解为是写传统的男女间相思伤春主题之作品，那完全是对他的误解。须知我们面对的

① 欧阳修《赠王介甫》诗云：“翰林风月三千首，吏部文章二百年。老去自怜心尚在，后来谁与子争先。”王答诗《奉酬永叔见寄》云：“欲传道义心犹在，强学文章力已穷。他日若能窥孟子，终身安敢望韩公。”委婉表明自己做文章兴趣实在“道义”。

② 按：王安石《杜甫画像》一诗谓杜甫：“尝愿天子圣，大臣各伊周。宁令吾庐独破受冻死，不忍四海赤子寒飕飕。伤屯悼屈止一身，嗟时之人我所羞。所以见公像，再拜涕泗流。推公之心古亦少，愿起公死从之游。”其《老杜诗后集序》又云：“予考古之诗，尤爱杜甫氏作者。”以上见秦克、巩军标点《王安石全集》，上海古籍出版社1999年版，第410、323页。

③ 参见程千帆、吴新雷《两宋文学史》相关论述。

是一位生活上于女色无所近[①]，而文学创作上更反对写妇女题材的、以政治家名世的文学家[②]。作者在这几首词里既没有明确表述甚至暗示抒情者身份与性别，亦别无具体情事交代，那么，作品抒情的性质与目的，也就只有从作者本人创作时的处境及心态中去寻找了。前面我们已经对王安石罢相前受小人谗毁及弟死子亡的经历有所交代，而他与神宗之间也绝非了无隔阂。然后，回过头再看这几首词，则其中所蕴含的作者之抒情性质就不难理解。变法不是一蹴而就的事业，何况还有反对派与政治小人的捣乱，中华人民共和国成立三十年，改革开放又进行三十年，迄今改革的大业还远未完成，以今律古，可以想见王安石是多么任重道远，政治青春于他来说何其珍贵。但他却不得不中途两次退出政治舞台，这都是由于君臣遇合的美好时光难得易失、太过短暂！所以，这几首词中的尤怨、怅恨之情正借"春归"意象而发。

还可以举王安石一首诗进一步说明这个问题。《君难托》：

> 槿花朝开暮还坠，妾身与花宁独异？忆昔相逢俱少年，两情未许谁最先。感君绸缪逐君去，成君家计良辛苦。人事反复那能知，谗言入耳须臾离。嫁时罗衣羞更著，如今始悟君难托。君难托，妾亦不忘旧时约。[③]

臣子以妻妾自喻其与君王关系，这在王安石之前并不少见。从屈原的美人香草，一直到汉魏六朝曹子建的"南国有佳人，容颜若桃李"[④]，"君若清路尘，妾若浊水泥"[⑤] 等，用"妾"来表现臣子仕宦上的失意，几乎就是一个传统。故王此诗所谓成君家计，谗言入耳，始悟难托，不忘旧约等，

① 按：王安石平生不好财利、女色，这一点连他的反对派都不得不承认。邵伯温《闻见录》谓："荆公、温公（司马光）不好声色，不爱官职，不殖货利皆同。"该书载王安石"俸禄入门，诸弟辄取以尽，不问"。他的妻子为他买得一妾，当面问知此女子为犯事人家卖之以抵偿债务时，王"愀然"之下，不仅令其"夫妇如初"，甚至还将其卖身的"九十万"尽以"赐之"。

② 按：惠洪《冷斋夜话》卷五载，王安石曾批评李白云："其识污下，诗词十句九句言妇人酒耳。"

③ 王安石：《君难托》，秦克、巩军标点《王安石全集》，上海古籍出版社1999年版，第422页。

④ 曹植：《杂诗七首》之四，逯钦立辑校：《先秦汉魏晋南北朝诗》，中华书局1983年版，第457页。

⑤ 曹植：《七哀诗》，逯钦立辑校：《先秦汉魏晋南北朝诗》，中华书局1983年版，第458页。

简直就是他自己一生政治道路的高度概括，也是他罢相以后失落抑郁之情的直白。将这种情绪与以上词作中之“与君相逢处，不道春将暮”，“醉后几行书字小，泪痕都揾了”等对照来看，诗词抒情如出一辙。

还有他的《千秋岁引·秋景》，也是抒发此类情怀的作品：

> 别馆寒砧，孤城画角，一派秋声入廖廓。东归燕从海上去，南来雁向沙头落。楚台风，庾楼月，宛如昨。　无奈被些名利缚，无奈被它情耽阁，可惜风流总闲却。当初谩留华表语，而今误我秦楼约。梦阑时，酒醒后，思量着。

抚今追昔，不胜感慨。已经没有了《桂枝香·金陵怀古》的豪雄慷慨，也没有《浪淘沙令》的踌躇满志，风流闲却、前约已失，真是功名误人。梦阑酒醒后，无限失落悲凉。这种情绪到了《菩萨蛮·集句》中，完全是形单影只的凄怆：

> 海棠乱发皆临水，君知此处花何似。凉月白纷纷，香风隔岸闻。啭枝黄鸟近，隔岸声相应。随意坐莓苔，飘零酒一杯。

“一生几许伤心事，不向空门何处消。”唐诗人王维追随“二张”的岁月中，曾经是多么的意气风发。但经历了开元、天宝的政治血腥磨难，看着当年同赋华屋的朋友们一个个或辞世或流放，剩下他孤零零伫立淇上之时，他终于走向佛门。晚年的王安石之皈依禅佛，并写下了《雨霖铃》、《望江南·归依三宝赞》等八九首或涉佛事或言佛理的词，笔者认为正当作如是观。

然于俗世红尘中摸爬滚打大半生的政治家王安石，是不可能真正皈依佛门的。虽然退居以后，政治已离他渐行渐远，但“为谁零落为谁开”（《浣溪沙》）的失落，“飘零酒一杯”（《菩萨蛮》）的孤凄，都使得他需要“茫然忘了邯郸道”（《渔家傲》）。故他之言佛事、写佛词，只不过是为了寻求解脱退居后的焦虑与痛苦悲哀而已。借佛性他要压抑、战胜自己难以忘却的政治上之失落感。他失去爱子，信任的助手背叛他，胞弟亦牵涉于政治斗争中未能幸免，不服输的性情怎么面对这些痛苦？他选择了佛门。

《雨霖铃》云：“孜孜矻矻，向无明里、强作窠窟。浮名浮利何济，堪留恋处，轮回仓猝。……贪他眼花阳艳，谁信道、本来无物。”似乎对自己从前作为有所追悔，已经有了看穿世事、跳出红尘的意识。《诉衷情·和毓秀老鹤词》云：“营巢燕子逞翱翔，微志在雕梁。碧云举翮千里，其奈有鸾皇。　　临济处，德山行，果承当。自时降住，一切天魔，扫地焚香。”用佛教禅宗警觉迷误者之临济喝、德山棒之意，表示要降住精神的“天魔”，使自己忘却痛苦进入扫地焚香、根除俗念的境界，《南乡子》所谓“我自降魔转法轮”亦此意。《望江南·归依三宝赞》更明言：“愿我游遍诸佛土”、“愿我六根长寂静”、“愿我速登无上觉”。“佛教徒以洞明真谛达到大彻大悟的境界为正觉，故成佛也称成正觉。《弘明集》三晋孙绰《喻道论》云：‘（太子）端坐六年，道成号佛，三达六通，正觉无上。’”[①]出现在这组词中的王安石，俨然已成为进入佛之空明澄澈世界、以得道高僧期许的佛教徒了。

既然将对佛学的皈依建立在摆脱烦恼、忘却痛苦基础上，这就决定了王安石创作佛词背后的政治抒情性质。笔者认为，王安石的佛词，只不过是换了个角度以言说他离开政坛以后的痛苦而已，他哪里能轻易忘怀政治？神宗去世以后仅仅一年，随着旧党势力对新法的迅速推翻，六十六岁的王安石也很快就撒手西去，结束了他悲壮的人生，这本身就是很好的说明。

要之，王安石词之创作与其政治生活密切关联。他的词传情达意、吞吐心曲，真实再现了他作为一代政治家的志向、怀抱，及变法过程中的种种复杂情怀，此类抒情与词体文学传统的花前月下内容相去甚远。他是北宋继范仲淹之后，以“小歌词”抒发政治情怀的又一位重要词人。

## 五　舒亶词的政治抒情[②]

与“新党”词人王安石一样，舒亶也是出现在北宋词政治抒情发展鼎盛阶段的重要词人，然而，这位重要词人的作品长期以来却被文学史“遗忘”。舒亶词不仅在内容与题材上，深化了苏轼开创的“士大夫化”抒情道路，形式上亦显出打破诗词界域，扩大词之表现功能的努力，而他参与

---

① 朱德才主编《增订注释全宋词》第一卷所录王安石词《望江南·归依三宝赞》其三之吴宗海注，文化艺术出版社 1997 年版，第 168 页。

② 按：本节部分内容已公开发表，参见《浙江社会科学》2009 年第 1 期《论舒亶词》。

制造的北宋“乌台诗案”，也间接影响了宋词演进的轨迹。

舒亶字信道，号嬾堂，明州慈溪（今属浙江）人。据《宋史》本传，他英宗治平二年（1065）进士得第，后试礼部第一，调临海尉。在临海，有民使酒詈逐后母，至亶前，命执之，不服，舒亶即自起斩之，投劾去。王安石当国，闻而异之，御史张商英亦称其才，用为审官院主簿，后迁奉礼郎、监察御史，加集贤校理。舒亶处理郑侠一案，株连多人。[①] 元丰初，权监察御史里行。“太学官受赂，事闻，亶奉诏验治，凡辞语微及者，辄株连考竟，以多为功。”[②] 同李定劾苏轼作歌诗讥讪时事，酿成“乌台诗案”。“张商英为中书检正，遗亶手帖，示以子婿所为文。亶具以白，云商英为宰属而干请言路，坐责监江陵税。始，亶以商英荐得用；及是，反陷之。”[③]“亶比岁起狱，好以疑似排抵士大夫”，“举劾多私，气焰熏灼，见者侧目。”[④]

吊诡的是，就这样一位在官场上举劾同列、竞进不已而“以多为功”的官员，后来竟也“受厨钱越法，三省以闻，事下大理”。[⑤] 宋神宗说：“亶自盗为赃，情轻而法重；诈为录目，情重而法轻。身为执法，而诈妄若是，安可置也。”[⑥] 故虽坐微罪，亦追两秩勒停废斥多年。徽宗朝，始知南康军、荆南，除龙图阁待制。卒赠直学士。

舒亶为人多为后世所不齿，然其文才却得不少褒美。《乾道四明图经人物传》云舒亶“为文不立稿，尤长于声律。程文太学，词翰秀发，为天下第一”[⑦]；明全祖望《嬾堂记》称其“文采则不可掩”[⑧]；近人张寿镛亦云其“文集百卷，仅存者千百之什一耳”，“虽然，其文采又岂可掩者哉”。[⑨]《全宋词》辑舒亶词50首，宋曾季狸《艇斋诗话》称他“亦工小词”[⑩]；王

① 《宋史》本传：“郑侠既贬，复被逮，亶承命往捕，遇诸陈。搜侠箧，得所录名臣谏草，有言新法事及亲朋书尺，悉按姓名治之，窜侠岭南，冯京、王安国诸人皆得罪。”见（元）脱脱等《宋史》卷三二九，中华书局1977年版，第10603页。

② 同上。

③ 同上书，第10603—10604页。

④ 同上书，第10604页。

⑤ 同上。

⑥ 同上。

⑦ 张寿镛：《四明丛书·舒嬾堂诗文存》，民国四明张氏约刊1948年木刻本。

⑧ 同上。

⑨ 同上。

⑩ 丁福宝：《历代诗话续编》，中华书局2006年第2版，第324页。

灼《碧鸡漫志》称其词“思致研密”[①]；黄升《花庵词选》卷四赞其词“极有味”[②]；清人徐釚《词苑丛谈》卷三载王阮亭语，赞其词作《菩萨蛮》云：“此等语乃出渠辈手，岂不可惜”[③]；甚至丁绍仪《听秋声馆词话》谓“舒亶与苏门四学士同时，词亦不减秦、黄”。[④]

从内容看，舒词最大成绩，乃在能以“士大夫化”的抒情特色打破诗词界限，拓宽、丰富词的表现内容与对象。

苏轼词开创之功，世所公认。杨海明先生论苏轼在宋代词风转变中的作用时指出，苏轼把词从应歌的艳科圈拉向宽广社会，他的词较全面地表现了士大夫文人的生活和精神面貌，充分士大夫化了。他的一些词“带有较浓的政治色彩，较深的现实感受性”。[⑤] “词的士大夫化，李煜开其端，完成在苏轼。”[⑥] 实际上，在这场词风变革运动中，小苏轼五岁的舒亶也很值得注意。苏轼词以其士大夫化的抒情方式，多展示他身处仕宦之途的复杂政治情怀，舒亶被“命追两秩勒停”居四明近二十年时间里，也创作了不少反映他从政治高位跌落之痛苦情怀的词章。当他创作其充分“士大夫化”的词篇时，苏轼刚刚结束黄州时期创作之高峰期。所以从变革词风、抒政治情怀的时间看，舒亶与苏轼正好前后相次。再从他们分属“新”、“旧”两党政治营垒的形势看，舒词接受苏词影响的可能性很小，但他们却同时走上“士大夫化”的抒情道路，这个事实实非偶然。它说明了宋词在此阶段发展的必然趋势。当然，也说明了北宋词之政治抒情在此时期确乎也因政治形势的复杂多变而达到了其发展的鼎盛阶段。

出现在词体世界里的舒亶，和他在政坛留给人们的印象大相径庭。其词之“士大夫化”，主要体现于以下方面。

首先，他以词展现了自己遭遇“勒停”夺官后的孤哀悲凄。

舒亶贪赃枉法被王安礼弹劾遭“勒停”，本罪有应得，但他谪居中的词作却在超越传统男女恋情题材、塑造自我抒情形象方面，显出了过人之处。宋词自柳永即已多仕宦感怀，后来小晏亦以艳情词自悲身世，到苏轼

① 唐圭璋：《词话丛编》，中华书局1986年版，第83页。

② （宋）黄升：《花庵词选》卷四，文渊阁四库全书本。

③ （清）徐釚：《词苑丛谈》卷三，中华书局2008年版，第54页。

④ 唐圭璋：《词话丛编》，中华书局1986年版，第2597页。

⑤ 杨海明：《唐宋词史》，天津古籍出版社1998年版，第335页。

⑥ 同上书，第327页。

更是把其一生坎坷尽泄于词。舒亶由官员废为庶人，这个打击实超过了苏轼。故深觉“一片笙歌远”的舒亶，其政治上被放废以后的忧愁苦闷也就显得格外深刻。他的词写失官之苦痛，竟至哀肠百结、以泪飞洗面。

如《散花天·次师能韵》：“骊歌齐唱罢，泪争流”，“不堪残酒醒，凭危楼”。[①]《菩萨蛮》：“三年江上风吹泪，妖桃艳杏无春意。”“莫折长亭柳，折尽愁依旧。只有醉如狂，人生空断肠。”[②]《蝶恋花·置酒别公度座间探题得梅》：“手把此枝多少怨，小楼横笛吹肠断。”[③]《一落索·蒋园和李朝奉》：“只应花好似年年，花不似、人憔悴。”[④] 政治地位丧失后今昔之反差，使他常生活在“水殿龙舟，忆侍瑶池宴”的记忆中。即使在以词向友人致意，表达自己意欲摆脱“寒潮”早获“春色”的心情，表现仍很哀婉，《虞美人·寄公度》云：

> 芙蓉落尽天涵水，日暮沧波起。背飞双燕贴云寒，独向小楼东畔倚阑看。　　浮生只合尊前老，雪满长安道。故人早晚上高台，赠我江南春色、一枝梅。[⑤]

词为寄赠友人黄公度之作。上片写傍晚登楼之所见，秋风江上，日暮远望，水天相接，烟波无际，忧愁离思，亦随烟波荡漾而起，情调苍茫萧索；下片写光阴荏苒，京城道路雪漫难行，盼老友送梅来到递一丝春的消息，字里行间隐晦地传达出他因触犯刑律被撤职后，既苦闷孤独，又渴望得到帮助的心情。

舒词也诉说朋友间的别情。别离是宋词常见主题，但在苏轼之前多写文人士大夫与歌儿舞女间之私情。苏轼第一次把亲朋之情带进宋词，开拓了词境；舒亶紧随苏轼之后，进一步在这个领域用功。他的十多首别情词除一首题为“别意”属代言体外，其他都是写给其士大夫友人的，其中亦不免有岁月流逝、仕路坎坷的唱叹。如《临江仙·送鄞令李易初》云：“折柳门前鹦鹉绿，河梁小驻归船。不堪华发对离筵。孤村啼鸩日，深院落

① 唐圭璋编：《全宋词》，中华书局1965年版，第360页。

② 同上书，第362页。

③ 同上书，第364页。

④ 同上书，第361页。

⑤ 同上书，第360页。

花天……江山如有恨，桃李自无言。”[①]《菩萨蛮》（杜鹃啼破江南月）云：“年华双短鬓，事往情何尽。明日各天涯，来春空好花。”[②]《菩萨蛮·送奉化知县秦奉议》云“一回别后一回老，别离易得相逢少。莫问故园花，长安是君家。短亭秋日晚，草色随人远”等[③]，这些词有的重在抒写自己孤村独居的悲凉，有的写往事难尽的哀伤，有的甚至对“长安是君家”的友人表示期羡。每首感怀之作，于如诗如画、深情邈邈的抒情中都印上了他自己仕宦重挫的影子。

除上述两方面外，舒词也以特殊的意象体系和生活化的取材方式，来展示其士大夫内心世界。他的词写生活中的品茶、赏花、饮酒、下棋、赴宴、游园，几乎完全褪去了唐宋以来词体文学多言艳情的功能，所用意象，亦全无香艳色彩。这说明他作词的注意力确实并不在传统题材上，也根本不是为着娱宾遣兴的目的。他主要是把自己对生活的感受写进词里，以展示其复杂的情感世界，这和苏轼词努力的大方向完全是一致的。如《浣溪沙·和仲闻对棋》：

> 黑白纷纷小战争，几人心手斗纵横，谁知胜处本无情。　谢傅老来思别墅，杜郎闲去忆鏖兵，何妨谈笑下辽城。[④]

以对棋之事入词，在舒亶前本无先例，但他此词又不仅仅限于写“小战争”，而是在“以诗为词”的议论中把笔触伸向更广阔的历史视阈。这在当时“新”、“旧”两党“你方唱罢我登场”的背景下，所寄寓的政治意蕴显而易见。

酒在士大夫生活中是不可或缺之物，早在范仲淹笔下，就有“浊酒一杯家万里，燕然未勒归无计”的苍凉感慨。不过范氏所写为守边将士心怀，至苏轼始大量以酒意象入词写文士丰富的内心世界。苏词写酒既有“把酒问青天”的彷徨，更有“酒酣胸胆尚开张，又何妨”的豪爽。但舒词写生活中饮酒，读者从中却看不到一点畅饮欢会的兴致，倒是有无尽的悲愁缭绕其中。如其数首《菩萨蛮》：“雨后小池台，寻常载酒来。今日马

① 唐圭璋编：《全宋词》，中华书局1965年版，第360页。

② 同上书，第362页。

③ 同上书，第363页。

④ 同上书，第366页。

头路，欲望城西去。斜日下汀州，断云和泪流”；“真珠酒滴琵琶送，行云旧识巫山梦。空得醉中归，老来心事非”；“樽前休话人生事，人生只合樽前醉”；“把酒感秋蓬，骊歌半醉中”[①]；“金船满引人微醉，红绡笼烛催归骑。……不辞风满腋，旧是仙家客。坐得夜无眠，南窗衾枕寒”[②]，等等。这种悲愁心绪的外化，也让读者从中看到了他因政治打击而生活信念彻底轰毁的情状。

意象是诗词文学传情表意的基本单元，舒词写失官后悲凉孤凄情怀的特点也体现在其所用抒情意象（包括人物形象）上。苏轼晚年于政治生活心灰意冷，故慕陶潜，而其词亦多现靖节形象，舒亶亦不例外。他说："东篱下，黄菊阑珊。陶潜去，风流载酒，秋意与人闲"[③]，苏轼词中多有"刘郎"形象以自况其仕宦落拓，舒词亦云："游女谩能歌白纻，使君不学野鸳鸯。桃花空解误刘郎。"[④]"绮栊深闭桃园曲，刘郎老向花间宿。"[⑤]以物象的使用看，舒亶词意象使用呈现出少有的冷色调。如言景物则寒烟、落叶、孤花、余霞、残云、寒鸦、寒江；言时令则西风、寒日、春寒、黄昏、秋意、露冷、寒潮、斜日；言心情则离愁、断肠、泪流、恨客、别恨、狂醉；言环境则深院、青灯、孤村；言动作则倚阑、凭阑；言道路则雪满、烟浪深；言自身形象则华发、雪鬓、短蓬、秋鬓、秋蓬、人憔悴，等等。看这些意象，不能不惊讶于作者心态的衰飒和绝望。

苏轼在其政治坎坷中多言"浮世劳生"、"人生如寄"以表达人生虚无感，舒亶亦云"浮生只合尊前老"[⑥]，"算浮世劳生，事事输他"[⑦]，"江湖散诞扁舟里，到处如家"[⑧]。故可以这样总结，在北宋词坛上，除苏轼在舒亶之前曾有过类似全面深刻反映被谪后痛苦反思的词作外，还没有第二个词人更早能像舒亶这样把自己遭遇仕途挫折后痛苦彷徨的情绪作如此宣泄。小晏是借艳情委婉寄寓身世之感，秦观、黄庭坚等人被谪而多感怀身世之作，但他们在时间上都要迟于舒亶。

---

① 唐圭璋编：《全宋词》，中华书局 1965 年版，第 362 页。
② 同上书，第 364 页。
③ 同上书，第 361 页。
④ 舒亶：《浣溪沙》（白鹭飞飞点碧塘），唐圭璋编：《全宋词》，中华书局 1965 年版，第 366 页。
⑤ 舒亶：《菩萨蛮》（绮栊深闭桃园曲），唐圭璋编：《全宋词》，中华书局 1965 年版，第 363 页。
⑥ 唐圭璋编：《全宋词》，中华书局 1965 年版，第 360 页。
⑦ 同上书，第 361 页。
⑧ 同上。

以上讨论了舒亶词政治抒情情况。实际上，舒亶之影响北宋词坛，最主要的还在于他参与制造的“乌台诗案”。“乌台诗案”是北宋继“进奏院案”之后影响更加恶劣的以诗罪人之著名案例。此案不仅当时致一批士人学者受贬逐责罚，且影响所及，使后来诗案不断，彻底改变了北宋后期词人的创作环境。苏轼，甚至包括舒亶自己在内的一大批文人，自此案后，再也不敢在文学创作中放言政治情怀。因为创作环境的恶化，苏轼开创的宋词“士大夫化”抒情道路在北宋后期亦渐次式微（清真词的出现就是很好证明）。甚至还有人走向反面，大量创作情感虚假的谀颂词，将其作为政治上的晋身之阶。这些都不能不说与“乌台诗案”自精神上彻底摧毁欧阳修“诗文革新运动”以来所形成的文学关心时事、反映生活真实的传统有关。尽管南北宋之交民族斗争的残酷很快又掀起了词之直面现实人生的新高潮，然舒亶等制造的诗案对北宋中后期整个文学创作，包括词之演进的消极影响实不可小视。

舒亶在仕途上“锐意进取”，屡有超擢，后从御史中丞高位放归后，“谪居四明，几二十年”。[①] 因政治原因，他的文学创作长期以来被主流文学史家所“遗忘”。实际他在自己家乡明州，历来还是为人景仰。舒亶去世后，同代人王庭秀曾有长诗《同舍弟泛舟西湖，登昼锦堂步至紫翠亭，望嬾堂景物怀故龙图舒先生》[②] 追怀。全祖望《嬾堂记》云其曾居住之嬾堂，“居人呼之曰‘隩底’，以其为岛屿之尽境也”。他生前所居之巷，“至今居民尚呼舒官人巷”。全氏因此感叹：“其景物为人追慕如此，志乘皆不录非阙欤？”[③] 张寿镛更云：“舒信道才人耳，文士耳，未可以义法绳也。”又云“信道矜才使气，固不能为讳，而谢山目为吕、蔡一流，则过矣”。[④] 这些都说明舒亶在他的时代以至后代人心目中，亦并非全如史书所载一无是处。然当代文学史及词史专著对舒亶词却很少提及。其原因，无非如丁绍仪所言“世恶其为人，并陋其词”[⑤]，以至相沿成习。然结合北宋特定的党争政治环境，本着不因人废言的客观态度审视舒亶之词，则舒词在北宋词坛的成绩，实不可抹杀。

---

① 张寿镛：《四明丛书·舒嬾堂诗文存》，民国四明张氏约刊 1948 年木刻本。

② 同上。

③ 同上。

④ 同上。

⑤ 唐圭璋编：《词话丛编》，中华书局 1986 年版，第 83 页。

## 第六节　贺铸词的政治抒情

贺铸自号庆湖遗老、鉴湖遗老，他一生并没有明显依附于新旧两党中的任何一党，所以，从北宋词政治抒情鼎盛期的许多词人都陷身新旧党争这个角度来看，他无疑是一个变数。然贺铸的主要仕宦活动在时间上既与本期其他词人基本一致，而其词抒发政治悲慨心态的倾向也与本期大多数词人抒情性质相似，故将他亦列入北宋词政治抒情鼎盛期之词人群当无疑义。

### 一　贺铸的仕宦经历

据有关资料①，贺铸平生仕宦情况如下：

宋神宗熙宁四年（1071）二十岁时，以娶宗室济国公赵克璋女为妻而出仕右班殿直②，又监军器门库。熙宁八年（1075），摄临城令。元丰元年（1078）迁滏阳改官都作院，元丰四年（1081）罢。元丰五年（1082）至元祐元年在徐州出宝丰监钱官，元祐二年十一月官和州管界巡检，元祐三年三月抵历阳为石碛戍官任（宋时历阳为郡治，辖和州），元祐五年（1090）解任。元祐六年（1091）八月前后，以执政李清臣、学士范百禄、苏轼等荐举改承事郎，请监北岳庙，从此由武阶入文资，结束了长达二十年的武弁生涯。③ 绍圣二年（1095），官江夏宝泉监，元符元年（1098）以后又先后通判泗州、太平州，管亳州明道宫。大观三年（1109），五十八岁的贺铸以承议郎致仕，卜居姑苏（苏州）、毗陵（常州）。政和元年（1111），复起以故官管勾杭州洞霄宫。宣和元年（1119）六十八岁时再致仕，宣和七年（1125）卒于常州之僧舍，年七十四岁。

---

① 按：关于贺铸生平，可参看程俱《宋故朝奉郎贺公墓志铭》、叶梦得《石林居士建康集》之《贺铸传》（道光二十四年（1844）吴中后裔校订重刊本卷八）、《宋史》卷四四三《文苑传》、夏承焘《唐宋词人年谱·贺方回年谱》等资料。

② 按：给贺铸作墓铭的程俱谓：“以娶宗氏女，官右班殿直。然实贫迫于养，非其好也。”

③ 按：程俱《墓志铭》谓：“元祐七年，学士清臣、百禄、轼荐于朝，改承事郎，请监北岳庙。”《东都事略》称其改资在“元祐中”，《宋史》本传亦称“元祐中李清臣执政，奏换通直郎”，《中吴纪闻》则谓：“初，方回为武弁，李邦直为执政（邦直，清臣字），力荐之。其略谓‘窃见西头供奉贺某，老于为学，泛观古今词章，辨道义论，迥出流辈。欲望改换合入文资，以示圣代育材进善之意。’上可其奏，因入文阶，积官至正郎，终于常侍。”然贺铸诗《易官后呈旧交》序云“辛未九月京师赋”，则其改阶当在元祐六年九月之前。详见王梦隐、张家顺校注《庆湖遗老诗集校注》附录《贺铸年谱》，河南大学出版社 2008 年版。

小贺铸二十七岁，受贺亲托为之作《墓志铭》的程俱说铸“仪观甚伟，如羽人剑客”，“豪爽精悍，书无所不读，哆口竦眉目，面铁色，与人语不少降色词，喜面刺人过，遇贵势不肯为从谀”。[①] “少时侠气盖一座，驰马走狗，饮酒如长鲸”。[②] 陆游也说他“貌奇丑，色青黑而有英气，俗谓之贺鬼头”。[③]《宋史》本传称贺铸“长七尺，面铁色，眉目耸拔。喜谈当世事，可否不少假借，虽贵要权倾一时，小不中意，极口诋之无遗辞，人以为近侠”，又云他“竟以尚气使酒，不得美官，悒悒不得志，食宫祠禄，退居吴下，稍务引远世故，亦无复轩轾如平日”。[④] 然在北宋中后期党争激烈的时代，贺铸亦并未涉入党派之争而受到牵连。那么他的词又抒发了怎样的政治感怀呢？

## 二　贺铸词政治抒情内容

贺铸词唐圭璋编《全宋词》录283首，题材仍多以艳情为主，然也有不少词作抒发了他人在仕路的复杂情怀。其中，抒发政治沉沦的悲慨与愁绪是贺词政治抒情的主要内容，与贺铸同时的词人或后来词论家似乎也看到了这一点。如与贺铸同龄的张耒就认为其词“幽洁如屈宋，悲壮如苏李”；陈廷焯《白雨斋词话》卷一也说“方回词极沉郁”，“方回胸中眼中，另有一种伤心说不出处，全得力于楚骚，而运以变化，允推神品”；深受政治打击的黄庭坚于宋徽宗崇宁二年（1103）自鄂州寄诗给贺铸云：“少游醉卧古藤下，谁与愁眉唱一杯。解道江南断肠句，只今未有贺方回。”将秦、贺二人并列，指出的也是他们词作中共有的悲慨特色。而黄庭坚崇宁二年除名编管宜州时，其兄黄大临又曾和贺铸《青玉案》（凌波不过横塘路）韵作词与远贬的山谷作别；至山谷到达贬所后及大临远赴宜州探望山谷之时，兄弟二人又曾两次再和贺铸《青玉案》词韵以抒政治厄运中的哀痛。[⑤] 故以黄庭坚对贺铸其人其词的了解，应该说这首小诗一定程度上也还是道出了贺词抒情的本质所在。

贺词风格多样，其抒政治悲愁，在表现手法上又有显豁与深婉之别。抒情显豁者，如人们熟悉的《六州歌头》：

---

① （宋）程俱：《宋故朝奉郎贺公墓志铭》。

② （宋）程俱：《贺方回诗集序》。

③ （宋）陆游：《老学庵笔记》卷八，中华书局1979年版，第105页。

④ （元）脱脱等：《宋史》卷四四三。

⑤ 按：参见本书第七章考论部分。

少年侠气，交结五都雄。肝胆洞，毛发耸。立谈中，死生同，一诺千金重。推翘勇，矜豪纵。轻盖拥，联飞鞚，斗城东。轰饮酒垆，春色浮寒瓮，吸海垂虹。闲呼鹰嗾犬，白羽摘雕弓，狡穴俄空。乐匆匆。　似黄粱梦。辞丹凤，明月共，漾孤篷。官冗从，怀倥偬，落尘笼。簿书丛，鹖弁如云众，供麤用，忽奇功。笳鼓动，渔阳弄，思悲翁。不请长缨，系取天骄种，剑吼西风。恨登山临水，手寄七弦桐，目送归鸿。[①]

上片回忆过去处京城时的英风豪气，在“吸海垂虹”般豪纵生活状写中，活脱脱描画了一位轰饮酒垆，一诺千金，呼鹰嗾犬，使狡穴俄空的侠义少年形象。下片则写目下“官冗从”的仕宦悲凉。在“乐匆匆”一枕黄粱梦破之后，这位昔日“交结五都雄”的豪侠，只剩下明月共、漾孤篷，剑吼西风，目送归鸿的慨叹。

关于这首词的写作背景及时间，旧有林庚、冯阮君的抗金说及夏承焘抗辽说，他们均系此词于宋徽宗宣和七年（1125）词人七十四岁时。[②] 钟振振认为二说皆误，将其改系于元祐三年（1088）秋和州任上[③]，此期贺铸三十七岁左右。《宋史·地理志》：“和州，上，历阳郡，防御。南渡后，为姑熟、金陵藩蔽也。淳熙二年，兼管内安抚。崇甯户三万四千一百四，口六万六千三百七十一。”其所辖县三，历阳、含山、吴江，其中历阳“有梁山、栅江二砦”。元祐三年（1088），贺铸确在和州之历阳，其诗作《三鸟咏》序云：“元祐戊辰三月，之官历阳石碛戍。日从事于田野间，始闻提壶、竹鸡、子规三鸟，其声殊感人。因赋之以寄京东朋好。”[④]

关于这首词的主题，论者多据词中“不请长缨，系取天骄种，剑吼西风”诸句认为主要是抒写作者“戎马报国”的爱国情怀，而本词亦“闪耀着爱国主义光芒”。[⑤] 以笔者见，悲叹仕宦沦落、寻求政治出路似乎才是这

---

① 唐圭璋编：《全宋词》，中华书局1965年版，第538页。

② 按：二说分别见林庚、冯阮君主编《中国历代诗歌选》下编第一册，人民文学出版社1979年版；夏承焘撰，吴无闻注：《瞿髯论词绝句》，中华书局1983年版。

③ 钟振振：《贺铸〈六州歌头〉系年考辨》，载《中华文史论丛》1982年第4期。

④ “元祐戊辰”即元祐三年（1088）。此组诗及序，见王梦隐、张家顺校注《庆湖遗老诗集校注》，河南大学出版社2008年版，第12页。

⑤ 中国社会科学院文学研究所总纂，孙望、常国武主编：《宋代文学史》，人民文学出版社1996年版，第311页。

首词要义所在。因为从词中上下片内容的对比及“乐匆匆”、“似黄粱梦”、“官冗从”、“落尘笼”、“供粗用”等表述看，作者哀叹的主要还是昔时豪纵无愁时光的一去不返，及如今政治上的一无所成。“系取天骄种”，只不过是他列举的实现政治功名的途径之一，此句前冠以“不请长缨”，后紧跟“剑吼西风”，否定的结构，其重点正在于抒写心怀的悲怆难平。关于贺铸这种悲叹仕宦沦落的思想与心态，我们还可以从他此期诗作中得到证实。如他初至历阳时所作《三鸟咏》云：

提壶鸟，叹吾与尔皆悠悠。君不见长安两市多高楼，大书酒旆招贵游。……胡为南乡长滞留，端使北宗狂客羞。（《提壶引》）

竹鸡鸟，汝幸飞翔罗罻外，安知此涂吁可畏。……君不见日围赫赫是长安，大明宫阙开云端。鸡人唱漏辰三刻，左右相君朝谒还。前驺谁敢干，后乘不可攀。飘飖青盖望已远，绿槐阴下沙堤闲。长堤千步沙漫漫，风不惊尘雨亦干。君能驰骛此其所，何事江乡行路难。（《竹鸡词》）

子规鸟，不如归去好。……子规怜尔解归飞，我独何心长不归。十年迹绝苏门道，梦里旧游知是非。一官窃食官仓米，十口之家饱而已。金印锦衣耀闾里，少年此心今老矣，问舍求田从此始。（《子规行》）①

《提壶鸟》以此鸟长滞南乡自比，叹自己调官东南，虽有公田可种酿酒之秫，然因“朝廷未除私酿律”，故不能一试祖传之“焦革术”。② 喝酒受限，愁无以泄，这就使他倍加思念京城；《竹鸡词》、《子规鸟》叹自己不能驰骛，甚至连回归家乡的自由也没有，从此后，也只有求田问舍。诗以吟咏三鸟，披露自己久沉下位的悲哀，一唱三叹不胜其愁，这就是元祐三年（1088）秋和州任上贺铸的真实心态，他一心只想求田问舍，哪里还有什么为国安边的雄心？除这组诗外，贺铸任职和州时期还有不少诗作也抒发

① 这几首诗均见王梦隐、张家顺校注《庆湖遗老诗集校注》，河南大学出版社 2008 年版，第 13—14 页。

② 按：贺家祖上善酿酒，其家酒曾得宋太祖御赐“鉴湖春”之美名，贺诗《铸年五十八因病废得旨休致一绝寄呈姑苏毗陵诸友》之序文于此事有载，见王梦隐、张家顺校注《庆湖遗老诗集校注》，河南大学出版社 2008 年版，第 543 页。

了这种仕宦沉沦的哀愁。如《东华马上怀寄清凉和公兼简社中王拙居士》:“吾亦明年及瓜代,一庵见寄外何求”;《题乌江汤泉寄老庵》:“而余倦宦者,罢日今可数。京邑夙所怀,其如恶尘土。行复念斯游,回头怅何许”;《三山》:“顾我疲软姿,功名让前辈。……他时挂武冠,刀剑行且卖”;《九日怀京都旧游》:“节物可惊人更老,宦情归计两悠哉。”《舟次金陵怀寄历阳王掾相》:“昨时江北望江南,把酒离愁已不堪。今夜江南望江北,抵掌清谈安可得。历湖白下非吾乡,官身俗眼禁人狂。后日扁舟更西去,江北江南两何处。”[①] 不仅这些诗,翻检贺铸任职和州时期整个诗作,甚至也没有一句言及如何建功疆场的问题。

当然,比之《六州歌头》的壮怀激烈,贺诗的抒情要温和得多。温和正是心灵常态的理性表现,它说明此期的贺铸,主要心力其实并不是考虑如何长路请缨、奔赴边疆实现自己报国之志——甚至他也几乎不会有这样的奢望——他是实实在在考虑自己和州历阳县任满以后,下一步何去何从的问题。至于论者所说的“唐以来文人词极少直接反映国家、民族大事。北宋边患如此严重,但词人笔下含有爱国、抗战内容的作品,总共不过十余首,只占现存北宋词全数的千分之二三。而像贺铸这样的以戎马报国为主题并用第一人称唱出的爱国壮歌,又只苏轼一首[江城子]《密州出猎》可相伯仲”。[②] 这样的看法,基本忽略了《六州歌头》本身激荡着作者无路所之之悲愁这样一个事实,笔者认为这还是有些偏离该词作本意了。爱国、建功立业意识,对贺铸而言,其复杂性是远远超出同时代其他人的,此问题后面再谈。

以抒情性质论,《六州歌头》在整个贺铸的诗词创作中是值得注意的。因为这首词所写内容本属诗歌传统的表现范围,然检贺诗,如此情怀激荡的作品却并不多见。王梦隐说贺诗“主要表现的是他寄迹仕途而又追求超脱,放旷自适的萧散情韵”,“一般不涉及时弊”,“很少抒发建功立业的渴望,甚至连牢骚都显得相当温和”。[③] 在此词中,他却恣意任自己“落尘笼”的哀愤跳到纸面上,更以豪侠形象的塑造,进一步打破“诗庄词媚”、

---

① 贺铸元祐五年(1090)秋解职历阳,此诗作于该年十二月。参见王梦隐、张家顺校注《庆湖遗老诗集校注》,河南大学出版社2008年版,第21页。

② 中国社会科学院文学研究所总纂,孙望、常国武主编:《宋代文学史》,人民文学出版社1996年版,第311页。

③ 王梦隐、张家顺校注:《庆湖遗老诗集校注·序》,河南大学出版社2008年版,第4页。

诗言志、词写情（艳情）传统，不仅把自苏轼以来豪放词的创作推向了一个新高度，而且，也直接影响了稍后的南渡词人群及辛弃疾等的创作（尤其稼轩词英雄豪侠形象的塑造，其中明显就可看到贺铸《六州歌头》的影子），此尤为可贵。

再看其《行路难》：

> 缚虎手，悬河口，车如鸡栖马如狗。白纶巾，扑黄尘，不知我辈，可是蓬蒿人。衰兰送客咸阳道，天若有情天亦老。作雷颠，不论钱，谁问旗亭美酒，斗十千。　　酌大斗，更为寿，青鬓常青古无有。笑嫣然，舞翩然，当垆秦女，十五语如弦。遗音能记秋风曲，事去千年犹恨促。揽流光，系扶桑，争奈愁来，一日却为长。[①]

与《六州歌头》不同的是，这首词里的词人自我形象，并没有涉及其年轻时的豪纵生活，而是直接从步入仕途后的沉沦写起。“缚虎手，悬河口”，是作者对自己文武才华的高度自信。贺氏能文能武，程俱在《庆湖遗老诗集序》中曾称他“为武弁，甚豪迈。少时侠气盖一座，驰马走狗，饮酒如长鲸，然遇空无有时，俯首北窗下，作牛马小楷，雌黄不去手，反如寒苦一书生”，故此词开头六字，实是他自己形象的真实写照。接下来的“车如鸡栖马如狗”及“不知我辈，可是蓬蒿人”等，概括的也还是他的英雄失意之状。贺铸初入仕曾在筦库供职，“治戎器，坚利为诸路第一”，“（和州）为巡检，日夜行部，岁裁一再过家，盗不得发”[②]，创作《六州歌头》时他入仕已十七年，还在历阳石碛戍“日从事于田间”。[③] 故单从为武弁的生活看，“车如鸡栖马如狗”一句所概括的仕宦沦落之状于他也完全是准确的，其蕴含的悲愤亦表里毕现。下片，转写对仕宦悲愁的开解。他说“酌大斗，更为寿……笑嫣然，舞翩然，当垆秦女，十五语如弦”，然这样的消愁办法却无甚作用。词在“争奈愁来，一日却为长”的无奈中煞尾，说明此愁实无计可除，作者自己对此似乎也十分清楚，故云“遗音能记秋

---

① 唐圭璋编：《全宋词》，中华书局 1965 年版，第 509 页。

② （宋）程俱：《宋故朝奉郎贺公墓志铭》。

③ 贺铸《三鸟咏》诗序云：“元祐戊辰三月，之官历阳石碛戍，日从事于田野间，始闻提壶、竹鸡、子规三鸟，其声殊感人。因赋之以寄京东朋好。”见王梦隐、张家顺校注《庆湖遗老诗集校注》，河南大学出版社 2008 年版，第 12 页。

风曲，事去千年犹恨促”，一语双关，看来他面临的政治困境根本就不是凭个人力量可以解决的。

此类情绪饱满、抒情酣畅淋漓之作在贺铸抒发政治沉沦之悲的词作中虽不占多数，然将其置北宋词坛，却颇引人注目。宋初柳永在仕宦碰壁之后，也曾有过“未遂风云便，争不恣狂荡”的唱叹，然柳永骨子里却并没有贺铸的豪侠气质，他的不恣狂荡的方式也只是回归烟花柳巷，“忍把浮名，换了浅斟低唱”罢了，这比之贺铸的“肝胆洞，毛发耸。立谈中，死生同”式的豪纵还是有本质区别。苏轼在密州任上创作第一首豪放词《江城子》，塑造了一个“酒酣胸胆尚开张”，“西北望，射天狼”的豪放太守形象，然这种豪放只不过是“老夫聊发少年狂”式的兴之所至，它既不是那个时代地方行政长官生活的常态，也不是“鬓微霜”的文士苏轼在人们心目中所惯有的形象，亦更没有贺铸笔下“剑吼西风”式的雄霸之气。贺铸词中所写的豪侠形象，确是他曾经的自我生活之真实写照，他写的并不是文士的豪放，而是武士侠客的忠肝义胆及渴望有为而实在难为的悲慨心肠，这对宋词词境是一个重大突破。

翻检贺铸词作，以同样袒露无隐之笔直抒其抑塞郁愤之政治悲怀的作品还有不少。如《念离群》：“离群，客宦漳滨。但惊见、来鸿归燕频。念日边消耗，天涯怅望，楼台清晓，帘幕黄昏。无限悲凉，不胜憔悴，断尽危肠销尽魂。”[①]《伴雪来》：“惊动天涯倦宦，骎骎岁华行暮。”[②]《惠清风》：“车马几番尘，自古长安道。问谁是、后来年少。”[③]《金凤钩》：“江南又叹流寓。指芳物，伴人迟暮。”[④]《献金杯》：“楚城满目春华。可堪游子思家。惟有夜来归梦，不知身在天涯。”[⑤]《诉衷情》：“不堪回首卧云乡，羁宦负清狂。……画桥流水，曾见扁舟，几度刘郎。”[⑥] 这些词相较前述《六州歌头》与《行路难》，不再有作者当年豪侠纵逸生活的回顾，在情绪喷薄的力度上似乎也有了收敛，然其直书无隐的抒情精神、气质并没有改变。恰如千里伏流之涌动，虽不掀起狂涛巨浪，然其在重压下呜咽前行、遇隙激

① 唐圭璋编：《全宋词》，中华书局1965年版，第512页。
② 同上书，第513页。
③ 同上书，第519页。
④ 同上书，第532页。
⑤ 同上书，第537页。
⑥ 同上书，第530页。

射的能量并未有所减弱。长期委屈在政治金字塔底层的贺铸，总幻想有朝一日能风云际会，鲲化为鹏，然现实无情，他的这些了无遮掩的不平之鸣正是其刚直秉性与渴望有为心性的反映。

贺词风格多样，与上述抒情袒露显豁形成对比的还有他那些抒悲愁极深婉之作。它们也从另一个侧面揭示了长期沉沦仕宦底层的词人真实的心灵世界。《芳心苦》：

杨柳回塘，鸳鸯别浦，绿萍涨断莲舟路。断无蜂蝶慕幽香，红衣脱尽芳心。　　返照迎潮，行云带雨，依依似与骚人语。当年不肯嫁春风，无端却被秋风误。[①]

此词咏荷花，上片开头两句互文同指，画出一个绿柳环绕、鸳鸯游憩的池塘，见荷花所处环境的优美。然后又以“莲舟路断”诸语既写荷叶生长之繁盛，又写荷花在回塘中自开自落，甚至连蜂蝶也不慕其幽香的孤独，直至它寂寞中褪尽红色花瓣，最后只剩下莲子中心的苦味。下片，写荷花轻曳于晚风之中，看上去似乎要向“骚人”诉说自己凄苦的心境。要倾诉什么呢？最后两句即其自白：当年不愿趋时附势如桃李那样迎春开放只愿一心开在盛夏，却不想秋风一起，它要红衣落尽、芳华消逝了。

不会有人怀疑荷花在这首词中的象喻意义。你看它有幽香、红衣、芳心，却“断无”蜂蝶来访；它不肯逐流随俗与春花同开，却被秋风扫落。这个出泥不染的“荷花”不是作者自我画像又是什么？

这样柔婉深情的作品出自写过“缚虎手，悬河口”词人之手，不能不令人惊叹。然稍翻检贺铸诗词，则可看到如此托物寄意之创造在他笔下并不是唯一的。前面我们提到贺铸元祐三年（1088）的诗作《三鸟咏》，那组诗即以“鸟”自况。绍圣元年（1094），贺又写过一首《老鹤叹》，诗云：

华表华表归来乎，出无车食无鱼。懿公之愚难再图，卑栖俛啄同群雏。谁谓嵇氏子不孤，强颜市井交屠沽，巨源密启亦已疏。呜呼，卫侯既不可作，道林今也则无。露鸣风舞何区区，夙夜供君耳目娱。

① 唐圭璋编：《全宋词》，中华书局1965年版，第507页。

西山二子饥相似，南国三闾放不如。端虑盘飧怀异味，并随焦尾付庖厨。①

贺铸写这首诗时四十三岁，已过不惑之龄仍在仕途不知所之地漂流。此年“夏旱，池涸如陆，是鹤饥立庭除间，主人莫恤”②，他因而赋是诗以寄慨。诗用典密集，一再强调如今的老鹤已无人顾惜，只有“付庖厨”的命运。将这首诗试与《芳心苦》词对读，其情怀、作意何其相似。

王灼说“世间有《离骚》，惟有贺方回、周美成得之”③，周美成别论，以贺铸言，王氏此论不虚。贺作深得《离骚》比兴寄托之神髓，除这些咏物作品外，贺词中其他题材的婉转抒写其“闲愁”的词作，也无一不渗透着有类于《离骚》抒情者修名难立的焦虑及美人迟暮的伤感。叶嘉莹说“匡济才能未得施，美人香草寄相思。《离骚》寂寞千年后，请读《东山乐府词》”④，此论不虚，为词人赢得巨大声誉的《青玉案》（凌波不过横塘路）就是一个典型例子⑤。

《青玉案》双调六十七字，前后阕各五仄韵，上去通押，该词调名最早见于东汉张衡《四愁诗》⑥，张因作河间相郁郁不得志而作此诗泄情，贺铸深得其诗心。元祐五年（1090）贺任职历阳，曾仿张诗作《广四愁寄李謜》⑦ 以抒失路之悲。而他这首《青玉案》词，既是其词集中今存唯一一

① 王梦隐、张家顺校注：《庆湖遗老诗集校注》，河南大学出版社 2008 年版，第 36 页。

② 贺铸诗：《老鹤叹·序》，见王梦隐、张家顺校注《庆湖遗老诗集校注》，河南大学出版社 2008 年版，第 36 页。

③ （宋）王灼：《碧鸡漫志》卷二。

④ 缪钺、叶嘉莹：《灵谿词说》，上海古籍出版社 1987 年版，第 279 页。

⑤ 按：《青玉案》（凌波不过横塘路），在贺词中又名《横塘路》，这是贺铸给此词调所起的新名称。贺铸填词时，常常根据自己所写词句，给旧调换新名。如《横塘路》即《青玉案》，《半死桐》即《鹧鸪天》，《柳色黄》即《石州引》等，其词集亦名《东山寓声乐府》。

⑥ 按：张诗有“美人赠我锦绣缎，何以报之青玉案”之句，见逯钦立辑校《先秦汉魏晋南北朝诗》，中华书局 1983 年版，第 181 页。

⑦ 贺诗云：“夜如何其夜未央，斗星灿兮河苍凉。微月入牖窥曲房，候虫刺促鸣我床。离忧歘来煎人肠，夜如何其夜何长。绿琴在荐兮，拟楚奏之沈湘。朱弦湿露兮，声戾指而不扬。屏琴浩歌兮，屑涕泗之浪浪。我有所思兮，在河之阳。儚而不见兮，衷难弭忘。騄骥腾跃兮，鸿鹄翱翔。明珰玉案兮，尔不我将。缄诚结惠兮，久莫汝偿。永如牛女兮，南北相望。昔燕处兮，灵芸之堂。纫兰为佩兮，集芰为裳。西风凄紧兮，凌百草以殒黄。兰萎芰裂兮，恐被服之不芳。念汝玉立兮，贱组绣之文章。玄节日厉兮，奈惨栗之冰霜。胡不乘白云兮，归来乎帝乡。尚何所徯兮，毕永岁而仿徉。”见王梦隐、张家顺校注《庆湖遗老诗集校注》，河南大学出版社 2008 年版，第 19 页。

首以该调创作的作品，也是北宋词坛出现的以此调创作的最早作品。[①] 贺此词问世后，引起很大反响。苏轼、黄庭坚、黄大临、李之仪、惠洪等均有和作。如苏轼《青玉案》[②] 序云："和贺方回韵送伯固归吴中故居"，黄大临《青玉案》序云："和贺方回韵，送山谷弟贬宜州"[③]，李之仪《青玉案》许云："用贺方回韵，有所祷而作"[④] 等。这些词不仅和其韵，甚至抒情性质亦与之相类，可见贺词在同时代词家中的深远影响。

不仅同时词人和作甚多，在后代，贺铸这首《青玉案》也广得论者好评。周紫芝《竹坡诗话》，罗大经《鹤林玉露》，沈谦《填词杂说》，沈际飞《草堂诗余正集》，刘熙载《艺概》，直至王方俊《唐宋词赏析》等均有评赞。如罗大经《鹤林玉露》云：

> 诗家有以山喻愁者，杜少陵云"忧端如山来，澒洞不可掇"，赵嘏云"夕阳楼上云重叠，未抵闲愁一倍多"是也。有以水喻愁者，李颀云"请量东海水，看取浅深愁"，李后主云"问君能有几多愁？恰似一江春水向东流"，秦少游云"落红万点愁如海"是也。贺方回云"试问闲愁都几许？一川烟草，满城风絮，梅子黄时雨"。盖以三者比愁之多也，尤为新奇，兼兴中有比，意味更长。[⑤]

《青玉案》以洛神事写"闲愁"，意境幽微，形象朦胧，词中的凌波仙子似真似幻，作者既倾心思慕之，又深感飞云冉冉、情愫难通，这正是《离骚》中"香草美人"的写法。而词末以三物比喻不见这位"美人"的愁苦，更属罕见。故其获追和，大概不仅因为它立体式、全方位、高密度抒写愁绪的方法独特，更恐与它所抒发的被弃置之愁苦情怀获得词人们共

① 按：检全部北宋词，用《青玉案》调者实不过十四五首，作者分别是：贺铸（1首），苏轼（1首），黄大临（2首），黄庭坚（1首），李之仪（1首），惠洪（2首），毛滂（1首），谢逸（1首），陈瓘（1首），晁补之（3首）。这些词的抒情性质多与贺词相去未远。

② 按：唐圭璋编《全宋词》于苏轼此词后案语云："案此首别作蒋璨词，见乐府雅词拾遗卷上。《苕溪渔隐丛话》前集卷五十九引《桐江诗话》谓姚进道作，阳春白雪卷五作姚志道词。"又，薛瑞生《东坡词编年笺证》将此词编在苏轼"入翰林后之什"之中，词后《校记》亦引用了唐圭璋案语。以上参见《全宋词》，中华书局1965年版，第320页，《东坡词编年笺证》，三秦出版社1998年版，第616页。

③ 唐圭璋编：《全宋词》，中华书局1965年版，第385页。

④ 同上书，第347页。

⑤ （宋）罗大经：《鹤林玉露》，中华书局1983年版，第127页。

鸣有关。我们知道，“春去也，飞红万点愁如海”，是遭遇政治贬谪后难以自拔于痛苦的秦观之愁态，而少游此《千秋岁》词亦少见地获多位有相似遭遇的词人之追和，贺词亦复如此，这绝非偶然现象。相同相似的生活境遇，能引发读者对某首文学作品产生共鸣，而秦、贺这两首词，在北宋词坛引起如此反响，不正说明它们的抒情已超出个体范畴而反映了那个阶层大多数人的心理？北宋中后期政治斗争异常激烈尖锐，正直词人几乎都际遇坎坷，秦、贺之词正是因所饱含的政治悲愁反映了大多数人心声，故而赢得了词人们的反复唱和。

除抒发仕宦沉沦之悲外，以咏史怀古题材，贺词亦表现他对国是之关注。贺词中怀古之作共六首，这个数量在北宋词人中是最高的。这些作品“固有叹喟世事无常，不如及时行乐，退身远祸等消极一面，但也不无借古讽今、伤时愤世之类积极的政治感慨”。[①]《凌歊》云“繁华梦，惊俄顷。佳丽地，指苍茫，寄一笑，何与兴亡”[②]，其自历史反观现实、隐忧国是之精神见于言外。《台城游》又云：

> 南国本潇洒，六代浸豪奢。台城游冶，襞笺能赋属宫娃。云观登临清夏，璧月流连长夜，吟醉送年华。回首飞鸳瓦，却羡井中蛙。
>
> 访乌衣，成白社，不容车。旧时王谢，堂前双燕过谁家？楼外河横斗挂，淮上潮平霜下，樯影落寒沙。商女蓬窗罅，犹唱《后庭花》。[③]

上片起首两句，一写江山，一写史实。“潇洒”前着“本”字，“豪奢”前着“浸”字，貌似客观的评述中实蕴含主观评价。接下来几句写六朝最后一个君主陈叔宝骄奢淫逸的生活。《南史·陈后主本纪》载，陈叔宝荒于酒色，不问政事。后宫“美貌丽服巧态以从者千余人，常使张贵妃、孔贵人等八人夹坐，江总、孔范等十人预宴，号曰‘狎客’。先令八妇人襞采笺，制五言诗，十客一时继和，迟则罚酒”。[④] 此即词中“台城游冶，襞笺能赋属宫娃”意之所指。陈叔宝搜刮民脂，营结绮、临春、望仙三座高达

① 中国社会科学院文学研究所总纂，孙望、常国武主编：《宋代文学史》，人民文学出版社1996年版，第314页。

② 唐圭璋编：《全宋词》，中华书局1965年版，第510页。

③ 同上书，第512页。

④ （唐）李延寿：《南史·陈后主本纪》，中华书局1975年版，第306页。

数十丈的楼阁，偎红倚翠，酣饮消暑。“使诸贵人及女学士与狎客共赋新诗，互相赠答，采其尤艳丽者，以为曲调，被以新声。……其曲有《玉树后庭花》、《临春乐》等。其略云‘璧月夜夜满，琼树朝朝新’，大抵所归，皆美张贵妃、孔贵嫔之容色。”① 词人将此史实化成“云观登临清夏，璧月流连长夜，吟醉送年华”几句，写出了这批浑浑噩噩的末世君臣优游佚乐的生活和醉生梦死的心理状况。结拍云“回首飞鸳瓦，却羡井中蛙”，以“回首”点出败亡来临之速，以“却羡”勾勒隋兵攻破金陵后陈叔宝、张丽华惶惶欲做井蛙而不可得之结局。淫乐与败亡结果的戏剧性排列对比，透出了作者的鲜明爱憎。

下片由古及今，化用唐人诗意，写昔日的朱门重院，今则为荆扉白屋；昔日的长街通衢，今已变得狭不容车；当年雕梁画栋作巢的双燕，如今参差其羽，又将飞向谁家？词人看银河横天，北斗斜挂，秦淮河潮平霜落，听《后庭花》之曲随风传来，真是不胜感慨。

刘勰云：“原夫登高之旨，盖睹物兴情。”② 唐李峤亦云：“夫情以物感，而心由目畅，非历览无以寄杼轴之怀，非高远无以开沉郁之绪。”③ 六朝故事，在贺铸之前，是诗人吟咏的热点，唐代咏六朝事著名者即有刘禹锡、李商隐、杜牧（贺此词中即使用了刘、杜诗意）等，而北宋词中以吟咏金陵旧事著称者莫过王安石。王词《桂枝香·金陵怀古》抒怀古之念、发诫今之情，其词问世后，引起巨大反响。宋代杨湜《古今词话》云：“金陵怀古，诸公寄词于《桂枝香》，凡三十余首，独介甫最为绝唱。东坡见之，不觉叹息曰：‘此老乃野狐精也。’”王安石不仅金陵怀古词写得好，其《金陵怀古》诗亦至今布在人口。其曰“霸祖孤身取二江，子孙多以百城降。豪华尽出成功后，逸乐安知与祸双”。可见这位以吟咏金陵史事出名的政治家，无论词还是诗，其关注的焦点仍是在现实政治。而贺词不仅结句与王词相类，其作意之一脉相承于王词亦不难考见。故论者指出：“北宋的金陵怀古词，安石独步于前，贺氏此作与同时周邦彦之《西河》踵武于后，可谓金声玉振，鼎足而三。”④ 此论实很有见地。

---

① （唐）李延寿：《南史·张贵妃传》，第348页。

② （南朝）刘勰：《文心雕龙·诠赋》。

③ （唐）李峤：《楚望赋》，《全唐文》卷二四二。

④ 中国社会科学院文学研究所总纂，孙望、常国武主编：《宋代文学史》，人民文学出版社1996年版，第315页。

贺铸关切时政，但因政坛斗争起伏难测，为避免遭文字之祸，他一般很少在创作中正面宏论时政。然不议论并不等于他没有自己的政治观念、思想见解。他诗词中的怀古咏史之作，以吟咏古人旧事婉达政治情怀，甚至批判现实政治，《台城游》可证。另外，我们还可从他的咏古诗作中探察其此类创作之用意。如《彭城三咏》组诗论项羽云“重瞳登览何为者，不知招贤知戏马”；论刘邦“尔时可无股肱良，端思猛士守四方。君不闻淮阴就缚何慨慷，解道鸟尽良弓藏”[①]；《鹦鹉洲》论祢衡云“忤俗竟非命，惜哉时不遭。……空余春草碧，恨血满江皋”[②]；《和邠老郎官湖怀古五首》论李白：“白也遭时网，临年放夜郎。何妨去物远，当道横豺狼”；《江夏秋怀三首》其二论屈原：“肯将翰墨悲流落，寄语三闾彼一时”[③]；《芜湖王敦城下作》论甘卓：“当时不慕桓文举，草满中原胡马肥”[④]；《书三国志陈登事后》称陈登：“求田问舍良可嘉，元龙偶未思之耶。黄鼠长为太仓耗，白云犹有青山家。人生欻尔待钻石，世故纷然劳算沙。销磨髀肉亦何事，竟作子阳同井蛙。”[⑤] 而他的《题任氏传德集》在评价逝者之德业中对当代治政者用人上的有眼无珠，更几近于怒骂：“钓鱼公子学屠龙，潦倒西班八品中。鼠目獐头登要地，鸡鸣狗盗策奇功。”[⑥] 将这些诗与他的咏古词对读，可见贺铸在词体文学中感慨时事之用意是何等显豁。如《将进酒》：

城下路，凄风露，今人犁田古人墓。岸头沙，带蒹葭，漫漫昔时、流水今人家。黄埃赤日长安道，倦客无浆马无草。开函关，掩函关，千古如何，不见一人闲。　　六国扰，三秦扫，初谓商山遗四老。驰单车，致缄书，裂荷焚芰、接武曳长裾。高流端得酒中趣，深入醉乡安稳处。生忘形，死忘名，谁论二豪、初不数刘伶。[⑦]

---

① 王梦隐、张家顺校注：《庆湖遗老诗集校注》，河南大学出版社2008年版，第6—7页。

② 同上书，第202页。

③ 同上书，第499页。

④ 《晋书·甘卓传》：“王敦称兵，遣使告卓，卓乃伪许而心不同之。……时湘州刺史谯王承遣主簿邓骞说卓曰：‘……今若因天人之心，唱桓文之举，杖大顺以扫逆节，拥义兵以勤王室，斯千载之运，不可失也。’后卓犹豫，为王敦党所害。”本诗见王梦隐、张家顺校注《庆湖遗老诗集校注》，第491页。

⑤ 王梦隐、张家顺校注：《庆湖遗老诗集校注》，河南大学出版社2008年版，第501页。

⑥ 同上书，第478页。

⑦ 唐圭璋编：《全宋词》，中华书局1965年版，第509页。

上片用顾况《悲歌》及《长安道》诗句[①]，言世事翻转，沧海桑田，而千年以来人们奔走宦途，甚至为了争夺政治权益打打杀杀，无一刻闲暇，实则这一切都是虚无；下片言在扫灭六国中建立的秦朝被刘邦炎汉替代，而所谓“四皓”似乎看透了世事变化、超脱了政治利益的纷争，然亦终“驰单车”、“接武曳长裾”，介入宫廷政治争斗。[②] 世上真正能“生忘名，死忘形”的人又有几个？只有写过《醉乡记》的王绩，作过《酒德颂》的刘伶等，他们托悲怀、释干济于酒饮，才值得肯定。作者厌弃现实政治、拒斥功名利禄的思想在此词中表达非常清楚，所以，所谓咏古，在贺词中总无一例外地展现着他的政治情怀。

## 三　贺铸政治悲慨心态之成因

以上，讨论了贺铸词政治抒情的主要内容及其抒情特点。那么，是什么原因造成了贺铸的悲慨心态呢？

首先，贺铸特殊的出身及仕宦背景是其政治悲慨心态形成的基本因素。和北宋很多词人因卷入新旧党争而致仕宦坎坷不同，贺铸于两党并无依附，故无论熙宁、元丰中旧党人物遭贬，还是元祐时期的新党放逐，甚或绍圣以后新党对旧党的打压、迫害，贺铸似乎均未受到影响。他的政治悲慨及毕生沉沦，主要还与他特殊的出身背景有关。

贺铸出身贵族，他尝自称是春秋时吴国公子庆忌之后。[③] 庆忌避公子光之乱而奔卫，其妻子却散走入越，越人哀而予之以湖泽之田，表其族曰庆氏，名其田曰庆湖，后避汉光帝之讳改为贺氏。唐代贺知章为贺铸第十五代祖，致仕后，诏赐镜湖（本为庆湖，俗讹为镜湖），故贺铸亦自号“庆湖遗老”。他的贵族身份源于他是宋太祖赵匡胤元配贺皇后五代族孙。

---

① 按：顾况《悲歌》云：“边城路，今人犁田昔人墓。岸上沙，昔时流水今人家。”《长安道》又云：“长安道，人无衣，马无草。”贺词此处用其成意。

② （汉）司马迁《史记·留侯世家》载：刘邦欲废太子，吕后使吕泽问计于张良，良推荐商山四皓云：“此难以口舌争也，顾上有所不能致者，天下有四人。此四人者年老矣，皆以上慢侮士，故逃匿山中，义不为汉臣。然上高此四人。今公诚能无爱金玉璧帛，令太子为书，卑辞安车，因使辩士固请，宜来。来，以为客，时时从入朝，令上见之，则必异而问之。问之，上知此四人贤，则一助也。”吕后从良计，令吕泽使人奉太子书，卑辞厚礼，迎四人至。后果在宴席上，因四皓侍陪太子引起刘邦注意，及问名，大惊，以为太子羽翼已成，无法再废，作罢。四人者，东园公、绮里季、夏黄公、甪里先生。

③ 按：贺铸于绍圣三年（1096）四十五岁时编所作诗为《庆湖遗老诗集》，在诗集序文中，他追述了自己的家世，详见文渊阁四库本《庆湖遗老集》卷首所附。

北宋立国前后，赵、贺两家私交非同一般。贺铸《铸年五十八因病废得旨休致一绝寄呈姑苏毗陵诸友》一诗序云：

> 铸六代祖广平郡王在五代间久从宣祖皇帝游。因纳女事太祖皇帝，封孝惠皇后，赐第在开封隆和里。当时宣祖、太祖、太宗潜在邸中。每善饮臣家酒。后来铸高祖六宅使尝一日预内宴，因有旨宣索，遂进旧酒及酿法，就赐名鉴湖春。①

另据《宋史》卷二四二《后妃传》，宋太祖赵匡胤一生共娶妻三人，孝惠贺皇后乃其第一任妻子，是为贺景思长女。“景思尝为军校，与宣祖（赵匡胤之父）同居护圣营。晋开运初，宣祖为太祖聘焉。周显德三年，太祖为定国军节度使，封会稽郡夫人。生秦国、晋国二公主及魏王德昭。五年，寝疾薨，年三十。建隆三年四月，诏追册为皇后。”② 贺皇后去世后，留下一子德昭及两女。周显德五年（958），即贺皇后去世当年，赵匡胤复聘孝明王皇后（邠州新平人，彰德军节度饶第三女）为继室。然王皇后亦复于乾德元年（963）十二月崩，年二十二。开宝元年（968）二月，宋太祖又纳孝章宋皇后（河南洛阳人，左卫上将军偓之长女）入宫。太祖崩，号开宝皇后。所以，贺铸虽为太祖元配贺皇后第五代族孙，然因他的族姑贺皇后去世时大宋还未立国，又加上太祖之皇后不止贺氏一人，故至贺铸这一代，虽有贵族之名分，然其门第实已没落。

更为重要的是，宋太祖母昭宪杜太后临去世，曾对宋太祖留下遗命：“汝百岁后当传位于汝弟。四海至广，万几至众，能立长君，社稷之福也。”③ 她要赵匡胤将帝位先传于弟光义，待光义、廷美相继为帝后，再传位给太祖与贺皇后所生子德昭，并命赵普于榻前为约誓书，藏之金匮，命谨密宫人掌管。这样，德昭就失去了及时继承皇位的资格。太宗赵光义即位后，为避免其弟廷美、侄子德昭成为日后皇帝大位继承人，他不择手段将二人逼死。此后，终北宋之世，继承皇位的均为赵光义直系子孙，而廷美、德昭这两个脉系，反倒成为皇帝的心腹之患而受到警惕、打压，故作

① 王梦隐、张家顺校注：《庆湖遗老诗集校注》，河南大学出版社2008年版，第543页。

②（元）脱脱等：《宋史》卷二四二《列传第一·后妃上》。

③（元）脱脱等：《宋史》卷二四二《后妃传》。

为德昭母家后裔的贺氏一族，至贺铸这一代，其外戚身份实已形同虚设。更不幸的是，贺铸既为皇子德昭母家后人，他的岳父济国公赵克璋又恰是太宗之弟赵廷美重孙[①]，这又是被排挤的对象。故国戚与皇亲的双重身份于贺铸不仅已无政治筹码可言，甚至一定程度上还变成了他日后政途晋身的障碍。[②]

而贺铸的祖辈，从五代祖贺怀浦到其父贺安世，政治上基本都是代代走低。孝惠皇后兄贺怀浦，“仕军中为散指挥使，太平兴国初，出为岳州刺史，领兵屯三交。雍熙三年，从杨业北征，死于阵”。其子贺令图“握兵边郡十余年，恃藩邸旧恩，每岁入奏事，多言边塞利害，及幽蓟可取之状。上信之，故有岐沟之举。既而师败，议者皆咎其贪功生事”。[③] 贺令图“轻而无谋”，“与其父首谋北伐，一岁中父子皆陷焉”[④]，其为契丹所执，死时年仅三十九岁。父子两人虽死于阵，然从“议者皆咎其贪功生事”的情况看，雍熙北伐的决策与他们上奏误报敌情有一定关系。所以，贺怀浦父子虽死于战场，却难使家门受益，甚至一定程度上更加速了贺氏家族的衰落。[⑤] 此后，贺铸曾祖、祖父、父亲，虽任职宫廷，却都是做侍禁、阁门只族一类的低级武职。到贺铸这一代，贵族家世留给他的政治资本不仅

① 据《宋史》卷二三四、二三五《宗室世系表》二零、二一，赵克璋出广平侯赵承矩，赵承矩出颍川郡王赵德彝，赵德彝为魏王廷美第三子。

② 本段文字参考了钟振振先生《北宋词人贺铸研究》一书中《贺铸之家世》一章之内容。《北宋词人贺铸研究》，（台湾）文津出版社1994年版。

③ （元）脱脱等：《宋史》卷四六四之《列传》第二二二《外戚》（上）。

④ 按：《宋史·太宗本纪》：“雍熙三年，十二月壬寅，契丹败刘廷让军于君子馆，执先锋将贺令图，高阳关部署杨重进死之。”又，《宋史·贺令图传》：“贺令图，开封陈留人，轻而无谋，契丹将耶律逊宁号于越者，使谍给令图曰：‘我获罪本国，旦夕愿归南朝，无路自拔，幸君侯少留意焉。’令图不虞其诈，私遗以重锦十两。是年十二月，于越率众入寇，大将刘廷让与战于君子馆，令图为先锋，被围数重。于越传言军中‘愿得见雄州贺使君’，令图尝为所给，意其来降而终获大功，即引麾下数十骑逆之，将至其帐数步外，于越据床骂曰：‘汝常好经度边事，乃今送死来邪？’麾左右尽杀其从骑，反缚令图而去。”贺怀浦父子死，“议者皆咎其贪功生事”，此亦见载于《宋会要辑稿》第196册《蕃夷》一。

⑤ 按：孙望、常国武主编《宋代文学史》云贺怀浦、贺令图“都是在太宗雍熙年间宋、辽战争中殉国的烈士”，此说还可商榷。贺氏父子虽死于战阵，然从《宋史》所载时人议论看，却是“皆咎其贪功生事”，并不把他们当作烈士看。且雍熙北伐是宋太宗避开宰相私下发动的战争，一旦失利，他急欲推卸战事责任，对曾经上书提供错误情报的贺令图等，他自不会轻易放过。故令图虽死于敌手，以朝议及当时情势看，自不会得多少正面评价。《宋史》卷二五八《曹彬传》载：“贺令图等言于上曰：‘契丹主少，母后专政，宠幸用事，请乘其衅，以取幽蓟。’遂遣彬与崔彦进、米信自雄州，田重进趣飞狐，潘美出雁门，约期齐举。”

几乎荡然无存，甚至还因为他做了赵宋皇族的女婿，入仕于他而言，还可能充满了风险。所以，家族昔荣今悴的变故，入仕以后政治上面临的不被信任、不被重用的尴尬，应该是贺铸政治悲慨心态形成的巨大诱因。

宋神宗熙宁四年（1071），贺铸以娶宗室女而踏上以门荫入仕的仕宦之路（官武职“右班殿直”）。贺铸为什么要如此匆匆入仕？门第衰落、家计困难是基本原因。其诗《人生七十稀》云：

> 人生七十稀，行年今已半。事功贵及时，迟暮复何算。嗟吾夙多负，失怙在童丱。诗礼思有闻，飘飖辞祖贯。慈亲念衰绪，猝猝营婚宦。名姓系西班，星霜亟徂换。未筑黄金台，长歌白石烂。岂无同心契，相望眇云汉。每虞狂飙至，摧折涧底干。异日偶班输，抱柯徒永叹。①

他说自己童年失怙，家门衰落，终至仓促成婚而走上仕途。又说入仕以后，常“每虞狂飙至，摧折涧底干”，即使异日偶逢识才的鲁班，大概也会因无所施斧斤而长叹。由此可见，贺铸对自己当初以门荫入仕担任武职，是有怅恨的。

他没有走科举入仕之路是因家贫养亲困难，这一情况，除《人生七十稀》一诗有所提示外，其他资料亦有说明。如其诗作《三月二十日游南台》云：“二十起丁籍，一官初为贫”；程俱《墓志铭》亦称：“授右班殿直，贫迫于养，非其好也。”他不仅入仕前家计困难，入仕后乃至毕其一生，其物质生活似乎从来就未富有过，有诗为证：

> 咄嗟宦游子，贫病略相同。斗俸折腰得，醉钱常不供。（《过晁掾端智》）
>
> 贫无绡葛裯，拙计燃萧艾。徒自取熏蒸，举家更嚏咳。（《诅蚊》）
>
> 方语病中暍，药物苦殚贫。（《送陈传道之官下邳》）
>
> 贺老宦江夏，无人惊雀罗。出处躁静间，奈此贫病何。（《怀寄周元翁十首》）

① 王梦隐、张家顺校注：《庆湖遗老诗集校注》，河南大学出版社2008年版，第122页。按：本书所录贺此诗“慈亲念衰绪”应为“慈亲念衰绪”之误，据同书第558页异文及他本可知。

一囊安可得，四壁未应贫。（《久病寄二三亲友》）

谩赋芳草篇，长安居不易。（《京居感兴五首》，诗序有“乙亥八月，食贫京师”云。）

多年困靴板，未立中人产。（《游盱眙南山示杨介》）

门荫入仕虽然简捷，却为日后宦途升迁留下了障碍。宋代重科举入仕，由科举入仕，谓之“有出身”，反之，则谓“无出身”。以门荫入仕的贺铸，是典型的“无出身”者。据《宋史》卷一六九《职官志》九“武臣三班借职至节度使叙迁之制”，武臣自最低一阶三班借职迁转至节度使，共三十七阶，而贺铸初入仕官“右班殿直”，仅为武臣叙迁三十七阶中的第三阶。又因“无出身”且任武职，故按规定，其迁转不能像科举出身的文臣、京官那样隔级转官，而只能逐级迁转。按宋代武官制度规定的任武职者四年可进一阶计算，贺铸即使要达到其父贺安世生前最高官位“内殿崇班”，也至少需要二十四年[①]，而“内殿崇班”仅为武臣三十七阶中的第九阶。

以贺铸的文才，入仕以后，如果继续参加进士考试，他也许可以增快升迁步伐。然宋代自太宗时起又有规定，凡在职官吏不得参加科举考试。《文献通考·选举三》云：

（端拱）二年，亲试举人，有中书吏人及第，上令夺所授敕牒，乃诏禁吏人应举。[②]

所以，因“无出身”而导致的官职迁转困难，致使贺铸的仕宦之路即使不受其他因素干扰而按正常程序走下去，也必是冗长难熬的。事实上，贺铸大半生也正是始终游离、飘荡在官宦群体的边缘与底层，这就更平添其抑塞不平之气。他有一首词《东阳叹》这样写道：

流连狂乐恨景短，奈夕阳送晚。醉未成欢，醒来愁满眼。　　东

① 按：程俱《墓志铭》云贺铸之父安世官终“内殿崇班”。“内殿崇班”仅为武臣官阶三十七阶中的第九阶，属低级侍卫武官。

② （元）马端临：《文献通考》，中华书局1986年版，第285页。

阳销瘦带展，望日下，旧游天远。泪洒春风，春风谁复管。[1]

夕阳送晚，带展人瘦，旧游天远，春风不管，他的离群索居之焦虑及抛弃感很深。而且，这样的“离群”之悲、“旧游天远”之感，在贺词中表现得还相当普遍：

离群，客宦漳滨。但惊见、来鸿归燕频。念日边消耗，天涯怅望，楼台清晓，帘幕黄昏。无限悲凉，不胜憔悴，断尽危肠销尽魂。（《念离群》）

一阕离歌，满尊红泪，解携十里长亭。……渔村远，烟昏雨淡，灯火两三星。（《潇湘雨》）

楚城满目春华，可堪游子思家。惟有夜来归梦，不知身在天涯。（《清平乐》）

临水登山漂泊地，落花中酒寂寥天。个般情味已三年。（《减字浣溪沙》）

江南又叹流寓，指芳物，伴人迟暮。揽晴风絮，弄寒烟雨，春去更无寻处。（《金凤钩》）

闲情减旧，无奈伤春能作瘦。桂楫兰舟，几送人归我滞留。（《减字木兰花》）

离索年多故人少，江南有雁无书到。（《西笑吟》）

对“长安”，他也怀有相当复杂的感情。其诗《长安在何许二首》云：“长安在何许，疑是青天上。矫首溯西风，溪云断人望。”“长安在何许，疑在白日下。徘徊天一隅，华月生新夜。”其词又云：

忍话旧游新梦，三千里外长安。（《清平乐》）

满眼青山恨西照，长安不见令人老。（《望长安》）

车马几番尘，自古长安道。（《蕙风清》）

尘送行鞭嫋嫋，醉指长安道。（《宛溪柳》）

黄埃赤日长安道，倦客无浆马无草。（《将进酒》）

---

① 唐圭璋编：《全宋词》，中华书局1965年版，第515页。

断桥孤驿，冷云黄叶，相见长安道。（《御街行》）

如此渺茫的仕路，他如何能不心存悲慨？为了改变自己沉落下僚的命运，他也做过努力。元祐六年（1091），在李清臣、范百禄、苏轼等荐举下，贺铸由武职换文资，“改承事郎”。[①]《中吴纪闻》载：

> 初，方回为武弁，李邦直为执政，力荐之。其略谓：“窃见西头供奉贺某，老于为学，泛观古今词章，辨道议论，迥出流辈。欲望改换合入文资，以示圣代育才进善之意。”上可其奏，因入文阶，积官至正郎，终于常侍。[②]

李清臣（字邦直）荐表中所谓“西头供奉”，为武阶之第七阶。贺铸自熙宁四年（1071）入仕至元祐六年（1091），刚好二十年，按理，四年一转，二十年中他该升至第八阶“东头供奉”才对，然据程俱《墓志铭》，当第五次升迁时间已至时，他“辞所当迁东头供奉官，封其母为永年县太君”。故李清臣等举荐他改入文资时，他还只是个七阶武职，而“改承事郎”后，他进入了文阶三十七阶中第十阶。[③] 易官后，贺铸一度对自己的仕宦前途充满希望，其《易官后呈旧交》云：

> 当年笔漫投，说剑气横秋。自负虎头相，谁封龙额侯。聊辞哙等伍，滥作诗家流。少待高常侍，功名晚岁收。[④]

他说自己要像唐代的高适那样“功名晚岁收”，确有点按捺不住心头的兴奋，然这种希冀注定是要落空的。元祐八年（1093），易官两年后，他在《秋夜闻雨晨兴偶书》一诗中又说：

---

① （宋）程俱所作《墓志铭》云：“学士清臣、百禄、轼荐于朝，改承事郎。”《宋史·文苑传》谓贺铸“奏换通直郎”，通直郎为文阶第十三阶，贺铸由武阶第七阶要转跳至文阶第十三阶，显然不可能。故《宋史》本传所载当有误。

② 转引自王梦隐、张家顺校注《庆湖遗老诗集校注》附录《贺铸年谱》，见《庆湖遗老诗集校注》，河南大学出版社2008年版，第570页“元祐七年壬申”条。

③ （元）脱脱等：《宋史》卷一六九《职官志》“《元丰寄禄格》以阶易官”条，自迪功郎迁转至开府仪同三司共三十七阶。

④ 王梦隐、张家顺校注：《庆湖遗老诗集校注》，河南大学出版社2008年版，第264页。

> 故国心驰北，扁舟计漫东。寒生一夜雨，病涉两秋风。落泊篱根叶，幽忧屋角虫。何情悲节物，聊自况衰翁。[①]

仕宦落魄之感重又回到了他的心头，这样的感受在此后的日子里似乎再也没有消逝过。作上诗四个月后，他在《宝应夜泊》一诗中又说："劳生我其分，十口亦飘然"[②]；甚至到易官五年后的绍圣三年（1096），他仍然在感叹："谁怜跃马客，衰病再投闲"[③]，"岂复悲流落，官粮寓此生"[④]。《题陶靖节集后》亦云：

> 渊明不乐仕，解组归柴桑。溯风北窗下，坦腹傲羲皇。储粟既屡空，乞食何惶惶。有身即大患，斯语闻伯阳。顾我亦多忤，丘樊思退藏。惭无辟粒术，圭勺耗官仓。[⑤]

写这些诗歌时贺铸年四十五岁，他还是个承事郎的身份。"流落"、"多忤"的生活使他对仕途充满了厌倦。元符元年（1098），他"以宣议郎通判泗州"[⑥]，宣议郎在文资开府至迪功凡三十七阶中属第十一阶，官品极低，此时他已四十七岁。大观三年（1109），五十八岁的贺铸第一次致仕，他的身份是六品官承议郎。也就是说，转文资后这十八年，他既没有隔级转官，更无超转。所以，我们说特殊的家世及入仕背景是形成贺铸政治悲慨心态的首要原因。

其次，贺铸悲慨的政治心态之形成，还与北宋中后期官场斗争的激烈残酷有关。险恶的政治环境，使踏上仕途的每一个官员如履薄冰，对此，贺铸的认识似乎比其他人更为深刻。他一生两次致仕，第一次致仕时五十八岁，其友人邹柄谓之"未老挂冠告归"，叶梦得认为是"稍务远

① 王梦隐、张家顺校注：《庆湖遗老诗集校注》，河南大学出版社2008年版，第268页。

② 同上书，第271页。

③ （宋）贺铸：《舟发金陵望历阳作》，王梦隐、张家顺校注：《庆湖遗老诗集校注》，河南大学出版社2008年版，第275页。

④ （宋）贺铸：《江夏寓兴二首》，王梦隐、张家顺校注：《庆湖遗老诗集校注》，河南大学出版社2008年版，第279页。

⑤ 王梦隐、张家顺校注：《庆湖遗老诗集校注》，河南大学出版社2008年版，第198页。

⑥ （宋）程俱：《墓志铭》。

引世故"[①]，叶说是有道理的。贺铸第一次致仕的大观三年（1109），正是奸佞当道、朝纲最乱的时候，贺铸有家族成员在政坛上遭遇不测的教训，故对这样的政局，可以说他是心存恐惧的。程俱《墓志铭》云："观其抗脏任气，若无顾忌者，然临仕进之会，常如临不测渊，觑觑视不敢前，竟疾走不顾。其虑患乃如此。……今年春，病甚，见余毗陵，复理前言，且曰：'平生果于退，惧危辱耳，今知免矣。'"元丰三年（1080）二十八岁时，他就作《烹鸡叹》，其序云："庚申七月，客过滏阳道，近时有人观庖人宰三鸡，一雄就缚而鸣不辍，因叹曰：'禽鸟将死，知时且鸣，吾安得默默求容于世。'因极口肆言，俄抵机阱，几不得免。余感而赋此云。"其诗曰：

膳夫缚三鸡，二雌先就烹。一雄置机上，不废知时鸣。有客见之叹，人情犹物情。宁昌言即死，何喋口偷生。愚闻此客言，退思因窃评。鸡实鼎俎资，杀身非罪声。人忘枢机诫，鼓舌为祸萌。宜念千金躯，与鸡何重轻。[②]

在他看来，"鼓舌"往往是政治灾祸产生的枢机。所以身在仕途，惧祸的忧虑时时侵扰着他：

每虞凉飙至，摧折涧底干。[③]
每虞毙奔走，明哲永见嗤。[④]
麾车忽南北，荣辱生誉谤。……可畏此尘笼，归哉养荒浪。[⑤]

目睹苏轼因言招祸、屡被危机之后，他写诗劝道：

① （宋）叶梦得：《石林居士建康集》之《贺铸传》，道光二十四年吴中后裔校订重刊本卷八。

② 王梦隐、张家顺校注：《庆湖遗老诗集校注》，河南大学出版社 2008 年版，第 78 页。

③ （宋）贺铸：《人生七十稀》，王梦隐、张家顺校注：《庆湖遗老诗集校注》，河南大学出版社 2008 年版，第 122 页。

④ （宋）贺铸：《此日足可惜》，王梦隐、张家顺校注：《庆湖遗老诗集校注》，河南大学出版社 2008 年版，第 109 页。

⑤ （宋）贺铸：《快哉亭》，王梦隐、张家顺校注：《庆湖遗老诗集校注》，河南大学出版社 2008 年版，第 101 页。

不应更广穷愁志，悟取平生坐底穷。①

在政坛新旧两党泾渭分明的情况下，他不依附任何一党。以“烛蛾”为喻，他告诉人们“趋炎”所可能带来的灭顶之灾：

鬼蛾来翩翩，慕此堂上烛。附炎竟何功，自取焚如酷。感彼万动微，保生在无欲。不见青林蝉，饮风聊自足。②

“无心炙手权门热，曝背晴阳坐屋东”③，以这样的心理状态，求田问舍，就成了他时时提醒自己的生活目标：

多年困靴板，未立中人产。沈痼迫衰迟，求田咄何晚。（《游盱眙南山示杨介》）

求田问舍良可嘉，元龙偶未思之耶。黄鼠长为太仓耗，白云犹有青山家。（《书三国志陈登事后》）

求田问舍向吴津，欲着衰残老病身。未拜君恩赐剡曲，归来且醉鉴湖春。（《铸年五十八因病废得旨休致一绝寄呈姑苏毗陵诸友》）

金印锦衣耀闾里，少年此心今老矣，问舍求田从此始。（《子规行》）

但无论从同时代人记述还是词人自己的作品中，读者都可看到，贺铸绝对是一个性情雄豪的人。叶梦得《贺铸传》载：

初仕监太原工作，有贵人子适同事，骄倨不相下。方回微廉得其盗工作物若干，一日，屏侍吏，闭之密室，以杖数曰：“来，若某时盗某物为某用，某时盗某物入于家，然乎?”贵人子惶骇，谢“有之”。方回曰：“能从吾治，免白发。”即起自袒其肤，杖数十下。贵

① （宋）贺铸：《潘豳老出十数诗皆有怀苏儋州者因赋二首》，王梦隐、张家顺校注：《庆湖遗老诗集校注》，河南大学出版社2008年版，第503页。

② （宋）贺铸：《烛蛾》，见王梦隐、张家顺校注《庆湖遗老诗集校注》，河南大学出版社2008年版，第73页。

③ （宋）贺铸：《卯醉口号》，王梦隐、张家顺校注：《庆湖遗老诗集校注》，河南大学出版社2008年版，第446页。

人子叩头祈哀，即大笑释去。自是，诸挟气力颉颃者，皆侧目，不敢仰视。①

（米芾）以魁岸奇谲知名，而方回以气侠雄爽适先后。二人每相遇，嗔目抵掌，论辩蜂起，终日各不能屈，谈者争传为口实。②

周紫芝《竹坡诗话》又载：

贺方回尝作《青玉案》词，有"梅子黄时雨"之句，人皆服其工，士大夫谓之贺梅子。郭功父有《示耿天骘》一诗，王荆公尝为之书其尾云："庙前古木藏训狐，豪气英风亦何有。"方回晚倅姑孰，与功父游甚欢。方回寡发，功父指其髻谓曰："此真贺梅子也。"方回乃捋其须曰："君可谓郭训狐。"功父髯而胡，故有是语。③

以这样的雄豪个性行身于仕宦之途，他如何可以避免不得罪别人而躲开祸机？以这样的争强好胜之个性他又如何可甘心于求田问舍？然事实上，贺铸不仅成功地避免了那个时代很多文人未能避免的政治悲剧，而且，他在数十年仕宦沉浮中，似乎始终谨言慎行。他与旧党人物有较多来往，与新党人物，譬如蔡京，亦似有较密切来往。④ 要保持这样的"平衡"，对本身为人正直的词人来说，无疑是一件十分痛苦的事情。他流露在其诗词作品中的政治悲慨心态，岂不也是由这样的仕宦状态所催生？

贺铸尝言，"吾笔端驱使李商隐、温飞卿常奔命不暇"⑤，李商隐因无

① （宋）叶梦得：《石林居士建康集》之《贺铸传》，道光二十四年吴中后裔校订重刊本卷八。

② 同上。

③ （宋）周紫芝：《竹坡诗话》，见清何文焕辑《历代诗话》，中华书局1981年版，第341页。

④ 按：蔡絛《铁围山丛谈》卷四载：元符末，鲁公自翰苑谪香火祠，因东下无所归止，拟将卜仪真以居焉，徘徊久之，因舣舟于亭下，米元章、贺方回来见，俄一恶客亦至，且曰："承旨书大字，世举无两。然某私意，若不过赖灯烛光影以成其大，不然，安得运笔如椽者哉?"公哂曰："当对子作之也。"二君亦喜，俱曰："愿与观。"公因命具饭磨墨。时适有张两幅素者。食竟，左右传呼舟中取公大笔来，即睹一笥道帘下出。笥有笔六七枝，多大如椽臂，三人已愕然相视。公乃徐徐调笔而操之，顾谓客："子欲何字耶?"恶客即拱而答："某愿作'龟山'字尔。"公乃大笑，因一挥而成，莫不太息。墨甫干，方将共取视，方回独先以两手作势，如欲张图状，忽长揖卷之而急趋出矣。于是元章大怒。坐此，二人相告绝者数岁，而始讲解。乃刻石于龟山寺中，米老自书其侧曰："山阴贺铸刻石也。"故鲁公大字，自唐人以来，至今独为第一。见《铁围山丛谈》，中华书局1983年版，第77页。

⑤ （元）脱脱等：《宋史·文苑传》贺铸本传。

端陷入朝廷政治斗争而一生沉落下僚，苦不堪言。温庭筠亦因宫廷政治斗争几乎送了性命。[①] 而参与政争，又都绝不是温、李自己的有意选择。贺铸一生不仅政治上没有可依赖的人，为官迁转困难，而且个人生活也极为窘迫。他引用、改写温、李作品，使之“奔命不暇”于己之笔端，自不能排除对二人不幸命运的深深理解，而这个理解，正是建立在他自己现实处境上的。程俱《墓志铭》称他“为吏极谨细，在管库，常手自会计，其于窒罅漏逆奸欺无遗察”，“治戎器，坚利为诸路第一”，官和州管界巡检时，“日夜行所部，岁裁一再过家，盗不得发”，“摄临城令，三日决滞狱数百”，“监两郡，狡吏不得措其私”。从这些描述中可以看到，贺铸确是一个有才华且办事认真的干吏，无论官任何职，他都是尽职尽责的。然这些也恰好体现了他步入仕途以后的矛盾心态。一方面，他确乎存有以自己做事的实绩获得官方认可之心愿；另一方面，从他踏踏实实的、似无怨言的做事风格中，也可看到他的仕宦的危机感，“皇亲国戚”身份既然于他的政治前途无益甚至有碍，而官场斗争的残酷复杂又使他的恐惧感深过别人，那么，贺铸的政治悲慨还要到哪里去另寻原因呢？

---

① 按：温庭筠乃宰相温彦博之后裔。唐开成三年（838）九月，唐文宗在杨贤妃进谗的情况下，欲行太子废立。不久庄恪太子暴毙，“庭筠从庄恪太子游，卷入此事件之中”，“此后负谤畏讥，物议纷纭，似与此有关”。参见傅璇琮主编《唐才子传校笺》第四册，中华书局 1990 年版，第 434、438 页。

# 第四章　北宋词政治抒情的衰微期

北宋元符三年（1100）正月，宋徽宗赵佶即位，同时，苏轼也于次年（1101）去世。宋徽宗初即位时，在向太后主持下，朝廷有鉴于绍圣报复行为所造成的“天下士类为之不安”，“朝廷亦不安”的现状，主政的曾布曾实行了调停新旧两党的“体长用中”方针，始行“建中靖国”（1101）之政，诏复司马光、文彦博、苏轼等旧党人员之职。然而，向太后当年即去世。崇宁元年（1102）七月，蔡京代曾布为相，这样，轰轰烈烈的“崇宁党禁”序幕揭开了。

“崇宁党禁”把北宋党争对士人摧残迫害的烈度推向了新高潮。徽宗、蔡京联手，以“先帝（神宗）良言美意所以再至纷更者，以故家大族未尽灭也”为由，追贬司马光等四十四人官，效法绍圣时期编类元祐臣僚章疏之举，对元符末臣僚章疏进行编类，并将倾向“元祐更化”的上疏者分为“邪尤甚者”三十九人，“邪上”者四十一人，“邪中”者一百五十人，“邪下”者三百一十二人，除部分“已亡”和“致仕老疾”者外，其余“永不收叙”，送配流放僻远恶州“羁管”。[①] 自崇宁元年（1102）至三年（1104），徽宗与蔡京又三次籍定“元祐党人碑”，第三次多达三百零九人，由蔡京书写名姓，刻石于全国诸路州军，“永为万世臣子之戒”。[②] 曾经主张变法的章惇、曾布等新党人物亦位列其中。此亦王明清《挥麈后录》所云“但与元长（蔡京）异意者，人无贤否，官无大小，悉列其中，屏而弃之，殆三百余人”。与此同时，凡系籍人子孙，不准仕宦及身至京畿地区。同时，自崇宁元年至宣和年间，朝廷又屡下禁令，禁元祐学术，毁司马光、苏轼、黄庭坚、秦观、晁补之、张

---

① （宋）杨仲良：《皇宋通鉴长编纪事本末》卷一二三《禁元祐党人》。

② 同上。

耒、程颐等人文集印板。[①]

严酷的政治迫害，使得谈论时政，成为极敏感的话题，而词体文学的政治抒情，亦就此步入低谷。整个北宋后期（徽宗朝）这段时间，表现从政者真实的内心世界，抒发其政治感怀，成为词体文学抒情禁区。词坛所充斥的，是歌功颂德的政治谀颂词及大晟词人的粉饰太平之作。北宋词政治抒情的题材领域，表达情怀的深广度，都急遽缩小。虽然有部分词人仍在十分隐晦地以词来抒发其政治感怀，如周邦彦，但是，北宋词政治抒情的衰落，已不可避免。

## 第一节　党禁视阈下的清真词

周邦彦是北宋中后期继苏轼、秦观等之后登上词坛的重要词人，他的词究竟有没有政治抒情内容，一直是论者争议的热点。然而长期以来，讨论周邦彦词的人一般都较少就作者本人仕宦生活与其词之创作间的关系作更深入的考察。笔者认为，北宋中后期党争激烈，党禁严酷，周邦彦本人在新、旧两党间的政治处境复杂微妙。他的词不仅有仕途沉沦的悲叹，政治上无有奥援的"孤苦"，更不时流露出王朝败落、将尽的暗淡末世情怀。这些，都在传统的文学作品政治抒情范域之内。

前人讨论周词政治抒情问题者颇多。如宋代最早论其词的王灼，认为他的词于《离骚》之意"时时得之"[②]；清末著名词人、词论家郑文焯认为他的词"以苍浑造端，莫究其托喻之旨，卒令人读之歌哭出地，如怨如慕，可兴可观"[③]；近代词学大师王国维更说"词中老杜则非先生不可"[④]；汪东亦云"词至清真，犹文家有马、扬，诗家之有杜甫，吐纳众流，范围百族，古今作者，莫之与竞矣"[⑤]；陈匪石更称其词"前无古人，后无来者，凡两宋千门万户，《清真》一集，几擅其全"。这些评论似乎都肯定了他的词是含有一定社会政治内容的。至叶嘉莹、罗杭烈等更明确指出清真

① （清）黄以周等：《续资治通鉴长编拾补》卷二一，《宋史·徽宗本纪》，中华书局2004年版，第368页。

② （宋）王灼：《碧鸡漫志》卷二。

③ 孙虹：《清真集校注》，中华书局2002年版，第423页。

④ 王国维：《清真先生遗事》，参见孙虹《清真集校注》，中华书局2002年版，第466页。

⑤ 孙虹：《清真集校注》，中华书局2002年版，第427页。

词的政治抒情性质。如叶先生曾就周词中“反映他经过政海波澜的词”归为一类，并论周词《渡江云》说：“看到‘愁宴阑’那个饮宴的比喻你才知道，这里所写的春天的回来，正是代表政局的转变，是新党的重新得势。……这首词其实才是最能证明他有政治托喻的一首词。”[①]

然不同的意见也很值得注意。清代学者刘熙载说周词“当不得一个‘贞’字”，“旨荡”，故“未得为君子之词”[②]，这是从审美趣味上对清真词缺乏深宏丰富社会内容的批评。王国维一面将清真比着“词中老杜”，一面又称“美成词多作态，故不是大家气象”[③]，甚至将他的艳情词比作“娼伎”[④]，这也是着眼于清真词抒情内容的空洞贫乏而言。文史学家钱基伟认为清真词“实密而不闳，美而未深，铺叙有余，深秀不足。工于造语而未融于造境。浑于入律，而不遒于运笔。谐于歌调而不耐于味咏”。[⑤] 这些评论都认为清真词实并无更深刻的政治寓托及士大夫知识分子应有的品格含蕴。至当代词论家谢桃坊更彻底否定清真词有政治寓托一说，陶尔夫、诸葛忆兵等也基本持此观点。[⑥]

综观清真词接受史上这些议论，笔者认为，北宋末年的社会与政治环境对周邦彦创作心态的深刻影响似乎并未引起论者高度重视。清真词为什

① 叶嘉莹：《唐宋词十七讲》，北京大学出版社 2007 年版，第 305 页。

② （清）刘熙载《艺概》卷四《词曲概》云：“周美成词，或称其无美不备，余谓论词莫先论品。美成词信富艳精工，只是当不得一个贞字。是以士大夫不肯学之，学之则不知终日意萦何处矣。”“周美成律最精审，史邦卿句最警炼，然未得为君子之词者，周旨荡而史意贪也。”以上见《艺概》，上海古籍出版社 1978 年版，第 109—110 页。

③ 按：王国维谓：“先生（周邦彦）于诗文无所不工，然尚未尽脱古人蹊径。平生著述，自以乐府为第一。词人甲乙，宋人早有定论。惟张叔夏（张炎）病其意趣不高远。然宋人如欧、苏、秦、黄，高则高矣，至精工博大，殊不逮先生。故以宋词比唐诗，则东坡似太白，欧、秦似摩诘，耆卿似乐天，方回、叔原则大历十子之流。南宋唯一稼轩可比昌黎，而词中老杜，则非先生不可。昔人以耆卿比少陵，未为犹当也。”“美成词多作态，故不是大家气象。若同叔、永叔，虽不作态，而‘一笑百媚生’矣。此天才与人力之别也。”见《人间词话》，上海古籍出版社 1998 年版，附录部分。亦见孙虹《清真集校注》，中华书局 2002 年版，第 425 页。

④ 王国维：“词之雅郑，在神不在貌。永叔、少游虽作艳语，终有品格。方之美成，便有淑女与娼伎之别。”见《人间词话》，上海古籍出版社 1998 年版，第 7 页。

⑤ 此语见载于孙虹《清真集校注》，中华书局 2002 年版，第 426 页。

⑥ 按：陶尔夫、诸葛忆兵：《北宋词史》，黑龙江人民出版社 2005 年版，第 421 页：“周邦彦词从苏轼扩大词反映生活领域的广阔道路上又回归到苏轼以前那种‘艳词’的老路上去了……他反映社会现实生活与爱国情怀的作品很少。”谢桃坊：《宋词辨》，上海古籍出版社 1999 年版，第 199 页：“他（周邦彦）的献赋活动体现了这时期文人依附变法派的政治势力乘机以求仕进的倾向。他的词在内容上不涉及时事，不选取较重要的社会性题材，局限于感离伤旧和羁旅情怀，表现出退避社会的心理。”

么会呈现出“莫究其托喻之旨”的特点？为什么会“旨荡”？为什么似“词中老杜”而又“不是大家气象”？如果我们联系北宋后期政坛之党争已演变为严酷党禁的高压政治环境，联系当时朝野上下于危机中歌功颂德的社会氛围来理解清真词的抒情倾向，那么，清真词究竟有没有政治抒情内容，他在北宋后期新旧两党激烈交锋的政治环境中，是否完全游离于政治之外等问题基本都是可以迎刃而解的。

## 一　清真词产生的政治背景

周邦彦一生历仁、英、神、哲、徽五朝。二十三四岁初入京师，时在元丰元年（1078）或二年（1079）。从元丰七年（1084）他因献《汴都赋》破格由太学诸生提拔为太学正寄理县主簿始，至宣和三年（1121）卒于通议大夫（正四品）任上，他的近四十年的仕宦生涯基本都是在北宋党争剧烈的时代度过的。

宋代党争“起始早、时间长、反复多”[①]。仁宗庆历年间主持变法的范仲淹，在政治舞台上几起几落后，终以失败告终。熙宁变法，由于王安石得到神宗支持，反对新法者，非贬即逐；然变法派内部，亦有吕惠卿和王安石之间的权力之争。哲宗元祐年间，在垂帘听政的高太后主持下，朝廷又全面废除新法，召用旧党人物，新党成员相继出朝。但旧党在朝立足未稳之时，又出于门户之见与权力之争，发生了以苏轼为首的蜀党、程颐为首的洛党、刘挚为首的朔党之争。待皇太后高氏去世，政局又翻了个儿，在亲政的哲宗支持下，章惇等人假“绍述”熙丰新法之名，行报复之实，对旧党施以变本加厉的打击，当时著名文士，一时贬逐略尽。此后，就是徽宗朝更为严厉的党禁，前已有述，不赘。

漫长的政治浩劫，最终使得北宋末年的官场形成了“士大夫进退之间犹驱马牛，不啻若使优儿街子动得以指讪之”的局面[②]，“宋代士人的参政主体遭到空前的摧残而趋向沉沦，他们原有的‘自觉精神’也开始全面消解”。[③]

周邦彦元丰初年初入京师，正值苏轼因“乌台诗案”被逮入狱。尽管早在范仲淹“庆历新政”时代，就已经有因为政争而致官员贬黜升降的事

① 庆振轩：《两宋党争与文学》，敦煌文艺出版社1993年版，第20页。

② （宋）蔡絛：《铁围山丛谈》卷二，中华书局1983年版，第38页。

③ 沈松勤、姚红：《崇宁党禁下的文学创作趋向》，《文学遗产》2008年第2期。

情发生，但是“党争”之迫害士人，在北宋，却是从苏轼这里开始的。苏轼“乌台诗案”震动朝野，当时牵连了不少人，周邦彦尽管初至京师，想来也不会不知。宋王应麟《玉海》卷五九载：“元丰七年三月壬午，以太学生周邦彦为太学正。邦彦献《汴都赋》，故擢之。”元丰七年（1084），元祐更化，旧党上台执政，周邦彦时正值四十岁左右壮龄，在试太学正及庐州教授任上。绍圣年间，元祐旧臣被放逐打击之时，他在溧水县令任上。崇宁元年（1102）以后，周邦彦的仕宦生涯开始显腾达迹象，为官常有超转而日渐显贵，而这个时段，也正是蔡京当国而党禁严酷之时，而其辞世的宣和三年（1121）距“靖康之难”的发生也只有五六年时间。

## 二　周邦彦与新旧两党的关系

仕宦于党争激烈的政局之中，周邦彦于两党态度如何？王国维认为：“先生于熙宁、元祐两党均无依附。其于东坡为故人子弟，哲宗初，东坡起谪籍，掌两制，时先生尚留京师，不闻有往复之迹。其赋汴都也，颇颂新法，然绍圣之中，不因是以求进。”① 陶尔夫、诸葛忆兵也认为：“他（周邦彦）一生又莫名其妙地被卷入了新旧党派的纷争。其实，周邦彦并无强烈的政治倾向，也并没有执著的政治主张，他是一位生来就与政治无缘的艺术家。”② 孙虹、薛瑞生则认为，周邦彦后半生在忠奸划然可辨情况下，攀附了误国大奸蔡京及蔡氏集团，根据是周邦彦“中年以后的交友以及在京或外放、显达或沉沦的仕履可以佐证此说”。③

笔者同意孙虹、薛瑞生关于周邦彦中年以后依附新党的看法。实际上，周邦彦之于新、旧两党有所取舍，还可从他一组《次韵周朝宗六月十日泛湖五首》的诗看出。在这组诗里，他明确表达了贬斥元祐旧党的意思，兹录如次：

霖潦合支流，洲浦迷片段。两桨入菰蒲，凫鸥欻惊散，疏林直炊烟。落日斜酒幔。王事得淹留，公私各相半。

风舟挽犹迟，兀若乘款段。深行蛟龙国，毡荡光炯散。洲凉扇荷

---

① 王国维：《清真先生遗事》，见孙虹《清真集校注》，中华书局 2002 年版，第 465 页。

② 陶尔夫、诸葛忆兵：《北宋词史》，黑龙江人民出版社 2005 年版，第 420 页。

③ 孙虹：《清真集校注》，中华书局 2002 年版，第 12 页。

篴，山晚垂云幔。眷言江海期，百年行欲半。

沟塍绕湖干，琐细分顷段。湖迥晚渔集，山静村樵散。冲风偃萑菼，猎猎如卷幔。何当饮清光，乘月行夜半。

维舟瞰层波，未忍分练段。人间好风味，鱼鸟同聚散。儒生长窘束，书灯守幽幔。逐乐嗟已迟，蚤还犹及半。

君才切玉刀，一举成两段。我如抟沙砾，放手辄星散。传闻紫贝阙，薜荔充帷幔。楚吟尚多亡，君诗补其半。①

蒋哲伦指出，“元祐二年（1087），吕公著执政，斥逐新党，清真亦遭池鱼之殃，于此年放调外任。先教授庐州，复流徙荆南，于元祐八年（1093）春知溧水，绍圣二年（1095）尚在县任”，这组诗“写作年代可大致定为知溧水时”。理由是除五首诗中言及作者之年龄与其仕履行年“大体相符”外，周词中的溧水之作复多谪迁之叹，这组诗亦表现了此类思想。② 同时，他又指出，组诗以“‘楚吟’，比屈赋，又切楚地；而‘传闻紫贝阙，薜荔充帷幔’句，意在忧念朝廷影射群小擅权，忠良遭逐，似与朝中政治有关”。③

蒋先生的这些看法很有道理。周邦彦知溧水写这组诗歌的时间，正是元祐大臣（旧党）执政时期，那么，周邦彦此时所作诗歌中借“传闻紫贝阙，薜荔充帷幔”所影射的“群小擅权”，不是元祐旧党又能是什么人呢？

《次韵周朝宗六月十日泛湖五首》是一组情调感伤的诗。长时间沉落下僚的周邦彦一方面感受着“百年行欲半”的老之将至，另一方面又为“儒生长窘束，书灯守幽幔”的现状愤愤不平。“我如抟沙砾，放手辄星散”，可看作他对自己在元祐旧党执政情况下仕宦前景的悲观评价。

造成这种情况的原因，是他因与新党关系密切而确曾是元祐旧党打击的对象。哲宗元祐二年（1087）二月，旧党执政伊始，周邦彦被调离京城至庐州府任教授。他在给友人写的《友议帖》里说自己“罪逆不死，奄及祥除，食贫所驱，未免禄仕。言念及此，益深哀摧”。④ 心情看起来很沉痛。及至哲宗亲政，旧党重遭放逐后，他把曾向神宗皇帝进献过的《汴都

① 北京大学古文献研究所编：《全宋诗》，北京大学出版社 1998 年版，第 13431 页。

② 蒋哲伦：《词别是一家》，上海社会科学院出版社 2005 年版，第 263 页。

③ 同上。

④ 蒋哲伦校编：《周邦彦集》，江西人民出版社 1983 年版，第 157 页。

赋》再献朝廷，其《重进〈汴都赋〉表》云：

> 窃惟汉晋以来，才士辈出，咸有颂述。为国光华，两京天临之国，鼎峙奇伟之作，行于无穷。恭惟神宗皇帝，盛德大业，卓高古初。积害悉平，百废具举。朝廷郊庙，罔不崇饰。仓廪府库，罔不充牣。经术学校，罔不兴作。礼乐制度，罔不厘正。攘狄斥地，罔不留行。理财禁非，动协成算。以至鬼神怀，鸟兽若，缙绅之所诵习，载籍之所编记，三五以降，莫之与京。未闻承学之臣，有所歌咏，于今无传，视古为愧。臣于斯时，自惟徒费学公廪，无益治世万分之一，不揣所堪，裒集盛事，铺陈为赋，冒死进投。先帝哀其狂愚，赐以首领，特从官使，以劝四方。臣命薄数奇，旋遭时变，不能俯仰取容，自触罢废，漂零不偶，积年于兹。臣孤愤莫伸，大恩未报，每抱旧稿，涕泗横流。不图于今得望天表，亲承圣训，命录旧文。退省荒芜，恨其少作，忧惧惶惑，不知所为。①

这段话将自己当年进赋于神宗的原因作了说明，从中可见，他在“熙宁变法”中确是追踪新党的。而表中所谓“旋遭时变”即指“元祐更化”言，元祐旧党执政，他说自己“不能俯仰取容，自触罢废。漂零不偶，积年于兹”，所要表白的也是在旧党当政的元祐年间，他并未与其“苟合”。

除献赋自表忠心外，周邦彦疏离旧党、靠近新党的心态还可从他与新党人物的交往可见。首先，对徽宗朝新党（实为奸党）党魁蔡京，周邦彦极尽逢迎。宋人王明清《挥麈余话》卷一载：“蔡元长用事，美成献生日诗，略曰‘化行禹贡山川内，人在周公礼乐中’。元长大喜，即以秘书监召，又复荐之。”宋蔡絛《西清诗话》亦载此则文字，这完全是用赞美天子的言论讨好蔡京。王国维认为此诗句“必作于崇宁、大观制礼作乐之后”，此时亦正是蔡京当政炙手可热的时候。其次，与蔡京党其他人物，周邦彦也走得很近。如，蔡密是蔡京本宗侄子，做蔡州太守时，周邦彦为其席上宾。另外，他也与蔡京心腹，曾为蔡京出谋划策排斥异己的刘昺尤过从甚密。②

① 蒋哲伦校编：《周邦彦集》，江西人民出版社 1983 年版，第 141 页。

② 孙虹：《清真集校注》，中华书局 2002 年版，第 62 页。

相反，对旧党人物，他却指斥为奸臣。政和六年（1116）五月，他在《田子茂墓志铭》中就直呼范纯粹为“奸臣”①，这和他在上述诗歌中指斥旧党为“薜荔充帷幔”性质完全一样。范纯粹是范仲淹第四子，崇宁元年（1102）九月，“诏中书省开具元符末臣僚章疏姓名分正、邪”，范纯粹与周邦彦之叔周邠，及曾为周邦彦之父周原撰写过《墓铭》的吕陶均被列入邪党成员。而周邠亦曾出入苏门，得苏轼“笔力颇长”之赞。《咸淳志》载，熙宁间苏轼倅杭，多与周邠酬唱，轼所谓周长官者是也，后苏轼知湖州，以诗得罪，周邠亦坐罚金。② 苏轼自己写给周邠的信，更是周邦彦这位叔父曾出入苏门的证明。苏信云：

> 某忝命皆出奖借，寻自杭至吴兴见公择，而元素、子野、孝叔、令举皆在湖，燕集甚盛，深以开祖不在坐为恨。别后，每到佳山水处，未尝不怀想谈笑。出京北去，风俗既椎鲁，而游从诗酒如开祖者，岂可复得。乃知向者之乐，不可得而继也。③

开祖笔力颇长，魏武所谓“老而能学，惟予与袁伯业”，真难得也。④

开祖是周邠的字。周邠任地方官治政颇有方，崇敬苏轼的贺铸亦曾作诗称赞这位出入苏门的“使君”。⑤

---

① 按：周邦彦《田子茂墓志铭》云：“三年，奸臣范纯粹来延，以与吕公有隙，又尝于元祐中与兄纯仁曾有弃地迹状，目鄜延有功，辄生沮意。”见蒋哲伦校编《周邦彦集》，江西人民出版社1983年版，第144页。

② 参见王国维《清真先生遗事·尚论》。《清真先生遗事》又载蒋哲伦校编《周邦彦集》，江西人民出版社1983年版，第158—197页。

③ （宋）苏轼：《与周开祖四首》之一，《苏东坡全集·苏东坡文集》，珠海出版社1996年版，第1339页。

④ （宋）苏轼：《与周开祖四首》之二，《苏东坡全集·苏东坡文集》，珠海出版社1996年版，第1340页。

⑤ 按：贺铸《送海陵周太守邠受代还朝》诗序云：“周字开祖，尝宰管城，有声。”诗曰：“汤汤水东流，奈何载此西行舟。紞如五鼓鸣城头，使君去矣不可留。前日使君来，天子惠此州。传道管城政，先声走群偷。不关外户息吠犬，悉把钩锄谁带牛。雨旸不违祷，舄卤数倍收。吏却一钱贿，狱无五木囚。黄堂坐啸有余暇，八咏新诗追隐侯。斯民幸使君，毕世为吾休。俄及瓜时代，本朝官重内。旧通金门籍，行奉玉扆对。问君何以治海陵，但陈圣主之德臣何能，狂生有意水衡丞。”《送周开祖出守鄱阳》云：“三尺京尘衮衮中，略无闲地贮清风。鲈鱼莼菜经年别，皂盖朱幡一日东。俗眼强分青白在，芳樽未觉圣贤空。鄱阳不乏江山助，高兴都庐属谢公。”以上诗分别见王梦隐、张家顺校注《庆湖遗老诗集校注》，河南大学出版社2008年版，第39、479页。

实际上，周邦彦之依附新党，除可能具有的现实政治利害考量之外，如从其思想观念分析，恐还与他的“尊主”意识有关。新党因为先后得到几位皇帝的支持，“尊主”意识颇浓的周邦彦之走近新党，显然并非由什么政治“器识”决定，而完全是出于他对人主的盲忠。周邦彦的“尊主”意识可从其《楚平王庙》一诗见出端倪。诗云：

> 奸臣乱国纪，伍奢思结缨。杀贤恐遗种，巢卵同时倾。健雏脱身去，口血流吴庭。达士见几微，楚郊忧苦兵。十年军入郢，势如波卷萍。贤亡国婴难，王死尸受刑。将隳七世庙，先坏百里城。子胥虽捐江，素车驾长鲸。惊涛寄怒余，遗庙罗千楹。王祠何其微，破屋风泠泠。蛰虫陷香案，饥鼠悬灯檠。淫俗敬魑魅，何人顾威灵。臣冤不仇主，况乃锄丘茔。报应苦不直，吾将问冥冥。

在这首诗里，一方面他认为伍奢是贤才，伍子胥是健雏，对伍家之“巢卵同时倾”表同情；另一方面，对伍子胥后来杀回楚国报仇雪恨一事他又持谴责态度。伍子胥之复仇，在周邦彦看来，不仅使“国婴难”，且王尸亦“受刑”，故诗歌末尾，他对王祠之微深表同情，而对“淫俗敬魑魅，何人顾威灵”现象深为不满。楚平王本为昏主，周邦彦并不如此认为，他反指伍子胥属魑魅之辈，“臣冤不仇主，况乃锄丘茔”，其“尊主”意识之强烈可见。

周邦彦这种思想与旧党主要成员苏轼形成了鲜明对比。苏轼《论伍子胥》云：

> 子胥、种、蠡皆人杰，而扬雄曲士也，欲以区区之学，疵瑕此三人者。以三谏不去，鞭尸籍馆为子胥之罪。……雄闻古有三谏当去之说，即欲以律天下士，岂不陋哉！……父受诛，子复仇，礼也，生则斩首，死则鞭尸，发其至痛，无所择也。是以昔之君子，皆哀而恕之，雄独非人子乎？①

《论武王》又说：

① （宋）苏轼：《苏东坡全集·苏东坡文集》，珠海出版社 1996 年版，第 110—111 页。

> 杀其父，封其子，其子非人也，则可；使其子而果人也，则必死之。……武王亲以黄钺斩纣，使武庚受封而不叛，岂复人也哉？[①]

无独有偶，变法派党首王安石也有一篇《伍子胥庙铭》这样写道：

> 予观子胥出死亡逋窜之中，以客寄之一身，卒以说吴，折不测之楚，仇执耻雪，名震天下，岂不壮哉！及其危疑之际，能自慷慨不顾万死，毕谏于所事，此其志与夫自恕以偷一时之利者异也。孔子论古之士大夫，若管夷吾、臧武仲之属，苟志于善而有补于当世者，咸不废也。然则子胥之义又曷可少耶？康定二年，予过所谓胥山者，周行庙庭，叹吴亡千有余年。事之兴坏废革者不可胜数，独子胥之祠不徙不绝，何其盛也！岂独神之事吴之所兴，盖亦子胥之节有以动后世，而爱尤在于吴也。后九年，乐安蒋公为杭使，其州人力而新之，余与为铭也。[②]

苏轼站在父子人伦之礼的角度肯定伍子胥"掘墓鞭尸"及武庚后来的反叛周天子、报杀父之仇行为的合理性；王安石从伍子胥仇执耻雪、慷慨不顾万死的道义节操角度肯定其人格魅力对后世的影响。而周邦彦则站在"尊主"立场上，以"臣冤不仇主"理论批评伍子胥大逆不道。由此可见，周邦彦的襟怀、思想与稍前乎他的王安石、苏轼有多么大的差距！所以，即使抛开个人政治利益不论，周邦彦恐也是不会和反对变法的旧党人物站在同一条线上。变法受到人主支持，早在神宗时期，周就以献赋朝廷的方式表达了他对人主变法决策的拥戴，后来虽有高太后听政后政局的反复，但有强烈"尊主"意识的周邦彦怎么可能向那些和人主意见唱对台戏的旧党人物靠拢呢？

## 三　清真词的政治抒情

缪钺先生云："诗之所言，固人生情思之精者矣。然精中之复有更细美幽约者焉，诗体又不足以达，或勉强达之，而不能曲尽其妙，于是不得

---

① （宋）苏轼：《苏东坡全集·苏东坡文集》，珠海出版社1996年版，第100页。

② 李之亮：《王荆公文集笺注》，四川出版集团巴蜀书社2005年版，第12页。

不别创新体，词遂肇兴。”[①] 作为抒写人生情思中之“更细美幽约者”的词，其心绪型文学的特点，使之抒情时不一定要记录、抒写事件的基本要素与过程，甚至也忽略作品本事背景的交代，它要反映的仅仅是词人的心理活动及其情绪状态。虽然词艺冠代的周邦彦，也有可能因身处复杂微妙的政治环境而会在词之创作中小心地把自己的真实政治感受隐藏起来。但是，文学毕竟是通过第二信号系统的文字符号来传情达意的，词人抒情时使用的语言符号之蛛丝马迹，还是能传达给读者一些信息。

笔者认为，清真词的政治抒情主要体现于以下方面。

首先，是仕途沉沦的悲叹。《瑞龙吟》、《月下篇》、《南浦》、《迎春乐》诸词表现这种情绪最为明显。《瑞龙吟·章台路》云：“前度刘郎重到，访邻寻里，同时歌舞。唯有旧家秋娘，声价如故。”又说“事与孤鸿去。探春尽是，伤离意绪”。孙虹《清真集校注·前言》指出：“入朝之后的邦彦，才德既不被当时掌权的新党见知，对新党也常怀愤愤不平之情，《瑞龙吟·章台路》、《玉楼春·玉奁收起新妆了》就是明证。”[②] 这个看法大致是不错的。他的《月下笛》又说：“谁知怨抑?”“静依官桥吹笛……品高调侧人未识。想开元旧谱，柯亭遗韵，尽传胸臆。”[③] 用了蔡邕柯亭识竹之典，自许其品调与才华，对自己仕进无门沦落底层深致叹惋。《南浦》中，他追述了自己祖上的大显贵，比照今日的久沦落，心下很不平静：

> 浅带一帆风，向晚来、扁舟稳下南浦。迢递阻潇湘，衡皋迥，斜舣蕙兰汀渚。危樯影里，断云点点遥天暮。菡萏里风，偷送清香，时时微度。　　吾家旧有簪缨，甚顿作天涯，经岁羁旅。羌管怎知情，烟波上，黄昏万斛愁绪。无言对月，皓彩千里人何处。恨无凤翼身，只待而今，飞将归去。[④]

此词述功名之念极强烈。追思祖上之“簪缨”，回想今天之“顿作天涯，经岁羁旅”，他心里很不平静，大有“斯人独憔悴”之感。甚至也怨羌管不解其情，恨自己无有一双“凤翼”，感叹在浩彩千里的大世界里，自己

① 缪钺：《诗词散论》，上海古籍出版社1982年版，第54页。
② 孙虹：《清真集校注·前言》，中华书局2002年版，第10页。
③ 唐圭璋编：《全宋词》，中华书局1965年版，第621页。
④ 同上书，第620页。

独自沉沦。此词孙虹《清真集校注》云是作者未仕时作品，然从其抒情看，未必。因为仕后之沉沦下僚者，亦会有如此情怀。词中虽有“羁旅”一词，但显然并非仅指漂游行程，仕途蹇顿，厄塞蹭蹬，亦可云“羁旅”。

更值得注意的是，在这首词里，周邦彦用到了李商隐诗中“身无彩凤双飞翼”之典。实际上，周邦彦对李商隐作品不仅熟悉，而且对玉谿生一生的不幸身世，也似乎有着异常深刻的理解。其《迎春乐》云：

> 桃蹊柳曲闲踪迹。俱曾是、大堤客。解春衣、贳酒城南陌。频醉卧、胡姬侧。　　鬓点吴霜嗟早白。更谁念、玉谿消息。他日水云身，相望处、无南北。①

此词上片用了杜甫《曲江》二首中的典故，也用了权德舆《五杂组》“往复还，城南陌。不得已，天涯谪”之典。李贺《开愁歌》亦有“旗亭下马解秋衣，请贳宜阳一壶酒”之句。据孙虹注云，此词上片即化用梁简文帝《大堤》诗意。《大堤》原诗是：“宜城断中道，行旅亟留连。出妻工织素，妖姬惯数钱。炊雕留上客，贳酒逐神仙。”而周词显然是以“频醉卧、胡姬侧”来写其行旅途中的狎妓生活，“解春衣”二句，也交代了他的潦倒无钱，这里已经染上了政治不得意之悲。

下片中，周邦彦即以玉谿生自比，他说“更谁念、玉谿消息”。李商隐一生生活在“牛李”党争的夹缝中，无人提携举荐，悲剧一生。清真此处言己亦如李商隐一样无人顾念、处境尴尬而沉落下僚，真是用意深远。尽管后面有什么“他日水云身，相望处、无南北”等语，然其政治上不得志之悲，确已明白道出。

是什么造成了他的“更谁念、玉谿消息”的感喟呢？笔者认为，这实则涉及他与新旧两党的关系问题。周邦彦之父周原墓志铭由旧党人物撰写，而他的叔父周邠曾出入苏门，他自己按理正如王国维云于苏轼是“故人子弟”；然他于元丰七年（1084）却向朝廷进献《汴都赋》颂神宗朝盛事，虽然此赋和历史上其他京都赋一样是“指陈事实，无夸诩之过”的泛泛颂扬之作，并不见得真正代表他政治上的理想，因它完成于王安石变法之后，这确实触及了北宋新旧党争的政治敏感神经，他后来政治上的尴尬

① 唐圭璋编：《全宋词》，中华书局1965年版，第601页。

处境不能不说与这大有关系。新法推行中，新党并未超擢于他，大概是因为此赋并未真正显出什么政治器识，同时，他父辈的党派所属也会导致执政者对他心存顾虑；而后来旧党执政时，又会因这一次献赋颂政的举动自不会关顾于他。这些结果都是出乎周邦彦意料之外的，所以，在这首词中他发出了“更谁念、玉谿消息”的感叹。这种心情也可从他后来《重进〈汴都赋〉表》的自述中得到证实。他对哲宗皇帝说自己“命薄数奇，旋遭时变，不能俛仰取容，自触罢废，漂零不偶，积年于兹。臣孤愤莫伸，大恩未报”云云，实际已说得很清楚，因第一次献赋举动客观上造成的他如李商隐那样的处两党之间的境地，都当是他发自内心的实际感受，而非《清真集校注》所云周邦彦说这些话“不排斥其中有政治投机成分”。[①]

其次，清真词把自己早期政治上无有奥援的“孤苦”也表现得很突出到位。孙虹在《清真集校注·前言》中说：“邦彦自视甚高，词中屡以‘多才多艺’的良相周公旦自许。但观其一生，佳声美名，仅在词章，却缺乏经世致用的应务之才……自溧水县令还为国子主簿时已历九考，已够选人改官资序却未改官，显然非因考课不足，而系举主不足。推原举主不足的原因，无非是政绩不著或人品有可訾议处。”孙氏此论不无道理。按：宋代保任之制，“凡改秩迁资，必视举任有无，以为应否。……凡被举擢官，于诰命署举主姓名，他日不如举状，则连坐之”。[②] 观清真词中屡言“孤”或“幽孤”之句，即显见他确有政途无有奥援之苦。

据笔者翻检，清真词至少有23次写到“孤”字。他笔下频繁出现孤客、孤灯、孤篷、孤城、孤鸿、孤宿、孤鞚、孤馆、孤影、孤倚等词汇，如：

事与孤鸿去。探春尽是，伤离意绪。（《瑞龙吟》）
别有孤角吟秋，对晓风鸣轧。（《华胥引》）
寒莹晚空，点清镜、断霞孤鹜。（《蕙兰芳引》）
乱叶翻鸦，惊风破雁，天角孤云缥缈。（《氐州第一》）
夜寒霜月，飞来伴孤旅。还是独拥秋衾，梦余酒困都醒，满怀离苦。（《解蹀躞》）

① 孙虹：《清真集校注》，中华书局2002年版，第11页。
② （元）脱脱等：《宋史》卷一六零《选举六》。

怒涛寂寞打孤城，风樯遥度天际。（《西河》）

隔窗寒雨，向壁孤灯弄余照。（《早梅芳》）

野外一声钟起，送孤篷。添衣策马寻亭堠，愁抱惟宜酒。（《虞美人》）

孤馆迢迢，暮天草露沾衣润。（《点绛唇》）

除这些自叹孤苦的例子外，他也自叹幽独。《大酺》云：“耐愁极频惊，梦轻难记，自怜幽独。”[①] 此词中所写及的二人，均为仕宦挫折之后落寞之人。“乐广竟以忧卒”，马融亦“独卧郿平阳坞中”[②]，“重和元年（1118）四月，周邦彦因刘昺获罪的牵连，出知真定府，宣和二年（1120）春，移知顺昌府。词用乐广、马融典知必写于因刘昺事牵连出任年余后，亦即移知顺昌府时”。[③] 明显的，他是在把自己的幽怨和委屈借使事用典的方式在此词中传出。《塞垣春》亦云：“烟村极浦，树藏孤馆，秋景如画。”“念多材浑衰减，一怀幽恨难写。”[④] 这抒发的同样是他仕途上因后援乏人而久不得进用的苦恼与幽恨。

最后，末世情怀的流露。前述周邦彦在《迎春乐》一词中表现的“更谁念，玉谿消息”的牢骚并未持续多久。建中靖国元年（1101），随着宋徽宗的上台，周邦彦以重进《汴都赋》而向皇帝支持的新党靠拢，由此，他政治上的春天也就到来了。

但是，步入人生后期政治上腾达之境的周邦彦，其词似乎也并没有表现出皆大欢喜的感情色彩，相反，倒是有了一些厌倦仕宦、流露悲愁的篇章。如《黄鹂绕碧树》：

双阙笼嘉气，寒威日晚，岁华将暮。小院闲庭，对寒梅照雪，淡烟凝素。忍当迅景，动无限、伤春情绪。犹赖是、上苑风光渐好，芳容将煦。　　草荚兰芽渐吐。且寻芳、更休思虑。这浮世、甚驱驰利禄，奔竞尘土。纵有魏珠照乘，未买得流年住。争如盛饮流霞，醉偎琼树。[⑤]

① 唐圭璋编：《全宋词》，中华书局1965年版，第609页。

② 参见孙虹《清真集校注》，中华书局2002年版，第110页此词之笺注。

③ 同上书，第111页。

④ 唐圭璋编：《全宋词》，中华书局1965年版，第605页。

⑤ 同上书，第613页。

表面看，这首词是写宁愿“盛饮流霞，醉偎琼树”，也不想再“驱驰利禄，奔竞尘土”的享乐情怀，实则词中“寒威日晚，岁华将暮”及“且寻芳、更休思虑”诸语已经透露出侵扰词人的实质是那种末世之悲愁。北宋徽宗朝的统治者在火山口上过着醉生梦死的生活，但这种末世将临的情怀却不经意间在词人笔下透露出来了。

《留客住》上片言月日相催，春秋代序，时光飞逝；下片言“念古往贤愚，终归何处。争似高堂，日夜笙歌齐举”。[①] 肯定的仍是日以继夜寻欢作乐的生活，然却亦明显透露出末日将至、行乐及时的思想。此正如元人赵文在《吴山房乐府序》中云：“观欧、晏词，自是庆历、嘉祐间人语；观周美成词，其为宣和、靖康也无疑矣。声音之为世道邪？世道之为声音邪？有不自知其然而然者矣。”[②] 实际上，如果再参看《兰陵王》、《一寸金》诸作，他的感叹“谁识京华倦客”，“自叹劳生，经年何事，京华信漂泊”等语，又何尝没有反映出北宋亡国前士大夫阶层潜在的悲观心理？

《西平乐》作于周邦彦六十六岁时，据词序知是“避贼复游故地。感叹岁月，偶成此词”，词云：

> 稚柳苏晴，故溪歇雨，川迥未觉春赊。驼褐寒侵，正怜初日，轻阴抵死须遮。叹事逐孤鸿去尽，身与塘蒲共晚，争知向此，征途迢递，贮立尘沙。追念朱颜翠发，曾到处、故地使人嗟。　道连三楚，天低四野，乔木依前，临路敧斜。重慕想、东陵晦迹，彭泽归来，左右琴书自乐，松菊相依，何况风流鬓未华。多谢故人，亲驰郑驿，时倒融尊，劝此淹留，共过芳时，翻令倦客思家。[③]

这首词是周邦彦四十余年后，历方腊起义生死劫难复经天长道后写成的。词云“叹事逐孤鸿去尽，身与塘蒲共晚”，又云“重慕想、东陵晦迹，彭泽归来”，念老思归中分明也隐含着他对仕途的厌倦及末世之哀愁。只是词人即使遭遇政治大动乱，他也努力回避言及政治，读者也只有从其词之字里行间体会其情绪了。

---

① 唐圭璋编：《全宋词》，中华书局1965年版，第620页。

② （宋）郭祥正：《青山集》卷二，文渊阁四库全书本。

③ 唐圭璋编：《全宋词》，中华书局1965年版，第598页。

需要指出的是，当代通行的几部文学史论及清真词时几乎都指出了他的词题材狭窄的一面①。原因是宋词在前有范仲淹、王安石、苏轼等人大力开拓词境的情况下，尤其经苏轼改造后，其言志抒怀与反映生活的功能与诗已渐有逼近时，到周邦彦，这个距离又拉远了，甚至周词反映生活的广度还不如宋初柳永。原因在哪里呢？结合以上论述，笔者认为这也是周邦彦所处时代文化氛围、政治气候使然。因为从产生于此阶段的李清照《词论》倡“词别是一家”的情况看，反对词之介入传统的诗歌题材领域，尤其是反映士大夫政治生活内容，似已成词界风尚。这种风尚与北宋末期朝野上下迷于消费享乐的大气候适应，也和上层文化圈要求词体文学精致化、贵族化的主张相一致，也更与那个时代统治集团政治高压政策相表里。受到当局重视的大词人周邦彦，他的作品一旦如柳词反映平民感情与审美观念，或者如苏词反映自由精神与主体意识，那么，这不仅与统治者的需要相忤逆，也会和他所走的政治道路相背离。清真词以其狭窄题材体现出的内倾化创作趋向，实在是个人因素与时代气候交互作用的结果。不过可贵的是，当大晟词人晁端礼等以词为谀世之具时，周邦彦现存作品中却看不到一首这样的作品，看来，“人品有可訾议处”的周邦彦至少在词的创作上也还是有所不为的。

总之，北宋党争政治环境及周邦彦自身的政治态度、与两党关系等，深刻影响着他的创作。他的词之抒发政治感怀虽不是直截奔放，然其于幽约吞吐中所透露的时势变动及复杂仕宦怀抱却也是可知可感。这种抒情方式，既为那个时代高压政治环境所决定，也与周邦彦本人身处两党间微妙的处境有关，同时，更与北宋末期朝野上下迷于享乐消费的文化背景适应。当上层文化圈要求词体文学走向精致化、贵族化的时候，反映时政状况与仕宦生活的政治抒情显然已不太适合他们的胃口。然周邦彦仍能从一己际遇之角度于时代政治有所反映，实属可贵。

---

① 按：郭预衡主编《中国文学史》第三册，上海古籍出版社1998年版，第143页：“周邦彦词虽有一些自我感慨和咏物佳作，但多数词仍是些别情离绪、春花秋月的泛咏，题材上并无什么新开创。”程千帆、吴新雷：《两宋文学史》，上海古籍出版社1991年版，第223页：“在词史上，周邦彦是以一个宫廷词人身份而著称的，他的作品抑制了苏轼豪放词的发展，又抽掉了柳词中与都市人民感情相联系的市民情趣……为某些脱离生活、无病呻吟的词人提供了范例，开辟了道路。”中国社科院文研所总纂，孙望、常国武主编：《宋代文学史》，人民文学出版社1996年版，第413页：“周邦彦的词大多写爱情和身世之感，同柳永词有很多相似之处。”

# 第二节　徽宗朝词人的政治谀颂词

“文变染乎世情，兴废系乎时序”，宋徽宗主政后，在蔡京等人支持下揭开崇宁党禁大幕，北宋词人政治抒情的趋向遂发生复杂变化。一方面，如黄庭坚、晁补之等仍在或贬谪或夺职家居中以词婉达其政治放逐之情；另一方面，又有一部分词人在大量创作粉饰太平、歌功颂德的阿谀词。前者是对自北宋初以来，范仲淹开创、苏轼等发扬光大的“以诗为词”精神之继承，后者则使我们看到了柳永颂政词的影子。不过，徽宗朝创作谀颂词的作者，相较柳永，已是一个得到官方认可的御用创作群体。他们的词，反映了北宋自熙丰乃至绍圣以来，词人以个性化抒情方式广泛抒写自身政治生活感受趋向的式微。具体而言，徽宗朝政治谀颂词创作者包括了大晟词人与非大晟词人两个群体。

## 一　大晟词人的政治谀颂词

《宋史》卷一二九载：“崇宁四年七月，铸帝鼐、八鼎成。……九月朔，以鼎乐成，帝御大庆殿受贺。……乃下诏曰：‘礼乐之兴，百年于此。然去圣愈远，遗声弗存。……昔尧有《大章》，舜有《大韶》，三代之王亦各异名。今追千载而成一代之制，宜赐新乐之名曰《大晟》，朕将荐郊庙、享鬼神、和万邦，与天下共之。其旧乐勿用。’”“朝廷旧以礼乐掌于太常，至是专置大晟府。”① 大晟府由是会聚了一批精通音乐、擅长填词的艺术家，后人称之为大晟词人。大晟词人有作品传世者6人，他们是：晁端礼（142首），万俟咏（27首），晁冲之（16首），田为（6首），徐伸（1首），江汉（1首）。②

---

① （元）脱脱等：《宋史》卷一二九《乐志》（四）。

② 按：诸葛忆兵《徽宗词坛研究》第一章《大晟词人考论》认为，大晟府存在的二十余年间，任职其中的艺术家众多，保存至今的史料中可考者仍有29人之多。29人中有词作传世者7人，除本书上列的6人外，还包括周邦彦（存词186首）。然关于周邦彦任职大晟府问题，向来争议颇多。诸葛的结论是：“周邦彦提举大晟府，在政和六年十月至政和七年三月之间，任期最长不超过六个月，短则或许只有一两个月。”见《徽宗词坛研究》，北京出版社2001年版，第11页。另据孙虹《清真事迹新证》，周邦彦并未提举大晟府，见《清真集校注》，中华书局2002年版，第66页。参酌这些，次察传世清真词并无谀颂词传世，而其他大晟词人却多有此类作品存留的情况，可知周邦彦若果真进入过大晟府，那么他不创作粉饰太平的谀颂词则很难理解。故本书并不将周邦彦算在大晟词人群之中。

其中田为传世6词中，没有政治谀颂词，徐伸1词，也不是谀颂词。故以下我们就讨论晁端礼、万俟咏等其他几位大晟词人的谀颂词创作情况。[①]

晁端礼，熙宁六年（1073）进士及第，李焘《续资治通鉴长编》卷三四九载，元丰七年（1084）十月，“泰宁军节度推官、知大名府莘县晁端礼追三任官，罚铜二十斤，勒停，千里外编管。坐以官钱贷进士阎师道，及师道请求豫借保甲钱买弓箭，为提举保甲司所劾也”。[②] 为官十多年后罢废，家居三十年，政和三年（1113）被召至京城，入大晟府。未及两月染病而逝。李昭玘《乐静集》卷二八《晁次膺墓志铭》云：

> 公相太师蔡鲁公知公之才，以姓名闻上。诏乘驿赴阙。公久废不试，亦冀自见于时。……入都门，士大夫闻公来者，相告曰：晁次膺自此升矣。翌日，太师召公语曰：“高卧三十年，复何得？”公曰：“未尝不欲仕也，特以罪负斥伏，若将终身。不意倒屣扫门，乃在今日。”会禁中嘉莲生，分苞合跌，夐出天造，人意有不能形容者。公效乐府体，属辞以进，上览之称善。……命下，除大晟府按协声律，奄奄不克受。……计去时才五十日。未食太仓一粒粟，已为归人，念之尤伤。[③]

“未尝不欲仕也”，正道出了他于入仕从政的热衷。故晁端礼创作政治谀颂词的功利目的是明显的，这就是以对皇朝政治的粉饰赞美，换取执政者欢心而求得仕宦机会。蔡絛《铁围山丛谈》云：

> 晁次膺者，先在韩师朴丞相中秋坐上作《听琵琶词》，为世所重。又有一曲曰：‘深院锁春风，悄无人桃李自笑。’亦歌之，遂入大晟，亦为制撰。时燕乐初成，八音告备，因作《征招》、《角招》，有曲名《黄河清》、《寿香明》，二者音调极韶美。次膺作一词曰（词略）。[④]

---

① 按：关于大晟词人的创作情况，诸葛忆兵《徽宗词坛研究》（北京出版社2001年版）有较详细论述，可参看。本书重点就这一词人群体作品之政治抒情内容作一论说。

② （宋）李焘：《续资治通鉴长编》（卷三四九“元丰七年十月庚寅”条），中华书局2004年第2版，第8375页。

③ （宋）李昭玘：《乐静集》卷二十八《晁次膺墓志铭》，文渊阁四库全书本。

④ （宋）蔡絛：《铁围山丛谈》卷二，中华书局1983年版，第28页。

蔡絛所记“次膺作一词”，即《黄河清》。晁端礼晚年果然以擅长作词被起用，原因正在于他擅长谀颂。入宫廷后，“会禁中嘉莲生”，他很快“效乐府体，属辞以进”，这个行动也明证他是把创作谀颂词当作政治晋身的工具。

晁端礼谀颂词内容，首先是颂美君王恩德。《玉女摇仙佩》（宫梅弄粉），《并蒂芙蓉》（太液波澄）等均是此类。如《金人捧露盘》：“天锡禹圭尧瑞，君王受釐，未央宫殿。三五庆元宵，扫春寒、花外蕙风轻扇。龙阙前瞻，凤楼背耸，中有鳌峰见。渐紫宙、星河晚。放桂华浮动，金莲开遍。御帘卷。须臾万乐喧天，群仙扶辇。……但时效华封祝，愿岁岁闻道，金舆游宴。”[①]《并蒂芙蓉》：“愿君王，寿与南山齐比。池边屡回翠辇，拥群仙醉赏。”[②]《黄河清》：“君王寿与天齐，馨香动上穹，频降嘉瑞。大晟奏功，六乐初调清征。合殿春风乍转，万花覆、千官尽醉。内家传敕，重开宴、未央宫里。”[③] 其次，咏颂执政大臣或地方官员，赞美其政治功德。《望海潮》（高阳方面），《醉蓬莱》（正中秋初过），《沁园春》（洛纬催凉），《黄鹂绕碧树》（鸳瓦霜轻）等属此类。如《望海潮》：“安边暂倚元戎。看纶巾对酒，羽扇摇风。金勒少年，吴钩壮士，宁论卫霍前功。乃眷在清衷。恐凤池虚久，归去匆匆。”[④]《上林春》：“把朝廷旧勋屈指。有谁人似此，能全终始。谤书顿释，先芬未泯，君王自为知己。看花临水。算已号、醉吟居士。奈苍生，尚满望、谢公重起。”[⑤]《上林春》：“把朝廷缙绅屈指。有谁人似得，多才多艺。片言悟主，封侯赐璧，君王自为知己。暂来卧治。况廊庙、正多虚位。看登庸，辅圣主、万年康济。”[⑥] 以上两类谀颂词，无论颂赞君王还是其他高官，内容上均呈现出祝颂态度鲜明，夸张失实的特点。最后，咏歌皇朝政治升平及太平盛事，表达歌功颂德之情。此类词咏颂对象事实上包括了帝王、执政大臣两类人在内，最典型者如《鹧鸪天》组词。在这组词序言中，晁端礼明确表达其咏颂之旨：“晏叔原近作鹧鸪天曲，歌咏太平，辄拟之为十篇，野人久去辇毂，不得目睹

① 唐圭璋编：《全宋词》，中华书局1965年版，第423页。
② 同上书，第439页。
③ 同上。
④ 同上书，第419页。
⑤ 同上书，第420页。
⑥ 同上。

盛事，姑诵所闻万一而已。”[1] 检小晏词，其《鹧鸪天》调下涉及写时世政治太平的仅两首，其一云：

> 碧藕花开水殿凉，万年枝上转红阳。升平歌管随天仗，祥瑞封章满御床。　　金掌露，玉炉香，岁华方共圣恩长。皇州又奏圜扉静，十样宫眉捧寿觞。[2]

另一首只有前两句这样写道：“晓日迎长岁岁同，太平箫鼓间歌钟。”后面却是写春近梅开、锦筵饮酒事。而晁端礼将这样的两首词展衍为十首，分别从千官朝贺、箫绍九奏、万家行乐、物盛民阜、四方来服、君王慈孝及王朝文治武功等方面，对“歌舜日，舞尧年”的“大观崇宁事”进行了广泛歌咏。其在政坛新旧党禁严酷，大量官员贬谪流放而北宋王朝政治危机日渐加深的时代，对王朝政治统治作这样的踊跃歌颂，不能不说与此期高压政治生态下词人主体抒情趋向的变化有关。北宋词自苏轼以来围绕作者本人政治生活际遇及国家政治现状进行主体化抒情的时代，至大晟词人登上词坛，终于就此告一段落了。

除晁端礼外，大晟词人中今存词较多的是万俟咏和晁冲之。万俟咏存世27首词中，谀颂词8首；晁冲之存世16首词中，有歌咏盛世太平意词2首，一为《上林春慢》，一为《传言玉女》。《上林春慢》云：“帽落宫花，衣惹御香，凤辇晚来初过。鹤降诏飞，龙擎烛戏，端门万枝灯火。满城车马，对明月、有谁闲坐。任狂游，更许傍禁街，不扃金锁。”[3] 词写京城仕女月夜观灯情形，婉达对皇朝政治升平的祝颂之意。万俟咏，诸葛忆兵认为他“在大晟府任职时间是大晟词人中最长的，专业从事谀颂词创作的时间也最长”[4]，故他传世数量有限的词作中有近三分之一为祝颂之作，不难理解。

万俟咏谀颂词在内容上基本与晁端礼一致，只是用词更华丽讲究，对盛世升平的咏歌显得更为全面周到。如他的“中秋应制”词《明月照高楼慢》，以咏月打头写皇城帝居楼观壮丽景象及宫廷宴饮场面，创作思路和

① 唐圭璋编：《全宋词》，中华书局1965年版，第437页。
② 同上书，第227页。
③ 同上书，第655页。
④ 诸葛忆兵：《徽宗词坛研究》，北京出版社2001年版，第44页。

晁端礼《并蒂芙蓉》如出一辙；“清明应制”词《三台》，也是以写清明时节帝城景象，带出“好时代，朝野多欢，遍九陌、太平箫鼓”的欢呼，亦与晁端礼词有相似之处。不同的是，万俟咏词谀颂的对象全为当朝皇帝。如《恋芳春慢·寒食前进》将皇帝游春看作为民祈祥而大加称颂：“处处笙歌，不负良辰”，“谁知道，仁主祈祥为民，非事行春”。[①]《快活年近拍》颂帝王与民同乐：“千秋万岁君，五帝三王世。观风重令节，与民乐盛际。”[②]《醉蓬莱》亦如是：“太平无事，君臣宴乐，黎民欢醉。”[③] 此类词主要咏颂帝王的同时，也堆砌着对国家盛世升平景象的描摹。如“接地绮罗，沸天歌吹”（《醉蓬莱》），“有十里笙歌，万家罗绮，身世疑在仙乡”（《安平乐慢》）之类。

论者指出“歌词本来就是与时人的享乐生活联系在一起，与升平社会的歌舞酒宴联系在一起，转换一个角度，就极容易专门用来歌功颂德”。[④]实际上，以北宋词人创作的实际情况看，小歌词之创作与人们享乐生活、与升平社会的歌舞酒宴联系在一起的情况并不普遍。察柳永、王安石、苏轼、秦观、黄庭坚、贺铸等人的创作，他们最成功的作品几乎都不是与享乐甚至歌舞酒宴密切相关。大晟词人自觉把粉饰王朝政治作为自己创作的主要目的，“心安理得地认为自己正在描写时代的重大题材，以词服务于现实政治，发挥歌词的社会和政治效用”[⑤]，这是由宋徽宗“崇宁党禁”以来王朝政治导向、政治气候、官场风气决定的，同时也是由在大晟府任职的词人自觉的角色认同意识决定的。说大晟词人创作的这类作品，“正如今人重读‘文革’期间创作出来的大量‘万寿无疆’之颂歌，很难理解这些就是当时最为重大的题材和创作者严肃庄重的态度”[⑥]，此论并不确切。对大晟词人而言，他们创作这类歌词，确是抱着严肃庄重的态度进行的。在他们看来，他们所反映的，的确就是当时的重大题材。这个只要把晁端礼、万俟咏等人的政治谀颂词与他们的非政治抒情之作做一个比较即可看到：他们在创作谀颂词时，遣词不知经过多少次精挑细选，造句不知经过

① 唐圭璋编：《全宋词》，中华书局1965年版，第809页。

② 同上书，第811页。

③ 同上书，第812页。

④ 诸葛忆兵：《徽宗词坛研究》，北京出版社2001年版，第47页。

⑤ 同上。

⑥ 同上。

多少次反复推敲，真可谓精益求精，极求尽美尽善。不仅作者对这个时代的褒爱态度在谀颂词中得到了极其鲜明的表现，而且，这类词中更丝毫不夹杂抒情者其他方面的“抒情杂质”，主题单一、集中。对谀颂词作者来说，不难想象，有可能就是这样一首词决定着他们功名利禄的实现及人生进退穷达之走向，他们如何会不重视？[①] 当政者也正想凭借这样的词为自己的政治统治造势、涂脂抹粉。故无论在创作者还是接受者看来，谀颂词实则是关乎政治声誉乃至政治生命的大事，这样的题材既为官方通过政权力量所提倡、推广，亦为创作主体挖空心思所力为，其所写怎么会不是当代重大题材？试看大晟词人江汉唯一传世的《喜迁莺》：

升平无际。庆八载相业，君臣鱼水。镇抚风棱，调燮精神，合是圣朝房魏。凤山政好，还被画毂朱轮催起。按锦辔。映玉带金鱼，都人争指。　　丹陛。常注意。追念裕陵，元佐今无几。绣衮香浓，鼎槐风细。荣耀满门朱紫。四方具瞻师表，尽道一夔足矣。运花笔，又管领年年，烘春桃李。[②]

江汉以献词谀美蔡京，自白衣入官，所献之词就是这首《喜迁莺》。[③] 视此词内容，果然颂美不遗余力。这说明政治谀颂词的创作，在当时不但有“卖方市场”，亦更有“买方市场”。在“买卖”双方看来，他们交易的内容绝对体现的都是王朝政治生活中的主旋律，晁端礼、毛滂等以词骤得政府重用，也都是明证。

## 二　毛滂、王安中的政治谀颂词

除上述大晟词人外，北宋徽宗朝大力创作政治谀颂词的还有毛滂、王安中等不曾在大晟府担任过职务的词人。

① 按：徽宗朝文人凭借谀颂词创作升官者，晁端礼并非特例。蔡絛《铁围山丛谈》卷二载：“有毛滂泽民者有时名，上一词，甚伟丽，而骤得进用。大观中有赵企道者，以长短句显，如曰：‘满怀离恨，付与落花啼鸟。’人多称道之，遂用为显官，俾以应制。会南丹纳土，企道之词曰：（词略）而鲁公深嘉之，然赵雅不乐以词曲进，公后不取焉。政和初，有江汉朝宗者，亦有声，献鲁公词曰：（词略）时两学盛讴，播诸海内。鲁公喜，为将上进呈，命之以官，为大晟府制撰使，遇祥瑞时时作为歌曲焉。”《铁围山丛谈》，中华书局1983年版，第27—28页。

② 唐圭璋编：《全宋词》，中华书局1965年版，第815页。

③ 参见蔡絛《铁围山丛谈》卷二，中华书局1983年版，第27—28页所载江汉事。

毛滂的生年，学界有诸多说法，参比诸说立论依据，以嘉祐元年（1056）一说较为可信。[①] 如此，则毛滂刚好与周邦彦同龄。元祐初，他曾得苏轼荐举，其《东堂集》卷六所附苏轼荐文云：

> 翰林学士、朝奉郎、知制诰兼侍读臣苏轼右：臣付睹新授饶州司法参军毛滂，文词雅建，有超世之韵；气节端厉，无徇人之意。及臣尝见其所作文论骚诗，与闻其议论，皆于时有用，今保举堪充文章典丽可备著述科。[②]

毛滂在自己人生的后期，却是以作词依附蔡京而进用。[③] 王明清《挥麈后录》又谓他曾被曾布所赏，布南迁，毛滂坐党与得罪，流落久之。后蔡京弟蔡卞镇润州，他又倾心事蔡卞惟谨。[④]《四库全书总目提要》谓“其素行儇薄，反复不常，至为妇人女子所讥，人品殊不足重。即集中所载酬答之文，亦多涉请谒干祈，不免脂韦淟涊之态”，“然平情而论，其诗有风发泉涌之致，颇为豪放不羁，文亦大气盘礴，汪洋恣肆”，“其词则情韵特胜”，“在北宋之末，要足以自成一家”。[⑤]

察毛滂200余首词作中，明显有政治抒怀意者20余首，其主题集中在

---

① 按：毛滂生年，学界至少有七种说法。陆侃如、冯沅君《中国诗史》认为可能生于1055年；唐圭璋《宋词四考·两宋词人先后考》认为生于1054年至1056年间；胡云翼《宋词研究》，周笃文《毛东堂行实考略》认为生于1064年；姜亮夫《历代人物年里碑传录》认为生于1065年；周少雄《毛滂生卒年考略》（《浙江师范大学学报》［社会科学版］1984年第4期）认为生于1060年；锐声《毛东堂生年考辨》（《江西师范大学学报》［社会科学版］1988年第1期）认为生于1057年；曹辛华《毛滂生年新考》（《文学遗产》2003年第3期）认为生于1056年，其说据毛滂诗文资料及其任宫祠时间等推断其生年，更有说服力。

② 毛滂：《东堂集》，文渊阁四库全书本。

③ （宋）蔡絛《铁围山丛谈》卷二：“大观政和之闲，天下大治，四夷向风，广州泉南请建番学，高丽亦遣士就上庠，及其课养有成，于是天子召而廷试焉。上因策之以《洪范》之义，用武王访箕子故事。高丽，盖箕子国也。一时稽古之盛，蹈越汉唐矣。昔我先人鲁公遭逢圣主，立政建事以致康泰，每区区其闲。有毛滂泽民者有时名，上一词甚伟丽，而骤得进用。”见《铁围山丛谈》，中华书局1983年版，第27页。

④ （宋）王明清《挥麈后录》卷七“毛泽民和蔡元度鸳鸯诗”条云：“毛泽民受知曾文肃，擢置馆阁。文肃南迁，坐党与得罪，流落久之。蔡元度镇润州，与泽民俱临川王氏婿。泽民倾心事之惟谨。一日家集，观池中鸳鸯。元度席上赋诗，末句云：‘莫学饥鹰饱便飞。’泽民即席和以呈元度曰：‘贪恋恩波未肯飞。’元度夫人笑曰：‘岂非适从曾相公池中飞过来邪？’泽民惭，不能举首。”

⑤ （清）永瑢、纪昀主编：《四库全书总目提要》，海南出版社1999年版，第807页。

以下两方面：

一是颂国家政治升平。《水调歌头·元会曲》，《清平乐·千叶芝》4首，《清平乐·绛河清》3首等均是此类作品。如《水调歌头·元会曲》云："九金增宋重，八玉变秦余。千年清浸，洗尽河洛见图书。一段升平光景，不但五星循轨，万点共连珠。"① 《清平乐·绛河清》3首其一云："绛河千岁，一照升平事。"其二云："银河秋浪，遥出昆仑上。忽变澄澜添碧涨，可道升平气象。"② 这类词咏颂太平盛世之象，思路、方法与大晟词人同类之作实无二致，夸张的比附中不乏歌功颂德之欢呼。

二是称颂政治人物。毛滂依附蔡京以作词进用，可见，其创作咏颂他人政绩的词作，并不能排除个人政治上的考虑，今所见毛滂词集中此类作品不少。有的是对受主政治辉煌前景的预期，如《小重山·宴太守张公内翰作》云："五月政当成，岩廊将去路，肯留行。"③《天香·宴钱塘太守内翰张公作》云"金銮恩异群彦"，又曰"望红日，长安殊不远，缓辔端门，青春未晚"④；有的是对受主治绩的赞美，如《玉楼春·赠孙守公素》云"七月政成如戏剧"⑤，《更漏子·和孙公素泛舟观竞渡》云"太守与民同乐"⑥；有的是对对方所获政治恩宠的称颂，如《八节长欢送孙守公素》云"名满人间，记黄金殿，旧赐清闲"⑦；《玉楼春》（我公两器兼文武）云"红颜绿发已官高，赤舄绣裳今仲父"。⑧ 这些词所赞颂的对象或为朝廷高官，或为地方要员，毛滂称颂他们不遗余力，有的词甚至连受主之子辈亦一并赞美。⑨ 尤其在祝寿词中，由于寿主身份特殊，作者所反映的谀颂情怀、政治攀附意图极为明显。如下面这首《绛都春·太师生辰》：

余寒尚峭。早凤沼冻开，芝田春到。茂对诞期，天与公春向廊

① 唐圭璋编：《全宋词》，中华书局1965年版，第661页。

② 同上书，第662页。

③ 同上书，第667页。

④ 同上。

⑤ 同上书，第670页。

⑥ 同上书，第667页。

⑦ 同上书，第679页。

⑧ 同上书，第675页。

⑨ 如《玉楼春》云："今朝何以为公寿，极贵长年公素有。庭阶不乏长芝兰，少翁又是廷臣右。　三能粲粲依魁秀。八柱巍巍蟠地厚。皇家卜册万斯年，年光长转洪钧手。"参见《全宋词》，第675页。

庙。元功开物争春妙。付与秾华多少。召还和气，拂开霁色，未妨谈笑。　缥缈。五云乱处，种雕菰向熟，碧桃犹小。雨露在门，光彩充闾乌亦好。宝熏郁雾城南道。天自锡公难老。看公身任安危，二十四考。[①]

类似的作品还有《清平乐·太师相公生辰》3 首等。这些词中，太师蔡京以一人之身而系国家安危的政治勋业、政治地位及人格风范等得到了最崇高的礼赞。此类抒情比之大晟词人并不逊色。

王安中字履道，熙宁八年（1075）生，元符三年（1100）进士。年轻时曾师从苏轼、晁说之。[②] 徽宗时历任中书舍人、御史中丞、翰林学士承旨等。后以谄事宦官梁师成等获进。[③] 又附和宦官童贯、大臣王黼，赞成复燕山之议，出镇燕山府。后又任建雄军节度使、大名府尹兼北京留守司公事。“靖康初，言者论其缔合王黼、童贯及不几察郭药师叛命，罢为观文殿大学士、提举嵩山崇福宫；又责授朝议大夫、秘书少监、分司南京，随州居住；又贬单州团练副使，象州安置。”[④] 王安中为人颇遭物议[⑤]，除

① 唐圭璋编：《全宋词》，中华书局 1965 年版，第 661 页。

② 按：曾敏行《独醒杂志》卷十称：“王覆道安中初学东坡书，后仕于崇观，宣政间，颇更少习。南渡以来，复还其旧。尝见其晚年所书，真得东坡笔法者。”又，孔凡礼《苏轼年谱》亦引周必大《平园续稿》叙王安中与苏轼定州交往云：“尚书左丞王公（王安中），世家是邦，博学工文词。年十六，即贡京师。后二年，坡至，奇之，公亦自谓得师也。明年，坡南迁，不能卒业。”《苏轼年谱》，中华书局 1998 年版，第 1125 页。

③ （宋）王明清《挥麈余话》卷二“王履道咏梁师成赐第”条载：“王履道初自大名府监仓任满至京师，茫然无所向，会梁师成赐第初成，极天下之华丽，许士庶入观，履道鬓两角，以小篮贮笔墨径入，就其新堂大书歌行以美之，末云‘初寮道人’，掷笔而出。主隶辈见其人物伟胜，词翰妙绝，众目叵测。时方崇道教，直以为神仙降临，不敢呵止，亟以报师成。师成读之，大喜，即令物色延见。索其他文，益以击节，荐之于上。不数年，登禁林，入政府，基于此也。”见王明清辑《挥麈录》，上海书店出版社 2001 年版，第 236 页。

④ （元）脱脱等：《宋史》卷三五二《王安中传》。

⑤ （宋）朱弁《曲洧旧闻》卷七：“王安中履道，中山无极人也。元符间，晁以道为无极令，时安中已登进士第。修邑子礼，用长笺见以道……其议论渊源与所闻见多得于以道，而作诗句法颇似山谷。以道弟之道后在北门与之同官，尤喜称誉之。然负才自标置，为梁才甫所阻，不得志。乃游京师，密结梁师成，遂年余两迁为正字，自是与晁氏兄弟绝矣。既长风宪，位丞辖，讳从晁学。王将明迫于公议，仅能用知成州。安中言出自已始，用简招以道相见，只呼成州使君四丈，无复曩时先生之号矣。平日交游，以此莫有称初寮者，但目为有初居士而已。”《笔记小说大观》第八册，江苏广陵古籍刻印社 1983 年版，第 138—139 页。

擅长作词外，诗与四六文亦甚得时名[①]，其词现存55首。

与上述晁端礼、毛滂等词人一样，王安中谀颂词主题也主要集中在咏颂太平政治、当政者治绩及歌颂皇恩等方面。如《安阳好》9首分别从讼闲人悄、人物风流、贵族世家、簪绂传家等方面写安阳当地治世升平之状。[②]《鹧鸪天·百官传宣》：

茜雾红云捧建章，鸣珂星使渡银潢。亲将圣主如丝语，传与陪都振鹭行。　香袅袅，佩锵锵，升平歌管趁飞觞。明时玉帐恩相续，清夜钧天梦更长。[③]

《征招调中腔·天宁节》：

红云茜雾笼金阙，圣运叶、星虹佳节。紫禁晓风馥天香，奏九韶、帝心悦。　瑶阶万岁蟠桃结，睿算永、壶天风月。日观几时六龙来，金缕玉牒告功业。[④]

《菩萨蛮·六军阅罢，犒饮兵将官》：

中军玉帐旌旗绕，吴钩锦带明霜晓。铁马去追风，弓声惊塞鸿。
分兵闲细柳，金字回飞奏。犒饮上恩浓，燕然思勒功。[⑤]

---

① （宋）陈鹄《耆旧续闻》卷六："本朝名公，四六多称王元之、杨文公、范文正公、晏元献、夏文庄、二宋、王岐公、王荆公、元厚之、王履道。……王安中履道，初任大名府元城县簿，吉甫一见奇之，未知其有文也。会熙河奏捷，履道代为贺表，云：'方叔壮猷，顾自嗟于老矣；皋陶赓载，尚希赞于康哉。'盖能发其微也。"又，王明清《挥麈录》卷二载："徽宗御制艮岳记，命李质、曹组为古赋并百咏诗，及诏王安中赋诗。"卷四亦载："徽宗宣和七年十二月二十一日，就睿谟殿张灯预赏元宵，曲宴群臣。命左丞王安中、中书侍郎冯熙载为诗以进。"王此次作了一首长达千字的五言诗进献。又《宋史》卷三五二《王安中传》云："安中为文丰润敏拔，尤工四六之制。徽宗尝宴睿谟殿，命安中赋诗百韵以纪其事。诗成，尝叹不已，令大书于殿屏，凡侍臣皆以副本赐之。其见重如此。"《耆旧续闻》，见《宋元笔记小说大观》，上海古籍出版社2001年版，第4787页。

② 《安阳好》组词参见唐圭璋编《全宋词》，中华书局1965年版，第751—752页。

③ 唐圭璋编：《全宋词》，中华书局1965年版，第747页。

④ 同上书，第750—751页。

⑤ 同上书，第746—747页。

类似的词作还有《御街行·赐衣袄子》、《临江仙·和梁才甫茶词》等，这类词无论抒情还是使用的意象基本没有超出他人同类词作范围，充斥着对皇恩浩荡的感激，对圣朝升平景象的欢呼。即使针对具体情事有感而发的词作，也不能完全避免对当政者的谀颂。

王安中谀颂政治人物的词作，以《绿头鸭·大名岳宫作》最为代表：

魏都雄，凤凰飞观云间。佩麟符、荀池元老，暂辞西省仙班。憩甘棠、地澄远籁，咏华黍、河卷惊澜。碧草萋迷，丹毫冷落，圜扉铃索镇长闲。绣筵展、三台星近，锵玉韵珊珊。金尊滟、新醅方荐，薄暑初残。　　政成时、欢余客散，后园朱户休关。度秋风、画阑枕水，挂夜月、雕槛骑山。锦帐笼香，鸾钗按曲，琵琶双转语绵蛮。劝行口、傍眉黄气，先报衮衣还。登庸际，应褒旧德，喜动天颜。[①]

王安中曾做过大名县主簿，洪迈《夷坚志·夷坚乙志》又载其政和初监大名府崇宁仓门。[②] 大名北宋时属河东路，本词开头所云“魏都”即指大名（战国时此地属魏国，秦朝为东郡，汉朝为冀州魏郡）。词中“麟符”，是指刻有麒麟的玉质符信，隋炀帝嘉樊子盖之功，特为造玉麟符，以代铜兽，表示殊遇。[③] 曾巩《人情》一诗亦曾用此典：“人情当面蔽山丘，谁可论心向白头。天禄阁非真学士，玉麟符是假诸侯。”“荀池”，典出《晋书》卷三九《荀勖传》。荀勖，字公曾，颍川颍阴人。勖久在中书，专管机事。改任“守尚书令”，甚罔罔怅恨。或有贺之者，勖曰：“夺我凤皇池，诸君贺我邪。”北宋著名文学家宋庠（宋祁之兄）有《出都赴郑作》一诗，其中即有“官借荀池旧，恩加汉节新”之句。“暂辞西省仙班”中的“西省”指中书省，唐代中书省因在大明宫宣政殿西侧，故又称西省、西掖。从此词开头这几句看，王安中所谀颂的对象绝非朝廷等闲之辈。《一落索》：

---

① 唐圭璋编：《全宋词》，中华书局1965年版，第746页。

② （宋）洪迈《夷坚志·夷坚乙志》卷十四《大名仓鬼》条载：“王履道左丞，政和初监大名府崇宁仓门，官舍在大门之内。一夕守宿吏士数十人，同时叫呼，声彻于外，左丞披衣惊起，一卒白云：‘有怪物甚可怖，公勿出。’乃伏屏间觇之。一大鬼跨仓门而坐，足垂至地，振膝自得，屋瓦皆动摇，少焉阔步跨出外，入李秀才家而灭，李生即时死。”

③ 《隋书》列传第二十八《樊子盖传》云：“帝顾谓子盖曰：‘朕遣越王留守东都，示以皇枝盘石；社稷大事，终以委公。特宜持重，戈甲五百人而后出，此亦勇夫重闭之义也。无赖不轨者，便诛锄之。凡可施行，无劳形迹。今为公别造玉麟符，以代铜兽。’”

> 欲访瑶台蓬岛，烟云缥缈。清游却到凤皇池，听檀板、新声妙。天上除书催早。人瞻元老。东风烟柳罩河堤，更何处、深春好。①

既云“人瞻元老”，则所颂者亦自非朝廷重臣莫属。这在蔡京当权时期，王安中此类词作，对后人了解当时政治生态及文人从政心态都是有帮助的。

实际上，毛滂、王安中词之政治抒情并不仅限于政治谀颂一面。如，王安中《北山移文哨遍》一词，一定程度上表达了他疏离政治名利的思想。毛滂词也多写自己天涯薄宦、仕路偃蹇无成的感慨。如他的《水调歌头·拟饶州法曹掾作》以金马门及东方朔之典，言政治努力成空而寄予无限幽愤②；《点绛唇》（秀岭寒青）云：“叹我平生，识尽闲滋味。来闲地。为君一醉，万事浮云外。”③《菩萨蛮》（恰则小庵闲睡着）云：“守定微官真个错，从今莫，从今莫负云山约。”④《菩萨蛮》（鬓底青春留不住）云：“功名薄似风前絮”。⑤《浣溪沙》则如此写道：

> 本是青门学灌园，生涯浑在乱山前。一犁春雨种瓜田。　别后倩云遮鹤帐，来时和月寄渔船。旁人莫做长官看。⑥

这类词与前述作者政治谀颂词在抒情性质上形成了极大反差，二者结合起来看，北宋后期底层官员从政的真实心态于此有较为真实的反映。

① 唐圭璋编：《全宋词》，中华书局1965年版，第749页。
② 同上书，第674页。
③ 同上书，第684页。
④ 同上书，第686页。
⑤ 同上。
⑥ 同上书，第666页。

# 第五章　北宋词政治抒情的艺术特点

本章讨论北宋词政治抒情的艺术实现问题，主要包括抒情载体使用及表现手法选择等。题材，反映着北宋词政治抒情的视角，它也影响到表现手法的选择；意象，在抒情文学中是承载情感的基本单元；而无论题材还是意象，它们最终都要在艺术表现形式的经纬中完成其抒情使命。故本章以这三个方面作为讨论重点。

## 第一节　抒情题材的多样化

北宋词承载政治抒情内容的作品，在题材选择有何独特之处？各类不同题材在抒情上又呈现出什么特点？这既是北宋词政治抒情写什么的问题，同时又是一个怎么写的问题。

宋词题材领域丰富广阔。北宋时就已经有词人注意依据不同题材而将作品予以分类。王灼《碧鸡漫志》卷二说："雅言（万俟咏，字雅言）初自集分两体，曰雅词，曰侧艳，目之曰《胜萱丽藻》。后召试入宫，以侧艳体无赖太甚，削去之。再编成集，曰应制，曰风月脂粉，曰雪月风花，曰脂粉才情，曰杂类。"至南宋，由黄大舆整理、成书于高宗建炎二年（1128）而专收唐至南宋初咏梅词的《梅苑》，即为依题材类型编纂词体文学的典型；南宋初人张抡将其所撰《道情鼓子词》百首作品分按春、夏、秋、冬、山居、渔父、酒、神仙等类型编排，其所体现的题材类型意识亦相当明显；南宋中期，陈元龙在《分类集注周美成〈片玉集〉》中将周邦彦词也按春、夏、秋、冬四景及单题（柳、花、怀古、节令）、杂赋（恋情、羁旅、感伤）分类。所以，不同题材类型在抒情中的作用宋代词人本身就是有所认识的。那么，讨论北宋词政治抒情类作品抒情特点，当然不可以忽略对其题材选择的考察。虽然迄今还未有人对北宋词政治抒情作品所涉及题材有过专门分类，然这个工作即使现在做起来似乎也并不复杂。因为，至少有以下几类题材在北宋词政治抒情中就显出了其独特的意义，北宋词政治抒情作品题材之丰富多样于此亦可见一斑。

## 一　咏物

许慎《说文解字》释“物”云：“物，万物也。牛大为物，故从牛。”又释“咏”云：“歌也，从言永声。”徐铉笺“咏”云：“咏之言短长，长声而歌之，所谓声依永也。”[①] 咏、物二字作为一个词汇出现，据王文进考证，最早见于《诗品》中“许长于短句咏物”这句话。[②] 由此见“咏物”这一概念的真正形成，论时间并不算早。然具体考察抒情类文学作品创作，则咏物作品之产生可直追《诗经》时代。《诗经》中的部分篇章，如《桧风·隰有苌楚》、《鲁颂·駉》等，已俨然后世咏物诗的面目。到《楚辞》中，虽然物在诗人笔下仍然主要发挥着“依诗取兴，引类譬喻”之作用，然像《橘颂》这样的作品，诗人咏物而意在显志的抒情目的仍相当清楚。至有论者指出：“使屈原成为千古第一个揭出‘个人色彩’的大诗人，是他那篇《离骚》。而这篇小小的《橘颂》却使他成为中国‘咏物’诗人之祖。”[③]

两汉时期，屈原《橘颂》式的作品虽不多见，然咏物的精神仍在继续承传，刘桢《赠从弟》诗即为显例，该诗（《赠从弟》第二首）以咏松树不畏严寒的本性，寄托对坚贞节操的认同与追求，其中显见屈子咏物范式。六朝，可算是咏物文学大发展阶段，曹植《斗鸡篇》、繁钦《咏蕙诗》、袁山松《菊诗》、孔绍安《落叶》、陆机《园葵》、鲍照《梅花落》等都是以咏物而寓情托志的好作品。不过，此期的咏物，仍多着眼于“期穷形以尽相”。正如刘勰所云：“自近代以来，文贵形似，窥情风景之上，钻貌草木之中。……体物为妙，功在密附。故巧言切状，如印之印泥，不加雕削，而曲写毫芥；故能瞻言而见貌，即字而知时

① （汉）许慎：《说文解字》，中华书局1963年版，第53页。

② 按：王云此词“最早见于《诗品》下品评许瑶之条下‘许长于短句咏物’”，见蔡英俊《中国文化新论》，生活·读书·新知三联书店1992年版，第140页。

③ 李贞元：《论屈原〈橘颂〉》，载柯庆民、林明德主编《中国古典文学研究丛刊·诗歌之部（一）》，台湾巨流图书公司1977年版，第60页。

也。”[①] 隋唐五代时期，咏物之作以数量言，远远超过了前代。据胡大浚、兰甲云先生考证，《全唐诗》中的咏物诗多达6000余首，其中近接五代与北宋的晚唐诗，其咏物之作即占到整个唐咏物诗一半以上。[②] 而唐五代词中的咏物作品，据论者统计亦超过了250首。[③] 在这个庞大的咏物作品群中，托意遥深之作自占到相当比例，其艺术质量之高亦不在话下。

显然，如果说源远流长的中国文学之咏物传统，是北宋词政治抒情作品形成其托物见意创作特色之远源的话，那么，唐五代词中的咏物题材作品则是其近流。从咏物词发展的历史看，唐五代至北宋，完全一脉相承。因为它们体现的是同体裁内部文学作品艺术经验的继承关系，所以，唐五代词中那些以物见志、借物托志作品，于北宋词以咏物而抒发政治情怀言，无疑会产生更深远的影响。如敦煌词中的一首《生查子》词云：“三尺龙泉剑，匣里无人见。落雁一张弓，百只金花箭。　　为国竭忠贞，苦处曾征战。未忘立功勋，后见君王面。”[④]《酒泉子·咏马》：“红耳薄寒，摇头弄耳摆金辔，曾经数阵战场宽，用势却还边。　　入阵之时，汗流似血，齐喊一声而呼歇。但则收阵卷旗幡，汗散却金鞍。”《酒泉子·咏剑》：“三尺青蛇，斩新铸就锋刃刚，沙鱼木霸用银装，宝见七星光。　　曾经长蛇偃月阵，一遍离匣神鬼怕。鸿门会上佑明王，胜用一条枪。”类似作品还有《浣溪沙》（海燕喧呼别渌波）之借咏燕而抒不忘旧主恩情；《生查子》（一树涧生松）借咏松而颂忠良之士堪为君王所用等。这些词虽然还谈不上抒情深婉，然其以咏物而抒发政治情志的艺术角度，几乎完全可看作北宋词政治抒情走“咏物”一路的先声。

北宋词政治抒情作品中的咏物一类，其重在表意而非以穷形尽相之法使“物”得以呈现，这一点是清楚的。总体看，出现于作品中的物，所起

---

① 周振甫：《文心雕龙今译》，中华书局1986年版，第417页。

② 胡大浚、兰甲云：《唐代咏物诗发展之轮廓与轨迹》，《烟台大学学报》1995年第2期。

③ 按：据许伯卿对曾昭岷、曹济平、王兆鹏、刘尊明四先生所编《全唐五代词》的统计，敦煌词正编（199首）、副编（434首）各有咏物词20首和6首，共26首，占敦煌词总数的4.11%，题材涉及19种具体事物；唐词正编（355首）、副编（174首）各有咏物词83首和81首，共165首，占唐词的31.19%，题材涉及27种具体事物；五代词正编（689首）、副编（70首）各有咏物词55首和24首，共79首，占五代词的10.41%，题材涉及24种具体事物。以上见许伯卿《宋词题材研究》，中华书局2007年版，第118页。

④ 曾昭岷、曹济平、王兆鹏、刘尊明编：《全唐五代词》，中华书局1999年版，第920页。

的作用有以下两方面。

其一，物作为沟通事的桥梁存在。作者借助对物及涉物之事的吟咏，达到由物及事、由事及政，并进而评判现实政治，抒发政治情怀之目的。北宋词政治抒情作品中存在的这类以“物”作为生发情绪之点，而导向吟咏更为广阔政治领域人事活动的创作思路，正可体现宋词取材不同于诗歌的“狭深”特色。

典型者如欧阳修的《浪淘沙》：“五岭麦秋残，荔枝初丹，浆纱囊里水晶丸。可惜天叫生远处，不近长安。　往事忆开元，妃子偏怜。一从魂散马嵬关，只有红尘无驿使，满眼骊山。”① 词咏荔枝，却不从荔枝自然属性着笔，而是把荔枝与“妃子”之“偏怜”及其“魂散马嵬关”相联系，与唐代的腐败政治及社会动乱相联系，其批判当政者穷奢极欲，忧虑、警醒当代治政者之用心不言自明。

同样以咏荔枝而抒发政治感怀的词，又如黄庭坚的《浪淘沙·荔枝》：

> 忆昔谪巴蛮，荔枝亲攀。冰肌照映柘枝冠，日擘轻红三百颗，一味甘寒。　重入鬼门关，也似人间，一双和叶插云鬟。赖得清湘燕玉面，同倚栏干。②

词人回忆自己贬谪黔南时节，曾被荔枝“冰肌照映柘枝冠”的形貌所打动，又被其甘寒之味倾倒，以至“日擘轻红三百颗”。而遇赦北归后，重入鬼门关，因为又看到了熟悉的荔枝，便大有刘禹锡“前度刘郎今又来”之感。他说我要插荔枝之枝叶于鬓边，依赖它清湘之资焕发出自己未老容颜。词吟咏的是荔枝，却把作者不同时空场景中的心态作了折映。他凸显自己贬谪中“荔枝亲攀”及遇赦归来“一双和叶插云鬟”之举动，流露出的乃是蔑视小人诬陷、不屈于政治打击的精神气质。

施补华《岘佣说诗》云：“咏物诗必须有寄托，无寄托而咏物，试贴体也。少陵《促织》诸篇，可以为法。”③ 此虽说诗，于词亦通，而北宋那些创作政治抒情作品的词人看起来亦深谙此理。他们笔下所咏之物，

① 唐圭璋编：《全宋词》，中华书局1965年版，第141页。

② 同上书，第404页。

③ 参见丁福保编《清诗话》，上海古籍出版社1978年版，第776页。

往往并非形质磈磊的庞然大物，而多为生活中与人关系密切的“小小”物。① 借“小小”物而抒发不愿明言，甚至难以言传的政治情怀，正是以小见大艺术手法的成功运用。本书前引苏轼《虞美人·琵琶》一词的抒情就是这样。琵琶本是一“小小”物，然苏轼却明里暗里不仅以之贯穿了两个时代，而且更以琵琶之“几度新声改”，将他于时代政治变革的痛彻感怀深寓其中。似为咏物，实则记事，似为记事，实则论政，其政治抒情之意就在这样的咏琵琶、怀念“定场贺老”感叹中得以婉达，而琵琶本身在作者抒情中所起的“桥梁”作用实在清楚不过。再看蔡襄的《好事近》：

瑞雪满京都，宫殿尽成银阙。常对素光遥望，是江梅时节。如今江上见寒梅，幽香自清绝。重看落英残艳，想飘零如雪。②

北宋词人中，似蔡襄这样在一首作品中连咏两物的情况并不多见。词上片咏雪，下片咏梅。咏雪，以梅作衬；写梅，以雪为喻。雪、梅，作为抒情纽带既相互映衬，又互为过渡的“桥梁”。最终，读者必会发现，无论雪还是梅，实则都非作者抒情属意之核心。作者的目的，是要在时空跳跃中，引导读者实现由物及事的对接，引导读者体会咏物场景转换背后所隐伏的其人生漂荡、仕宦流落的情感状态。因为其于“物”之状写中打入的那份忧伤哀婉的情愫特别动人，所以，全词尽管写两物回环复踏，而并不觉单调累赘。相反，作者在不同政治境遇中情感的落差及坚守政治节操的品性，倒表现得极为深切。

其二，从物本身出发，寻找物与人之间某种关联，以实现物对人的象征与比附。这类词中的物，其抒情作用，类似于屈原笔下“香草美人”。苏轼曾这样说：

诗人有写物之功。“桑之未落，其叶沃若。”他木殆不可以当此。

① 按：沈德潜云：“咏物，小小体也，而老杜《咏房兵曹胡马》则云‘所向无空阔，真堪托死生’，德性之调良，俱为传出。郑都官《咏鹧鸪》则云‘雨昏春草湖边过，花落黄陵庙里啼’，此又以神韵胜也。彼胸无寄托，笔无远情，如谢宗可、瞿佑之流，直猜谜语耳。”参见丁福保编《清诗话》，上海古籍出版社1978年版，第550—551页。此处借用沈氏之“小小”一词，以说明咏物体作品以小见大的特点。

② 唐圭璋编：《全宋词》，中华书局1965年版，第197页。

林逋《梅花》诗云："疏影横斜水清浅，暗香浮动月黄昏。"决非桃、李诗。皮日休《白莲》诗云："无情有恨何人见，月晓风清欲堕时。"决非红莲诗。此乃写物之功，若石曼卿《红梅》诗云："认桃无绿叶，辨杏有青枝。"此至陋语，盖村学中体也。①

这实际上提出了诗人写物必从物本身出发，寻找物之特性与人自身生命体验间切合点的问题。作者咏物不能沉滞于状形写貌，而必将物作为一个独立的生命个体予以展现。这样，独立于抒情主体之外而富于生命活力的"物"之个体，自然就具有了人格特点。这正是借物托意之作所要达到的象征、比附之效果。

如北宋词中为数不少的咏梅词，作者就是通过对梅以人格化的审美观照，从中发现其与抒情主体精神品格间所存在的异质同构关系，进而达到托意于物的抒情目的。这种情况下，因有主体情感投射其中，咏物，实即咏人。试看晁补之的咏梅词《盐角儿·亳社观梅》：

开时似雪，谢时似雪，花中奇绝。香非在蕊，香非在萼，骨中香彻。　　占溪风，留溪月。堪羞损、山桃如血。直饶更、疏疏淡淡，终有一般情别。②

通篇写梅，并无一句及人。然我们看作者咏梅，只紧扣梅之来去保持质地洁白、"骨中香彻"且自守寂寞的精神节操展开，就知道他不是在单纯咏物。晁补之在北宋中后期激烈党争中走向苏门，直至在严酷党禁中被夺官闲居，他也并不曾向当权派表示一丝奴颜与媚骨（这与他的叔父晁端礼及外甥叶梦得形成巨大反差），他笔下的梅，正是其政治人格的真实写照；而咏梅，亦实为他处政治患难中的自明心志之笔。落职乡居中，他曾说："儒冠成自误，归去无屋瓦。赖逢里中贤，筑室各萧洒。及时秫麦贱，樽酒得同把。……而我独迂疏，通人所讥骂。正赖觞咏中，得意自陶写。……人生形骸累，未免俗情诈。此理岂外求，犹烦詹尹卦。清风穆然在，如渴啖甘蔗。况我自散材，谷口躬耕者。……功名与道义，熊掌偕鱼

① （宋）苏轼：《苏东坡全集·苏东坡文集》，珠海出版社 1996 年版，第 1704 页。

② 唐圭璋编：《全宋词》，中华书局 1965 年版，第 559 页。

炙。二事良难兼，夫子贤点也。”① 以这样的精神直面政治挫折，他自然会在赞梅之“疏疏淡淡”时，不忘把它和“堪羞损”的山桃之艳丽招人进行比较。实际上，晁补之除这首咏梅词外，他还写有《江神子·亳社观梅呈范守、秦令》、《行香子·梅》、《洞仙歌·梅》、《万年欢·梅》、《生查子·梅》等十几首咏梅、咏菊花词篇。李调元《雨村词话》卷二云：“各家梅花词不下千阙，然皆互用梅花故事缀成，独晁无咎补之不持寸铁，别开生面，当为梅花第一词。”晁补之笔下的咏梅词明显比同时代人多，这与他独特的仕宦身世及亲属中有人因投靠权臣而宦途腾达的社会背景大概不无关系②，这一点，李调元并没有点破。

不仅晁补之，放眼整个北宋，梅的发现并被普遍咏颂，似乎与政坛党争中君子、小人之辨有莫大关系。政坛“小人”当然无人格水准可言，然究竟谁是“小人”，终北宋一代，也似乎一直是个难解的论题。当权派指责反对派为“小人”，而被指为朋党“小人”的“在野”一群，虽身受打击、贬谪，然对“小人”、“奸党”的身份他们并不认同。这种情况下，欺霜傲雪、清奇不群的梅花自是他们励己明志之首选吟咏对象。苏轼、黄庭坚、秦观等遭贬后，都有咏梅或涉梅词问世，而王安石一生在其政治浮沉中爱梅咏梅，在北宋更罕有其比，而同属新党词人的舒亶放废之后也有数首咏梅之作传世，可见咏梅与词人抒写自我政治情志的密切关系。

“咏物之作，在借物以寓性情，凡身世之感，君国之忧，隐然蕴于其内，斯寄托遥深，非沾沾焉咏一物矣。”③ 实际上不徒梅花，自然界人们所熟识之物，只要抒情者认定它内在精神上存在某种可与人比附的性质，这样的物似乎都可进入抒情者笔下。北宋词政治抒情作品中所咏之物，除植物类的梅花外，还有动物类的燕子、鸿雁，甚至棋类娱乐工具也进入词人笔底。陈尧佐《踏莎行》咏燕云：

---

① （宋）晁补之：《即事一首次韵祝朝奉十一丈》，见《全宋诗》卷一一二三，北京大学出版社 1991 年版，第 12769 页。

② 按：晁补之外甥叶梦得曾是蔡京策划党人碑事件的得力助手，而他也因投靠蔡京骤得美官。当时甚至有人作词时亦提及此事。如葛胜仲一首《浣溪沙》词直接题为“少蕴内翰同年宠速，且出后堂，并制歌词侑觞，即席和韵二首”，其一首《临江仙》词亦题为“少蕴内翰同年宠速，遣妓隐帘吹笙，因成一阕”。以上见唐圭璋编《全宋词》，中华书局 1965 年版，第 720、721 页。

③ （清）沈祥龙：《论词随笔》，张璋等编：《历代词话》本，大象出版社 2002 年版，第 1849 页。

> 二社良辰，千家庭院，翩翩又见新来燕。凤凰巢稳许为邻，潇湘烟暝来何晚。　乱入红楼，低飞绿岸，画梁时拂歌尘散。为谁归去为谁来，主人恩重珠帘卷。①

释文莹《湘山野录》载此词写作背景云：

> 吕申公累乞致仕，仁宗眷倚之重，久之不允。他日，复叩于便坐。上度其志不可夺，因询之曰："卿果退，当何人可代?"申公曰："知臣莫若君，陛下当自择。"仁宗坚之，申公遂引陈文惠尧佐曰："陛下欲用英俊经纶之臣，则臣所不知。必欲图任老成，镇静百度，周知天下之良苦，无如陈某者。"仁宗深然之，遂大拜。后文惠公极怀荐引之德，无以形其意，因撰《燕词》一阕，携觞相馆，使人歌之曰（词略）。申公听歌，醉笑曰："自恨卷帘人已老。"②

为感谢申国公吕夷简政治援引之恩德，陈尧佐采用了咏物托意的比兴、暗喻形式，以燕子自喻，寄寓感恩心情。词看起来句句写物，实则字字写人。这种代燕子立言以感激主人的比兴形式，收到了极好的艺术效果。

以咏物自抒其情，有时甚至会达到物我难分之境地，苏轼《卜算子·黄州定惠院寓居作》即为典型一例。此词中孤鸿，作者既写它"惊起却回头，有恨无人省"的"幽人"般恐慌不安的精神世界，又以其"拣尽寒枝不肯栖"写它的超凡脱俗。这样的折映着抒情主体生命力量的杰作，完全达到了物我合一的境界。故被清人黄氏《蓼园词评》赞为"语语双关，格奇而语隽，斯为超诣神品"。

## 二　咏史

咏物多从现实生活中撷取承载情感的素材，而咏史则是把目光投向历史。文学中的咏史，是指以历史人事为吟咏、议论对象，借以抒情达志的

---

① 唐圭璋编：《全宋词》，中华书局1965年版，第5页。

② （宋）文莹：《湘山野录》，施蛰存、陈如江编：《宋元词话》，上海古籍出版社1999年版，第11页。

体式。①

中国诗词文学咏史的历史可以说源远流长。有论者认为“我国‘咏史诗’是在诗歌用事用典的基础上产生并发展起来的”②，这个说法并不确切。中国古代咏史诗的源头在《诗》《骚》里，已为学界所公认。《诗经·大雅》中的《生民》、《公刘》、《绵》、《皇矣》、《大明》五篇史诗，分别记述咏赞了周人的起源及周代先人的英雄业绩，如后稷的诞生及其对周人农业的贡献，公刘、古公亶父率领周人迁徙创业，文王、武王推翻商人统治的斗争等，这当属中国较早的咏史之作。楚辞时代，屈原也述及不少历史人物与事件，如其《离骚》云“昔三后之纯粹兮，固众芳之所在。杂申椒与菌桂兮，岂维纫夫蕙茝。彼尧舜之耿介兮，既遵道而得路。何桀纣之猖披兮，夫唯捷径以窘步”，这就是典型的咏史片段，至朱自清甚至说：“咏史、游仙、艳情、咏物……这四体的源头都在王注《楚辞》里。”③

到了汉代，班固的这首咏缇萦救父故事的《咏史》诗经常被人们提到：

---

① 按：咏史的概念界定，是一个看似简单而实际上颇为复杂的问题。唐人吕延济在《文选·咏史诗》之评语中认为，咏史当是“览史书，咏其行事得失，或自寄情”。清人何焯《义门读书记·文选》第二卷评张景阳《咏史》云：“咏史者，不过美其事而咏叹之。隐括本传，不加藻饰，此正体也，太冲多摅胸臆，乃又其变。”袁枚《随园诗话》卷十四云：“咏史有三体：一借古人往事抒自己之怀抱，左太冲之《咏史》是也；一为櫽括其事而以咏叹出之，张景阳之《咏二疏》，卢子谅之《咏蔺生》是也；一取对仗之巧，义山之‘牵牛’对‘驻马’、韦庄之‘无忌’对‘莫愁’是也。”清人方熏云：“咏史诗今人皆杂议论。前人多有案无断之作，其讽刺劝（笔者按：原文如此，疑脱一字），意在言外，读者自得之耳。”清人冒春荣亦云：“咏史不必专咏一人，专咏一事，己有怀抱，借古人事以抒写之，斯为千古绝唱。”“五四”后，有论者将咏史归之比体诗者，朱自清先生即持此论。他说：“《楚辞》的‘引类譬谕’实际上形成了后世‘比’的意念。后世的比体诗可以说有四大类：咏史、游仙、艳情、咏物。咏史之作以古比今，左思是创始人。”（《朱自清说诗》，上海古籍出版社 1998 年版，第 83 页）今人也有对咏史的概念予以具体归纳者，如陈文华在《论中晚唐咏史诗的三大体式》（《文学遗产》1989 年第 5 期）一文中界定咏史诗概念云：“在中国古典诗歌中，凡是以某一个（或某几个）历史人物或事件为题材，对之进行歌咏、评论，借以抒泄感情，发表见解的诗歌，皆可称为咏史诗。”本书关于咏史的概念界定，即取此说。另，与咏史相近的还有怀古，这本是两个有区别的概念（详见李世忠《咏史怀古辨异》，载《唐山师范学院学报》2006 年第 4 期），但因它们都以“古”为吟咏对象，为便于行文，本节不对它们进行区别而均以咏史处理。

② 张自新：《咏史诗发展初探》，《中国人民大学书报资料中心复印报刊资料》1990 年第 9 期。

③ 朱自清：《朱自清说诗》，上海古籍出版社 1998 年版，第 84 页。

> 三王德弥薄，惟后用肉刑。太苍令有罪，就递长安城。自恨身无子，困急独茕茕。小女痛父言，死者不可生。上书诣阙下，思古歌鸡鸣。忧心摧折裂，晨风扬激声。圣汉孝文帝，恻然感至情。百男何愦愦，不如一缇萦。①

中国社会科学院文学研究所主编的《中国文学史》论此诗云：

> 从现存的汉代文人五言诗看来，班固的咏史诗是最早的一首，写汉文帝时孝女缇萦为赎免父亲刑罚请求没身为奴的故事。这首诗只是老实的叙述事实，缺乏形象性。所以钟嵘《诗品序》评为“质木无文”。说明文人使用这一新体还不熟练，不能免于粗糙。②

这个评价是中肯的。不过，班固这首咏缇萦救父事迹诗之诞生，在文学作品“咏史”的历史上，意义非同小可。首先，它是诗歌史上第一首以《咏史》题名的咏史诗，它的问世也就意味着“咏史”这一诗体的正式诞生；其次，它也为后人创作咏史体作品，树立了范式。因为班固《咏史》不光是“老实的叙述事实”，实际也寄托了他自己锒铛入狱后无人救助之感怀。钟嵘即明确指出：“孟坚才流，而老于掌故。观其《咏史》，有感叹之词。”③ 这就启示后人：咏史，必以追叙或复述史实为基本方面；同时，诗不是史，叙史事不是咏史真正目的。咏史的旨归，乃完全在于寄托诗人自己的怀抱。

班固以后，至汉末建安时期，咏史领域又有曹操《短歌行》（周西伯昌）、《度关山》、《善哉行》诸作问世。曹操借古圣先贤事迹说理论时，其所贯注的壮志雄心与气势文采已较班固据事直书、“质木无文”的咏史有所不同。然如《短歌行》④ 之作，因叙议交杂，论理多而抒发情志少，故仍存在着堆砌史实、诗味太少而提炼不足的缺点。曹操之后，又有曹丕《煌煌京洛行》（夭夭园桃）、曹植《三良诗》，王粲、阮瑀等题为《咏史》的诗篇及阮籍《咏怀》八十二首中的一些篇章。这些诗多继承的仍是班固

① 逯钦立编：《先秦汉魏晋南北朝诗》，中华书局1983年版，第170页。

② 中国社会科学院文学研究所编：《中国文学史》，人民文学出版社1962年版，第204页。

③ 徐达：《诗品全译》，贵州人民出版社1990年版，第127页。

④ 逯钦立编：《先秦汉魏晋南北朝诗》，中华书局1983年版，第384页。

范式，即咏史一诗咏一事，且多所叙事。不过，毕竟有了前人创作经验的积累，此期咏史诗之诗味遂逐渐浓厚，情感、气象、文采也比较生动起来了。试看阮籍一首《咏怀》诗：

> 周郑天下交，街术当三河。妖冶闲都子，焕耀何芬葩。玄发发朱颜，睇眄有光华。倾城思一顾，遗视来相夸。愿为三春游，朝阳忽蹉跎。盛衰在须臾，离别将如何。[①]

周、郑的国都是天下要冲，它们的街道也是三川郡的中心，打扮漂漂亮亮的花花公子们何其显赫众多，从这诗歌的前几句就可以看出作者情绪的饱满。阮籍父子两代做魏臣，逢魏晋易代之际，他的处境当然是凄苦的，所以该诗后半部就多了诗人自己的抒情。

西晋左思《咏史》八首，在咏史体作品发展历史上是又一个亮点。这组诗精心选择史料并加以高度概括，作者将自己不为世用的政治悲怀熔铸诗中，把历史的现象、经验与个人的现实遭遇、情感体验成功结合在一起，咏史抒怀，借古喻今，获得了后人高度评价。胡应麟《诗薮》卷二称其“造语奇伟，创格新特，错综震荡，逸气干云，遂为古今绝唱”；陈祚明《采菽堂古诗选》卷十一亦云其“创成一体，垂式千秋”；沈德潜《说诗晬语》甚至两次论及左思，其一云：“左太冲拔于众流之中，胸次高旷，而笔力足以达之，自应尽掩诸家。”[②] 其二云：“太冲《咏史》，不必专咏一人，专咏一事。己有怀抱，借古人事抒写之，斯为千古绝唱。后人粘着一事，明白断案，此史论，非诗格也。”[③] 至当代学者亦认为左思“开创了咏史诗借咏史以咏怀的新路，成为后世诗人效法的范例，这是他对中国诗歌史的独特贡献”。[④] 咏史体文学因有了这些探索和发展，到梁代萧统编辑《文选》时，首开“咏史”一条，列出咏史诗21首，分属九位诗人。虽说不能全面反映魏晋南北朝时期咏史诗的创作情况，但至少表明，作为一种文学题材门类，咏史，人们对它创作的格式与类属特点的认定此时已基本完成。

---

① 逯钦立编：《先秦汉魏晋南北朝诗》，中华书局1983年版，第501—502页。

② 丁福保编：《清诗话》，上海古籍出版社1978年版，第531页。

③ 同上书，第550页。

④ 袁行霈主编：《中国文学史》，高等教育出版社2002年版，第58页。

唐五代是咏史体文学走向成熟与繁荣的时期，仅《全唐诗》中的咏史之作即达两千余首，咏史诗人群体几乎覆盖了唐代所有著名诗人。咏史题材作品表识见、言志向、咏胸怀、抒感情，举凡历史上有影响的人事活动，咏史诗几乎都有涉及；咏史作品的主题也与时代政治的变化紧密关联，包括了咏颂、悲悯、批判等诸多与现实政治相关的方面。故咏史一体，在唐代可以说就是文学作品中政治抒情性最为浓郁的文学体式。

咏史词正是在咏史诗发展基础上产生、发展的，其起步即在质量上比咏史诗高自不难理解。相传为李白所作的《忆秦娥》，一出现在词坛，便不同凡响。此词风格凄婉流丽又有历史凝重感，将伤别与吊古联系，将个人的政治忧愁融入历史的忧愁之中抒写，其被论者誉为“千古词家之祖”，实非浪得虚名。至五代战争频仍、社会瓜分豆剖时期，花间词人虽多沉溺于绘声写色，然于咏史词创作亦有筚路蓝缕的开启之功。牛希济《临江仙》（峭碧参差十二峰），被李冰若评为“芊绵温丽极矣，自有凭吊凄凉之意，得咏史体裁”。[①] 韦庄《河传》（何处烟雨）直指隋炀帝乘船南游江都之本事，慨叹中隐含讥意，被陈廷焯评为：“苍凉，《浣花集》中此词最有骨。”[②] 李冰若也认为此词“以古今愁三字结之，化实为空，以盛映衰，笔极宕动空灵”。除这二位外，鹿虔扆、毛熙震、孙光宪、牛峤、欧阳炯等也均有咏史之作问世。尤其欧阳炯的《江城子》（晚日金陵岸草平），凭吊六朝繁花消歇，暗寓政治悲愁，这是词体文学中出现的吟咏金陵史事较早之作品。

从以上咏史文学发展线索的简略勾勒可见，咏史，几乎一无例外，都与政治抒情相关。北宋咏史词，正是在这样的写作范式与抒情传统中诞生的。从艺术表现角度看，北宋词政治抒情中的咏史一体，有以下特色：

其一，咏史而不滞于史，史实在写景状物中虚化而仅成为诱发抒情主体政治感怀的引子。试看宋代第一阕以六朝兴亡为题材的咏史词《离亭燕》：

一带江山如画，风物向秋潇洒。水浸碧天何处断，翠色冷光相射。蓼岸荻花中，隐映竹篱茅舍。　天际客帆高挂，烟外酒旗低

① 李冰若：《花间集评注》引宋人仇远语。《花间集评注》，人民文学出版社 1993 年版。

② （清）陈廷焯：《云韶集》，参见孙克强、杨传庆点校整理《〈云韶集〉辑评（之一）》，《中国韵文学刊》第 24 卷第 3 期（2010 年 9 月），第 47 页。

迓。多少六朝兴废事，尽入渔樵闲话。怅望倚危栏，红日无言西下。[①]

金陵城作为六朝时期著名古都，曾盛极一时。然它又是亡国之都，宋前诗人于之曾广为吟咏。[②] 本词上片写金陵秋景，形似壮丽“潇洒”，实则于“水浸碧天”、“翠色冷光”及“蓼岸荻花”中传达出一幅萧索、冷清之景，为下片之回顾此地史事定下了基调。按理，下片就该以叙史事为主并生发议论绾结全篇，然作者却没有按照这个思路写下去。下片开始，他接上片视角，继续写景，不过重点却转到了“客帆”及“酒旗”描绘上。客帆高挂突出人在旅途，酒旗低迓暗示羁旅存忧。在作了这些渲染后，再笔锋一转，触及此地史事。所以说“触及”，因为他并没有展开去叙述，而只概括为“多少六朝兴废事，尽入渔樵闲话”，此即咏史而不滞于史实叙述的虚化处理方式。六朝兴废之事，本是一个宏大话题，其涵盖的史实可道者多，然作者却一语带过，并不作展开。因为人们于这一段史实一般都是熟悉的，质实概括，反觉累赘，故作者采取了上片写萧索之静景以暗示、下片写客帆高挂、酒旗低迓等淡漠之动景以点染的虚化处理办法。而作者对历史及现实政治的评价于“渔樵闲话”及结尾处“怅望倚危栏，红日无言西下”之白描中亦可一览无余。

以咏金陵而成为宋词名篇的王安石之《桂枝香·金陵怀古》，其创作思路与上述张昪《离亭燕》实无二致。不同的是，张词是以冷落萧索之景，状金陵政治败亡往事引发的沉郁忧愁之情，而王词则是以登临送目所见之雄伟壮美之景，衬托他由此地“悲恨相续”之历史往事及现实中商女“时时犹唱，后庭遗曲”之象所引发的政治忧患意识。就对史事的虚化处理而言，王词因为篇幅长过张词，所以，他也就更有机会列举“门外楼头、悲恨相续”这样的典型场景以充实他所感叹的“荣辱”之内涵。总的来说，以物景描写作为引导读者跨越古今之桥梁，把对历史的评价及情怀

① 唐圭璋编：《全宋词》，中华书局1965年版，第111页。按：《全宋词》将本词录在张昪名下，其案语云：“攻丑集卷七十此首作孙浩然词。”按：（宋）楼钥《攻丑集》卷七十《跋诸公翰墨·王晋卿〈江山秋晚图〉》，说王诜的画“尽写浩然词意”，并录孙浩然《离亭燕》，即此词。南宋黄升《花庵词选》录此词也题孙浩然作。范公称《过庭录》录此词却题张昪作。王诜与张昪同时，若果为张作，不应误作孙浩然。据《宋史·张昪传》，张昪一生行踪不曾到过江南，而这首词写的却是金陵的景物。

② 据笔者翻检，《全唐诗》中以金陵专门作为吟咏对象的作品达46首之多，这还不包括对与金陵有关之人物如陈叔宝等的专题吟咏。

的抒发置于首位而虚化史实，既是这两词共有之特色。再看贺铸《凌歊·铜人捧露盘引》：

控沧江，排青嶂，燕台凉。驻彩仗、乐未渠央。岩花蹬蔓，妒千门、珠翠倚新妆。舞闲歌悄，恨风流、不管余香。　　繁华梦，惊俄顷，佳丽地，指苍茫。寄一笑、何与兴亡！量船载酒，赖使君、相对两胡床。缓调清管，更为侬、三弄斜阳。①

凌歊即凌歊台，此台为南朝宋孝武帝刘骏南游所建避暑之离宫。《广舆记》云："凌歊台在太平府黄山之巅，刘宋建离宫于此。"此台在前人笔下多有吟咏②，就立意看，贺词似并未有超越前人之处，不过，其词所寄托的看破世事、超脱功名富贵的情怀及其由古及今、淡化史事过程本身描写的结体思路，却也颇值得注意。本词头三句，写登凌歊台所见之景。"控沧江，排青嶂"写山水之势。青山高耸，壁立临江，似控制锁压着江水；而江水奔腾冲突，似剖开青山，一泻千里。如此绘景，为下文点引史事作了很好铺垫。接下来数句，虽写刘骏当时游乐盛况，却仅用"驻彩仗"及"岩花"相妒一带而过，并未有游乐具体过程的铺叙。再下去即为"舞闲歌悄，恨风流，不管余香"及"寄一笑、何与兴亡"的过渡与感叹。作者无忘世事、更难忘壮志未酬的深沉痛苦，正是在此地史事逗引下，借状写眼前景、叙说当下事中得以传达。

其二，咏史而重在叙事，抒情主体的政治情怀贯注于历史事件经过的

① 唐圭璋编：《全宋词》，中华书局1965年版，第510页。

② 按：李白《书怀赠南陵常赞府》云："置酒凌歊台，欢娱未曾歇。歌动白纻山，舞回天门月。"李赤《姑熟杂咏·凌歊台》云："旷望登古台，台高极人目。叠嶂列远空，闲花杂平陆。"杜牧《题池州贵池亭》亦云："势比凌歊宋武台，分明百里远帆开。"另，唐代诗人中许棠、罗邺、许浑等都有登凌歊台诗。如罗邺诗《登凌歊台》云："高台今日竟长闲，因想兴亡自惨颜。四海已归新雨露，六朝空认旧江山。"许浑《凌歊台·台在当涂县北，宋高祖所筑》诗云："宋相凌歊乐未回，三千歌舞宿层台。"至宋代，杜耒、高翥、郭知运、韩元吉、金君卿等都有诗咏凌歊台。宋代词人中，咏凌歊台者有黄庭坚、李之仪、刘克庄、薛昂夫，及曾从李之仪游的周紫芝等。如黄庭坚《木兰花令·当涂解印后一日，郡中置酒，呈郭功甫》云："凌歊台上青青麦，姑熟堂前余翰墨。暂分一印管江山，稍为诸公分皂白。江山依旧云空碧，昨日主人今日客。谁分宾主强惺惺，问取矶头新妇石。"黄庭坚至当涂（太平州）任职仅九天即被解职，其咏此台，是寄寓了他深沉的政治失意之情的。贺铸于徽宗元符元年（1098）至大观三年（1109）间曾有过通判太平州经历，他的《凌歊·铜人捧露盘引》大约作于这段时间之内。

陈述、勾勒中。李冠两首《六州歌头》词堪为此种咏史方式的典型。其《六州歌头·骊山》云：

> 凄凉绣岭，宫殿倚山阿。明皇帝，曾游地，锁烟萝，郁嵯峨。忆惜真妃子，艳倾国，方姝丽。朝复暮，嫔嫱妒，宠偏颇。三尺玉泉新浴，莲羞吐、红浸秋波。听花奴，敲羯鼓，酣奏鸣鼍。体不胜罗，舞婆娑。　　正霓裳曳，惊烽燧。千万骑，拥雕戈。情宛转，魂空乱，蹙双蛾，奈兵何。痛惜三春暮，委妖丽，马嵬坡。平寇乱，回宸辇，忍重过。香瘗紫囊犹有，鸿都客、钿合应讹。使行人到此，千古只伤歌，事往愁多。[①]

李隆基和他的妃子杨玉环以贪图享乐而荒废国政，终致国家动乱，这段史事在唐人笔下多所吟咏。据笔者统计，唐诗中以唐玄宗为吟咏对象的作品近40篇，而吟咏对象为马嵬坡、骊山、华清宫、温泉等古迹的咏史诗亦多达百篇以上。其他为数不少吟咏“安史之乱”的咏史诗里，李、杨二位也是隐含主角。唐诗围绕吟咏李隆基、杨玉环、杨国忠、安禄山、虢国夫人等人物及勤政楼、骊山、华清宫、马嵬坡等古迹，形成了一个涉及面宽广、情感穿透力极其深厚的庞大题材系列。在包括小说在内的这些创作中，除陈鸿《长恨歌传》及白居易《长恨歌》对李、杨时期唐代这段历史进行过委曲周详的传写外，其他众多作品，还没有一篇像李冠此词这样，对其误国史实进行过如此首尾周全、线索清楚且因果对比鲜明的叙写。

李冠生卒年不可考。陈师道《后山诗话》载：“冠，齐人。为六州歌头，道刘、项事，慷慨雄伟。刘潜，大侠也，喜颂之。”[②] 据此知，李冠与刘潜为同时代人，然刘潜生卒年亦不可考。但唐圭璋《全宋词》之刘潜小传载刘与石延年为友[③]，石延年生卒年却是清楚的[④]。石延年的盛年正在仁宗时代度过。故此，李冠这首词亦当创作于宋仁宗“盛世”时期无疑。然

---

① 唐圭璋编：《全宋词》，中华书局1965年版，第114页。

② （宋）陈师道：《后山诗话》，见（清）何文焕辑《历代诗话》，中华书局1981年版，第308页。

③ 见唐圭璋编《全宋词》，中华书局1965年版，第113页载刘潜小传。

④ 王兆鹏、刘尊明《宋词大辞典》载石延年生年公元994年，卒年公元1041年，年四十八，见《宋词大辞典》，凤凰出版社2003年版，第411页。按：公元994年为宋太宗淳化五年，公元1041年为宋仁宗庆历元年，也就是说，石延年谢世时宋仁宗在位已二十年。

作者在史实叙写中所用词汇，如凄凉、痛惜、妖丽、奈何等，又分明显示了他的情感倾向。至结尾更云“使行人到此，千古只伤歌，事往愁多”。故此词咏古感今意味是清楚的。

李冠另一首《六州歌头》咏项羽史事，词云：

秦亡草昧，刘项起吞并。驱龙虎，鞭寰宇，斩长鲸。扫欃枪，血染彭门战。视馀耳，皆鹰犬。平祸乱，归炎汉，势奔倾。兵散月明，风急旌旗乱，刁斗三更。命虞姬相对，泣听楚歌声，玉帐魂惊。泪盈盈，　　恨花无主，凝愁绪。挥雪刃，掩泉扃。时不利，骓不逝，困阴陵，叱追兵。喑呜摧天地，望归路，忍偷生。功盖世，成闲纪，建遗灵。江静水寒烟冷，波纹细、古木凋零。遣行人到此，追念痛伤情，胜负难凭。①

通篇隐括《史记》之《项羽本纪》，把项羽从起兵到失败的曲折历程熔铸词中，写法与上词同一机杼。项羽一生前盛后衰、胜王败死的过程，作者以凝练完整的叙事笔法予以传写，尤其将其反秦时威武雄壮，失败后英雄末路、惨烈凄楚的情形以史实提炼、对比的方式罗列得分外鲜明。词末所谓“胜负难凭”，既是史实叙写的必然总结、结论，表达作者不以成败论英雄的思想，同时，又隐含着其对现实政治人事的无限感喟。类似将抒情主体的政治情怀贯注于历史事件经过之陈述、勾勒中的这种咏史方法，我们从欧阳修的《浪淘沙》（五岭麦秋残）、贺铸的《将进酒·小梅花二首》、柳永的《西施》（苎萝妖艳世难偕）等词中还可以看到。如柳词《西施》云：

苎萝妖艳世难偕，善媚悦君怀。后庭恃宠，尽使绝嫌猜。正恁朝欢暮宴，情未足，早江上兵来。　　捧心调态军前死，罗绮旋变尘埃。至今想，怨魂无主尚徘徊。夜夜姑苏城外，当时月，但空照荒台。②

① 唐圭璋编《全宋词》将此词并录李冠、刘潜名下。刘潜名下的这首《六州歌头》有词题，曰“项羽庙”。见《全宋词》，中华书局1965年版，第113、114页。

② 唐圭璋编：《全宋词》，中华书局1965年版，第46页。

吟咏西施，而将其后庭恃宠、国破身死的悲剧凝练成一段故事，寄悲悯同情于反拨女色祸国之传统认识中，其政治识见可谓不同凡响。

其三，咏史而专主议论，在历史人事的论析、评判中抒情显志。北宋词创作中的这种咏史方法，抒发政治情怀的性质更其显豁，因为无论借景生情还是依事兴感，作者着笔的重点总是在表达对历史人事的见解态度或揭示其鉴戒意义上。它们的创作或以实际事物作媒介，或直接由古人古事材料起兴发端，议论总是最主要的表达方式。如现存北宋词中创作时间最早的范仲淹之《剔银灯·与欧阳公席上分题》：

> 昨夜因看蜀志，笑曹操孙权刘备。用尽机关，徒劳心力，只得三分天地。屈指细寻思，争如共、刘伶一醉。　　人世都无百岁，少痴騃、老成尫悴。只有中间，些子少年，忍把浮名牵系。一品与千金，问白发、如何回避？[①]

《蜀志》究竟记载了曹操、孙权、刘备什么事情，作者并不细述，只是讥笑他们用尽机关、徒劳心力，却不如像刘伶那样喝个醺醺大醉。为了进一步阐明一醉比争城掠地、占据政治高位更好，作者又化用了白居易《狂歌词》[②] 诗意，云人生没有活到一百岁的，小时不懂事，老了衰弱不堪，只有中间一点青年时代最可宝贵，怎忍心用来追求功名利禄。就算做到了一品大官、百万富翁，白发年老的命运谁又可以辞去？

完全是议论成词。范仲淹因政治改革徒劳无功而胸中块垒难去，他极度苦闷的心境，难言的人生况味，在老朋友面前，在这颓废、愤激的议论中留下了雪泥鸿迹式的印记。再看王安石的《浪淘沙令》：

> 伊吕两衰翁，历尽穷通，一为钓叟一耕佣。假若当时身不遇，老了英雄。　　汤武偶相逢，风虎云龙，兴王只在谈笑中。直至如今千载后，谁与争功？[③]

---

① 唐圭璋编：《全宋词》，中华书局1965年版，第11页。

② 白居易《狂歌词》云："明月照君席，白露沾我衣。劝君酒杯满，听我狂歌词。五十已后衰，二十已前痴。昼夜又分半，其间几何时。生前不欢乐，死后有余赀。焉用黄墟下，珠衾玉匣为。"见（清）彭定求主修《全唐诗》卷四三一。

③ 唐圭璋编：《全宋词》，中华书局1965年版，第207页。

看“历尽”、“假若”、“偶”、“只在”、“直至”、“谁与”等用词，作者的主观议论跃然纸上，而“伊吕两衰翁”历尽穷通的经过倒一笔带过。这和前述李冠等人词作中咏史而以叙事为主截然不同。王安石一生胸怀壮志，政治上历尽穷通，借对“伊吕两衰翁”一生幸逢明主际遇的议论，他要表达的是渴望自己得明主重用，建不朽功业的情怀。明志，既然是其咏史的根本目的，那么议论抒怀，自然就成为其首选咏史方式。类似咏史思路的作品我们还可以列出苏轼《水龙吟》（安石在东海）[①]、贺铸《台城游》（南国本潇洒）[②]、《水调歌头》（彼美吴姝唱）[③] 等，兹不细举。

要之，咏史，既是北宋词政治抒情重要的题材门类，同时，也可看作北宋词政治抒情重要的表现手法。北宋咏史题材词大都有为而发，有感而作，它在宋前诗歌咏史及唐五代词咏史基础上发展并走向成熟，其不论采用虚化史实于写景状物之中，还是分别以叙事、议论为主，它的抒情旨归最终都是以“历史”为桥梁而直指抒情主体自身的政治感怀。词人抒政治情怀而以咏史为题材选择，表达自己无法直说或言说而难以贴切的思想，实在是再恰当不过了。

### 三　颂政

此处所言北宋词之颂政，主要是指词人通过特定取材视角，对国家太平景象、政治清明及政治人物功业政绩所作的赞美歌颂。从此类题材的抒情性质看，颂政词作肯定是包括了咏史词中借助历史人事咏颂时代政治的这部分作品。但为了叙述方便，本节讨论，我们暂不涉及北宋词中以吟咏史事而表现颂政主题的作品。

中国文学中很早就有刺政之作，自然，作为其反面的颂政文学就有了产生、存在的现实基础。《毛诗序》云“颂者，美盛德之形容”。《昭明文选·序》云：“颂者，所以游扬德业，褒赞成功。吉甫有‘穆若’之谈，季子有‘至矣’之叹，舒布为诗，既言如彼。总成为颂，又亦若此。”歌颂当代治政者之德行与丰功伟业，赞美时世圣明，是颂政题材文学作品主题之重点。先秦古歌中有《南风歌》、《大唐歌》、《段干木歌》、《郯民歌》、

① 唐圭璋编：《全宋词》，中华书局1965年版，第279页。

② 同上书，第512页。

③ 同上书，第532页。

《楚人颂子文歌》等咏颂时政之作。[①]《诗经》《风》诗中有《淇奥》、《车邻》、《小戎》诸篇，亦皆以美颂国君或相辅而达颂政之意。[②]而其《颂》诗中更有不少赞美治政者功业的篇章。汉以后，“劝百讽一”的汉大赋把颂政文学创作推向极致，其中，又以司马相如的创作最为典型。王世贞《艺苑卮言》卷二指出：“屈氏之《骚》，《骚》之圣也。长卿之赋，赋之圣也。一以风，一以颂，造体极玄，故自作者，毋轻优劣。”唐宋以来，上官仪等的宫廷诗，杨亿、刘筠、钱惟演等的西昆体，亦绮错婉媚、穷研极态，其颂政之旨自毋庸多论。

词体领域，专业词人之创作颂政题材作品者，宋前亦不乏其例。五代时欧阳炯就有一首《巫山一段云》通过再现帝王“真龙天子”形象表达其对圣明时代的颂赞之意。词曰：

绛阙登真子，飘飘御彩鸾。碧虚风雨佩光寒，敛袂下云端。
月帐朝霞薄，星冠玉蕊攒。远游蓬岛降人间，特地拜龙颜。[③]

欧阳炯而外，毛文锡《月宫春》（水晶宫里桂花开）写金榜题名后之浪漫风流及得帝王召见之欢愉，其颂政之意亦见于言外。

既有传统可稽、经验可资，更加上北宋不同阶段特殊的政治氛围，故颂政词创作在北宋形成一定波澜也自在情理之中。北宋词中的颂政作品，据其取材倾向及不同内容，可分为两大类：一为写盛世太平景象，二为颂政治人物治绩功业。依内容侧重，则或描写，或议论，或二者兼之。以下，我们依颂政题材内容之侧重对其予以考察。

重写“盛世景象”的颂政词作，其运笔重点，往往在作者精心选择的能反映政治升平、国泰民安时代面貌的“现象”之描绘上。如《全宋词》列为第一首的《开宝元年南郊鼓吹歌曲·导引》：

---

① 见逯钦立编：《先秦汉魏晋南北朝诗》上册，中华书局 1983 年版，第 2—19 页。

② 《毛诗序》曰：“《淇奥》，美武公之德也。有文章，又能听其规谏，以礼自防，故能入相于周。美而作是诗也”；又云：“《车邻》，美秦仲也，秦仲始大，有车马礼乐侍御之好焉”；“《小戎》，美襄公也。备其兵甲以讨西戎。西戎方强，而征伐不休。国人则矜其车甲，妇人能闵其君子焉。”

③ 曾昭岷、曹济平、王兆鹏、刘尊明编：《全唐五代词》，中华书局 1999 年版，第 457 页。

气和玉烛，睿化著鸿明。缇管一阳生。郊禋盛礼燔柴毕，旋轸凤凰城。森罗仪卫振华缨，载路溢欢声。皇图大业超前古，垂象泰阶平。　　岁时丰衍，九土乐升平。睹寰海澄清。道高尧舜垂衣治，日月并文明。嘉禾甘露登歌荐，云物焕祥经。兢兢惕惕持谦德，未许禅云亭。

此词作者为宋初词人和岘。杨荫浏认为，皇帝出行过程中，有乐队演奏于道路，其中亦有歌唱，所唱歌曲即为《导引》之曲。① 如此，则此词当为应皇帝出行路上歌唱之需而作。至于有论者云此词是“去南郊祭祀的路上，由乐队演唱”之曲，则非是。本词当为祭祀返回路上所唱之曲。因为词已明确交代是“郊禋盛礼燔柴毕，旋轸凤凰城”。且从词所写“载路溢欢声”那种兴高采烈的情形看，这也不一定是前往祭祀时的情形。② 值得注意的是，此词中，作者除以写实笔法描绘“郊禋盛礼”、“森罗仪卫”及“载路溢欢声”等景象来显现所谓盛世景象外，词开头所写温和晴明的天气实际也都是作为盛世太平之象一并描写的。而“岁时丰衍”、“寰海澄清”、“嘉禾甘露”及“日月并文明”、“垂象泰阶平”诸语，更属作者在盛世观念支配下勾勒的所谓太平之景象。有了这些勾勒描绘，全词政治祝颂旨意就表现得非常明确。再看和岘另一首颂政之作《六州》，写法亦属此类：

严夜警，铜莲漏迟迟。清禁肃，森陛戟，羽卫俨皇闱。角声励。钲鼓攸宜。金管成雅奏，逐吹逶迤。荐苍璧，郊祀神祇。属景运纯禧。京坻丰衍，群材乐育，诸侯述职，盛德服蛮夷。　　殊祥萃，九苞丹凤来仪。膏露降，和气洽，三秀焕灵芝。鸿猷播，史册相辉。张四维。卜世永固丕基。敷玄化，荡荡无为。合尧舜文思，混并寰宇。休牛归马，销金偃革，蹈咏庆昌期。③

① 杨荫浏：《中国古代音乐史稿》上册，人民音乐出版社 1980 年版，第 408 页。

② 按：词既云“郊禋盛礼燔柴毕，旋轸凤凰城”，则其所写当为祭祀之礼结束后仪仗队伍返回情形。轸，古代指车箱底部四周的横木，词中借指车。另，从“载路溢欢声”之语看，也当是祭祀圆满结束才会有的欢快愉悦情形，如果是前往祭祀，整个队伍当庄严肃穆才对。梁葆莉、叶修成《祝颂词与苏轼之前词体诗化关系探析》一文亦认为此词为皇帝出行路上歌唱之曲，不过，梁、叶又认为本词是前往祭祀路上所演唱之曲，此不确。梁、叶文见《求索》2006 年第 11 期。

③ 唐圭璋编：《全宋词》，中华书局 1965 年版，第 1 页。

开头以征实笔法从清夜宫禁森严景象写起，盛世“条理秩序”可察；接写“钲鼓攸宜”、“金管成雅奏”的“郊祀神祇”活动，庄重中不乏繁复热闹；再以下，就是什么“群材乐育，诸侯述职，盛德服蛮夷”及“殊祥萃，九苞丹凤来仪。膏露降，和气洽，三秀焕灵芝”等“太平之象”的描绘。此词亦循上词“套路”，即先描写一个较为具体的能反映盛世升平景象的活动场面，譬如，皇家为最重视的天地神灵祭祀。然后，再粗笔勾勒其他什么岁时丰衍、寰海澄清、群材乐育、丹凤来仪等盛世之象以达政治歌颂之意。这样的词，除具有阿谀治人者的实际政治功用外，内容之空洞，情感之贫乏，表现手法之拙劣，几无艺术性可言。

写“治世”太平之象而出之以生活情景之描绘，这在柳永笔下多有所见。柳永不愧为盛世太平的杰出歌手，他的词颂当代政治安定、国阜民富景象，极富生活气息，其描写也较为细腻具体。如他写京城元宵夜赏灯情形的《倾杯乐》及《迎新春》（嶰管变青律）。《倾杯乐》云：

禁漏花深，绣工日永，蕙风布暖。变韶景、都门十二，元宵三五，银蟾光满。连云复道凌飞观，耸皇居丽，嘉气瑞烟葱茜。翠华宵幸，是处层城阆苑。　　龙凤烛，交光星汉，对咫尺鳌山开羽扇。会乐府两籍神仙，梨园四部弦管。向晓色都人未散。盈万井，山呼鳌抃。愿岁岁，天仗里常瞻凤辇。①

上片写初春之际京城的壮美繁华，特别写了帝居皇城之富丽堂皇；下片写元宵夜灯火晚会场面之盛大，歌舞之精彩及老百姓对皇帝之爱戴。因为有具体情事背景交代，故词中所写“银蟾光满”、“连云复道”、“耸皇居丽，嘉气瑞烟”及“龙凤烛，交光星汉”等景象，其所指也就具有征实性倾向。从题材选择角度看，通过描写一种节庆活动中皇帝与民同乐的景象歌颂政治太平，这本身比空泛的祥瑞事象之勾勒罗列更具体，亦更具说服力。

又如他写市民游春景象的《木兰花慢》：

拆桐花烂漫，乍疏雨、洗清明。正艳杏烧林，缃桃绣野，芳景如

① 唐圭璋编：《全宋词》，中华书局1965年版，第17页。

屏。倾城。尽寻胜去，骤雕鞍绀幰出郊垧。风暖繁弦脆管，万家竞奏新声。　盈盈。斗草踏青。人艳冶、递逢迎。向路傍往往，遗簪堕珥，珠翠纵横。欢情。对佳丽地，信金罍罄竭玉山倾。拚却明朝永日，画堂一枕春酲。①

《木兰花慢》描绘清明节日风光，写市民游春情形，并没有出现直白的政治颂赞语，然它却具体展示了社会升平景象，作者主观上的颂政意图并不难意会。起首几句，写清明乍雨、群花烂漫之景，作者特地选择了“桐花”、“艳杏”、“缃桃”等色彩鲜明的物象，使用了“拆”、“烧”、“绣”这样有雕饰工巧性的词汇，以点出春日郊游特定的风物背景。“倾城”句后，词于人的游春活动又进行了特别细致典型的描述。如作者以“雕鞍”代写马，以“绀幰”写天青色车幔代指车。其中还特别点出游人“向路傍往往，遗簪堕珥，珠翠纵横”等细节。不加一句赞语，而盛世升平景象声情毕显。此亦为通过精心选择、描写“太平景象”以歌颂盛世升平，不过，作者却是从小处着手进行细笔描绘。

颂政词另一个内容重点是写政治人物的治绩勋劳。当然，上述侧重写盛世太平景象的词，其所隐含的赞颂对象自然也是政治人物。不过，这类词一般并不出现或点明造就“盛世景象”的人物具体是谁。这种情况下，词所赞颂的，当然都是圣明的最高统治者了。而我们下面将要讨论的重点赞美政治人物治绩勋劳的词，在词本文中，一般都有赞颂对象的明确提示。如柳永《望海潮》（东南形胜）在赞“钱塘自古繁华”之美景后，不忘点出“千骑拥高牙，乘醉听箫鼓，吟赏烟霞”的地方郡守形象，其主观上咏颂地方要员治绩之用意甚为明显。这类词，以某个政治人物所行“一方”之治绩为赞颂对象，同时，也往往含有赞美人物政治品德、才能的内容。还是先以柳永词为例来看，如他的《木兰花慢》及《瑞鹧鸪》二词。《木兰花慢》云：

古繁华茂苑，是当日、帝王州。咏人物鲜明，土风细腻，曾美诗流。寻幽。近香径处，聚莲娃钓叟簇汀洲。晴景吴波练静，万家绿水朱楼。　凝旒。乃睠东南，思共理、命贤侯。继梦得文章，乐天惠

① 唐圭璋编：《全宋词》，中华书局1965年版，第48页。

爱，布政优优。鳌头。况虚位久，遇名都胜景阻淹留。赢得兰堂酝酒，画船携妓欢游。[1]

《瑞鹧鸪》云：

吴会风流，人烟好，高下水际山头。瑶台绛阙，依约蓬丘。万井千闾富庶，雄压十三州。触处青蛾画舸，红粉朱楼。　　方面委元侯。致讼简时丰，继日欢游。襦温袴暖，已扇民讴。旦暮锋车命驾，重整济川舟。当恁时，沙堤路稳，归去难留。[2]

二词之构写思路几乎全同。都是上片咏写"帝王州"或"吴会"之胜景，暗示此地政通人和，郡守治政有方；下片都明确点出任职此地之"贤侯"或"元侯"有或"布政优优"或"致讼简时丰"的勋劳。最后，亦均预示了郡守必将很快"锋车命驾"、入京晋升而"归去难留"的仕宦前景。二词所咏之地不同，一为"帝王州"（当为金陵），一为"吴会"（当为杭州），受主亦自各异。然有如此一致的创作思路，可见并非即兴之作，而是按既定创作套路倾心为之。[3] 如再纵观全词，则可见上片的取景状物，实际都是为下片颂人而存在。作者之苦心孤诣可知。

柳永而后，北宋词中此类词之创作亦代不乏人。黄庭坚《雨中花·送彭文思使君》云：

政乐中和，夷夏宴喜，官梅乍传消息。待作新年欢计，断送春色。桃李成阴，甘棠少讼，又移旌戟。念画楼朱阁，风流高会，顿冷谈席。　　西州纵有，舞裙歌板，谁共茗邀棋敌。归来未得，先沾离袖，管弦催滴。乐事赏心易散，良辰美景难得。会须醉倒，玉山扶起，更倾春碧。

① 唐圭璋编：《全宋词》，中华书局1965年版，第48页。

② 同上书，第49页。

③ 按：《木兰花慢》因为所写本身即为古繁华茂苑的帝王州，故上片写景不突出其雄压他州之地理形式；《瑞鹧鸪》所写吴会之地既非帝王州，故作为补充，作者重点突出其地理形势之巍峨重要。可见作者即使状物取景，于其角度亦甚为讲究。

此词颂赞政绩之意亦甚明，然颂赞对象具体是谁，这里还得稍予澄清一下。因为此词马兴荣、祝振玉认为“或作于元祐元年至四年（1086—1089）间。其中‘政乐中和，夷夏宴喜’云云，当是作者对‘元祐更化’后时局的赞颂。时山谷在秘省或史局”①，按马、祝二位这样的解释，则本词就不是赞美地方官员治绩而是赞美元祐政局。故先有必要就马、祝二位先生的观点作一辨析。

首先，据词中“甘棠少讼，又移旌戟”之语看，黄此词所送之彭文思是在地方上任职，且干得还不错（要不然黄庭坚怎么会以“桃李成阴，甘棠少讼”之称颂循吏美政之语来赞扬他）。这次是在“待作新年欢计”时，突然有调命发布他才“又移旌戟”的。如是，以黄庭坚元祐元年至四年在史局或秘省任职的情况，他怎么能前往地方州郡去为彭文思践行？

其次，词云“念画楼朱阁，风流高会，顿冷谈席”，又云“西州纵有，舞裙歌板，谁共茗邀棋敌。归来未得，先沾离袖，管弦催滴”。意思是，彭文思在任时，他们交往很密切，“风流高会”、品茗邀棋是为常事。这次，对方要离开，一旦离去则归来难得，故不免有管弦催滴、先沾离袖的离别之感。如果此词真乃黄庭坚元祐元年至四年间任职京城时期所作，那他这段时间里又是在哪里和任职地方州县的彭文思经常“风流高会”的，以致这次离任使他大有“顿冷谈席”之憾？

最后，马、祝释词中“西州”——词中所写彭文思任职之新地为：“西州，古城名，在今南京市。《太平寰宇记》卷九零《江南东道》二《升州上元县》：‘东城府，在县东二里。《舆地志》云：晋安帝义熙十年筑其城。西即简文帝为会稽王时第；其东则丞相、会稽文孝王道子府。谢安石薨，以道子为扬州。第在州东，故时人号为东府，而号府庙西州。’”查《宋史·地理志》，宋代江南东路、西路，实并无名为“西州”的府县名。另按马、祝二位先生解释，宋代江南路的这个“西州”，实亦非一级行政区划单位名称，它只是一县域中的“古城名”。那么，黄庭坚词所谓“西州纵有，舞裙歌板，谁共茗邀棋敌”中的西州，是否就是指江南路某个古城呢？以本词的送别性质及作者所赞彭文君“桃李成阴，甘棠少讼”的治绩看，彭文思也算一方要员，其离任又非贬降，黄庭坚怎么会降低级别，以一个县域内的古城名指称他的新任之地？

---

① 马兴荣、祝振玉校注：《山谷词》，上海古籍出版社 2001 年版，第 16 页。

彭文思究系何人？马、祝二先生在黄庭坚此词下有笺云："彭文思，宋费衮《梁溪漫志》卷四：'鲁直之在戎，戎守彭知微每遣吏李珍调护其逆旅之事，无不可人意。'则彭文思或即彭知微。"实则《梁溪漫志》所谓"彭知微"该叫"彭道微"才对。黄庭坚《与侄仆书》云："初到戎，彭道微作守，甚有亲亲之意。道微既去，刘滋崇仪作守。"《答王观复》亦云："彭道微二月十六日已上永康矣。"① 今检黄庭坚词中又有《采桑子·送彭道微移知永康军》、《南乡子·重九日寄怀永康彭道微使君，用坡旧韵》二词。马、祝《山谷词》既据此认为二词均"作于元符二年己卯（1099），时山谷在戎州"②，那么，黄庭坚《雨中花·送彭文思使君》一词是否也应该是作于此时呢？

黄庭坚元符贬谪时期所送彭道微二词提及的永康军，北宋时隶属成都府路。据《宋史·地理志》，成都府路，除辖成都府外，另下辖州十二、军二、监一、县五十八。其中所辖二军即为永康及石泉。"永康"的名称进入宋代行政区划名录时间并不长。其原本为彭州灌口镇（今四川彭州），而彭州又本乃唐武后垂拱二年（686）所置。《元和郡县志》说："彭州以岷山导江，江出山处，两山相对，古谓之天彭门，因取以名。"宋乾德四年（966）于此置永安军，后一度废为县，太平兴国三年（978）又改称永康军。元符二年（1099），彭道微于戎州赴永康就任，从地理位置看，正好是自东南向西北而行（戎州即今之宜宾，永康之州治在今彭县）。故，黄庭坚于《雨中花·送彭文思使君》一词中所言及之"西州"，实为西边的永康军无疑。另，"西川"一词作为行政区划名，自唐代已有。公元757年，唐王朝将原来的剑南节度使分为剑南东川节度使和剑南西川节度使，剑南东川简称"东川"，剑南西川则简称"西川"，"西川"一词自此便为人们所熟知。至宋代，宋太宗端拱二年（989）又曾将成都府复名叫剑南西川成都府。故黄庭坚在《雨中花》词中称成都府路所辖永康军为"西州"亦自然而然。

然后，回头再看此词开头"政乐中和，夷夏宴喜"两句，完全就是对彭文思治下各族（戎州有少数民族人口）百姓安居乐业状况的一个赞扬。"桃李成阴，甘棠少讼，又移旌戟"，更是于留恋中对所送者治德政才德及

① 刘琳、李勇先、王蓉贵点校：《黄庭坚全集》，四川大学出版社2001年版，第2033页。

② 马兴荣、祝振玉校注：《山谷词》，上海古籍出版社2001年版，第146、236页。

美好声名的高度赞礼。黄庭坚身在贬中，多蒙彭氏体量眷顾，常与之棋酒往来，且又对其治政状况有一定感受与了解，故他写下这样的颂美与中怀感激之词，亦自当在情理之中。

北宋后期，创作颂政题材词较多的是大晟词人群。宋徽宗时期，权臣在皇帝支持下把持朝政、大肆迫害元祐党人的同时，亦开足舆论机器为自己的腐朽统治造势，大晟府就是在这样的背景下成立的。蔡絛《铁围山丛谈》卷一载：

> 政和初，中国势隆治极之际，地不爱宝，所在奏芝草者动三二万本，蕲、黄间至有论一铺在二十五里，遍野而出。汝、海诸近县，山石皆变玛瑙。动千百块，而致诸辇下。伊阳太和山崩，奏至，上与鲁公皆有惭色。及复上奏，山崩者，出水晶也。以木匣贮进，匣可五十斤，而多至数十百匣来上。又长沙益阳县山溪流出生金，重十余斤。后又出一块，至重四十九斤。他多称是。

在这样的时代氛围中，歌功颂德成为一时风气。大晟词人如晁端礼、万俟咏、王安中、曹组等御用文人创作了不少颂政词，其所歌咏的对象均为皇帝或权臣，颂治政者之治绩勋劳是其重要主题。如晁端礼创作的《望海潮》云：

> 高阳方面，河间都会，三关地最称雄。粉堞万层，金城百雉，楼横一带长虹。烟素敛晴空。正望迷平野，目断飞鸿。易水风烟，范阳山色有无中。　　安边暂倚元戎。看纶巾对酒，羽扇摇风。金勒少年，吴钩壮士，宁论卫霍前功。乃眷在清衷。恐凤池虚久，归去匆匆。幸有佳人锦瑟，玉笋且轻拢。[①]

柳永《望海潮》开头云："东南形胜，三吴都会，钱塘自古繁华。"结尾云："异日图将好景，归去凤池夸。"其《瑞鹧鸪》上片云："吴会风流，人烟好，高下水际山头。……万井千闾富庶，雄压十三州。"其结尾亦有句："当恁时，沙堤路稳，归去难留。"《木兰花慢》上片云："古繁华茂

① 唐圭璋编：《全宋词》，中华书局1965年版，第419页。

苑，是当日、帝王州。咏人物鲜明，土风细腻，曾美诗流。”结尾云“鳌头。况虚位久，遇名都胜景阻淹留”。晁端礼此词开篇也是从地域形势写起，结尾也表示被颂者将很快会“凤池”“归去匆匆”，不用说，这完全是在模仿柳词。由此可见，颂政词本就不需要写出什么真情实感，柳永的颂政之作结构基本相同，至晁端礼更亦步亦趋模仿柳词即为明证。不过，毕竟针对对象不同，柳永几首词所颂为执政南方官员，晁词从其“安边暂倚元戎，看纶巾对酒，羽扇摇风”诸句看，所颂者当为驻守北方边疆地区的一位将领。《上林春》：

> 伊洛清波，嵩山秀色，共与皇家为瑞。挺生异质，亲逢盛旦，簪缨旧传家世。雁炉烟里，罩一段、照人清气。灿金章、映紫绶，自是真官标致。　　把朝廷缙绅屈指，有谁人似得，多才多艺。片言悟主，封侯赐璧，君王自为知己。暂来卧治，况廊庙、正多虚位。看登庸，辅圣主、万年康济。①

这就不仅仅是治绩角度取材颂赞的问题，被颂者“簪缨旧传家世”的出身，多才多艺、片言悟主的才能，“君王自为知己”的政治地位，及其“暂来卧治，况廊庙、正多虚位”的仕宦前景，等等，都得到了高度颂美。颂政题材至此显出了其进一步向全面赞颂人物德能角度转化的迹象。如果说，北宋后期社会表面的繁华景象确实也为此期颂政词产生提供了一点点根据的话，那么像晁端礼这样的以词之创作对某个政界人物进行十分肉麻的交结示好、颂赞吹捧乃至阿谀巴结，则是恶劣的帮闲文人心态之反映。这种从自身政治利益考量出发而创作的心理，无疑是对北宋词自苏轼以来突出主体抒情地位、抒写士大夫情志之风气的一个反拨。从宋词发展的历史看，这无疑是一股逆流。

然我们也必得注意到，北宋后期以大晟词人群为主体而创作的颂政词，因其阿谀强势政治势力而淡化主体抒情的创作性质，致艺术表现上也显出了以议论成词的新特色。

徽宗朝之前，北宋词中的颂政之作从艺术表现角度看，也不乏议论成分，然议论并不是主要的表现手段。早期的北宋词，除应制之作外（如

---

①　唐圭璋编：《全宋词》，中华书局1965年版，第420页。

《全宋词》所录和岘三首词），以自主抒情性质而创作的颂政词还比较少见，至柳永可谓开北宋词颂政风气之先，然柳词颂政也还主要是以景象状写方式展开。他的《看花回》（玉墄金阶舞舜干）、《迎新春》（嶰管变青律）、《倾杯乐》（禁漏花深）、《柳初新》（东郊向晓星杓亚）、《一寸金》（井络天开）、《玉枕山》（骤雨初霁）、《透碧宵》（月花边）、《望海潮》（东南形胜）及《玉楼春》组词五首等，虽均为颂政题材，然描写状物仍然为主要表现手法。至晏几道《鹧鸪天》（晓日迎长岁岁同）颂时代升平政治，依然采用了描写手法。裴湘《浪淘沙·汴州》：

> 万国仰神京，礼乐纵横，葱葱佳气锁龙城。日御明堂天子圣，朝会簪缨。　　九陌六街平，万国充盈，青楼弦管酒如渑。别有隋堤烟柳暮，千古含情。[①]

连隋堤烟柳这历来被用以反衬政治腐败的物景，在此词中都被予以拟人化描写而成为脉脉含情的盛世景象之见证者。又如沈括《开元乐》四首：

> 鹳鹊楼头日暖，蓬莱殿里花香。草绿烟迷步辇，天高日近龙床。
> 楼上正临宫外，人间不见仙家。寒食轻烟薄雾，满城明月梨花。
> 按舞骊山影里，回銮渭水光中。玉笛一天明月，翠华满陌东风。
> 殿后春旗簇仗，楼前御队穿花。一片红云闹处，外人遥认官家。[②]

沈括卒于元祐八年（1093），这组词写太平盛世境况，依然采用的是景象描绘方式。

这样的写法到了北宋后期词人笔下开始出现变化。在晁端礼颂政词中，所谓“太平景象”的堆砌性罗列及赞美议论充斥于词之字里行间。如其歌咏太平的一组《鹧鸪天》词其九：“万国梯航贺太平，天人协赞甚分明。两阶羽舞三苗格，九鼎神金一铸成。　　仙鹤唳，玉芝生。包茅三脊已充庭。翠华脉脉东封事，日观云深万仞青。”[③] 又如他赞颂治政者的《醉

① 唐圭璋编：《全宋词》，中华书局1965年版，第203页。

② 同上书，第215页。

③ 同上书，第438页。

蓬莱》云："德在民心，勋藏帝室，清芬相继。庭有芝兰，世调鼎鼐，晋美乌衣，汉称韦氏。未必当时，解功成身退。天下苍生，未知此意，望谢公重起。"《上林春》云："把朝廷旧勋屈指，有谁人似此，能全终始。謗书顿释，先芬未泯，君王自为知己。看花临水，算已号、醉吟居士。奈苍生，尚满望、谢公重起。"这些词都是以现象罗列与议论成词。

与晁端礼同时词人毛滂之《水调歌头·元会曲》云：

> 九金增宋重，八玉变秦余。千年清浸，洗净河洛出图书。一段升平光景，不但五星循轨，万点共连珠。垂衣本神圣，补衮妙工夫。
>
> 朝元去，锵环佩，冷云衢。芝房雅奏，仪凤矫首听笙竽。天近黄麾仗晓，春早红銮扇暖，迟日上金铺。万岁南山色，不老对唐虞。①

"九金"、"八玉"之论，"千年清浸，洗净河洛出图书"之说，及词尾"万岁南山色，不老对唐虞"的总结，都是价值判断性质的评论。九、八、一段、千年、万岁等数量词的使用，把对时代政治的咏颂之意推向了极致。北宋前期词颂政之作中具体、细节性的描绘或记事方式，至此已完全让位于迫不及待而又竭尽全力的赞美议论，而抒情主体形象更从词本文视野中消失得无影无踪。这样的词可以说代表了北宋末词之政治抒情的基本特色。

要之，北宋词颂政题材作品，是以充溢歌功颂德之音为主要特色的。如果说前期词人譬如柳永等，在时代太平政治感召下，还写出了一些有一定真实情绪的作品，那么，至徽宗朝词人所作大量颂政词，则完全变成了为统治者个人树威立名、为时代政治黑暗涂脂抹粉的工具，基本无真情实感可言。其艺术表现上亦存在意象堆砌、内容重复、议论颂赞失实等致命问题。这样的作品自然无法产生打动人心的艺术力量。所以，北宋词政治抒情就在这样一片颂赞声中走向终结也实不在意料之外。

## 四　羁旅题材

羁，本为马绊、马络之意。《广雅》释羁"勒也"。颜师古《急就篇注》云："羁，络头也，谓勒之无衔者也。"《礼记·檀弓下》："如皆守社

① 唐圭璋编：《全宋词》，中华书局1965年版，第661页。

稷，则孰执羁靮而从?”陈澔《礼记集解》:“羁，所以络马；靮，所以鞚马。”《左传·僖公二十四年》亦有“臣负羁绁”之句；旅，《广雅》释“客也”。孔颖达释《周易》之《旅卦》云:“旅者，客寄之名，羁旅之称，失其本居而寄他方，谓之为旅。”据此，羁旅一词有漂泊道路、滞留他乡不得回归之意。

中国诗歌中羁旅题材作品出现甚早，《诗经》中的《小雅·四牡》、《桧风·匪风》、《魏风·陟岵》、《王风·葛藟》、《王风·黍离》均属此类题材之作。如《毛诗序》释《黍离》云:

> 《黍离》，闵宗周也。周大夫行役，至于周，过故宗庙宫室，尽为禾黍，闵周室之颠覆，彷徨不忍去，而作是诗也。[①]

《诗经》而后，羁旅之作更比比皆是。《汉书·苏武传》载李陵兵败滞留北方，其《歌》述乡愁羁恨云:“径万里兮度沙漠，为君将兮奋匈奴。路穷绝兮矢刃摧，士众灭兮名已颓。老母已死，虽欲报恩将安归。”[②] 此即典型的羁旅作品。除此而外，汉魏诗中梁鸿《五噫歌》、《适吴诗》，《古诗十九首》中游子之歌、蔡琰《悲愤诗》、王粲《七哀诗》及曹植《赠白马王彪》、《送应氏》，西晋诗人陆机入洛后创作的诗歌等，均以反映羁旅行役感受为对象。南北朝时庾信滞留北地二十八年，更是创作了不少抒发其羁旅情怀的篇章。如《秋日》云:“苍茫望落景，羁旅对穷秋。”《和侃法师三绝》云:“客游经岁月，羁旅故情多。”《拟咏怀》云:“离宫延子产，羁旅接陈完。”《和张侍中述怀》云:“寂寥共羁旅，萧条同负郭。”《诗经》以来这些或抒写思念乡关之情，或表现旅途苦辛、流离之苦，或反映报国无门悲痛的羁旅之诗，为唐宋以后诗词文学继续进行此类题材创作，奠定了坚实基础。

北宋词中的羁旅题材作品正是在这样的文学传统中发展起来的。虽然并非北宋词中所有的羁旅词都抒发政治情怀，然羁旅行役却无疑是北宋词人借以抒政治情怀的重要题材门类。那些为追求政治功名而奔走宦途，或因政治贬谪、社会动乱而流落道路的词人，将他们的迁谪之悲、国乱之愁

① 程俊英、蒋见元译:《白话诗经》，岳麓书社 1995 年版，第 96 页。

② 逯钦立编:《先秦汉魏晋南北朝诗》，中华书局 1983 年版，第 109 页。

或政治上无有出路的忧愤，借羁旅苦况描写及孤独凄凉情绪抒发而诉诸笔端，往往凝成北宋词中极为动人的政治抒情篇章。这类词作的特点，可从以下两个方面来看。

首先，羁旅题材作品一般都有明确的行役状况之叙写，词本文纪行特点比较突出。这种特点为题材自身特点所决定，因羁旅生活本身为作品抒情触发点，故行程交代、羁旅境况状写无论简约还是详切，均属作品必所涉及内容。

如柳永表现其宦途奔波中愁情悲怀的羁旅词，大多都是以对旅途凄苦生活的铺叙展开，纪行性相当明显。《归朝欢》（别岸扁舟三两只），《阳台路》（楚天晚），《轮台子》（一枕清宵好梦），《轮台子》（雾敛澄江），《满江红》（暮雨初收），《凤归云》（向深秋）等词，无一不是在天涯沦落、羁旅行役生活之详切铺写中抒发他的仕宦漂泊之悲。又如秦观绍圣间贬郴州，其浸透着政治悲苦情怀的名作《踏莎行》，开篇即云“雾失楼台，月迷津渡，桃源望断无寻处”，又云“可堪孤馆闭春寒，杜鹃声里斜阳暮”，虚实交映中也透露出词人被贬后一路踟蹰前行、孤苦无依的行役状况。黄庭坚贬黔南，其《醉蓬莱》云“万里投荒，一身吊影”，又云“尽道黔南，去天尺五。望极神州，万重烟水”；《减字木兰花·登巫山县楼作》云“飞花漫漫，不管羁人肠欲断。春水茫茫，欲度南陵更断肠”，这也是对行役情况的概写。如果再往前追溯，实际上宋初词人王禹偁早已是这样写了。王词《点绛唇·感兴》云：

> 雨恨云愁，江南依旧称佳丽。水村渔市，一缕孤烟细。　天际征鸿，遥认行如缀。平生事，此时凝睇，谁会凭栏意。①

王禹偁一生多次被贬，其流落“雨恨云愁”之江南，置身“水村渔市，一缕孤烟细”的“佳丽”景中，仍不免发出世无知音，“谁会凭栏意”的深长慨叹。然即使抒写滞留异乡，不能振翼高飞的政治感怀，他也不忘先对羁旅环境作一番描绘。北宋靖康元年（1126），蔡京贬岭南，途中流落潭州时作《西江月》云：

---

①　唐圭璋编：《全宋词》，中华书局1965年版，第2页。

八十一年住世，四千里外无家。如今流落向天涯，梦到瑶池阙下。

玉殿五回命相，彤庭几度宣麻，止因贪此恋荣华，便有如今事也。①

像蔡京这样的人物，如果不是因时局变故被放逐而“流落向天涯”，他是断无机会如此深切体会羁旅行役感受的。本词中，他的对平生政治荣耀的回顾及对老而流落的反思，很大程度上即因羁旅行役催生。故词之开篇即以八十一岁高龄与四千里外无家对比，结尾又以“止因贪此恋荣华，便有如今事也”再次突出自己身处羁旅之途的现实处境。其词写行役状况虽略，然“无家”、“流落”、“天涯”诸词之使用已足说明问题。

而比蔡京词抒情更为沉痛，且纪行性更突出的，是宋徽宗赵佶的词。赵词《临江仙·宣和乙巳冬幸亳州途次》云：

穿山过水前去也，吟诗约句千余。淮波寒重雨疏疏。烟笼滩上鹭，人买就船鱼。　　古寺幽房权且住，夜深宿在僧居。梦魂惊起转嗟吁。愁牵心上虑，和泪写回书。②

宣和七年（1125）冬，因金兵入侵而匆匆出逃的赵佶，途经亳州时写下了这首词。一个终年生活在九重深宫的皇帝一旦走出宫门，在“穿山过水”的奔波及“淮波寒重雨疏疏”的凄凉中，看到了“烟笼滩上鹭，人买就船鱼”的情形，而他的天子之身又“权且”“夜深宿在僧居”这样简陋的地方，其羁旅漂泊之感该何其深切。故他以词的形式将自己这少有的羁旅经历作了记录，词题已揭示了其明确的纪行目的。

其次，北宋词政治抒情中的羁旅题材作品，抒发词人政治悲怀几乎为其共同主题，这与其他题材的政治抒情之作形成了明显对比。

北宋词政治抒情中的咏物题材作品不一定全抒发作者穷愁悲苦之怀，咏史当然更可以尽情疏泄建功立业的人生志趣，颂政作品之抒情更不会“阴风苦雨”，一片凄惨，唯独羁旅之作在抒情上一般少有亮色。羁旅词这种抒情特点，完全与作者政治上错失其位的背景及身之所历的漂泊处境相关。前已有述，羁旅一词本包含迫不得已滞留他乡之意，而北宋词中的羁

① 唐圭璋编：《全宋词》，中华书局1965年版，第446页。

② 同上书，第897页。

旅之作，亦多为词人处特殊政治境遇下之所为作，故其多抒忧愁凄苦之情自不在话下。如柳永《戚氏》：

晚秋天，一霎微雨洒庭轩。槛菊萧疏，井梧零乱，惹残烟。凄然，望江关，飞云黯淡夕阳闲。当时宋玉悲感，向此临水与登山。远道迢递，行人凄楚，倦听陇水潺湲。正蝉吟败叶，蛩响衰草，相应喧喧。　　孤馆，度日如年。风露渐变，悄悄至更阑。长天净，绛河清浅，皓月婵娟。思绵绵。夜永对景那堪，屈指暗想从前。未名未禄，绮陌红楼，往往经岁迁延。　　帝里风光好，当年少日，暮宴朝欢。况有狂朋怪侣，遇当歌对酒竞留连。别来讯景如梭，旧游似梦，烟水程何限。念利名憔悴长萦绊。追往事、空惨愁颜。漏箭移，稍觉轻寒。渐呜咽画角数声残。对闲窗畔，停灯向晓，抱影无眠。[①]

此词二百一十二字，为柳词中少有的长调慢词。词人奔波道路羁留他乡，为的是能找到政治上的出路，然这一切又何其渺茫。故抒“念利名憔悴长萦绊”之哀为本词主旨所在。上片描写微雨初过、夕阳西下情景，写景以“萧疏”、“零乱”、“黯淡”，述情以“凄然”、“悲感”、“凄楚”、“倦听”，将作者内心的凄凉之感展示无遗；中片以下，更写风清露冷、天气渐变、人声悄然后，其“未名未禄”、“经岁迁延”的悲愁，昔日狂放不羁的少年生活，今日仕宦奔走中羁旅穷愁的凄凉尽显笔下，真堪称一曲旷世悲歌。再看杜安世《两同心》：

巍巍剑外，寒霜覆林枝。望衰柳、尚色依依。暮天静、雁阵高飞。入碧云际。江山秋色，遗客心悲。　　蜀道巇崄行迟。瞻京都迢递。听巴峡、数声猿啼。惟独个、未有归计。谩空怅望，每每无言，独对斜晖。[②]

巍巍剑外，京都迢递，望江山秋色，遗客心悲，这“谩空怅望”之羁旅穷愁，全因“惟独个、未有归计”而起。作者身处剑外，究系何种原因不得

① 唐圭璋编：《全宋词》，中华书局1965年版，第35页。

② 同上书，第172页。

回归京城，今已不得而知，然此词以羁旅题材写政治失意之悲则是清楚的。陈振孙《直斋书录解题》卷二一谓杜安世京兆人，并将他列张先后、欧阳修前，可见以羁旅题材抒政治悲怀在北宋初词人笔下并非个别现象。杜词中的羁旅词仅两首，这仅有的两词却都是充盈着作者政治失路之悲，就是很好的证明。①

柳、杜而后，随着北宋政坛党派斗争的日趋尖锐激烈，文人贬谪外放成为政坛常态，而政治上遭遇深重打击的悲痛，流离道路凄苦生活的触发，更成为羁旅词创作的基本动因。这种情况下，羁旅题材成为作者抒发政治悲怀之重要载体实不难理解。秦观、黄庭坚自绍圣贬谪后所作羁旅词多抒政治悲怀，其他词人亦不例外。如苏轼贬居儋州所和秦观《千秋岁》（岛边天外），黄大临崇宁中别贬处宜州的黄庭坚所作《青玉案》（千峰百嶂宜州路），晁补之元符二年（1099）贬监信州盐酒税所作《迷神引·贬玉溪对江山作》（黯黯青山红日暮）、《临江仙·信州作》（谪宦江城无屋买）等均属此类。试看晁词《迷神引·贬玉溪对江山作》：

黯黯青山红日暮，浩浩大江东注。余霞散绮，向烟波路。使人愁，长安远，在何处。几点渔灯小，迷近坞。一片客帆低，傍前浦。

暗想平生，自悔儒冠误。觉阮途穷，归心阻。断魂素月，一千里、伤平楚。怪竹枝歌，声声怨，为谁苦。猿鸟一时啼，惊岛屿。烛暗不成眠，听津鼓。②

晁补之早年考进士，在开封府、礼部试中均名列第一，黄庭坚曾赞他与张耒如司马迁、班固，而远超过汉代崔瑗、蔡邕。③ 绍圣后晁补之名入党籍，

① 按：杜安世词虽少有抒政治情怀者，然据其《凤栖梧》“闲把浮生细思算，百岁光阴，梦里销除半。白首为郎休浩叹。偷安自喜身强健”（见唐圭璋编《全宋词》，中华书局1965年版，第185页）之句看，他也是一位政治上沉沦下位的词人。他的另一首羁旅词《更漏子》云：“庭远途程，算万山千水，路入神京。暖日春郊，绿柳红杏，香迳舞燕流莺。客馆悄悄闲庭，堪惹旧恨深。有多少駈駈，蓦岭涉水，枉费身心。　思想厚利高名。谩惹得忧烦，枉度浮生。幸有青松，白云深洞，清闲且乐升平。长是宦游羁思，别离泪满襟。望江乡踪迹，旧游题书，尚自分明。”见唐圭璋编《全宋词》，中华书局1965年版，第179页。

② 同上书，第562页。

③ 黄庭坚《奉和文潜赠无咎篇末多见及以既见君子云胡不喜为韵》云：“晁张班马手，崔蔡不足云。”见《黄庭坚诗集注》，刘尚荣校点，中华书局2003年版，第156页。

政治理想破灭，这首词作于词人贬放之时，政治失意的深沉内容交织在羁旅行役生活的叙写中，写得情词哀怨、凄苦悲凉，这正反映了北宋羁旅词抒发政治悲怀的一般特点。

再试看徽宗朝坐元祐党籍贬死商州的张舜民，其流落江南时所撰《卖花声·登岳阳楼》：

> 木叶下君山，空水漫漫，十分斟酒敛芳颜。不是渭城西去客，休唱阳关。　　醉袖抚危栏，天淡云闲，何人此路得生还。回首夕阳红尽处，应是长安。①

面对天淡云闲的深秋美景，词人却发出了“何人此路得生还”的无限凄凉怀感之声，如果不是有感于奔波行役于此路者多为远离“长安”、惨遭政治放逐之谪人，他如何会有如此绝望的喟叹？

所以，北宋词政治抒情中的羁旅题材作品，其抒发政治悲怀几乎是作者共同选择，这方面，甚至帝王也不例外。前述赵佶宣和七年（1125）因躲避金人而逃亡亳州所作《临江仙》，不只写途次见闻，更有“愁牵心上虑，和泪写回书”之句。北宋亡后，赵被掳北上，途中作《眼儿媚》、《燕山亭》二词云：

> 玉京曾忆昔繁华，万里帝王家。琼林玉殿，朝喧弦管，暮列笙琶。
>
> 花城人去今萧索，春梦绕胡沙。家山何处，忍听羌笛，吹彻梅花。
>
> 裁剪冰绡，轻叠数重，淡着燕脂匀注。新样靓妆，艳溢香融，羞杀蕊珠宫女。易得凋零，更多少、无情风雨。愁苦，问院落凄凉，几番春暮。　　凭寄离恨重重，这双燕何曾，会人言语？天遥地远，万水千山，知他故宫何处。怎不思量，除梦里、有时曾去。无据，和梦也，有时不做。②

《眼儿媚》写被掳至异乡，家山不见、国土沦亡的悲痛，可谓直抒心怀、不事辞饰；《燕山亭》以旅途中所见杏花起兴，借无情风雨之摧残此花使

① 唐圭璋编：《全宋词》，中华书局1965年版，第265页。

② 同上书，第898页。

其凋零，借以寓托自己哀伤无告的心境、横遭摧残的命运，其结尾居然也承继晏几道、秦观词之抒情手法写肝肠断绝、哀痛已极中“和梦也，有时不做”的凄苦。[①] 这样的抒情，读之使人不禁想到了“此中日夕只以眼泪洗面”的另一位亡国之君李煜。赵、李二人，同为淫乐亡国，其词作抒情之可悲可恨亦差可比之。

## 五　隐逸题材

北宋词政治抒情中的隐逸题材作品，是指以写隐士情趣、思想感情而反映作者疏离政治、摆脱现实政治生活煎熬的词篇。与前述咏物、咏史、颂政、羁旅等题材作品正面表现政治情怀不同，隐逸词抒发政治情怀，多以侧面对比、烘托手法达其抒情之旨。

隐逸即隐居避世，这既是中国古代士人在理想与现实冲突中所选择的一种处世方式，也是他们保持人格独立、追求心灵自由的一种人生哲学。先秦典籍中，已有“不事王侯，高尚其事”的人物事迹之记载，至范晔《后汉书》为“逸民”专列类传，而皇甫谧、嵇康、孙绰等也纷纷为“高士”作传、作注。[②] 正像中国古代的隐逸文化源远流长一样，中国古代隐逸文学的创作亦不绝如缕。然无论隐士还是隐逸文学，其与政治似从未截然分开过。《庄子》、《史记》所载传说中的许由、务光，堪称古代隐士之祖，可是他们在后代影响更大的，却是与统治者不合作的态度；殷周之际的伯夷、叔齐，以周武王伐纣、二人叩马谏阻未果，终耻食周粟而饿死首阳山；秦汉时期商山四皓的隐与仕，亦与该时期波诡云谲的政坛形势息息相关。至于表现隐逸主题的文学，更深深打上了政治抒情的印记。《庄子·秋水》载庄子“宁其生而曳尾于涂中”，也决不愿作庙堂祭品的人生选择，非政治抒情而何？[③]《诗经·卫风·考槃》云：“考槃在涧，硕人之宽。独寐

① 按：晏几道《阮郎归》词云“梦魂纵有也成虚，那堪和梦无”，秦观《阮郎归》结尾亦云“衡阳犹有雁传书，郴阳和雁无”。宋徽宗《燕山亭》所谓“无据，和梦也，有时不做”，正使用了晏、秦抒情手法。

② 诸书中皇甫谧所撰《高士传》最具代表性与开创性。皇甫谧自云其所撰《高士传》：“采古今八代之士身不屈于王公、名不耗于终始，自尧至魏，凡九十余人。”见《高士传序》，辽宁教育出版社 1998 年版。

③ 《庄子·秋水》：“庄子钓于濮水，楚王使大夫二人往先焉。曰：‘愿以境内累矣。’庄子持竿不顾，曰：‘吾闻楚有神龟，死已三千岁矣，王巾笥而藏之庙堂之上。此龟者，宁其死为留骨而贵乎？宁其生而曳尾于涂中乎？’二大夫曰：‘宁生而曳尾涂中。’庄子曰：‘往矣，吾将曳尾于涂中。’”

寤言，永矢弗谖。考槃在阿，硕人之薖。独寐寤歌，永矢弗过。”《毛诗序》认为此诗：“刺庄公也。不能继先公之业，使贤者退而穷处。”[①] 由此见，诗本身所写隐者的徜徉山水之乐，确也侧面揭示了政治之昏暗；《论语·微子》载楚狂接舆之歌[②]，《论语·先进》、《论语·公冶长》载孔子“吾与点也”及“道不行，乘桴浮于海”之志，都是以隐逸志趣侧面反映时代治乱及士人政治失路的社会现实。[③] 至魏晋名士的饮酒、服药、隐逸，更与该时期“天下名士，少有全者”的黑暗政治息息相关。如“厥旨渊放，归趣难求”、“百代之下，难以情测”的阮籍之诗，尽管有不少反映隐逸之志，然却更“志在讥刺”。[④] 被《诗品》誉为“古今隐逸诗人之宗”的陶渊明，也不断抒发着对政治祸患的忧惧。如《归鸟》云：“翼翼归鸟，戢羽寒林。游不旷林，宿则森标。晨风清兴，好音时交。矰缴奚施，已卷安劳。”《庚戌岁九月中于西田获早稻》云：“四体诚乃疲，庶无异患干。”《命子诗》云：“纷纷战国，漠漠衰周。凤隐于林，幽人在丘。”《感士不遇赋》云：“密网裁而鱼骇，宏罗制而鸟惊。彼达人之善觉，乃逃禄而归耕。”这些作品出自这位隐逸大诗人之手似乎也不是偶然。

所以，从《诗经·硕鼠》“适彼乐土”的向往到陶渊明“久在樊笼里，复得返自然”的欣悦，中国隐逸文学实从未与抒发政治情怀真正脱离过关系。一生三仕三隐的唐代诗人王绩，其诗云“浮生知几日，无状逐空名。不如多酿酒，时向竹林倾”[⑤]，他的“无状逐空名”之叹，正是对政治名利清醒深刻的认识；李白一生渴望从政酬志，然天宝三载（744）被放送出京后，却说“且放白鹿青崖间，须行即骑访名山。安能摧眉折腰事权贵，使我不得开心颜”，隐逸之志却是以政治愤懑为底色；高适做尉封丘县，因不堪“拜迎官长心欲碎，鞭挞黎庶令人悲”的官场生活，遂生“转忆陶潜归去来”之想；白居易元和六年（811）以上疏救元稹而左降，“退居渭

① 程俊英、蒋见元译：《白话诗经》，岳麓书社1995年版，第81页。

② 《论语·微子》云：“楚狂接舆歌而过孔子，曰：‘凤兮凤兮，何德之衰。往者不可谏，来者犹可追。已而已而，今之从政者殆而。’”

③ 按：《论语·先进》之《侍坐》篇载孔子听弟子各言其志，孔子对子路、冉求愿为政、公西华愿为小相的志向，或哂之，或默然，独于曾点“莫春者，春服既成，冠者五六人，童子六七人，浴于沂，风乎舞雩，咏而归”的理想，表示赞同，他说：“吾与点也。”

④ 按：“厥旨渊放，归趣难求”是钟嵘《诗品》对阮籍诗的评价；“百代之下，难以情测”及“志在讥刺”是《文选·咏怀诗》李善于阮籍诗所下注语。

⑤ 王绩：《独酌》，《全唐诗》卷三七。

上，杜门不出”，在“出门无所往，入室还独处。不以酒自娱，块然与谁语”的忧闷中，一口气作多达两千余字的《效陶潜体诗十六首》①，他的归隐的决心中仍不乏遭遇政治贬黜的悲慨。这些都一再说明，文人表达隐逸观念、抒写隐逸情趣，实与反映其政治生活、抒发其政治怀抱是互为表里的。正如敦煌曲子词中一首《浣溪沙》所云：“卷却诗书上钓船，身披莎笠执鱼竿。棹向碧波深处去，复几重滩。　　不是从前为钓者，盖因时世厌良贤。所以将身岩薮下，不朝天。”② 时世厌弃良贤，政治理想无法实现，这种情况下的归隐亦实为对当权者的抗争。

北宋词中的隐逸题材作品，正继承了宋前隐逸文学这种抒情传统。以所写内容看，北宋隐逸词主要可分两类，一类以表现隐逸生活之乐为主，另一类以表达抒情者于隐逸生活之向往情怀为主，而从作品深层意蕴看，抒发作者政治怀抱却都是这两类作品共同的抒情旨归。

北宋词中正面写隐士江湖之乐以抒发疏离政治、厌倦官场生活之情，以渔父词最为代表。

中国文学中的渔父，历来是以反对汲汲于仕宦的智者面孔出现。最早出现渔父形象的《庄子·渔父》、《楚辞·渔父》即是。《庄子》中之渔父训导孔子犯有汲汲于世而危其本真，“蚤湛于人伪而晚闻大道”的错误，而后“乃刺船而去，延缘苇间”；《楚辞》中之渔父也劝导屈原要像道家观念中品格高尚、智慧高超的圣人一样，“不凝滞于物，而能与世推移”。然后他“莞而笑，鼓木枻而去，歌曰：‘沧浪之水清兮，可以濯吾缨；沧浪之水浊兮，可以濯吾足。’”《庄子·渔父》及《楚辞·渔父》作者以渔父形象塑造婉曲表达政治见解的创作思路，被后代抒情文学所继承。

词体文学中第一个抒写渔父江湖之乐的词人是张志和。张志和《渔父》词中有“斜风细雨不须归”，“长江白浪不曾忧”，“笑著荷衣不叹穷”及“醉宿渔舟不觉寒”诸句，其写渔父萧散自如、无忧无虑生活，却于遣词造语中不断使用否定句法，显见他是以渔父所处之江湖来比对政治人物所处之朝廷的。作为潜在的比较对象，险患丛生的仕宦道路在张志和看来“有忧”、“有穷”、“觉寒”，亦不言自明，而这样的人生选择，以他对渔父

① 见《全唐诗》卷四二八。按：白居易这组诗中有“楚王疑忠臣，江南放屈平。晋朝轻高士，林下弃刘伶”诸句以抒泄愤懑，又有“太公战牧野，伯夷饿首阳。同时号贤圣，进退不相妨”诸句表达远离官场、坚持人格操守的愿望。

② 曾昭岷、曹济平、王兆鹏、刘尊明编：《全唐五代词》，中华书局1999年版，第843页。

萧散生活的描写来反观，也正是他所厌倦与反感的。这种明写渔父江湖而暗比朝廷政治的抒情意图，亦可从张志和本人的仕宦经历得到旁证。①

因张志和《渔父》组词所写渔父逍遥世界与官场政治人生对比鲜明，故此组词问世后激起了不少人共鸣，仅唐五代词中就有同类题材作品45首左右。北宋词人中赏爱张词者亦复不少。历尽仕宦坎壈的苏轼在他的一首《浣溪沙》词前这样写道：

> 元真子《渔父词》极清丽，恨其曲度不传，故加数语，令以《浣溪沙》歌之。

历尽坎坷、终贬死宜州的黄庭坚，生前亦于张志和《渔父》词表现出了特殊兴趣。和苏轼一样，他对张词也作过续写。其一首《鹧鸪天》词之小序云：

> 表弟李如篪云："玄真子《渔父》语，以《鹧鸪天》歌之，极入律，但少数句耳。"因以玄真子遗事足之。宪宗时，画玄真子像，访之江湖不可得，因令集其歌诗上之。玄真之兄松龄惧玄真放浪而不返也，和答其《渔父》云："乐在风波钓是闲，草堂松桂已胜攀。太湖水，洞庭山，狂风浪起且须还。"此余续成之意也。②

黄庭坚所续张志和词之《鹧鸪天》云：

> 西塞山边白鹭飞，桃花流水鳜鱼肥。朝廷尚觅玄真子，何处如今更有诗。　　青箬笠，绿蓑衣，斜风细雨不须归。人间底是无波处，一日风波十二时。③

---

① 据颜真卿《颜鲁公文集》中《浪迹先生玄真子张志和碑铭》，唐张彦远《历代名画记》，及《新唐书·张志和传》，辛文房《唐才子传》等资料关于张志和的记载，张志和十六岁游太学，后举明经、待诏翰林，其"志和"之名亦为唐肃宗所赐。然因事遭贬，后虽遇恩准量移，他亦不愿赴任，辞官回家隐居江湖，自号烟波钓徒，从此不预宦途。以这样的经历看，张志和的《渔父》词以写渔父江湖之乐而表达对官场的厌倦之意亦甚明。

② 黄庭坚：《鹧鸪天》（西塞山前白鹭飞）前小序，见唐圭璋编《全宋词》，中华书局1965年版，第395页。

③ 唐圭璋编：《全宋词》，中华书局1965年版，第395页。

此词后人多有议论。如明沈际飞《草堂诗余四集·正集》卷一云："世上风波不易江上风波，作意可怜。"杨慎《批点〈草堂诗余〉》云："即张志和词装点几句，便是出蓝。末句见破世情语。"清黄氏《蓼园词评》云："山谷生遇坎坷，文字之祸竞于心。将志和原词，每阕添两句，神理迥然大异，便少悠游自得之致矣。然亦其遇然也。"① 这些议论无一不指出黄庭坚改写张志和原词而赋予其更为明显的政治抒情性质。除此词外，黄庭坚一首《诉衷情》词亦为模仿张志和《渔父》词而作，词序云：

在戎州登临胜景，未尝不歌渔父家风，以谢江山。门生请问：先生家风如何？为拟金华道人，作此章。②

戎州正是黄庭坚绍圣元年（1094）以"修《神宗实录》类多附会奸言，诋熙宁以来政事"被贬后的第二个安置之所。由此，我们还有什么理由怀疑北宋词人继张志和及唐五代其他词人之后创作渔父词，并不是为着政治抒情的目的呢？如苏轼《渔父》四首其四云：

渔父笑，轻鸥举。漠漠一江风雨。江边骑马是官人，借我孤舟南渡。③

苏轼这组《渔父》词深蕴其政治怀抱④，而组词中这第四首词因将渔父江湖生活的萧散无忧，与政界"官人"面临大江横陈时计无所出之窘态进行对比，故其所赋予人物形象的象征性尤具政治抒情意味。在苏轼看来，一个面临政治危机的"官人"，也许只有渔父的江湖之舟才可以渡其超越苦海。因此，他的词作也就不断表达着回归渔父江湖的愿望，这个话题下面再谈。

---

① 沈际飞、杨慎、黄氏诸人评论见马兴荣、祝振玉校注《山谷词》，上海古籍出版社2001年版，第155页之《汇评》。

② 唐圭璋编：《全宋词》，中华书局1965年版，第398页。

③ 同上书，第330页。

④ 关于苏轼《渔父》四首的政治抒情旨意，详见本书第七章《北宋词政治抒情作品之考论》第二节。

北宋词人除苏、黄二人喜好张志和渔父词并屡有摹写外[①]，大苏轼十岁，神宗时以耳聋不能出仕，元祐年间曾做过楚州教授的徐积，亦有一组渔父词将渔父生活与仕宦、官场进行对比，以江湖生活之逍遥反衬政途之险恶。[②] 如其组词中的《无一事》云：

> 见说红尘罩九衢，贪名逐利各区区。论得失，问荣枯，争似侬家占五湖。[③]

《君不悟》：

> 一酌村醪一曲歌，回看尘世足风波。忧患大，是非多，纵得荣华有几何。[④]

比较尘世风波、九衢红尘与“侬家五湖”，词人于荣枯得丧、忧患是非之取舍态度何等鲜明。如果不是对仕宦之途的险恶有极为深刻的认识，渔父江湖何能如此吸引词人？看来徐积的歌咏渔父之乐，实际上也正是在抒发他于官场政治的厌倦、避舍情怀。再看黄裳《瑶池月》：

> 扁舟寓兴，江湖上、无人知道名姓。忘机对景，咫尺群鸥相认。烟雨急、一片篷声碎，醉眼看山还醒。晴云断，狂风信。寒蟾倒，远山影。谁听。横琴数曲，瑶池夜冷。　　这些子、名利休问。况是物、都归幻境。须臾百年梦，去来无定。向婵娟、留住青春，笑世上、风流多情。蒹葭渚，芙蓉径。放侯印，趁渔艇。争甚。须知九鼎，金砂如圣。[⑤]

---

① 除前文所述渔父题材作品外，苏轼还写过渔父词《调笑令》，黄庭坚亦有《浣溪沙》（新妇滩头眉黛愁）。苏轼《调笑令》云：“渔父，渔父，江上微风细雨。青蓑黄箬裳衣，红酒白鱼暮归。归暮，长笛一声何处。”

② 按：徐积早年从学胡瑗，“三岁丧父，求之甚哀。事母孝笃，母终，居丧尽礼，庐墓侧十余年，晨昏奉几筵，如事生”。其事迹李焘《续资治通鉴长编》卷三五七“神宗元丰八年六月庚午”条有载。徐积渔父组词也是其政治观念的反映，而非专咏渔父江湖生活之作。

③ 唐圭璋编：《全宋词》，中华书局1965年版，第214页。

④ 同上。

⑤ 同上书，第381页。

上片写渔父忘机对景、萧闲于江湖，下片写其不问名利、放却侯印而以“金砂为圣”的人生追求，其中显见作者意欲摆脱政治名利羁牵，过自由闲适生活的愿望。这首渔父词，实质就是作者于世人所追求的政治人生进行价值判断的宣言书。杜安世《凤栖梧》：

> 任在芦花最深处，浪静风恬，又泛轻舟去。去到滩头遇俦侣，散唱狂歌鱼未取。　　不把身心干时务，一副轮竿，莫笑闲家具。待拟观光佐明主，将甚医他民病苦。①

这是北宋词中较早出现的渔父题材之作，不过该词中的渔父，与作者自身似乎并没有拉开距离。词上片言渔父江湖生活之乐，下片则写欲从政而无甚医民病苦的无奈，一词而写两种人生道路的取舍，表达的却是词人退出政界的决绝态度。

正面写隐士江湖之乐以抒发疏离政治、厌倦官场生活之情，除渔父词外，尚有其他题材作品可陈，而这些作品，在抒发政治情怀的深广度上，也并不比渔父词逊色。如刘述《家山好》：

> 挂冠归去旧烟萝，闲身健，养天和。功名富贵非由我，莫贪他。这岐路、足风波。　　水晶宫里家山好，物外胜游多。晴溪短棹，时时醉唱裹棱罗。天公奈我何。②

该词写归居田园之乐，以“天公奈我何”表露离开仕途后的逍遥自在，却穿插对功名富贵皆出他人赐予、官场这条“歧路”“足风波”的反省，其于入仕从政的认识可谓深刻。与刘述《家山好》相类的作品还可再举晁端礼一首《满庭芳》的例子：

> 天与疏慵，人怜憔悴，分甘抛弃簪缨。有时乘兴，波上叶舟轻。十里横塘过雨，荷香细、苹末风清。真如画，残霞淡日，偏向柳梢明。　　凝情。尘网外，鲈鱼旋鲙，芳酒深倾。又算来、何须身后

① 唐圭璋编：《全宋词》，中华书局1965年版，第185页。

② 同上书，第195页。

浮名。无限沧浪好景，蓑笠下、且遣余生。长歌去，机心尽矣，鸥鹭莫相惊。[①]

作者说自己离开了“簪缨”之路回归田园过上“疏慵”生活，这是上天之赐予，也是他人怜惜自己“憔悴”的结果。归居生活中，有残霞淡日明于柳梢，有苹末清风送来荷香，有鲈鱼可脍，也有芳酒可倾，政途之机心于此“尽矣”，鸥鹭亦莫须相惊，以如此生活“且遣余生”，又“何须身后浮名”？全词表面是写隐逸之乐，然字里行间透露出的于政治生活的复杂感情却也甚为真切。这样的抒情我们从贺铸的《续渔歌》、晁补之《永遇乐·东皋寓居》、《一丛花·再呈十二叔》等词中亦可看到，兹不细举。[②]

北宋隐逸词中，另有一部分作品以表达抒情者于隐逸生活之向往为主。从政治抒情角度看，此类词抒写身在宦途者的隐逸之志，也只不过是委婉表现作者于政治生活的态度、感受而已。如苏轼的《临江仙·夜归临皋》：

夜饮东坡醒复醉，归来仿佛三更。家童鼻息已雷鸣。敲门都不应，倚仗听江声。　　长恨此身非我有，何时忘却营营。夜阑风静縠纹平。小舟从此逝，江海寄余生。

纵观北宋词人，涉笔隐逸词创作而作者自身不遭逢政治坎坷者盖寡，故以隐逸而寄托疏离政治、厌倦仕宦情怀的词人亦大有人在。苏轼一生政治上历尽坎坷，他的词即不断涉笔隐逸话题。在贬谪黄州期间所作这首《临江仙》中，他怅恨自己不能忘却政治上的“营营”，渴望“小舟从此逝，江

① 唐圭璋编：《全宋词》，中华书局1965年版，第420页。

② 按：贺铸《续渔歌》、晁补之《永遇乐·东皋寓居》、《一丛花·再呈十二叔》，见唐圭璋编《全宋词》，中华书局1965年版，第509、554—555、587页。贺铸《续渔歌》中有“沧州大胜黄尘路”云云，其以归隐生活之愉悦比附官场生活之意甚为明显。“黄尘路”即词人在《将进酒》等词作中提到的“长安路”，“长安路”即仕宦之路。贺词《将进酒》云：“黄埃赤日长安道，倦客无浆马无草”；《蕙清风》云：“车马几番尘，自古长安道。”对贺铸这样一个屡叹“长安不见令人老”（《望长安》）的词人来说，《续渔歌》写隐逸之乐，仍不免有仕路沉沦之叹。如其云“阿依原是个中人，非谓鲈鱼留不住”，离开政途的无奈、尤怨之情溢于言表；晁补之《永遇乐·东皋寓居》云：“东里催锄，西邻助饷，相戒清晨去。斜川归兴，翛然满目，回首帝乡何处。”《一丛花·再呈十二叔》云：“飞凫仙令气如虹，脱屐向尘笼。凌烟画像云台议，似眼前、百草春风。盏里圣贤，壶中天地，高兴更谁同。　　应怀得隽大明宫，无事老冯公。玉山且向花间倒，任从笑、老入花丛。三径步余，一枝眠稳，心事付千钟。”隐逸生活描写中仍然融入了极复杂的仕宦感受。

海寄余生”，虽然这只是一种向往，然不满生存困境、厌倦政治的心情在此实表露无遗。除此词外，又如以下词句：

醉中吹堕白纶巾，溪风漾流月。独棹小舟归去，任烟波飘兀。（《好事近·西湖夜归》）

记取西湖西畔，正暮山好处，空翠烟霏。算诗人相得，如我与君稀。约他年、东还海道，愿谢公、雅志莫相违。（《八声甘州·寄参寥子》）

吾老矣，乘桴且恁浮于海。（《千秋岁》）

虽抱文章，开口谁亲。且陶陶、乐尽天真。几时归去，作个闲人。对一张琴，一壶酒，一溪云。（《行香子·述怀》）

归去来兮，吾归何处，万里家在岷峨。（《满庭芳》）

莫上孤峰尽处，萦望眼、云海相搀。家何在，因君问我，归梦绕松杉。（《满庭芳》）

晁补之曾次苏轼词韵作词云“谓东坡、未老赋归来，天未遣公归”[①]，苏轼一生确未真正有过归隐经历，但他却不断这样道及自己的归隐向往。这说明隐逸之想在他的笔下只不过抒写其厌倦政治生活的一个形式，因为他既没有过真正隐逸的行动，其词作中更看不出彻底抛开仕途坎壈蹭蹬之感而纯然描述、赞美隐士情怀的意图。故苏轼的隐逸向往，与其仕途坎坷之叹往往是表里关系。

黄庭坚晚年的隐逸追求比苏轼似乎更为强烈。黄词《瑞鹤仙》以隐括欧阳修散文《醉翁亭记》表达归隐之志[②]；《鹧鸪天》（陶陶兀兀）四首又以“尊前我是华胥国”、“人生无累何由得”、“人生梦里槐安国”、“醉乡路远归不得”等起意抒情、表达遭遇政治贬谪后的痛苦反思及归隐理想。[③]

① （宋）晁补之：《八声甘州·扬州次韵和东坡钱塘作》，见唐圭璋编《全宋词》，中华书局1965年版，第553页。

② 唐圭璋编：《全宋词》，中华书局1965年版，第414页。按：此词马兴荣、祝振玉校注之《山谷词》列入存疑词（见《山谷词》，上海古籍出版社2001年版，第274页）。唐圭璋编《全宋词》并未如此处理，本书从《全宋词》。

③ 按：组词见唐圭璋编《全宋词》，中华书局1965年版，第395—396页。其第三首小序云：“老夫止酒十五年矣，到戎州，恐为瘴疠所侵，故晨举一杯，不相察者乃强见酌，遂能作病。因复止酒，用前韵作二篇，呈吴元祥。”组词第一首序文亦有“因戏作四篇，呈吴元祥、黄中行”之句。据此，可知这组词作于黄庭坚元符二年（1099）贬戎州期间。

《南乡子》云：

> 未报贾船回，三径荒锄菊卧开。想得邻船霜笛罢，沾衣。不为涪翁更为谁。　　风力袅萸枝，酒面红鳞惬细吹。莫笑插花和事老，摧颓。却向人间耐盛衰。①

黄庭坚贬黔南期间（1095—1097）自号涪翁，此词云“不为涪翁更为谁”，自然是此期作品无疑。此时的词人，以戴罪之身接受贬谪惩罚，在仕宦道路上已无退路可言，故只能就“三径荒锄”深致愧意。因为心怀归隐之志，故对邻船霜笛之声，他也就格外敏感，认为这是对自己而发；然不能回归，亦只好以插花、饮酒这样的放浪形骸举动弥补心中的遗憾。当然，他的愤懑及对政治打击的抗争之意亦于此表露无遗。《浣溪沙》及《拨棹子·退居》：

> 一叶扁舟卷画帘，老妻学饮伴清谈。人传诗句满江南。　　林下猿垂窥涤砚，岩前鹿卧看收帆。杜鹃声乱水如环。②
>
> 归去来，归去来，携手旧山归去来。有人共、月对尊罍。横一琴，甚处不逍遥自在。　　闲世界，无利害。何必向、世间甘幻爱。与君钓、晚烟寒濑。蒸白鱼稻饭，溪童供笋菜。③

此两词作时无考。《浣溪沙》中，除“人传诗句满江南”乃概写之外，其他五句，一句描绘一幅归隐逍遥图，看来对这种远离官场、自在逍遥的生活，词人确是极其渴望的，以身在官场、政途的现实，而作这样的归隐生活想象（设计），黄庭坚于此词中流露出的厌倦政治生活之意甚明；《拨棹子·退居》中，则更明确借助呼唤隐逸生活以表达对“有利害”的官场政治之疏离。该词中“何必向、世间甘幻爱”一句，所表达的对以往政治人生的反思、警醒之意尤为痛切。

与“苏黄”不同，苏门词人晁补之晚年罢官后有过归居田园经历。他

① 唐圭璋编：《全宋词》，中华书局1965年版，第396页。

② 同上书，第414页。

③ 同上书，第398页。

“居乡间，以学行为乡人所敬，尤好晋陶渊明之为人，其居室庐园圃，悉取渊明《归去来兮辞》以名之，其讲学至老不废”。① 乡居生活中，他也创作了不少反映其隐逸之志的作品。如《摸鱼儿·东皋寓居》云：“弓刀千骑成何事，荒了邵平瓜圃”，“便似得班超，封侯万里，归计恐迟暮”②；《满庭芳·用东坡韵自题画莲社图》云：“归去来兮，名山何处，梦中庐阜嵯峨。二林深处，幽士往来多”，“我似渊明逃社，怡颜盼、百尺庭柯。牛闲放，溪童任懒，吾已废鞭蓑”③；《过涧饮·东皋寓居》云：“归去，奈故人、尚作青眼相期，未许明时归去。放怀处，买得东皋数亩，静爱园林趣”，“堪笑儿童事业，华颠向谁语”；④《碧牡丹·焦成马上口占》云：“旧事如云散，良游盛年俱换。罢说功名，但觉青山归晚。”⑤ 这位在党争旋涡中浮沉半生，至罢官废退济州（今山东巨野）金乡时（时在崇宁二年，公元 1103 年）已五十一岁的老人，在早岁壮志成空、韶华业已耗去的情况下回归家园，其产生啸傲风月、归隐高蹈的情怀并不难理解。然正是在这些表达隐逸志向作品中，我们却可以实实在在感受到词人积郁心中的那股愤慨难平之气。

李之仪也是这样。元符中，李“监内香药库，御史石豫言其尝从苏轼辟，不可以任京官，诏勒停。徽宗初，提举河东常平，坐为范纯仁遗表，作行状，编管太平，遂居姑熟”。⑥ 政治挫折既使之身心俱疲，其词中的隐逸之想便分外深切：

还是归来，依前问渡，好风引到经行处。几声啼鸟又催耕，草长

---

① （宋）张耒：《晁无咎墓志铭》，见李逸安、孙通海、傅信点校《张耒集》，中华书局 1990 年版，第 902 页。另：《宋史》卷四四四《晁补之传》亦称晁补之归居后，“自号归来子，忘情仕进，慕陶潜为人”。

② 同上书，第 554 页。

③ 同上书，第 564 页。此词乔力云“亦作于退居金乡东皋时”（见乔力校注《晁补之词编年笺注》，齐鲁书社 1992 年版，第 153 页），此处采乔说。

④ 唐圭璋编：《全宋词》，中华书局 1965 年版，第 555 页。

⑤ 同上书，第 557 页。乔力云“此词当为家居金乡东皋，于巨野往还途中作”（见乔力校注《晁补之词编年笺注》，齐鲁书社 1992 年版，第 139 页），此处采乔说。

⑥ （元）脱脱等：《宋史》卷三四四《李之仪传》。李焘《续资治通鉴长编》卷五一一“元符二年六月甲午”条云：“权殿中侍御史石豫言：‘监内香药库李之仪，因苏轼知定州日，荐辟管勾机宜文字。之仪既为奸臣心腹之党，岂可更居此职？欲令有司放罢。’从之。”见《续资治通鉴长编》，中华书局 2004 年第 2 版，第 12168 页。

柳暗春将暮。潦倒无成，疏慵有素，且陪野老酬天数。(《踏莎行》)[①]

流落天涯头白也，难得是，再相逢。十年南北感征鸿。恨应同。苦重重。休把愁怀，容易便书空。只有琴樽堪寄老，除此外，尽蒿蓬。(《江城子》[②])

功名何在，文章漫与，空叹流年。独恨归来已晚，半生孤负渔竿。(《朝中措》[③])

由来好处输闲地，堪叹人生有底忙。心既远，味偏长，须知粗布胜无裳。从今认得归田乐，何必桃源是故乡。(《鹧鸪天》[④])

独泛扁舟归去，老来不耐霜寒。平生志气，消磨尽也，留得苍颜。寄语山中麋鹿，断云相次东还。(《朝中措·樊良道中》[⑤])

一面表达隐逸愿望，一面流露抗争心志。这样的词，完全是借助隐逸的“酒杯”浇注胸中饱受政治摧残的块垒。

以上我们讨论了北宋词政治抒情作品中隐逸题材的两种类型。对中国古代文人来说，仕与隐、入世与出世的矛盾虽然是尖锐对立的，然而对立的、水火不容的东西又往往是统一的，可相济的。故北宋词中的隐逸题材之作，无论侧重写隐逸的事实，还是侧重写隐逸的趋向，都与词人置身其中的时代政治特点、生活背景，有着莫大关系。北宋词中如此之多隐逸作品所表达的复杂情怀多为词作者坎坷政治生活所催生，且无论写脱乎世俗的情怀还是仕途失意之心绪，隐逸词大都以厌倦官场、疏离政治作为其抒情基本落脚点，这个事实充分说明，以隐逸题材作为抒情载体，确是北宋词政治抒情值得注意的特点之一。

---

① 唐圭璋编：《全宋词》，中华书局 1965 年版，第 345 页。
② 同上书，第 342 页。
③ 同上书，第 346 页。
④ 同上。
⑤ 同上书，第 352 页。

## 第二节　政治抒情意象类型化：以“长安”、“春归”意象为例

### 一　宋词抒情意象的类型化特点

诗词作家一旦进入创作过程，其选用何种意象、不选用何种意象，理论上讲，并不存在事先规定，而完全服从抒情的实际需要。然从宋词现有文本分析，却可看到，词人抒情过程中所选用的意象确乎又存在“类化”特点，即某类意象适合于抒发某种情怀，这在不同的词人，是存在共识的。理解这种特点，对我们理解北宋词政治抒情中意象使用特点是有帮助的。以下，试以宋词楼宇意象“类化”使用为例，对此问题予以简略说明。

出现在宋词中的楼宇意象，以其不同位置又有西楼、南楼、东楼之别（北楼在宋词中绝少出现）。《全宋词》中，出现西楼意象作品约150首，这些词大多以表现男女情爱悲欢为主，西楼相应也是寄托情人相思的主要场所；使用东楼意象作品仅12首，却几乎全不涉艳情而以表现男性的政治及交游活动为主；使用南楼意象作品100余首，但和东楼一样，出现南楼的词作，更多注重深入揭橥男性心灵世界，且这些词中的男性忧戚悲欢也基本超越了两性情感之纠葛。宋词抒情意象使用中的类化特点，在此确乎可以看得比较清楚。

如北宋小晏词有12首作品使用了西楼意象，他笔下的西楼，完全是其情爱生活悲欢离合的见证。这里不仅有心上人“凝淡倚西楼，新样两眉愁”，“西楼别后，风高露冷”的落寞伤感；也有词人自己“醉别西楼醒不记”，“西楼月下当时见……恨隔炉烟看未真”的感念与遗憾。以小晏“西楼”意象抒发的人生失意看，生活中似乎没有什么能比咀嚼发生于“西楼”之记忆更令其哀伤的了。“西楼”观望产生的失望，“西楼”高耸伴随的凄寒，“西楼”欢会留下的憾恨等情绪，凝成其西楼抒情的重要成分。

吕渭老和周密也各有7首作品使用了西楼意象。吕渭老笔下不仅有“大家沈醉还高枕，一任西楼报五更”的欢愉，亦有“断人肠，正西楼独上，愁倚斜阳”的相思，也有词人因思念心上人“欲上西楼还不忍，难著眼，望秋千”的感伤。周密笔下的西楼，一如吕渭老，有女子独倚的落

寞，有男性轻别后的悔叹，也有词人叹老而倦旅思归的人生悲愁，他们的抒情都赋予西楼意象极浓厚的感伤色彩。

虽然使用了同一类意象来抒发男女私情，然“类化”却并不单调。西楼意象在抒发两性情爱悲欢中所显示的抒情内蕴实则相当丰富。以表现男女别后相思的作品为例，贺铸《断湘弦·万年欢》（淑质柔情），周紫芝《醉落魄·一斛珠》（江天云薄），王之道《西江月》（一别清风北牖），姜夔《一萼红》（古城阴）等都借西楼意象表现了与心上人别后的悲凉；谭宣子《侧犯》（素秋渐爽），卢祖皋《贺新郎》（春色元无主），杨冠卿《垂丝钓》（翠帘昼卷）等则表现女性西楼翘望情人归来的疑虑愁苦；陈坦之《沁园春》（睡起闻莺），周密《菩萨蛮》（霜风渐入龙香被），王沂孙《金盏子》（雨叶吟蝉）等又是以梦境与西楼意象之结合来表达情人间的相思。

与西楼意象配合使用的其他抒情意象，甚至也呈现出“类化”特点。如宋词中与西楼意象经常合用的风、云、雨、雪等意象，属于表气候变化一类；与西楼合用的斜阳、明月、烛花等意象，属于衬托西楼抒情的光影类物象；而配合西楼抒情意象的飞雁、喜鹊、燕子等鸟类意象则更具有传递信息的“类化”性质。这样的意象结合方式，强化了两性情爱所产生的悲喜激荡情感，使西楼意象更充满了抒情张力。仅以宋词中西楼与明月意象的连用为例，就常可看到“西楼明月”，“月满西楼”，“月落西楼”，“拜月西楼”，“逆月上西楼”等这样的句子。总之，凡有西楼的地方，月光也总分外引人注目，无论它朦胧暗淡，还是明亮皎洁，都为西楼抒情蒙上了一层婉转多感、相思情深的面纱。而明月背景下的西楼，其兀自孤立的光影形象，似乎也更能传达同心离居者的多感之怀。所以，像西楼这样的意象，尽管它有明显的抒情“类化”性质，然“类化”却不重复单调。

同为楼宇类意象，东楼、南楼意象使用的场合、承载的抒情性质却与西楼意象明显有别。以东楼意象使用为例：向子諲《水调歌头》（闰余有何好），其词序云：“从游者，洪驹父、徐师川、苏伯固父子、李商老兄弟。是夕登临，赋咏乐甚。俯仰三十九年，所存者，余与彦章耳。”该词写披月登楼的行动意在感叹人生之流落；韩淲《朝中措》（一番风月已平分）是以东楼意象写男性的交流聚会；侯置《风入松》（东楼烟重暗山光）以登东楼，抒其感春事微茫、宦老他乡的怅惘；葛长庚《柳梢青》（鹤使南翔），以东楼意象抒其高情出世之想；魏了翁《满江红》最具代表性，东楼嘉集，俯仰今古，那里完全是男性单极天下。使用东楼意象的词作中，即使出现女性，她们也不是“东楼”主角。晏几道《浣溪沙》（浦口莲香夜不收）虽言及女性，但此词所写之东楼，仅是“可堪题叶寄东楼”的女子想象中恋人所在之处，她并未能涉足其间；卢祖皋旨在表达出世之想的《洞仙歌》也有“东楼佳丽，缥缈风烟表”之句，但佳丽们的形象完全模糊，她们虽在“东楼”，却不具备个体特征及主体意识，只是“东楼”的点缀。

出现南楼意象词作中，有借南楼写宦游他乡之愁的，如柳永《竹马子》（登孤垒荒凉），曹组《青门饮》（山静烟沈）、李石《满庭芳》（江草抽心），这些词人笔下的南楼与瞑鸦零乱，江城萧索，蜀山万点，甚至西风客梦等映衬，极尽南羁北旅者之愁苦；有写政治上落拓不平之意气的，如陆游《蝶恋花》（陌上箫声寒食近）、王之道《沁园春》（城郭萧条）、范成大《水调歌头》（细数十年事）、辛弃疾《水调歌头》（折尽武昌柳）、刘辰翁《八声甘州》（看团团一物大如杯）等，这些词表达词人面对人生蹉跎与政治坎坷，或披云对月放怀高歌，或细数往事遗恨难平，或凭高望断欲休未得的情怀；有写登临兴致的，如洪适《望海潮》（重溟倒影）、杨无咎《水调歌头》（闰余有何好）、杨炎正《水调歌头》（一笛起城角）等，其或写尊俎从游的逸兴，或写政成欢聚的谈笑，或写登龙戏马的风流；有写对往昔生活怀念的，如赵鼎臣《念奴娇》（旧游何处）、赵善括《鹧鸪天》（忆昔南楼旧使君），表达与友人别后的惆怅，及对南楼旧游踪迹的追寻；也有写朋友间别情的，如毛并《满庭芳》（世事难穷）；有写亡国哀痛的，如王沂孙《声声慢》（高寒户牖）。这些作品都注重对男性复杂心灵世界的洪涛波澜进行深层揭示，而南楼意象的使用，对其抒情起到了契机与桥梁作用。

不可否认，出现南楼意象的宋词，也有少数作品涉及两性私情，然即使这样的一些作品，也绝少女性情怀的正面展现，此亦与西楼意象使用截然不同。这说明宋词中作为抒情意象的东楼、南楼，广义上并不主要用来表现男女情爱，它们也几乎同时排斥艳情。而西楼则不仅是展现两性情爱的抒情世界，同时也是此类抒情几乎必所涉及的对象。宋词中楼宇意象这种“类化”使用特点，正好为我们认识北宋词政治抒情中意象使用的特点从反面提供了一个很好的说明。

## 二　北宋词政治抒情中的“长安”意象

“长安”正是北宋词政治抒情中有明显“类化”特点的意象之一。检《全宋词》，使用“长安”意象作品300余首，其中北宋词约70首。这70首左右作品使用的“长安”意象，并非全属政治抒情意象，然其十之八九却与政治抒情有关。可以说，在北宋词所使用的重要意象之中，“长安”在政治抒情作品中体现出来的意象“类化”特点是最为典型的。

“长安”一词在进入北宋词政治抒情意象体系之前，其在典籍中的含义主要有三：

一指乡聚。北宋宋敏求《长安志》云：“长安，本秦之乡名。”① 陈直在《三辅黄图校证》中亦指出：“《史记·秦始皇本纪》八年云：‘弟长安君成蟜将军击赵，反。’又咸阳一带尝出土有‘长安’圆钱，当为秦物，足证长安之名始于始皇初期。”② 又，《史记·卢绾传》云：“卢绾封为长安侯。长安，故咸阳也。”③ 这说明作为乡聚名称的“长安”一词起源甚早，大概先秦时期就已经存在，至汉代卢绾封长安侯，亦用“长安”指秦咸阳之故地，后以长安为县名亦此之衍生。

二指历史上先后在关中地区建都的西汉、前赵、前秦、后秦、西魏、隋、唐等政权的都城。《三辅黄图序》云：“汉高祖有天下，始都长安，实曰西京，欲其子孙长安都于此也。”④ 宋敏求《长安志》亦云：“汉兴，立都长安。”⑤ 这说明作为都城名称的“长安”本有丰富的政治含义。实际上，汉代长安城与隋唐时期长安城在具体位置上并不相同。据考古探察，汉长安城位于西周古都丰、镐二京东北、秦都咸阳之南略偏东一带，隔渭河与咸阳城北的咸阳宫遥遥相望。杨坚公元581年建立隋朝时，因长安城历八百余年兴废已残破狭小，故在其东南又兴建大兴城作为国都，唐王朝建立以后的长安城即是易名隋大兴城而来。另据《汉书·高祖本纪》六年记载田肯贺高祖云：“陛下治秦中。秦形势之国，带河阻山，持戟百万，秦得百二焉。地势便利，其以下兵于诸侯，犹居高屋之上建瓴水也。”《汉

① （宋）宋敏求：《长安志》，台湾商务印书馆影印文渊阁《四库全书》第587册之78页。
② 陈直：《三辅黄图校证·三辅黄图序（原序）》，陕西人民出版社1980年版，第5页。
③ （汉）司马迁：《史记》卷九三，中华书局1959年版，第2637页。
④ 陈直：《三辅黄图校证·三辅黄图序（原序）》，陕西人民出版社1980年版，第4页。
⑤ （宋）宋敏求：《长安志》，台湾商务印书馆影印文渊阁《四库全书》第587册之78页。

书》娄敬本传亦载此类言论。故西汉立都长安，“治秦中”，又使长安一词有泛指“被山带河”的关中一带之含义。①

除以上两种含义外，长安还指武则天当政时期所用年号之一。

作为指称封建王朝都城的专有名词，“长安”所指对象是明确的。但进入北宋词中的“长安”意象，其意义却变得相当复杂。总体看，其抒情意义主要体现在以下方面。

其一，以指称北宋都城汴京而承载政治抒情意义。宋前的长安城，自汉代作为国都使用以来，政治功能突出。故在北宋词中，常以长安指代京城汴京。如苏轼《沁园春》词写自己和弟弟苏辙当年赴汴京求仕云：“当时共客长安，似二陆初来俱少年。有笔头千字，胸中万卷，致君尧舜，此事何难。”他用的是西晋南士领袖陆机、陆云兄弟从老家吴郡华亭（今上海市松江）赴京城求仕之典。然二陆当年求仕去的也非长安而是洛阳，苏轼也是从蜀中眉山家乡初至京城汴京求仕，但他却没有说自己是去汴京，而是说去长安。他在这里以长安连续指代时空不同的两个京城，以说明他前往汴京是为了寻求政治出路。“长安”在此词中的出现，使得作者当年渴望入仕的风发意气跃然纸上。《西江月》词中他又说：“昨夜扁舟京口，今朝马首长安。”北宋京口（今江苏镇江）位于长江与运河交汇处，连岗三面，大江横陈，属淮南东路，其距属永兴军路的关中之长安，东西遥隔。他要去的实也是京城汴京，但他却更愿以长安代称，以便说明他是肩负政治使命而前往京城。前文引过的《千秋岁》（岛边天外）云“一万里，斜阳正与长安对”，也是以长安指代汴京的典型用例。该词作于苏轼被贬海南岛时。晚年的词人，在漫长贬谪岁月中，当年向神宗皇帝上书言政的政治热情早已消磨殆尽，君主眷顾的恩遇于他亦荡然无存。他以“斜阳正与长安对”既言传远离京城、远离朝廷政治中心后的流落之苦，更表达自己年华将尽，而君恩不再光顾的悲戚。长安，既寄托着他毕生的政治理想，又浓缩着他元祐后入翰林、知制诰这一段辉煌政治生活的剪影，其与“斜阳”对举，在此词抒情中无疑发挥了重要作用。

① 按：关中，因位居众关之中而得名。《资治通鉴》卷八《秦纪三》云：“初，楚怀王与诸将约：‘先入定关中者王之。’”元胡三省注云：“秦地西有陇关，东有函谷关，南有武关，北有临晋关，西南有散关：秦地居其中，故谓之关中。”见司马光编著、胡三省注《资治通鉴》，中华书局1956年版，第282页。

再看自称“予之词清淡而正，悦人之听者鲜”的演山居士黄裳[①]，其《宴琼林》一词中使用长安意象的情况：

> 霜月和银灯，乍送目楼台，星汉高下。爱东风、已暖绮罗香，竞走去来车马。红莲万斛，开尽处、长安一夜。少年郎、两两桃花面，有馀光相借。　　因甚灵山在此，是何人、能运神化。对景便作神仙会，恐云軿且驾。思曾侍、龙楼俯览，笑声远、洞天飞罼。向东来、尤幸时如故，群芳未开谢。[②]

词写京城夜晚观灯情形，于盛景颂赞中抒发个人仕路的今昔之叹，借使用“长安”一词，在指称汴京的同时，也包含着对时代政治升平的肯定。

除上述词作外，柳永《望远行》（长空降瑞）、张先《鹊桥仙》（星桥火树）等词，也是以长安指称汴京而寓颂赞时代政治之意的典型。晁端礼《金人捧露盘》云：

> 天锡禹圭尧瑞，君王受厘，未央宫殿。三五庆元宵，扫春寒、花外蕙风轻扇。龙阙前瞻，凤楼背耸，中有鳌峰见。渐紫宙、星河晚。放桂华浮动，金莲开遍。御帘卷。须臾万乐喧天，群仙扶辇。　　云间，都人望天表，正仙葩竞插，异香飘散。春宵苦长短。指花阴，愁听漏传银箭。京国繁华，太平盛事，野老何因见。但时效华封祝，愿岁岁闻道，金舆游宴。暗魂断，天涯望极长安远。[③]

词以想象京城元宵节游人观灯情形颂太平盛事，既颂君王“治绩”，也写自己“暗魂断，天涯望极长安远”的政治失意之情。“长安”在该词中既实指京城汴京，又明显充当了抒发作者政治落拓之意的抒情意象之角色。欧阳珣《踏莎行》云：

> 雁字成行，角声悲送，无端又作长安梦。青衫小帽这回来，安仁

① （宋）黄裳：《演山集》卷二十之《演山居士新词序》。

② 唐圭璋编：《全宋词》，中华书局1965年版，第379页。

③ 同上书，第423页。

两鬓秋霜重。　　孤馆灯残，小楼钟动，马蹄踏破前村冻。平生牵系为浮名，各垂万古知何用。[①]

这是作者唯一存世之作。据曾敏行《独醒杂志》卷八载，靖康元年(1126)，欧阳珣调官京师，行次开山时，他作此词寄内。[②] 时金人欲求三镇，欧阳珣至京即被派往深州向金人纳地。然身为割地使者的欧阳珣，至深州城下却号召当地军民抗金，后被金人“焚死之”。[③] 此词云“雁字成行，角声悲送，无端又作长安梦”，“长安”既指他即将前往之汴京，同时，借此意象作者又表达了受命于政治危难时代的忧患、孤苦心情。

其二，以长安指称官场或宦途而抒发人在仕途的复杂情怀。中国古代的长安城，因长期作为封建王朝国都，求取功名的士子，其仕宦之路既从这里开始，而仕途之曲折艰难，他们亦于此甘苦备尝。所以，长安之路，对希图有所作为的年轻学人或从政者来说，既是一条通往政治高位的希望之路，同时，也是一条荆棘丛生、布满坎坷的险难畏途。所以在北宋词中，“长安”成为指代仕宦之途的抒情意象实不难理解。

柳永《轮台子》云：“冒征尘远况，自古凄凉长安道。”以人之凄凉于“长安道”写求宦路上的疲惫与绝望；晏殊《酒泉子》云：“三月暖风，开却好花无限了，当年丛下落纷纷。最愁人。长安多少利名身。”以暖风催花开花谢之愁人，写仕宦路上利名之不能久长的怅惘；欧阳修《渔家傲》云：“行人莫羡长安道，丹禁漏声衢鼓报，催昏晓。长安城里人先老。”三句话中连用两“长安”且以踏上“长安”道这条通往权力之路会使人早早老去的艰辛，写政治生活对人的消磨；张舜民《卖花声》云：“楼上久踟蹰，地远身孤，拟将憔悴吊三闾。自是长安日下影，流落江湖。”这又是

① 唐圭璋编：《全宋词》，中华书局1965年版，第793页。

② 按：王兆鹏、刘尊明主编《宋词大辞典》，凤凰出版社2003年版，第503页欧阳珣小传谓：“靖康元年（1126）十二月，（欧阳珣）奉使割深州地予金，及至城下，激励城上人忠义报国，金人怒，执送至燕，焚死之。其词1首，即赴深州途中寄内之作，见曾敏行《独醒杂志》卷八。”然查曾敏行《独醒杂志》卷八，原文所载为：“欧阳全美名珣，庐陵人，登崇宁进士第。靖康初，全美调官京师。时金人欲求三镇，全美行次開山，以乐府寄其内曰（词略）。全美至京，有诏许上封事，论御戎之策。全美应诏陈利害，时有九人同召对，全美奏曰：‘割地，敌亦来。不割，亦来。特迟速有间。今日之策，惟有战耳。’时宰执有主弃地之议者，不悦，即除将作监丞。使金，竟不复还。朝廷录其节而官其婿，乃从兄叔谦也。”

③ 此据宋曾敏行《独醒杂志》卷八所载及唐圭璋编《全宋词》，中华书局1965年版，第793页欧阳珣小传。

以“长安”意象写其流落他乡的政治哀怨；至舒亶《菩萨蛮》云“朱颜绿发长安路”，也是以“长安”意象写其年轻时政治上之春风得意情形。而他的《虞美人·寄公度》则云：

芙蓉落尽天涵水，日暮沧波起。背飞双燕贴云寒，独向小楼东畔倚阑看。　　浮生只合尊前老，雪满长安道。故人早晚上高台，赠我江南春色一枝梅。①

词为寄赠友人黄公度之作。舒亶早年“试礼部第一”，在仕途上“锐意进取”，屡有超擢，后以贪赃而从御史中丞高位放归后，“谪居四明，几二十年”。还乡后的舒亶，早年政治上的风光于此词中已一扫而光。上片写傍晚小楼上秋景独看，芙蓉落尽、日暮沧波、背飞双燕及“贴云寒”、“独向”诸词，已把抒情主体悲愁的情绪底色全盘托出。故至下片，就出现了他“浮生只合尊前老”及“雪满长安道”之感叹。“长安道”被大雪覆盖，形象地写出其被削职后政治上厄塞当途、无路可走，而又渴望得到帮助的心情。贺铸《望长安》云：

排办张灯春事早，十二都门，物色宜新晓。金犊车轻玉骢小，拂头杨柳穿驰道。　　莼羹鲈鲙非吾好。去国讴吟，半落江南调。满眼青山恨西照，长安不见令人老。②

贺铸填词，常常根据自己所写内容，给旧调换新名。如他改《青玉案》为《横塘路》，改《鹧鸪天》为《半死桐》，改《石州引》为《柳色黄》等，其词集亦名《东山寓声乐府》。此词原调本为《蝶恋花》，作者将其改为《望长安》，从抒情角度看完全名副其实。词人身在江南，写离开汴京的感伤及盼望回归之情，但他却说“长安不见令人老”。“长安不见”之典原出于《世说新语·夙惠》：

晋明帝数岁，坐元帝膝上。有人从长安来，元帝问洛下消息，潸

① 唐圭璋编：《全宋词》，中华书局1965年版，第360页。

② 同上书，第506页。

然流涕。明帝问何以致泣？具以东渡意告之。因问明帝："汝意谓长安何如日远？"答曰："日远。不闻人从日边来，居然可知。"元帝异之。明日集群臣宴会，告以此意，更重问之。乃答曰："日近。"元帝失色，曰："尔何故异昨日之言邪？"答曰："举目见日，不见长安。"

宋词中的"长安不见"、"日近长安远"、"长安正与斜阳对"诸语之出典均在此。贺词"长安不见令人老"，自字面看，是以长安指称汴京，表达对京城的怀念，实则他真正要表达的却正是自己宦途多厄、久沉下位的深沉悲慨。

与长安的指称京城、指代宦途等意相关，在一些词人笔下，长安还进一步引申为指称君恩。晁补之弟晁冲之《渔家傲》云："层楼一任愁人上，万里长安回首望，山四向"；王安中《一落索》云："送君西去指秦关，看日近，长安近，玉帐同时英俊"；其《天香》云："望红日、长安殊不远。缓辔端门，青春未晚"；苏轼《千秋岁》："一万里，斜阳正与长安对。道远谁云会，罪大天能盖。君命重，臣节在，新恩犹可觊。"这些词中所写遥远的"长安"或切近的"长安"，并不是专言抒情者与"长安"间地理距离之远近，而是含有沐浴君恩或君恩难于光顾之意。要不然，苏轼怎么会一边说"斜阳正与长安对"，一边又说"新恩犹可觊"？①

由此可见，北宋词中的"长安"已完全变成了一个有丰富含义的抒情性意象。其抒情意之生成，与长安本身作为封建王朝政治中心的历史有关，当然也与北宋王朝首都东移，关中长安虽败落有加，然"长安"一词所代表的帝王都城意并未从时人心中消逝有关。

赵彦若《长安志序》云："雍之为都，涉三代历汉唐之全盛，世统屡更，累起相袭，神灵所储，事变丛巨。"② 历史上的长安城，自唐昭宗天佑元年（904）朱温胁唐皇室东迁洛阳，即不复为国都。此后，长安城的行政地位、归属、名称等亦屡有变更。后梁开平元年（907），以汴京为开封府，称东都，以洛阳为西都，至此，唐长安作为西京之名亦废，京兆府改

① 按：以长安指称君恩，早在宋初文人表奏中，已有此用法。太宗朝卢多逊以结党营私罪贬至崖州后，上谢恩表云："流星已远，拱北极已不由；海日悬空，望长安而不见。"卢多逊聪明强记，文辞敏捷，备宋太祖顾问回答如流。其久事朝廷且身居相位，被贬后的"望长安而不见"之语即寄托着失去君恩光顾的悲伤。

② 《宋元方志丛刊》第一册，中华书局1990年版，第74页。

雍州，属佑国军，置大安府。开平三年（909）二月，佑国军改永平军。①后唐同光元年（923）十一月，复以长安为西京，改大安府为京兆府。后晋天福三年（938）十月，西京废，改永平军为晋昌军。后汉乾祐元年（948）三月，改晋昌军为永兴军，府名京兆。北宋建国，长安属永兴军，府名仍为京兆。太宗至道三年（997），分天下十五路，京兆属陕西路。

宋敏求《长安志》载唐京兆府辖二十三县，北宋仅辖十三县，且其辖区南移。唐长安城由宫城、皇城、外城三部分组成，宋代长安城只就原唐皇城加以改造。考古发现，改建后的宋城不及唐城的十六分之一。② 元李好文《长安图志》卷上云：

> 新城，唐天祐匡国节度使韩建筑，时朱全忠迁昭宗于洛，毁长安宫室百司及民庐舍，长安遂墟。建遂去宫城，又去外城，重修子城（即皇城也），南闭朱雀门，又闭延喜门，安福门，北开玄武门，是为新城。即今奉元路府之治所也。

就长安所在整个关中地区言，北宋建立后，这里已经变成了宋夏军事对抗的前沿，其经济、文化历唐末五代战乱洗劫不仅未得全面恢复，而且有进一步败落迹象。太宗时张鉴指出，因对西夏用兵，“关辅之民，数年以来，并有科役，畜舍荡尽，庐舍顿空”。③ 宋仁宗时，余靖亦言：“今自西陲用兵，国帑虚竭”，陕西一带，“民亡储蓄，十室九空”。④ 宋神宗时，司马光更言：“关中饥馑，十室九空，流移之民，道路相望。”宋敏求《长安志》云：“唐大明宫，在县东北五里，今旧迹悉废。唯复道及含元、蓬莱殿，蓬莱山遗址略存。”⑤ 而“兴庆宫经巢寇五代至宋，湮灭尽净”⑥。昔日繁华的雁塔、曲江一带，北宋中期以后，游人罕至，一片荒凉。张礼《游城南记》载：“倚塔下瞰曲江宫殿乐游宴嬉之地，皆为野草，不觉有黍离麦秀之感。”曲江，“今为滨江农家湮塞，然春秋积雨池中，犹有水焉”，

① 《旧五代史》卷三《太祖纪三》；《通鉴》卷二六六后梁太祖开平元年三月戊辰条。

② 马德志：《唐代长安与洛阳》，《考古》1982 年第 6 期。

③ （宋）脱脱等：《宋史》卷二七七《张鉴传》。

④ （宋）脱脱等：《宋史》卷三二零《余靖传》。

⑤ （宋）宋敏求：《长安志》卷十一《大明宫》。

⑥ （元）骆天骧：《类编长安志》卷二《兴庆宫》。

“寻所谓何将军山林而不可见，因思唐人之居城南者，往往旧迹堙没，无可考求”。

盛唐时代“人口不啻百万”的长安城[①]，入宋，“仅数万家”[②]，其萧条荒凉的景象，引发时人于盛世历史的感怀自属必然。苏舜钦《游南内九龙宫》云：“树穿瑶甃裂，碑碎玉镂空。九曲皆遗石，诸王只断蓬。兴亡何足问，一一夕阳中。”[③] 李复《元都观》云：“龟刻露台暗，石坛霜草黄。断瓦出耕土，犹有金碧光……桃花久不开，空余葵麦荒。”[④] 陈规《过骊山》云：“丰镐无由问古基，三章只见黍离诗。而今多少华清石，都与行人刻艳词。”其诗自注云：“客有自关辅来言，秦民之东徙者余数十万口，携持负载，络绎山谷间，昼餐无粮糒，夕休无室庐。饥羸暴露，濒死无几。间有发为秦声写去国之情者，余闻之悲不可禁，乃作商歌十章，倚其章以纾余怀。”[⑤]

曾为万国仰望之都的长安城，入宋破败如此。宋王朝对外用兵的屡屡失利，不仅使得王朝版图急遽缩小，而且对比历史上汉唐时期国势强盛、百姓安居的局面，北宋人有一种莫名的心理压力。这样的情况下，“长安”于宋人又如何可以忘怀？北宋时长安还在版图之内，词人尚不忘以之入词，至南宋，长安沦为外域，以“长安”意象而寄托政治情思者更不在话下。如张榘《贺新凉》云：“西风乱叶长安树。叹离离、荒宫废苑，几番禾黍。云栈萦纡今平步，休说襄淮乐土。”其《水龙吟》又说：“往事悠悠，物华非旧，江山仍丽。怅斜阳芳草，长安不见，谁共洒、新亭泪。”南宋词对“长安”的怀念，亦足反证北宋人之于政治长安的缅怀情愫是多么深切。故北宋词人以长安而代汴京，其中既有他们盼望王朝强大的梦想在，也有他们对汉唐长安历史、长安文化的留恋。这自然是对一个时代的怀念。而以长安代宦途，则是由长安本身的政治文化史决定。长安自西周以来，长期作为国都，千百年来无数谋求个人政治出路的读书人，奔走在这条黄尘漫漫的古道上。他们的人生价值、生命意义、荣辱进退等，都与长安联结。求仕路上的歌笑悲哭，得意失意，赋予士子心中之长安情结以

---

① （唐）韩愈：《论今年权停选举状》，见《韩昌黎全集》，世界书局1935年版，第442页。

② 宋熙宁七年（1074）刻：《善感禅院新井记碑》。

③ 《陕西通志》卷九七，清嘉庆二十四年（1819）修，1936年重印本。

④ （宋）李复：《潏水集》卷九。

⑤ 《陕西通志》卷九七。

复杂的情绪经验。宋代，文人奔赴他们的“长安”而求仕的格局没有变，在此过程中的所历之情绪感受也基本没有变。那么，词人笔下出现“冒征尘远况，自古凄凉长安道”，“红尘自古长安道”等词句，又有什么奇怪的呢?

## 三　北宋词政治抒情中的“春归”意象

“春归”意象也是北宋词政治抒情中有明显类化特点的意象之一，诗词作品中的春归一词，含义有二：

一指春之归来。如唐张说《奉和圣制初入秦川路寒食应制》云：“上阳柳色唤春归，临渭桃花拂水飞。”[①] 李益《春夜闻笛》云：“寒山吹笛唤春归，迁客相看泪满衣。”[②] 北宋晁补之《木兰花·遐观楼》亦云：“人间应未觉春归，楼上已先变柳眼。”[③] 这些用例中，“春归”均指春天降临人间。

二指春之归去。如白居易《大林寺桃花》：“人间四月芳菲尽，山寺桃花始盛开。长恨春归无觅处，不知转入此中来。”[④] 又如晁补之《行香子·遐观楼》：“春来似客，春归如云。”这里的“春归”均指春之离去。

春无论归来还是归去，因其本身踪迹总是体现于特定物候现象变化，故作为诗词文学抒情意象之一种，“春归”所指物象总是明确的。如元稹《生春诗》：“何处生春早，春生柳眼中”；杜甫《腊日》：“漏泄春光有柳条”；苏轼《浪淘沙》（昨日出东城）云：“墙头红杏暗如倾”，《望江南·超然台作》又云：“风细柳斜斜”、“半壕春水一城花”，此等正是以柳绿花红表春之归来。当“春归”表示春之离去这一意义时，其在物象上往往又表现为花落、鹂鸣、柳絮飘飞等景象。苏轼《水龙吟·次韵章质夫杨花词》即是以杨花之“抛家傍路”及西园之“落红难缀”写春归。《蝶恋花·春景》亦以“花褪残红青杏小”及“枝上柳绵吹又少”写“春归”。至其《望江南》写“春已老”时，又用了“百舌无言桃李尽”这样的物象。

然进入词体文学政治抒情领域的“春归”意象，其以春之归去所引申出来的抒情意义并不止于此。因春是一切美好事物的象征，故以“春归”

① （清）彭定求等修：《全唐诗》卷八六。

② （清）彭定求等修：《全唐诗》卷二八三。

③ 唐圭璋编：《全宋词》，中华书局1965年版，第557页。

④ （清）彭定求等修：《全唐诗》卷四三九。

象喻抒情者政治处境的变化，尤其象喻政治春天的消逝，这才是“春归”意象最主要的抒情意义所在。这样的用法，在唐五代词中已不鲜见。清郑方坤《五代诗话》卷一引《江邻几杂志》云：

李后主于清微歌“楼上春寒水四面”，学士刁衎起奏：“陛下未睹其大者、远者尔。”人疑其有规讽，讯之，云：“风乍起、吹皱一池春水。”又作红罗亭子，四面栽红梅花，作艳曲歌之，韩熙载和云：“桃李不须夸烂漫，已输了春风一半。”时淮南已归周。[①]

不仅韩熙载词中的桃李烂漫之象有明确的政治讽喻意，李煜自己的词也是以“春归”意象表达政治感怀的。《浪淘沙令》云：

帘外雨潺潺，春意阑珊。罗衾不耐五更寒。梦里不知身是客，一晌贪欢。　独自莫凭阑，无限关山。别时容易见时难。流水落花春去也，天上人间。[②]

据蔡絛《西清诗话》，此词乃李煜归宋后念旧国所作。[③] 词以“春意阑珊”及“流水落花春去也”等直白语言，道出了亡国者的感触。这正是“春归”意象在词体文学政治抒情中的典型运用。实际上不仅此词，李煜《相见欢》（林花谢了春红）、《虞美人》（春花秋月何时了）、《虞美人》（风回小院庭芜绿）、《清平乐》（别来春半）等词均是以“春归”象喻其政治处境，进而抒发政治怀抱的著名篇章。[④]

北宋词政治抒情中“春归”意象的抒情性质正与此相类。欧阳修三首《玉楼春》词“春归”意象之使用就很能说明问题。其一首云：

---

① （清）郑方坤：《五代诗话》卷一引《江邻几杂志》，人民文学出版社1989年，第13页。

② 曾昭岷、曹济平、王兆鹏、刘尊明编：《全唐五代词》，中华书局1999年版，第770页。

③ （宋）蔡絛《西清诗话》（卷下）载：“南朝李后主归朝后，每怀江国，且念嫔妾散落，郁郁不自聊。尝作长短句：（词略）含思凄婉，未几下世矣。”

④ 按：《清平乐》（别来春半）一词，詹安泰云：“这是春天怀人的作品。……有人说，这是李煜忆念他弟弟从善入宋不归的作品。我们把‘却登高文’联系起来看，这说法是可信的。”（詹安泰校注：《李璟李煜词》，人民文学出版社1998年版，第52—53页）据此，这首词在离恨描写中寄寓他面临北宋巨大政治压力之忧愁也就不言而喻。

> 燕鸿过后春归去，细算浮生千万绪。来如春梦几多时，去似朝云无觅处。　　闻琴解佩神仙侣，挽断罗衣留不住。劝君莫作独醒人，烂醉花间应有数。①

在诗歌中曾感叹过“时节忽已换，壮心空自惊”的欧阳修，是一个对自然物候变化极为敏感的诗人。② 他平生政治上多历磨难，其《抒怀》诗云：“壮年尤勇为，刺口论时政。……十年困风波，九死出槛阱。……清霜一以零，众木少坚劲。物理固如此，人生宁久盛。”对自然物理及人生盛衰他有很深刻认识。故其诗词亦多借“春归”感叹政治人生中盛景难驻之憾。《镇阳残杏》云：“人生一世浪自苦，盛衰桃杏开落间”；《留题镇阳潭园》云：“官虽镇阳居，身是镇阳客。北园潭上花，安问谁所植。……不来才几时，人事已非昔。芳枝结青杏，翠叶新奕奕。落絮风卷尽，春归不留迹。……疑春竟何之，意谓追可得。东西绕潭行，蜂鸟已寂寂。”《初伏日招王几道小饮》：“西山病归花已谢”，“落英不见空绕树”，“今朝试去绕园寻，绿李横枝碍行马”。欧阳修写下这些诗篇的时候，正是范仲淹、韩琦、富弼等推行庆历新政失败相继出朝，而他自己亦为党论者所恶之时，故这些诗篇以“春归”而寄托政治盛时消逝的用意十分清楚。③ 以诗反观这首《玉楼春》词，作者既云“春归去”，又云浮生之“千万绪”“来如春梦几多时，去似朝云无觅处”，又云“劝君莫作独醒人”，等等，吞吐之间，他为自己政治人生中的“春天”来去匆匆、无迹可寻而感叹的意思是很清楚的。另一首《玉楼春》亦云：

> 残春一夜狂风雨，断送红飞花落树。人心花意待留春，春色无情容易去。　　高楼把酒愁独语，借问春归何处所。暮云空阔不知音，

---

① 唐圭璋编：《全宋词》，中华书局1965年版，第133页。

② （宋）欧阳修：《虫鸣》，见《欧阳修全集》，中华书局2001年版，第78页。

③ 按：据胡柯《欧阳修年谱》，庆历四年（1044）八月，欧阳修除龙图阁直学士、河北都转运按察使。庆历五年（1045）春，真定帅田况移秦州，欧阳修权府事者三月。“时二府杜正献、范文正、韩忠献、富文忠公，以党论相继去，公上书辨之。”《镇阳残杏》、《留题镇阳潭园》、《初伏日招王几道小饮》诸诗即作于欧阳修任职真定（今河北正定）时期。庆历五年八月，欧阳修即以“盗甥”案落龙图阁直学士，罢都转运按察使，降知制诰、贬知滁州。作于真定这几首诗，以“春归”意象抒发其政治情怀的用意十分明显。胡柯：《欧阳修年谱》，见《欧阳修全集》附录一，中华书局2001年版，第2595—2625页。

惟有绿杨芳草路。[①]

欧阳修《啼鸟》诗中有这样的话："身闲酒美惜光阴，惟恐鸟散花飘零。可笑灵均楚泽畔，离骚憔悴愁独醒。"他虽不希望自己如屈原那样独醒憔悴，但也还是担心"花飘零"的。这首词中，面对"一夜狂风雨"之"断送红飞花落树"，词人还是忍不住发出了"春色无情容易去"的感叹，这正是党争政治环境下无法把握自己命运，而为政治顺境之消逝发出的哀伤感喟。再看他的一首《玉楼春》：

东风本是开花信，信至花时风更紧。吹开吹谢苦匆匆，春意到头无处问。 把酒临风千万恨。欲扫残红犹未忍。夜来风雨转离披，满眼凄凉愁不尽。[②]

"东风"本为开花之信促鲜花开放，但真到花开之时它又那么无情，"吹开吹谢苦匆匆"，这就使人不得不产生"春意到头无处问"的困惑。眼看风雨更紧，面对春之归去，"满眼凄凉愁不尽"也就在所难免。这样的写法，怎么能不使人联想到曾支持政治改革的皇帝后来又反对改革，并把施行新政的官员一个个贬离京城的情况。故如果说作者在此词中关于"东风"、"春意"有"天意从来高难问"之困惑的话，那么"春归"在此象喻政治顺境的丧失则是明显的。类似的用法在他的《桃园忆故人》（莺愁燕苦春归去）等词中亦有表现。[③]

欧阳修而后，北宋词坛出现的以"春归"意象抒发政治情怀的作品亦复不少。司马光《锦堂春》（红日迟迟），王安石《清平乐》（留春不住）、《谒金门》（春又老）、《生查子》（雨打江南树），苏轼《水龙吟·次韵章质夫杨花词》、《蝶恋花·春景》等，都是以"春归"抒发政治情怀的篇章。[④]试看司马光《锦堂春》：

① 唐圭璋编：《全宋词》，中华书局1965年版，第132页。

② 同上书，第135页。

③ 同上书，第140页。

④ 按：王安石这几首词以"春归"意象抒发政治情怀，参见本书《王安石、舒亶词的政治抒情》一节。苏轼《蝶恋花·春景》之政治抒情意，参见本书《苏轼〈蝶恋花·春景〉考论》一节。

红日迟迟，虚廊转影，槐阴迤逦西斜。彩笔工夫，难状晚景烟霞。蝶尚不知春去，谩绕幽砌寻花。奈猛风过后，纵有残红，飞向谁家。始知青鬓无价，叹飘零宦路，荏苒年华。今日笙歌丛里，特地咨嗟。席上青衫湿透，算感旧、何止琵琶。怎不教人易老，多少离愁，散在天涯。[①]

司马光是一个坦率的人，他曾说："吾无过人者，但平生所为，未尝有不可对人言者耳。"[②] 此词亦当为他坦率心声之反映。熙宁三年（1070），因反对王安石变法，司马光出知永兴军。次年，判西京御史台，此后居洛阳十五年。始至洛中，他即有诗感叹仕路波折蹭蹬："三十余年西复东，劳生薄宦等飞蓬。"[③] 此词中，他在写红日迟迟、槐阴西斜、晚景烟霞凄迷之后，更写蝴蝶不知春去尚"谩绕幽砌寻花"，复继之以"奈猛风过后，纵有残红"也不知飞向谁家的伤心感叹，使得"春归"意象抒发宦路飘零之叹的情绪在此显得格外深切。即使这样，作者似仍嫌不够，又借用白居易贬江州"青衫湿透"的典故，说自己抚今伤昔的感旧情怀之触处皆有又何止于白氏的听琵琶而落泪。如是，则司马光贬废洛阳后深感政治"春天"结束，而自己的政治使命未能完成的憾恨也该是极深刻的。

再看黄庭坚《清平乐》：

春归何处，寂寞无行路。若有人知春去处，唤取归来同住。
春无踪迹谁知？除非问取黄鹂。百啭无人能解，因风吹过蔷薇。[④]

---

① 唐圭璋编：《全宋词》，中华书局 1965 年版，第 200 页。

② 苏轼《东坡志林》卷三"修身历"条云："晁无咎言司马温公有言：'吾无过人者，但平生所为，未尝有不可对人言者耳。'予亦记前辈有诗云：'怕人知事莫萌心。'皆至言，可终身守之。"见华东师大古籍研究所点校注释《东坡志林·仇池笔记》，华东师范大学出版社 1983 年版，第 98 页。

③ 按：叶梦得《石林诗话》卷上云："温公熙宁间自长安得请留台而归，始至洛中，尝有诗言怀云：'三十余年西复东，劳生薄宦等飞蓬。所存旧业惟清白，不负明君有朴忠。早避喧烦真得策，未逢危辱早收功。太平触处农桑满，赢取闾阎鹤发翁。'出处大节，世固不容复议。是时虽以论不合去，而神宗眷礼之意愈厚，然犹以避烦畏辱为言，况其下者乎！元祐初，起相，至是十七年矣，度公之意，初盖未尝以自期也。"见（清）何文焕辑《历代诗话》，中华书局 1981 年版，第 409 页。此段文字亦为宋胡仔《苕溪渔隐丛话》前集卷二八所引。

④ 唐圭璋编：《全宋词》，中华书局 1965 年版，第 393 页。

清代李佳《左庵词话》认为此词“亦寓言也”；俞平伯《唐宋词选释》云：“全篇婉转一意，但何以特提出黄鹂呢？……这里借喻自己身份怀抱，恐亦非泛泛之笔。”[①] 此词之作时虽不可考，然李佳的寓言说，却颇为准确地道出了黄庭坚此词的象喻意义。尤其词云“春无踪迹谁知”，这几乎与欧阳修词发出的疑问如出一辙。

黄庭坚此词中的“黄鹂”作何解？俞平伯认为是“借喻自己身份怀抱，恐亦非泛泛之笔”。借喻怀抱的说法是对的，但俞氏并未点透具体是什么怀抱。黄鹂鸣于春夏之交，鸣叫时往往只闻其声不露其形。南北朝时梁朝诗人何逊《石头答庾郎丹诗》云：“黄鹂隐叶飞，蛱蝶萦空戏”[②]；李白《秋思》云：“春阳如昨日，碧树鸣黄鹂”[③]；杜甫《蜀相》：“隔叶黄鹂空好音”[④]，《柳边》又云：“紫燕时翻翼，黄鹂不露身”[⑤]；韦应物《滁州西涧》亦云“独怜幽草涧边生，上有黄鹂深树鸣”[⑥]；晁补之词《浣溪沙·樱桃》亦有“荔子天教生处远，风流一种阿谁知。最红深处有黄鹂”之句。[⑦] 看来黄鹂鸣叫不露形影是人所共知的。另外，参诸欧阳修遭受小人谗言损毁被贬，在“官居荒凉草树密”的凄清落寞中写黄鹂的诗句，似乎更会对我们理解黄庭坚词意有所启发。欧诗云：“黄鹂颜色已可爱，舌端哑咤如娇婴。竹林静啼青竹笋，深处不见惟闻声。”“我遭谗口身落此，每闻巧舌宜可憎。”[⑧]

由这些关于黄鹂的描写看，黄庭坚《清平乐》一词云春之踪迹无人可知，“除非问取黄鹂”，最后又说黄鹂“百啭无人能解，因风吹过蔷薇”。则黄鹂在此莫非朝中小人之喻乎？黄庭坚真正的政治厄运开始于绍圣“绍述”之后，其时，执政的新党人员对元祐旧党实施全面打击，致元祐之政一去不返，而黄庭坚从此后也永远离开京城走上了漫长的贬谪之路。从这个角度看，经历过绍圣政治打击的词人，其笔下的“春归”不正喻示着包括他的师友在内所有元祐旧臣政治顺境的丧失吗？甚至为什么这种政治

① 见马兴荣、祝振玉校注《山谷词》，上海古籍出版社 2001 年版，第 209 页此词下之汇评。
② 逯钦立编：《先秦汉魏晋南北朝诗》，中华书局 1983 年版，第 1703 页。
③ （唐）李白：《秋思》，《全唐诗》卷一六五。
④ （唐）杜甫：《蜀相》，《全唐诗》卷二二六。
⑤ （唐）杜甫：《柳边》，《全唐诗》卷二三四。
⑥ （唐）韦应物：《滁州西涧》，《全唐诗》卷一九三。
⑦ 唐圭璋编：《全宋词》，中华书局 1965 年版，第 560 页。
⑧ （宋）欧阳修：《啼鸟》，见《欧阳修全集》，中华书局 2001 年版，第 41 页。

"春天"会失去，他也以黄鹂鸣叫之"无人能解"作了回答。秦观元祐间历仕途波折时，其《画堂春》云"落红铺径水平池，弄清小雨菲菲。杏园憔悴杜鹃啼，无奈春归"[①]；绍圣间被贬后，其两首《如梦令》云："池上春归何处，满目落花飞絮。孤馆悄无人，梦断月堤归路。无绪，无绪，帘外五更风雨。"[②]"楼外残阳红满，春入柳条将半。桃李不禁风，回首落英无限。肠断，肠断，人共楚天俱远。"[③]《千秋岁》亦云："春去也，飞红万点愁如海。"[④]这些词都是以"春归"意象抒发政治顺境转瞬即逝的哀伤，正可与黄词相发明。

大词人周邦彦也这样抒情。其脍炙人口的《六丑》中有这样的句子："正单衣试酒，唱客里光阴虚掷。愿春暂住，春归如过翼，一去无迹。"清黄氏评此词云：

> 自伤年老远宦，意境落寞，借花起兴。以下是花是自己，比兴无端。指与物化，奇情四溢，不可方物。人巧极而天工生矣。结处意致尤缠绵无已，耐人寻绎。[⑤]

综观北宋词人，抒政治情怀而使用"春归"意象最为频繁的当属晁补之。晁词以"春归"而抒政治感怀者不在十首以下。对步入仕途、期望有所作为的词人来说，屡历挫折且多年放废的遭遇无疑是痛苦的。"天荒地变心虽折，若比伤春意未多"[⑥]，与其他词人一样，伤心"春归"，在晁补之笔下亦具有明确的政治象喻意义。《金凤钩》云："春辞我向何处。怪草草、夜来风雨。一簪华发，少欢饶恨，无计殢春且住。"[⑦]这是将凌乱、急促的"夜来风雨"之催促春归与自己"无计殢春且住"的伤感一并写来；《诉衷情》云："东城南陌路岐斜，芳草遍藏遮。黄鹂自是来晚，莫恨海棠花。惊雪絮，满天涯，送春赊。问春莫是，忆著东君，自去还家。"[⑧]在他笔

① 唐圭璋编：《全宋词》，中华书局1965年版，第460页。

② 同上书，第463页。

③ 同上书，第462页。

④ （宋）秦观：《千秋岁》（水边沙外），唐圭璋编：《全宋词》，中华书局1965年版，第460页。

⑤ （清）黄氏：《蓼园词评》"六丑周美成"条（最末条）。

⑥ （唐）李商隐：《曲江》，《全唐诗》卷五四一。

⑦ 唐圭璋编：《全宋词》，中华书局1965年版，第556页。

⑧ 同上。

下，不徒生机畅茂的绿草是春归之结果，海棠花落、黄鹂鸣叫、柳絮漫飞天涯亦为春归之象。对于春归原因，词人的解释是：大概它是忆念东君、急着回家而不肯停留人间；《阮郎归》云："儿童嬉戏杏花堤，春归不解悲。重来草露湿人衣，无花空绕枝。"[①] 以儿童嬉戏杏花堤却看不到春归、不懂春归之悲，反衬自己在"春归"后空绕无花之枝的悲哀；《水龙吟·次韵林圣予惜春》云："问春何苦匆匆，带风伴雨如驰骤。幽葩细萼，小园低槛，壅培未就。吹尽繁红，占春长久，不如垂柳。"又云："世上功名，老来风味，春归时候。"[②] 自然界带风伴雨，致春归如此之速，以至"幽葩细萼"、"小园低槛"根本来不及"壅培"，"繁红"即已被吹尽，只有那"垂柳"才"占春长久"，而世上功名、老来风味与"春归时候"给人的感受又岂不是完全一样？这样，写"春归"实质即言现实人事，这一点，作者已经挑明了。以上这些词均作于晁补之退居金乡之后，只要读者稍留意一下晁补之废退金乡的崇宁二年（1103）四月及稍后，正是朝廷诏毁三苏、秦黄、张耒及晁补之文集印版、晁补之大名亦以皇帝御书刻上奸党碑颁行天下之时，那么这些作品中作者深所叹惋的"春归"之含义，不是很明确了吗？词人以下这些词句之写"春归"亦正与上述词作抒情性质同：

春又去，似别佳人幽恨积。闲庭院，翠阴满，添昼寂。……为何事、年年春恨，问花应会得。（《归田乐》[③]）

春来似客，春归如云，付楼前、行路双轮。倾江变酒，举斛为尊，断浮生外，愁千丈，不关身。（《行香子》[④]）

从来又说，春台登览，人意多同，常是惜、春过了。（《洞仙歌·留春》[⑤]）

未攀条拈蕊，已叹春归。怎得春如天不老，更教花与月相随。（《尉迟杯·亳社作惜花》[⑥]）

---

① 唐圭璋编：《全宋词》，中华书局1965年版，第567页。
② 同上书，第558页。
③ 同上书，第556页。
④ 同上书，第557页。
⑤ 同上书，第558页。
⑥ 同上书，第565页。

十年不向都门道，信匹马、羞重到。……恨尘土人间易春老，白发愁占彤庭杳。（《青玉案·感旧》[①]）

总之，北宋词政治抒情中的“春归”意象，以抒情性质论，基本是取“春之归去”意以象喻抒情者政治“春天”之逝去。使用此意象，不仅表达抒情者对政治顺境消逝的无奈、留恋，同时又言传士人在党争政治环境下，因动辄得咎而于个人政治命运无常变化的伤心、迷茫。严酷的文祸，既不允许抒情者面临贬谪外放等挫折时显言、直言其尤怨与悲愤，那么以“春归”而婉言、曲言痛苦人生中的思想情绪，就成了不少词人的选择。所以，作为一种类化特色比较明显的抒情意象，“春归”意象之在北宋词政治抒情中发挥重要作用，就再自然不过了。

## 第三节　几种重要的艺术表现手法

### 一　比兴

比兴是一种言他物以托意的表现手法，也是中国文学传统表现手法之一。《周礼·春官·大师》云：“教六诗：曰风，曰赋，曰比，曰兴，曰雅，曰颂。”郑玄释“比”云：“比，见今之失，不敢斥言，取比类以言之。兴，见今之美，嫌于媚谀，取善事以喻劝之。……郑司农（众）云：‘……比者，比方于物也；兴者，托事于物。’”《文章流别论》：“比者，喻类之言也。兴者，有感之辞也。”《文心雕龙·比兴》篇：“比者，附也；兴者，起也。附理者切类以指事，起情者依微以拟议。起情故兴体以立，附理故比例以生。比则畜愤以斥言，兴则环譬以托讽。盖随时之义不一，故诗人之志有二也。”“观夫兴之托谕，婉而成章，称名也小，取类也大。”又曰：“且何谓为比？盖写物以附意，飏言以切事者也。”[②]

含有深远社会、政治意义的比兴，对词体文学的抒情产生了深刻影响。丁绍仪《听秋声馆词话》云：

① 唐圭璋编：《全宋词》，中华书局1965年版，第569—570页。
② 周振甫：《文心雕龙今译》，中华书局1986年版，第324—326页。

> 世人动以词为小道，且以情语艳语为深戒，甚或以须有关系之论，概及于词。抑知夫子删诗，以二南冠首，岂无意哉。正惟家庭之内，情意真挚，充类至尽，而后国治天下平。况离骚之芳草、美人，即国风之卷耳、淑女，古人每借闺襜以寓讽刺。词之旨趣，实本风骚，情苟不深，语必不艳，惜后人不能解不知学耳。[①]

词体文学以比兴形式反映政治情怀，在敦煌曲子词中就已经出现。敦煌词中的《酒泉子》（红耳薄寒）、《浣溪沙》（海燕喧呼别渌波）、《生查子》（一树涧生松）、《酒泉子》（三尺青蛇）等，或以咏马，或以咏燕，或以咏松，或以咏剑，以表达抒情者建功立业、尽忠明主情怀，即采用了比兴形式。

北宋词政治抒情中的比兴，亦意在“恻隐盱愉，感物而发，触类条鬯，各有所归，不徒雕琢曼饰而已”[②]，作用正与此一脉相承。如苏轼作于黄州时期的《卜算子》（缺月挂疏桐）及《定风波》（莫听穿林打叶声）二词，抒情均与政治遭遇相关。作者自云“得罪以来，深自闭塞，扁舟草履，放浪山水间，与樵渔杂处，往往为醉人所推骂。辄自喜渐不为人识，平生亲友无一字见及，有书与之亦不答，自幸庶几免矣”[③]，《卜算子》写政治打击后的惊魂未定，《定风波》写对挫折、痛苦的超越，以夜半飞鸿及归途遇雨出之，生活中习见的事象、物象之成为作者抒发“深自闭塞”之精神境况的载体与桥梁，其所依赖的正是比兴的艺术形式。《定风波》：

> 好睡慵开莫厌迟，自怜冰脸不时宜。偶作小红桃杏色，闲雅，尚余孤瘦雪霜姿。　休把闲心随春态，何事，酒生微晕沁瑶肌。诗老不知梅格在，吟咏，更看绿叶与青枝。

此词亦作于黄州时期。在作此词前，苏轼还作有咏红梅诗三首，这首词正

---

① （清）丁绍仪：《听秋声馆词》卷九“明忠烈伟人词”条。

② （清）张惠言：《词选·序》，见张璋等编《历代词话》，大象出版社2002年版，第1270页。

③ （宋）苏轼：《答李端叔书》，《苏东坡全集·苏东坡文集》，珠海出版社1996年版，第1149页。

是对组诗第一首的隐括。[①] 词云“自怜冰脸不时宜”，“休把闲心随春态”，结合他在组诗其二中所写“细雨裛残千颗泪，轻寒瘦损一分肌。不应便杂夭桃杏，半点微酸已著枝”诸句看，此词咏红梅而自托身世之意很是明显，此亦为“借花卉以发骚人墨客之豪，托闺怨以寓放臣逐子之感”的比兴形式之运用。[②] 又如《西江月·梅花》：

玉骨那愁瘴雾，冰姿自有仙风。海仙时遣探芳丛，倒挂绿毛么凤。　　素面翻嫌粉涴，洗妆不褪唇红。高情已逐晓云空，不与梨花同梦。

此词作于绍圣三年（1096）贬惠州时期。字面看句句写梅，实则仍是句句寄寓着词人面对政治打击无怨无悔的情操追求。词人写梅脱略其形而重绘神，也完全是词人自己无惧政治惨风苦雾心态的形象写照。

比兴是北宋词实现政治抒情的重要形式。除上举苏轼作品外，王安石《渔家傲·梦中作》（隔岸桃花红未半）[③]、《西江月·红梅》（梅好惟嫌淡竚）[④]，黄庭坚《定风波》（晚岁监州闻荔枝）[⑤]、《虞美人·宜州见梅作》（天涯也有江南信）[⑥]，舒亶《浣溪沙·和仲闻对棋》（黑白纷纷小战争）[⑦]，贺铸《芳心苦》（杨柳回塘）[⑧]，王观《江城梅花引》（年年江上见寒梅）[⑨]，晁补之《生查子·感旧》（宫里妒娥眉）[⑩]，等等，都是政治抒情中比兴形式运用的成功范例。如王观《江城梅花引》云：“年年江上见寒梅，暗香来，为谁开，疑是月宫仙子下瑶台。冷艳一枝春在手，故人远，相思寄与谁。怨极恨极嗅香蕊，念此情，家万里。暮霞散绮，楚天碧、片片轻飞。

① 苏轼《红梅》第一首云：“怕愁贪睡独开迟，自恐冰容不入时。故作小红桃杏色，尚余孤瘦雪霜姿。　　寒心未肯随春态，酒晕无端上玉肌。诗老不知梅格在，更看绿叶与青枝。”见《苏轼诗集》，中华书局 1982 年版，第 1106 页。

② （宋）刘克庄：《题刘叔安感秋八词》。

③ 唐圭璋编：《全宋词》，中华书局 1965 年版，第 208 页。

④ 同上书，第 207 页。

⑤ 同上书，第 389 页。

⑥ 同上书，第 400 页。

⑦ 同上书，第 366 页。

⑧ 同上书，第 507 页。

⑨ 同上书，第 262 页。

⑩ 同上书，第 569 页。

为我多情，特地点征衣。花易飘零人易老，正心碎，那堪塞管吹。”

作者本人曾因枉法受财，除名永州编管，此词抒情正与逐臣所普遍共有的痛苦感叹相类。惟其以梅比兴寓托身世之悲，故自艾自怜之情表达得格外深切。又如王安石《渔家傲·梦中作》（隔岸桃花红未半）以梦境起兴，婉达其政治生命中途摧断的尤怨、哀伤，而他的《西江月·红梅》（梅好惟嫌淡泞）也是以吟咏“北人浑作杏花疑”的梅花来寄托其不与世俗同流的政治追求。

所以北宋词政治抒情中的比兴形式，其在寓托情志、抒发作者复杂微妙政治感情中所发挥的作用，实有其他艺术表现形式所不得到处。此法如运用得当，常会获得意想不到的艺术效果。侯蒙《临江仙》云：

> 未遇行藏谁肯信，如今方表名踪。无端良匠画形容。当风轻借力，一举入高空。　才得吹嘘身渐稳，只疑远赴蟾宫。雨余时候夕阳红。几人平地上，看我碧霄中。①

洪迈《夷坚甲志》卷四“侯元功词”条记载：“侯中书元功蒙密州人，自少游场屋，年三十有一，始得乡贡。人以其年长貌寝，不加敬。有轻薄子画其形于纸鸢上，引线放之。蒙见而大笑。作临江仙词题其上曰：（词略）。蒙一举登第，年五十余，遂为执政。”侯蒙久困场屋，面对“轻薄子画其形于纸鸢上，引线放之”的尴尬，他以比兴寄情方式，既表达了自己定会时来运转、政治上平步青云的理想抱负，又有力回击了嘲笑他的人，显得十分诙谐巧妙，而他后来的“遂为执政”，更使当年这首寄托着政治腾达之志的词作染上了神秘色彩。

与侯蒙词以比兴方式回击嘲弄他的轻薄子不同，陈尧佐则选择以比兴形式在词作中表达对荐举自己的吕夷简之感激情怀。② “申公听歌，醉笑曰：‘自恨卷帘人已老。’”比兴在此即传神、恰切地表达了作者情意及二人关系。此抒情效果绝非直抒胸臆或使事用典等表达手法所能达到。

值得注意的是，北宋词政治抒情中的比兴除了以物象作比起兴外，还有以人事作比的用法，最典型的莫过以男女情事比君臣关系。为什么中国

① 唐圭璋编：《全宋词》，中华书局1965年版，第594页。

② 详见本章第一节《题材的选择·咏物》。

古人常将政治领域中的君臣关系以男女关系作比？叶嘉莹作了一个精彩的解释：

> 因为在中国的伦理道德观念之中，夫妻的男女关系，与君臣的伦理的关系，是相当的。妻子在丈夫面前没有自由，丈夫可以喜爱她、选择她，可以抛弃她。……可是这个男子汉大丈夫一到君臣关系之中，作为一个臣，就变成妾了，就跟那妾连在一起了，就相当于女子的地位了。他可以被选择，可以被抛弃，可以被贬谪，可以被赐死，还要谢恩的。……所以很多男子汉大丈夫写起诗来，想到自己不得知遇，没有一个人欣赏他的才能，没有一个人能任用他，就把自己比作一个女子，没有找到一个托身的人。[①]

从屈原到曹植，中国文学中这个传统是在不断发扬光大的。北宋政治斗争中不断有官员从帝王的宠臣变为逐臣，北宋词中也就不乏以男女关系喻写君臣关系的词作。苏轼《蝶恋花·春景》（花褪残红青杏小）是这样写的[②]，晁补之《生查子·感旧》更是这样写的。晁词云：

> 宫里妒娥眉，十载辞君去。翠袖怯天寒，修竹无人处。　　今日近君家，望极香车驾。一水是红墙，有恨无由语。[③]

晁词以美女遭妒、失却恩宠的感伤，比附自己在官场上遭受政治迫害而远离君恩的无限失落、哀伤。这是自屈原以来“香草美人”传统在北宋词创作中的又一个成功实现。

刘熙载云：“词之妙莫妙于以不言言之，非不言也，寄言也。如寄深于浅，寄厚于轻，寄劲于婉，寄直于曲，寄实于虚，寄正于余，皆是。”[④]比兴正属“寄言”一类。北宋词政治抒情之使用比兴，一方面与党争背景下作者言说自由受限有关，另一方面也与词家艺术创作中追求委婉蕴藉的审美效果有关。比兴变直言为曲言，化显言成隐言，其在北宋词政治抒情

① 叶嘉莹：《唐宋词十七讲》，北京大学出版社2007年版，第28页。

② 关于此词的政治抒情意及比兴手法运用，详见本书第七章。

③ 唐圭璋编：《全宋词》，中华书局1965年版，第569页。

④ （清）刘熙载：《艺概·词曲概》。

中发挥的重要作用不容低估。

## 二　次韵

次韵，原本是诗歌创作中步他人诗韵再创作的一种形式，此风首开于唐代元和诗坛白居易、元稹二人。[①] 贞元十九年（803），元、白同中拔萃甲科，同授秘书省校书郎，从此二人订交。《唐才子传》称白居易“与元稹极善胶漆，音韵亦同”，又称“微之与白乐天最密，虽骨肉未至。爱慕之情，可欺金石；千里神交，若合符契。唱和之多，毋逾二公者”。[②] 元稹自己在《上令狐相公诗启》中也说：“稹与同门生白居易友善，居易雅能为诗，就中爱驱驾文字，穷极声韵，或为千言，或五百言律诗，以相投寄。小生自审不能以过之，往往戏排旧韵，别创新辞，名为次韵相酬，盖欲以难相挑耳。”他的《酬翰林白学士〈代书一百韵〉》、《酬乐天〈东南行诗一百韵〉》及白居易《和梦游春一百韵》等长篇排律，都是极典型的次韵之作。这些作品，反映着唐代士大夫文化生活的特色。

北宋词政治抒情中的次韵形式，即缘此而来。然与元、白二人次韵不同的是，北宋词人之次韵又有以下新特点。

首先，次韵已不限于二人唱和范围，凡被次韵酬唱的作品，不仅多为人们所熟知，且次韵之作在数量上也呈现增加趋势；其次，次韵中开始出现一首作品被同一作者一次再次，甚或异代相次的现象[③]；最后，次韵酬唱之作反映的情感性质，较之元、白时代已有了较大区别。北宋词中的原韵及次韵作品，不少作于词人政治落魄时期，词中贯注的哀悼自伤情绪之深广已远非唐人次韵之作可比。

以秦观的《千秋岁》（水边沙外）为例。元祐九年（1094）四月，宋

---

① 按：陆游《跋吕成叔和东坡尖叉韵雪诗》（《渭南文集》卷三零）云：“最后始有次韵，则一皆如其韵之次。自元、白至皮、陆，此体乃成，天下靡然从之。”严羽《沧浪诗话·诗评》云：“和韵最害人诗。古人酬唱不次韵，此风始于元、白、皮、陆。本朝诸贤，乃以此而斗工，遂至往复有八九和者。”见郭绍虞校释《沧浪诗话校释》，人民文学出版社 1961 年版，第 193—194 页。另，宋程大昌《考古编》卷七《古诗分韵》云：“唐世次韵，起元微之、白乐天，二公自号元和体，曰古未之有也。抑不知梁陈间已尝出此，但其所次之韵，以探钩所得，而非酬和先唱者，是小异耳。”

② 分别见傅璇琮主编《唐才子校笺》第三册，中华书局 1990 年版，第 16、34 页。

③ 按：李之仪之次相传为李白所作《忆秦娥》，葛胜仲之次苏轼《南乡子》，都是异代相次的例子（葛胜仲生于熙宁五年（1072），苏轼作《南乡子》词于黄州贬谪期间，其时葛氏尚未成人）。见唐圭璋编《全宋词》，中华书局 1965 年版，第 343、723 页。

哲宗亲政后改元绍圣，时局遽变。秦观先是坐党籍以馆阁校勘出为杭州通判，上任途中又以“影附苏轼，增损实录”罪名贬监处州酒税，后又编管郴州，此词即作于贬谪中。因词作实质上对旧党官员在党争中普遍遭遇贬谪的命运作了高度概括，所以当时引起了广泛共鸣，被多人次韵唱和。据《能改斋漫录》卷十七记载，秦观此词原本为赠孔平仲之作：“秦少游所作《千秋岁》词，予尝见诸公唱和亲笔，乃知在衡阳时作也。少游云：‘至衡阳，呈孔毅甫使君。’其词云云，今更不载。毅甫（孔平仲字）本云：‘次韵少游见赠。’”所以，这首词的第一个次韵人为孔平仲。孔见秦词后次韵云：

> 春风湖外，红杏花初退。孤馆静，愁肠碎。泪余痕在枕，别久香销带。新睡起。小园戏蝶飞成对。  惆怅人谁会，随处聊倾盖。情暂遣，心何在。锦书消息断，玉漏花阴改。迟日暮，仙山杳杳空云海。①

秦观赠孔平仲《千秋岁》原词中有“忆昔西池会，鹓鹭同飞盖。携手处，今谁在”之句，“亦为在京师与毅甫同在于朝，叙其为金明池之游耳”。②孔平仲为人刚直，然仕途坎坷，绍圣年间亦坐党籍而遭贬，故其次韵秦词，亦沿秦观原词思路，继续抒写迁谪之悲。至云“孤馆静，愁肠碎。泪余痕在枕，别久香销带”，又云“锦书消息断，玉漏花阴改”，不只抒写谪宦行役路途中的孤苦，更委婉表达了对好友不尽的思念和牵挂。后“东坡在儋耳，侄孙苏元老，因赵秀才还自京师，以少游、毅甫所赠酬者寄之。东坡乃次韵录示元老”云：③

> 岛边天外，未老身先退。珠泪溅，丹衷碎。声摇苍玉佩，色重黄金带。一万里，斜阳正与长安对。  道远谁云会，罪大天能盖。君命重，臣节在。新恩犹可觊，旧学终难改。吾已矣，乘桴且恁浮于海。④

苏轼用少游韵和成此词，强化原作政治抒情性，抒发了他自己远谪海外的沉痛与哀伤。继苏轼次韵之后，黄庭坚崇宁中贬宜州路出衡阳，追悼秦观

① 唐圭璋编：《全宋词》，中华书局1965年版，第368页。
② （宋）吴曾：《能改斋漫录》卷十七。
③ 同上书，“秦少游唱和《千秋岁》词”条。
④ 薛瑞生：《东坡词编年笺证》，三秦出版社1998年版，第669页。

览其遗墨，复追和一首。[①] 黄词先叙与秦观同官之乐，复言长别之悲，在哀思少游中，对自己的政治不幸也深致伤悼。

除孔平仲、“苏黄”外，李之仪、惠洪亦复次韵。[②] 李词云：

> 深秋庭院，残暑全消退。天幕迥，云容碎。地偏人罕到，风惨寒微带。初睡起，翩翩戏蝶飞成对。　叹息谁能会。犹记逢倾盖。情暂遣，心常在。沈沈音信断，冉冉光阴改。红日晚，仙山路隔空云海。[③]

李之仪此《千秋岁》词下题“用秦少游韵”，然不难发现，此词之造语、抒情角度却与孔平仲次韵之作更为接近。孔词云“新睡起。小园戏蝶飞成对”，李词云“初睡起，翩翩戏蝶飞成对”；孔词云“锦书消息断，玉漏花阴改。迟日暮，仙山杳杳空云海”，李词云“沈沈音信断，冉冉光阴改。红日晚，仙山路隔空云海”。孔词抒情缘秦观原作而来，李之仪次韵秦词却写得更像孔词，说明李之仪次韵秦词，亦明显参阅了孔词。

这样我们就可以看到，围绕次韵秦观《千秋岁》词，实际上是出现了一个词人群体针对政治贬谪这个主题进行集体创作的现象，虽然各人作品之作时、作地有别，然以次韵形式完成的这一组作品，其抒发政治情怀实际上比原作单篇抒情来得更为深切。同时，因这个词人群体政治境遇及情感历程的相同相似，所以也就使得次韵这种艺术形式本身，一方面成为联结词人心灵世界的桥梁，另一方面又具有表现政治上同声相应、同气相求情怀的内容质素。从这个角度说，次韵，已经超出了单纯艺术表现形式这个范畴。

除秦观《千秋岁》外，贺铸《青玉案》（凌波不过横塘路）也是北宋

---

① 黄庭坚：《千秋岁》（苑边花外）见本书第四章。又：黄此次韵词亦别见晁补之琴趣外编卷二，《能改斋漫录》卷十七云：“《晁无咎集》中尝载此词，而非是也。”唐圭璋编《全宋词》则于黄庭坚、晁补之名下两收之。

② 按：惠洪和作当在秦观、苏轼相继谢世以后。其词云：“半身屏外，睡觉唇红退。春思乱，芳心碎。空余簪髻玉，不见流苏带。试与问，今人秀整谁宜对？湘浦曾同会，手褰轻罗盖。疑是梦，今犹在。十分春易尽，一点情难改。多少事，却随恨远连云海。”见《全宋词》，中华书局1965年版，第712页。与“苏黄”等次韵以抒发政治情怀不同，惠洪次韵秦观《千秋岁》，却将其写成了艳情词。此亦从反面说明，对那些曾经历相同政治境遇的词人来说，次韵这种表现形式本身，确具有政途上同声相应、同气相求的抒情意义。惠洪不在政途，即使喜好该词而次韵，也是不可能写出政治抒情意味来的。

③ 同上书，第341页。

词中被次韵次数较多的作品（此词调又名《横塘路》），贺铸原词抒发政治上被弃置的愁苦情怀，他自己也因此词以“梅子黄时雨”喻深愁而被人们称“贺梅子”。《能改斋漫录》卷十六云：

> 贺方回为《青玉案》词，山谷尤爱之，故作小诗以纪其事。及谪宜州，山谷兄元明（黄大临字）和以送之云：（词略）。山谷和云：（词略）。洪觉范亦尝和云：“绿槐烟柳长亭路，恨取次分离去。日永如年愁难度，高城回首，暮云遮尽，目断人何处。解鞍旅舍天将暮，暗忆丁宁千万句，一寸危肠情几许。薄衾孤枕，梦回人静，彻晓萧萧雨。”[①]

其实《能改斋漫录》所录并不全面。不仅黄庭坚兄弟次韵贺铸《青玉案》词不止两首，且除黄氏兄弟及惠洪次韵外，苏轼、李之仪、谢逸亦曾次韵此词。检《全宋词》所录黄庭坚兄弟词中仅有的三首《青玉案》，都是创作于崇宁二年（1103）黄庭坚被除名编隶宜州前后次韵贺铸《青玉案》的作品。黄大临所次《青玉案》中不仅有哀断的肝肠，更有迸飞的泪水，其对黄庭坚人生命运的同情，对他远放宜州的种种担忧，以及对执政者滥贬无辜的愤怒、无奈，都或明或暗地反映于词作中。而黄庭坚面对政治打击，心中虽有忧愁，然更多的却是滴水穿云的无悔及于政治的心灰意冷。[②]贺铸原作长于写愁的特点在黄庭坚兄弟次韵和作中得到了深化和拓展。

苏轼《青玉案·和贺方回韵送伯固归吴中故居》云：

> 三年枕上吴中路，遣黄犬，随君去。若到松江呼小渡，莫惊鸳鹭，四桥尽是，老子经行处。　　辋川图上看春暮，常记高人右丞句。作个归期天已许。春衫犹是，小蛮针线，曾湿西湖雨。

苏轼宦海沉浮，始终不忘归隐。王维“辋川图”及其诗中的隐居情调，使他羡慕不已。此词中他说，回归的愿望如此强烈，甚至连天都已被感动

① （宋）吴曾《能改斋漫录》卷十六“山谷爱贺方回《青玉案》词”条。引文中所略元明《青玉案》（千峰百嶂宜州路）及黄庭坚《青玉案》（烟中一线来时路）二词，见本书第七章之第四节《黄庭坚、黄大临〈青玉案〉词考论》。

② 详见本书第七章第四节《黄庭坚、黄大临〈青玉案〉词考论》。

（当然此处之“天”也有隐指朝廷之意），西湖雨淋湿的春衫就是证明。全词虽没有贺铸原作中的浓重愁绪，然在对吴中“经行处”的深情追忆中，就苏坚（苏坚字伯固）之“归”倾诉已之“归计”，却也透出浓浓的厌倦宦海浮沉、身不由己的怅惘意绪。

李之仪《青玉案·用贺方回韵有所祷而作》云：

> 小篷又泛曾行路。这身世、如何去。去了还来知几度。多情山色，有情江水，笑我归无处。　　夕阳杳杳还催暮，练净空吟谢郎句。试祷波神应见许，帆开风转，事谐心遂，直到明年雨。①

仕路漂泊，无处可归的茫然充盈词人唱叹中，他向波神祷告，希望自己能“帆开风转，事谐心遂”，这虽比贺铸原作中“一川烟草，满城风絮，梅子黄时雨”的愁情压抑显得积极一些，然就抒发仕路悲怀的性质看，次韵与原作完全一致。

和上述黄庭坚兄弟、苏轼、李之仪等次韵抒发政治情怀不同，惠洪、谢逸之次韵贺铸《青玉案》，却并没有走原词政治抒情一路（惠洪和作已见上引《能改斋漫录》），谢逸次韵云：

> 芦花飘雪迷洲渚，送秋水、连天去。一叶小舟横别浦。数声鸿雁，两行鸥鹭，天淡潇湘暮。　　蓬窗醉梦惊箫鼓，回首青楼在何处。柳岸风轻吹残暑。菊开青蕊，叶飞红树，江上潇潇雨。②

“苏黄”等次韵沿袭贺铸原作政治抒情思路，实际是对贺词抒情的继续开拓；至惠洪、谢逸却改原词抒发政治情怀为表现艳情。这样的次韵思路，能给我们什么启示呢？

启示之一：它从反面告诉我们，次韵词的抒情指向确乎多与作者的政治境遇密切相关。贺词中的政治苦闷与迷惘心境借相思之情来写，黄庭坚等人身在政治坎坷之中，对贺铸的良苦用心理解深透，所以他们的次韵继续了贺词中政治情怀之抒发。而惠洪与谢逸二人终身都并未步入过官场，

① 唐圭璋编：《全宋词》，中华书局1965年版，第347页。

② 同上书，第646页。

前者为僧侣，后者以诗文自娱而终，所以他们次韵贺词，似乎都只注意到了贺铸原作抒写相思情怀的字面意思，而未深及其所蕴含的政治悲愁，这应该说与他们不在官场的经历有关；

启示之二：政途内外之词人，次韵同篇作品而抒情性质上出现较大差异，也说明凡身在宦海的词人，当一首词的抒情引起他们注意、共鸣而广泛次韵相和时，激荡他们心灵世界的也一定首先是其政治境遇。反过来说，政治际遇坎坷的词人，次韵，实亦是他们抒写怀抱的重要形式。惠洪除次韵贺铸《青玉案》外，他也次韵秦观《千秋岁》，但同样也写成了地道的艳情词，这不能不说与他政治局外人的身份有关。

次韵是北宋词人抒发政治怀抱的重要艺术形式，这不仅体现为一篇作品因抒发政治情怀引起他人共鸣而多被相次，还体现为遭遇政治挫折的词人，似乎更喜欢把次韵作为其抒情的一个不可或缺的艺术形式来使用。因为次他人词韵本质上也是一种交际的方式，而政治又从来不是个人的事业。从这个角度看，身历仕宦坎坷的词人，以次韵的形式实现心与心的交流，这实为不错的选择。

如北宋新党词人舒亶，在其存世50首词作中有唱和之作12首，而明言次他人韵者9首。[①] 这些词中，除次韵赠歌伎的《木兰花》外，其他几乎无一首不或隐或现透露着他身在宦途的感触及失官后的痛苦悲凉情绪。又如苏轼一生共留下次韵词作28首，这些作品有的是次他人词作之韵，有的是次己之旧作韵，然亦多与政治抒情相关。如他的《水龙吟·次韵章质夫杨花词》，论者指出："它既是在写杨花，又是在写人。词人把自己的主观感受和对不幸遭遇的唱叹，都融入杨花形象之中。从杨花的无人珍惜，从杨花的飘零沦落，似乎可以看到词人以及与词人相类似的某些人的不幸命运。"[②] 苏轼自己在写给章质夫的信中也证实了这一点，他说：

《柳花》词绝妙，使来者何以措辞？本不敢继作，又思公正柳花

① 按：舒亶9首次韵之作是：《满庭芳·重阳前席上次元直韵》（寒日穿帘）、《满庭芳·后一日再置酒次冯通直韵》（红叶飘零）、《散花天·次师能韵》（云断长空叶落秋）、《丑奴儿·次师能韵》（一池秋水疏星动）、《菩萨蛮·次张秉道韵》（真珠酒滴琵琶送）、《菩萨蛮·次韵》（香波绿暖浮鹦鹉）、《木兰花·次韵赠歌妓》（十二栏杆褰画箔）、《菩萨蛮·次莹中元归韵》（白苹洲渚垂杨岸）、《浣溪沙·次权中韵》（燕外青楼已禁烟）。以上均见唐圭璋编《全宋词》，中华书局1965年版，第360—366页。

② 陶尔夫、诸葛忆兵：《北宋词史》，黑龙江人民出版社2005年版，第342页。

飞时出巡按，坐想四子，闭门愁断，故写其意，次韵一首寄去，亦告不以示人也。《七夕》词录呈。[①]

如果次韵词并无政治寄托，他又何必交代章质夫“不以示人”？存词29首的王安石在罢相退居江宁后，也有《诉衷情·次俞秀老鹤词》三首传世，其政治抒怀意十分清楚。[②] 又如葛胜仲之次叶梦得《浣溪沙》韵作两词，其题序明言：

少蕴内翰同年宠速，且出后堂，并制歌词侑觞，即席和韵二首。[③]

葛胜仲虽为南渡词人，然叶梦得因依附蔡京而“宠速”是在北宋，故此次韵词必作于北宋无疑，其次叶氏韵且言其“宠速”，实已明言本词题旨所在。[④]

次韵的形式与政治抒情关系密切，还可从词人自次己韵的情况来看。政治经历复杂坎坷的词人，往往以次本人词韵方式创作一组或一个系列作品，来寄托政治情怀，这方面最具代表性的莫过苏轼。例如，元丰七年(1084)，苏轼离开黄州时作《满庭芳》（归去来兮，吾归何处）一词别当地友人，其题序云：

元丰七年四月一日，余将去黄移汝，留别雪堂邻里二三君子，会李仲览自江东来别，遂书以遗之。[⑤]

元丰八年（1085），他自次《满庭芳》（归去来兮，吾归何处）之韵，复作《满庭芳》词一首。其词序云：

---

① （宋）苏轼：《与章质夫三首》其一，《苏东坡全集·苏东坡文集》，珠海出版社1996年版，第1315页。

② 王此三词见唐圭璋编《全宋词》，中华书局1965年版，第206页。关于其政治抒情意详见本书第三章第五节《王安石、舒亶词的政治抒情》。

③ 同上书，第720页。

④ 按：葛胜仲于叶梦得之“宠速”似乎不胜企羡而在其词题序中一再提及。除此《浣溪沙》次韵词外，他的另一首《浣溪沙》词题序亦云：“少蕴内翰同年宠速，遣妓隐帘吹笙，因成一阕。”见同上书，第721页。

⑤ 同上书，第278页。

余谪居黄州五年，将赴临汝，作《满庭芳》一篇别黄人。既至南都，蒙恩放归阳羡，复作一篇。①

苏轼次韵词中次己之词韵而成词者19首，是为一例。两则题序已明确交代了成词的政治背景。宋神宗元丰七年（1084），谪居黄州五年之久的苏轼，虽奉命移汝州，然政治处境并没有任何实质性改善。故离开黄州时他的心情是复杂的。难舍别情中有人生失意、宦海浮沉的哀愁，更有因前途渺茫而生的不安。“既至南都，蒙恩放归阳羡”后，他复次前韵再作《满庭芳》一首。词中，“老去君恩未报，空回首，弹铗悲歌”的报国无门之悲与“问何事人间，久戏风波”的回归之情相交织，使前首《满庭芳》词意又有新的拓展，故这两首词实为一组抒情上前后相关的作品。又如他的两首《浣溪沙》：

倾盖相逢胜白头，故山空复梦松楸。此心安处是菟裘。　　卖剑买牛吾欲老，乞浆得酒更何求。愿为辞社宴春秋。

炙手无人傍屋头，萧萧晚雨脱梧楸。谁怜季子敝貂裘。　　顾我已无当世望，似君须向古人求。岁寒松柏肯惊秋。②

两词用韵相同，前首题“自适”，后首题“寓意”，却都与抒发仕宦失意、远离政途的情怀相关。显然，这也是一组主题相同而自次其韵的政治抒情词。

所以，次韵在北宋词中确乎是与政治抒情密切关联的重要形式。贬谪境遇中的词人，以同韵相次的创作形式或互通心声或寄托哀思；久历政治险患的词人也以次韵自己旧作的形式抒写萦绕心头的仕宦怀抱，从而使次韵变成了创作主题相近系列作品的重要形式之一。这些都说明，北宋词中的次韵艺术形式，实为北宋词政治抒情的重要载体。元祐词人作品在北宋崇宁党禁后，基本无人再敢公开相次，也说明次韵的形式一定程度上确乎与时代政治气候相关。

① 唐圭璋编：《全宋词》，中华书局1965年版，第325页。

② 同上书，第319页。

## 三　铺叙

铺叙，就是把所要叙述的内容，按照一定顺序展开来进行多方面叙写、描述的表达形式，即《毛诗序》所谓《诗》“六义”之一的“赋”法。

北宋词政治抒情中的铺叙，主要有两种表现。一种是着力于事象、物象的铺叙，另一种则是着力于抒情者心理活动（心象）的铺叙。叙述心理活动虽与敷陈其事的物象、事象有别，然因其亦具有直书其事、敷布其义的表达效果，符合“赋”法的一般特点，故也应属于铺叙形式之一。

侧重叙述事象、物象的铺叙出现于宋词中，一般认为柳永是始作俑者。陈廷焯《白雨斋词话》卷一：“耆卿词，善于铺叙，羁旅行役，尤属擅长。然意境不高，思路微左，全失温、韦忠厚之意。词人变古，耆卿首作俑也。”郑振铎更明确指出：

> 花间的好处，在于不尽，在于有余韵。耆卿的好处，却在于尽，在于铺叙展衍，备足无余。……北宋第二个时期的词，其特点全在于奔放铺叙四字，其词不得不繁词展衍，成为长篇大作。这个端开自柳永。①

实际上，宋词最早的铺叙形式直可追溯至比柳永更早的和岘。《全宋词》卷首所录和岘《开宝元年南郊鼓吹歌曲三首》不仅是宋初词中少见的长篇，而且也是典型的政治抒情之作。如第三首《十二时》云：

> 承宝运，驯致隆平。鸿庆被寰瀛。时清俗阜，治定功成。遐迩咏由庚。严郊祀，文物声明。会天正、星拱奏严更。布羽仪簪缨。宸心虔洁，明德播惟馨。动苍冥。神降享精诚。　燔柴半，万乘移天仗，肃銮辂旋衡。千官云拥，群后葵倾。玉帛旅明庭。韶濩荐，金奏谐声。集休亨。皇泽浃黎庶，普率洽恩荣。仰钦元后，睿圣贯三灵。万邦宁。景贶福千龄。②

---

① 郑振铎：《插图本中国文学史》（第三十五章《北宋词人》），人民文学出版社1957年版，第487页。

② 唐圭璋编：《全宋词》，中华书局1965年版，第1—2页。

该词赞美宋王朝大业超前古、九土乐升平气象及皇帝郊祀的盛大场面，使用了铺叙的手法，这样的词问世于宋开国第九个年头，在时间上远早于柳永词，说明以叙述事象、物象为主的铺叙形式在宋词抒情中很早就已被运用。

当然，若论北宋词政治抒情以铺叙事象、物象而独具特色者，自非柳永莫属。一般情况下，柳词铺叙内容虽繁富，却往往能按一定顺序依次展开叙述对象，而不是作简单叠加。鲜明的画面感，清晰的层次性，使得围绕抒情主题铺陈的众多事象、物景，进入词整体结构之后，呈现出“和而不同”的“辐辏”效果。如他的《早梅芳》(海霞红)、《迎新春》(嶰管变青律)、《倾杯乐》(禁漏花深)、《看花回》(玉墄金阶舞舜干)、《永遇乐》(天阁英游)、《阳台路》(楚天晚)、《玉楼春》五首等，无论歌颂王朝政治升平、百姓安居，还是写自己宦途漂流、悲愁无限，均能备足无余、极尽展衍之能事，“曲处能直，密处能疏……状难状之景，达难达之情，而出之以自然”。[①] 此正得益于他高度的铺叙技巧。试看《醉蓬莱》：

渐亭皋叶下，陇首云飞，素秋新霁。华阙中天，锁葱葱佳气。嫩菊黄深，拒霜红浅，近宝阶香砌。玉宇无尘，金茎有露，碧天如水。

正值升平，万几多暇，夜色澄鲜，漏声迢递。南极星中，有老人呈瑞。此际宸游，凤辇何处，度管弦清脆。太液波翻，披香帘卷，月明风细。[②]

该词上片铺写皇宫景物，依自上而下、自巨至细次序依次写来。时值素秋，天高云淡，皇宫祥云普罩，建筑雄伟，佳气缭绕，花木黄深红浅，宝阶香砌无尘而金茎有露，真是一派富贵繁荣；下片叙帝王夜游，亦自“由远至近”顺序运笔。先写社会承平的大环境：“正值升平，万几多暇”，次写在天象呈瑞的澄鲜夜色及迢递漏声中，皇帝乘凤辇宸游，度管弦清脆，看太液波翻，感月明风细，好不尽兴。所以，这首词叙写的景象虽限于皇宫，然因作者采用了层次分明的铺叙形式，故使读者睹其文字有如对当日“盛明”景象一览无余之感。类似的写法在《望海潮》(东南形盛）中亦可

① （清）冯煦：《蒿庵词话》，见张璋等编《历代词话》，大象出版社2002年版，第8页。

② 唐圭璋编：《全宋词》，中华书局1965年版，第29页。

看到。以其上片为例，作者先从地理、历史时空角度点出杭州曾经拥有的空前繁华情形，接着笔锋一转回到现实，写此地人烟繁富，则衬之以烟柳画桥、风帘翠幕；次写此地物产丰饶、百姓生活富庶奢华，则衬之以云树绕堤沙的葱茏及怒涛卷霜雪的雄壮；再以市场珠玑罗列，人户罗绮充盈状写百姓生活之富有奢华。整个上片所写内容不少，然因作者采用了从远至近、从大到小、层层铺展的叙述形式，故状物写景虽繁复却不觉累赘，词本文所具有的鲜明画面感亦跃然纸上。又如其《安公子》：

远岸收残雨，雨残稍觉江天暮。拾翠汀洲人寂静，立双双鸥鹭。望几点、渔灯隐映蒹葭浦。停画桡、两两舟人语。道去程今夜，遥指前村烟树。　　游宦成羁旅，短樯吟倚闲凝伫。万水千山迷远近。想乡关何处。自别后、风亭月榭孤欢聚。刚断肠、惹得离情苦。听杜宇声声，劝人不如归去。[①]

此词抒发作者官场失意、长年落魄的萧索情怀。上片铺写雨后所见之景。江天过雨，暮色已临，汀洲寂静，拾翠之人已归而鸥鹭双立，远处渔灯掩映，近前舟人对语。景物铺写中既见由雨而暮、由暮而夜的时间顺叙，又可见作者独处孤舟、抑郁无聊的心境暗示；下片陈述长年行役之苦，是上片景物铺叙引出对多年来奔波之苦的回顾，也进一步印证了上片物景铺叙中蕴含的情怀。全词铺叙的画面感、层次性都非常明确。

除柳永外，北宋词以铺叙事象、物象而抒写政治情怀的形式亦为其他词人不断使用。刘潜《六州歌头·项羽庙》[②] 咏楚汉战争，以项羽英雄末路之悲抒政治感怀，李冠《六州歌头·骊山》咏唐玄宗、杨贵妃事，以帝王沉迷享乐致政治祸端抒发“事往愁多”的感喟，均采取了铺叙事象的形式。又如秦观《如梦令》：

遥夜沉沉如水，风紧驿亭深闭。梦破鼠窥灯，霜送晓寒侵被。无寐，无寐，门外马嘶人起。[③]

① 唐圭璋编：《全宋词》，中华书局 1965 年版，第 50 页。

② 唐圭璋编《全宋词》两录此词于刘潜、李冠名下。见《全宋词》，中华书局 1965 年版，第 113、114 页。

③ 同上书，第 462 页。

本词作于绍圣三年（1096）秦观自处州再贬郴州途中。词以描写夜宿驿亭苦况诉行旅艰辛，抒发编管郴州的无限凄凉与悲苦。作者以时间为序，依次叙写了夜晚驿亭这个特殊环境下发生的诸种事象：深沉漫长的夜，深闭的驿亭，劲吹的风，饥闹的老鼠，送寒的晓霜，彻夜无寐的词人，及天明破晓后的马嘶人起。虽受小令篇幅限制，然本词所涉及内容已相当繁富。通过对这些事象铺写，作者遭谗受害、冤屈无处可申的特殊处境，岁暮飘零的凄凉心境都得到了真切反映。全词无一语议论，毫无缘饰的铺叙已将一切包容其中。

北宋词政治抒情中铺叙的另一种表现，是抒情者于自我心理活动进行多方面铺写。当然，作者在抒情过程中写出一两个反映其心理状态的句子，这还算不上铺叙，当抒情者用大量笔墨多方面展开以披露其心理活动过程时，这种表现形式就具有了铺叙的特征。如晁补之《迷神引·贬玉溪对江山作》：

黯黯青山红日暮。浩浩大江东注。余霞散绮，向烟波路。使人愁，长安远，在何处。几点渔灯小，迷近坞。一片客帆低，傍前浦。

暗想平生，自悔儒冠误。觉阮途穷，归心阻。断魂素月，一千里、伤平楚。怪竹枝歌，声声怨，为谁苦。猿鸟一时啼，惊岛屿。烛暗不成眠，听津鼓。①

抒写贬谪中的行旅之愁、政治之愁，是本词主旨所在。词上片多写景为抒情张本，抒情者心理活动的铺叙主要体现于下片。在由“暗想”、“自悔”、“觉”、“伤”、“怪”、“听”等动词所组成的数组动宾结构短语中，读者可体会到作者一系列复杂心理活动变化的全过程。作品所表达的远离京城、流落谪途之感伤情怀也正是通过这一列心理活动的铺叙得到了突出、强化。

类似铺叙形式还可从苏轼《哨遍》中看到：

为米折腰，因酒弃家，口体交相累。归去来，谁不遣君归。觉从前皆非今是。露未晞。征夫指予归路，门前笑语喧童稚。嗟旧菊都

① 唐圭璋编：《全宋词》，中华书局1965年版，第562页。

荒，新松暗老，吾年今已如此。但小窗容膝闭柴扉。策杖看孤云暮鸿飞。云山无心，鸟倦知还，本非有意。　噫。归去来兮。我今忘我兼忘世。亲戚无浪语，琴书中有真味。步翠麓崎岖，泛溪窈窕，涓涓暗谷流春水。观草木欣荣，幽人自感，吾生行且休矣。念寓形宇内复几时。不自觉皇皇欲何之。委吾心、去留谁计。神仙知在何处，富贵非吾志。但知临水登山啸咏，自引壶觞自醉。此生天命更何疑。且乘流、遇坎还止。①

贬谪黄州的苏轼自筑雪堂、躬耕东坡，对官场政治之险患有了更深认识，他借隐括陶渊明《归去来兮辞》表达倦于仕宦经济、渴望“归去”之愿，几乎全以铺叙心理活动成词。如其云“觉从前皆非今是”，“吾年今已如此”，“我今忘我兼忘世”，“吾生行且休矣”，“委吾心、去留谁计”，“神仙知在何处，富贵非吾志”，等等，都是以“我”的“归去”心理之展衍铺写表现疏离政治、渴求自由生活之愿，而这正是此词主旨所在。类似主要以铺叙抒情者情志或心理活动成词的情况，我们从柳永《戚氏》（晚秋天）、贺铸《青玉案》（凌波不过横塘路）等词中还可看到，此处不赘。

艺术创造本质上是作家对生命活动中遇坎而激之情怀的宣泄，也是人生精微体验的传达。北宋词政治抒情中的铺叙，无论事象、物象之铺叙还是抒情者心理活动过程之铺叙，从形式上看，都是词人心灵世界中跃动的情感脉搏由点至面的展开。铺叙艺术形式的展衍排比、求尽求细特点，使之于作者抒情表现出细致而微的优势。这一艺术表现形式在北宋词政治抒情中的运用虽非普遍，然值得重视。

## 四　对比

对比，是将发生在不同时间或空间序列中的事、物进行比较，以达到揭示本质、显现规律的目的。文学创作中的对比则主要是以不同事象、物象或情景、氛围之比较，实现抒情写志之旨。

词体文学政治抒情中运用对比，并非宋人独创，五代词人李煜归宋后

① 唐圭璋编：《全宋词》，中华书局1965年版，第307页。苏轼自序云：“陶渊明赋归去来，有其词而无其声。余治东坡，筑雪堂于上，人俱笑其陋。独鄱阳董毅夫过而悦之，有卜邻之意。乃取归去来词，稍加隐括，使就声律，以遗毅夫。使家僮歌之，时相从于东坡，释耒而和之，扣牛角而为之节，不亦乐乎。”

所作《破阵子》即用此法。词云：

四十年来家国，三千里地山河。凤阙龙楼连霄汉，玉树琼枝作烟萝，几曾识干戈。　　一旦归为臣虏，沈腰潘鬓消磨。最是仓皇辞庙日，教坊犹奏别离歌，垂泪对宫娥。①

上片写昔之繁盛，言做国君的自豪；下片写今之亡国，言做囚徒的悲哀。全词以今昔对比方式，抒发留恋故国及破国后自责自悔之情。对比造成的情感落差使作者痛不欲生的情怀表现得极为深刻。这样的艺术表现形式客观上会对宋词创作产生影响。

北宋词政治抒情中的对比如果单纯从时间序列看，不少即为今昔对比；如果从时空大序列及对比内容的性质看，则比较复杂，有不同人生命运的对比，不同生活方式的对比，梦幻与现实的对比，等等。下面先试看北宋词政治抒情中的今昔对比。

今昔对比意在突出反差，“今”、“昔”时间概念在词中往往表现得相当清楚。如秦观《千秋岁》（水边沙外）云“忆昔西池会，鹓鹭同飞盖。携手处，今谁在”。②《踏莎行》（雾失楼台）云“郴江幸自绕郴山，为谁流下潇湘去”。③ 贺铸《芳心苦》（杨柳回塘）云“当年不肯嫁东风，无端却被秋风误”。④ 都或明或暗强调了今与昔的时间界限。他如苏轼《沁园春》（孤馆灯青），晁补之《万年欢》（忆昔论心）、《玉蝴蝶》（暗忆少年豪气）、《临江仙》（十岁尔曹同砚席）等亦此类。以张阁《声声慢》为例：

长天霞散，远浦潮平，危阑注目江皋。长记年年荣遇，同是今朝。金銮两回命相，对清光、频许挥毫。雍容久，正茶杯初赐，香袖时飘。

归去玉堂深夜，泥封罢，金莲一寸才烧。帝语丁宁，曾被华衮亲褒。如今谩劳梦想，叹尘踪、杳隔仙鳌。无聊意，强当歌对酒怎消。⑤

---

① 曾昭岷、曹济平、王兆鹏、刘尊明编：《全唐五代词》，中华书局 1999 年版，第 764 页。

② 唐圭璋编：《全宋词》，中华书局 1965 年版，第 460 页。

③ 同上。

④ 同上书，第 507 页。

⑤ 同上书，第 660 页。

自上片“长记”起直至下片“如今”止，全是对昔日“年年荣遇”的忆念；自下片“如今”起以下二十余字，则是对如今沦落的感伤。全词采用的是今—昔—今这样的结构方式，主要笔墨放在对昔日荣华显贵的回顾上，而以开头“注目江皋”之远望与结尾“对酒怎消”的抒情前后呼应、绾结全篇，使得昔荣今悴的感慨溢于言表。又如晁端礼《水调歌头》：

忆昔红颜日，金玉等泥沙。青楼紫陌，惟解惜月与贪花。谁信如今憔悴，尘暗金徽玉轸，藓污匣中蛇。一事都无就，双鬓只堪嗟。

恨无情，乌与兔，送年华。不如归去，无限云水好生涯。未用轻蓑短棹，犹有青鞋黄帽，行处即吾家。回首人间世，幽意在青霞。①

词中既有明确的“忆昔”、“如今”之时间提示，则作者对比今昔之用意是清楚的。昔时不知忧愁的浪漫与今时“一事都无就，双鬓只堪嗟”的憔悴，形成巨大反差，进而促成对隐逸生活之向往。本词对“如今”之失落着墨较多，这一点与张阁《声声慢》有所不同。

今与昔可以是一段极其漫长的时间距离，同时又可以是“昨夜”与“今朝”这样极短的间隔。如果真是以“昨夜”、“今朝”这样极小的时间距离（时间段）作比，则由此所构成的对比往往就是一种“正比”，即“今”完全是对“昨”的继续。这就有别于以较长时间距离作间隔的今昔对比。如上文所见，有较长时间间隔的今昔对比往往是一种反比，反比意在突出今昔情感落差，而正比则意在状写一种情感的发展过程。如苏轼《行香子・秋兴》：

昨夜霜风，先入梧桐。浑无处、回避衰容。问公何事，不语书空。但一回醉一回病，一回慵。　　朝来庭下，光阴如箭，似无言、有意伤侬。都将万事，付与千钟。任酒花白，眼花乱，烛花红。②

词上片先写昨夜如何，至下片再写“朝来”如何，在时间概念上虽有今与昨的区别，然在时空序列上，今与昨又完全是接续在一起而不存在断点。

① 唐圭璋编：《全宋词》，中华书局1965年版，第425页。

② 同上书，第303页。

所以，此词写悲愤情怀实际上是把它发展的过程全写出来了。“朝来”后“都将万事，付与千钟”的状态，实是“昨夜”“问公何事，不语书空”情绪发展的必然结果。“朝来”承接“昨夜”，二者形成了承递性的正比关系。

以上从时间序列讨论了北宋词政治抒情中的今昔对比问题。如果从时空结合的大序列看，北宋词政治抒情中的对比则又有不同人生道路、人生追求的对比，亦有不同人生际遇、命运的对比。前者如苏轼《满庭芳》：

> 蜗角虚名，蝇头微利，算来着甚干忙。事皆前定，谁弱又谁强。且趁闲身未老，须放我、些子疏狂。百年里，浑教是醉，三万六千场。　　思量，能几许？忧愁风雨，一半相妨。又何须抵死，说短论长。幸对清风皓月，苔茵展、云幕高张。江南好，千钟美酒，一曲《满庭芳》。

忧患人生的失望怅惘，精神世界的超脱解放，萦绕在词人心头，对比如此鲜明。正是在两种人生道路一否定一肯定的对比中，作者尽情展示了自己受到重大挫折之后既愤世嫉俗又飘逸旷达的内心世界，表现了宠辱皆忘、超然物外的人生态度。类似这样的对比又如：王观《高阳台》（红入桃腮）将“趁取芳时，共寻岛上红云”的隐逸追求与“朱衣引马黄金带”的政治生活对比，认为后者“算到头，总是虚名”[①]；王仲甫《蓦山溪》（挂冠神武）将“作烟波主”与求取“蜗角名，蝇头利”对比[②]；黄裳《瑶池月·烟波行》将“扁舟寓兴，江湖上、无人知道姓名”的人生道路与追求政治名利对比，认为“放侯印，趁鱼艇”才是正道。[③] 米芾《诉衷情·思归》：

> 劳生奔走困粗官，揽镜鬓毛斑。物外平生萧散，微宦兴阑珊。奇胜处，每凭阑，定忘还。好山如画，水绕云萦，无计成闲。[④]

这也完全是两种生活境界的对比。作者一边说自己“微宦兴阑珊”，一边又对“水绕云萦”的生活表示了向往。

① 原词见唐圭璋编《全宋词》，中华书局1965年版，第262页。
② 同上书，第271页。
③ 同上书，第381页。
④ 同上书，第488页。

不同际遇、命运的对比。如晁补之《蓦山溪·谯园饮酒为守令作》一边赞“史君才誉，金殿握兰人”，一边言己之境况是“司马更堪怜，掩金觞，琵琶催泪”[①]；黄庭坚悼念秦观的《千秋岁》（江头苑外），一边回顾他们元祐间曾“同朝退”、“齐讴云绕扇，起舞风回带”的快意，一边悲哀秦观“人已去，词空在”，“惊涛自卷珠沉海”，痛苦追怀中对秦观的不幸表示了极大同情。[②]

当然以上关于对比类型的区分并不是绝对的。有时今昔对比也交叉着不同生活道路的对比，不同生活道路对比中亦存在理想与现实的对比。如贺铸《六州歌头》（少年侠气）上片写“少年”时代交结豪雄、呼鹰嗾犬的遂心适意，下片写步入仕途后“官冗从”、“剑吼西风”的悲凉，上下片间既是今昔对比，又是两种不同生活方式的对比。类似的情况又如蔡京《西江月》：

> 八十一年住世，四千里外无家。如今流落向天涯。梦到瑶池阙下。
> 玉殿五回命相，彤庭几度宣麻。止因贪此恋荣华。便有如今事也。[③]

就对比内容看，词上下片至少有三个层面的对比：一是八十一年平安“住世”之人生与瞬息间四千里外“无家”之境况的对比；二是流落的现实与流落中梦境的对比；三是过去“玉殿五回命相，彤庭几度宣麻”的辉煌与“如今”遭遇贬谪的政治际遇的对比。第一个层面的对比，重在人生命运方面展开；第二个层面，重在梦境与现实方面展开；第三个层面，则是政治境遇的今昔对比。每一种对比，都体现着落差，经过这样的层层对比，作者情怀得到了充分表现。

---

① 原词见唐圭璋编《全宋词》，中华书局1965年版，第566页。

② 此词唐圭璋编《全宋词》两录于黄庭坚、晁补之名下，分别见《全宋词》，中华书局1965年版，第412、562页。

③ 同上书，第446页。

# 第六章　北宋词政治抒情对南宋及金代词人的影响

北宋之后，词体文学政治抒情传统并未中断，不仅新建的南宋王朝有相当数量的词人继承北宋词政治抒情精神，以词作为政治抒情工具。同时，北方的金王朝，也有很多词人较南宋人更早接受了北宋词政治抒情的影响。

以南宋词人来说，他们接受北宋词政治抒情影响，原因在于：

首先，南渡初轰轰烈烈的民族斗争打破了政治领域的沉闷氛围，为此期词人接受北宋词影响，开拓词体文学政治抒情领域提供了契机。

南宋自渡江之初到宋高宗绍兴三十二年（1162）辛弃疾南渡约三十六年时间里，词坛出现了李纲、张元干、赵鼎、李光、胡世将、岳飞、胡铨等一批词人，这些人大多经历过血与火的民族斗争洗礼，他们的词或抒发抗战救国的呼声、信念，或质疑、责难当政者的投降妥协，或表达对国家前途的焦虑、忧愁，甚至连李清照这样曾经倡导“词别是一家”的词人，在新的历史条件下，也加入了这个声势浩大的政治抒情队伍之中。这些都是明显的例证。至陆游、张孝祥、“辛派”词人等登上词坛后，政治领域的和战之争依然是时代重大问题，此期词人发扬北宋词政治抒情精神，抒发抗战救国呼声，掀起了又一个抒发政治情怀的高潮，此更毋庸多论。

其次，因北宋词政治抒情高峰时期的代表词人多集中于苏门，苏门词人（包括苏轼），又多是北宋后期政治上受到严厉制裁的对象，而随南宋王朝建立，这批词人政治上获得“平反”，其文学创作重获官方认同。这样的背景下，以苏门词人之创作为代表的北宋词政治抒情传统，在南宋词人中得到发扬光大，自是必然。

所以南宋词的政治抒情，整体看，基本有三个阶段、两个高潮。

三个阶段，一是南北宋之交南渡词人的政治抒情；二是高宗绍兴后期至孝宗、光宗及宁宗初以张孝祥、陆游、辛弃疾等为代表的词人群之政治抒情；二是南宋灭亡前后以王沂孙、张炎等为代表的词人之政治抒情。如果说前两个阶段是南宋词政治抒情高峰期的话，那么，南宋末词人的政治抒情就是整个宋词政治抒情的回光返照与尾声了。北方的金朝，则从早期词坛领袖蔡松年直到金末元好问，他们于北宋词政治抒情精神的接受及文本之模拟似乎并未有过中断。

本章讨论北宋词政治抒情对后人的影响，将主要以南、北两个地域（南宋、金）词人创作的个案考察展开。南宋词人受北宋词政治抒情影响的情况，本书拟以姜夔词为例予以说明。因为姜夔生活的时代既远离南渡初的抗战氛围，同时他又不属为抗战而鼓与呼的“辛派”词人之成员，更重要者，他一生甚至从未踏入仕途，也没有参与过什么政治活动。那么，通过对这样一位词人作品中所反映的政治意识之考察，来说明北宋词政治抒情精神在后代产生的影响，无疑有一定说服力。北宋词政治抒情对北方金朝词人的影响，本书拟主要通过元好问等人与苏轼词文本比较的方式进行讨论。

## 第一节　北宋词政治抒情对南宋词人的影响:以姜夔为例

姜夔，字尧章，号白石道人，饶州鄱阳（今江西波阳）人。据夏承焘所撰年谱，姜夔约生于高宗绍兴二十五年（1155）。[①] 其父姜噩曾任湖北汉阳知县，姜夔自幼随父居住沔噩。十四岁时，父殁，姜夔遂寄居湖北汉川其姊家十七八年。宋孝宗淳熙十三年（1186），应萧德藻邀请赴浙，从此居留湖北萧家约十年之久。庆元三年（1197），姜夔移居杭州，依友人张鉴、张镃兄弟为生。同年，向朝廷献《大乐议》、《琴瑟考古图》，但未有结果。两年后，再上《圣宋饶歌十二章》，得下诏免解与试进士于礼部，但未考中，从此无缘于政治。张鉴去世后，姜夔贫无所依，往来于浙东、嘉兴、金陵间。去世后，贫不能殡，得友人吴潜资助，葬于杭州钱塘门外西马塍。

① 夏承焘：《姜白石编年笺校》，上海古籍出版社 1981 年版，第 299 页。另，谢桃坊《姜夔事迹考辨》定其生年为 1159 年，参见《词学》第八辑。本文依夏说。

姜夔一生失意于政治，四处依人为客。宋高宗绍兴三十二年（1162），姜夔八岁时，二十三岁的辛弃疾南归；九岁（1163），张浚组织北伐失败；十岁（1164），南宋与金达成屈辱的“隆兴和议”，宋金战事告一段落。故作为南宋词坛重量级人物，姜夔一生无论从时代政治环境、个人际遇，还是国家政治状况看，都具备了接受北宋词政治抒情影响的先决条件。

## 一　姜词中的忧国情怀与北宋词一脉相承

柳诒徵云“盖宋之政治，士大夫之政治也。政治之纯出士大夫之手者，惟宋为然”。[①] 北宋自范仲淹以来，文人参政意识、政治责任意识高涨，北宋政治发展遂进入了中国古代政治史上最为独特的一个时期，这个独特时期以文人的积极干政为标志，自然，政治活动中的情绪感受亦成为词人抒情的主要内容。北宋从仁宗时代的范仲淹、欧阳修，到后来的王安石、苏轼等，莫不如此。姜夔一生虽未曾步入仕途，但他的父亲做过汉阳知县，他所交游的洪迈、范成大、杨万里、尤袤、楼钥、朱熹、张鉴（张鉴是南宋著名大将张俊后裔）、辛弃疾等，都是当世名人或名宦，所以，对宋初以来士人的担当精神、忧国怀抱，姜夔不会陌生。他的词所抒发的黍离之悲及反映的对抗金斗争的支持就是最好的证明。

首先看姜夔词表现的黍离之悲。北宋词人有以怀古词创作抒发忧国情怀者，如王安石《桂枝香·金陵怀古》，贺铸《凌歊·铜人捧露盘引》、《台城游》等，这些词都是通过对前代王朝兴亡的历史悲剧之回顾，表现词人于当代政治的感怀。而姜夔词，则进一步以感怀本朝城池兴废历史、抒发黍离之悲的形式表达他对国家现状的忧虑。这方面的代表作即其名篇《扬州慢》。

据姜夔自序，《扬州慢》作于“淳熙丙申”，即宋孝宗淳熙三年（1176），时词人二十余岁，故本词亦为其初登词坛的小试牛刀之作。[②] 虽然姜夔生活的时代，国家再未发生过大的战事（其20岁至50岁这段时间里宋金间再未有大的军事行动），但战争留下的创伤及南宋对外政策上的懦弱并未在初涉词坛的姜夔心中抹去它的阴影。宋代扬州第一次遭劫于“靖康之

① 柳诒徵：《中国文化史》，中国社会科学出版社2008年版，第516页。

② 按：据夏承焘先生将此词编为姜夔编年词中的第一首，见《姜白石词编年笺校》，上海古籍出版社1981年版，第1页。

难”。南宋建炎三年（1129），绍兴三十一年（1161）扬州城又两次被金人占领，并惨遭洗劫。故姜夔在《扬州慢》词序中说：“予怀怆然，感慨今昔，因自度曲。千岩老人以为有黍离之悲也。”词中，姜夔不断将历史名城扬州在唐代的繁华兴盛与眼下的破落衰败对比，忧时感事之心昭然。清宋翔凤《乐府余论》云：

词家之有姜石帚，犹诗家之有杜少陵，继往开来，文中关键。其流落江湖，不忘君国，皆借托比兴，于长短句寄之。如齐天乐，伤二帝北狩也。扬州慢，惜无意恢复也。暗香、疏影，恨偏安也。盖意愈切，则辞愈微，屈宋之心，谁能见之。乃长短句中，复有白石道人也。①

清人这段议论大致是不错的。将此词与王安石《桂枝香·金陵怀古》试予比较，其叹淑世无人、抒黍离之悲的意味有过之而无不及。王词以“登临送目”、写江山壮阔美景始，以感念国事、遗憾今人“时时犹唱，《后庭》遗曲”终；姜词也是从“解鞍少驻初程”后的送目写景始，然写出来的却是一幅兵劫后的残破景象，结尾更以“念桥边红药，年年知为谁生”这样深蕴哀痛的抒情，将其忧国之情推向高潮。这比之王词以胜景写忧思无疑多了一层绝望的意味。再看姜夔的另一首自度曲《凄凉犯》：

绿杨巷陌秋风起，边城一片离索。马嘶渐远，人归甚处，戍楼吹角。情怀正恶。更衰草寒烟淡薄。似当时将军部曲，迤逦度沙漠。
追念西湖上，小舫携歌，晚花行乐。旧游在否，想如今翠凋红落。漫写羊裙，等新雁来时系著。怕匆匆、不肯寄与，误后约。

词前小序云：“合肥巷陌皆种柳，秋风夕起骚骚然。予客居阖户，时闻马嘶，出城四顾，则荒烟野草，不胜凄黯，乃著此解。”全词上片写淮南边城角鸣马嘶一派荒凉之景；下片在时空跳跃对转中追忆都城临安西湖上行

① （清）宋翔凤：《乐府余论》“姜石帚继往开来”条。《乐府余论》见唐圭璋编《词话丛编》，中华书局1986年版，第2493页。此则文字亦为夏承焘《姜白石编年笺校》引用，见该书第144页。

车境况，以反衬眼前之冷落。联系创作此词时（绍熙二年［1191］）李太后当朝的大背景，读者自可从中体会作者的物事皆非、旧游凋零之叹。陶尔夫、刘敬圻从政治批判角度立论，认为此词“翠凋红落”数句在“强烈反差与鲜明对比之下，上面所写已不再是向往而是暗含批判讽刺之意了”①，实为中的之见。文学史上多论姜词惟主“清空”，但从这首《凄凉犯》来看，他实在也是个典型的写实主义者。此词所写合肥之残破，在南宋其他人作品中也可得到证实。王之道七绝《出合肥北门》即云：

> 断垣甃石新修叠，折戟埋沙旧战场。阛阓凋零煨烬里，春风生草没牛羊。②

王是南宋初年人，所见合肥已破败如此。另据《齐东野语·端平入洛》载，端平元年（1234），全子才合淮西之兵赴汴，自合肥渡寿州抵蒙城一带，“沿途茂林长草，白骨相望，虻蝇扑面，杳无人踪”。全子才赴汴路出合肥是姜夔去世 14 年后之事，其所见合肥仍如此境况，可见姜夔在此类作品中多用今昔对比所寄托哀愤之深。

这样的写法在北宋词人笔下并不少见。秦观绍圣年间被贬后所作《风流子》（东风吹碧草）、《临江仙》（千里潇湘挼蓝浦）、《满庭芳》（碧水惊秋），黄庭坚贬谪中所作《醉蓬莱》（对朝云叆叇），晁补之放归后所作《摸鱼儿·东皋寓居》、《水龙吟·次韵林圣予惜春》等，都是以写实性笔触在写景中表达今昔政治形势之变化的。只不过秦、黄等北宋词人所反映者为旧游凋零、个人政治命运沦落的悲慨，姜夔的“情怀正恶”，则反映了南宋小朝廷政治上所面临的强敌压境的危机。

北宋政坛新旧党争绵延起伏，不少词人身卷政治斗争之中的同时，也用他们的词笔深刻反映着党争中文人的不幸遭遇。这种以词反映时代重大政治问题的精神为南宋词人所继承，姜夔亦不例外。姜夔生活的时代，南宋两次北伐均以丧师、失地、赔款告终，北方失地未复，民族、国家的安全面临威胁，和战问题是当时最大的政治。这样的情况下，姜夔也接受北宋词人反映现实重大政治问题精神的影响，以他的词作支持抗金斗争，反

---

① 陶尔夫、刘敬圻：《南宋词史》，黑龙江人民出版社 2005 年版，第 281 页。

② 沈怀玉、凌波：《相山集点校》卷一五，北京图书馆出版社 2006 年版，第 189 页。

映时代最大“政治”。其词作《翠楼吟》云：

月冷龙沙，尘清虎落，今年汉酺初赐。新翻胡部曲，听毡幕元戎歌吹。层楼高峙，看槛曲萦红，檐牙飞翠。人姝丽，粉香吹下，夜寒风细。　　此地，宜有词仙，拥素云黄鹤，与君游戏。玉梯凝望久，叹芳草萋萋千里，天涯情味。仗酒祓清愁，花销英气。西山外，是来还卷，一帘秋霁。①

据词序知此词作于淳熙十三年（1186）冬。上片先写边境冷落以明国家无有战事，接写武昌安远楼开宴胜景以明朝廷上下宴安自乐。此与《宋史·孝宗本纪》载“是年正月庚辰，高宗八十寿，犒赐内外诸军共一百六十万缗”② 之事完全相符，可谓之实录。下片转写心情，抒发人之欲有所为而难有所为的心境。刘乃昌认为这首词“隐隐流露出江南无人，只顾宴乐的感慨”③；陶尔夫、刘敬圻也认为此词“讽刺了当时由上至下文恬武嬉的黑暗现实”。④ 陈廷焯《白雨斋词话》卷二评这首词后半：“一纵一操，笔如游龙，意味深厚，是白石最高之作。此词应有所刺，特不敢穿凿求之。”⑤ 周济《宋四家词选眉批》亦评本词下片云：“此地宜得人才，而人才不可得”⑥，等等，都是剀切之见。姜夔在送友人诗中曾说过这样的话：“乾坤虽大知者少，君不见古人拙处今人巧。我徂山林口挂壁，如君合救狂澜倒。”⑦ 表达的也是人才难得、自己难有作为的感慨，可与本词互证。

辛弃疾一生抗敌恢复之意至老不灭，姜夔晚年与之结识后，在他的作品中也表达了对稼轩一生抗金恢复之意的理解、同情。《汉宫春·次韵稼轩》：

云曰归欤。纵垂天曳曳，终反衡庐。扬州十年一梦，俛仰差殊。

① 夏承焘：《姜白石编年笺校》，上海古籍出版社 1981 年版，第 18 页。

② （元）脱脱等：《宋史》，中华书局 1977 年版，第 684 页。

③ 参见刘永济《姜夔诗词选注》，上海古籍出版社 1983 年版，第 65 页。

④ 陶尔夫、刘敬圻：《南宋词史》，黑龙江人民出版社 2005 年版，第 285 页。

⑤ 唐圭璋编：《词话丛编》，中华书局 1986 年版，第 3799 页。

⑥ （宋）周济：《宋四家词选目录序论》之附录一《宋四家词选眉批》，见唐圭璋编《词话丛编》，中华书局 1986 年版，第 1655 页。

⑦ 刘永济：《姜夔诗词选注》上海古籍出版社 1983 年版，第 30 页。

秦碑越殿，悔旧游作计全疏。分付与高怀老尹，管弦丝竹宁无。知公爱山入剡，若南寻李白，问讯何如。年年雁飞波上，愁亦关予。临皋领客，向月边携酒携鲈。今但借秋风一榻，公歌我亦能书。[①]

辛弃疾原词中有“功成者去，觉团扇便与人疏，吹不断，斜阳依旧”，及“只今木落江冷，眇眇愁予”等句。和词中，姜夔回应了稼轩有心杀贼而无力回天的悲慨心怀，并以在野者身份表达了对昏暗政治的极端反感。

《永遇乐·次韵稼轩北固楼》是姜夔另一首和辛之作，所和为辛词名篇《京口北固亭怀古》：

云隔迷楼，苔封很石，人向何处。数骑秋烟，一篙寒汐，千古空来去。使君心在，苍崖绿嶂，苦被北门留住。有尊中酒差可饮，大旗尽绣熊虎。　　前身诸葛，来游此地，数语便酬三顾。楼外冥冥，江皋隐隐，认得征西路。中原生聚，神京耆老，南望长淮金鼓。问当时依依种柳，至今在否。[②]

稼轩原词表现被投闲置散二十年后重出的忠愤填膺的气概，姜词则侧重赞颂辛弃疾心在“苍崖绿嶂”的精神，表达他心系天下、拥护北伐的豪情。词中“中原生聚”几句传达的北方父老渴望南师收复失地的思想，也是姜夔长期以来在国土问题上所持的一贯主张而非一时兴至之句。这点我们从其早年诗作《雁图》中也可看到：

万里晴沙夕照西，此心唯有断云知。年年数尽秋风字，想见江南摇落时。[③]

刘乃昌认为这是姜夔流寓中的思乡之作[④]，似有褊狭。诗从作者本人从未涉足的“万里晴沙”之北方起笔，写多情的大雁不忘年年数尽秋风盼望早归江南，在南北空间的广阔维度及久远的时间长度上写雁对故土的怀念，

① 夏承焘：《姜白石编年笺校》，上海古籍出版社 1981 年版，第 86 页。
② 同上书，第 90 页。
③ 刘永济：《姜夔诗词选注》，上海古籍出版社 1983 年版，第 11 页。
④ 同上书，第 12 页。

很容易使读者联想到沦陷于北方日夜盼归的民众。实际以大雁象喻沦陷区人民，并非姜夔之发明。姜夔屡屡称道的杜牧在其诗篇《早雁》中就已经这样写了。杨万里甚至也用“只余鸥鹭无拘管，北去南来自在飞”这样的诗句抒其痛于故土难复之情。宋室南渡以后，大片国土丧失，两国对峙，南北异政，有志节的士人以中原故土难复为耻。姜夔这首《永遇乐》次韵之作，将辛弃疾比作诸葛甚至政治名声不太好的桓温，大概也是因为这两位不同时期的历史人物均有誓师北伐的决心和行动吧。

即使在赛神词中，姜夔也不忘抒其颂赞御敌者的情怀。《满江红》云：

> 仙姥来时，正一望千顷翠澜。旌旗共乱云俱下，依约前山。命驾群龙金作轭，相从诸娣玉为冠（庙中列坐如夫人者十三人）。向夜深风定悄无人，闻佩环。　神奇处，君试看。奠淮右，阻江南。遣六丁雷电，别守东关。却笑英雄无好手，一篙春水走曹瞒。又怎知人在小红楼，帘影间。[①]

此词据其词序知作于光宗绍熙二年（1191）正月。词写巢湖神姥风仪不凡，镇守江淮退却敌军的功劳，我们可将其与姜夔同期或稍后诗作对读。也是在光宗绍熙二年冬，姜夔所作《除夜自石湖归苕溪》七绝十首其二云：

> 美人台上昔欢娱，今日空台望五湖。残雪未融青草死，苦无麋鹿过姑苏。[②]

绍熙四年（1193），范成大去世，姜夔作诗《悼石湖三首》，其一、二有句云：

> 九转终无助，三高竟欲寻。尚留巾垫角，胡虏有知音。
> 安得公长健，那知事转新。酸风忧国泪，高冢卧麒麟。[③]

---

① 夏承焘：《姜白石编年笺校》，上海古籍出版社 1981 年版，第 32 页。

② 刘永济：《姜夔诗词选注》，上海古籍出版社 1983 年版，第 16 页。

③ 同上书，第 25 页。

《史记·淮南衡山传》载，伍子胥曾经警告吴王夫差："臣今见麋鹿游姑苏之台也。"姜夔以史寄意，意为有麋鹿过往就更能验证伍子胥预言，这样也就能更好地让如今的当国者看看文恬武嬉的下场。在悼石湖的诗里，又云范成大的人生知音在胡虏中。把这样的诗与《满江红》词对读，则姜夔在词中寄托的对当权者一意享乐、妥协于敌的批判及对抗金斗争的支持热情可看得更明显。

从这些词作可以看到，即使像姜夔这样的未实际参与政治活动的士人，在社会面临重重危机的关头，他也不可能完全脱离时代政治而从事文学创作活动。这样的以词体文学寄托忧国情怀的创作思路，本质上，正是继承了北宋士人的政治担当精神，其源头，笔者认为，直可上追开一代风气的范仲淹。袁行霈主编《中国文学史》说："姜夔词在题材上并没有什么拓展，仍是沿着周邦彦的路子写恋情和咏物。"[①] 实际上，不仅周邦彦的路子并不完全是"恋情和咏物"，从姜夔这些表达爱国、忧国情怀的作品看，他也不是完全沿着清真词路子走。《四库全书总目提要》评姜夔云："其学盖以精思独造为宗……其自命亦不凡矣。"同时又录姜夔语："作诗求与古人合，不若求与古人异；求与古人异，不若不求与古人合而不能不合，不求与古人异而不能不异。"[②] 诗词同理，这就等于告诉我们，生活在南宋这样一个特殊政治环境里的姜夔，其作词主观上似乎并未"求与古人合"，然"不求与古人合"，一定程度上又"不能不合"，主要原因还在于决定文学创作活动本身的社会环境与作者个人生活存在某种相似之处。所以，如果一定要将周、姜词作个比较，那么，至少在抒发个人政治不遇情怀这一点上，姜夔词中确有清真词的影响在。

## 二　姜词中的人生被弃意识及疏离政治情怀接受北宋词影响

姜夔之前，以词体文学表达政治被弃意识的作品，主要产生于北宋。北宋官员在剧烈的政治争论中分门别派，却都以忠君为国自居。皇帝的态度决定着他们政治上的出处进退、兴废穷通。政治斗争中失势的一方，一旦被贬谪、流放，他们中间不少人会产生强烈的政治被弃感觉；另外，长期困守仕宦底层的官员，因得不到升迁、重用，也会产生政治被弃的

① 袁行霈主编：《中国文学史》，高等教育出版社2002年版，第176页。

② （清）永瑢、纪昀：《四库全书总目提要》，海南出版社1999年版，第837页。

尤怨。本书前面所论舒亶、秦观、贺铸、晁补之等人词作，都存在这种情况。

姜夔是南宋少有的诗词曲文皆精的才子，《四库全书简明目录》说他“诗格高秀，迥出一时，词亦华妙精深。尤娴于音律”。[①] 尽管诗词优异，但他的仕途成绩却是零，所以姜夔一生的政治失意感是很深的。论者指出姜夔一生“以文艺创作自娱”[②]，实则遍览姜夔之作，其“自娱”的痕迹并不明显。他早年曾多次应举，皆落第。后来因向朝廷进献音乐专著幸得“免解”与试进士，但还不能得中。他所交游的萧德藻、杨万里、范成大、张鉴兄弟、朱熹、楼钥、项安世、叶适、尤袤、辛弃疾等都是当代名流，故以才士自命且清高耿介的姜夔，其不幸作为豪门清客赖以安身立命的最后阵地即文艺创作了，按理他不会马虎。词是他用力最勤的文体，传世作品虽只八十多首却开一代词风，亦足证他于创作是多么严谨。这样的情况下，从政于他不仅是实现人生价值的需要，也是改变他豪门清客身份、以较为对等的政治地位与他人交往的需要，当然，更是他这样的官宦子弟糊口养家的需要。但是，他一生却未能入仕。不能入仕，他四处漂泊、无以家为。所以，从他的词中，我们能看到北宋词人笔下不断出现的浓厚的政治被弃意识。在抒发此类情怀时，姜词所使用的意象、语汇亦有借鉴北宋词人的地方。

以咏物词为例，北宋人多于咏物中寄托政治怀抱。典型者如欧阳修《浪淘沙》（五岭麦秋残）、黄庭坚《浪淘沙·荔枝》之咏荔枝，晁补之《清平乐·对晚菊作》之咏菊花，宋徽宗《燕山亭·北行见杏花》[③] 之咏杏花等。此类作品中，尤以咏梅寄情者为多，如王安石作于其政治浮沉中的咏梅词，舒亶放废之后创作的咏梅词，晁补之《盐角儿·亳社观梅》、《江神子·亳社观梅呈范守、秦令》、《行香子·梅》、《洞仙歌·梅》、《万年欢·梅》、《生查子·梅》等十几首咏梅词，蔡襄《好事近》（瑞雪满京都）之咏梅等。姜夔的咏梅词，如《暗香》、《疏影》，非常出名，其以咏物而寄托政治怀抱的抒情思路，无疑亦受到了上述北宋词人咏物尤其咏梅词的

① 按：转引自夏承焘《姜白石编年笺校》，上海古籍出版社1981年版，第196页。

② 袁行霈主编：《中国文学史》，高等教育出版社2002年版，第176页。

③ 按：宋徽宗赵佶《燕山亭·北行见杏花》作于其被金人所掳北行途中，有的词史作品将其归于南宋词。实则作者本人既为北宋皇帝，词之抒情与其政治身份密切相关，而本词又作于北宋灭亡过程中，故此词实为北宋词。

影响。

据《暗香》、《疏影》题序知，这两词是应范成大"授简索句"而成，但因其题旨难明历来备受争议。如《疏影》，"一说感徽、钦二帝被掳，寄慨偏安；一说为范成大而作；一说怀念合肥旧欢。其中以第一说流传最广"[①]。细绎词意，诸说均似显牵强。

以夏承焘所主"怀旧欢"[②] 为例，此词既是石湖征新声"授简索句"，姜夔自当倾心为之无疑。范成大爱梅成癖，他自称："于石湖玉雪坡既有梅数百本，又于舍南买王氏僦舍七十盈，尽拆除之，治为范村，以其地三分之一与梅。"[③] 范之爱梅亦可于他撰成中国古代第一部梅谱《范村梅谱》可见一斑。故以姜夔的清客身份，要在范成大这样嗜梅成癖的政治家面前，借度曲机会而倾心渲示自己"合肥情事"，于情理恐亦有不妥。范成大是一位有过使金经历的朝廷重臣，因在金廷慷慨抗节，不畏强暴，几乎被杀。淳熙中，官至参知政事，又以与宋孝宗意见相左而去职。这样一位有气骨的政坛名流，他的词本身极少写男女情事，如果姜夔真是借咏梅述区区两性之情，怕是很难引起范的共鸣。且果如夏先生所言，则第一首明写"曾携手处，千树压西湖寒碧"，西湖事与合肥妓又是如何连在一起的？

刘乃昌、陶尔夫等所论倒深中肯綮。刘云："全篇对梅花的品格表示赞美，对其遭遇体现了深深的惋惜、同情，这里可能渗透着词人的身世之感。"陶则更肯定指出："与《暗香》合看，《疏影》仍含身世飘零与今昔盛衰之感。"[④] 按此思路，前首表达爱梅、梅亦需人相惜相怜之意，后首着重写梅之孤苦，暗含既爱梅，当为之早作安排之意，如此解似更合理。总之，这样的情怀似非一般咏男女情事之作所可以涵盖，亦与二帝北掳事无涉。作者用了屈原香草美人的比附之法，梅更像词人自己的写照，透露着其在人生出处进退问题上的体会与感慨。姜夔的信条是追求人格的平等独立，交友以神洽非以利合，但自身处境又使他很难做到此点。故融于二词中的孤芳自伤之感及蹉跎岁月之叹是很深的。不这样，又怎会获得"愁肠酒后柔"[⑤] 的范成大之激赏？

---

① 陶尔夫、刘敬圻：《南宋词史》，黑龙江人民出版社2005年版，第297页。

② 夏承焘：《姜白石编年笺校》，上海古籍出版社1981年版，第49页。

③ （清）永瑢、纪昀：《四库全书总目提要》，海南出版社1999年版，第602页。

④ 陶尔夫、刘敬圻：《南宋词史》，黑龙江人民出版社2005年版，第297—298页。

⑤ 唐圭璋编：《全宋词》，中华书局1965年版，第1613页。

接受北宋词影响，姜夔词抒发人生的被弃与飘零确乎是以身世不幸婉达政治不遇的一条主线。如果说《暗香》、《疏影》在此方面表现得还比较幽微含蓄，则姜词中其他或咏物或赋事的作品，如《一萼红》、《清波引》、《江梅引》、《角招》、《水龙吟》、《玲珑四犯》、《鹧鸪天·十六日夜出》、《浣溪沙》、《念奴娇·毁舍后作》、《虞美人·赋牡丹》《忆王孙》、《诉衷情》等对此反映就更清楚了，这些词正如周邦彦词二十余次使用“孤”字一样，通过不断使用“飘零”、“羁旅”、“伤心”、“凄凉”等字眼，把他隔离于仕宦之外的被弃感受写得十分深沉：

> 酒醒明月下，梦逐潮声回。文章信美知何用，漫赢得天涯羁旅。（《玲珑四犯》）
>
> 飘零久，而今何意，醉卧酒垆侧。（《霓裳中曲第一》）
>
> 绿萼更横枝，多少梅花样。惆怅西村一坞春，开遍无人赏。（《卜算子》）
>
> 象笔鸾笺，甚而今，不道秀句？怕平生幽恨，化作沙边烟雨。（《法曲献仙音》）
>
> 一春幽事有谁知，东风冷，香远茜裙归。（《小重山令》）
>
> 谁念飘零久，漫赢得幽怀难写。（《探春漫》）
>
> 我已情多，十年幽梦，略曾如此。甚谢郎也恨飘零，解到月明千里。（《水龙吟》）
>
> 南去北来何事，荡湘云楚水，目极伤心。（《一萼红》）
>
> 暗柳萧萧，飞星冉冉，夜久知秋信。（《湘月》）
>
> 旧约扁舟，心事已成非。歌罢淮南春草赋，又萋萋。漂零客，泪满衣。（《江梅引》）
>
> 零落江南不自由，雨绸缪，料得吟鸾夜夜愁。（《忆王孙》）
>
> 石榴一树浸溪红，零落小桥东。五日凄凉心事，山雨打船篷。（《诉衷情》）

早年困于场屋，四十三岁献书求职，“有司以其用工颇精”，却因“时嫉其能”未果①，故这些词篇中较多表述的自叹无人赏识的不平之鸣，及零落

① 夏承焘：《姜白石编年笺校》，上海古籍出版社1981年版，第266页。

天涯的凄苦之情颇深。这样的尤怨、悲愁，甚至凄苦情怀，我们在北宋词人柳永笔下看到过，在绍圣贬谪词人如秦观等的笔下看到过，北宋后期词人周邦彦笔下更有不少。如周词下面词句：

吾家旧有簪缨，甚顿作天涯，经岁羁旅。（《南浦》）

鬓点吴霜嗟早白。更谁念、玉谿消息。（《迎春乐》）

裁金簇翠天机巧，不称野人簪破帽。（《玉楼春》）

品高调侧人未识。想开元旧谱，柯亭遗韵，尽传胸臆。（《月下笛》）

清江东注，画舸西流，指长安日下。愁宴阑、风翻旗尾，潮溅乌纱。（《渡江云》）

春事能几许。任占地持杯，扫花寻路。泪珠溅俎。叹将愁度日，病伤幽素。（《扫地花》）

野外一声钟起，送孤篷。添衣策马寻亭堠，愁抱惟宜酒。（《虞美人》）

念多材浑衰减，一怀幽恨难写。（《塞垣春》）

比照周词，姜夔词无论情调还是抒情方式，均与周邦彦此类词有神似之处。姜词反映的虽非与党派政治相关的抒情内容，但他的忧愤与哀叹折映的一个“一布衣耳，乃得盛名于天壤间若此”的词人在生活中找不到政治出路的悲剧[①]，在北宋词人中并不罕见，这也正是我们从姜夔的创作中反观北宋词政治抒情影响南宋词人的基本依据。

与表达政治被弃意识相反，姜夔词还反映了他疏离政治的态度。中国古代官本位文化决定任何想要在人生舞台上有所作为的人，必得首先向政治靠拢，宋代词人当然也概莫能外。但是在北宋词中，我们可以看到，自苏轼第一个广泛地以词体文学表达其疏离政治情怀以来，此期词作中以写隐逸之情婉达疏离政治之意的作品即不断产生，甚至形成了一个题材上的特色。[②] 影响所及，像姜夔这样的未曾入仕的词人，也在其词中表达疏离政治之意。可以说，如果没有北宋词人将历经政治磨难的精神痛苦、理性

① （宋）周密《齐东野语》（卷一二）云：“同时黄白石景说之言曰：‘造物者不欲以富贵浼尧章，使之声名焜耀于无穷也，此意甚厚。’又杨伯子长孺之言曰：‘先君在朝列时，薄海英才，云次鳞集，亦不少矣！而布衣中得一人焉，曰姜尧章。’呜呼！尧章一布衣耳，乃得盛名于天壤间若此，则轩冕钟鼎，真可敝屣矣。”见《齐东野语》，中华书局1983年版，第212页。

② 参见本书第五章第一节相关文字。

反思情怀带进词世界中，就没有姜夔的以词来表现对政治的规避与疏离，因为对他这样一个字字推敲、精雕细刻的词人来说[①]，北宋词坛巨擘们的作品自是精心研习对象，这些词人的政治经历及其表现疏离政治情怀的幽约微妙的方法，自然也是他取资的对象。

姜夔一方面悲叹人生被弃，意欲步入仕途靠拢政治；另一方面却又离心于政治，这看起来矛盾，实则统一。自北宋“庆历新政”以来，政坛党祸不断，大狱屡兴。仕宦家庭出身且毕生与当代显宦交游的姜夔，对仕途的艰危当然有深刻认识，其以词透露对政治的疏离、退避并不难理解。《杏花天影》云：

> 绿丝低拂鸳鸯浦。想桃叶当时唤渡。又将愁眼与春风，待去。倚兰桡、更少驻。　　金陵路，莺吟燕舞，算潮水知人最苦。满汀芳草不成归，日暮。更移舟向甚处。[②]

据词序知此词作于淳熙十四年（1187）。词中虽用王献之典故，却无王献之渡口别人之情致。夏承焘先生谓此首亦是“金陵道中怀合肥之作”[③]，然细味词意，笔者认为当不能仅作一时羁旅之心迹解。因为作于同年的《三高祠》二诗及姜夔当时的一些活动都可为我们别解此词作出旁证。《三高祠》诗云：

> 不贪名爵伐功功，勇退深虞祸患遭。甫里闲居耕钓乐，范张高处陆犹高。越国霸来头已白，洛京归后梦犹惊。沉思只羡天随子，蓑笠寒江过一生。[④]

晚唐陆龟蒙别号“天随子”，其所居处的吴江，“是白石来往苏、杭屡经之地”[⑤]，故姜夔在诗里不止一次提到“陆天随”，杨万里甚至也称其“文无

① 按：姜夔《白石诗说》云：“诗之不工，只是不精思耳。不思而作，虽多亦奚为?”见《六一诗话·白石诗说·滹南诗话》，人民文学出版社1962年版，第32页。

② 夏承焘：《姜白石编年笺校》，上海古籍出版社1981年版，第20页。

③ 同上书，第21页。

④ 刘永济：《姜夔诗词选注》，上海古籍出版社1983年版，第8页。

⑤ 夏承焘：《姜白石编年笺校》，上海古籍出版社1981年版，第5页。

不工，甚似陆天随”。陆龟蒙一生于政治无恋、终老布衣，姜夔此诗所托襟怀之恬淡亦如陆天随，这当绝非一时之兴。据此可见姜夔此时于入仕从政态度并不积极。

但正是在这年春间，33 岁的姜夔经萧德藻荐引结识时任枢密院评检、太子侍读的杨万里，随即又在杨的介绍下结识范成大。这种拜谒式的人际交往，对人生正当盛年的姜夔来说，意义绝非一般。这样就有了矛盾：诗里明言愿做隐士出世，行动上又实际在干谒以求入世，那么作为一种内倾型心绪文学的词，姜夔透露于其中的“日暮，更移舟向甚处”的迷茫不是正好反映了这种矛盾吗？笔者认为，也只有把这种迷茫提高到姜夔所处的生活现实需其入世，而其内心愿望又是必得疏离政治的高度上来，“更移舟向甚处”的象喻意义才可得更合理解释。

疏离于政治的心态在姜夔另外的词作中也有反映。如《点绛唇》（丁未冬过吴松作）：

> 燕雁无心，太湖西畔随云去。数峰清苦，商略黄昏雨。　第四桥边，拟共天随住。今何许，凭阑怀古，残柳参差舞。[①]

夏承焘注云：“此年春，白石尝以杨万里介往苏州见范成大，此词或冬间自湖州再往，道经吴松作。”寻其词意，首两句显然是以“燕雁”之无心反衬人之有心及心事之沉重；下面的“数峰清苦”两句，更是余蕴曲包耐人寻味。注家一般认为含以下意思：清苦之峰面对黄昏将至之雨，商略自己该怎么办；数峰愁苦清立，商略于黄昏时分如何降雨。无论这两句作何解，这“数峰”清寂寥落、努力谋事之状，伴以暮雨欲来黄昏之阴沉，其气氛是压抑的。转到下片，笔锋一转，写自己“拟共天随住”；然后又一转，又似否定了自己悠游江海的想法，说“今何许，凭阑怀古，残柳参差舞”。看来，追随“天随子”也不过是一时的怀古情绪了，因为眼前的“残柳参差舞”之景象使他觉得逍遥江海的愿望也许是很不现实的。

要不是因为缺乏对现实政治的皈依感，在过访曾任副丞相的范成大前后，姜夔何能抒发这样的情绪？

① 夏承焘：《姜白石编年笺校》，上海古籍出版社 1981 年版，第 26 页。

和上述词作立意相近的还有《石湖仙》，这是姜夔写给范成大的一首祝寿词。和一般的祝寿之作曲意褒扬、颂赞失实有别，这首词在写范功成身退的同时，也借咏叹对方之笔把自己的政治态度作了夫子自道：

> 松江烟浦，是千古三高，游衍佳处。须信石湖仙，似鸱夷翩然引去。浮云安在，我自爱绿香红舞。容与，看世间几度今古。　卢沟旧曾驻马，为黄花闲吟秀句。见说胡儿，也学纶巾欹雨。玉友金蕉，玉人金缕，缓移筝柱。闻好语，明年定在槐府。[1]

“浮云安在”，用的是《论语》“不义而富且贵，于我如浮云”之典；“自爱绿香红舞”是对自由萧散生活的肯定；“容与，看世间几度今古”既是写范成大退隐后的心态，也是写自己对时政的态度。

“少小知名翰墨场，十年心事只凄凉。旧时曾作梅花赋，研墨于今亦自香。”[2] 这是绍熙二年冬（1191）姜夔冒雪访范成大，逗留一月后于除夜回家路上所作组诗之一首，自怜自负溢于言表。姜夔既无法结束游走豪门的凄凉，亦无法忘怀知名墨场的荣耀，所以生活于他实是一个悖论。大诗人萧德藻以侄女妻之，范成大送他侍女，后来结识的张鉴兄弟想要送田产给他，甚至想出钱为他买官，这些都说明姜夔有所不为的人格精神也是深得与其交游者崇敬的。如果是为着某种目的曲意为之，布衣之身的姜夔怕是很难在上流社会长期交游的。从这个方面说，姜夔的疏离于政治，既有南宋时代政坛形势险恶的原因，同时，恐亦与其人格追求有关。一个才情横溢、誉在人口而身无长物的江湖士人，如果确有迫切的入仕愿望，那么，以他这样的交游圈子，进入官府混碗饭吃，似乎不是难事。但这样的情况下，他也许就再也不能超越官场价值观，保持自身人格的独立与清白了。所以，姜夔有所不为。这样的人生精神及对待政治名利的态度，自然与北宋以来文人地位提高，文士在政治领域追求自主参与的思想有关。至于他在词作中所表达的疏离政治的意识，当然更是北宋词政治抒情传统在新时期的自然延续。

---

① 夏承焘：《姜白石编年笺校》，上海古籍出版社 1981 年版，第 23 页。

② 刘永济：《姜夔诗词选注》，上海古籍出版社 1983 年版，第 19 页。

## 第二节　北宋词政治抒情在金代词人中的影响：以金朝词人对苏轼的接受为例

北宋词反映国家政治现状，表现与政治、仕宦等相关内容的创作思路与抒情方式，在后代词人中产生了深远影响。上文，我们以南宋词人姜夔对周邦彦的接受为例，讨论了北宋词对南宋词人政治抒情的影响，以下，我们再试以苏轼词在金代词人中被接受的情况，谈谈北宋词政治抒情的影响问题。

刘锋焘教授认为："金词一开始就继承了苏轼的词学思想及其创作范式，在理论方面尤以王若虚与元好问两家为代表。"[①] 王若虚、元好问二人都曾对苏词有过很高评价。如王若虚《滹南诗话》云：

> 晁无咎云眉山公之词短于情，盖不更此境耳。陈后山曰：宋玉不识巫山、神女而能赋之，岂待更而后知，是直以公为不及于情也。呜呼，风韵如东坡而谓不及于情，可乎？……陈后山谓子瞻以诗为词，大是妄论……公雄文大手，乐府乃其游戏，顾岂与流俗争胜哉？盖其天资不凡，辞气迈往，故落笔皆绝尘耳。[②]

元好问更对苏轼作品作过深入研究[③]，其论苏词云：

> 唐歌词多宫体，又皆极力为之，自东坡一出，情性之外不知有文字，真有一洗万古凡马空气象，虽时作宫体，亦岂可以宫体概之？人有言乐府本不难作，从东坡放笔后便难作，此殆以工拙论，非知坡者。……东坡圣处，非有意于文字之为工，不得不然之为工也。坡以来，山谷、晁无咎、陈去非、辛幼安诸公，俱以歌词取称，吟咏情

---

① 刘锋焘：《宋金词论稿》，中国社会科学出版社 2002 年版，第 46 页。

② （金）王若虚：《滹南诗话》卷二，参见《笔记小说大观》第十册，江苏广陵古籍刻印社 1983 年版，第 317 页。

③ 按：元好问对苏轼其人其作研究之深入，可从他的诗歌《学东坡移居八首》及《东坡诗雅引》、《东坡乐府集选引》、《新轩乐府引》、《木庵诗集序》、《跋东坡和渊明饮酒诗后》、《题闲闲书赤壁赋后》、《遗山自题乐府引》等文字中见。这些文字可参见《元好文全集》，山西古籍出版社 2004 年版。

性，留连光景，清壮顿挫，能起人妙思；亦有语意拙直，不自缘饰，因病成妍者。皆自坡发之。[①]

王若虚论词推尊苏轼，但他本人并未有词作传世。倒是元好问不仅在理论上继承苏轼，创作上更以不菲成绩显示了对苏词政治抒情模式的广泛接受。以下，我们就先从元好问对苏轼的接受谈起，然后再讨论金代其他词人接受苏词影响的情况。

## 一　元好问对苏轼词的接受

早在元好问登上词坛之前，地处北方的金朝文人对苏学就已经有了广泛接受。翁方纲《石洲诗话》云：

当日程学盛于南，苏学盛于北，如蔡松年、赵秉文之属，盖皆苏氏之支流馀裔。[②]

有宋南渡以后，程学行于南，苏学行于北。……盖自北宋欧、苏以后，老于文学者，定推此一人，不特与一时文士争长也。[③]

翁氏所一再强调的有宋南渡以后，苏学行于北的状况，说明金朝文人对苏轼的接受并不只在词学方面。然透过金人对苏轼那些抒发政治抒情作品的次韵唱和、模拟仿效，确可看到抒发政治感怀的北宋词在北方金国产生了多么深远的影响。

元好问（1190—1257），字裕之，号遗山。他出生的时候，北宋已灭亡六十五年，苏轼谢世也已有九十年时间，而他五十七岁时，金灭于蒙古。故元好问所生活的时代，正是金朝由盛转衰并最终灭亡的时期，在蒙古统治下，他又度过了二十四年光阴。这位金蒙时期成就最高的词人，在动荡的时代政治环境中，学习苏轼，把他所经历的宦海沉浮乃至国破家亡的痛苦感受多形之于词。具体而言，元好问学习、接受苏词，主要体现在以下方面：

① （金）元好问：《新轩乐府引》。

② （清）翁方纲：《石洲诗话》卷五第9则，人民文学出版社1981年版。

③ （清）翁方纲：《石洲诗话》卷五第45则。

首先，是对苏轼词语汇的借鉴。苏轼是词史上第一位“以诗为词”、大力拓展词体文学抒情语汇的词人。因为他广泛吸收诗歌甚至散文语汇入词，故苏词词汇中，有不少词因其使用的高频率及特定语境，从而打上了鲜明的“苏氏”特色。检元好问词，其接受苏词，自形式上看首先突出表现为对苏词抒情语汇的接受。这方面我们可选取苏、元词中“醉”字的使用情况做一个比较。

“有道难行不如醉，有口难言不如睡”[①]，苏轼一生大部分时间在新旧党争的波澜中沉浮，面对朝廷政治弊端不仅回天乏力，而且屡次以言获罪，遭受贬谪。故他的词在表达政治上的痛苦、无奈情怀时，多言酒“醉”，至所用“醉”字达七十余处。如下列词句：

蜗角虚名，蝇头微利，算来著甚干忙。……百年里，浑教是醉，三万六千场。（《满庭芳》）

我醉歌时君和，醉倒须君扶我，惟酒可忘忧。一任刘玄德，相对卧高楼。（《水调歌头》）

浮世事，俱难必。人纵健，头应白。何辞更一醉，此欢难觅。（《满江红》）

夜饮东坡醒复醉，归来仿佛三更。……长恨此身非我有，何时忘却营营。（《临江仙》）

他时一醉画堂前。莫忘故人憔悴、老江边。（《南歌子》）

身外徜来都似梦，醉里无何即是乡。东坡日月长。（《十拍子》）

梦中了了醉中醒。只渊明。是前生。走遍人间，依旧却躬耕。（《江城子》）

一纸乡书来万里。问我何年，真个成归计。白首送春拼一醉。东风吹破千行泪。（《蝶恋花》）

问公何事，不语书空。但一回醉一回病，一回慵。（《行香子》）

竹溪花浦曾同醉，酒味多于泪。（《虞美人》）

但知临水登山啸咏，自引壶觞自醉。此生天命更何疑。（《哨遍》）

醉醒醒醉。凭君会取这滋味。（《醉落魄》）

① 苏轼《醉睡者》：“有道难行不如醉，有口难言不如睡。先生醉卧此石间，万古无人知此意。”见《苏轼诗集》，中华书局1982年版，第2593页。

持杯月下花前醉。休问荣枯事。(《虞美人》)

酒醒还醉醉还醒，一笑人间今古。(《渔父》)

何日功成名遂了，还乡。醉笑陪公三万场。(《南乡子》)

那么，元好问是怎样的情况呢？翻检元词，“醉”字用例竟多达一百余处，已远远超过了苏轼。以下是元词中“醉”字的典型用例：

对零落栖迟，兴亡离合，此意何穷。……醉眼眩青红。(《木兰花慢》)

一杯径醉，凭君莫问，今来古往。(《水龙吟》)

百年同是行人，酒乡独有归休地。……且陶陶兀兀，今朝醉了，更明朝醉。(《水龙吟》)

算世间、惟有醉乡民，平生乐。(《满江红》)

中原逐鹿，定知谁是雄杰。……人间休问，浩歌且醉明月。(《念奴娇》)

对清风明月，展放眉头长恁地，大醉高歌也好。待都把功名付时流，只求个天公，放教空老。(《洞仙歌》)

醉来长袖舞鸡鸣。短歌行，壮心惊。……他日封侯，编简为谁青。(《江城子》)

众人皆醉屈原醒，……醉乡千古一升平。(《江城子·嵩山中作》)

世事饱经过，……不醉如何。(《促拍丑奴儿·学闲闲公体》)

千古西陵歌舞地，兴来忘却悲凉。相逢一醉莫停觞。(《临江仙》)

风雨送春忙，烂醉花时得几场。……回首十年欢笑处，难忘，一曲悲歌泪数行。(《南乡子》)

醒复醉，醉还醒。灵均憔悴可怜生。(《鹧鸪天》)

故国江山如画，醉来忘却兴亡。(《朝中措》)

离合悲欢酒一壶。白头红颊醉相扶。(《定风波》)

谢公扶病，羊昙挥涕，一醉都休。古今几度，生存华屋，零落山丘。(《人月圆》)

一片烟蓑一叶舟，梦中身世是沧洲。……苍苔浊酒醉时休，人生虽异水同流。(《浣溪沙》)

万事且休论一醉，都休，前日黄花蝶已愁。(《南乡子》)

上引词句中的“醉”，无一例外，都与作者抒发政治悲愁相关。

这就告诉我们，同样沉浮于宦海中的元好问，其词作抒发政治情怀确有学习、借鉴苏词的迹象。苏轼一生所作文字，多言酒醉，然却少有以“醉”言其精神愉悦者。因为酒在中国文学中向来都是消愁之物，不少人甚至以饮酒至醉来麻痹自己，以达到远离政治祸患的目的。叶梦得《石林诗话》卷下就曾说过：“晋人多言饮酒有至于沈醉者，此未必意真在于酒。盖时方艰难，人各惧祸，惟托于醉，可以粗远世故。盖自陈平、曹参以来，已用此策。……流传至嵇、阮、刘伶之徒，遂全欲用此为保身之计。……饮者未必剧饮，醉者未必真醉也。”[①] 苏词屡言酒“醉”，实亦不出“醉者未必真醉”之意。苏轼是词史上第一个广泛、频繁地借言“醉”而抒情的词人，元好问生活的时代，正是北方苏学盛行的时候，其词多言酒“醉”，继承、接受的正是苏轼以“醉”抒情之法。

政治处境的相似，使元好问自觉借鉴苏词语汇以“醉”言怀，然而元好问所生活的时代与苏轼所处北宋中后期相比，毕竟已大不相同。故我们从元好问词中可以看到，他借鉴苏词语汇抒情，却也并不是全面接受苏词政治抒情中高频使用的所有语汇。比如，苏词抒发游离于政治之外的情怀时，亦多言“归去”，此词在苏轼笔下出现频率之高在全宋词中甚至也是罕见的，但元好问却并不见得热衷于使用这个语汇。下面是“归去”一词在苏词中的典型用例：

为向东坡传语，人在玉堂深处。……归去，归去，江上一犁春雨。（《如梦令·有寄》）

我独何人，犹把虚名玷缙绅，不如归去。二顷良田无觅处。归去来兮，待有良田是几时。（《减字木兰花·送东武令赵晦之》）

归去山公应倒载，拦街拍手笑儿童。（《浣溪沙·徐州藏春阁园中》）

无可奈何新白发，不如归去旧青山，恨无人借买山钱。（《浣溪沙·感旧》）

归去来兮，清溪无底，上有千仞嵯峨。（《满庭芳》）

飞鸿落照，相将归去，淡娟娟、玉宇清闲。（《行香子·与泗守过南山晚归作》）

① （清）何文焕辑：《历代诗话·石林诗话》，中华书局1981年版，第434—435页。

济南何在暮云多，归去奈愁何。（《画堂春·寄子由》）

却跨玉虹归去、看洞天星月。（《好事近》）

相伊归去后，应似我情怀。（《临江仙》）

便欲乘风，翻然归去，何用骑鹏翼。（《念奴娇·中秋》）

千古风流阮步兵，平生游宦爱东平。千里远来还不住，归去，空留风韵照人清。（《少年游·送元素》）

五湖闻道，扁舟归去，仍携西子。（《水龙吟》）

故乡归去千里，佳处辄迟留。（《水调歌头》）

我欲乘风归去，又恐琼楼玉宇，高处不胜寒。（《水调歌头》）

置我肠中冰炭，起坐不能平。推手从归去，无泪与君倾。（《水调歌头》）

君过春来纡组绶，我应归去耽泉石。（《满江红·正月十三日送文安国还朝》）

我劝髯张归去好，从来自己忘情。尘心消尽道心平。江南与塞北，何处不堪行。（《临江仙·辛未离杭至润，别张弼秉道》）

明月多情来照户，但揽取，清光长送人归去。（《渔家傲·七夕》）

回首向来萧瑟处，归去，也无风雨也无晴。（《定风波》）

酒阑人散月侵廊，北客明朝归去、雁南翔。（《南歌子·别润守许仲涂》）

卫霍元勋后，韦平外族贤。吹笙只合在缑山。闲驾彩鸾归去、趁新年。（《南歌子·黄州腊八日饮怀民小阁》）

独棹小舟归去，任烟波飘兀。（《好事近·湖上》）

乘槎归去，成都何在，万里江沱汉漾。（《鹊桥仙·七夕和苏坚韵》）

吴蜀风流自古同，归去应须早。（《卜算子·感旧》）

检苏词中至少 32 次出现了“归去”一词，且使用此词时，词作本身亦绝大多数与政治抒情相关。[①] 然检元词，使用“归去”一词者仅两

① 按：以上列举苏词“归去”一词之用例，仅为与抒发其仕宦情怀相关者。苏词中极少数与抒政治情怀无关的“归去”用例，未予列举。如《南歌子·有感》：“簟纹如水玉肌凉。何物与侬归去、有残妆。”《西江月·坐客见和复次韵》：“更看微月转光风，归去香云入梦。”即属此类情况。

首作品。[①] 苏、元二人词作总量相差无多（苏轼三百六十多首，元好问三百七十多首），然元词抒情中以比苏词更高的频率言“醉”，却在“归去”一词的使用上显得极其谨慎甚至保守，是这两个词的抒情性质存在巨大差异吗？如果不是，原因又在哪里？

笔者认为，这恰好说明了元好问之接受苏词，并不仅仅是字面上对苏词的模拟、借鉴，而是从抒情精神上对苏词的全面接受。“醉”、“归去”这两个词在元好问词中使用的频率如此不同，原因并不在于这两个词抒情性质上存在什么对立，主要还是元好问所处特殊的政治环境使然。面对政治上的无尽风波、磨难，苏轼多言“归去”，说明他的人生走向至少在现实中或精神上还是有可选择的余地，换个说法就是，他至少还有地方可以“归去”。但是生当金元换代之际的元好问，他即使有着比苏轼更为深重的政治悲愁、痛苦，他却并没有苏轼那样的可以自由言说“归去”的精神自由，甚或，他怕是连“归去”的地理空间也难以找到。国破家灭，他向哪里“归去”？况周颐《蕙风词话》云：

> 元遗山以丝竹中年，遭遇国变，崔立采望，勒授要职，非其意指。卒以抗节不仕，颇颔南冠二十余稔。神州陆沉之痛，铜驼荆棘之伤，往往寄托于词。……而其苦衷之万不得已，大都流露于不自知。……知人论世，以谓遗山即金之坡公，何遽有愧色耶。充类言之，坡公不过逐臣，遗山则遗臣孤臣也。[②]

这段话说得有理，将其推及我们所讨论的元好问词何以多言酒“醉”而不多说“归去”，则正可见，政治境遇特殊的元好问，非是不接受苏轼词政

---

① 按：“归去”一词在元好问三首词中出现过四次。一为《水调歌头·史馆夜直》：“形神自相语，咄诺汝来前。天公生汝何意，宁独有畸偏。万事粗疏潦倒，半世栖迟零落，甘受众人怜。许汜卧床下，赵壹倚门边。　　五车书，都不博，一囊钱。长安自古歧路，难似上青天。鸡黍年年乡社，桃李家家春酒，平地有神仙。归去不归去，鼻孔欲谁穿。”一为《浣溪沙·史院得告归西山》：“万顷风烟入酒壶，西山归去一狂夫。皇家结网未曾疏。　　情性本宜闲处著，文章自忖用时无。醉来聊为鼓咙胡。”这两词中的“归去”，均与作者抒发仕宦感受有关。第三首使用“归去”一词的是《江城子》（纤条袅袅雪葱茏），其题序云：“内乡县廨芳菊堂前，大酴醾架香绝异。当年开时，人有见素衣美妇，迫视之无有也。或者以为花神，故并记之。”此词虽用“归去”一词，却与政治抒情并无关联。以上词分别见唐圭璋编《全金元词》，中华书局1979年版，第74、105、85页。

② （清）况周颐：《蕙风词话》卷三“元遗山鹧鸪天”条。

治抒情中以“归去”言情的方式，而是他“若有难言之隐，而又不得已于言”的原因。[①] 他接受甚至开拓苏词以言酒“醉”抒怀的模式，却基本放弃了苏词以言“归去”而抒情的理路，表明他在苏词的接受中选择了适合自己抒情需要的方面。表面看，这是对苏词语汇的有选择的借鉴，实质上，却是对苏词抒情精神的全面接受。

苏轼词语言高度诗化，大量运用人生、行人、人间、天涯、虚名、光阴、今古、兴亡等虚指性词汇及数量词如千古、百年、千里、万事等，将读者的思绪从对经验范围内的具体生活认知引向抽象思维领域，以反映他身在政途的复杂感受。而在部分作品中，苏词语言又高度口语化，以形象传达其情绪感受。这方面，元好问词语汇使用也体现出学习、借鉴苏词迹象。试看几组苏、元词语句的比较（前为苏词，后为元词）：

第一组“虚名”：

蜗角虚名，蝇头微利，算来著甚干忙。（苏词《满庭芳》）

君臣一梦，今古虚名。（苏词《行香子》）

我独何人。犹把虚名玷缙绅。（苏词《减字木兰花》）

升斗微官，世累苦相萦绕。……虚名负我，平生吟啸。（元词《玉漏迟》）

身外虚名将底用，古来已错今尤错。（元词《满江红》）

几许虚名，误却东家鸡黍。（元词《石州慢》）

兴与废，两虚名。江山埋玉气，草木动威灵。（元词《三奠子》）

第二组“行人”：

人生如逆旅，我亦是行人。（苏词《临江仙》）

墙里秋千墙外道，墙外行人，墙里佳人笑。（苏词《蝶恋花》）

百年同是行人，酒乡独有归休地。（元词《水龙吟》）

梁苑绿波，长安春草，惆怅行人暗中老。（元词《感皇恩》）

第三组“余生”：

① （清）况周颐：《蕙风词话》卷三“元遗山鹧鸪天”条。

佳节连梅雨，余生寄叶舟。（苏词《南歌子》）

小舟从此逝，江海寄余生。（苏词《临江仙》）

少日龙门星斗近，争信，凄凉湖海寄余生。（元词《定风波》）

第四组“长安”：

一万里，斜阳正与长安对。道远谁云会，罪大天能盖。（苏词《千秋岁》）

当时共客长安，似二陆初来俱少年。（苏词《沁园春》）

骄马弄金鞭，也曾是、长安少年。（元词《太常引》）

求官莫要近长安。长安行路难。（元词《阮郎归》）

长歌一写孤愤，西北望长安。（元词《水调歌头》）

第五组“求田问舍”：

老去才都尽，归来计未成，求田问舍笑豪英。（苏词《南歌子》）

解佩投簪，求田问舍。……元龙非复少时豪，耳根洗尽功名话。（苏词《踏莎行》）

不待求田问舍，被朝吟暮醉，惯得蹉跎。（元词《声声慢》）

遗山野客，求田问舍，梦想南州。（元词《朝中措》）

虚名误，遍人间浪走，恰到求田。（元词《沁园春》）

少日负虚名，问舍求田意未平。……一线微官误半生。（元词《南乡子》）

自笑此身无定在，北州又复南州。买田何日遂归休。（元词《临江仙》）

第六组“陶陶”：

虽抱文章，开口谁亲。且陶陶、乐尽天真。（苏词《行香子·述怀》）

从他落魄陶陶里。犹胜醒醒，惹得闲憔悴。（苏词《醉落魄·述怀》）

酒力有神工驻景，丹房无药可烧愁。陶陶兀兀老时休。（元词《浣溪沙》）

且陶陶兀兀，今朝醉了，更明朝醉。[①]（元词《水龙吟》）

第七组“醉醒醒醉”：

醉醒醒醉，凭君会取这滋味。……犹胜醒醒，惹得闲憔悴。（苏词《醉落魄·述怀》）

醒复醉，醉还醒，灵均憔悴可怜生。（元词《鹧鸪天》）

百年同是行人，酒乡独有归休地。……今朝醉了，更明朝醉。（元词《水龙吟》）

第八组“今古”：

不用思量今古，俯仰昔人非。（苏词《八声甘州》）

君看今古悠悠，浮宦人间世。（苏词《哨遍》）

酒醒还醉醉还醒，一笑人间今古。（苏词《渔父》）

今古废兴浑一梦，凭底的，寄悲哀。（元词《江城子》）

人间俯仰今古。海枯石烂情缘在，幽恨不埋黄土。（元词《摸鱼儿》）

今古废兴浑一梦，凭底的，寄悲哀。（元词《江城子》）

今古北邙山下路，黄尘老尽英雄。……盖世功名将底用，从前错怨天公。（元词《临江仙》）

第九组“兴亡”：

千古龙蟠并虎踞。从公一吊兴亡处。（苏词《渔家傲》）

故国江山如画，醉来忘却兴亡。（元词《朝中措》）

兴亡事，天也老，尽消沉、不尽古今愁。（元词《木兰花慢》）

对零落栖迟，兴亡离合，此意何穷。（元词《木兰花慢》）

无论诗化的还是口语化的语汇，看起来元好问都有所借鉴。而这些借鉴的例证中，作者所抒发的情怀，都无不与他们身处其中的时代政治状况及身

① 唐圭璋编：《全金元词》，中华书局1979年版，第78页。

历之政治生活息息相关。

其次，元好问接受苏词，还体现在对苏词词韵、语典的学习、化用上。[①] 先看元词对苏词词韵的借鉴。苏轼一首《水调歌头》云：

> 安石在东海，从事鬓惊秋。中年亲友难别，丝竹缓离愁。一旦功成名遂，准拟东还海道，扶病入西州。雅志困轩冕，遗恨寄沧洲。　岁云暮，须早计，要褐裘。故乡归去千里，佳处辄迟留。我醉歌时君和，醉倒须君扶我，惟酒可忘忧。一任刘玄德，相对卧高楼。

词前小序："余去岁在东武作《水调歌头》以寄子由，今年子由相从彭门百余日，过中秋而去，作此曲以别余。以其语过悲，乃为和之。其意以不早退为戒，以退而相从之乐为慰云耳。"本词的政治抒情性质毋庸赘述。元好问《木兰花慢》云：

> 流年春梦过，记书剑，入西州。对得意江山，十千沽酒，著处欢游。兴亡事，天也老，尽消沈、不尽古今愁。落日霸陵原上，野烟凝碧池头。　风声习气想风流。终拟觅菟裘。待射虎南山，短衣匹马，腾踏清秋。黄尘道，何时了，料故人、应也怪迟留。只问寒沙过雁，几番王粲登楼。[②]

元词题序云此词为居"孟津官舍，寄钦若钦用昆仲并长安故人"作，其词调虽与苏词不同，然其韵脚字却与苏词多同。依平水韵，苏词押下平十一"尤"韵（该韵部共有韵字一百一十多个），依次用八个韵字：秋、愁、州、洲、裘、留、忧、楼，元词亦押此韵，依次用九个韵字：州、游、愁、头、流、裘、秋、留、楼，其中居然有六个字（秋、愁、州、裘、留、楼）与苏词是一样的。另外值得一提的是，元此词除借鉴苏词词韵外，对其句意亦多所化用。如苏词云"惟酒可忘忧"，元词云"十千沽酒，著处欢游"；苏词云"故乡归去千里，佳处辄迟留"，元词则以"风声习气

① 按：上述元好问词借鉴苏词语汇的用例，实亦涉及语典借鉴方面问题，如第五组"求田问舍"。

② 唐圭璋编：《全金元词》，中华书局1979年版，第76页。

想风流，终拟觅菟裘”，言远离政治归老“佳处”之意；苏词言政治功业使用了谢安入西州门之典，元词忆昔日书剑报国，云“记书剑，入西州”，亦暗用谢安入西州门之典。[①]

元好问的一首《青玉案》：

> 落红吹满沙头路。似总为、春将去。花落花开春几度。多情惟有，画梁双燕，知道春归处。　　镜中冉冉韶华暮。欲写幽怀恨无句。九十花期能几许。一卮芳酒，一襟清泪，寂寞西窗雨。[②]

宋代词坛上以《青玉案》调作词最早者是贺铸。贺《青玉案》问世后，曾引起很大反响。苏轼、黄庭坚、黄大临、李之仪、惠洪等均有和作[③]，检诸人次韵贺词先后情况，苏轼当是第一人。[④]元好问追随苏轼等人次贺词原韵，亦反映了对苏词之接受。

再看元词对苏词典故借用、深化的情况。

苏轼词抒发疏离政治情怀，好用陶渊明事典。如《江城子》：“手把梅花，东望忆陶潜”；《江城子》：“梦中了了醉中醒，只渊明，是前生”；《哨遍》更是隐括了陶潜《归去来兮辞》。元好问词亦用此典，其《沁园春》云：“园令家居，陶潜官罢，无酒令人意缺然。”[⑤]《鹧鸪天》云：“篱边老却陶潜菊，一夜西风一夜寒。”[⑥]苏词用陶潜典故，表达离开政界归隐田园的渴望，元词用此典，表达归居田园后兴味索然、严寒相逼之意。

---

① 按：从元好问用王维“安史之乱”被俘后所作诗意，及王粲登楼典故看，此词当写于金元战乱时期。故本词抒发故国衰亡的哀痛性质与苏词《水调歌头》不同。王维“安史之乱”中被授伪职，内心悲痛，作《菩提寺禁裴迪来相看说逆贼等凝碧池上作音乐供奉人等举声便一时泪下私成口号诵示裴迪》诗云：“万户伤心生野烟，百官何日再朝天。秋槐叶落空宫里，凝碧池头奏管弦。”东汉末天下大乱，王粲避居荆州依附刘表，尝登当阳城楼，有感而作《登楼赋》，抒发滞留他乡、怀才不遇之情。元好问用这样的典故，足见其沉痛程度。王维诗见《全唐诗》第一二八卷。

② 唐圭璋编：《全金元词》，中华书局1979年版，第87页。

③ 按：苏轼《青玉案》云：“三年枕上吴中路。遣黄耳、随君去。若到松江呼小渡。莫惊鸥鹭，四桥尽是，老子经行处。　　辋川图上看春暮。常记高人右丞句。作个归期天已许。春衫犹是，小蛮针线，曾湿西湖雨。”

④ 薛瑞生《东坡词编年笺证》编此词于元祐七年（1092）八月。薛笺云，苏轼元祐七年以兵部侍郎充南郊卤簿使召还，九月离扬州，本词应作于八月间（见《东坡词编年笺证》，三秦出版社1998年版，第615页）。而黄庭坚兄弟的《青玉案》词作于绍圣后，李之仪、惠洪当更晚。

⑤ 元好问词：《沁园春·除夕二首》，见唐圭璋编《全金元词》，中华书局1979年版，第78页。

⑥ 元好问词：《鹧鸪天》，见唐圭璋编《全金元词》，中华书局1979年版，第97页。

苏词《少年游·送元素》用阮籍典言疏离政治情怀："千古风流阮步兵，平生游宦爱东平。"元好问《鹧鸪天》亦用阮籍典云："离骚读杀浑无味，好个诗家阮步兵。"[①]《婆罗门引·过孟津河山亭故基》云："一时朋辈，谩留住、穷途阮步兵。尊俎地、谁慰飘零。"[②]《婆罗门引·兖州龙兴阁感遇》："酒狂步兵，书与剑、此飘零。"[③] 大概苏轼用阮籍典，主要突出其疏离政治、淡视功名的精神气质，元好问继续用阮籍典，却突出了阮籍无法事奉新朝当政者、人生"途穷"的特点，某种程度上说，他自己甚至就是那个"阮步兵"。

苏轼《江城子·密州出猎》上片言涉猎事云"亲射虎，看孙郎"，用三国孙权射虎之典。[④] 元好问词亦多暗用此典。如《木兰花慢》："待射虎南山，短衣匹马，腾踏清秋。"《水龙吟》："少年射虎名豪，等闲赤羽千夫膳。"[⑤]《南柯子》："得婿攀龙贵，生男射虎雄。"[⑥]《朝中措》："匹马明年西去，看君射虎南山。"[⑦] 元词中的"射虎"，同样出于孙权典，却没有了苏词中"为报倾城随太守"那种热闹的情景，表意上主要突出射虎者单枪匹马的英勇、威猛气质。

苏词言己于党争中贬谪外放而朝中小人竞进，用刘禹锡诗"刘郎"之典以抒情，如《南乡子》："看取桃花春二月，争开，尽是刘郎去后栽。"《阮郎归》："他年桃李阿谁栽，刘郎双鬓衰。"元好问《鹊桥仙》云："浮云流水十年间，算只有、青山在眼。……刘郎争得似当时，比前度、心情又减。"这个典故使用上，元词相承苏词，亦以"刘郎"之典写政治变故于人之精神的消磨。

苏词言有口难言之痛，用刘伶饮酒典，如《浣溪沙·感旧》："徐邈能中酒圣贤，刘伶席地幕青天。……不如归去旧青山，恨无人借买山钱。"元词《江城子》："众人皆醉屈原醒，笑刘伶，酒为名。不道刘伶，久矣笑

① 元好问词：《鹧鸪天》，见唐圭璋编《全金元词》，中华书局1979年版，第98页。

② 唐圭璋编：《全金元词》，中华书局1979年版，第114页。

③ 同上。

④ （晋）陈寿《三国志·吴书》载："（建安）二十三年十月，权将如吴，亲乘马射虎于庱亭。马为虎所伤，权投以双戟，虎却废，常从张世击以戈，获之。"见《三国志》卷四七，中华书局1959年版，第1120页。

⑤ 唐圭璋编：《全金元词》，中华书局1979年版，第77页。

⑥ 同上书，第100页。

⑦ 同上书，第102页。

螟蛉。”《鹧鸪天·赋隆德故宫》云：“人间更有伤心处，奈得刘伶醉后何。”元词用刘伶典故，所表达的沉痛之情超过了苏词。

以上面这些典故的使用言，元好问明显受到了苏轼影响，然而，他也是在继承苏轼词抒情精神的基础上，有侧重地借鉴、化用苏词典故的。

最后，再谈谈元好问对苏轼词体仿效的问题。检元好问词，有一首《鹧鸪天》（煮酒青梅入坐新）词明确题为“效东坡体”，另有一首《定风波》（离合悲欢酒一壶）词其后小注中亦明言“用东坡体”①，虽然这两词并不一定是作者抒发政治情怀的作品，然而从中我们也可以看到元好问接受苏词的一些特点。

究竟何为“东坡体”？元好问自己在两词的前序后注中并没有明说。然据这两词内容及苏轼词作，我们大致可以理解，元好问眼中所谓的“东坡体”，实则为苏轼词在特定情事背景下抒情的方式与性质。如，元词所仿效的苏词《鹧鸪天》原词是这样写的：

> 林断山明竹隐墙，乱蝉衰草小池塘。翻空白鸟时时见，照水红蕖细细香。　村舍外，古城旁，杖藜徐步转斜阳。殷勤昨夜三更雨，又得浮生一日凉。

写闲适的乡居生活感受，其间似乎隐隐流露出被弃置的尤怨。② 元词《鹧鸪天·效东坡体》亦云：

---

① 按：苏词《少年游》小序云：“张子野作六客词，其卒章云：‘见说贤人聚吴分。试问。也应旁有老人星。’凡十五年，再过吴兴，而五人者皆已亡矣。时张仲谋与曹子方、刘景文、苏伯固、张秉道为坐客，仲谋请作后六客词。”其词曰：“月满苕溪照夜堂，五星一老斗光芒。十五年间真梦里，何事，长庚对月独凄凉。绿鬓苍颜同一醉，还是，六人吟笑水云乡。宾主谈锋谁得似，看取，曹刘今对两苏张。”元好问《定风波》词后小注云：“永宁范使君园亭，会汝南周国器，汾阳任亨甫、北燕吴子英、赵郡苏君显、淄川李德之、用东坡体，拟六客词。”词曰：“离合悲欢酒一壶。白头红颊醉相扶。见说德星今又聚。何处。范家亭上会周吴。造物有情留此老。人道。洛西清燕百年无。六客不争前与后。好□。龙眠老笔画新图。”原词见唐圭璋编《全金元词》，中华书局 1979 年版，第 114 页。苏词《鹧鸪天》及元词《鹧鸪天·效东坡体》下文有引，不赘。

② 按：邹同庆、王宗堂《苏轼词编年校注》依朱孝臧《东坡乐府》（卷二），将此词编于元丰六年（1083）六月。此时正是苏轼黄州贬谪时期，见《苏轼词编年校注》，中华书局 2002 年版，第 474 页。

> 煮酒青梅入坐新，姚家池馆宋家邻。楼中燕子能留客，陌上杨花也笑人。　　梁苑月，洛阳尘，少年难得是闲身。殷勤昨夜三更雨，胜醉东城一日春。[①]

词中有暂时摆脱生活中其他烦恼而得片刻闲暇的喜悦，然从燕子留客、杨花笑人、洛阳尘、闲身、胜醉等语词看，“闲适”的抒情中亦似有不平之气。由此可见，元词所“效”者，实即苏词抒情的角度、层次及寓情于景的方式，然后是对苏词语句的借用或化用。[②] 这样的情况我们在元好问抒发政治情怀的作品中也可以看到，如他的《水龙吟》对苏轼《江城子·密州出猎》的仿效：

> 少年射虎名豪，等闲赤羽千夫膳。金铃锦领，平原千骑，星流电转。路断飞潜，雾随腾沸，长围高卷。看川空谷静，旌旗动色，得意似，平生战。　　城月迢迢鼓角，夜如何、军中高宴。江淮草木，中原孤兔，先声自远。盖世韩彭，可能只办，寻常鹰犬。问元戎早晚，鸣鞭径去，解天山箭。[③]

苏轼《江城子·密州出猎》以言射猎事抒政治情怀，开豪放词撰写先河，影响深远。元好问此词题序云：“从商帅国器猎于南阳，同仲泽鼎玉赋此。”亦写射猎事。本事既同，用字使典亦多所借鉴，其词中射虎、千骑、锦领、鹰犬、孤兔、长围、高卷、草木等词均是或化用或借用苏轼诗词而来[④]，如苏词中使用“老夫”一词，元词则变为“少年”；苏词云“千骑卷平冈”，元词则云“平原千骑”，苏词中的“卷”，突出人马众多、声势浩大，像拍电影一样，大队人马齐卷而过，有气势却未必真能打到多少猎物，元词则以“星流电转”突出猎手的精悍、迅猛，气势渲染少

① 唐圭璋编：《全金元词》，中华书局 1979 年版，第 95 页。

② 按：苏词《鹧鸪天》中原有“殷勤昨夜三更雨”一句，此句为元词完整借用。苏词《少年游》原词中有“六人吟笑水云乡”一句，此句为元词所化用（元词化为“六客不争前与后”）。

③ 唐圭璋编：《全金元词》，中华书局 1979 年版，第 77 页。

④ 按：苏轼记此次射猎活动的还有两首同题小诗《祭常山回小猎》，诗中有“草中狐兔不须惊”及“青盖前头点皂旗，黄茅冈下出长围”之句。原诗见《苏轼诗集》，中华书局 1982 年版，第 647—648 页。

而打猎队伍内在气质及实力却得到了很好表现。① 最主要者，元词结尾云："问元戎早晚，鸣鞭径去，解天山箭"，虽意在赞誉他人，其抒情精神亦显出了与苏词的高度一致，苏词由打猎写到建立政治功业，元词亦如是。

所以，结合上述元好问词在语汇、用典、词韵等方面对苏词的借鉴、学习及对"东坡体"的仿效情况，可以得出这样的结论：金元换代之际出现在中国词坛的这位大词人，他的词在抒发患难丛剧的政治忧思时，确乎对苏轼词的抒情方式进行了较为全面的接受。换言之，苏轼以他不朽的词作，深刻地影响了元好问的创作。

## 二 金代其他词人对苏词的接受

除元好问之外，金代词人创作受苏词影响显著者，尚有蔡松年、王寂、赵秉文、王渥、李纯甫等人。他们对苏词的接受，亦主要体现在对东坡词体式的模仿，成句的借用，典故的承传及抒情精神的继承等方面。

先看蔡松年对苏词的接受情况。蔡松年，字伯坚，号萧闲老人，生于宋徽宗大观元年（1107），卒于金海陵王正隆四年（1159），蔡氏出生时苏轼已下世七年。苏轼《江城子》云："南望亭丘，孤秀耸曾城。都是斜川当日境，吾老矣，寄余龄。"蔡松年《雨中花》云："吾老矣、不堪冰雪，换此萧闲。"② 苏轼《卜算子》："缺月挂疏桐，漏断人初静。时见幽人独往来，缥缈孤鸿影。惊起却回头，有恨无人省。拣尽寒枝不肯栖，枫落吴江冷。"蔡松年《水龙吟》上片："水村秋入江声，梦惊万壑松风冷。中秋几日，银盘今夜，八分端正。身似惊乌，半生飘荡，一枝难稳。夜漫漫只有，澄江霁月，应知我、倦游兴。"③ 此词从意象、词境到词意，都明显可见苏词的影子。

苏轼面对政治打击，往往表现出随遇即安的旷达胸怀，这也是其词抒

① 按：有论者指出，"东坡因这次小猎，小试身手，进而便想带兵征讨西夏了"（《宋词鉴赏辞典》，上海辞书出版社 1988 年版，第 689 页）；也有论者云，苏轼此次打猎，意在为巩固边防作实战演练。以苏、元词比较，此说恐难成立。"为报倾城随太守"，"千骑卷平冈"，这样的形势，恐怕打到有价值的猎物也难，何况实战？由此，苏轼"密州出猎"意不在猎亦明，而元词中所写打猎情景才庶几接近军人作战演练。关于苏轼《江城子·密州出猎》一词抒情主旨的讨论，详见本书第七章第一节。

② 唐圭璋编：《全金元词》，中华书局 1979 年版，第 21 页。

③ 同上书，第 22 页。

发政治情怀的精神基础之一。蔡松年《水调歌头》（云间贵公子）题序云：

曹侯浩然，人品高秀，玉立而冠，其问学文章，落尽贵骄之气，蔼然在寒士右。惜乎流离顿挫无以见于事业，身闲胜日，独对名酒，悠然得意，引满径醉。醉中出豪爽语，往往冰雪逼人，翰墨淋漓，殆与海岳并驱争先。虽其平生风味，可以想见，然流离顿挫之助，乃不为不多。东坡先生云，士践忧患，焉知非福，浩然有焉。老子于此，所谓兴复不浅者，闻其风而悦之。念方问舍于萧闲，阴求老伴，若加以数年，得相从乎林影水光之间，信足了此一生，犹恐君之嫌俗客也，作水调歌曲以访之。①

苏轼宋哲宗绍圣年间贬谪惠州，居罗浮山下，以其“地暖多松，而不识霜雪”，发出“士践忧患，安知非福”的感叹。② 蔡松年引苏轼语，说曹浩然得“流离顿挫之助”，于此亦“有焉”，在词本文中，他又写下了“萧闲一段归计，佳处著君侯”，“但要纶巾鹤氅，来往亦风流”等句。这表明蔡松年在词体文学的抒情精神上，也完全是认同，并乐于表现苏轼超越忧患之品格境界。

蔡松年亦次苏轼作品之韵。熙宁十年（1077）八月，因反变法而长期流落地方任上的苏轼，在徐州任上写下了和苏辙《水调歌头·徐州中秋》的“其意以不早退为戒，以退而相从之乐为慰”的《水调歌头》（安石在东海）。③ 蔡松年处“镇阳北潭，追和老坡韵”作词云：

玻璃北潭面，十丈藕花秋。西楼爽气千仞，山障夕阳愁。谁谓弓刀塞北，忽有冷泉高竹，坐我泽南州。准备黄尘眼，管领白苹洲。　老

① 唐圭璋编：《全金元词》，中华书局1979年版，第7页。

② 按：蔡松年此处所引乃苏轼《偃松屏赞（并引）》中语。《偃松屏赞（并引）》原文不长，兹录如下：“余为中山守，始食北岳松膏，为天下冠。其木理坚密，瘠而不瘁，信植物之英烈也。谪居罗浮山下，地暖多松，而不识霜雪，如高才胜人生绮纨家，与孤臣孽子有间矣。士践忧患，安知非福。幼子过从我南来，画寒松偃盖为护首小屏。为之赞曰：燕南赵北，大茂之麓。天僵雪峰，地裂冰谷。凛然孤清，不能无生。生此伟奇，北方之精。苍皮玉骨，硗硗蹩蹩。方春不知，冱寒秀发。孺子介刚，从我炎荒。霜中之英，以洗我瘴。”见《苏东坡全集·苏东坡文集》，珠海出版社1996年版，第452—453页。

③ 参见本书第三章第一节《苏轼词的政治抒情》。

生涯，向何处，觅菟裘。倦游岁晚一笑，端为野梅留。但得白衣青眼，不要问囚推按，此外百无忧。醉墨蔷薇露，洒遍酒家楼。[①]

上片言镇阳北潭美景之难得，下片言于从政为官忧愁之解脱。全词既用苏词韵脚，抒情主旨亦与苏词合。苏词云："岁云暮，须早计，要褐裘。故乡归去千里，佳处辄迟留。""一任刘玄德，相对卧高楼。"表达了忘却"轩冕"，寄身"沧州"之想；蔡词云："老生涯，向何处，觅菟裘。倦游岁晚一笑，端为野梅留。""醉墨蔷薇露，洒遍酒家楼"，更用《左传》"菟裘"之典，表达自己归老林泉之志。[②] 次其韵且唱和其志，可见蔡松年对苏轼此词抒情的欣赏程度。

苏轼黄州被贬后，作《念奴娇·赤壁怀古》感怀历史人物之"风流"被大浪淘尽，慨叹人生如梦、世事无常难料，表达疏离政治以度过余生之想，此意亦深得蔡松年共鸣。蔡《念奴娇》小序云："仆来京洛三年未尝饱见春物。今岁江梅始开，复事远行。虎茵丹房东岫诸亲友折花酌酒于明秀峰下，仍借东坡先生赤壁词韵，出妙语以惜别。辄亦继作，致言叹不足之意。"词云：

倦游老眼，负梅花京洛，三年春物。明秀高峰人去后，冷落清辉绝壁。花底年光，山前爽气，别语挥冰雪。摩挲庭桧，耐寒好在霜杰。　　人世长短亭中，此身流转，几花残花发。只有平生生处乐，一念犹难磨灭。放眼南枝，忘怀樽酒，及此青青发。从今归梦，暗香千里横月。[③]

蔡词延续了苏词"多情应笑我，早生华发。人间如梦，一尊还酹江月"的抒情思路，在惜别的怅叹中，表达"人世长短亭中，此身流转"的无奈，及"倦游"人间、"从今归梦，暗香千里横月"的向往。这样的抒情与苏词一样，都与作者政治经历密切相关。蔡松年追和苏轼《念奴娇·赤壁怀古》的作品还有一首：

① 唐圭璋编：《全金元词》，中华书局 1979 年版，第 8 页。

② 按：《左传·隐公十一年》："羽父请杀桓公以求大宰。公曰：'为其少故也吾将授之矣。使营菟裘吾将老焉。"菟裘，今山东省泗水县。

③ 唐圭璋编：《全金元词》，中华书局 1979 年版，第 9—10 页。

离骚痛饮，笑人生佳处，能消何物。夷甫当年成底事，空想岩岩玉壁。五亩苍烟，一邱寒碧，岁晚忧风雪。西州扶病，至今悲感前杰。　我梦卜筑萧闲，觉来岩桂，十里幽香发。嵬隗胸中冰与炭，一酌春风都灭。胜日神交，悠然得意，遗恨无毫发。古今同致，永和徒记年月。[①]

该词小序云："还都后诸公见追和赤壁词，用韵者凡六人，亦复重赋。"由此见，当时追和苏轼赤壁词韵的还不止蔡松年一人。在这首词中，作者不徒使用苏轼《念奴娇》词韵，甚至还用了苏轼其他词作中的典故。如苏轼《水调歌头》（安石在东海）"准拟东还海道，扶病入西州"句，用谢安典[②]，蔡词云"西州扶病，至今悲感前杰"，亦用此典；苏词《水调歌头》（昵昵儿女语）隐括韩愈诗云："置我肠中冰炭，起坐不能平。"蔡词云"嵬隗胸中冰与炭，一酌春风都灭"；苏轼《劝金船》（和元素韵自撰腔命名）写世事蹉跎、宦迹无定之慨，用王羲之《兰亭序》语云："曲水池上，小字更书年月。还对茂林修竹，似永和节。"蔡词更云："古今同致，永和徒记年月"，意为古人雅事本超越时空、情同今朝。察蔡松年词意，乃谓东晋王恭所云"痛饮酒、熟读《离骚》"这样的"人生佳处"能消解何种愁绪？王夷甫、谢安石不都是令今人生出"悲感"的"前杰"？只有"我梦卜筑萧闲"的生活，才会"悠然得意，遗恨无毫发"（词人自号"萧闲老人"，亦于此可证）。[③] 本词所展示的熄灭胸中"冰与炭"、远离政治危机

① 唐圭璋编：《全金元词》，中华书局1979年版，第10页。

② 按：《晋书·谢安传》载，"安虽受朝寄，然东山之志始末不渝，每形于言色。及镇新城，尽室而行，造泛海之装，欲须经略粗定，自江道还东。雅志未就，遂遇疾笃。……遂还都。闻当舆入西州门，自以本志不遂，深自慨失"。又载，"羊昙者，太山人，知名士也，为安所爱重。安薨后，辍乐弥年，行不由西州路。尝因石头大醉，扶路唱乐，不觉至州门。左右白曰：'此西州门。'昙悲感不已，以马策扣扉，诵曹子建诗曰：'生存华屋处，零落归山丘。'恸哭而去。"据此，知苏轼此句用谢安典。吕观仁《东坡词注》（第14页）释此句中"西州"为"当指作者家乡四川"，误。

③ 按：唐圭璋主编《金元明清词鉴赏辞典》释蔡松年此词中"离骚痛饮，笑人生佳处，能消何物"句云："起韵突兀，有破空之势，直言人生佳处，唯读《离骚》与饮酒，足见词人的胸中自有一段蟠结郁郁之气。"（见《金元明清词鉴赏辞典》，江苏古籍出版社1989年版，第29页）此说尚可商榷。实则"痛饮读《离骚》"并非人生之佳处，宋人早已指出。费衮《梁溪漫志》卷五"痛饮读《离骚》"条云："昔人有云：痛饮读《离骚》，可称名士。世往往道其语，予常笑之，方痛饮时天地一醉，万物同归，乃复攒眉于幽忧悲愤之作，而顾称名士邪？张季鹰云：使我有身后名，不如即时一杯酒。真达者之言也。"

的抒情，正是对苏轼“多情应笑我，早生华发。人生如梦，一尊还酹江月”之意的继承。

王寂所生活的时代较蔡松年晚一些（王寂中进士第九年，蔡松年去世[①]）。在其今存37首词中，亦有明显受苏词影响者。如苏词《西江月》（送钱待制）：“与君各记少年时，须信人生如寄。……拍浮何用酒为池。我已为君德醉。”《满庭芳》：“百年里，浑教是醉，三万六千场。醉乡路稳不妨行，但人生、要适情耳。”《哨遍·春词》：“这些百岁，光阴几日，三万六千而已。”而王寂《感皇恩·漫兴》云：“天地一浮萍，人生如寄。画饼功名竟何益。百年浑醉，三万六千而已。过了一日也、无一日。韶颜暗改，良辰易失。丝竹杯盘但随意。酴醾赏罢，更向牡丹丛里。戴花连夜饮、花前睡。”[②] 此词对苏词抒情的模拟几乎扫尽痕迹、神气毕肖。苏轼《哨遍》隐括陶渊明《归去来兮辞》：“为米折腰，因酒弃家，口体交相累。归去来，谁不遣君归。觉从前皆非今是。……嗟旧菊都荒，新松暗老，吾年今已如此。”王寂《蓦山溪·退食感怀》云：“折腰五斗，所得不偿劳，松暗老，菊都荒，谁为开三径。……万事从今省。”[③] 苏轼以《水调歌头》（明月几时有）怀人兼抒仕路感怀，王寂《水调歌头》小序云：“戊申季秋月十有九日，赏芙蓉于汝南佑德观，酒酣，为赋明月几时有，盖暮年游宦之情不能已也。”词云：

> 岸柳飘疏翠，篱菊减幽香。蝶愁蜂懒无赖，冷落过重阳。应为百花开尽，天公著意留与，尤物殿秋光。霁月炯疏影，晨露浥红妆。　奈无情，风共雨，送新霜。嫁晚还惊衰早，容易度年芳。只恐韶颜难驻，拟倩丹青写照，谁唤剑南昌。我亦伤流落，老泪不成行。[④]

检唐五代宋金元词，并没有“明月几时有”这么个词牌，王寂此词标的也是《水调歌头》词牌，但为什么他在小序中却说自己“酒酣，为赋明月几时有”呢？原来他此词模仿的是苏轼《水调歌头》（明月几时有）。一方面，他以苏词原句“明月几时有”称《水调歌头》词牌；另一方面，王寂

① 按：王寂中进士第在金海陵王天德三年（1151），蔡松年去世于海陵王正隆三年（1158）。

② 唐圭璋编：《全金元词》，中华书局1979年版，第35页。

③ 同上。

④ 同上书，第36页。

亦仿苏轼原词小序，自道作词缘由。当然，考察王词《水调歌头》对苏词的学习、模拟，以下文本方面的比较似乎更能说明问题。

首先，苏轼说自己的《水调歌头》词作于“丙辰中秋”［宋神宗熙宁九年（1076）中秋］“大醉”之后，王寂也说自己的《水调歌头》作于秋天“酒酣”之时。相比苏词之作于中秋，王词虽晚近两月［“戊申季秋月十有九日”，时在金世宗大定二十七年（1187）十月九日，已属晚秋，即元词所说的“冷落过重阳”后］，然二词均为节日氛围产物。

其次，就苏、王二词的抒情内容比照。苏轼宋神宗熙宁九年（1076）在密州任上作此词时，“在政治上的处境既不很得意，和胞弟子由（苏辙字）亦已七年没有团聚在一起，心情抑郁，可想而知”[①]。词中，他甚至写出“我欲乘风归去，又恐琼楼玉宇，高处不胜寒。起舞弄清影，何似在人间”，这样的“终是爱君”的句子[②]，故本词虽云“作此篇兼怀子由”，然抒写宦途多厄的政治寥落之情，表达直面现实处境、视人生顺逆为自然之道的情怀，却是其不可忽视的主题；王寂作此词既明言其“暮年游宦之情不能已”，词中甚至又写出了“我亦伤流落，老泪不成行”这样极其悲痛的句子。可见在抒情的性质上，王词上也接受了苏词的影响。另外，就二词所表达的仕宦流落之孤独感言，亦有一致之处。

不同的是，苏轼作《水调歌头》（明月几时有）时四十一岁，尚在壮年。王寂作此词时距其进士得第已38年[③]，其时已步入老境，故其词“只恐韶颜难驻”的文士悲秋意识比苏词更加深切。由此可见，王寂对苏词从语词、意象、抒情性质等方面确曾有过认真学习、借鉴。

赵秉文，字周臣，号闲闲，长元好问三十二岁，蔡松年的卒年（1159）正是他的生年。这位今仅存10首词的词人，也有两首词次苏轼词韵。《大江东去·用东坡先生韵》云：

---

① 朱东润主编：《中国历代文学作品选》中编，上海古籍出版社2002年版，第309页。

② （宋）陈元靓编：《岁时广记》卷三一《中秋》（中）“新进词”条录陈汝义《复雅歌词》语云：“是词乃东坡居士以丙辰中秋欢饮达旦大醉，作水调歌头兼怀子由，时丙辰熙宁九年也。元丰七年，都下传唱此词。神宗问外面新行小词，内侍录此进呈，读至‘又恐琼楼玉宇，高处不胜寒’，上曰：‘苏轼终是爱君。’乃命量移汝州。”另，以上文字又见唐圭璋编《词话丛编》，中华书局1986年版，第59页。

③ 按：据唐圭璋编《全金元词》王寂小传，王寂中进士第于海陵王天德三年（1151），本词小序云“戊申季秋月十有九日”作此词，其时正在金世宗大定二十七年（1187）十月九日，此时距其进士得第已有38年。

秋光一片，问苍苍桂影，其中何物。一叶扁舟波万顷，四顾黏天无壁。叩枻长歌，嫦娥欲下，万里挥冰雪。京尘千丈，可能容此人杰。　回首赤壁矶边，骑鲸人去，几度山花发。淡淡长空今古梦，只有归鸿明灭。我欲从公，乘风归去，散此麒麟发。三山安在，玉箫吹断明月。①

本词不仅用苏轼词韵，亦隐括苏轼经历及其作品内容。如上片“一叶扁舟”、“四顾黏天”、“叩枻长歌”诸句，即由苏轼《赤壁赋》化来；下片借杜牧《登乐游原》诗句及苏轼《水调歌头》（明月几时有）等词句，表达对苏轼被谪黄州际遇的深切同情与不平。赵本人为金朝著名学者，一生虽曾“历五朝，官六卿”，然亦有屡次获罪经历。② 故本词追怀苏轼的同时，实亦寄托着他与苏轼异代同调的政治感怀。元好问《题闲闲书赤壁赋后》云：

夏口之战，古今喜称道之。东坡《赤壁》词，殆戏以周郎自况也。词才百许字，而江山人物无复余蕴，宜其为乐府绝唱。闲闲公乃以仙语追和之，非特词气放逸，绝去翰墨畦迳，其字画亦无愧也。辛亥夏五月，以事来太原，借宿大悲僧舍。田侯秀实出此轴见示。闲闲七十有四，以壬辰岁下世。今此十二日，其讳日也。感念畴昔，怅然久之，因题其后。③

清人冯金伯《词苑萃编》云：“赵闲闲，名秉文，金正大间人，善书法，有辞藻。尝见擘窠书自作和东坡赤壁词，雄壮震动，有渴骥怒猊之势。元好问为之题跋，而词亦壮伟不羁。视大江东去，信在伯仲间。”④ 其言

---

① 唐圭璋编：《全金元词》，中华书局1979年版，第47页。

② （元）脱脱《金史》（列传四八）赵秉文本传：“（金章宗）明昌六年，（赵秉文）入为应奉翰林文字，同知制诰。上书论宰相胥持国当罢，宗室守贞可大用。章宗召问，言颇差异，于是命知大兴府事内族膏等鞫之。”“（金宣宗）贞祐初，秉文为省试，得李献能赋，虽格律稍疏而词藻颇丽，擢为第一。举人遂大喧噪，诉于台省，以为赵公大坏文格，且作诗谤之，久之方息。俄而献能复中宏词，入翰林，而秉文竟以是得罪。”“（金宣宗兴定二年）知贡举，坐取进士卢亚重用韵，削两阶。”

③ （金）元好问：《元好问全集》，山西古籍出版社2004年版，第843页。

④ （清）冯金伯《词苑萃编》卷六“赵秉文和东坡赤壁词”条。《词苑萃编》，见唐圭璋编《词话丛编》，中华书局1986年版，第1701—2286页。

不虚。

赵秉文《缺月挂疏桐·拟东坡作》：

> 乌鹊不多惊，贴贴风枝静。珠贝横空冷不收，半湿秋河影。缺月堕幽窗，推枕惊深省。落叶萧萧听雨声，帘外霜华冷。[①]

苏轼元丰三年（1080）贬黄州寓居定惠院，写下了他历经严重政治打击后的第一首词《卜算子·黄州定惠院寓居作》，表达他患难余生的惊悸、哀痛之情。赵秉文此词次东坡词原韵的同时，不仅以东坡词首句名其词牌，其词意象、词境亦极力模仿苏词。如苏词中有“幽人”、“孤鸿”、“缺月”、“疏桐”、“寒枝”、“惊起”诸意象、动作，词境幽凄孤寒，抒情哀伤沉痛。赵词中亦有“乌鹊”、“缺月”、“风枝”、“落叶”、“霜华”、“推枕惊深省”诸意象与动作，词境之冷落凄清、抒情之孤独悲凉亦直追苏词。[②] 由此见，受苏词抒发政治情怀风格的影响，类似赵秉文这样的金代词人在抒写自己仕路感受时，确是经历过一个向苏词回潮的过程。

除以上词人外，金代词人中那些仅有一首作品传世的词人，他们对苏词的接受或许更能说明问题。生于金大定二十五年（1185）的李纯甫，小李纯甫三岁的高永，以及与李、高年龄相当而与元好问唱和的王渥，都是以一首词传世而深受苏词影响的典型例子。李纯甫的《水龙吟》云：

> 几番冷笑三闾，算来枉向江心堕。和光混俗，随机达变，有何不可。清浊从他，醉醒由己，分明识破。待用时即进，舍时便退，虽无福，亦无祸。　　你试回头觑我。怕不待峥嵘则个。功名半纸，风波千丈，图个甚么。云栈扬鞭，海涛摇棹，争如闲坐。但尊中有酒，心头无事，葫芦提过。[③]

苏轼熙宁年间赴密州任职时作《沁园春》词，其中有句：“用舍由时，行藏在我，袖手何妨闲处看。身长健，但优游卒岁，且斗尊前。”李纯甫词

① 唐圭璋编：《全金元词》，中华书局1979年版，第47页。

② 按：苏轼谪居于黄曾作《水龙吟》（小舟横截春江）一词，其中有“推枕惘然不见，但空江、月明千里”之语。赵秉文此词中之“推枕惊深省”，亦为借用苏词意象之例。

③ 唐圭璋编：《全金元词》，中华书局1979年版，第70页。

不仅有“待用时即进，舍时便退”及“但尊中有酒，心头无事”这样的化用苏词的表述，且全词抒情主旨亦与苏词相近。更甚者，李纯甫此词中关于屈原的议论，亦明显接受了苏轼的影响。

宋人于屈原评价不高。费衮《梁溪漫志》卷五“《通鉴》不载《离骚》”条云：

> 邵公济（博）著书言司马文正公修《通鉴》时谓其属范纯父曰：诸史中有诗赋等，若止为文章，便可删去。盖公之意士欲立于天下后世者，不在空言耳。如屈原以忠废，至沉汨罗以死，所著《离骚》淮南王、太史公皆谓可与日月争光，岂空言哉？《通鉴》并屈原事尽削去之。《春秋》褒毫发之善，《通鉴》掩日月之光，何耶？公当有深识，求于《考异》中无之。予谓三闾大夫以忠见放，然行吟恚怼形于色词，扬己露才，班固讥其怨刺，所著《离骚》皆幽忧愤叹之作，非一饭不忘君之谊，盖不可以训也。若所谓与日月争光者，特以褒其文词之美耳。温公之取人必考其终始大节，屈原沉渊，盖非圣人之中道，区区雕章绘句之工，亦何足算也。

在司马光等看来，“屈原沉渊，盖非圣人之中道”，因为沉江自尽的行为本身，“非一饭不忘君之谊”，故“不可以训”，这个观点在宋人中是有代表性的。那么苏轼是怎么看待屈原的呢？察苏词用唐前名人事典不少，然屈原典故在他的笔下仅出现过一次。[①] 其《屈原庙赋》云：

> 呜呼！君子之道，岂必全兮。全身远害，亦或然兮。嗟子区区，独为其难兮。虽不适中，要以为贤兮。[②]

屈原无法解决忠君爱国与实现个人价值之间的矛盾而自尽，苏轼认为他虽是贤才，但这个自戕的行为并不对。“全身远害”，又有何错？《贾谊论》中，苏轼又如是议论：

① 苏词《归朝欢》：“灵均去后楚山空，澧阳兰芷无颜色。”

② （宋）苏轼：《屈原庙赋》，《苏东坡全集·苏东坡文集》，珠海出版社 1996 年版，第 2 页。

观其过湘，为赋以吊屈原，纡郁愤闷，趯然有远举之志。其后卒以自伤哭泣，至于夭绝。是亦不善处穷者也。夫谋之一不见用，安知终不复用也？不知默默以待其变，而自残至此。呜呼，贾生志大而量小，才有余而识不足也。①

这段议论为贾谊发，其中又何尝没有包括苏轼对屈原的看法？从这两处议论中可见，苏轼对屈原的评价实际上和司马光是不一样的。苏轼认为屈原应该全身自保，默以待时，司马光等则认为他忘了君恩，“终始大节”出了问题。②

回头再看李纯甫此词，其云“几番冷笑三闾，算来枉向江心堕。和光混俗，随机达变，有何不可。清浊从他，醉醒由己，分明识破。待用时即进，舍时便退，虽无福，亦无祸”，这岂不是对苏轼观点的完全接受？只不过他的抒情少了苏轼的达观，多了一些愤懑罢了。

高永《大江东去·滕王阁》：

闲登高阁，叹兴亡满目，风烟尘土。画栋珠帘当日事，不见朝云暮雨。秋水长天，落霞孤鹜，千载名如故。长空淡淡，去鸿嘹唳谁数。　　遥忆才子当年，如椽健笔，坐上题佳句。物换星移知几度，遗恨西山南浦。往事悠悠，昔人安在，何处寻歌舞。长江东注，为谁流尽今古。③

元好问编《中州集》谓高永的诗“豪宕之谲怪，不为法度所窘”，然他这首唯一流传下来的词作，却完全模拟了苏轼的《念奴娇·赤壁怀古》。如苏词云“大江东去，浪淘尽，千古风流人物”。高词云“闲登高阁，叹兴亡，满目风烟尘土”；苏词云“故垒西边，人道是，三国周郎赤壁”。高词云“画栋珠帘，当日事，不见朝云暮雨”；苏词云“江山如画”，高词云“长空淡淡”；苏词云“遥想公瑾当年”，高词云“遥忆才子当年”；苏词云

① （宋）苏轼：《贾谊论》，《苏东坡全集·苏东坡文集》，珠海出版社1996年版，第77页。

② 苏轼对屈原的看法还可从他的《屈原塔（在忠州，原不当有塔于此，意者后人追思，故为作之）》一诗中看出。诗中有句：“屈原古壮士，就死意甚烈。世俗安得知，眷眷不忍决。……古人谁不死，何必较考折。名声实无穷，富贵亦暂热。大夫知此理，所以持死节。”

③ 唐圭璋编：《全金元词》，中华书局1979年版，第71页。

“故国神游”，高词云“往事悠悠”，等等。从开头的吊古起兴到全词上下片的转换，古今时空的过渡、接合，再到借历史人物所抒发之情怀，高词竟然无处不逼近苏词。

最后，再看王渥《水龙吟·从商帅国器猎同裕之赋》：

> 短衣匹马清秋，惯曾射虎南山下。西风白水，石鲸鳞甲，山川图画。千古神州，一时胜事，宾僚儒雅。快长堤万弩，平冈千骑，波涛卷、鱼龙夜。　　落日孤城鼓角，笑归来、长围初罢。风云惨淡，貔貅得意，旌旗闲暇。万里天河，更须一洗，中原兵马。看鞬櫜呜咽，咸阳道左，拜西还驾。①

王渥留下的这首词，其本事背景及遣词造语亦多有与苏词《江城子·密州出猎》同。以本事言，苏词创作于宋神宗熙宁八年（1075）秋与友人会猎中，王词据其题序知亦为与友人会猎所作；以用典言，苏词有“亲射虎，看孙郎”之句，王词有“短衣匹马清秋，惯曾射虎南山下”之句；以遣词造语言，苏词云“千骑卷平冈”，王词亦云“平冈千骑”，苏词云“为报倾城随太守”，王词云“一时胜事，宾僚儒雅”；以情志抒发言，苏词云“会挽雕弓如满月，西北望，射天狼”——由打猎写到对西北敌人作战（政治上的建功）。王词亦云“万里天河，更须一洗，中原兵马”——也由打猎写到政治上建立功勋（却是向南“更须一洗，中原兵马”）。苏轼创作这首《江城子》词的同时，还写了两首诗，其中有“竿上鲸鲵犹未掩”及“黄茅冈下出长围”之句②，王词甚至连这两句诗都用上了，“石鲸鳞甲”及“笑归来、长围初罢”即是。所以，从这些典型的例子可见，金代词人政治抒情受苏词影响是多么深刻。

以上，我们讨论了金代词人在其抒发政治情怀的作品中对苏轼词的接受情况。为什么苏轼那些抒发个人政治情怀的词作在金代词人中产生了如此深远的影响？刘锋焘教授从金代词人所处的自然环境、金词的起点、金朝早期文坛领袖人物的影响及金人文学观念等方面，已经为我们作了解答。他尤其指出金初词人因政治原因而留滞异邦的经历，造成了“诗人之

① 唐圭璋编：《全金元词》，中华书局1979年版，第52页。

② 参见本书第七章第一节《苏轼〈江城子·密州出猎〉考论》。

词”的流行，这对我们理解苏轼词何以在北方异域产生影响是非常重要的。[①] 如果说苏轼的豪放词正好适应了金朝词人的审美趣味，那么，从苏轼“以诗为词”、抒发自己坎坷政治经历中或无奈，或悲伤，或尤怨，或放旷的词作中，金朝词人无疑也看到了自己的影子。滞留他乡回归无望的词人如蔡松年辈，固然需要次韵苏词《念奴娇·赤壁怀古》聊且自慰人生的绝望，而像金中后期词人如元好问者，政治经历的复杂与惨痛甚至远超过了苏轼，这样的情况下，苏词中寄托的政治叹息又如何能不引起他们的共鸣？

① 刘锋焘教授说：“金朝地处北方，北国特有的自然环境，北方人豪爽洒脱的个性以及女真族这个统治民族从祖先那里继承下来的‘憨朴勇鸷’的秉性，决定了金人的审美趣味必然是崇尚一种洒脱大气、豪放壮观、自然真率的风格，而不会喜欢那种软媚浮艳、秀气玲珑的作品。”“金初的词人，全是由宋入金的文人……他们被迫留滞异邦，心中充满了羁旅悲情，其‘皆肺腑中流出’的词句，正如东坡饱受坎坷而写的词一样，自是胸臆之抒泄，一开始便是‘诗人之词’。”参见《宋金词论稿》，中国社会科学出版社2002年版，第44—46页。

# 第七章　北宋词政治抒情作品个案考察

任何文学研究，均须立足文本内容，然探析北宋词政治抒情内涵，又并非一个紧扣文字形式及其字面意义就可以解决的事情。北宋词中部分作品，学界至今对其抒情意义，尚无大体统一的解释。即使目前已有定论的一些词作，其创作背景、抒情内涵，甚或作时等，随学术研究的逐步深入，亦有重新阐释、界定的必要。本章即拟从作品个案出发，通过对北宋词人中影响较大的苏轼、黄庭坚个别词作进行分析、讨论，以期于对象提出更切合作者创作本意的解释。同时，作这样的讨论，也有补充、修正陈说的用意。当然，从研究对象看，对北宋词政治抒情作品进行个案讨论，无疑也是本课题的题中应有之义。

## 第一节　苏轼《江城子·密州出猎》考论

苏轼的《江城子·密州出猎》，是作者创作时间最早的豪放词，也是宋词中历来被认为抒写了爱国主义情怀的名篇之一。人民教育出版社、江苏教育出版社等单位发行的义务教育阶段语文教材，均将此词作为讲读篇目予以采录。然这首词的用典及其抒情性质，却仍有待深入探讨。实际上，考察苏轼任职密州前后仕宦背景及其相关诗文可知，本词用汉代冯唐之典自比魏尚无疑。该词抒情性质，亦非表现作者安边之志，而是表达他期待重获朝廷信任，走出政治逆境之情怀。

### 一　本词的用典问题

《江城子·密州出猎》中用了两个典故。一个是上片“亲射虎，看孙郎”，用三国孙权射虎之典。《三国志·吴书》载：“（建安）二十三年十月，权将如吴，亲乘马射虎于庱亭。马为虎所伤，权投以双戟，虎却废，常从张世击以戈，获之。”[①] 苏轼用此典自比孙权，这个学界没有争议。另一个是下片“持节云中，何日遣冯唐”，作者用了汉代冯唐之典，但究竟苏轼用此典故自比冯唐还是魏尚，论者各执一端，难有定论。

《史记》载，冯唐曾在汉文帝前论云中守魏尚坐报杀敌数字多出六人，而将其下吏、削爵，罚太重。文帝于是“令冯唐持节赦魏尚，复以为云中守”。[②] 朱东润主编《中国历代文学作品选》解释此典说：“苏轼这时也是太守，在政治上处境不甚得意，故以魏尚自许，希望得到朝廷的信任。”[③] 而郁贤皓主编《中国古代文学作品选》解释此典说：“字面义是：朝廷何时才会派遣冯唐持节到云中郡去呢？实际上是以冯唐自比，表示希望能够到边防前线去任职。”[④] 朱东润主编这套教材1980年初版，2002年出新1版，2008年再出一版，深受学界推崇，然其前后三版均持苏轼自比魏尚说；郁贤皓主编这套教材首版于2003年，是“吸收了古代文学研究和古籍整理的新成果”的国家“九五”规划重点教材，其持苏轼自比冯唐说，权威性亦自不容置疑。然这两说委实存在重大差别。

实际上，这个问题的争论自20世纪80年代已经存在。1962年出版的词学家胡云翼选注之《宋词选》释此典云：“作者在这里以守卫边疆的魏尚自期许，希望得到朝廷信任。”[⑤] 1986年出版的陈迩冬选注《苏轼词选》亦解释此典说，“这里作者以魏尚自况，希望朝廷用他守边”。[⑥] 但也正在此期，论者关于此典含义有了异议。1987年出版的徐永年、曹慕樊主编《东坡选集》云：“持节二句：注家向来以为东坡是以魏尚自许，未切，实是自比冯唐。……东坡素有安边之志，思做‘重难边郡太守’，因久未见用，故以冯唐自比。若以魏尚自比，则尚已为云中守，不切一。东坡此时又未获罪，不切二。以魏尚自许，凭空牵入冯唐，无谓，不切三。若释为词义重在魏尚，查当时北边并无获罪太守，便落空。且尚不过一守，而冯唐可‘与论将帅’，则可安边，非一守可比。……苏轼自比冯唐，一以老，

① （晋）陈寿：《三国志》卷四七，中华书局1959年版，第1120页。

② （汉）司马迁：《史记》卷一零二，中华书局1959年版，第2758—2759页。

③ 朱东润主编：《中国历代文学作品选》中编，上海古籍出版社2002年版，第308页。

④ 郁贤皓主编：《中国古代文学作品选》第四卷，高等教育出版社2003年版，第135页。

⑤ 胡云翼：《宋词选》，上海古籍出版社1962年版，第62页。

⑥ 陈迩冬选注：《苏轼词选》，人民文学出版社1986年版，第33页。

二以筹边远略也。”[①] 上海辞书出版社 1988 年版《宋词鉴赏辞典》也说，“东坡因这次小猎，小试身手，进而便想带兵征讨西夏了。‘持节云中，何日遣冯唐’，就是表达这层意思”[②]（此论虽未明言苏轼自比冯唐，然却正与郁贤皓主编《中国古代文学作品选》关于苏轼“希望能够到边防前线去任职”的说法一致）。然，1997 年出版的吴熊和等注译《唐宋词一百首》翻译词中这两句为：“不知皇帝何时派来使者，携带朝廷委任的符节调遣我赴任沙场。”[③] 其意却是苏轼以魏尚自比。

这就一定程度造成了读者理解上的混乱。甚至有论者在面对这个问题时，干脆避免作出明确回答。如 2005 年出版的吕观仁注《东坡词注》，在解释本词上片“亲射虎，看孙郎”时明言“作者此处以孙权自比”，但在解释“持节”一句时则云：“此指汉冯唐为魏尚伸张正义，说明实情，汉文帝命冯唐到云中赦免魏尚之罪恢复其官职之事。冯唐也因魏尚之事而拜为车骑都尉。”[④] 这个解释虽然避免了正面回答苏轼究竟自比于谁的难题，然不回答这个问题，苏轼原句究竟表达什么意思却并没有说清楚。

## 二　苏轼自比魏尚而非冯唐

那么，苏轼此词中的“持节云中，何日遣冯唐”，究竟以谁自比呢？笔者认为，苏轼自比的是魏尚。胡云翼、陈迩冬、朱东润等云苏轼此句意在自比魏尚，他们于此虽未充分论证，但这个看法是没有问题的。

苏轼一生沉浮于宦海，多数时间是被打击的对象。到任密州之前，他在政治上最主要的表现是反对王安石变法。自宋仁宗嘉祐六年（1061）制科中第、步入仕途以来，除去治平三年（1066）四月至熙宁二年（1069）二月归蜀服父丧这段时间，苏轼熙宁七年（1074）十一月三日到任密州知州时，他的仕宦生涯已有十个年头。而密州之任，也不过是杭州放逐的一个继续。

为什么这样说呢？熙宁二年（1069）苏轼服父丧还朝注官，差判监官告院兼尚书祠部、旋权开封府推官这段时间，他曾先后给神宗皇帝写了

① 徐永年、曹慕樊主编，西南师范大学中文系古典文学教研室选注：《东坡选集》，四川人民出版社 1987 年版，第 339 页。

② 《宋词鉴赏辞典》，上海辞书出版社 1988 年版，第 689 页。

③ 吴熊和、徐枫、陶然注译：《唐宋词一百首》，上海古籍出版社 1997 年版，第 83 页。

④ 吕观仁注：《东坡词注》，岳麓书社 2005 年版，第 195 页。

《议学校贡举状》、《上神宗皇帝书》及《再上皇帝书》等奏章反对王安石变法，此举激怒了王安石，王遂“使御史谢景温论奏其过，穷治无所得，轼遂请外，通判杭州”。[①] 所以，从苏轼自请通判杭州时起，他实际上就已经开始了自己“乌台诗案”前为期八年的杭州、密州、徐州、湖州等地方任上的政治放逐生涯，也开始了真正意义上的以文学创作抒发反变法之意及自己政治失落情怀的历程。他对自己得不到皇帝信任，从京城流落地方任上的政治放逐性质，认识是清醒的。其文字可证。

熙宁七年（1074）苏轼到达密州前后，他写了两首《浣溪沙》（这两首词薛瑞生《东坡词编年笺证》将其系熙宁七年），其中有“卖剑买牛吾欲老，乞浆得酒更何求”之句，又有“谁怜季子敝貂裘”及“顾我已无当世望”等不胜幽怨的抒情。[②] 和这两词同时所作其他词，如《卜算子·自京口还钱塘道中寄述古太守》、《浣溪沙》（画隼横江喜再游）等，表达的也都是失意于宦途，期望回归田园之意。这样的心情，在他此期词作中甚至被反复强调。如：“搔首赋归欤，自觉功名懒更疏”（《南乡子·和杨元素》）；“何日功成名遂了，还乡，醉笑陪公三万场”（《南乡子·和杨元素》）；“苍颜华发，故山归计何时决”（《醉落魄·苏州阊门留别》）。而将怀归之想表达得最为突出的是他的《醉落魄·席上呈杨元素》：“分携如昨，人生到处萍漂泊。偶然相聚还离索，须信从来错。尊前一笑休辞却。天涯同是伤沦落。故山犹负平生约。西望峨嵋，长羡归飞鹤。”[③] 薛瑞生引《纪年录》云：“甲寅，离京口，呈元素作。盖元素还朝，公赴密，同行至京口而别，作此词。”[④]

上述词题中的杨元素，即杨绘，是苏轼同乡兼好友。二人性格颇相类，政治立场亦多同，且均仕途多舛。元祐二年（1087），即杨绘去世前一年，二人仍有书信往来。故苏轼任职密州前后，面对这样的同乡兼同道，在赠他的别词中表露的情感自然是真实的。词有“人生到处萍漂泊”、“须信从来错”及“同是天涯伤沦落”诸语，实突出反映了苏轼政治上的落拓心态。他所谓“故山犹负平生约”，抒发的并不是一般居官在外者的乡思乡情，其中包含着他在反对派打击下的政治绝望心理。故熙宁七年，

① （元）脱脱等：《宋史》卷三三八《苏轼传》。

② 薛瑞生：《东坡词编年笺证》，三秦出版社1998年版，第66、68页。

③ 同上书，第127页。

④ 同上书，第128页。

虽然苏轼已由杭州通判升任密州知州，但其政治边缘人的地位并未改变，他的被弃置的感受不是减弱反而是加深了。

杭州任满，他并未被调回京城，而是去密州任职，此任命是他乞请的结果。《与杨济甫书》说："官满本欲还乡，又为舍弟在京东，不忍连年与之远别，已乞得密州。……但归期又须更数年。瞻望坟墓，怀想亲旧，不觉潸然。"[①] 这就是说，杭州任满他本打算还乡，终却乞密州，是因为"舍弟在京东，不忍连年与之远别"。

身为政府官员却不忍连年与舍弟远别，苏轼真是这样想的吗？《密州谢上表》实说得清楚："臣家世至寒，性资甚下。学虽笃志，本先朝进士篆刻之文；论不适时，皆老生常谈陈腐之说。分于圣世，处以散材。一自离去阙庭，屡更岁龠。尘埃笔砚，渐忘旧学之渊源；奔走簿书，粗识小人之情伪。……请郡东方，实欲弟昆之相近。"[②] 这个谢表虽仍然强调了不忍远别舍弟之意，其主要笔墨却全在表达自己"论不适时"而被外放的牢骚及"一自离去阙庭"即长期被"处以散材"的尤怨。这心态和他密州时写信给朋友所言情况完全一致。初至密州，给王庆源的信说："某此粗遣，虽有江山风物之美，而新法严密，风波险恶，况味殊不佳。退之所谓'居闲食不足，从官力难任。两事皆害性，一生长苦心'，正此谓也。"[③] 一年后，给鲜于侁的信说："某到郡正一年，诸况粗遣，岁凶民贫，力所无如之何者多矣。然在己者未尝敢行所愧也，如此而已。"[④] 给程彝仲的信又说："东武（密州）任满，当在来岁冬杪……近制既得连任蜀中，遂可归老守死坟墓矣。心貌衰老，不复往日，惟念斗酒只鸡，与亲旧相从耳。"[⑤] 后二信均写于创作《江城子·密州出猎》这一年，苏轼此时心情之沮丧可知!

正因调任密州处散材之地，"力所无如之何者多矣"，故这样的情形下，苏轼深觉为官做宦失意牢落、行与志违，他如何能不期望重得皇帝信任？汉代魏尚守边，"匈奴远避，不近云中之塞"，然因"一言不相应，文

---

① （宋）苏轼：《苏东坡全集·苏东坡文集》，珠海出版社 1996 年版，第 1453—1454 页。

② 同上书，第 480 页。

③ 同上书，第 1455 页。

④ 同上书，第 1252 页。

⑤ 同上书，第 1405 页。

吏以法绳之。其赏不行而吏奉法必用”，[①] 这样的以微过而受重罚，进而被弃置不用的情况，在苏轼看来，不正与自己多年来的遭遇相似吗？他熙宁初因给神宗写信而曾“蒙召对便殿，亲奉德音”，神宗甚至勉励他“为朕深思治乱，指陈得失，无有隐者”。后来强烈反对王安石变法，实也是抱着“共献所闻，以辅成太平之功业”之目的。[②] 然至创作《江城子·密州出猎》时，他已被神宗信任的变法派逐出京城历四个年头而仍无人问津。那么他以“欲弟昆之相近”的理由乞请密州，本词中，又写下“持节云中，何日遣冯唐”这样的句子，不都是希望朝廷不要忘了自己，同时也希望能有人像冯唐那样站出来为他说句公道话，以使自己能像魏尚重新得到信任，进而施展才华吗？如果苏轼使用此典意在自比冯唐，那么，他由一个曾深受皇帝信任的青年才俊变为长期外放的逐臣，这种政治经历和冯唐又有何可比之处？

## 三　《江城子·密州出猎》的抒情实质

《江城子·密州出猎》的抒情主旨，论者多认为是表现苏轼安边之志。如论者指出“苏轼借此表示希望朝廷委以边任，能奔赴边疆抗敌”[③]，“东坡因这次小猎，小试身手，进而便想带兵征讨西夏了”[④]，“一向关心边防的苏轼，是多么希望驰骋边疆反击贪残的掠夺者啊”[⑤] 等，即此类。目前通行的权威文学史教材论及此词，亦多有如上论断。如程千帆、吴新雷《两宋文学史》云：“这是熙宁八年（1075）的作品，词中不仅描绘了射猎时的壮阔场景，而且表现了他决心抗击辽夏侵略者的爱国壮志。”[⑥] 郭预衡主编《中国文学史》云，此词“下阕直抒爱国之情，以魏尚自比……强烈地抒发了作者抗敌御侮的爱国热情，这在前人词中很难找到同调”。[⑦] 这样的议论看起来似乎都没有问题，然循着苏轼在此词中自比孙权及魏尚的思路，再结合其赴任密州前后创作的其他文字材料看，这些议论实为可疑。

---

① （汉）司马迁：《史记》卷一零二，中华书局1959年版，第2759页。

② （宋）苏轼：《苏东坡全集·苏东坡文集》，珠海出版社1996年版，第536—537页。

③ 吴熊和、徐枫、陶然注译：《唐宋词一百首》，上海古籍出版社1997年版，第83页。

④ 《宋词鉴赏辞典》，上海辞书出版社1988年版，第689页。

⑤ 《唐宋词鉴赏辞典》，江苏古籍出版社1986年版，第411页。

⑥ 程千帆、吴新雷：《两宋文学史》，上海古籍出版社1991年版，第170页。

⑦ 郭预衡主编：《中国文学史》第三册，上海古籍出版社1998年版，第117页。

首先，我们从苏轼现存的任职密州前后的文字中，并不能找到其他更有力的证据来证明密州时期的苏轼确有安边之志这个论断。

苏轼自外放杭州通判以来的悲凉心态，本书前已有述。这里，我们试再以他赴任密州时的词作，来看他当时对自己政治未来所做的安排。《沁园春·赴密州早行马上寄子由》云：

> 孤馆灯青，野店鸡号，旅枕梦残。渐月华收练，晨霜耿耿，云山摛锦，朝露漙漙。世路无穷，劳生有限，似此区区长鲜欢。微吟罢，凭征鞍无语，往事千端。　当时共客长安。似二陆初来俱少年。有笔头千字，胸中万卷，致君尧舜，此事何难。用舍由时，行藏在我，袖手何妨闲处看。身长健，但优游卒岁，且斗尊前。①

苏轼一生中在很多情况下，总愿意把自己内心真实的思想及情感体验拿出来，以诗词唱和的方式与苏辙交流、共享，这首词亦如此。赴密州时，相似的行役情形，不同的现实处境，激起了他对往昔的回忆。当年兄弟二人出川初往京城，是怀抱“致君尧舜，此事何难”之理想的。但现在当千端往事涌上心头，他觉得自己过去积极进取的志向已很不现实，故表示要闲处袖手、冷眼旁观、“且斗尊前”、优游卒岁。一个生命本体意识极强，且希望在政治上有所建树的文人，做出这样的决定当然是痛苦的，但除此之外，别无他法。这样的抒情自然不是兴之所至，这是苏轼对自己步入仕途十几年来政治经历的总结，也是他在新党继续当政情况下对自己从政心态的重新调整及仕宦生活的再安排。可以说，“用舍由时，行藏在我，袖手何妨闲处看”，就是赴密州任职时的苏轼对今后如何从政定下的基调与原则。

然后再看创作《江城子·密州出猎》这首词的当年，苏轼的诗歌又写了什么。以下是清人王文诰编在熙宁八年（1075）的苏诗中的句子②：

> 百年三万日，老病常居半。其间互忧乐，歌笑杂悲叹。颠倒不自知，

① 薛瑞生：《东坡词编年笺证》，三秦出版社1998年版，第145页。

② 按：下引诗句均出自《苏轼诗集》卷十三，中华书局1982年版，第613—656页。该卷首王文诰案语云：“熙宁八年乙卯正月，在太常博士直史馆权知密州军州事任，尽一年作。”

直为神所玩。须臾便堪笑，万事风雨散。（《乔太博见和复次韵答之》）

寒鸡知将晨，饥鹤知夜半。亦如老病客，遇节尝感叹。……羁孤每自笑，寂寞谁肯伴。（《二公再和亦再答之》）

胶西病守老且愚，空斋愁坐纷墨朱。四十岂不知头颅，畏人不出何其愚。（《送段屯田分得于字》）

倦游行老矣，旧隐赋归哉。（《出城送客，不及，步至溪上，二首》其二）

长安自不远，蜀客苦思归。莫教名障日，唤作小峨眉。（《障日峰》）

常山山神信英烈，撝驾雷公诃电母。应怜郡守老且愚，欲把疮痍手摩抚。（《次韵章传道喜雨》）

老守仍多病，壮怀先已灰。殷勤此粲者，攀折为谁哉。（《谢郡人田贺二生献花》）

我笑陶渊明，种秫二顷半。……我笑刘伯伦，醉发蓬茅散。……笑人还自笑，出口谈治乱。一生溷尘垢，晚以道自盥。无成空得懒，坐此百事缓。（《和顿教授见寄用除夜韵》）

吾庐想见无限好，客子倦游胡不归。坐上一樽虽得满，古来四事巧相违。（《和子由四首·首夏官舍即事》）

万物各得时，我生日皇皇。（《西斋》）

诏书恻怛信深厚，吏能浅薄空劳苦。平生学问止流俗，众里笙竽谁比数。忽令独奏凤将雏，仓卒欲吹那得谱。况复连年苦饥馑，剥啮草木啖泥土。今年雨雪颇应时，又报蝗虫生翅股。忧来洗盏欲强醉，寂寞虚斋卧空甒。……逝将弃官往卒业，俗缘未尽那得睹。（《寄刘孝叔》）

回首西湖真一梦，灰心霜鬓更休论。（《寄吕穆仲寺丞》）

白发相望两故人，眼看时事几番新。曲无和者应思郢，论少卑之且借秦。（《次韵刘贡父李公择见寄二首》其一）

由上引诗句可见，不仅创作《江城子·密州出猎》这首词的当年，苏轼诗歌中多有病老穷愁之悲叹，灰心霜鬓之失望，时事更改之无奈，退守思归之期盼，而且，统观整个密州时期苏轼全部创作（包括书信），除与此《江城子》词同时所作的两首诗外，他也并没有第二篇作品表达过渴望安边守疆的意思。相反，他甚至写出了“粗才杜牧真堪笑，唤作军中十万夫”这样的诗句以自嘲。[①] 那么，《江城子·密州出猎》怎么突然又表达了苏轼的安边之志？尤其常被论者引用，以证明苏轼确有守边情怀的那两句诗：“圣明若用西凉簿，白羽犹能效一挥”[②]，这又是怎么回事呢？

熙宁八年（1075），苏轼因旱灾去常山祈雨，十月，常山庙成往祭，回程，与梅户曹铁沟会猎，习射放鹰，因填《江城子》词并作诗两首。两诗一首题为《和梅户曹会猎铁沟》，另一首题为《祭常山回小猎》，诗是这样写的：

> 山西从古说三明，谁信儒冠也捍城。竿上鲸鲵犹未掩（近枭数盗），草中狐兔不须惊。东州赵叟饮无敌，南国梅仙诗有声。不向如皋闲射雉，归来何以得卿卿（是日惟梅、赵不射）。
>
> 青盖前头点皂旗，黄茅冈下出长围。弄风骄马跑空立，趁兔苍鹰掠地飞。回望白云生翠巘，归来红叶满征衣。圣明若用西凉簿，白羽犹能效一挥。[③]

第一首诗中的“近枭数盗”诸语为苏轼自注。“三明”，据施元之注，指东汉皇甫规（字威明）、张奂（字然明）、段颎（字纪明）。检《后汉书》卷六五《皇甫张段列传》，知此三人均为与羌人作战中立下战功之名宦。从这首诗中，我们实看不出苏轼有什么安边守疆的壮怀。相反，借对一同打猎的两位朋友的戏谑，倒透出了他对自己治州枭盗、材大而“粗用”之处境的浓厚自嘲意味。他说山西自古都知道“三明”，谁相信儒冠之人也

---

① 按：苏轼此诗原题为《和文与可洋川园池三十首·竹坞》。诗云：“晚节先生道转孤，岁寒唯有竹相娱。粗才杜牧真堪笑，唤作军中十万夫。”诗下王文诰注云：“先生《谈录》云：唐之盛时，内重外轻，任方面者，目为粗才。张燕公云：媿无通材，供国粗用。”施元之注引白居易《答贾舍人》诗云：“一别承明三领郡，从叫人道是粗才。”又引《北梦琐言》云：“唐自大中以来，以兵为戏，廊庙之上，耻言韬略，就有如卢藩、薛能者，目为粗才。”以上见《苏轼诗集》，中华书局1982年版，第669页。笔者认为，苏轼此诗，无疑有自况杜牧而自我嘲解的意思在。苏轼早年所作策论谈兵事者不少，至长期流落地方任上成为“粗才”之时，早年谈兵之想，在他看来，实甚为可笑。所以，这样的嘲笑多谈兵事的杜牧为“粗才”的诗句，实包含着密州时期苏轼对自己往昔多谈兵事行为的否定。

② 如朱东润主编《中国历代文学作品选》云：“他同时（指作《江城子·密州出猎》时）所写的一首《祭常山回小猎》诗中云‘圣明若用西凉簿，白羽犹能效一挥’，意思正同。”见《中国历代文学作品选》中编，上海古籍出版社2002年版，第308页。

③ （宋）苏轼：《苏轼诗集》，中华书局1982年版，第647—648页。

能捍城啊（他把自己的枭盗看做捍城）。我治郡“近枭数盗”[①]，这个事情还未最后完成，故草中狐兔，无须惊慌，我的打猎也并非真要打到什么猎物，只是东州赵叟、南国梅仙（指两位同去打猎的人），你们或有饮名，或有诗名，射不中猎物，回家后怎么博得卿卿的欢喜啊。[②]

第二首抒情亦复如此，作者一面写打猎兴致，一面慷慨感怀。五六句云“回望白云生翠巘，归来红叶满征衣”，写得诗情画意，却遮掩不住其中的惆怅之情；最后两句：“圣明若用西凉簿，白羽犹能效一挥”，意即圣明的皇帝如果能重用有才华的人臣，谁说书生不能建立功业呢？这两句被论者演绎为与其《江城子》词一样，表现了苏轼的安边之志，实则原句表意重点是在不得重用的憾恨上。查慎行于此两句下引宋人朋九万《乌台诗案》语云：

> 苏轼知密州，祭常山回，与同官习射放鹰，作诗一首，题在本州小庭上。除无讥讽外，云“圣明若用西凉簿，白羽犹能效一挥”，意取西凉州主簿谢艾事。艾，本书生也，善能用兵，故以此自比。若用轼为将，亦不减谢艾也。轼在台供说，即不系册子内。[③]

史称晋朝西凉主簿谢艾“乘轺车、冠白帽”而大败敌军，苏轼此时为一州最高长官，和当时身为主簿的谢艾本无可比性，然就同为书生，各怀异才的特点言，却情况相类；另，谢艾以一主簿得重用而建功，苏轼说“若用轼为将，亦不减谢艾也”，此实为等而下之之言，即他自比谢艾，仅仅是从谢艾英雄获得用武之地这个角度比较。所比者，乃谢艾“白羽犹能效一挥”事之性质，而非其具体事类。其意为，自己若果有谢艾那样的施展身手之机，也会建立政治功勋，至其下者，他也能上阵打仗，只可惜他没有这样的机运。苏轼是曾经有过“致君尧舜，此事何难”这样想法的人，他绝不会认为自己的才华、能力仅仅在行军打仗上。所以，当他陷于御史台

---

① 按：此句据施元之注，苏轼用的是《左传·宣公十二年》中的典故：“古者明王伐不敬，取其鲸鲵而封之，以为大戮。”见（宋）苏轼《苏轼诗集》，中华书局1982年版，第648页。

② 按：此诗最后一句，据王文诰注，用的是《左传昭公二十八年》中的典故：“贾大夫恶，娶妻而美，三年不言不笑，御以如皋，射雉，获之，其妻始笑而言。”见（宋）苏轼《苏轼诗集》，中华书局1982年版，第648页。

③ 见（宋）苏轼《苏轼诗集》，中华书局1982年版，第648页。

狱，面对意欲置其于死地的政敌之质询时，自然不可能深入申说当年密州小猎，写下此诗确是寄托着他希望重回朝廷实现政治理想这层意思。现在，如果我们也就此认为：苏轼当时自比谢艾，确是反映了他想要赴边杀敌，立功疆场，那实在是对坡公的误解。“用舍由时，行藏在我”的苏轼，到任密州后，他确乎渴望被“用”，渴望“行”己之志，然绝不是仅仅“因这次小猎，小试身手，进而便想带兵征讨西夏了”。[①] 李焘《续资治通鉴长编》卷二六三“熙宁八年闰四月己亥”条载，宋神宗与王安石谈话，就说过“如苏轼辈为朝廷所废，皆深知其欺，然奉使者回辄称荐”的话。可见，苏轼至熙宁八年仍流落地方任上，实为因小人攻击诬陷，皇帝对他已不再信任的结果。宋代领兵之将并没有什么政治地位，像苏轼这样的情况，重新取得朝廷信任而起用，对改变其政治处境实最为重要。

更主要的是，在苏轼看来，自古决定一个国家是否长治久安的，并非“命将出师，兵交于外”时是否打了胜仗，而是治政者“不失其所以为国”之根本。[②] 这个持国的根本，对意欲“致君尧舜”、实现政治宏图的人来说，自然不在抗敌御侮的疆场上。苏轼早年在写给皇帝的策论中曾说过这样的话：“臣以为当今之患，外之可畏者，西戎、北狄，而内之可畏者，天子之民也。西戎、北狄不足以为中国之大忧，而其动也，有以召内之祸。内之民实执起存亡之权。”[③] 熙宁十年（1077），张方平托苏轼代替自己给皇帝写了一个奏章，苏轼在其中就写下了这样的话：

> 臣闻好兵犹好色也。伤生之事非一，而好色者必死；贼民之事非一，而好兵者必亡。……后世用兵皆得已而不已，故其胜也，则变迟而祸大；其不胜也，则变速而祸小。是以圣人不计胜负之功，而深戒用兵之祸。……今自近岁日食、星变、地震、山崩、水旱、疫疠，连年不解，民死将半，天心之所向背可以见矣。而陛下方且断然不顾，兴事不已。……臣愿陛下远览前世兴亡之迹，深察

① 《宋词鉴赏辞典》，上海辞书出版社1988年版，第689页。

② （宋）苏轼《策略二》云：“自古创业之君，皆有敌国相持之忧，命将出师，兵交于外，而中不失其所以为国。故其兵可败，而其国不可动，其力可屈，而其气不可夺。”见《苏东坡全集·苏东坡文集》，珠海出版社1996年版，第162页。

③ （宋）苏轼：《策别训兵旅三·策断一》，《苏东坡全集·苏东坡文集》，珠海出版社1996年版，第199页。

> 天心向背之理，绝意兵革之事，保疆睦邻，安静无为，为社稷长久之计。……今陛下盛气于用武，势不可回，臣非不知而献言不已者，诚见陛下圣德宽大，听纳不疑，故不敢以众人好胜之常心，望于陛下；且意陛下他日亲见用兵之害，必将哀痛悔恨，而追咎左右大臣未尝一言。①

这个奏章虽是苏轼代人捉刀，然一定程度上也反映了他自己的观点。由此可见，苏轼希望重得皇帝信任以建功立业，他自然知道自己的用武之地是在什么地方。

被论者用来支撑《江城子·密州出猎》表现了苏轼“希望驰骋边疆，反击贪残”爱国主义精神的另外一个重要证据是，“就在本年七月，辽主曾胁迫宋廷割地七百里”。② 在论者看来，这是苏轼产生“会挽雕弓如满月，西北望，射天狼”之想的重要依据。但就相关史料看，宋廷割让辽国土地事，与苏轼此词抒情似乎并没有必然关系。

宋辽河东边界交涉正式开始于熙宁七年（1074）二月前后。③《宋史·神宗本纪》载熙宁七年夏四月，“辽枢密副使萧素议疆界于代州境上”。④ 后来，辽提出以“蔚、应、朔三州分水岭上土垄为分”，宋辽就此展开谈判，但谈判未果，时在熙宁七年十月。⑤ 熙宁八年（1075）三月，“辽萧禧再来”，宋“遣韩缜往河东会议”⑥，但萧禧并不同意宋廷提出的划界方案，长时滞留汴京，甚至超出了“使者留京不得过十日”的“故事”。⑦

---

① （宋）李焘：《续资治通鉴长编》第 12 册，中华书局 2004 年第 2 版，第 7005 页。

② 《唐宋词鉴赏辞典》，江苏古籍出版社 1986 年版，第 411 页。

③ （宋）李焘《续资治通鉴长编》（卷二五零“熙宁七年二月癸未”条）载：“权御史中丞邓绾言：‘窃以敌人妄争河东界，殊无义理，止是奸巧生事，窥测中国。声言聚兵，累岁逡巡自罢，其情伪浅深，不为难见。……今日之来，止云办理疆界，乃其贪冒之臣，邀功幸赏，以至为此耳。”以此见，辽遣使争地界事始于此时。《续资治通鉴长编》，中华书局 2004 年第 2 版，第 6096 页。

④ （元）脱脱等：《宋史》卷一五，中华书局 1977 年版，第 285—286 页。

⑤ （宋）李焘《续资治通鉴长编》（卷二五八“熙宁七年十一月乙未”条）载，宋辽边界争端中，“（辽）初议指蔚、应、朔三州分水岭土垄为界，（刘）忱等偕（萧）素、（梁）颖行视，无土垄，素、颖但云以分水岭为界。盖山皆有分水岭，厮言分水岭为界，则至时可以罔取，此其微意也。与忱等相持久之，议不能决”。《续资治通鉴长编》，中华书局 2004 年第 2 版，第 6287 页。

⑥ （元）脱脱等：《宋史》卷一五，中华书局 1977 年版，第 287 页。

⑦ （宋）李焘《续资治通鉴长编》（卷二六二“熙宁八年四月丙寅”条）载：“故事使者留京不过十日，（萧）禧至以三月庚子，既入辞，犹不行，与缜等争论或至夜分，留京师几一月。”《续资治通鉴长编》，中华书局 2004 年第 2 版，第 6378—6379 页。

此时，双方就边界问题的谈判依然未果。熙宁八年十一月丙戌，就宋辽划界问题，宋神宗还有诏令下达。[①] 李心传《旧闻证误》卷二详载熙宁年间这次宋辽划界事云：

(熙宁) 十年六月戊寅，(韩) 缜以分画之劳，赐金带。十二月癸巳，上地图。盖自七年之春至十年之冬，前后历四年，而地界始毕，凡东西弃地七百余里。[②]

这就说得很清楚，宋辽熙宁年间的河东边界谈判，最后结束的时间是熙宁十年（1077）冬天，前后历四年之久，而苏轼创作《江城子·密州出猎》是熙宁八年（1075）十月，此时，宋辽的边界争端尚未有结果，根本谈不上“就在本年七月，辽主曾胁迫宋廷割地七百里”一说。另外，以宋辽当时的关系看，苏词中的“西北望，射天狼”一句，也不可能是针对辽国而发。理由如下：

北宋自景德元年（1004）与北方辽国订立“澶渊之盟”后，“二方既定，中外略安”[③]，两国使臣往来不断，宋辽之间长期无战事。熙宁七年（1074）二月，宋辽边境争端始起时，权御史中丞邓绾就指出，辽“七十余年为祖宗优容，土疆金币，聘问礼遇，意满欲足，复何求哉？乃反如此生事端，岂为难料，不过固护疆土，贪惜金币，为坚久盟约之计耳。若谓其欲渝盟绝好，臣以为万无此心”（此事后来的发展，亦证明邓绾所言不虚）。熙宁八年四月，辽国信使萧禧等将归国而辞于汴京紫宸殿，参知政事吕惠卿所作宋廷答辽主书信中亦有“两朝继好，六纪于兹，事率故常，谊存悠久。比承使指，谕及边陲，已约官司，偕从辨正……岂其历年之信约，遂以细故而变渝”诸语。[④] 这说明，宋廷当时就辽的边境争端形成的

① （宋）李焘《续资治通鉴长编》（卷二七零“熙宁八年十一月壬戌”条）载：“上批付韩缜等：‘闻禧、颖近已离麻谷铺，北往灵邱县去。观北人之意，必是别处移牒，或遣使促议。卿等宜更就彼斟酌人情，方便羁縻留连，勿使悻然绝议北去，却恐意外别致生事，朝廷难为酬答。’”《续资治通鉴长编》，中华书局 2004 年第 2 版，第 6620 页。

② （宋）李心传：《旧闻证误》卷二，文渊阁四库全书本。

③ （元）脱脱等：《宋史》卷二八一《毕士安传》。

④ （宋）李焘：《续资治通鉴长编》（卷二六二“熙宁八年四月丙寅”条），中华书局 2004 年第 2 版，第 6376 页。

共识是，辽并不可能借此兴起兵端，宋采取的策略亦当是据理“折之”。① 而据《宋史·神宗本纪》，在整个宋辽边界争端期间，两国外交往来正常进行，熙宁九年（1076）四月，宋神宗甚至还因辽国母之丧而“发哀成服，辍视朝七日”。② 如此，要说苏轼作于熙宁八年（1075）十月前后的这首《江城子》中的“西北望，射天狼”是针对北方的辽国而发，又从何谈起？

正如詹安泰论及北宋词人对待外族入侵问题态度时指出的，北宋词人，一般说来在政治上并不关心对外战争，对他们有直接威胁、关系到他们个人的利害得失的是延续不断、此兴彼伏的新旧党政之争。③ 苏轼自不比一般词人，他关于国家当前政治形势的思考自然不一定是出于个人利害得失之考量，然就他当时所最关注的国家面临之根本问题言，实乃施行中的王安石新法之乱国扰民问题，而非边防不固。若论边防，就在苏轼创作这首《江城子》词的前一年（熙宁七年），北宋将领王韶在王安石支持下发动对吐蕃“熙河之役”取得了重大胜利，国家边事不利局面刚得到极大扭转。④ 那么苏轼此时请缨疆场，又意欲何为？且北宋对外用兵方略自熙

① （宋）李心传云：“熙宁七年十月壬申，上以北人诡词求地不已，遣使问韩、富、曾、文四公于外。韩忠献言：‘北人见形生疑，谓我有复燕、蓟之意。其事有七。宜遣使报聘，谕以疆土素定，其可疑之形，如将官之类，则因而罢之。’富文忠言：‘朝廷诸边用兵，敌所以先期启衅。不若委边臣持旧来图籍与之诘难。万一入寇，但严兵备之。’文忠烈言：‘敌人之请，宜以誓书折之。若萌犯顺之心，当豫严兵备。’曾宣靖言：‘宜遣人报聘，以不可侵越谕之。万一犯边，先绝其岁赐。’”以上见文渊阁《四库全书》本《旧闻证误》卷二。几位老臣的意见很有代表性。

② （元）脱脱等《宋史》（卷一五）《神宗本纪》：“（熙宁七年）夏四月癸酉……辽遣耶律永宁来贺同天节。”“（十二月）己丑，辽遣耶律宁等来贺正旦。”“（熙宁八年八月）丙申，遣谢景温等贺辽主生辰、正旦。”“（熙宁八年十二月）癸丑，辽耶律世通等来贺正旦。”“（熙宁九年）夏四月辛卯，辽遣耶律庶几等来贺同天节。己未，以辽主母丧，罢同天节上寿。……丙午，遣王克臣等吊慰于辽。……甲寅，辽遣耶律孝淳以国母丧来告，帝发哀成服，辍视朝七日。”以上见《宋史》，中华书局 1977 年版，第 285、287、288—289、289、290 页。

③ 按：詹安泰云：“北宋的词人，一般说来，在政治上并不关心对外战争的，实际上，外族侵略对他们的生活也没有直接的威胁。……对他们有直接威胁、关系到他们个人的利害得失的是延续不断、此兴彼伏的新旧党政之争。”“就是在当时参加过民族斗争的将领如范仲淹、韩琦等的词篇，特别是范仲淹的《渔家傲》，在‘燕然未勒归无计’的情况下，也不能不发出‘将军白发征夫泪’的感喟，并没有表现出杀敌致果的乐观主义精神。就是具有经纬国家的很大本领的新党首领王安石的词篇，除了登临吊古（《桂枝香》）和赞叹古人（《浪淘沙》‘伊吕两衰翁’首）之外，也只有个人潇洒生活的抒写。”以上见汤擎民整理《詹安泰词学论稿》，广东人民出版社 1984 年版，第 318、320 页。

④ 按：北宋熙宁中后期之边患，主要来自吐蕃、西夏。王安石为相期间，支持、重用王韶悉心经营河、湟，熙宁七年（1074），王韶率部与吐蕃展开的“熙河之役”，使陷于吐蕃三百年之久的熙、河二州为宋王朝所控制。此乃北宋建国以来对外用兵的重大胜利，基本扭转了西部战局。

宁以来，一直是执政的新党人物掌控、支配，并无发言权的苏轼，身在京东路之密州，其地蝗、旱相仍，盗贼横行，而致"民不堪命"的新法于此"皆未见其益也"。[①] 此时的苏轼，在新法取利苛密、密州尚难治理的情况下，何又会产生"抗敌御侮的爱国热情"?

合理的解释只有一个，那就是密州知州任上的苏轼，因处新法执行层，面对"河北、京东比年以来，蝗旱相仍，盗贼渐炽"，甚或自"陛下即位以来，北方之民，流移相属，天灾谴告，亦甚于四方"的现实[②]，他确是希望自己能得到皇帝信任，一贯的政治主张能被重视。那样，他也许就有了重回朝廷政治舞台上施展身手的机会。这一点可从他赴任密州一年后，写给鲜于侁的信中看出。他说："公文学德度，宜在朝廷，久此外远何也?"[③] 鲜于侁政治观点与苏轼相类[④]，时亦任职地方。说这话时，他的《江城子·密州出猎》还尚未写寄鲜于侁。以此来看，苏轼的"持节云中，何日遣冯唐"及"圣明若用西凉簿，白羽犹能效一挥"，又岂真正是传达他赴边抗敌之志?

另外，就苏轼作此词的具体背景看，他是在"老夫聊发少年狂"情况下打猎、创作诗词的[⑤]，词中所谓"亲射虎，看孙郎"，不过是他在饮酒打猎的特定氛围中激发出来的豪情，一定程度上，这个"亲射虎，看孙郎"的心态，也是他离任京城多年来郁闷情绪反激的结果。他以"亲射虎"要

① 参见（宋）苏轼《论河北京东盗贼状》，《苏东坡全集·苏东坡文集》，珠海出版社 1996 年版，第 553—554 页。

② 参见苏轼密州作《论河北京东盗贼状》，《苏东坡全集·苏东坡文集》，珠海出版社 1996 年版，第 553 页。

③ （宋）苏轼：《与鲜于子骏三首》其一，《苏东坡全集·苏东坡文集》，珠海出版社 1996 年版，第 1252 页。

④ 按：《宋史》（卷三四四）鲜于侁本传云："王安石居金陵，有重名，士大夫期以为相。侁恶其沽激要君，语人曰：'是人若用，必坏乱天下。'至是，乃上书论时政，曰：'可为忧患者一，可为太息者二，其他逆治体而召民怨者，不可概举。'其意专指安石。""王安石、吕惠卿当路，正人多不容。侁曰：'吾有荐举之权，而所列非贤，耻也。'故凡所荐如刘挚、李常、苏轼、苏辙、刘攽、范祖禹，皆守道背时之士。"

⑤ 按：苏轼此《江城子》词作成后，曾寄送鲜于侁，并附信云："近作小词，虽无柳七郎风味，亦自是一家，呵呵！数日前，猎于郊外，所获颇多，作得一阕，令东州壮士抵掌顿足而歌之，吹笛击鼓以为节，颇壮观也，写呈取笑。"就此看，苏轼创作《江城子》这样的豪放词行为本身，亦恐不乏有"老夫聊发少年狂"之心态。因为，出现于此词中"左牵黄、右擎苍"、"酒酣胸胆尚开张"的抒情主人公形象，既非人们熟悉苏轼形象之常态，而且这样的形象在此后的苏词中再也没有出现过。

证明什么呢？这就是下片所说的“鬓微霜，又何妨”，即证明他还年轻，还可干出一番大事来。这样，就引出了对重得皇帝信任而得重用的期待。“持节云中，何日遣冯唐”，表达的正是这层意思。魏尚本为镇边大将，以微过弃置，如果重新起用，不就是“会挽雕弓如满月，西北望，射天狼”吗？本词最后这几句假设性质的抒情之语，正是承前“何日遣冯唐”句中的自比魏尚而发，其所反映的亦为苏轼重回朝廷任职的盼望，却不一定说明苏轼当时希望驰骋边疆。

那么，离京外任已有五个年头的苏轼，为什么会在熙宁八年一时产生希望重得皇帝信任的念头呢？笔者认为，这大概与熙宁七八年间北宋政坛形势变化有关。熙宁七年（1074），监安上门、光州司法参军郑侠上“流民图”，指称“去年大蝗，秋冬亢旱，以至今春不雨，麦苗干枯，黍、粟、麻、豆皆不及种，五谷踊贵，民情忧惶，十九惧死，逃移南北，困苦道路”。而太皇太后（高太后）、皇太后亦出面干涉新法推行。[①] 于此，深受神宗信任的王安石之执政地位开始动摇。熙宁七年四月，王安石第一次罢相（熙宁八年二月复相），而曾为“护法善神”、“护法沙门”的吕惠卿、韩绛亦于熙宁八年八月、十月亦先后遭罢废，变法的新党成员内部开始分裂。熙宁八年（1075）十月（苏轼创作《江城子·密州出猎》亦在本月），宋神宗下诏，“以灾异数见，不御前殿，减常膳，求直言”，并“赦天下，罢手实法”。[②] 这说明苏轼到任密州后关于新法取利苛密的意见，一定程度上也得到了朝廷认可。这样的情况下，他心中重新燃起被重用的希望，也不是没有可能。

所以，就本词抒情实质言，因新党当政，长期的政治压抑，苏轼得不到施展身手机会，故而在打猎的氛围感染及“酒酣胸胆尚开张”的亢奋精神支配下，重又产生希望朝廷抛弃前嫌重用他的期待。整首词，作者实质

---

① （宋）李焘《续资治通鉴长编》（卷二五二“熙宁七年四月丙戌”条）载：“安石益自任，时论卒不与。他日，太皇太后及皇太后又流涕为上言新法之不便者，且曰：‘王安石变乱天下。’上流涕，退，命安石议裁损之。”《续资治通鉴长编》，中华书局 2004 年第 2 版，第 6169 页。

② 此见《宋史》卷一五，中华书局 1977 年版，第 289 页。又，苏辙《栾城后集》（卷二十二）《亡兄子瞻端明墓志铭》云：“自杭徙知密州。时方行手实法，使民自疏财产以定户等，又使人得告其不实，司农寺又下诸路，不时施行者以违制论。公谓提举常平官曰：‘违制之坐，若自朝廷，谁敢不従？今出于司农，是擅造律也，若何？’使者惊曰：‘公姑徐之。’未几，朝廷亦知手实之害，罢之。”由此见，苏轼创作《江城子》词前后，其关于新法弊端的认识一定程度上也是得到朝廷认可的，这也会激发他对重获神宗信任的期待。

都是在作一种比附：以孙郎射虎比自己年轻未老；以魏尚之起用，比自己有朝一日重获重用也一定能建立一番功业。这样的比附，自不能靠实理解为苏轼一定要“奔赴边疆抗敌”。以政治抱负言，苏轼本质上是以经邦济世之政治家自任，他的理想是见危致用、运筹帷幄于庙堂之上，而非跃马疆场、厮杀战斗于边塞之下。《江城子》以寓有牢落之意的“老夫聊发少年狂”之自嘲式文字开头，已隐含了这种抒情倾向。

## 第二节　苏轼徐州作《浣溪沙》五首考论

日照深红暖见鱼，连溪绿暗晚藏乌。黄童白叟聚睢盱。　麋鹿逢人虽未惯，猿猱闻鼓不须呼，归家说与采桑姑。

旋抹红妆看使君。三三五五棘篱门。相挨踏破茜罗裙。　老幼扶携收麦社，乌鸢翔舞赛神村。道逢醉叟卧黄昏。

麻叶层层苘叶光。谁家煮茧一村香。隔篱娇语络丝娘。　垂白杖藜抬醉眼，捋青捣麨软饥肠。问言豆叶几时黄。

簌簌衣巾落枣花。村南村北响缫车。牛衣古柳卖黄瓜。　酒困路长惟欲睡，日高人渴漫思茶。敲门试问野人家。

软草平莎过雨新。轻沙走马路无尘。何时收拾耦耕身。　日暖桑麻光似泼，风来蒿艾气如薰。使君元是此中人。①

苏轼《浣溪沙》五首创作于元丰元年（1078）任徐州知州时期，在两宋词史上，这组词是享有开拓词境之功的杰作，学界对此早有定论。关于其主题，论者多认为是反映了百姓生活的安乐祥和。如陈迩冬、王元明诸人认为其极写农村得雨后的人民欢乐，风光好。② 郭预衡主编的《中国文学史》认为：“从主人公感想看，写到了由衷喜爱与不胜向往之情。可以说它是一首农村交响乐。”③ 程千帆、吴新雷《两宋文学史》也有关于这组词是“以农村生活为题材并直接歌颂劳动人民”的说法。④

① 唐圭璋编：《全宋词》，中华书局1965年版，第316页。

② 陈迩冬：《苏轼词选》，人民文学出版社1986年版，第45页。

③ 郭预衡：《中国文学史》第三册，上海古籍出版社1998年版，第119页。

④ 程千帆、吴新雷：《两宋文学史》，上海古籍出版社1991年版，第175页。

但笔者认为，如此解读本组词主旨，实还可商榷。我们联系苏轼上任徐州知州前后的仕宦背景、思想状况，及其到任徐州后当地农村的一些现实情况，再反观此组词的情感意蕴，则不难考见苏轼于这组词中实际寄托着对变法派的批判，对国家现状的忧虑，及自己长期落拓下僚不得重用的牢骚。如此，这组词的政治抒情意义就不可忽视。

## 一　苏轼知徐州前后的仕宦情况

文学总是要反映现实，尤其像苏轼这样的把词写成了“句读不葺之诗”的作家，其词一如其诗，也总是在反映着他生存的处境与现实感受。所以讨论词人徐州作这组词的创作意旨，笔者认为还得回归作者本人在徐州时期的现实境况来考察，同时更得结合王安石变法的政治背景来分析。

任徐州知州之前，苏轼在政治上的最突出表现是反对王安石变法。因反对变法他从朝廷被放外任；因反对变法，他遭遇了自密州任满回到京城时，当政者不准其进入京都国门的尴尬。[①] 所以初至徐州任上，苏轼的心情至为黯然。《徐州谢上表》云“伏惟皇帝陛下……察孤危之易毁，谅拙直之无他……顾力报之无所，怀孤忠而自怜”。[②] 而他所治下的徐州，也并不是什么“人民欢乐，风光好”。据《宋史·苏轼传》载，熙宁十年(1077)秋天，苏轼到任徐州三个月，发生了黄河决口、水淹徐州的严重事件[③]，这次洪水给徐州百姓的生事带来了巨大灾难。第二年春徐州又发生大旱。当时的旱情据苏轼自己所作《徐州祈雨青词》云：“烟尘蓬勃，草木焦然。今者麦已过期，获不偿种；禾未入土，忧及明年。”[④] 因旱情严重，苏轼去徐州城东二十里处的石潭祈雨，然后谢雨，此组词即为“徐门石潭谢雨道上”之所作。所以苏轼接任徐州知州后面临的情况，正像他给友人的书信中所说的，极为复杂：“彭城自汉以来，号为重地，朝廷过采其虚名，不知其实无有也，而轻以畀之。自到郡以来，夏旱秋潦，继之以横流之灾，

---

① 按：苏轼《送鲁元翰少卿知卫州》一诗首两句云：“冗士无处著寄身范公园。”施元之注云：“东坡自密州移守河中，至京师，改徐州。时有旨不许人国门，寓城外范蜀公园，故首句云然。”见《苏轼诗集》，中华书局1982年版，第725页。另，苏辙《栾城集》卷八《寄范丈景仁》一诗亦云：“我兄东来自东武，走马初见黄河滨。及门却遣不得人，回顾欲去行无人。”足见苏轼此前并非知道自己要吃闭门羹。

② (宋) 苏轼：《苏东坡全集·苏东坡文集》，珠海出版社1996年版，第481页。

③ 同上书，第2125页。

④ 同上书，第1528页。

扎瘥之余，百疫毛起，公私骚然未已也。计其不治之声，闻于左右者多矣。仁人君子，不指其过，教其所不迨，而更誉之，何也?”[①] 徐州农村这样的情况，距离论者所云之“人民欢乐，风光好”，怕还是有相当距离的。

糟糕的还有徐州的治安状况。苏轼当时写有一篇专论治盗的《徐州上皇帝书》，在陈述了自王安石变法以来，徐州“冶户皆有失业之忧”，军队内“军政不修”，士卒们“穷苦无聊，则逃去为盗”等情况后，他提出：“臣以为每郡可岁别给一二百千使以酿酒，凡使人葺捕盗贼，得以酒与之，敢以为他用者，坐赃论，赏格之外，岁得酒数百斛，亦足以使人矣。”[②] 盗贼横行，王安石新法在财政上实行控制，“欲督捕盗贼，法外求一钱以使人，且不可得”。那么苏轼任职徐州时期其内外交困情况可知。

王安石变法的具体内容，史有明载，青苗法、免役法、市易法、均输法等即其大端。当时最受苏轼等反对派批评的则是青苗法。“青苗法者，以常平籴本作青苗钱，散与人户，令出息二分，春散秋敛。”[③] 其弊端正如毕仲游《西台集》卷五《青苗议》所云：“自散青钱以来，非请即纳，非纳即请，农民憧憧往来于州县。舍攻苦食淡之志，而渐起甘美之愿，辞耕田力作之业，而习为游惰之态，忘纯朴寡欲之性，而增长嗜好之事，田野之民，弃南亩而就城市者，举皆有焉。”我们今天所能看到的宋代其他文献，如《宋会要辑稿·食货》，杨时《杨龟山先生集》卷一二《语录三·余杭所闻》，吕陶《净德集》卷三《奏乞权罢裬散青苗一年以宽民力状》等，都有严厉批评王安石青苗法于助耕无益而反损的文字。苏轼自己在熙宁四年写的《再上皇帝书》中就曾坦言：“青苗助役之法行，则农不安”，“言百姓乐请青苗钱，乐出助役钱者，皆不可信。”[④] 此后创作于杭州任上的《山村五绝》更是将这种现象形诸诗歌：“杖藜果饭去匆匆，过眼青钱转手空。赢得儿童语音好，一年强半在城中。”[⑤] 元祐元年（1086），时隔多年以后，苏轼议及青苗法时又提到：“臣伏见熙宁以来，行青苗免疫二法至今二十余年，法日益弊，民日益贫……农民之家……若令分外得钱，

---

① （宋）苏轼：《答宋思丞一首》，《苏东坡全集·苏东坡文集》，珠海出版社1996年版，第1467页。

② （宋）苏轼：《徐州上皇帝书》，《苏东坡全集·苏东坡文集》，珠海出版社1996年版，第560页。

③ （元）脱脱等：《宋史·王安石传》，第10544页。

④ （宋）苏轼：《苏东坡全集·苏东坡文集》，珠海出版社1996年版，第551页。

⑤ （宋）苏轼：《苏轼诗集》，中华书局1982年版，第439页。

则费用日广，何用不至……又官吏无状，于给散之际，必令酒务设鼓乐倡优，或关扑卖酒牌子，农民至有徒手而归者，但每散青苗，即酒课暴增，此臣所亲见而为流涕者也。"[①]

青苗法的施行，使农村普遍出现了以青苗钱开支酒食浮费的现象，以致年成虽荒而嗜酒之事日滋，此其实于"纯朴寡欲"之民风有害而于助耕无益，这正是让苏轼等人深感痛心的。历史上往往在岁饥的时候有禁酒的惯例，北宋"（熙宁）七年春，天下久旱，饥民流离"，故王安石新法虽不禁酒却有限酒的条款。[②] 周汝昌先生云："宋时城内皆设酒库酿造专卖，为官酒。民间自酿则课税。"[③] 官吏们以酒相诱巧取农民刚到手的青苗钱，而苏轼自己又提出了一个以赏酒的办法招募抓捕盗贼之人的建议。这些都说明岁饥而嗜酒的怪象在徐州当地确实存在。了解了这一点，对于我们理解苏轼此组词中两次写及的醉翁意象是否如论者所云反映了徐州百姓欢乐祥和的生活是有意义的。

## 二　关于组词中"祥和"情景的讨论

论者所列举的此组词反映当地农村"人民欢乐，风光好"的重要依据之一即为组词文本中两次出现了"醉翁"意象。一处是组词其二末尾的"道逢醉叟卧黄昏"一句。另一处是其三中的"垂白杖藜抬醉眼"一句，那么这两处描写是否反映了徐州百姓生活的欢乐幸福呢？

以笔者理解，因为苏轼是在谢雨回城的路上见到这一醉叟的——"道逢"已明言词人与所遇者相向而行，那么这"醉叟"，如上文所述，应该正是所谓"农民憧憧往来于州县"，"忘纯朴寡欲之性，而增长嗜好之事"的一个形象写照。词人直抒所见，借这一卧道之醉叟正是给所谓民间"酒食浮费"之事下了注脚。对此如有疑问，那么以情理论，雨后黄昏，一老翁因醉酒不省人事卧于荒野，恐怕也是难用因得雨而乐极至此来解释的。

再看组词其三中的"垂白杖藜抬醉眼"及其后面的"捋青捣麨软饥肠，问言豆叶几时黄"几句。俞平伯《唐宋词选释》释"问言"为："有慰问之意，当系作者自谓。"[④] 周啸天在《唐宋词鉴赏辞典》中亦释为：作

① （宋）苏轼：《苏东坡全集·苏东坡文集》，珠海出版社1996年版，第578页。

② （元）脱脱等：《宋史》，中华书局1977年版，第10547页。

③ （宋）苏轼：《苏东坡全集·苏东坡文集》，珠海出版社1996年版，第481页。

④ 俞平伯：《唐宋词选释》，陕西师范大学出版社2005年版，第112页。

者“于是更询问，豆类作物几时成熟？粮食能否接济上？”而夏承焘、盛弢青选注的《唐宋词选》，唐圭璋、潘君昭、曹济平等编的《唐宋词选注》，中科院文研所编的《唐宋词选》，陈迩冬选注的《苏轼词选》，于培杰、孙言诚注译的《苏东坡词选》，吕观仁注释的《东坡词注》等都不对此句作出解释。看来这还是有疑问的。笔者认为，从上下文语意关系看，做出“捋青捣麨软饥肠”与“问言豆叶几时黄”这两个动作的当系同一主语“垂白杖藜”。作者之意是说他遇见的这位老翁醉得还不很严重，他边以“捋青捣麨”之物充饥，边抬起醉眼询问“使君”：“豆叶几时黄？”“抬”字不是已经告诉我们老翁的醉态了吗？试想，他如果不饥饿并且不醉酒，他也许不会询问这么简单且明显带有陈情意味的问题。而词中的“使君”，俞平伯云“作者常说他自己是农夫出身”[①]，既然常说自己是农夫出身，且又是熟知徐州之地“地宜椒麦，一熟而饱数岁”[②]的“使君”，又怎么可能不知道“豆叶几时黄”这样的问题呢？何况，以苏轼这样的洞察力过人而又绝不肯造作的“使君”，又怎么可能去向一位“抬醉眼”的老人询问如此问题以显其爱民之意？

看来，清人楼俨《蓑笠轩仅存稿·洗砚斋集·书坡仙词后》云“垂白杖藜抬醉眼，捋青捣麨软饥肠”这两句“传唱人间，必有堕循吏之泪者。所谓直书其事而情自见也”，可谓深得坡公词心。

实际上，“杖藜”一词概括的人物，我们从上引苏轼杭州诗作《山村五绝》中就已经接触到了，那是个“果饭去匆匆”，“过眼青钱转手空”的形象。一诗一词，同为创作于地方任上的五首组合，同为抒写变法背景下的农村情事，而创作时间相隔仅三四个年头，这样的关于“杖藜”的反复描写，承载的真会是性质完全相反的作者的感情评价吗？

在“道逢醉叟卧黄昏”一句的前面，还有“老幼扶携收麦社，乌鸢翔舞赛神村”两句，笔者认为这也没有“表现出喜雨带来的欢欣”。明人璩昆山撰《古今类书纂要》云：“社无定日，以春分后戊日为春社，秋分后戊日为秋社，主社之神曰勾芒。民俗以是时祭后土之神，以报岁功。”[③]周汝昌亦云：“（宋代农村）每年有春秋二社，农民聚在树下供神。”[④]这是个

① 俞平伯：《唐宋词选释》，陕西师范大学出版社2005年版，第115页。

② （宋）苏轼：《苏东坡全集·苏东坡文集》，珠海出版社1996年版，第557页。

③ （明）璩昆山：《古今类书纂要》，日本京都株式会社中文出版社1972年版，第129页。

④ 周汝昌：《范成大诗选》，人民文学出版社1984年版，第40页。

古老的祭祀传统，词人此处写了他所看到的景象：村民老幼扶携不绝如缕，乌鸳上下翻飞与人争食，而天色已暮，醉翁卧野。这几句连起来看不正透漏着一种衰飒吗？尤其“乌”意象，出现在这组词中，绝非信手拈来以表喜庆之笔。

乌之作为文学创作素材进入诗歌并成为表意之象，早在《诗经》时代就已经开始。《诗经》中“乌”意象出现过三次。《邶风·北风》云：“莫赤匪狐，莫黑匪乌。惠而好我，携手同车。其虚其邪？既亟只且。”朱熹《诗集传》释这几句云：“比也。狐，兽名，似犬，黄赤色。乌，鸦，黑色，皆不祥之物，人所恶见者也，国将危乱可知。”《毛诗序》解释这首诗云：“刺虐也，卫国并为威虐，百姓不亲，莫不相携持而去焉。”从《毛诗序》对此诗整体内容的分析及《诗集传》之于“乌”意象的表意作用之阐释，可见这出现于《诗经》中的“乌”确实不是什么好鸟。

楚辞中亦有“乌”意象出现，如《涉江》云：“鸾鸟凤凰，日以远兮。燕雀乌雀，巢堂坛兮。”王逸《离骚序》指出屈原在其诗歌里画写“禽鸟香草”的作用是：“引类譬喻，故善鸟香草以配忠贞，恶禽臭物以比谗佞。”则此诗出现之“乌”亦非作者褒扬对象。

至西汉，焦延寿《焦氏易林》有一则记载可证民间关于“乌”的认识：“城上有乌，其名败家，招呼鸩毒，为国灾患。……乌鹊嘻嘻，天火将起。燔我室屋，灾及后妃。……乌飞孤鸣，国乱不宁。上弱下强，为阴所刑。”据此，显然时人认为“乌”是令人恐怖的恶鸟，它的出现是伴随着天灾的。至汉代民间歌谣中，也出现了以乌喻贪官的现象。《桓帝初城上乌童谣》云：“城上乌，尾毕逋。公为吏，子为徒。一徒死，百乘车。车班班，入河间。河间姹，女工数钱，以钱为室金为堂。石上慊慊舂黄粱。下有悬鼓，我欲击之丞卿怒。”逯钦立于此诗下题注云：“此皆为政贪也。处高利独食，不与下共，谓人主多聚敛也。”[①] 汉乐府《战城南》中出现的乌食腐肉，展现在读者眼前的更是一幅极其凄惨之象：“战城南，死廓北，野死不葬乌可食。为我谓乌，且为客豪，腐肉安能去子逃？”

洪迈《容斋漫笔》卷三云：“北人以乌声为喜，鹊声为非。南人闻鹊噪则喜，闻乌声则唾而逐之，至于弦弩挟弹，击使速去。”虽然此则记载说明了在不同地域民俗中，人们关于乌的认识并不完全相同。但自小生活

① 逯钦立：《先秦汉魏晋南北朝诗》，中华书局1983年版，第219页。

于西南地区的苏轼，在他的观念中，乌绝不会是吉祥的征兆。这不仅因为洪迈已经明确指出南人厌乌，还因为在西南民间，自古以来乌就不是被看作善鸟。北京大学民俗学会编纂的《民俗丛书·贵州苗夷歌谣》有一首歌云："今年乌鸦叫得恶，新坟埋在旧坟脚，爷娘会养不会配，拿把白米配荞麦。"叶嘉莹论及周邦彦《渡江云》"陌头杨柳，渐渐可藏乌"时也指出："乌鸦一般认为是不祥的，因为中国的风俗习惯，认为乌鸦的叫声不好听，把乌鸦当成不祥的鸟。陌头杨柳，就在这美好的事物中间，隐藏着一个危险的信号。"[①] 当然，翻检南北朝及唐宋时期诗词意象群中之"乌"可见，此意象更是绝少用来传达喜悦之情。梁简文帝、庾信、李白诗歌中都有《乌夜啼》，抒情以萧瑟悲凉为主[②]；苏轼自己的杭州诗作《和刘道原见寄》，因有"独鹤不须惊夜旦，群乌未可辨雌雄"这样的以"群乌"喻变法新贵的诗句，后来竟被列入"诗案"。这些足可证明苏轼本组词中使用"乌"意象之旨归所在。

不仅"乌鸢翔舞赛神村"非表达喜庆之意，此句前的"老幼扶携收麦社"亦非论者所云"表现出喜雨带来的欢欣"。唐圭璋等所编《唐宋词选注》释此句中"收麦社"为"收了麦子后要祭神"。[③] 但据南宋范成大《缫丝行》一诗所云"小麦青青大麦黄"、"舍后煮茧门前香"看[④]，则缫丝时节小麦大麦还未黄熟更谈不上收割。再结合苏轼此组词中所写的"捋青捣麨软饥肠"之句，显见此时正属青黄不接之时，农民祭神旨在祈求丰收之意不言自明，所谓农民因庆祝丰收而"老幼扶携收麦社"，且为之酒醉就更无从谈起。

除青苗法外，王安石变法对农民生活影响巨大的另外一个条款即为免役法。此法始行于神宗熙宁二年（1069），本意在使农、政分离，为国理财，但在实际实行过程中却又有许多弊端。最主要之点，是由此造成了民间钱荒。对此，当时亦曾有很激烈的争论。苏辙《栾城集》卷三七《乞借

① 叶嘉莹：《唐宋词十七讲》，北京大学出版社 2007 年版，第 310 页。

② 按：萧纲《乌夜啼》云："绿草庭中望明月，碧玉堂里对金铺。鸣弦拨捩发初异，挑琴欲吹众曲殊。不疑三足朝含影，言九子夜相呼。羞言独眠枕下泪。托道单栖城上乌。"庾信一首七言《乌夜啼》云："促柱繁弦非子夜，歌声舞态异前溪。御史府中何处宿，洛阳城头那得栖？弹琴蜀郡卓家女，织锦秦川窦氏妻。讵不自惊长泪落，到头啼乌恒夜啼。"两诗分别见逯钦立辑《先秦汉魏晋南北朝诗》，中华书局 1983 年版，第 1922、2352 页。李白《乌夜啼》诗兹不细引。

③ 唐圭璋、潘君昭、曹济平：《唐宋词选注》，北京出版社 1982 年版，第 187 页。

④ 周汝昌：《范成大诗选》，人民文学出版社 1984 年版，第 41 页。

常平钱置上供及诸州军粮状》，司马光《司马温公文集》卷三十《应诏言朝政阙失状》，及《宋会要辑稿·食货》六五之三七所载章惇之言等，都批评自免役法推行以来，民间唯钱是求的状况。苏轼自己的杭州诗作《吴中田妇叹》亦写到“官今要钱不要米”的状况。农民本无钱，按新法却一律要输钱免役，再加上青苗息钱等，农村出现严重的钱荒现象并不奇怪。

结合这种背景，我们再看苏轼写进此组词中的“谁家煮茧一村香”，“村南村北响缫车”，“牛衣古柳卖黄瓜”等句，这也是组词中被论者称道的写出了徐州农村是“一首交响乐”的地方。但是这些不也正道出了农民为解救钱荒、着意于经济活动的事实吗？看组词中那“麻叶层层苘叶光”，“软草平莎过雨新”，“日暖桑麻光似泼，风来蒿艾气如薰”等描写，作为“地宜菽麦”的徐州，在词人笔下展示的却尽是或经济作物或野草雨后“欣欣向荣”的长势，“菽麦”却只字未提，这是作者的疏忽吗？

以上述词句中之“风来蒿艾气如薰”为例试作分析，笔者认为，这也非苏轼闲来之笔，而是有寓托的。

苏轼熙宁十年（1077）七月在为王晋卿所作的《宝绘堂纪》中曾说：“君子可以寓意于物，而不可以留意于物。寓意于物，虽微物足以为乐，虽尤物不足以为病。留意于物，虽微物足以为病，虽尤物不足以为乐。”又说，人只要能“寓意于物”，“庶几全其乐而远其病也”。[①] 看来寓意于物，是苏轼所欣赏的一种寄情方式。他也曾在熙宁八年（1075）秋作《后杞菊赋》中说：“及移守胶西，意其一饱，而斋厨索然，不堪甚忧。日与通守刘君廷式循古城废圃，求杞菊食之，扪腹而笑。”在稍后写成的《超然台记》中又说：“余自钱塘移守胶西，释舟楫之安而服车马之劳，去雕墙之美而庇采椽之居，背湖山之观而行桑麻之野。始至之日，岁比不登，盗贼满野，狱讼充斥，而斋厨索然，日食杞菊。”此两则文字都写到了他食杞菊之事。张崇琛认为：“苏轼的食杞菊并作《后杞菊赋》，而且又以之示涟水令盛侨，再寄给金山宝觉禅师，都是意在渲染新法之不当的。用他自己的话来说便是，‘以此撰作诗赋文字讥讽，意图众人传看，以轼所言为当’。”[②] 不仅杞菊在苏轼笔下寄其讽刺新法之意，张先生还指出，苏轼

① （宋）苏轼：《宝绘堂记》，见《苏东坡全集·苏东坡文集》，珠海出版社1996年版，第255页。

② 张崇琛：《杞菊·巢菜·菖蒲——谈谈苏轼的“寓意于物”》，见《贵州文史丛刊》2003年第1期。

也以巢菜、菖蒲之咏寄情。如苏轼笔下的菖蒲，张先生即指出其寄寓着苏轼的“持节之乐”，且以菖蒲寄意，“也并非始于苏轼，而早在屈原的辞赋中即已经出现了”，其“与屈原的崇高气节和峻洁人格联系在一起”。[①] 联系这些论述，我们回头再看《浣溪沙》组词中的“风来蒿艾气如薰”之句，难道此“蒿艾气如薰”真是苏轼以一己之无心而写徐州雨后乡村清新之物景吗？屈原《离骚》云：“户服艾以盈要兮，谓幽兰其不可佩。”朱东润主编《中国历代文学作品选》注云：“艾，恶草名，即白蒿。”[②] 以苏轼惯常寓意于物的思路看，此“蒿艾气如熏”中难道就没有寄托他那份对小人当路、如日中天的愤激？

所以，联系徐州当年春天的旱情，联系词人此次祈雨谢雨的行动，联系他看到的村民老幼相从参与祈祷活动以及乌鸢盘旋与人争食的场景，再联系作者看到的“垂白”老人“捋青捣麨软饥肠”的事实，以及“牛衣古柳卖黄瓜”一句中卖瓜人所著之“牛衣”（“牛衣”一词，据俞平伯释“这里只不过说卖黄瓜的，衣服褴褛”，而“牛衣”之所以在古柳下卖瓜而不入城进市，仍和王安石变法条款之“市易法”的监卖分利有关），要说此组词所写的是徐州农村“一派欣欣向荣、丰收在望的景象”，表达苏轼谢雨后还城的愉悦心情，仍恐有臆断之嫌。

苏轼同期诗作《答郡中同僚贺雨》说得清楚：“水旱行十年，饥疫遍九土。奇穷所向恶，岁岁祈晴雨。”“天地本无功，祈禳何足数。”可见他并不相信祈雨能起什么作用，但因为水旱饥疫的惨痛，他转而乞天降雨也实在是迫不得已。这“水旱行十年”的时间，也正是王安石变法的十年。苏轼反对变法活动，眼看着民生日蹙，国计难持，他虽然屡次上书建言，却无力改变现状，“用违其才志不展，坐与胥吏同疲劳”，这样的生活怎能不让他心生“酒困路长唯欲睡”的疲惫之感？

## 三　喜乐景象背后的沉重与无奈

但是，正如论者所云，苏轼此组词确实也写出了“旋抹红妆看使君”，“相挨踏破茜罗裙”以及“黄童白叟聚睢盱”，“隔篱娇语络丝娘”等似乎展

① 张崇琛：《杞菊・巢菜・菖蒲——谈谈苏轼的“寓意于物”》，见《贵州文史丛刊》2003年第1期。

② 朱东润主编：《中国历代文学作品选》，上海古籍出版社2002年版，第246页。

现了农村喜乐气象的句子，这是否和上述对此组词的诠解存在矛盾之处呢？

前已有述，密州时期，苏轼因为把自己不满新法的情绪曾诉诸笔端而致有不得入京都国门的遭遇。徐州时期，苏轼对新法的愤激情绪明显趋于内隐了。在自己权限范围内，他尽量为当地百姓做些好事以规避新法带来的弊端。如他曾就生病囚犯的医疗问题专门向皇帝上书[①]；在临离任徐州前，他还上书建议神宗皇帝特为包括徐州之地在内的“五路之士，别开仕进之门”[②]；尤其是他刚到徐州时组织军民抗洪，修筑防洪之堤等事，使他在当地百姓中拥有了崇高的威望。苏辙《墓志铭》云“讫事，诏褒之，徐人至今思焉”。所以当他谢雨途中路过村庄时，村姑们有“旋抹红妆看使君，三三五五棘篱门。相挨踏破茜罗裙”的举动就并无可怪之处。词人如此写在三三五五棘篱之门前，骤然多了那么些挤在一起看他走马而来的眼睛，一如他在上述诗歌里写自己离任徐州时百姓送别的场面一样，既有抒写自己心灵上所得宽慰之意，更有其难以明言的另一层意思：新法的弊端已使百姓叫苦不迭，而政敌们又正紧锣密鼓的罗织罪名，阴谋加害于他，此时他在自己的诗词里写出了“使君”得到百姓拥戴的情形，这不正是对政敌们最好的回应吗？孔凡礼注《苏轼诗词选》云此节“着重写了一群少女”，“大约是知州要来的消息知道的晚，所以急急忙忙打扮一下”，因为这“正是打扮一下显示自己的好机会”[③]，东坡诗词往往主体意识高度强化，如此解读恐难圆其说。

面对精神上接踵而至的忧患与痛苦，苏轼很少作穷途之哭，而是力图超越之，这也是东坡的人格魅力之所在。熙宁四年（1071），词人通判杭州时作《游金山寺》云“有田不归如江水”。后来他又言：“今有田也不归，无乃食言于神也耶！”[④] 看来即使有田，苏轼也难以真正回归田园。徐州时期的苏轼，在其诗词中虽多言“回归”之意，实则不过抒发久不得重用且屡遭小人谗毁的牢骚而已，如其《宿州次韵刘泾》云“我欲归休瑟渐稀，舞雩何日著春衣。多情白发三千丈，无用苍皮四十围”。[⑤]《代书答梁

---

① （宋）苏轼：《苏东坡全集·苏东坡文集》，珠海出版社1996年版，第561页。

② 同上书，第560页。

③ 孔凡礼、刘尚荣：《苏轼诗词选》，中华书局2005年版，第238页。

④ 华东师范大学古籍研究所点校注释：《东坡志林·仇池笔记》，华东师范大学出版社1983年版，第56页。

⑤ （宋）苏轼：《苏轼诗集》，中华书局1982年版，第727页。

先》云："此身与世真悠悠，苍颜华发谁汝留。强名太守古徐州，忘归不如楚沐猴。"[①]《送李公恕赴阙》云："用违其才志不展，坐与胥吏同疲劳"，"世上小儿多忌讳，岂能容我真贤豪"，等等[②]，这些实是所谓"知其愚不适时，难以追陪新进；察其老不生事，或能牧养小民"[③]之意的诗意说明。如此我们则不难领会《浣溪沙》组词中言及的"何时收拾耦耕身"及"使君元是此中人"等语寄托着苏轼多么深切的不合时宜之感，论者所谓苏轼因热爱徐州农村此时已有回归田园之意，实际并不符合实情。

苏轼徐州诗作《答吕梁仲屯田》有句云："乱山合沓围彭门，官居独在悬水村。居民萧条杂麋鹿，小市冷落无鸡豚。"[④]此《浣溪沙》组词第一首则云"麋鹿逢人虽未惯，猿猱闻鼓不须呼"，这不正是"居民萧条杂麋鹿"的徐州百姓生活状况的实录吗？夏承焘、盛弢青选注的《唐宋词选》却认为此两句是"说乡人像山中麋鹿，看到陌生人还不习惯；但听到鼓声又像猿猴那样自动聚拢来了"。[⑤]此处连同开头的"日照深红"两句写的都是谢雨中的物象——毕竟久旱得雨，农户燃眉之急得到缓解而"使君"祈雨之愿已偿，故我们能从这些物景中看到一些闲适与亮色。但对苏轼来说，寄托于此类描写中的情感却并不轻松。联系他当年居庙堂之上给皇帝屡次上书纵论国是的慷慨，再联系组词尾句"使君元是此中人"的感叹，作者于此写景中寄托的那一丝失意与落拓之感不是已经很明显了吗？类似的句子还有"黄童白叟聚睢盱"，以及后面所写的"隔篱娇语络丝娘"，（俞平伯释"络丝娘"为"女郎"，吕观仁释为"莎鸡"，其实都无关紧要）当词人以旁观者的身份把这些景象摄入笔下时，我们还不能说词人已完全沉醉于他们的欢乐中了，他的心情也许还是更沉重的呢！

杭州时期，苏轼作《山村五绝》，从农村生事角度反映新法弊端以达其规讽之意。徐州任上作此《浣溪沙》五首更是用"以诗为词"的形式再述农村情事，虽然含蓄婉致，但其意旨与《山村五绝》仍然相似。读其《浣溪沙》组词，从他对"软草平莎过雨新"，"风来蒿艾气如薰"的状写中，我们实不难领会其对执政新锐们的一丝反讽。我们也分明能感受到词

---

① （宋）苏轼：《苏轼诗集》，中华书局 1982 年版，第 763 页。

② 同上书，第 787 页。

③ （宋）苏轼：《苏东坡全集·苏东坡文集》，珠海出版社 1996 年版，第 482 页。

④ （宋）苏轼：《苏轼诗集》，中华书局 1982 年版，第 774 页。

⑤ 夏承焘、盛弢青：《唐宋词选》，中国青年出版社 1959 年版，第 61 页。

人对自己长久沉落地方任上不得施展其宏图远志的痛苦在有意实现着一种超越。现实还远没有达到“欣欣向荣”的程度，一场新的剧烈的危机正在酝酿（元丰二年（1079）七月，苏轼徐州任满四个月后在湖州任上即被捕入狱），他不会没有觉察，正如他不会因为天降一场甘霖就欣喜不已一样，他的头脑是清醒的。他把他清醒的思考，深沉的忧虑，对现实无奈的悲凉，对变法派无言的批判，以及对自己仕宦生活的牢骚都写进了这组词里，这就是结论。

## 第三节　苏轼《渔父》四首考论

渔父饮，谁家去。鱼蟹一时分付。酒无多少醉为期，彼此不论钱数。

渔父醉，蓑衣舞。醉里却寻归路。轻舟短棹任斜横，醒后不知何处。

渔父醒，春江午。梦断落花飞絮。酒醒还醉醉还醒，一笑人间今古。

渔父笑，轻鸥举。漠漠一江风雨。江边骑马是官人，借我孤舟南渡。[①]

苏轼这组渔父词，有两个特别之处。其一，苏词向来受人关注，但这组作品却少人问津。南宋傅藻《东坡纪年录》，王宗稷《东坡先生年谱》，今人孔凡礼著《苏轼年谱》等均未提及这组作品，当代通行的宋词选注本或宋词鉴赏集亦多不著录这组作品。[②] 曾枣庄编《苏词汇评》[③]，广搜古今有关苏词评论，这四首《渔父》作品下，却无一句评语录入。

其二，这组作品始创时究竟是诗是词，似乎很难说清。清末词学大师朱祖谋认为它们属词，并将其录入《东坡乐府》，但此前这组词却向来都

① 唐圭璋编：《全宋词》，中华书局1965年版，第330页。

② 《宋词鉴赏辞典》，北京燕山出版社1987年版，《唐宋词鉴赏辞典》，上海辞书出版社1988年版，《唐宋词鉴赏辞典》，安徽文艺出版社2000年版等，均未选入这组作品。顾易生等编《宋词精华》，巴蜀书社1995年版，录苏词70首，也未选入这组作品。

③ 曾枣庄：《苏词汇评》，四川文艺出版社2000年版，第270页。

是编在苏轼诗集中的。如清王文诰《苏文忠公诗编注集成总案》云："《渔父词》起源于三闾，诰向能以七絃道之，公又尝改张志和词为《鹧鸪天》。此四章亦其遗意，皆可谱入琴声也。"[①] 王文诰一面肯定其可歌，认为是苏轼（实为黄庭坚）另一词《鹧鸪天》"遗意"，一面却仍将其编在苏轼诗集中。

那么，苏轼这组渔父词寄托着他什么样的情怀？既然认为它"可谱入琴声"，为什么自宋代以来，却又将其采录诗集之中？今人将其作年一般系于黄州时期，那么这组词对我们了解苏轼黄州时的思想、生活状态又能提供些什么样的线索？

## 一　悲悯的主题

《渔父》词创作，始于自号"烟波钓徒"[②] 的中唐诗人张志和。张志和《渔父》把看破人生的超脱旷达情怀转化为词境，受到后来文人追捧。如李德裕《玄真子渔歌记》云："德裕顷在内廷，伏睹宪宗皇帝写真访求元真子渔歌，叹不能致……见思如此，每梦想遗迹，今乃获之，如遇良宝。"[③] 李德裕所言不虚，自张志和词出，仿作、唱和者代不乏人。但苏轼这组渔父词，比之前人甚或以后出现的渔父词之写渔家逍遥生活，却有显著区别。

首先，苏词浓墨重彩写渔父嗜饮情形，这在以前渔父词中从未出现过。张志和《渔父》写饮酒，全篇仅一句"醉泊渔舟不觉寒"带过，至后代渔父词写渔父饮酒亦大多这样处理。而苏轼这组《渔父》，却完全把着墨重点放在写渔父饮酒上。组词开篇写渔父找到一饮酒去处，以鱼蟹换酒"彼此不论钱数"，"酒无多少期为醉"；接着写他醉后蓑衣起舞，轻舟短棹任斜横，醒后亦不知何处（这实际仍是写醉中意识）；最后云其大醉至春江午后，"梦断落花飞絮"。四首组合以四分之三篇幅写渔父饮酒，比之传统渔父词，实绝无仅有。

其次，张词及后来的模拟唱和之作，从未有"官人"形象出现，苏轼

① 薛瑞生：《东坡词编年笺证》，三秦出版社 1998 年版，第 472 页。

② （唐）颜真卿《浪迹先生玄真子张志和墓铭》曰："扁舟垂纶逐江，泛五湖，自谓烟波钓徒。"见董诰《全唐文》，中华书局 1983 版影印本，第 3447 页；唐代朱景玄则曰："张志和或号烟波子，常钓于洞庭湖。"见朱景玄《唐朝名画录》，四川美术出版社 1985 年版，第 35 页。

③ 《全唐文》，中华书局 1983 年版影印本，第 7266 页。

这组词却出现了一位“骑马”“官人”。苏轼为什么要写这么个形象？陈迩冬认为：“写‘官人’受羁绊和奔波，衬托出渔父自食其力、自得其乐之状”[①]；于培杰、孙言诚注《苏东坡词选》也认为是“以官人的奔波反衬渔父的悠闲”。[②] 但这样的分析尚难回答这样的问题，即前三首已经写足了渔父在醉醒醒醉中超越利弊福祸、喜忧乐惧的世俗情怀，且以一句“一笑人间今古”作了收束。那么，这第四首又何须要以“官人”的出场更写其自得其乐？

这些独特之处实际都与其题旨相关。清王文诰云苏轼这组《渔父》词是《鹧鸪天》词之“遗意”。然王氏所云《鹧鸪天》一词，明代毛晋就已指出是黄庭坚而非苏轼所作[③]，唐圭璋《宋词互见考》对此亦辨之颇详[④]。并且今从黄词文本看，其云“西塞山边白鹭飞，桃花流水鳜鱼肥。朝廷尚觅玄真子，何处如今更有诗。青箬笠，绿蓑衣，斜风细雨不须归。人间底是无波处，一日风波十二时”。这确乎是对张志和词的简单改写，苏词叙事笔法及内容指向均与此词不同。

王文诰之后，苏轼这组词就少有论及者，从目前能翻检到的资料看，还是陈迩冬的议论最具代表性。他从朱本选录这组词编入自己选注的《苏轼词选》，并对其字句作了简要注释。陈先生的《苏轼词选》第一版出于1959年，是一个影响很大的本子。但看其对此词之注解，显然他也认为这组词主要是写渔父江湖之乐。如他释此词第四首“漠漠”一词时引用了王维《积雨辋川庄作》中的“漠漠水田飞白鹭”及元稹诗“度霞红漠漠”之句，认为苏词中之“漠漠”是“幽静的、无声的”之意，并进一步解释：“风雨是动的，有音响的，这里却用作静默的抒状字，使人更觉得江上寂寞，渔父萧闲。”[⑤] 而上引他关于“官人”出场作用的议论，也可以看出这一点。于培杰、孙言诚注《苏东坡词选》关于这组词的评论也明显是继承了陈先生的观点。

然正如以上指出的，苏轼《渔父》四首既浓墨重彩写渔父饮酒事，又

---

① 陈迩冬：《苏轼词选》，人民文学出版社1986年版，第85页。

② 于培杰、孙言诚：《苏东坡词选》，花山文艺出版社1984年版，第203页。

③ 按：王文诰所云《鹧鸪天》一词的作者归属问题已有定论。参见邹同庆、王宗堂《苏轼词编年校注》，中华书局2002年版，第929页。

④ 参见马兴荣、祝振玉校注《山谷词》，上海古籍出版社2001年版，注文第153页。

⑤ 陈迩冬选注：《苏轼词选》，人民文学出版社1986年版，第85页。

出现了一个前所未有的“官人”形象，这些似乎都已超出了历来渔父词单纯写渔父萧闲或自得其乐的范围。如组词反复所写渔父饮酒醒醉之事，酒在中国文学中向来是消愁之物，甚至也是避免政治祸患的必需之物。叶梦得《石林诗话》云：

> 晋人多言饮酒有至于沈醉者，此未必意真在于酒。盖时方艰难，人各惧祸，惟托于醉，可以粗远世故。盖自陈平、曹参以来，已用此策。……流传至嵇、阮、刘伶之徒，遂全欲用此为保身之计。此意惟颜延年知之，故《五君咏》云：“刘伶善闭关，怀情灭闻见。韬精日沈饮，谁知非荒宴。”如是，饮者未必剧饮，醉者未必真醉也。后世不知此，凡溺于酒者，往往以嵇、阮为例，濡首腐胁，亦何恨于死邪。①

叶氏此论不无道理，苏词屡屡言酒，亦少有以酒表现愉悦情怀者，这组作品既写渔父“酒无多少醉为期”，又写他在一连串醒醉醉醒之后“一笑人间今古”，如果他真是“萧闲”的，怎么会有这么多情绪动荡?

如此看来，表现渔父“萧闲”并非这组作品真正的题旨所在。相反，笔者认为苏轼这组词要表达的，是渔父那一种比“萧闲”要更为复杂深刻的“世人皆醉我独醒”的悲悯情怀。悲悯，在这组作品中被论者看作反映了渔父“萧闲”的两处“笑”上反映得最为突出。

第一处即“一笑人间今古”。所谓“今古”，即今古之世事，相对渔父之江湖言，今古世事无非古往今来争名夺利是非之事。渔父所“笑”，正在于这类事往往转头皆空，而世人却殚精竭虑，为之追逐奔竞不已，岂不虚妄？所以，于醉里乾坤超越自我的渔父，他的“一笑人间今古”，无疑为嘲讪之笑，嘲讪中蕴悲悯。此其一。

其二，组词第四首开头所写的“渔父笑”，看起来似乎有渔父的江湖萧闲感受在，实际上仍为悲悯之笑。因为从上下文看，渔父所“笑”有明确对象，即那骑马江边的“官人”。已经跳出仕途羁绊的渔父，如轻鸥翱举于漠漠风雨的烟浪之中，而骑马奔波于仕途的“官人”，面对滔滔大江时却有了危机。词云“江边骑马是官人，借我孤舟南渡”，不是已经明白

① （清）何文焕辑：《历代诗话·石林诗话》，中华书局1981年版，第434—435页。

写出了对骑马“官人”那一丝嘲讪与悲悯了吗？“官人”徘徊江边，只有“借”孤舟才可渡过，这已经不是简单的生活事象叙写，而是具有象征意义的一幕。渔父经过一番醉饮之升华已经走向对世俗名利的超脱，而这“官人”却还沉浮于世事中不能自拔。所以，渔父之“笑”，实即对“官人”执迷不悟、陷于宦海而难于自救的嘲讪与悲悯，或者宽泛些说，是对所有迷于仕宦名利者的悲悯。这样看来，组作前三首写渔父孤独饮酒、遗世独舞，至“一笑人间今古”，实与第四首的笑“官人”完全是呼应的。四首组合，集中写出了渔父超越世俗名利羁绊之后对世人，尤其那些仍在仕宦之途挣扎的“官人”深切的悲悯情怀。

以打鱼老人为原始形态的“渔父”自在中国文学中出现以来，多为智者兼隐士，《庄子》、《楚辞》中即有此形象。《庄子·渔父》写渔父对孔子的训导，在批评孔子危其本真，远离至道的错误之后，渔父“乃刺船而去，延缘苇间”。[①]《楚辞》中的渔父也是作为屈原的对立面，劝导屈原要像道家观念中品格高尚、智慧高超的圣人一样，“不凝滞于物，而能与世推移”。[②] 后来的词体文学中，渔父更成了不问世事、旷达超脱者的代名词。但苏轼却把这一抒情形象变成了心怀悲悯的酒翁。这不仅是词史，也是文学史上的绝响。

## 二　诗歌的形式

苏轼为什么要改变传统渔父词之写渔父逍遥生活为抒发悲悯情怀？回答这个问题，我们还得从这组作品的形式选择谈起。

渔父词自张志和始创，都是七、七、三、三、七的句法，而苏轼这组作品，却采用了三、三、六、七、六的句法，朱祖谋认为这是他自创的形式。[③] 笔者认为，在词调失传的情况下，我们依据其长短句的形式将它归入词体文学并无不可。但苏轼初创这组作品时，它却应是长短句诗歌无疑。探讨这个问题是有意义的，因为这不仅涉及对本组作品抒情性质的理解，还涉及其深层创作动因问题。

① 王先谦、刘武：《庄子集解·庄子集解内篇补正》，中华书局 1987 年版，第 276 页。

② 黄寿祺、梅桐生：《楚辞全译》，贵州人民出版社 1984 年版，第 137 页。

③ 朱祖谋云：“张志和、戴复古皆有渔父词，字句各异。恭案《三系堂法帖》，公书此词前二首，题作《渔父破子》，是确为长短句。而《词律》未收，前人亦无之。或公自度曲也。从诗集编乙丑。”参见薛瑞生《东坡词编年笺证》，三秦出版社 1998 年版，第 472 页。

东坡究竟是否精通音律？宋人对此有争议。《苕溪渔隐丛话》前集卷四二载："《遁斋闲览》云：'苏子瞻尝自言，平生有三不如人，谓着棋、饮酒、唱曲也。'然三者亦何用如人。子瞻之词虽工，而多不入腔，正以不能唱曲耳。"① 该书后集卷三三复云："《复斋漫录》云：'无咎评本朝乐章……东坡词，人谓多不谐音律。然居士词横放杰出，自是曲中缚不住者。'"②

陆游则在其《老学庵笔记》中云："世言东坡不能歌，故所作乐府词多不协。晁以道云：'绍圣初，与东坡别于汴上。东坡酒酣，自歌《古阳关》。'则公非不能歌，但豪放不喜裁剪以就声律耳。"③

非不能歌似乎恰好说明"歌"并非苏轼之专长。东坡本人在寄给从兄的尺牍中亦云："记得应举时，见兄能讴歌，甚妙。弟虽不会，然常令人唱，为作词。"④ 由此见东坡确是不擅长"唱曲"。而退一步讲，即使他真能歌，那么能歌和能作曲又是两回事情。苏轼曾隐括张志和《渔父》词为《浣溪沙》（西塞山前白鹭飞）调，其词序云："玄真子《渔父词》极清丽，恨其曲度不传，故加数语，令以《浣溪沙》歌之。"⑤ 如果苏轼果能作曲，又何不为张作另谱一曲以使之可歌而何必改之为《浣溪沙》词调？故，要说东坡这组作品当初是以自创形式所填之歌词，实难使人信服。正如日本学者村上哲见所云："这四首体式似词的作品，是东坡创作的长短句的诗，从开始就没有曲调。从宋本《东坡集》以来，这四首只收在诗集中这一事实，毕竟是不能忽视的证明。"⑥ 村上哲见还指出，宋代以这种题材和长短句形式作诗的并非苏轼一人，陆游等人就曾写过此类作品。放翁的《灯下读玄真子渔歌，因怀山阴故隐追拟》五首渔父作品，向来也并未归入《放翁词》，而是收在他的《剑南诗稿》中。⑦ 这也进一步证明苏轼此组作品是诗不是词。

那么，苏轼写这样的似词非词的长短句形式的诗，是偶一为之呢还是别有原因？笔者认为，这完全是苏轼有意为之。学界一般认为这组作品创

① （宋）胡仔：《苕溪渔隐丛话》，人民文学出版社 1981 年版，第 284 页。

② 同上书，第 253 页。

③ （宋）陆游：《老学庵笔记》，三秦出版社 2003 年版，第 183 页。

④ （宋）苏轼：《苏东坡全集·苏东坡文集》，珠海出版社 1996 年版，第 1473 页。

⑤ 邹同庆、王宗堂：《苏轼词编年校注》，中华书局 1999 年版，第 370 页。

⑥ ［日］村上哲见：《唐五代北宋词研究》，陕西人民出版社 1987 年版，第 368 页。

⑦ （宋）陆游：《陆游集》，中华书局 1976 年版，第 567 页。

作于苏轼贬谪黄州时期[①]，而中国文学中以打鱼老人为原始形态的渔父形象，主要也是出现在水缘文化影响深远的楚文学之中。既作于黄州，则这组作品形式的选择问题，自然该首先考虑他在黄州时期的政治困境。

苏轼因为作诗而屡遭磨难。早在熙宁九年（1076）徐州任上，他就有“避谤诗寻医，畏病酒入务”之叹。[②] 在写给朋友的次韵作品中，他也说“慎毋及世事，向空书咄咄”[③]，“诗案”前，因为写诗而遭物议，他甚至已不敢怎么写诗。元丰二年（1079）下狱后，苏辙写给神宗皇帝的《为兄轼下狱上书》云：

> 顷年通判杭州及知密州日，每遇物托兴，作为歌诗，语或轻发。向者曾经臣僚缴进，陛下置而不问，轼感荷恩贷，自此深自悔咎，不敢复有所为，但其旧诗已自传播。[④]

这段话也说明了苏轼在“诗案”前就已不敢作诗，是因为确有人专门搜罗其诗以作为罪证向皇帝进奏。故贬谪黄州后，苏轼更不敢作诗了。[⑤] 他说，“平生文字为吾累，此去声名不厌低”[⑥]，“饮中真味老更浓，醉里狂言醒可怕”[⑦]，“饥寒未至且安居，忧患已空犹梦怕”[⑧]，朋友“来诗愈奇，欲和，又不欲频频破戒”[⑨]。他不敢作诗，不敢会友，甚至也不敢离开黄州半步。陈糙邀他赴武昌一游，他回信谢绝：

---

① 按：学界关于此词的系年有元丰八年（1085）、元丰六年（1083）、元丰六年以前及元丰五年（1082）诸说。具体年份诸家有差，但关于此组词创作于黄州贬谪以后的认识则是一致的。笔者同意邹同庆、王宗堂先生系于元丰五年（1082）之说。参见邹同庆、王宗堂《苏轼词编年校注》，中华书局 1999 年版，第 376 页。

② （宋）苏轼：《苏轼诗集》，中华书局 1982 年版，第 690 页。

③ 同上书，第 685 页。

④ （宋）苏辙：《为兄轼下狱上书》，《栾城集》（卷三五），上海古籍出版社 1987 年版，第 777 页。

⑤ 按：苏轼黄州作《答李端叔书》云“自得罪后，不敢作文字。此书虽非文，然信笔书意，不觉累幅，亦不须示人”。《与滕达道》书亦云：“得罪以来，未尝敢作文字。”见《苏轼全集·苏轼文集》第 1149、1186 页。

⑥ （宋）苏轼：《苏轼诗集》，中华书局 1982 年版，第 1005 页。

⑦ 同上书，第 1033 页。

⑧ 同上书，第 1034 页。

⑨ 同上书，第 1220 页。

某所虑，恐好事君子，便加粉饰，云擅去安置所而居，于别路传闻京师，非细事也。①

在这样的情况下，即使写诗，苏轼又如何敢放言自己的真实思想？而不敢写诗抒怀，这于东坡又是一件多么痛苦的事。所以，黄州五年变成了苏轼一生中诗歌创作的低谷期，但恰是这个诗歌的低谷期却同时是他词体文学创造的高峰期。道理很简单，小词并不像诗歌那样引人注目而容易成为政敌攻击的把柄。所以，“以诗为词”的苏轼在黄州时期创作的那些词作，实则就是广义的“言志”之诗。

反过来再看这组《渔父》作品，它所表现的恰是苏轼此期思想深处疏离政治、悲己悯人的观念。组词中的渔父饮而醉、醉而醒，于飞絮红尘中阅尽世事之沧桑悲凉与无常；他既“一笑人间今古”是非功名之虚无，又一笑“官人”之无路可走，这不正包含着苏轼对自己多年来迷于政治是非而致如今人生巉崄的嘲讪与悲悯？好在他现已走向清醒。所以，组词中的渔父与官人，岂不也正是黄州时期苏轼心中“今我”与“故我”的缩影？仕宦路上遭放逐命运的苏轼，欲一吐自己此期反思官场人生的情怀，但这个话题在当时又为时人所极度敏感，那么，他选择这种自创的形式就很值得我们玩味了：借这样的看似无关政治的题材，用这似词而实诗的长短句形式，既可说出心里话，又不致引起注意而再起“诗谤”，这难道不就是最好的形式吗？

### 三 黄州生活的折映

苏轼这组作品长期以来得不到人们应有的重视实在是一件很遗憾的事。它的重要性不仅体现在其以别致的形式开拓了传统渔父作品的题材空间，深化了渔父词的思想深度，还在于它真实地记录了苏轼黄州时期的生活状态，从而为我们了解苏轼此期的思想与生活提供了不可多得的珍贵资料。

首先，这组作品表现出的悲悯“故我”、否定向政治、朝廷靠拢而醉酒于江湖的意识，正是苏轼谪处黄州时期思想状态的典型反映。

黄州时期，苏轼筑雪堂、耕东坡，在经过了“梦绕云山心似鹿，魂飞汤火命如鸡”般打击之后，他开始对自己的人生道路作彻底反思。《黄州

① （宋）苏轼：《苏东坡全集·苏东坡文集》，珠海出版社1996年版，第1259页。

安国寺记》云："反观从来举意动作，皆不中道，非独今之所以得罪也。欲新其一，恐失其二。触类而求之，有不可胜悔者。"[①]《雪堂记》云"吾不知雪之为可观赏，吾不知世之为可依违"[②]，《答李端叔书》亦云：

> 轼少年时，读书作文，专为应举而已。既及进士第，贪得不已，又举制策，其实何所有？而其科号为直言极谏，故每纷然诵说古今，考论是非，以应其名耳。人苦不自知，既以此得，因以为实能之，故譊譊至今，坐此得罪几死，所谓"齐虏以口舌得官"，真可笑也。[③]

这种懊丧心情也反映在他此期的词作中。《临江仙·夜归临皋》云："长恨此身非我有，何时忘却营营。""小舟从此逝，江海寄余生。"《满庭芳》（蜗角虚名）云："蜗角虚名，蝇头微利，算来著甚干忙。事皆前定，谁弱又谁强。且趁闲身未老，尽放我、些子疏狂。百年里，浑教是醉，三万六千场。""江南好，千钟美酒，一曲满庭芳。"这种表示要疏离政治，回归江湖的思想和《渔父》四首所写的渔父超越世情，醉酒于"落花飞絮"中的情形完全是一致的。

"吾无求与世矣。所须二顷稻田，以充饘粥耳。"[④]黄州时期苏轼创作的另外两首名作《定风波》（莫听穿林打叶声）和《念奴娇·赤壁怀古》，反映的也还是这种酒饮中疏离政治，另走一条人生之路的思想。《定风波》云"料峭春寒吹酒醒"，"归去，也无风雨也无晴"，不仅风雨他不在意了，就是晴天他也不在意，人生的艰危与顺利都已不再是他考虑的问题。这又何尝不是《渔父》四首反映的"轻舟短棹任斜横，醒后不知何处"的思想呢？《念奴娇·赤壁怀古》云"多情应笑我，早生华发"，"一尊还酹江月"，《和蔡景繁海州石室》诗云"梦中旧事时一笑，坐觉俯仰成今古"，无论在现实还是梦境中，词人反观自己时这"一笑"，和《渔父》组词中的那位醉酒于江湖之上，"一笑人间今古"的渔父兼酒翁又何其相似。

其次，这组作品还如实地记录着苏轼黄州时期的一些生活细节。这一点可从此期他给友人的书信得到证实。

---

① （宋）苏轼：《苏东坡全集·苏东坡文集》，珠海出版社 1996 年版，第 280 页。

② 同上书，第 295 页。

③ 同上书，第 1148 页。

④ 同上书，第 1799 页。

如写给司马光的信中，他说自己“寓居去江干无十步，风涛烟雨，晓夕百变，江南诸山，在几席上，此幸未始有也”。[①]与范子丰信亦云：“临皋亭下不数十步，便是大江，其半是峨眉雪水，吾饮食沐浴皆取焉，何必归乡哉！江山风月，本无常主，贤者便是主人。”[②]由此可见，组词中所描写的渔父寓居江边，任轻舟短棹斜横，惯看江上风雨的情形，实则为词人自己所亲历。

另外，这组作品第一首所云“酒无多少醉为期，彼此不论钱数”的情况，实也是苏轼自己在黄州时期真实的生活体验。贬谪后的苏轼，从精神上认同、体验着陶渊明归耕田园的生活，他亦如《南史·陶潜传》所云那样“或置酒以招之，造饮辄醉，期在必醉”。[③]其《江城子》云“梦中了了醉中醒，只渊明，是前生”。《答秦太虚》书云：“初到黄，廪入既绝，人口不少，私甚忧之。但痛自节俭……以此，胸中都无一事。所居对岸武昌，山水绝佳……有潘生者，作酒店樊口，棹小舟径至店下，村酒亦自醇酽……羊肉如北方，猪、牛、獐、鹿入土，鱼、蟹不论钱。”[④]给王定国的信中亦云：“所云出入，盖往村寺沐浴，及寻溪傍谷钓鱼采药，聊以自娱耳。”[⑤]这种情况和《渔父》四首所写渔父“彼此不论钱数”，轻舟短棹，“梦断落花飞絮”的状态亦如出一辙。

甚至这组作品中所写的在“漠漠烟雨”的江边，“官人”“借我孤舟南渡”的情形，在黄州时期的苏轼生活中，也似为实有之情形。其《赠别王文甫》云送文甫弟子：“仆送之江上，微风细雨，叶舟横江而去。”[⑥]另外，结合苏诗看，此组作品甚至也寄托着作者居黄期间，悲悼历史人物不幸遭遇的心境。苏轼作于元丰三年（1080）的《王齐万秀才寓居武昌县刘郎洑，正与伍洲相对，伍子胥奔吴所从渡江也》一诗末尾云“与君饮酒细论文，酒酣访古江之坟。仲谋公瑾不须吊，一酹波神英烈君”。[⑦]此诗后面作者自注：“杭州伍子胥庙封英烈王。”而据《吴越春秋》载：“伍员奔吴，到昭关，追者在后。至江，有渔父乘船泝江而上。子胥呼之，曰：‘渔父

① （宋）苏轼：《苏东坡全集·苏东坡文集》，珠海出版社1996年版，第1156页。

② 同上书，第1188页。

③ （唐）李延寿：《南史·陶潜传》，见《南史》第1856页。

④ （宋）苏轼：《苏东坡全集·苏东坡文集》，珠海出版社1996年版，第1233—1234页。

⑤ 同上书，第1215页。

⑥ 同上书，第1800页。

⑦ （宋）苏轼：《苏轼诗集》，中华书局1982年版，第1040页。

渡我。'子胥入船，渔父知其意，乃渡之于浔之津。"[①] 从这些资料可知，苏诗中所写的"伍洲"，实即他居黄时常至之地，而《渔父》四首中"借我孤舟南渡"的"官人"，则无论如何又打上了政途倾覆、亡命吴国的伍子胥的影子，而此词委婉记载的，又无疑有词人曾经悲悼伍子胥的一段情怀。

总之，苏轼黄州时期创作的这组《渔父》作品，绝非一般意义上的泛咏渔父萧散生活之作。它既不是张志和《渔父》及黄庭坚《鹧鸪天》之"遗意"，更非真正意义上的可歌之词，而是一组长短句形式的诗。被剥夺了作诗权利的诗人，就是以这样的似词非词的文字形式，徜徉于醒醉之间，对比、体认着"故我"与"今我"，记录、抒写着他被逐出官场后艰难回归"江湖"的精神之旅。这其中不仅有诗人黄州时期生活的剪影在，更重要的是寄托着他对现实政治的疏离及对人生受官场利名羁牵而沉浮的悲悯情怀。从这个意义上说，我们称这组作品为政治抒情词也不为过，尽管它并未在字面上明显言及政治。

## 第四节　苏轼《蝶恋花·春景》考论

花褪残红青杏小。燕子飞时，绿水人家绕。枝上柳绵吹又少。天涯何处无芳草。　墙里秋千墙外道。墙外行人，墙里佳人笑。笑渐不闻声渐悄。多情却被无情恼。[②]

苏轼这首《蝶恋花·春景》影响广泛，但其题旨却众说纷纭难有确解。题旨解读上的分歧，首先源自这首词系年的困难。论者将本词系于密州、惠州、定州等时期，难以使人信服。考察苏轼大半生创作情况，结合此词所使用意象看，本词当作于词人黄州时期。而细绎文本，则不难发现，这是一首寓有作者政治落拓情怀、意蕴深厚的小词。

### 一　本词的几个待解之题

苏轼这首《蝶恋花》词傅干注本存目阙词；元延祐刊本《东坡乐府》

① （宋）苏轼：《苏轼诗集》，中华书局1982年版，第1039页。

② 唐圭璋编：《全宋词》，中华书局1965年版，第300页。

收卷下，无词题；龙榆生《东坡乐府笺》录卷三，未系年，其校云："毛本题作春景，子作小"；石声淮、唐玲玲《东坡乐府编年笺注》将此词列卷三（未编年词）中，出校云："元本'绕'一作'晓'。毛本题作'春景'，'子'作'小'。《全宋词》本同毛本"；薛瑞生《东坡词编年笺证》（以下简称"薛笺"）列此词于卷三（入翰林后之什）中，出校云："元本无题。傅本存目缺词。'燕子'，毛本误'子'作'小'。'飞'，《二妙集》本、毛本原注'一作来'。'绕'，元本注'一作晓'。"其"考证"又云："《纪年录》、《年谱》、《总案》均失载，朱、龙二氏不编年。"

这首词的主题颇多争议。俞平伯《唐宋词选释》认为此词"言春光已晚，有思乡意"。[①] 唐圭璋等撰《唐宋词选注》云"本词是伤春之作。不过，作者还借'无处无芳草（知音）'以自慰自勉"。[②] 张燕瑾、杨锺贤《唐宋词选评》云"统观全词，不难看出，这是借惜春伤情表现诗人远行中的失意心境"。[③] 张志烈认为："这首伤春伤情的小词，正好是他此时此地（指苏轼被贬英州，笔者注）沉痛心情的必然抒发。""词的上片写伤春。花残杏小，燕子翩飞，柳绵快吹尽，芳草遍天涯。在这样的描写中透出无恨伤痛情绪，其中寓托着的，应当是对朝局变换、元祐人士遭遇的感叹。""下片写墙外行人和墙里佳人的'多情'和'无情'、'笑'和'恼'的对比。……正是他多年来对宋王朝一片忠心而却遭贬岭南的最恰当写照。"[④]

汪贤度等则是从更积极的角度评价这首词的旨意。汪云这首词是"借'佳人'以抒胸中郁结之情，表达的还是意欲匡世济时的丈夫之气"。[⑤] 陶尔夫、诸葛忆兵认为此词主要表现了苏轼豁达开朗的人生态度。[⑥] 日本学者保苅佳昭则认为这首词主要表现了苏轼的多情。[⑦]

此词的系年也无确指。曹树铭注《苏东坡词》将此词编在苏轼密州时期，其注云："细玩此词上片之意境，与本集《满江红》（东武城南）之上

---

① 俞平伯：《唐宋词选释》，陕西师范大学出版社 2005 年版，第 104 页。

② 唐圭璋、潘君昭、曹济平：《唐宋词选注》，北京出版社 1982 年版，第 210 页。

③ 张燕瑾、杨锺贤：《唐宋词选》，天津人民出版社 1985 年版，第 282 页。

④ 张志烈：《苏词二首系年略考》，见《中国人民大学报刊复印资料·中国古代近代文学》2002 年第 10 期。

⑤ 人民文学出版社编辑部编：《唐宋词鉴赏集》，人民文学出版社 1983 年版，第 221 页。

⑥ 陶尔夫、诸葛忆兵：《北宋词史》，黑龙江人民出版社 2005 年版，第 343 页。

⑦ ［日］保苅佳昭：《新兴与传统——苏轼词论述》，上海古籍出版社 2005 年版，第 127 页。

片相似。而本词下片之意境，复与本集《蝶恋花》（帘外东风交雨霰）之上片相似。以上二词，俱作于熙宁九年丙辰密州任内。铭颇疑此词亦系在密州所作，志以待考。”①

薛笺将此词编在绍圣二年（1095）。其《考证》云：“《冷斋夜话》与《林下词谈》均云朝云在惠州常歌此词（详见附录），《林下词谈》故无论，《冷斋夜话》作者惠洪与东坡同时而稍晚，其言或不无据。果如此，当作于惠州时期或更早。因乙亥为东坡在惠州所经第一春，暂编于此，以俟详考。”② 其《附录》云：

> 《历代诗余》卷115引《冷斋夜话》：“东坡《蝶恋花》词云：‘花褪残红青杏小……’东坡渡海（岭），惟朝云王氏随行，日诵‘枝上柳绵’二句，为之流泪。病极，犹不释口。东坡作《西江月》悼之。”③（又见《西湖游览志余》卷十六）

邹同庆、王宗堂《苏轼词编年校注》（以下简称“邹注”）亦将该词编于绍圣二年，不过增加了另一条理由，即苏轼惠州时期的诗文里惯用“天涯”一词。邹注指出：“本词中之‘天涯’，亦非泛言，当指地处偏远的惠州。”“故将此词编于绍圣二年春，以俟详考。”④ 另外，陈迩冬对这首词也有“疑是谪岭南时期的作品”之说⑤，但没有提出理由。

张志烈依据本词文本内容也提出了自己的看法，他说：“我认为其上下片的意象群各有一个核心。上片的核心就是‘枝上柳绵吹又少，天涯何处无芳草’，下片的核心就是“多情却被无情恼。”上片的风光景物层面之下，有其情感寄托；下片情事层面之下，也有其情感寄托。这两点寄托所由产生的心态，只能是在他罢定州任谪知英州启程南下之时才会有的。因此我认为这首词是他绍圣元年（1094）闰四月三日后离定南行路途触景而发。”⑥

① 曹树铭：《苏东坡词》，台湾商务印书馆1996年版，第165页。

② 薛瑞生：《东坡词编年笺证》，三秦出版社1998年版，第640页。

③ 同上书，第641页。

④ 邹同庆、王宗堂：《苏轼词编年校注》，中华书局1999年版，第754页。

⑤ 陈迩冬：《苏轼词选》，人民文学出版社1986年版，第109页。

⑥ 张志烈：《苏词二首系年略考》，《中国人民大学报刊复印资料·中国古代近代文学》2002年第10期。

总之，对这样一首看似简单的词作，不仅论者的解读异说纷出，其编年也难有确指。

## 二 主题：政治上的“行人”心态

理解苏轼此词主旨的关键主要集中在怎样解读词中的“天涯何处无芳草”。

俞平伯引《离骚》句云此词“言春光已晚，有思乡意”，邹注亦云“此谓春光已晚，芳草长遍天涯”。[①] 汪贤度认为“上片……总的基调是忧郁的”。[②] 张志烈则对“芳草”含义作了明确说明：“‘天涯何处无芳草’，既用淮南小山《招隐士》‘王孙游兮不归，春草生兮萋萋’之意，感叹诸同仁普遍被谪外地，同时芳草就是《楚辞》‘美人香草’的香草，喻正人君子，而今都远窜天涯了。想其下笔之时，根本用不着心存比兴，因为最集中最强烈的情感，会自然而然地就即目所见，找到它节律感应的对应物——妙合无垠的最佳载体。”

周笃文等则有另外的看法。周云“枝上”、“天涯”这两句“反映出作者随遇而安的坦荡胸怀来”[③]；唐圭璋等认为作者是“借‘无处无芳草（知音）’以自慰自勉”[④]；陶尔夫、诸葛忆兵亦云：“‘天涯何处无芳草’，何必为奔走流离而痛苦，何必为春去花落而伤心？”[⑤] 显然，他们对此句的解读和俞平伯等大不相同。

究竟“天涯”句表达的是伤感忧郁，甚或君子远窜之意，还是随遇而安、坦荡自慰？笔者认为为正确理解其意不妨察其原典。张志烈认为此句用淮南小山《招隐士》“王孙游兮不归，春草生兮萋萋”之意。《招隐士》虽始见于东汉王逸的《楚辞章句》，但一般认为实是汉赋（骚体赋），有汉赋堆砌辞藻、事象之病，王逸题为淮南小山作，南朝梁代萧统的《文选》却题刘安所作即可为证。且《招隐士》用此句要表达的本是“王孙兮归来，山中兮不可以久留”的主题，这和张志烈云苏轼“感叹诸同仁普遍被谪外地”之意是有出入的。毕竟苏轼所感受的“正人君子”之在朝政反复中被迫“远窜”和《招隐士》所唱叹的“王孙游兮不归”之意相去甚远。

---

① 邹同庆、王宗堂：《苏轼词编年校注》，中华书局 1999 年版，第 755 页。

② 人民文学出版社编辑部编：《唐宋词鉴赏集》，人民文学出版社 1983 年版，第 220 页。

③ 周笃文：《宋词》，上海古籍出版社 1980 年版，第 54 页。

④ 唐圭璋、潘君昭、曹济平：《唐宋词选注》，北京出版社 1982 年版，第 210 页。

⑤ 陶尔夫、诸葛忆兵：《北宋词史》，黑龙江人民出版社 2005 年版，第 343 页。

即使认为苏轼此句是借用《招隐士》中“春草生兮萋萋”之意以表达正人君子如萋萋春草布满天涯，怕也未必与事实完全相符。因为苏轼绍圣元年（1094）闰四月被再贬英州之前，尽管已有吕大防、苏辙、范祖禹等人相继出朝，但元祐诸贤中刘挚、梁焘、刘安世、黄庭坚等之被贬都还是七月以后的事情。所以，苏轼“在绍圣元年（1094）闰四月三日后离定南行路途”中，亦未必会以“天涯何处无芳草”式的完成语态喻诸贤臣之被黜。同时，如按张先生之解，则本词上片前几句所写花褪残红青杏小、燕子翻飞绿水绕之暮春初夏时节生机勃勃之景，显然和“天涯”句之抒发沉痛心情也是有矛盾的。

“天涯”句的原典应该是在《离骚》中。《离骚》之抒情者在面临政治困境时，“索藑茅以筳篿兮，命灵氛为余占之”，在对方告诉他“勉远逝而无狐疑兮，孰求美而释汝？何所独无芳草兮，尔何怀乎故宇”之后，他即在“灵氛既告余以吉占兮”的鼓励下，有了“历吉日乎吾将行”的打算。①故《离骚》借“芳草”表达自慰之情当无问题，而源于《离骚》原典的苏轼《蝶恋花》词此句之自慰意亦于此明了。“芳草”在《离骚》中侧重指政治层面的知己，那么说苏词中的“芳草”具潜在政治象喻意也当不在话题之外，此意下面再谈。

总之，笔者认为要完整理解这句话必得注意整个上片语意的转折。上片青杏、燕子、绿水之美景和“枝上柳绵吹又少”表达的日月飞逝的伤感构成了第一层转折，而后一句“天涯何处无芳草”之言多又和前句的“柳绵少”构成了第二层转折。柳绵又少是失落，但不是还有青杏正长、绿水缭绕、燕子翻飞吗？所以伤感看起来大可不必。正是在这情绪的起伏转折中，作者写出了其多感之怀，也难怪保苅佳昭认为这首词主要表现了苏轼的多情。

下片，作者没有进一步写景或抒怀，而是撷取了一个小插曲：寂寞的“行人”，走在高墙之外的路上，他被墙内“佳人”笑声吸引，驻足听“笑”。最后，在“佳人”“笑渐不闻声渐悄”里，“行人”生出许多烦恼。

张燕瑾、杨锺贤云，下片最后两句“以幽默而风趣的笔触，抒写了诗人（苏轼）听到笑声产生的反应”，“而这，正是诗人‘多情’——感情丰富的表现”。“一个人因为自己心情不好，往往把别人的一举一动，一颦一

① （宋）洪兴祖：《楚辞补注》，中华书局1983年版，第35—42页。

笑，都看做针对自己的。如今诗人竟也到了这种地步”。[①]

张、杨二先生将词中“行人”理解为苏轼本人，进而认为是苏轼多情，这个意见实源自王闿运。王氏在其《湘绮楼评词》里直斥此词：“此则逸思，非文人所宜。”[②] 这个观点也被陶尔夫、诸葛忆兵继承：“下片写‘墙外行人’偶尔听到‘墙里佳人’悦耳的笑声，便产生了许多许多美妙的联想。终因不能见‘墙里佳人’一面，也不能传递自己的‘多情’，而感到懊恼。”[③] 而前述保苅佳昭所谓的苏轼“多情”说，大概也是从这里引申出来的。

这样的理解还可商榷。因为从常理看，一堵高墙隔开的不仅是墙外“行人”的脚步和视线，而且也隔出了两个不相干的世界。对“行人”来说，他有主观接近“佳人”的愿望，但客观上他完全被动，故驻足听“笑”，他也该自知“墙里佳人”根本就不会意识到墙外“行人”世界的存在，那么他的多情从何而来？王闓运将这种多情理解为源自闻音思色的浪子情怀，并认为此人即作者本人故怒加斥责，但这种理解和词上片之意实难衔接。

倒是清代词论家李佳颇有见地，他说“此亦寓言”。不过他又说这是“无端至谤之喻”[④]，意谓“佳人”之笑是无端飞来之“谤”。这就把下片的故事和苏轼的政治遭遇联系起来了，却惜乎无更多表述。

苏轼不是词中那个“行人”，因为明显地他对自己笔下的这位墙外“行人”有调侃的意思。“行人”自己多情本就不该，却又烦恼对方“无情”。烦恼对方“无情”没有道理，因为墙里“佳人”对墙外“行人”根本没有“情”的概念。所以从下片看，词作者显是否定“行人”这种多情的。

“恼”，《诗词曲语词汇释》卷五：“言墙里佳人之笑，本出于无心情，而墙外行人闻之，枉自多情，却如被撩拨矣。”俞平伯云：“按‘恼’字仍从烦恼取义，被引起烦恼，即被撩拨。”[⑤] 笔者同意俞先生的解释，但这个“恼”字，似乎还应加上恼恨、无奈的意思在里面。遗憾无奈，这正是墙

① 张燕瑾、杨锺贤：《唐宋词选》，天津人民出版社1985年版，第285页。

② 曾枣庄：《苏词汇评》，四川文艺出版社2000年版，第162页。

③ 陶尔夫、诸葛忆兵：《北宋词史》，黑龙江人民出版社2005年版，第343页。

④ 曾枣庄：《苏词汇评》，四川文艺出版社2000年版，第162页。

⑤ 俞平伯：《唐宋词选释》，陕西师范大学出版社2005年版，第105页。

外“行人”此时较合乎逻辑的心理状态。“墙里佳人”沉迷于自我娱乐中而对墙外的“行人”完全没有意识，故这“恼”本是对墙内人之“恼”，但很快就有可能演变为“行人”在遗憾和无奈中对自己的懊恼，即对自己的因“多情”而产生的心理烦扰的自责与自叹。这种情绪在性质上和全词上片的感叹春光渐老、春之无情是相似的。再往下发展，就该反逼出上片末尾那句“天涯何处无芳草”的自我宽慰之词。这样，上下片就联系起来了：因为于春“多情”，反被无情恼，所以上片抒情者转云“天涯何处无芳草”；因为于“佳人”“多情”，反被无情恼，所以下片中，“行人”也应及早醒悟“天涯何处无芳草”，而不为所恼。不幸的是，故事中的这位“行人”，直至结片还迷于其中。由此这首词的反讽意义就凸显了。

由此可见，下片是针对上片抒情所作的一个延伸，从主题上荡开了上片止言春情的思路而言及人事，伤春主题被超越。张志烈云：“下片写墙外行人和墙里佳人的‘多情’和‘无情’、‘笑’和‘恼’的对比。……正是他多年来对宋王朝一片忠心而却遭贬岭南的最恰当写照。”认为下片是苏轼“一片忠心”却遭贬谪的写照，这个看法真正是切中要害的真知灼见，只是未必是苏轼“遭贬岭南的最恰当写照”。苏轼一生屡遭贬谪，若论其忠心，黄州之贬前，尤其熙宁年间面对王安石变法，他向皇帝屡屡上书所表现出的忠心，也许非此后任何一个时期可比，是故，此词未必一定是苏轼“遭贬岭南的最恰当写照”，这个问题稍后再论。

这就是政治上遭遇重重困难的苏轼内心复杂情绪的真实写照。相对于朝廷或自己的政治目标而言，它们于他已如春之将尽，渐行渐远。政治上的屡经挫折，使他感觉自己只不过是个被抛在高墙之外的寂寞“行人”。自己也曾因“迷”于事内而“恼”，一旦跳出事外观照，所谓的烦恼都是徒然。人生的选择应该还有不少，“行人”又何必为这一处“佳人”而“恼”？

《离骚》云“日月忽其不淹兮，春与秋其代序”[①]，其唯恐时日不及的焦虑和苏词“枝上柳绵吹又少”有一致之处。屈骚中亦有上扣天门遭拒而被隔在墙外的“多情却被无情恼”的形象，其随后经“灵氛”提醒，亦转而寻访“天涯芳草”。由此看来，苏词中所谓“天涯”只不过是就抒情者

① （宋）洪兴祖：《楚辞补注》，中华书局1983年版，第6页。

理想追求的范域而言，并不是如邹注所云确指地理概念上的“惠州”。如果“天涯”可指惠州，那么苏轼被贬黄州期间也曾说“黄州真在井底，杳不闻乡国信息”[①]，其僻远也近乎“天涯”了。所以对此词中“天涯”一词的“能指”“所指”义之辨析，也可使我们进一步看到《蝶恋花·春景》确不是一首普通的伤春抒情之作。

《宋词纪事》引《林下词谈》云：

> 子瞻在惠州，与朝云闲坐。时青女（指秋霜）初至，落木萧萧，凄然有悲秋之意。命朝云把大白，唱“花褪残红”。朝云歌喉将啭，泪满衣襟。子瞻诘其故，答曰：“奴所不能歌，是‘枝上柳绵吹又少，天涯何处无芳草’也。”子瞻翻然大笑曰：“是吾正悲秋，而汝又伤春矣。”遂罢。朝云不久抱疾而亡。子瞻终身不复听此词。[②]

苏轼曾自云：“予家有数妾，四五年相继辞去。独朝云者，随予南迁。”[③] 王朝云“始不识字，晚忽学书，粗有楷法”[④]，苏轼在为其所作《墓志铭》中云她“敏而好义，事先生二十又三年，忠敬若一”[⑤]，朝云逝后苏轼作诗词悼念她。应该说王朝云生前是理解苏轼的，她怎么可能如陈迩冬所云，唱此词“泪落衣襟”是出于“封建社会做妾的女性怕遭遗弃的忧虑和对于许多被遗弃者的同情”呢?[⑥] 如果《林下词谈》记载属实，那么我们也就可作如下理解：“悲秋之意”压在心头的苏轼听此词，本希望以“天涯何处无芳草”宽慰自己，不意王朝云偏是从苏轼连年遭贬、蹉跎岁月的不幸中，来体悟“天涯何处无芳草”与其所处现实的深刻矛盾：已经是“枝上柳绵吹又少”的光景，为什么还要说“天涯何处无芳草”呢？所以，她泪满衣襟，泣不成声。政治磨难了无终日的苏轼当然是理解这位追随自己共历险患多年的知己在想什么。故朝云抱疾而亡，子瞻终身不复听此词自在情理之中。

---

① （宋）苏轼：《苏东坡全集·苏东坡文集》，珠海出版社 1996 年版，第 1276 页。

② 唐圭璋《宋词纪事》，上海古籍出版社 1982 年版，第 73 页。

③ （宋）苏轼：《苏轼诗集》，中华书局 1982 年版，第 2073 页。

④ 同上书，第 2202 页。

⑤ （宋）苏轼：《苏东坡全集·苏东坡文集》，珠海出版社 1996 年版，第 346 页。

⑥ 陈迩冬：《苏轼词选》，人民文学出版社 1986 年版，第 103 页。

由此看来，所谓“表现诗人远行中的失意心境”，表达“意欲匡世济时的丈夫气”，表现苏轼豁达开朗的人生态度，及表现了苏轼的“多情”等说法，都是不能较准确说明这首《蝶恋花》词丰富内涵的。

## 三　作时：被贬黄州时期

这首词既非苏轼密州所作，也非创作于赴英州途中或惠州时期。

密州时期的苏轼，虽然已经有了落拓地方任上的蹭蹬之感，但他以不到四十岁的壮龄，在政途上还根本算不上“枝上柳绵吹又少”的时候。他报效国家、事功扬名的雄心正处高涨时期，这从他批评变法派，抒发壮志豪情的诗篇常满心而发、肆口而成可见，而此期也正是他诗词豪放风格的发展、形成时期。所以像《蝶恋花·春景》这样的“代表了他词作清新婉约的一面”，且“寄寓着他仕途失意、怀才不遇的恼恨心情”① 的作品，确是很难划归此期。

曹树铭将此词编在苏轼密州时期的依据是，此词和作者密州时另两首词《满江红》（东武城南）及《蝶恋花》（帘外东风交雨霰）相似。但比较之下，该二词在内容上实与这首《蝶恋花·春景》相去甚远。《满江红》上片从写新筑大堤之事开篇写的是赴会者远观之实景，不仅和《蝶恋花·春景》一词之泛写暮春之景难以相较，而且也不存在《蝶》词上片“天涯何处无芳草”之意。《蝶恋花》（帘外东风交雨霰）这首词上片也主要是以帘外之风雨来衬写帘内“佳人”笑语轻盈及“灯光酒色”的气氛，其中并无类于这首《蝶恋花》词下片的“多情却被无情恼”的情况。

张志烈认为此词创作于苏轼“于定州被谪首途南下之时”，理由主要是“上下片的意象群各有一个核心。上片的核心就是‘枝上柳绵吹又少，天涯何处无芳草’，下片的核心就是‘多情却被无情恼’”。前已有述，既然“天涯何处无芳草”未必是“元祐人士纷纷被赶出朝堂”的“沉痛心情的必然抒发”，且“多情却被无情恼”亦未必仅仅是苏轼遭贬岭南的最恰当写照，那么，此词之系于绍圣元年（1094）闰四月前后亦难使人信服。张先生在说明苏轼之“多情却被无情恼”时，引用了他赴定州任而哲宗拒绝面见所上的《朝辞赴定州论事状》，认为这“正是‘多情’对‘无情’

---

① 人民文学出版社编辑部编：《唐宋词鉴赏集》，人民文学出版社1983年版，第221页。

的诉说。反反复复，绕来绕去，其心可见”。① 实际上，苏轼于此状中所提到的“臣备位讲读，日侍帷幄，前后五年，可谓亲近”之语，即已使我们看到他之于哲宗间的关系远非此《蝶恋花》中所云“墙外行人”之于“墙里佳人”难以逾越的高墙阻隔可比。如果打个比方，则《朝辞赴定州论事状》所表述的实际是苏轼与哲宗“失恋”后的心态，而非“单相思”的神往。

薛笺、邹注都将此词暂系于苏轼惠州时期，即绍圣二年（1095）春天，陈迩冬亦有“疑是谪岭南时期”之说，但从以下情况看这也是很难成立的。

首先，薛笺“暂系”于绍圣二年所依据的惠洪之《冷斋夜话》的记载，但惠洪并未明言此词即作于该期，而且此处所记之事还只是《历代诗余》本《冷斋夜话》才有，《丛书集成》本《冷斋夜话》无此内容。又，惠洪所撰《冷斋夜话》被认为记事杂有假托伪造之迹，陈善《扪虱新话》卷八即有“《冷斋夜话》诞妄”条驳之，《彦周诗话》等也屡议其非。所以，明代田汝成撰《西湖游览志余》虽也收录此条，但其真实性还有待进一步考证。

其次，惠州时期苏轼诗词文中反映的思想与此词不类。绍圣元年（1094）十月苏轼贬至惠州时，已是五十九岁的老人。除《蝶恋花·春景》外，邹注系于此期的苏词共16首。这些词大多已无《蝶恋花·春景》“天涯何处无芳草”的旷达和自信，而是蕴藏着深感生命尽头将至的沉痛与悲哀。其情感深处的凄苦和词面语言迸出的眼泪，完全和《冷斋夜话》及《林下词谈》记载的朝云歌《蝶恋花·春景》时为之泣下的情致相符。这说明无论情感外露的朝云还是深藏的苏轼，他们在惠州时期的感情世界已完全远离了《蝶恋花·春景》中那一丝丝的诙谐和幽默。②

惠州时期的苏诗中多出现“天涯”字眼，如邹注所指出的苏诗中有“只知楚越为天涯，不知肝胆非一家”和“且同月下三人影，莫作天涯万里心”这样的句子。但这里的两个“天涯”，前者指偏僻荒远的地方，后者则指遥远的地理距离，这和《蝶恋花·春景》一词中的“天涯”意并不

① 张志烈：《苏词二首系年略考》，《中国人民大学报刊复印资料·中国古代近代文学》2002年第10期。

② 按：苏轼惠州词作如《临江仙·惠州改前韵》：“我与使君皆白头，休夸年少风流”；《殢人娇》：“白发苍颜，正是维摩境界”；《虞美人·琵琶》：“应有开元遗老，泪纵横”；《浣溪沙·春情》：“夕阳虽好近黄昏”，等等，都蕴有作者的无奈与深痛。

相同。所以诗人作诗时的选词造语，完全是根据其表意需要进行，对苏轼这样的高产作家来说，凭某个词汇使用的频率高低并不能完全说明他某个时期作品共有的特色。

“此身如线自萦绕，左旋右转随缫车。”[①] 惠州时的苏轼，深感命运之巉崄，一如此期词作表达的感受。在其诗文里面我们也可看到，人生的失意与绝望深深的笼罩着他。他说，“我自飘零足羁旅，更堪秋晚送行人。”[②]“我岂犬马哉？从君求盖帷。杀身固有道，大节要不亏。”[③] 当然他也在放唱“日啖荔枝三百颗，不辞长作岭南人”[④]，但“强歌非真达，何必师庄周”[⑤]，表面的旷达岂能掩盖内心深处的哀伤？“迁惠州一年，衣食渐窘”，“樽俎萧然”[⑥]，“我家六儿子，流落三四州。辛苦见不识，今与农圃俦”。[⑦] 他思北归，念流落四方的孩子，身心困顿中只有陶潜变成了他精神上的慰藉，所以此期他写了不少《和陶诗》。

同时他也有了随遇而安之想，但这不是“天涯何处无芳草”式的放旷，他也已不再有“恼”。从此期游记可知，他甚至自觉是濒死的“挂钩之鱼”，“此间有什么歇不得处”？[⑧] 在惠州每天就着断足的铁锅“罨糙米饭吃，便过一生也得”，“是病皆死得人，何必瘴气？”[⑨] 据这些信息，我们确实很难把《蝶恋花·春景》一词表达的情怀与此时的苏轼联系起来。

更重要的是，本词所涉及的一些物象非惠州之物。惠州即今天的惠阳，地处北回归线以南北纬 24 度、东经 115 度附近，已经靠海。但此词上片云“花褪残红青杏小”及燕、柳绵等物象并不相类于惠州春末之景。尤其“青杏”，在惠州更是不存在的。因为查相关资料，惠州古今并不出产杏。

《中国大百科全书·农业Ⅱ》“杏”条：“（杏）在中国主要分布在北纬 44 度以南地区，以黄河流域各省为主产地。”“杏树适应性强，耐旱而不抗

① （宋）苏轼：《苏轼诗集》，中华书局 1982 年版，第 2184 页。
② 同上书，第 2154 页。
③ 同上书，第 2187 页。
④ 同上书，第 2194 页。
⑤ 同上书，第 2144 页。
⑥ 同上书，第 2136 页。
⑦ 同上书，第 2140 页。
⑧ （宋）苏轼：《苏东坡全集·苏东坡文集》，珠海出版社 1996 年版，第 1808 页。
⑨ 同上书，第 1499 页。

涝。能在各类土壤上生长。以排水良好的砂壤土最为适宜。喜光，耐寒力强。"[①]《辞海》也有类似解释。[②] 朱太平等编著《中国资源植物》解释杏亦类于是。[③]

明末清初屈大均曾明确提出把大庾岭作为中国植物分布的除秦岭淮河之外又一条分界线。其《广东新语》卷二五云："（榕树）性畏寒，逾梅岭则不生。故红梅驿有数榕，为炎寒之界。又封川西三十里分界村，二广同日植一榕，相去三丈许，而东大西小，东荣西瘁。东榕又不落叶。咫尺间，地之冷暖已分如此。"该书同卷"木语"部详列本地域果树类目，亦不提杏子。[④]

中国科学院自然科学史研究所编《中国古代地理学史》叙述中国植物分布的地理界线云："地理学上，南岭是我国中亚热带与南亚热带的分界线。岭南岭北不仅气温相差较大，而且植物分布也显然不同。"[⑤] 这一点也可以从清彭定求主修《全唐诗》卷六十所录李峤《梅》诗得到证实。其诗云："大庾敛寒光，南枝独早芳。雪含朝暝色，风引去来香。"此处之"南枝早芳"说的就是大庾岭气候南北暖寒差异的情况。

另，检苏词（存疑词除外）共有八首写到过杏，按邹注编年，除这首《蝶恋花·春景》及一首《点绛唇》（未编年）外，其他六词也没有一首是写在岭海时期。[⑥]

顾炎武《肇域志》甚至记载了苏轼谪惠期间的具体住所："（惠州）北多重峦，南临大海……（归善县）沿海……白鹤峰在县西北，高五丈，周

① 《中国大百科全书·农业Ⅱ》，中国大百科全书出版社1990年版，第1361页。

② 《辞海》，上海辞书出版社1989年版，第3287页。

③ 朱太平、刘亮、朱明：《中国资源植物》，科学出版社2007年版，第1136页。

④ （清）屈大均：《广东新语》，中华书局1985年版，第609页。

⑤ 中国科学院自然科学史研究所地学史组：《中国古代地理学史》，科学出版社1984年版，第180页。

⑥ 按：苏词中涉及杏意象的词除这首《蝶恋花·春景》外，其他七首邹注的编年情况是：《一丛花·初春病起》（游人便作寻芳计，小桃杏、应已争先）编熙宁九年（1076）早春密州时期；《戚氏》（杏花风、数里响鸣鞭。望长安路，依稀柳色，翠点春妍）编绍圣元年（1094）定州时期；《浣溪沙·赠闾丘朝议，时还徐州》（霜鬓不须催我老，杏花依旧驻君颜。夜阑相对梦魂间）编熙宁十年（1077）八月徐州时期；《南乡子》（绣鞅玉钚游。灯晃帘疏笑却收。久立香车催欲上，还留。更且檀唇点杏油）编元丰二年（1079）徐州时期；《占春芳》（红杏了，夭桃尽，独自占春芳）编熙宁七年（1074）杭州时期；《浪淘沙》（墙头红杏暗如倾。槛内群芳芽未吐，早已回春）编熙宁五年（1072）杭州时期；《点绛唇》（红杏飘香，柳含烟翠拖轻缕。水边朱户。尽卷黄昏雨）邹注未编年。

一里，古有白鹤观，苏子瞻谪惠居此。”[①]

由此看来，耐寒怕涝、以黄河流域为分布中心的杏，其栽培地域不会越过南岭这第二条植物分界线。今天的惠阳不产杏子，北宋时这个地处南海边的地方气候炎热，水土涝湿，瘴气弥漫，亦非耐寒之杏适宜的生长地。故疑苏轼在惠州创作此词与此是有矛盾的。

那么苏轼此词究竟作于何时呢？笔者认为，这首词应是苏轼黄州时期的作品。因为本词反映的思想和苏轼现存的创作于黄州时期的诗词文比，最为接近。

苏轼从二十二岁进士及第名满京师、踏入仕途以来，一路青云直上。通判杭州不过是个小的挫折，而震惊朝野的“乌台诗案”才真正使他遭到了空前严重的政治与人生打击。在“梦绕云山心似鹿，魂飞汤火命如鸡”[②]的狱中生活结束以后，他谪黄州，开始了对自己人生之路的重新审视，其《答李端叔书》云：

> 轼少年时，读书作文，专为应举而已。既及进士第，贪得不已，又举制策，其实何所有？而其科号为直言极谏，故每纷然诵说古今，考论是非，以应其名耳。人苦不自知，既以此得，因以为实能之，故譊譊至今，坐此得罪几死，所谓“齐虏以口舌得官”，真可笑也。[③]

这岂不是“多情却被无情恼”？黄州贬谪前的苏轼，虽然并未真正进入过政治权力核心，但他热衷于政治。熙宁四年（1071）正月写下名曰《议学校贡举状》的奏议给神宗皇帝；同月，在蒙神宗召对，“亲奉德音”[④]之后，他又写了《谏买浙灯状》；二月，在“买灯之事，寻已停罢”，“惊喜过望，以至感泣”[⑤]的情况下又写了长达万言的《上神宗皇帝书》，将他对王安石变法的主要观点及其政治见解和盘托出。三个月内给神宗皇帝连上四信，结果受到排挤难于留任京城，终于熙宁四年七月自求外补做了杭州通判。从此后，他就真正做起了“墙外行人”。七八年的地方任上的落

---

① （清）顾炎武：《肇域志》，上海古籍出版社2004年版，第2184—2186页。

② （宋）苏轼：《苏轼诗集》，中华书局1982年版，第999页。

③ （宋）苏轼：《苏东坡全集·苏东坡文集》，珠海出版社1996年版，第1148页。

④ 同上书，第536页。

⑤ 同上书，第538页。

拓，从被皇帝“即日召见，问：‘何以助朕？’”[①] 到自密州任满回到京城时，当政者不准他进入京都国门[②]，再到湖州任上被捕入狱，“墙里佳人”于他岂不是“笑渐不闻声渐悄”？在《黄州安国寺记》中，他痛定思痛：“反观从来举意动作，皆不中道，非独今之所以得罪也。欲新其一，恐失其二。触类而求之，有不可胜悔者。”[③]《雪堂记》又云“吾不知雪之为可观赏，吾不知世之为可依违”[④]，其心情懊丧可知，这些又岂不是“多情却被无情恼”的形象注解？

黄州时期的诗词文中，也明显反映出作者对政治的疏离，牢骚也最深。他说：“我虽穷苦不如人，要亦自是民之一。形容虽似丧家狗，未肯弭耳争投骨。”[⑤]“放臣不见天颜喜，但惊草木回春深。”[⑥]“仆顽钝如此，其废弃固宜。”[⑦]“作郡浮光虽似箭，君莫厌，也应胜我三年贬。”[⑧]“惊起却回头，有恨无人省。”[⑨]“归去来，谁不遣君归。觉从前皆非今是。”[⑩]“归去，也无风雨也无晴。”[⑪]

不仅风雨不在意，晴天他也不放在心上，他想要走另外的路。元丰五年（1082）所作一首《浣溪沙》词云：“谁道人生无再少？门前流水尚能西。休将白发唱黄鸡。”[⑫] 有论者云此词表现了苏轼的“竞进之音”。[⑬] 但笔者认为这恰恰说明了苏轼对自己从前政治人生的反思。流水可走相反的路，那么人生如果再年少一次亦自当改变方向另走他路。《临江仙·夜归临皋》亦表示要走不再“营营”之路。这些岂不都是《蝶恋花》词中所云“天涯何处无芳草”之意。

“自我来黄州，已过三寒食。年年欲惜春，春去不容惜。”[⑭]“百年强

---

① （宋）苏轼：《苏东坡全集·苏东坡文集》，珠海出版社 1996 年版，第 2112 页。

② 参见《苏轼诗集》，中华书局 1982 年版，第 725 页《送鲁元翰少卿知卫州》题下所引施注。

③ （宋）苏轼：《苏东坡全集·苏东坡文集》，珠海出版社 1996 年版，第 280 页。

④ 同上书，第 295 页。

⑤ （宋）苏轼：《苏轼诗集》，中华书局 1982 年版，第 1122 页。

⑥ 同上书，第 1090 页。

⑦ （宋）苏轼：《苏东坡全集·苏东坡文集》，珠海出版社 1996 年版，第 1276 页。

⑧ 邹同庆、王宗堂：《苏轼词编年校注》，中华书局 1999 年版，第 394 页。

⑨ 同上书，第 275 页。

⑩ 同上书，第 389 页。

⑪ 同上书，第 365 页。

⑫ 同上书，第 358 页。

⑬ 赵伟东：《黄州时期苏轼的人生及思想浅论》，《学术交流》2005 年第 3 期。

⑭ （宋）苏轼：《苏轼诗集》，中华书局 1982 年版，第 1112 页。

半，来日苦无多。”[①] 黄州时期的苏轼对时光之流逝也是十分敏感的，但在精神气质上，他的诗词并不像惠州时期那样隐含着化不开的沉痛，有一些作品的笔调相对还是比较轻松的，其情感基调也和《蝶恋花·春景》一词相近。而《蝶恋花·春景》中出现的一些词汇，如杏、燕子、绿水、柳、秋千、佳人、多情、行人等，在此期的诗词作品中也多存在，有的甚至屡次出现。至如此期所写“我是朱陈旧使君，劝农曾入杏花村”[②] 这样的诗句，虽然袭用杜牧“杏花村”成句写过去之事，但杜牧写此诗的池州（安徽贵池）在地理纬度上和黄州（湖北黄冈）几乎相同，所以，身处黄州的苏轼因有感当地杏花物象而写出这样的忆昔之作也不是没有可能。这些，也能给我们确定《蝶恋花·春景》作于黄州时期提供一些佐证。

## 第五节　黄庭坚、黄大临三首《青玉案》词考论

千峰百嶂宜州路。天黯淡、知人去。晓别吾家黄叔度。弟兄华发，远山修水，异日同归处。　　樽罍饮散长亭暮，别语缠绵不成句。已断离肠能几许。水村山馆，夜阑无寐，听尽空阶雨。[③]

烟中一线来时路，极目送、归鸿去。第四阳关云不度。山胡新啭，子规言语，正在人愁处。　　忧能损性休朝暮，忆我当年醉时句。渡水穿云心已许。暮年光景，小轩南浦，同卷西山雨。[④]

行人欲上来时路，破晓雾、轻寒去。隔叶子规声暗度。十分酒满，舞裀歌袖，沾夜无寻处。　　故人近送旌旗暮，但听阳关第三句。欲断离肠馀几许。满天星月，看人憔悴，烛泪垂如雨。[⑤]

今传黄大临、黄庭坚《青玉案》词共 3 首，上录这 3 首词的创作，均与北宋崇宁二年（1103）黄庭坚宜州之贬有关。其中《青玉案》（行人欲上来时路）这首词的作者，据崇宁三年黄大临赴宜州探望黄庭坚及二人前

① 邹同庆、王宗堂：《苏轼词编年校注》，中华书局 1999 年版，第 506 页。

② （宋）苏轼：《苏轼诗集》，中华书局 1982 年版，第 1030 页。

③ 唐圭璋编：《全宋词》，中华书局 1965 年版，第 385 页。

④ 马兴荣、祝振玉校注：《山谷词》，上海古籍出版社 2001 年版，第 76 页。

⑤ 唐圭璋编：《全宋词》，中华书局 1965 年版，第 385 页。

后以《青玉案》词牌唱和的情况，可知实为黄庭坚，其具体创作时间在崇宁四年（1105）二月七日至十四日之间。黄氏兄弟以次韵唱和形式所作《青玉案》词，反映了他们对待政治打击的不同态度。

然而截至目前，学界关于这三首词的争议还没有结束。

## 一 关于黄氏兄弟《青玉案》词的争论

这三首词的创作，都与北宋崇宁二年（1103）黄庭坚被除名编管宜州有关。此年，随宋徽宗建中靖国之政罢废，朝中诏立“党人碑”，管勾洪州玉隆观的黄庭坚，因转运判官陈举承执政赵挺之风旨，摘其所作《承天院塔记》中数语为幸灾谤国，遂被除名，由鄂州编隶宜州。这是黄庭坚自绍圣元年（1094）以来所遇最严重贬谪，“十二月，兄大临作《青玉案》词送之”。[①] 黄大临所作送别之词，即上述第一首《青玉案》（千峰百嶂宜州路），词前小序云：“和贺方回韵，送山谷弟贬宜州。”所谓“和贺方回韵”，即和贺铸《青玉案》（贺铸此词又名《横塘路》，首句“凌波不过横塘路”），本词作时为崇宁二年十二月，作者黄大临，这个没有争议。

有争议的是上录第二、三首词。

第二首《青玉案》（烟中一线来时路）的作时尚需商榷。马兴荣、祝振玉校注《山谷词》，将其编在崇宁四年（1105），据黄庭坚贬宜州情况知，此判断需进一步斟酌。

第三首《青玉案》（行人欲上来时路），主要是作者归属问题的争议。《全宋词》在此词下附有唐圭璋按语：“案此首原见黄庭坚豫章黄先生词。题云‘寅庵解萍乡宰作，今附此’。盖黄大临作。”[②]《全宋词》所以加此按语，乃因明毛晋汲古阁《宋六十家词》是将此词录于黄庭坚《山谷词》中的，至20世纪50年代词学大师龙榆生参校多本写定《豫章黄先生词》时，亦收此词于黄庭坚名下。龙本《豫章黄先生词》由中华书局1957年出版，先于《全宋词》问世，故《全宋词》将此词改收黄大临名下时，实存在一个对前人误收修正的问题。然值得注意的是，唐圭璋早在20世纪抗战前发表的《宋词互见考》，对秦观、苏轼、晁补之、莫少虚等人互见词多有辨

① 马兴荣、祝振玉校注：《山谷词》，上海古籍出版社2001年版，第307页。

② 唐圭璋编：《全宋词》，中华书局1965年版，第384页。

正，却未见对此词作者归属问题的讨论，至1965年出版《全宋词》改收这首词于黄大临名下时，除加了五个字“盖黄大临作”的简单说明外，于该词作者变改的具体原因，也未有任何说明。

时过近半个世纪后的2001年，马兴荣、祝振玉校注《山谷词》面世。马、祝所校注《山谷词》用力之勤、眼光之精审自不在话下，但《全宋词》有关黄氏兄弟这首《青玉案》词的归属问题，在《山谷词》中重被推翻：马、祝本《山谷词》重将这首《青玉案》（烟中一线来时路）收录于黄庭坚词集中。其校语云：

> 唐圭璋编《全宋词》据此断本词为黄大临（寅庵）所作，将其从《山谷词》中删去。按，此小序为明嘉靖本旧有。毛本对嘉靖本中非山谷词作了删汰与校订，仍保留此首。龙榆生先生参校多本写定《豫章黄先生词》，亦收此词，并写了按语。考宋人笔记诗话如《苕溪渔隐丛话后集》卷三一、《能改斋漫录》卷一六，以及《花庵词选》所录黄大临《青玉案》词，皆是“千峰百丈宜州路”一阕。今从龙说，仍定为山谷词。①

马、祝“从龙说”，重新判定本词作者为黄庭坚。那么，究竟龙榆生、唐圭璋及《山谷词》注者，他们谁的判断出了问题，这首《青玉案》（行人欲上来时路）与黄氏兄弟所作另外两首《青玉案》究竟存在什么关系？

## 二　《青玉案》（烟中一线来时路）之作时

据《山谷词》所附《黄庭坚世系年谱简编》，黄庭坚遭贬赴宜州的路线是：崇宁二年（1103）“岁末至长沙，与护丧北归的秦观子秦湛，婿范温相遇”。然后，过衡州，和秦观“千秋岁词”。次年三月，寓其家于永州后，只身“于六月至宜州贬所”。② 到达贬所之后，黄庭坚随即写了这首次黄大临《青玉案》词韵的作品，其词序说得清楚：“至宜州次韵上酬七兄。”

既然山谷到达宜州是在崇宁三年（1104）六月，那么，山谷此词的作

① 马兴荣、祝振玉校注：《山谷词》，上海古籍出版社2001年版，第78页。

② 同上书，第307—308页。

时亦当为是年六月或稍后，因为此词小序已明言“至宜州次韵上酬七兄”。然马、祝所注《山谷词》却将这首词编在崇宁四年（1105）。理由是：“崇宁三年（1104）十二月二十七日，黄大临自永州来宜州看望山谷。次年二月六日，山谷与诸人饮饯黄大临于十八里津。”① 意即此词作于黄庭坚送别兄黄大临离开宜州之时，这显然是将词序中的“至宜州”，理解为黄大临赴宜州探望山谷这件事。这个理解显然是不对的。

“至宜州”与“次韵上酬七兄”，这两种行为毫无疑义乃同一人完成，因为在汉语“连动”式句子结构中，还很少见两个前后相次的动作，分属不同主语的情况。另外，从此词内容亦可察知，其作者是黄庭坚而非黄大临。

本词以“烟中一线来时路”这句话打头，显然作者是在到达目的地后，回顾了一路上坎坷曲折的行程。至次句，又云“极目送、归鸿去”，旧有雁至衡阳即不再南飞的说法，黄庭坚被编隶的宜州，不仅路过衡阳，且远在衡阳之南（今广西境内），故这句话实际是把他当时一步三回头的对乡关的无限留恋与忧愁也寄寓其中。因情怀恶劣如此，故接下来他又写听山胡、子规鸣叫，“正是人愁处”。贬谪，使人愁情难以遣，又加之兄长送别词写得极悲凄，故黄庭坚在这首酬答之作的下片，转而安慰兄长，同时也提醒自己：忧损性，不能朝暮是忧，想想自己当年诗作，现在就应该以那样的心态面对现状。② 最后，他说：滴水穿云，落地无痕，自己已有准备，暮年光景中，相信兄弟还会有一起于西山轩窗中卷帘看老家山雨的时候。

这样的抒情正符合黄庭坚遭贬而安慰兄长之意。词中也有愁，但作者最终却把它消解了，透露出的，倒是并不屈服于冤贬的铮铮骨气，这也完全符合黄庭坚的性格。从全词看，黄庭坚次韵酬唱兄长之作的意图十分明显：兄作极悲凄，为弟千峰万嶂的宜州路之行程担忧。山谷于此就告诉兄长，他已安全到达；兄作因弟之夺官远谪、暮年再遭厄运大发悲音：“已断离肠能几许。水村山馆，夜阑无寐，听尽空阶雨。”山谷则安慰兄：忧损性，休朝暮，想想我当年诗句所写的情形，就让满川风月去替人愁吧；

---

① 马兴荣、祝振玉校注：《山谷词》，上海古籍出版社 2001 年版，第 76 页。

② 马兴荣、祝振玉校注《山谷词》于此句下笺注：“忆我句句下原注：‘旧诗云：我自只如常日醉，满川风月替人愁。’按‘旧诗’即作者《夜发分宁寄杜涧叟》，原诗前两句是：‘阳关一曲水流东，灯火旌阳一钓舟。’”同上书，第 77 页。

兄作云“弟兄华发，远山修水，异日同归处”，对他们兄弟未来命运相当绝望，意谓：我也会步你之尘而去。因当时蔡京执政，迫害党人极为酷烈，故有感而发；黄庭坚则云“滴水穿云心已许”，有什么可怕？暮年光景中，相信兄弟二人还会有卷帘同看乡关山雨的时候。

《山谷词》编这首词在崇宁四年（1105），同时，释“极目送、归鸿去”一句为“此借喻北归的黄大临”。这个作时判断及释文自然是不对的。黄大临崇宁三年（1104）十二月自永州赴宜州探望山谷，崇宁四年二月离开宜州，此时上距创作送山谷赴宜州的那首《青玉案》，已时隔八个多月。如此，黄庭坚为何要在其兄已亲赴宜州探望他，且兄弟临分手时，他才次韵唱和黄大临的《青玉案》（千峰百嶂宜州路），且还说“至宜州次韵”？且兄弟二人此次相别，是在黄庭坚到达宜州半年后的事，与词序“至宜州上酬七兄”所传达的黄庭坚孤身在外、以词相寄之意并不符合。故马、祝将此词作时编在黄庭坚与其兄大临宜州分手时，不妥。正确的答案应是：这首词作于黄庭坚初贬宜州之时，具体作时是崇宁三年六月或稍后。

## 三　《青玉案》（行人欲上来时路）的作者归属

再看第三首《青玉案》（行人欲上来时路）的作者归属。

崇宁三年（1104）十二月，在山谷抵宜州半年后，大临赴宜州探望山谷。据黄庭坚《宜州乙酉家乘》记载，崇宁四年（1105）二月初六，大临离开宜州。[1]这样就又有了弟兄二人这第三首《青玉案》词的问世。马、祝认为本词作者当从龙榆生说，为黄庭坚，其笺注云：

> 此首作于崇宁四年乙酉（1105），是年二月，黄大临看望其弟后，由宜州回湖南，或为大临解萍实宰之时。山谷作此词以寄其情。[2]

但是，与前面弟兄二人唱和的第一、二首《青玉案》词对读，却可以看到马、祝关于这首《青玉案》词是“山谷作此词以寄其情”这个说法，

① （宋）黄庭坚：《黄庭坚全集》，刘琳、李勇先、王蓉贵点校，四川大学出版社2001年版，第2334页。

② 马兴荣、祝振玉校注：《山谷词》，上海古籍出版社2001年版，第79页。

实很难讲通。

首先，贬至宜州的黄庭坚面对悲痛的兄长黄大临，他恐怕已很难再如本词这样更抒其悲痛感情了。前面谈到，虽然黄庭坚被除名编管宜州，这在他的贬谪生涯中是最为严重的一次。然我们也必得注意到，此时的黄庭坚已经是历经十多年贬谪生涯的六十岁老人，政治打击于他已是“司空见惯”，“任运”也是他于多年贬谪中早已形成的心态（元符二年（1099），五十五岁的黄庭坚谪居戎州时，曾命其城南僦舍之名为“任运堂”，至贬宜州，居城南，他更名其寓居曰“喧寂斋”）。早在贬宜州前两年，他即作有《玉楼春》（翰林本是神仙谪）、《虞美人》（平生本爱江湖住）等词以写其对政治打击的蔑视。至这次除名编管宜州，他又有什么理由需要痛切至“烛泪垂如雨”？

崇宁元年（1102）九月，他的名字被刻上“党人碑”；崇宁二年（1103）他还未被贬宜州时，朝廷已诏党人子弟毋得至阙下，且下令毁三苏、黄庭坚、秦观等人文集，而他平生最亲密的师友苏轼、秦观三四年前就已在贬谪中相继辞世。他自己此次赴宜州贬所路过长沙时，还与护丧北归的秦观子秦湛、婿范温相遇，过衡州，他又专门和秦观《千秋岁》词，表达对秦观的追思：

> 苑边花外，记得同朝退。飞骑轧，鸣珂碎。齐歌云绕扇，赵舞风回带。岩鼓断，杯盘狼借犹相对。　洒泪谁能会，醉卧藤阴盖。人已去，词空在。兔园高宴悄，虎观英游改。重感慨，波涛万顷珠沈海。①

既然感慨秦观“人已去，词空在”，“波涛万顷珠沉海”，那么，他能活下来，哪里还会因自己再次被贬而“烛泪垂如雨”？在“次韵上酬七兄”的那首《青玉案》里，他也说过“忧能损性休朝暮”的话，所以，假使这首词真是他所作，恐怕他也是很难再写出什么“欲断离肠余几许”这样无限悲痛的句子了。况且，马、祝云此词是黄庭坚饯别兄长离宜州之作，既是饯别，兄长本来对他的处境已很担忧且前来探望，分手之际，假如黄庭坚还如此抒情，怕只会徒增其兄更深悲痛。

故以这首词的抒情性质看，不会是出入佛道、铁骨铮铮的黄庭坚之秉性所能为。翻检黄庭坚词集，还没有抒情如此痛切者。

① 马兴荣、祝振玉校注：《山谷词》，上海古籍出版社2001年版，第62页。

就在黄大临来宜州前一个月左右，黄庭坚从初至宜州时托身的城内居所，被赶到城外居住，他在《题自书卷后》记当时情况、心境云：

> 崇宁三年十一月，余谪处宜州半岁矣。官司谓余不当居关城中，乃以是月甲戌，抱被入宿子城南予所僦舍喧寂斋。虽上雨傍风，无有盖障，市声喧愦，人以为不堪其忧，余以为家本农耕，使不从进士，则由中庐舍如是，又可不堪其忧耶？既设卧榻，焚香而坐，与西邻屠牛之机相直。为资深书此卷，实用三钱买鸡毛笔书。①

以这样的心境，要在与兄长分手之际写出“欲断离肠余几许”及“烛泪垂如雨”诸句，实不大可能。

其次，不仅贬黜宜州的黄庭坚不会面对兄长悲至“欲断离肠余几许”，而且，从他关于文学抒情问题的主张来看，他原本就是反对在诗词文学中抒大喜大悲、大怒大哀之情的。元符元年（1098）八月，五十四岁的黄庭坚谪处涪州别驾、戎州安置之时，他在《书王知载朐山杂咏后》一文中曾说过这样的话：

> 诗者，人之性情也。非强谏争于廷，怨忿诟于道，怒邻骂座之为也。其人忠信笃敬，抱道而居，与时乖违，遇物而喜，同床而不察，并世而不闻，情之所不能堪，因发于呻吟调笑之声，胸次释然，而闻者亦有所劝勉，比律而可歌，列干羽而可舞，是诗之美也。其发为讪谤侵陵，引颈以承戈，披襟而受知，以快一朝之忿者，人皆以为诗之祸，是失诗之旨，非诗之过也。②

这段话是他遭崇宁贬谪前五年所写。其意：诗歌并不是用来泄愤的，而是抒发那种同床而难察、并世而不闻的深隐情怀的。这个道理自然同样适合于他关于词之抒情的看法。因为黄庭坚在贬谪以后，本就是把词当作诗来写的。其贬谪戎州时所作《答徐甥师川》云：“谩寄乐府长短句数篇，亦

① （宋）黄庭坚：《黄庭坚全集》，刘琳、李勇先、王蓉贵点校，四川大学出版社 2001 年版，第 645 页。

② 同上书，第 666 页。

诗之流也。观一节可知侏儒矣。”[①] 以是观之，这首抒发离肠欲断、泪眼婆娑之状的《青玉案》，又岂能是黄庭坚所为？

最后，此《青玉案》（行人欲上来时路）非山谷所作，还有一个根据：这首词与黄大临“和贺方回韵，送山谷弟贬宜州”所作《青玉案》（千峰百嶂宜州路）在创作思路、抒情倾向上一脉相承，而内容上，又明显可见唱和黄庭坚“至宜州次韵上酬七兄”那首《青玉案》的痕迹。

先看此词与黄大临送山谷贬宜州时所作《青玉案》的相承关系。

黄大临送山谷赴宜州的《青玉案》，开头从行程写起，云“千峰百嶂宜州路，天黯淡、知人去”。这首也是如此：“行人欲上来时路，破晓雾、轻寒去”；黄大临第一首《青玉案》中有“已断离肠能几许”这样抒情极悲哀的句子，本词亦云：“欲断离肠余几许”，差别只在用词上。前词云“已断离肠”，后词云“欲断离肠”。“已断”：弟被夺官编管宜州成为罪犯，大临未至宜州，不知此去究竟如何，故云。如此正符合黄大临初送贬者的心情；“欲断”：这次来探望了，要分手，不知何日才可再会，故云。虽然“已”“欲”二字表达的时态不同，程度亦有差异，然作者的悲痛前后贯穿，这符合黄大临作为贬者亲人的心境。而黄庭坚如果要模拟兄长原词句法，以呼应方式突出自己确实是欲断离肠般悲痛，这样抒情的可能性并不存在，前面已有说明。

再从本词内容看，它也是以被送者语气来写的。“行人欲上来时路”，即原路返回之意，此写法与李白的“李白乘舟将欲行”同一机杼。“破晓雾、轻寒去”，写送行的时间，仍出自黄大临那首《青玉案》“天黯淡、知人去”之思路，但这次却是被送者自己将要赶路的语气。下面“故人近送旌旗暮，但听阳关第三句”，“故人”，指宜州当地前来送行的朋友。黄大临此次来宜州探望弟弟，曾有宜州当地官员、朋友前来拜谒他，临行又有两次饯别活动。[②] 这是黄大临针对前来送行的宜州本地官员而言，限于政

---

① （宋）黄庭坚：《黄庭坚全集》，刘琳、李勇先、王蓉贵点校，四川大学出版社 2001 年版，第 2029 页。

② 按：黄庭坚《宜州乙酉家乘》载：“四年春正月庚午朔，元明自永州与唐次公俱来，居四日矣。是日，州司里管及时当来谒元明，饮屠苏。”“（正月）五日甲戌，晴，郡守而下，来谒元明，得柘姑。”“（二月）五日甲辰，晴又雨。诸人置酒饯元明于崇宁，并召予，予亦宿崇宁寺。六日乙巳，晴，天极温，才可夹衣。与诸人饮饯元明于十八里津。”见刘琳、李勇先、王蓉贵点校《黄庭坚全集》，四川大学出版社 2001 年版，第 2331—2334 页。黄大临，字元明，故此词中之“故人”，当指宜州当地这些曾拜谒、饯别过黄大临的人。

治气候之特殊，这些人也只能是“近送”。不过，在这一句中，被送者对送行者的感激之情已表达清楚了。马、祝释“但听阳关第三句”为“即王维《送元二使安西》诗第三句‘劝君更尽一杯酒’”。[①] 这样，“但听阳关第三句”也完全是被送者自己的听闻感受。

如果仅是兄弟二人分手的场面，那就有可能是“晓别吾家黄叔度”的语气了，不会称呼“故人”。有故人，足说明此词所写情景正是黄庭坚《宜州乙酉家乘》中所记的“与诸人饯别元明于十八里津”事。而“故人近送旌旗暮，但听阳关第三句”，也只有被送者才可如此唱叹。他除对当地“故人”前来劝酒送行表示感谢之外，还隐含着对这些“故人”照顾、帮助弟弟的感激之情。同时，又因为心疼弟弟，伤感于自己无法再陪伴他共度时艰，故云“满天星月，看人憔悴，烛泪垂如雨”。憔悴的是贬谪中人，为之伤心流泪的，却是要赶路的行人。如果此词是黄庭坚所作，那么作者眼中憔悴的就是黄大临，流泪的反成了黄庭坚自己，这并不符合情理。此其一。

其二，本词之“但听阳关第三句”，实际也对应了黄庭坚“至宜州次韵上酬七兄”所作《青玉案》（即黄氏兄弟第二首《青玉案》词）中的“第四阳关云不度”这句。“阳关第三句”，马、祝认为是指王维诗中的“劝君更尽一杯酒”，而“第四阳关”，他们也解释为是“指《阳关曲》（王维《送元二使安西》）中的‘劝君更尽一杯酒’句”。理由是：

> 宋苏轼《仇池笔记》卷上《阳关三叠》云：“旧传《阳关三叠》，今歌者每句再叠而已，若通一首，又是四叠，皆非是，每句三唱，似应三叠，以应三叠，则丛然无复节奏。有文勋者，得古本《阳关》，每句皆再唱，而第一句不叠，乃知三叠如此。乐天诗云：‘相逢且莫推辞醉，听唱阳关第四声。’‘劝君更进一杯酒’，以此验之，若一句再叠，则此句为第五叠，今为第四，则一句不叠审矣。”[②]

但问题是，黄庭坚原词中的“第四阳关”，究竟是指阳关第四声还是第四句，并不明确。从上下文意看，当指“西出阳关无故人”这句。这

① 马兴荣、祝振玉校注：《山谷词》，上海古籍出版社2001年版，第79页。

② 同上书，第77页。

样，才有可能与这首词中的“阳关第三句”形成对应。如果“第四阳关”也指“劝君更尽一杯酒”，不仅两首《青玉案》语意重出，且该句中“云不度”又该作何解？马、祝释“云不度”为“行云不流动”，并引《列子汤问》之“秦青抚节悲歌，声振林木，响遏行云”来解释“云不度”之意。[①] 实则，“劝君更尽一杯酒”传达的是友人间劝慰的深情，与“响遏行云”的悲壮似乎并不靠谱，而只有《阳关曲》第四句“西出阳关无故人”，其抒情之悲壮似乎才更适合于用“抚节悲歌，声振林木，响遏行云”这样的典故来解释。

更值得注意的是，黄庭坚《宜州乙酉家乘》中这样写道：“（二月）二十六日乙丑，晴。得元明二月十四日丁卯书，寄书一篇、《青玉案》一篇、滑石压纸五枝。”[②] 这就是此《青玉案》为黄大临所作的明证。据《乙酉家乘》，黄大临是二月六日离开宜州，十四日，还走在路上的黄大临即寄给黄庭坚“《青玉案》一篇”，这能是哪一首《青玉案》词呢？他们弟兄二人总共只写过三首完整的《青玉案》，前两首的写作时间及其作者前已有论。那么这第三首，不是黄大临离开宜州后这七八天时间里创作的“行人欲上来时路”这首，又能是哪一首《青玉案》？

综上述，黄氏兄弟创作三首《青玉案》的具体情况是：黄庭坚崇宁二年（1103）十一月贬宜州，十二月黄大临在鄂州作第一首《青玉案》（千峰百嶂宜州路）送别黄庭坚，此《青玉案》词是次韵贺铸《青玉案》（凌波不过横塘路）；崇宁三年（1104）六月黄庭坚到达宜州贬所后，即次兄《青玉案》韵作一首《青玉案》（烟中一线来时路）回寄黄大临；至该年十二月底，黄大临又专程赴宜州探望黄庭坚，逗留四十天后，离开宜州，在返回的路上，黄大临创作了第三首《青玉案》（行人欲上来时路），并把它及时寄给了黄庭坚。这首词的具体创作时间是崇宁四年（1105）二月七日至十四日之间。

讨论问世于黄庭坚遭遇政治打击最严重时刻的三首同韵相次《青玉案》，有什么意义呢？

首先，读者从中可看到黄氏兄弟对待政治打击的不同反应。黄大临词

---

① 马兴荣、祝振玉校注：《山谷词》，上海古籍出版社2001年版，第77页。

② （宋）黄庭坚：《黄庭坚全集》，刘琳、李勇先、王蓉贵点校，四川大学出版社2001年版，第2336页。

不仅写得肝肠哀断，甚至泪水迸飞，其于黄庭坚人生不幸的同情，对他安全的担忧，及对执政者滥贬无辜的愤怒、无奈，都凝聚其词之中，这也正好符合他“忧疑万事”[①] 的性格。而黄庭坚面对政治打击，心中虽然也有忧愁，然更多的是滴水穿云的无悔，是兄弟间“同卷西山雨”的期盼，漫长的政治贬谪已使他超越了痛苦，而他面对磨难的苍凉心态，也使我们看到其于政治也早已是心灰意冷。

其次，这三首词也可使读者看到北宋党争，尤其崇宁以后的“党禁”迫害士人之酷烈程度，看到北宋中后期文人生存环境的急遽恶化情况。因为像黄庭坚这样的中下层官吏，还仅是处在政治旋涡边缘，尚且有如此磨难，那么北宋中后期其他政治地位较高的正直士人之遭遇可想而知。三首《青玉案》词抒写的虽主要是兄对弟的担忧及弟对兄的劝慰之情，然因它们产生于政治迫害的背景之下，这样就使人们看到：即使生活中惯常的分手，在此也具有了生离死别的性质。故无论三首词中表现的分离之痛苦，还是痛苦中之放旷，客观上都反映着时代政治的黑暗，也帮助读者认识着北宋党争政治的特点。

① 按：黄庭坚《写真自赞》说自己不如元明“吏能精密”，然亦“无元明忧疑万事之弊”。见刘琳、李勇先、王蓉贵点校《黄庭坚全集》，四川大学出版社 2001 年版，第 2461 页。

# 参考文献

1. 唐圭璋编：《全宋词》，中华书局 1965 年版。

2. 孔凡礼辑：《全宋词补辑》，中华书局 1981 年版。

3. 唐圭璋编：《全金元词》，中华书局 1979 年版。

4. 逯钦立辑校：《先秦汉魏晋南北朝诗》，中华书局 1983 年版。

5. 《全宋文》，上海辞书出版社 2006 年版。

6. 《全宋诗》，北京大学出版社 1998 年版。

7. 《全唐文》，中华书局影印本 1983 年版。

8. 《笔记小说大观》，江苏广陵古籍刻印社 1983 年版。

9. 《宋元笔记小说大观》，上海古籍出版社 2001 年版。

10. 曾昭岷、曹济平、王兆鹏、刘尊明编：《全唐五代词》，中华书局 1999 年版。

11. 王重民：《敦煌曲子词集》，商务印书馆 1950 年版。

12. 任半塘：《敦煌曲初探》，上海文艺联合出版社 1954 年版。

13. 夏承焘笺注：《词源注》，古典文学出版社 1956 年版。

14. 王鹏运：《四印斋所刻词》，上海古籍出版社 1989 年版。

15. 唐圭璋编：《宋词纪事》，上海古籍出版社 1982 年版。

16. 唐圭璋编：《词话丛编》，中华书局 1986 年版。

17. 《唐宋词鉴赏辞典》，上海辞书出版社 1988 年版。

18. （汉）司马迁：《史记》，中华书局 1959 年版。

19. （元）脱脱等：《宋史》，中华书局 1977 年版。

20. （宋）李焘：《续资治通鉴长编》，中华书局 2004 年第 2 版。

21. （清）黄以周等辑注，顾吉辰点校：《续资治通鉴长编拾补》，中华书局 2004 年版。

22. （宋）杨仲良：《皇宋通鉴长编纪事本末》，宛委别藏本。

23. （宋）王偁：《东都事略》，文渊阁四库全书本。

24. （宋）司马光编著，胡三省注：《资治通鉴》，中华书局 1956 年版。

25. （元）马端临：《文献通考》，中华书局 1986 年版。

26. （明）陈邦瞻：《宋史纪事本末》，中华书局 1977 年版。

27. （清）永瑢、纪昀：《四库全书总目提要》，海南出版社 1999 年版。

28. （清）毕沅：《续资治通鉴》，中华书局 1994 年版。

29. （清）徐松：《宋会要辑稿》，中华书局影印本 1957 年版。

30. 钱穆：《国史大纲》，商务印书馆 1996 年版。

31. （汉）许慎：《说文解字》，中华书局 1963 年版。

32. （宋）蔡絛：《西清诗话》，文渊阁四库全书本。

33. （宋）胡仔：《苕溪渔隐丛话》，人民文学出版社 1981 年版。

34. （宋）司马光：《涑水纪闻》，中华书局 1989 年版。

35. （宋）江少虞：《宋朝事实类苑》，上海古籍出版社 1981 年版。

36. （宋）邵伯温：《邵氏闻见录》，中华书局 1983 年版。

37. （宋）蔡絛：《铁围山丛谈》，中华书局 1983 年版。

38. （清）翁方纲：《石洲诗话》，人民文学出版社 1981 年版。

39. 丁福保编：《清诗话》，上海古籍出版社 1978 年版。

40. 《六一诗话·白石诗说·滹南诗话》，人民文学出版社 1962 年版。

41. （清）徐釚：《词苑丛谈》，中华书局 2008 年版。

42. （清）张宗橚编，杨宝霖补正：《词林纪事·词林纪事补正》，上海古籍出版社 1998 年版。

43. （宋）王明清：《玉照新志》，文渊阁四库全书本。

44. （宋）王明清：《挥麈录》，上海书店出版社 2001 年版。

45. （宋）洪迈：《夷坚志》，文渊阁四库全书本。

46. （宋）张端义：《贵耳集》，文渊阁四库全书本。

47. （宋）岳珂：《桯史》，中华书局 1981 年版。

48. （宋）何薳：《春渚纪闻》，张明华点校，中华书局 1983 年版。

49. （宋）吴曾：《能改斋漫录》，上海古籍出版社 1960 年版。

50. （宋）叶梦得：《避暑录话》，文渊阁四库全书本。

51. （宋）庄绰：《鸡肋编》，中华书局 1983 年版。

52. （宋）叶梦得：《石林燕语》，中华书局 1984 年版。

53. （宋）罗烨：《醉翁谈录》，文渊阁四库全书本。

54.（宋）罗大经：《鹤林玉露》，中华书局 1983 年版。

55.（宋）周密：《齐东野语》，中华书局 1983 年版。

56.（宋）陈鹄：《耆旧续闻》，文渊阁四库全书本。

57.（宋）费衮：《梁溪漫志》，三秦出版社 2004 年版。

58.（宋）宋敏求：《长安志》，文渊阁四库全书本年版。

59.（宋）陆游：《老学庵笔记》，三秦出版社 2003 年版。

60.（宋）陈振孙：《直斋书录解题》，文渊阁四库全书本。

61.（宋）曾敏行：《独醒杂志》，上海古籍出版社 1986 年版。

62.（宋）黄升：《花庵词选》，文渊阁四库全书本。

63.（宋）苏轼：《东坡志林·仇池笔记》，华东师范大学出版社 1983 年版。

64.（清）何文焕辑：《历代诗话》，中华书局 1981 年版。

65. 丁福宝：《历代诗话续编》，中华书局 2006 年版。

66. 王水照主编：《历代文话》，复旦大学出版社 2007 年版。

67.（明）叶向高：《苍霞草》，江苏广陵古籍刻印社 1994 年版。

68.（明）胡震亨：《唐音癸签》，上海古籍出版社 1981 年版。

69.（清）刘熙载：《艺概》，上海古籍出版社 1978 年版。

70. 施蛰存、陈如江编：《宋元词话》，上海古籍出版社 1999 年版。

71. 张寿镛：《四明丛书·舒懒堂诗文存》，民国四明张氏约刊 1948 年木刻本。

72. 王国维：《人间词话》，上海古籍出版社 1998 年版。

73.（宋）朋九万：《东坡乌台诗案》，丛书集成初编本，中华书局 1985 年版。

74.（宋）苏轼：《苏轼诗集》，（清）王文诰辑注，孔凡礼点校，中华书局 1982 年版。

75. 冒广生：《后山诗注补笺》，中华书局 1995 年版。

76.（宋）范仲淹：《范仲淹全集》，四川大学出版社 2007 年版。

77.（宋）欧阳修：《欧阳修全集》，李逸安点校，中华书局 2001 年版。

78.（宋）王安石：《王安石全集》，秦克、巩军标点，上海古籍出版社 1999 年版。

79. 李之亮：《王荆公文集笺注》，四川出版集团巴蜀书社 2005 年版。

80.（宋）苏轼：《苏东坡全集·苏东坡文集》，珠海出版社 1996 年版。

81.（宋）苏辙：《栾城集》，上海古籍出版社1987年版。

82.（宋）曾巩：《曾巩集》，陈杏珍、晁继周点校，中华书局1984年版。

83.（宋）黄庭坚：《黄庭坚全集》，刘琳、李勇先、王蓉贵点校，四川大学出版社2001年版。

84.（宋）张耒：《张耒集》，李逸安等点校，中华书局1990年版。

85.（宋）任渊、史荣、史季温注：《黄庭坚诗集注》，刘尚荣校点，中华书局2003年版。

86.（宋）晁补之：《鸡肋集》，文渊阁四库全书本。

87.（宋）贺铸：《庆湖遗老诗集校注》，王梦隐、张家顺校注，河南大学出版社2008年版。

88. 梁启超：《王安石传》，海南出版社2001年版。

89. 龙榆生：《龙榆生词学论文集》，上海古籍出版社1997年版。

90. 夏承焘：《姜白石编年笺校》，上海古籍出版社1981年版。

91. 刘永济：《姜夔诗词选注》，上海古籍出版社1983年版。

92. 孙虹：《清真集校注》，中华书局2002年版。

93. 蒋哲伦校编：《周邦彦集》，江西人民出版社1983年版。

94. 孔凡礼：《苏轼年谱》，中华书局1998年版。

95.（宋）黄㽦：《山谷年谱》，文渊阁四库全书本。

96. 沈怀玉、凌波：《相山集点校》，北京图书馆出版社2006年版。

97. 人民文学出版社编辑部编：《唐宋词鉴赏集》，人民文学出版社1983年版。

98.（宋）朱熹：《三朝名臣言行录》，文渊阁四库全书本。

99.（宋）黄裳：《演山集》，上海古籍出版社1987年版。

100.（宋）马永卿编：《元城语录》，文渊阁四库全书本。

101. 缪钺、叶嘉莹：《灵谿词说》，上海古籍出版社1987年版。

102. 周义敢、周雷编：《秦观资料汇编》，中华书局2001年版。

103. 周义敢、周雷编：《晁补之资料汇编》，中华书局2008年版。

104. 丁传靖：《宋人轶事汇编》，中华书局1981年版。

105. 叶嘉莹：《唐宋词十七讲》，北京大学出版社2007年版。

106. 陈戍国点校：《四书五经》，岳麓书社2002年版。

107.（清）朱彬：《礼记训纂》，中华书局1996年版。

108. 杨天宇：《礼记译注》，上海古籍出版社2004年版。

109. 刘泽、葛荃：《中国古代政治思想史》，南开大学出版社 2001 年版。

110. 蒋哲伦：《词别是一家》，上海社会科学院出版社 2005 年版。

111. 覃召文、李晟：《中国文学的政治情结》，广东人民出版社 2006 年版。

112. 史双元：《宋词与佛道思想》，今日中国出版社 1992 年版。

113. 龙榆生：《苏门四学士词》，中华书局 1958 年版。

114. 高克勤：《王安石与北宋文学研究》，复旦大学出版社 2006 年版。

115. 中国社会科学院文研所编：《中国文学史》，人民文学出版社 1962 年版。

116. 游国恩等主编：《中国文学史》，人民文学出版社 1964 年版。

117. 郭预衡主编：《中国古代文学史》，上海古籍出版社 1998 年版。

118. 袁行霈主编：《中国文学史》，高等教育出版社 2002 年版。

119. 朱东润主编：《中国历代文学作品选》，上海古籍出版社 2002 年版。

120. 程千帆、吴新雷：《两宋文学史》，上海古籍出版社 1991 年版。

121. 中国社会科学院文学研究所总纂，孙望、常国武主编：《宋代文学史》，人民文学出版社 1996 年版。

122. 吴熊和：《唐宋词通论》，浙江古籍出版社 1985 年版。

123. 陶尔夫、诸葛忆兵：《北宋词史》，黑龙江人民出版社 2005 年版。

124. 陶尔夫、刘敬圻：《南宋词史》，黑龙江人民出版社 2005 年版。

125. 马兴荣等：《广选新注集评全宋词》，辽宁人民出版社 2006 年版。

126. 谢桃坊：《中国词学史》，巴蜀书社 2002 年版。

127. 叶嘉莹：《迦陵论词丛稿》，河北教育出版社 2000 年版。

128. 刘锋焘：《宋金词论稿》，中国社会科学出版社 2002 年版。

129. 靳极苍：《唐宋词百首详解》，山西人民出版社 1982 年版。

130. 余传棚：《唐宋词流派研究》，武汉大学出版社 2004 年版。

131. 吴梅：《词学通论》，上海古籍出版社 2006 年版。

132. 王兆鹏：《唐宋词名篇讲演录》，广西师范大学出版社 2006 年版。

133. 缪钺：《诗词散论》，上海古籍出版社 1982 年版。

134. 霍松林校注：《原诗·一瓢诗话·说诗晬语》，人民文学出版社 1979 年版。

135. 夏承焘：《唐宋词人年谱》，上海古籍出版社 1979 年版。

136. 曾枣庄：《苏词汇评》，四川文艺出版社 2000 年版。

137. 夏承焘、盛弢青：《唐宋词选》，中国青年出版社 1959 年版。

138. 孔凡礼、刘尚荣：《苏轼诗词选》，中华书局 2005 年版。

139. 唐圭璋、潘君昭、曹济平：《唐宋词选注》，北京出版社 1982 年版。

140. 俞平伯：《唐宋词选释》，陕西师范大学出版社 2005 年版。

141. 胡云翼：《宋词选》，上海古籍出版社 1962 年版。

142. 胡传志：《柳永集》，山西古籍出版社 2004 年版。

143. 薛瑞生：《东坡词编年笺证》，三秦出版社 1998 年版。

144. 石声淮、唐玲玲：《东坡乐府编年笺注》，华中师范大学出版社 1990 年版。

145. 邹同庆、王宗堂：《苏轼词编年校注》，中华书局 2002 年版。

146. 周义敢、程自信、周雷：《秦观集编年校注》，人民文学出版社 2001 年版。

147. 黄宝华：《黄庭坚选集》，上海古籍出版社 1991 年版。

148. 徐培均：《淮海居士长短句》，上海古籍出版社 1985 年版。

149. 马兴荣、祝振玉校注：《山谷词》，上海古籍出版社 2001 年版。

150. 朱德才主编：《增订注释全宋词》，文化艺术出版社 1997 年版。

151. 黄拔荆：《中国词史》，福建人民出版社 2003 年版。

152. 杨海明：《唐宋词史》，天津古籍出版社 1998 年版。

153. 谢桃坊：《宋词辨》，上海古籍出版社 1999 年版。

154. 王水照：《王水照自选集》，上海教育出版社 2000 年版。

155. 刘尊明：《唐宋词综论》，中国社会科学出版社 2004 年版。

156. 刘扬忠：《唐宋词流派史》，福建人民出版社 1999 年版。

157. 沈松勤：《北宋文人与党争——中国士大夫群体研究之一》，人民出版社 1998 年版。

158. 萧庆伟：《北宋新旧党争与文学》，人民文学出版社 2001 年版。

159. 罗家祥：《朋党之争与北宋政治》，华中师范大学出版社 2002 年版。

160. 诸葛忆兵：《徽宗词坛研究》，北京出版社 2001 年版。

161. 薛砺若：《宋词通论》，上海书店 1985 年版。

162. 霍松林：《古代文论名篇详注》，上海古籍出版社 2002 年版。

163. 傅璇琮、蒋寅主编：《中国古代文学通论》，辽宁人民出版社 2005 年版。

164. 余英时：《朱熹的历史世界：宋代士大夫政治文化研究》，生活·读书·新知三联书店2004年版。

165. 柳诒徵：《中国文化史》，中国社会科学出版社2008年版。

166. ［日］村上哲见：《唐五代北宋词研究》，陕西人民出版社1987年版。

167. 苗书梅：《宋代官员选任和管理制度》，河南大学出版社1996年版。

168. 郭东旭：《宋代法制研究》，河北大学出版社2000年版。

169. 张璋等编：《历代词话》，大象出版社2002年版。

170. 罗根泽：《中国文学批评史》，上海古籍出版社1984年版。

171. 蒋哲伦、傅蓉蓉：《中国诗学史·词学卷》，鹭江出版社2002年版。

172. 胡云翼：《宋词研究》，巴蜀书社1989年版。

173. 赵小兰翼：《宋人雅词原论》，巴蜀书社1999年版。

174. 龚北吉：《历代词论新编》，北京师范大学出版社1984年版。

175. 陈植锷：《北宋文化史述论》，中国社会科学出版社1992年版。

# 后 记

中学语文教材中选有苏轼一首小词《浣溪沙》（蔌蔌衣巾落枣花），在我读书的时代，老师如何阐释其作意，已经不记，但这样的作品是要求背诵的，故于其记忆尤深。多年后，依学界于此词抒情主旨之通识重读之，却有甚难自圆其说之感。

不曾想，正是这小小疑问，引我在宋词天地里，在宋人政治、文化世界里，在其文学创作的歌笑悲哭里，一晃走过了十年。

近代以来，宋词研究长期为古代文学研究之重镇，但是宋词与宋代政治文化关系之全面研究，却甚为薄弱。文学与意识形态之关系，过去虽一度曾是论文学问题之热点甚或焦点，然于宋词研究，似乎是一例外。“诗言志”，用作娱乐的小歌词如何言志？故当我以本书论题作为博士学位论文选题时，周围师长至友多为我担忧。但是我的导师霍松林先生在他的“唐音阁”里明白告我：“可以的。”我意由是而决。

我想，作为客观存在，文学与政治的关系既乃文学研究绕不开之话题，宋词又何能例外？检宋人文献论其词，沿波讨源，此意尤清。故待论文搁笔提交盲审之后，反馈回来的评审意见，竟出乎意外地一致肯定了这个选题。如深圳大学刘尊明教授认为，课题研究“开启了词体文学抒情特征研究的新思路”；北京师范大学张海明教授认为，课题研究“对于深化北宋词创作乃至词体特性认识有推进之功”；暨南大学赵维江教授也说：“本论文选题对于拓展空间日益逼仄的宋词研究领域具有开创性意义”；西北大学张文利教授说：论文“开拓出宋词研究的新思路，拓展了宋词研究的新进程”；武汉大学陈水云教授也认为：“这样的选题视角新颖，别开生面，不但具有较高的学术价值，而且也是对传统词学命题‘词史’说的提升和改造”。专家之肯定，于我自为鼓励，亦使我深信：从宋代“党争”政治角度切入，研究宋词抒情诸问题，此路不仅可通，且通而能远。

本书是我的博士学位论文修订本。书稿修订完成过程中，获得了陕西省社会科学基金后期资助项目立项资助。书中的讨论，限于笔者学力，只仅可视作于北宋词与北宋政治，北宋词与词人政治抒情等问题所做的浅薄的研究尝试，更深入的研究，仍有待学人解决。如此书出版果能抛砖引玉，则已超乎所期。

书稿付梓之时，倍加怀念我的父亲。父讳国鉴，是富有才华且求知欲强烈之人，也是我幼年启蒙老师。在我撰写、修改这部书稿之时，他已身患重疾行动不便，却仍端坐书字，此景使我永难忘怀。父曾谆谆诲我：行己所愿，永不嫌晚。如今，人皆有父，我独无之。我行我愿，谁为赏鉴？中心之悲，何可胜言。谨以此书，献给我敬爱的父亲！

我也感念远在兰州的林家英先生及庆振轩先生。林师家本江南，是著名文学史家刘大杰先生高足。她长期执教兰州大学，是我的硕士生导师。庆师亦执教兰大而致力宋代文学研究，于有宋文人之“党争”事，见解深刻精辟，他们于我走近且爱好诗词，影响尤深。

霍师年事已高，然对这部书稿的出版十分关心，早早题写书名予我。国家社科基金项目成果鉴定专家、中国词学研究会理事，我的同门学长高人雄教授，百忙中为本书作序，多有褒誉之词。他们的热情及于此书之关心，令我感动。中国社会科学出版社郭晓鸿老师，也为这部书稿的出版，付出了艰辛劳动。在此，谨向他们表达我诚挚的谢意！另外，本书出版过程中，得到了陕西省哲学社会科学规划办公室划拨的社科后期资助项目专项出版经费支持，也得到了咸阳师范学院暨咸阳师范学院文学与传播学院专项经费的资助，在此也一并表达最深挚的谢意！

李世忠

2013年10月1日于秦都咸阳